現代文學系列五二

五行經脈命門闢（三）

遵本草之性味歸經　法傳統之辨證論治

謝文慶 著

博客思出版社

人體周身經脈之相位區分與臟腑對照

人體周身上下		
正面	背後	兩側
陽明	太陽	少陽

		手			足		
		開	闔	樞	開	闔	樞
陽		太陽	陽明	少陽	太陽	陽明	少陽
		小腸	大腸	三焦	膀胱	胃	膽
陰		太陰	厥陰	少陰	太陰	厥陰	少陰
		肺	心包	心	脾	肝	腎

奇經八脈			
任脈	督脈	衝脈	帶脈
陽蹻脈	陰蹻脈	陽維脈	陰維脈

五行之於五臟與五方位

東為肝木
南為心火
中為脾土
西為肺金
北為腎水

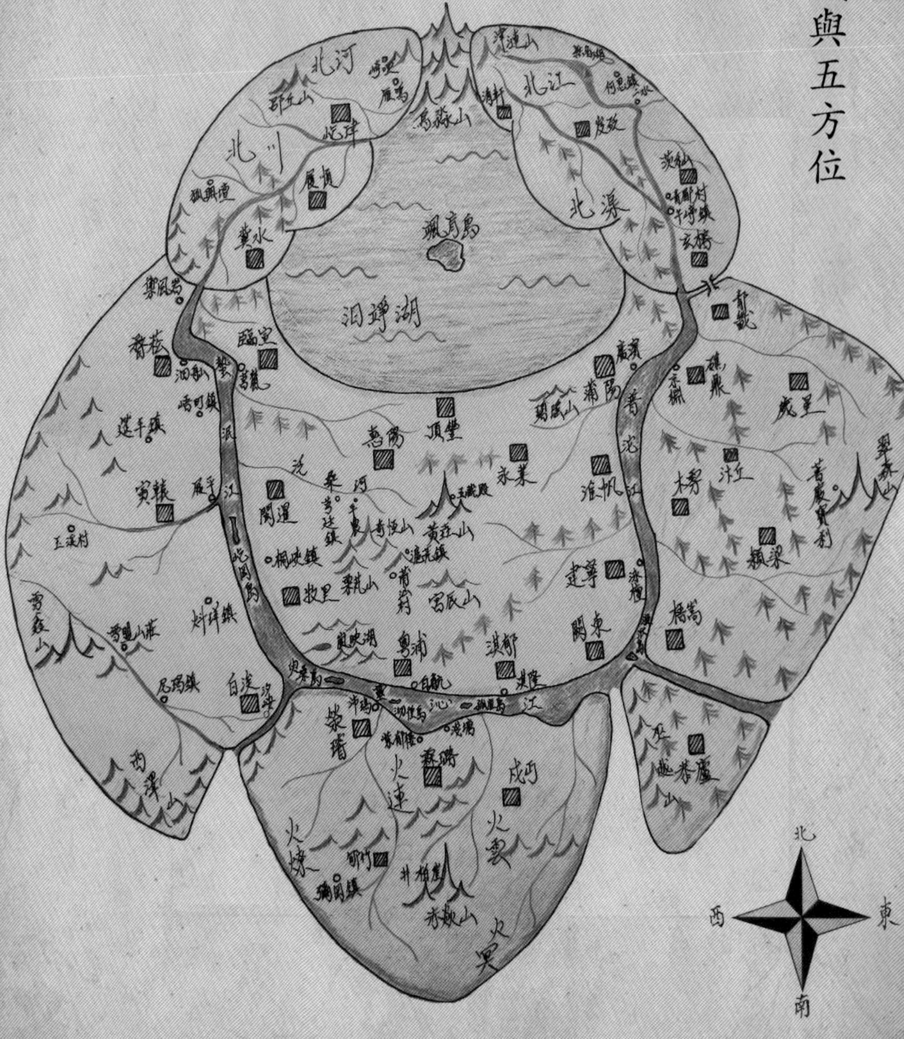

五州地域圖

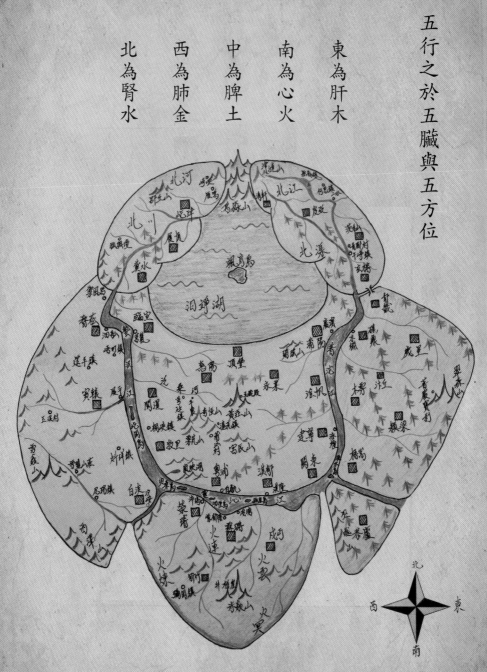

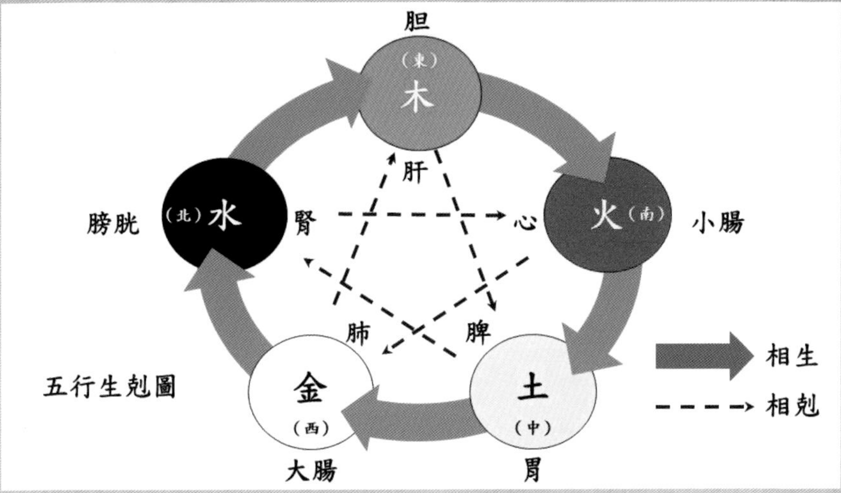

五行生剋圖
胆
（東）
木
肝
小腸
（南）
火
心
胃
（中）
土
脾
大腸
（西）
金
肺
膀胱
（北）
水
腎
相生
相剋

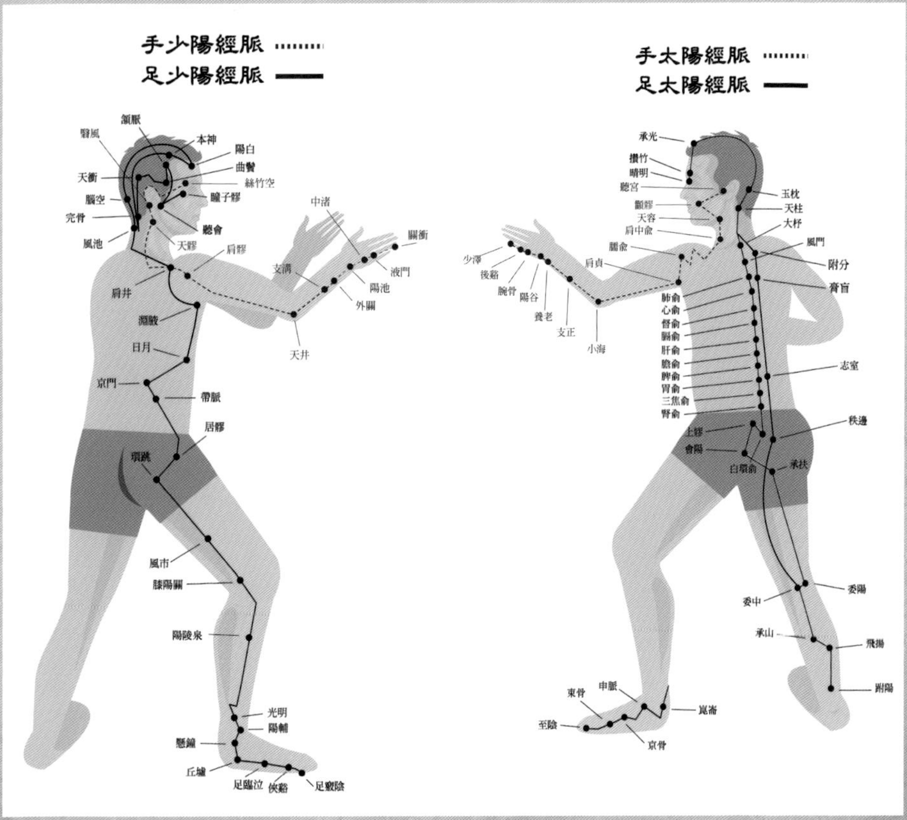

手少陽經脈
足少陽經脈
頷厭
翳風
本神
陽白
曲鬢
天衝
絲竹空
腦空
瞳子髎
完骨
聽會
風池
天髎
肩髎
中渚
關衝
支溝
液門
陽池
外關
肩井
淵腋
天井
日月
京門
帶脈
居髎
環跳
風市
膝陽關
陽陵泉
光明
陽輔
懸鐘
丘墟
足臨泣
俠谿
足竅陰
手太陽經脈
足太陽經脈
承光
攢竹
睛明
聽宮
玉枕
顴髎
天柱
天容
大杼
肩中俞
臑俞
風門
少澤
肩貞
附分
後谿
膏肓
腕骨
陽谷
養老
支正
小海
肺俞
心俞
督俞
膈俞
肝俞
膽俞
脾俞
胃俞
三焦俞
腎俞
志室
上髎
秩邊
會陽
白環俞
承扶
委中
委陽
承山
飛揚
跗陽
申脈
束骨
崑崙
至陰
京骨

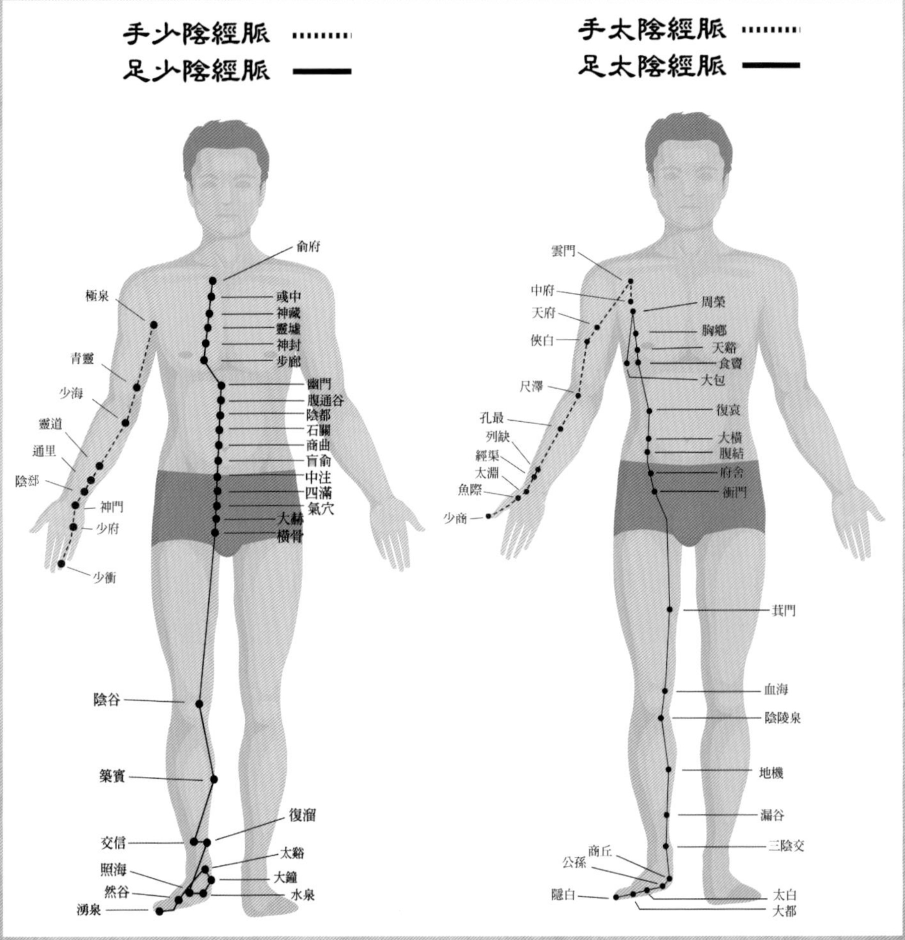
手少陰經脈
足少陰經脈
俞府
彧中
神藏
靈墟
神封
步廊
幽門
腹通谷
陰都
石關
商曲
盲俞
中注
四滿
氣穴
大赫
橫骨
極泉
青靈
少海
靈道
通里
陰郄
神門
少府
少衝
陰谷
築賓
復溜
交信
太谿
照海
大鐘
然谷
水泉
湧泉
手太陰經脈
足太陰經脈
雲門
中府
天府
俠白
尺澤
孔最
列缺
經渠
太淵
魚際
少商
周榮
胸鄉
天谿
食竇
大包
腹哀
大橫
腹結
府舍
衝門
箕門
血海
陰陵泉
地機
漏谷
三陰交
商丘
公孫
隱白
太白
大都

手陽明經脈 ....
足陽明經脈 ——

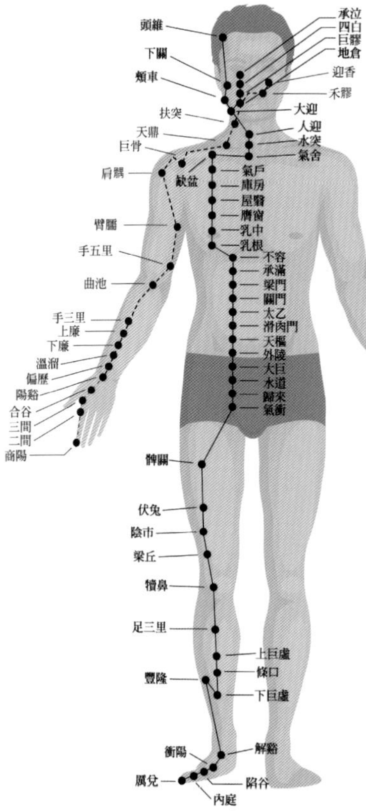
頭維
下關
頰車
扶突
天鼎
巨骨
肩髃
缺盆
臂臑
手五里
曲池
手三里
上廉
下廉
溫溜
偏歷
陽谿
合谷
三間
二間
商陽
承泣
四白
巨髎
地倉
迎香
禾髎
大迎
人迎
水突
氣舍
氣戶
庫房
屋翳
膺窗
乳中
乳根
不容
承滿
梁門
關門
太乙
滑肉門
天樞
外陵
大巨
水道
歸來
氣衝
髀關
伏兔
陰市
梁丘
犢鼻
足三里
上巨虛
條口
豐隆
下巨虛
衝陽
解谿
厲兌
陷谷
內庭

手厥陰經脈 ....
足厥陰經脈 ——

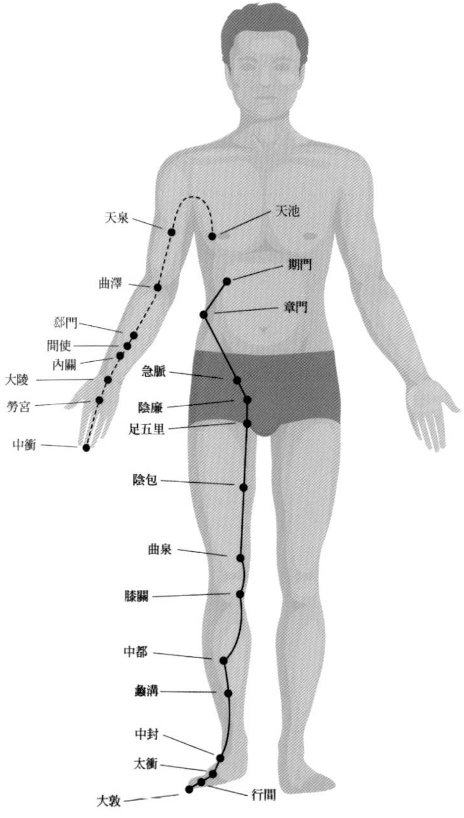
天泉
天池
曲澤
期門
章門
郄門
間使
內關
大陵
勞宮
中衝
急脈
陰廉
足五里
陰包
曲泉
膝關
中都
蠡溝
中封
太衝
大敦
行間

目錄

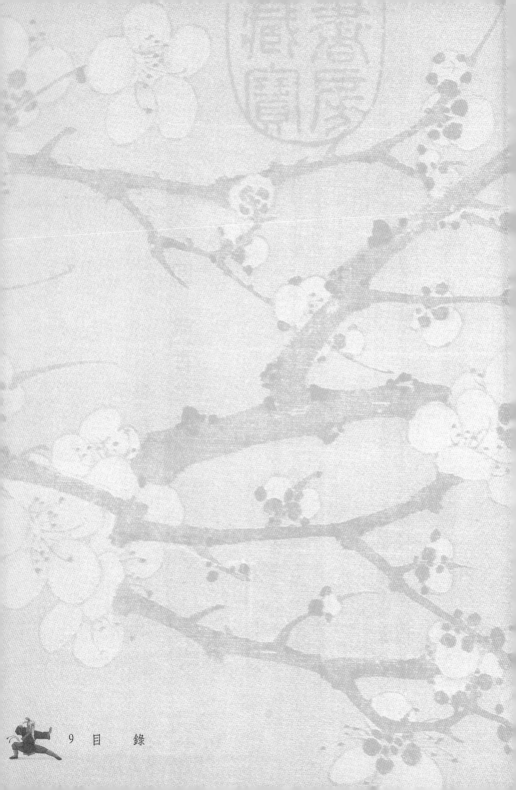

第十七回　命世之英

兵猶火也，不戢自焚。中土大地歷經鋒鏑之苦，局勢兵戈擾攘，戰地刀痕劍瘢。各州域或因人力折損，抑或資源耗盡，甚有同室操戈之累，禍稔蕭牆之憂，致使五域霸主墨突不黔，王室鞅掌，歷經二寒暑而倒戢干戈，放牛歸馬，而後一路重整，歷十載光陰，淬鍊新血，不僅另闢五州局勢，更為史冊翻展新頁。

北州北川縣履順城，製履之術，遠近馳名，放眼市集街巷，盡是履革攤鋪與編製鞋匠。全城縫製革履之技，唯二巧匠，人人稱道。一為城西才女雩婷，二乃城東闊少鄒煬！然而才女之稱，始因該女無師自通蝴蝶雙刀之技，亦能自悟草藥醫治之道。反觀闊少之名，實因繼承前代製鞋大業而來，惟因家大業大，故其成品市佔過半，無人不知，無人不曉。

一日，一貴客到訪鄒府，鄒煬親自迎接，恭敬道：「聞莫大公子來訪，直令我鄒府上下，蓬筆生輝！不知莫兄今兒個乃為著談天，抑或解悶兒而來？」

此人毫不客氣地於鄒府大廳咆哮道：「哼！父王處事不公，竟將北州之水利處總管一職，交予嫡子莫沂；而胞弟莫乃行則歸於機察處總管，此乃掌理朝野之機密調查；而我莫乃言身為長子，卻僅掌管北州醫藥處。哼！真是大材小用！」

鄒煬回應道：「莫大公子請息怒，中土各州域之江川，除橫向之靈沁江外，十之八九皆源於北州；再因北州水利工程技術卓越，各州若遇洪水氾濫，無不求助於北州。然而，水利處雖能賺進他州之治洪重金，惟其勞心勞力，甚有因公殉職之虞！相較莫大公子無須日昃之勞，僅坐鎮醫藥處，即可掌控進出各州之藥材數量，加上先前中鼎王採惲子熙之『瀉南補北』計策，大幅開放北州輸入中州之藥材量，以致乃言兄替咱們北州賺進之銀兩，並不遜於莫沂啊！倒是北州四大地方督頭，怎會同意北坎王將地方民衛處，擴大為偵察朝野之機察處？此乃小弟百思不得其解之處啊！」

「過去十年來，父王雖受北川、北河、北江、北渠四大縣令一致擁戴，但始終懷疑這四大地方首長，私下從事著見不得光之勾當，遂藉由機察處予以牽制；為此，各首長似乎也有了應對之舉動。惟莫乃行城府甚深，特立獨行，雖與乃言同為大房之後，卻常與我這作兄長的背道而馳。不甚了解父王以此權力分布，真意何在？」

鄒煬表示，十個寒暑並非短暫，五州關係，東牽西引，累積至今已有牽一髮而動全身之局勢，所幸北坎王與符戩總管尚能掌握北州防禦，可謂我北州之福。又說：「眼下北坎王或為培植接班新血而謀劃，莫大公子位居京城，掌握了就近觀察之機會，自然強過四處奔波之乃行與莫沂囉！」

「呵呵，還是鄒兄暢快，以獨子身份繼承家業，無憂無慮，還好有你這麼個同窗知己，能解吾之憂慮啊！只是……鄒兄貴為名門之後，一呼百諾，何以右掌盡是手繭佈列嘞？」

「哦……您指的這個嘛！嗯……」鄒煬有些欲言又止貌，頓了下後說道：「有道是文人相輕，同行相忌，自古皆然。乃言兄見小弟無憂之貌，實來自先父鄒敦所創之順行號，其所製出的布履與革履，有口皆碑，小弟繼而承之，沐浴膏澤。然近半載以來，不時聽聞老主顧讚頌西城小舖所製之革履，霎令吾憂心啊！」

「鄒兄所指，可是位於城西之固執娘兒們……雩婷？」

「沒錯，就是她！」鄒煬不悅又道：「站在同業立場，小弟親自拜訪了位於城西，且以三山巔為標誌之小舖，著實令吾吃了一驚！此一年約雙十，滿臉油污的姑娘，僅以一對蝴蝶雙刀，即可精準裁切製履用之布料或皮革大小，且縫製手工極為細膩。小弟當下即以重金為聘，意圖將其攬至我順行號之下；孰料，此女不屑以金錢作為談判籌碼，遂以勝得了其手上之雙刀，始有進一步談判之可能。」

「憶得令尊曾誇讚鄒兄具拳掌功夫之天賦，倒是……不諳刀劍揮使之鄒兄，恐制服不了那耍雙刀的娘兒們！」

「確如乃言兄所說！值對峙當下，小弟以隨扈之腰間佩劍以對，果不出三招，其刀刃已抵住吾之側頸。欸……乃言兄何以固執二字形容這娘兒們？」

「呵呵，此娘兒們曾替父王製履，待完成後親自送至辰星大殿，恰巧父王尚未回殿，吾即告知將成品留下即可。孰料此娘兒們堅持將製品親交於父王，遂將成品攜回，吾以其放肆進出辰星殿，並以其身攜雙刀，恐有行刺父王為由，下令逮捕，於此始知其雙刀絕技了得！待吾抽劍應對之際，父王回至大殿，瞬將大事化小，小事化無。」

鄰煬又疑道：「不對啊！北坎王自先父創立順行號後，即採我順行號之履靴，怎會突然前去城西製鞋嘞？嗯……這娘兒們恐有迷幻之術，竟藉其製履，即讓人一試成主顧？」

「非也非也！父王曾表示，與令尊之交情甚篤，故由順行號承攬莫王府上下所需，並分別介紹予四大縣令。惟近些年來，四縣令不約而同地青睞雩婷之製履手藝，而雩婷更是親自走訪四縣，送上其完成製品，父王經莫乃行提醒，雩婷恐是四縣令互通之密使，然欲瞭解雩婷之所為，因而前往了城西小舖一趟。」

「後續如何？可有查出任何蛛絲馬跡？」鄰煬問道。

「這叫雩婷的娘兒們雖可疑，惟其影響能力，遠不及另一號人物之出現！」乃言遲疑了下，道：「嗯……量誰都沒法猜到，此一極具影響力之人物，正是十餘年前，藉由中、西二州揭開臨宣戰役，趁隙由中州東靖苑逃走之釋星子……惲子熙！」乃言又說：「惲先生曾於某個機緣下，於南州收養了失去雙親之雩婷，而後隱居北州各地近十年，若非符戡總管四處打聽，至今尚不知雩婷即惲先生之養女啊！」

乃言又說：「父王聞訊得知，四縣令藉由雩婷，試圖找到惲先生，惟雩婷並無走漏半點兒風聲，直到前些日子，經由符戡總管安排下，父王與惲先生於汨竫湖中之颯肓島會晤；孰料於父王之誠摯延攬下，惲先生以雩婷羽翼已成，免其掛心，遂應諾擔任北坎王軍師一職。據聞此

事兒一傳出，震驚各州霸主，尤以中鼎王為最！」

「雷嘯天訝異，可想而知！中鼎王曾依循惲先生之提示，採取瀉南補北之策，而後歷經兩載時間，東西二軍紛紛棄城退兵，致使中土五州回歸分治局面。然雷王始終期盼惲先生能回歸中州，藉以強大中州；惟自古有謂『一山難容二虎』，中鼎王已攬得薩孤齊擔任國師，故惲先生之於薩孤齊，自然是股斥力。只是……惲先生已隱居多年，為何於此時刻，允諾勝任北州軍師？頗耐人尋味！」鄒煬說道。

莫乃言接續表示，十多年前，就因克威斯基一護國法王，穿梭於中、西二州之間，即可引燃戰火。又因一遭軟禁東靖苑之惲子熙，僅藉二紙卷即可消弭戰亂，促使各州霸主無不延攬謀事人才，增聘強國軍師。一如重掌政權之東震王，其於嚴翃寬依叛亂之罪伏法後，由學界得一賢者，名曰顧還；據聞此人具協調正東與益東二派大老之能力，現以為嚴東主之智囊人物。南離王則自西州撤兵後，延攬一私塾教者……單鍏，為其參謀。西兑王則因權衡先生不入閣，遂拔擢另一地相師……谷翎，以為其局勢剖析。唯獨我北州長期受四縣令以民意為幌子，阻攔北州施政，故多年來苦無國情智囊人物出現；此回由惲子熙出任我北州軍師，竟深獲四縣令之認同。今後北州運勢將如何？直待時間予以證明。

「小弟倒是好奇，惲子熙掌軍師，四縣令皆認同，那莫氏家族之二代兄弟間，可服氣乎？」鄒煬問道。

「呵呵，軍師之定義模糊，軍字乃對外國防，而師字乃施計者，主要是輔佐軍權在握之父王。至於內政方面，於朝野察查有莫乃行，水利工程有莫沂，掌管醫藥進出則有我莫乃言。只要不生戰亂，咱三兄弟之領域，應無惲先生能干涉的份兒才是，故吾等三人亦表同意。倒是鄒煬兄面臨順行號顧客之逐漸出走，是否也該請個軍師，好替您算計算計啊？哈哈哈！」

「嗯……莫大少所言甚是！軍師乃應對局勢之深謀遠慮者，而在下僅是個錙銖必較之商家，有機會的話，看看惲先生能否幫本商號算算，如何經營履業？將使生意蒸蒸日上啊！哈哈哈。不過，說句實在話，若是乃言兄能幫小弟多宣傳些，絕對勝過十個軍師的。哈哈哈！」

「哈哈，前來鄒兄這兒聊聊，既能樂以忘憂，亦能暢所欲言，一舉數得啊！好了，我得回王府瞧瞧了，免得我那不按常理出招之胞弟，又要因風吹火之陰招了！」話完，鄒煬親送莫大少步上馬車，隨即朝著京城方向而去。

位居北州西南，與西州比鄰相接之北川縣，實乃北州四縣中，商務交流熱絡之域，而該縣最大之冀水城，無疑成了北、中、西三州物產之集散地，人口眾多，往來頻繁。適值沈三榮縣令於此舉辦醫藥農商之推廣，因而引來五州相關行業於此匯集。

一氣宇非凡者，揮著十六扇骨之折扇，踏著隨性之步伐，領著十來隨從，威風凜凜地來到展會廣場。沈三榮立馬起身，上前迎接，畢恭畢敬地說道：「今兒個狼總管能親臨展會，煞是給足了沈某面子，各州代表皆已到場靜候，於此敬邀狼總管為本展會揭開序幕。」

「咳……與會之先知先賢，在下中州醫研處總管……狼行山！今兒個出席展會，除了聽取北州之草藥應用外，亦藉此推廣我中州合成之速效劑。礙於北坎王之守舊理念，致使北州百姓

無以受惠迅速療效之便，冀望北州代表能結合區域民意，力促北坎王開放北州之藥劑市場，以為民謀福謀利，共創雙贏局面。」

在場一北州醫藥代表……岳檣，起身回應道：「中醫草藥之各單味藥材，實已具備多種療效，更何況是多味藥材組合之治症方劑，惠人無數。多年來，我北州百姓多能瞭解藥材之本性與效用；然自西州開放外藥以來，多數人為了消解當下所發實症，已習慣服下合成藥劑，以求速速解症。但就岳某所知，現今多數西州人已不瞭天然植物之療效，該不會連已開放合成藥劑之中州，亦分辨不出**生薑**與**乾薑**之差異效用吧？」

「呵呵，能分辨又何妨？能治症較重要啊！」狼行山又說：「北州人雖較具草藥常識，但依舊得面對所謂**風、暑、濕、燥、寒、火之六淫外邪**！到頭來，還不都是七日可痊，何苦平白浪費那些時間嘞！呵呵，倒是這位兄台啊！聞爾所形容之西州人，醫藥常識確實差了許多，為了速效解症，給啥藥就吃啥藥，要能說出**生薑**曬乾了就是**乾薑**，已是大幸啦！哈哈哈」此話立引來哄堂大笑。當下，狼總管為了造勢，當場拿起一手掌大**生薑**，順手一捏，榨出了碗**生薑汁**，隨後睥睨又說：「若是在場之西州百姓，能道出**生薑**與**乾薑**之差異與療效，我狼行山立馬乾了碗中之**生薑汁**！」

「哈哈，狼總管說笑了吧！眾人皆知這**生薑**是好東西，但要一口乾了這碗**薑汁**，這脾胃怎堪得了？」沈縣令笑道。

然此時刻，一年輕小伙子從旁走出，順手拿起一塊展案上之**乾薑**，話道……

薑依其根莖部位，可分**嫩薑**、**生薑**、**乾薑**三類。

嫩薑為薑之嫩芽，主做蔬茹之用。

生薑為薑之新鮮根莖，亦稱**母薑**，可做烹飪與入藥之用。

乾薑為根莖之乾燥品，惟自古至今，其乾燥過程說法不一，較精闢之說，其法為**生薑水淹三日畢，去皮留置水中六日，再刮去外層，而後曝之令乾，再置入甕缸釀之三日乃成也**。此物主用於醫藥之中。

薑之味辛，性溫，主治胸滿，咳逆上氣，溫中，止血，出汗，逐風濕痺，腸辟下利。生薑與乾薑，二者均可**散邪、除水濕與和胃**。

生薑受氣微，微則僅能由中及上，故上散外感，抑止嘔逆。

乾薑受氣足，足則上達肺，下達大腸，外及皮毛，中鎮沸逆。

生薑能調陰陽，通血脈，橫散陰邪。**乾薑**辛溫入肺，升提陽氣以溫中調理諸症。

生薑氣薄則外發，故能出汗；味薄則通，故能逐風濕痺。

乾薑味厚則泄，故能除胸滿咳逆上氣；氣厚則熱，故能溫中止血。

生薑作用於中、上焦為主，能**散衛之表邪**，表和則裡自癒。

乾薑作用於中、下焦為主，以**溫散寒邪**為其功。

蓋以**生薑**治**寒邪襲表**所生諸症，以**乾薑**治**寒邪傷陽**所生之諸症。

「好……好啊！說得好極啦！」「啪……啪……啪……」此一精闢解說，立馬博得在場如雷掌聲。

「嘿嘿，瞧眼前弟兄之穿著，似乎非我北州人士？敢問這位年輕人，如何稱呼？」沈三榮起身問道。

「在下凌允昇，來自西州峿町鎮。西州雖早已施行醫藥開放，但居民尚不至全無傳統藥草常識。狼總管雖嘩眾取寵，惟允昇僅藉此為西州人扳回點兒顏面罷了。」

「哈哈，小兄弟說得好啊！大夥兒倒想瞧瞧，這狼總管如何乾了那碗現榨薑汁啊？哈哈！」一北州商賈譏道。

「喂……喂……啊……」該商賈甫完話，即遭一孔武有力者拋飛到會場中央，立聞：「大膽刁民，我狼總管何等身份，區區一與會商賈，竟敢當眾譏諷我狼總管！不知沈爺對此不敬鼠輩，如何處置？」狼總管之隨從怒斥道。

沈爺一瞧，即知中州欲上演仗勢欺人戲碼，無奈地回應道：「呵呵，是啊，這現榨薑汁，舌沾即知嗆辣，何方神聖能有能耐，直飲過喉啊？呵呵，眼前壯士不妨當是該商賈之另類幽默罷了！」

此隨從不悅又道：「難得咱們狼總管肯賞臉，親自領隊蒞臨展會，怎麼？北州人這麼不給面子啊！沈爺啊，我看就叫那口出狂言商賈，向咱們狼總管賠個不是，再把這碗薑汁乾了，算是了事兒！」此時狼行山隨即一展折扇，頗為得意地拿起茶杯，飲下清茶。

「是……是你們狼總管自個兒開的條件，又沒人逼他這麼做啊？」被拋商賈應話道。

隨從再次怒斥道：「沈爺啊！往後若是中州減少對北州採購，這帳都得算在這不上道傢伙上囉！哼……不給他點兒顏色瞧瞧，恐不知其招災惹禍之甚啊！喝啊……」聞隨從狠話說完，俄而一拳飛出，直衝應話商賈臉龐而去，隨後「叭……」之一聲亮響，該飛拳立遭一突來手掌阻住，此一幕霎令圍觀者訝異連連！

然此及時出手止住衝突者，實乃自稱凌允昇之年輕人所為，惟聞其道：「在下回應狼總管有關薑的問題，此商賈不過是見證之觀眾而已；而眼前這位忠心侍主之壯士，大夥兒尚不知閣下稱號，竟主動扭轉了故事，成了事件之主角了！」

「對呀，對呀，怎麼這戲兒換角了？這跟班兒的是何許人啊？這麼狂妄！」眾人一片譁然，紛紛唸道。

「咳……吾乃狼總管之義弟，獠宇圻是也！眼前這位凌兄弟是有兩下子啊！既然爾肯出面承擔，獠某當然代義兄處理雜事兒，藉此亦讓大夥兒見識一下，對我中州官員無禮之下場。喝啊……」

獠宇圻接連使出重拳，卻遇對手以四兩撥千金之式，一一化解。一旁悠閒的狼行山見狀，立轉正襟危坐，覺到，「嗯……頗俐落之身手啊！此人不過廿出頭，竟能迅速柔化獠宇圻之重拳！而這般以轉膝、轉腰、正轉胯、後旋脊、接轉背、再旋膀，後由手臂螺旋發出之應對方式，似乎在哪兒見過？就算見過，也未如這般一氣呵成，更別說這是出自西州人之手法！倘若獠宇圻再施三招後，仍占不得上風，勢將激其經脈之氣而使出〈金臂螳手〉一招，屆時這涉世未深的凌允昇，可有苦頭吃了！」

果然，獠宇圻連續拳攻，無以取得優勢，後退了兩步，架出了重心於後之前箭後弓馬步；接著運起了手臂內側之**手厥陰經脈**，與外側之**手少陽經脈**真氣，此舉霎令允昇驚到，「沒想到此一獠宇圻，竟能引動經脈之氣！然於日照之下，旁人雖不易察覺，唯吾已識出其手外臂已泛出金色微光，此般臂力，不容小覷！」

凌允昇退後一步，彎腰拾起一掌大鵝卵石，立擺出對戰架勢，靜待對手出擊。獠宇圻突一翻身前躍，彈指送出〈連環炙風〉掌功，嘯嘯之聲，隨掌而來，惟其攻勢伶俐，胸懷一股出手得盧之氣勢。孰料，對手亦非泛泛之輩，只見允昇以掌中卵石作擋，出招收招之快，霎令狼行山頻頻搖頭覺到，「這是？這毛頭小子僅以掌中卵石，頻頻擋下阿圻之炙風掌，此般唯守不攻之手法，猶有陽昫觀常真人『謹守莫攻』之影子；再說，一般鵝卵石遭受重擊，或多或少呈出破裂缺角，而凌允昇自始至終以掌指之握力，使卵石不致破裂，倘若遇上阿圻以正手擊出炙風掌，即可將其內力透過卵石，傳擊對手，想當然爾……」

「小子！爾僅守不攻，能躲到幾時？」獠宇圻洪聲喝出後，凌允昇突然轉身，架出了前弓後箭馬步，獠見機不可失，俄頃使出正手炙風掌；孰料對手倏將卵石水平推出，致使二人均以內力，騰空分推卵石兩面。

「怎麼可能？明明對手力道不及我，但這卵石竟能不動於對峙雙掌間？」適值獠宇圻滿額大汗疑著，忽聞「嘣……」的一聲，圍觀者應聲見得卵石爆裂，對峙二人分向後翻，落地後各退了兩步。狼行山蹬躍咄嗟，來到凌允昇前，道：「真是後生可畏啊！雖聞爾來自西州，唯所使功夫卻非西州之武藝招式啊？」

「狼總管過獎了，在下年幼時待過中州宮辰山陽昫觀，或許耳濡目染了些應對武藝！至於其他拳腳功夫，應是於西州鐵砂場內，隨諸前輩所習來的吧！」

「呵呵，我說嘛，甫見凌少俠僅守不攻，頗有那麼點兒常真人之應對身手。」接著，狼拾起破裂之鵝卵石，赫然發現卵石僅爆碎一面，另一面卻完好如初！不禁覺到，「這凌允昇到底是啥來頭？是啥樣功夫，竟讓二力相衝下之卵石面，幾無裂痕？嗯……此人若不能順吾，必是未來之後患！好……眼下不妨試試這小子之功力，到底是何方路子？順道扳回點兒受嗆顏面。」

「哈哈，各位，這位凌少俠曾待過宮辰山陽昫觀；想想，常真人嘉惠過多少人，且教授他人多少醫經醫理，故凌少俠乃是受惠於中州之西州人，故不在狼某方才提問之範圍內。」話後，狼行山拿起那碗薑汁，又說：「今日衝突，實因凌少俠挑釁之舉所起，所以直飲薑汁一事兒，就此作罷！」

允昇不滿地回道：「狼總管貴為中州醫研處之首長，眾人不見狼總管分享絲毫醫研心得，反倒以奚落西州，做為推銷丸劑之鋪陳；而今又為一己失禮而取咎他人，難道此乃中州人之為官作風？此風令人不屑一顧！」

「嗯……許久沒人對本總管這麼說話啦！」接著，狼行山放下薑汁瓷碗，收起折扇，又說：「凌少俠年少輕狂，處事不能知所進退，想必是仗著幾分內力撐著膽子吧！看來，本總管得親自領教一下了。」

甫一完話，狼行山於指顧間雙掌齊出，速度之快，霎令對手僅能一面擋招，一面退後。允昇心想，「狼行山自當上高官後，眼高手低，難以想像其曾是龍師公之義徒！正因僅由龍師公管束，應無授其正統『經脈武學』才是！然而眼前僅是狼行山為顏面之戰，持續鬧下去，恐因吾之反制舉動，引來中州藉故報復北州之理由，還是先以脫身為首要考量才是。惟對手這般出招速度，欲脫身，有難度！」

「咦？這是？怎麼突感周遭瀰漫著濃厚水氣，如此濕濡對招，以致濕阻經脈，恐將減緩吾經脈真氣之推進。啊……不對！這是？怎突然有著濃厚之薑味？」允昇訝異道。

孰料，狼行山方才刻意再拿起薑汁，實已藉機吸附些薑汁於掌上，後於對戰中藉水氣釋出，順勢將薑汁液灑出，此一突來之陰招，確實擾亂了凌允昇之應對攻勢。果然，一陣嗆辣感漸於允昇眼部竄生，不適當下，惟聞狼對其道出：「呵呵，年輕人如此輕浮，何以闖蕩江湖？初生之犢欲強出頭，是要付出代價地！」

說時遲那時快，允昇於一陣嗆辣迷濛中，瞬遭對手震開雙臂，俯仰之間，更遭狼行山之〈隱狼溯水〉神掌正中胸膈，此掌力道之大，倏將凌允昇推飛至圍觀人群之中；然此展會插曲，硬是於狼之主導下，強行劃下了休止符，並藉此向北、西二州代表下了馬威。自此之後，此一展會之進行，即於沈三榮之搖尾乞憐下，完全變了調兒，幾乎成了狼行山反客為主之行銷舞台！

狼行山雖將中州之合成丸劑，強行推進了北川縣域，但置身瑞辰大殿之中鼎王卻毫無勝出之感，其因乃於惲子熙即將加入北州陣營，此訊直令雷王焦慮不安，遂偕夫人、薩孤齊國師與戎兆犹總管於大殿廳堂，共商國是。

中鼎王回憶指出，十三年前於東靖苑內，曾向惲子熙詢問有關嵐映五英俠之去向。經惲先生演繹天磁地氣，推測此五英俠與中州王府相映之下，未來將呈現「一入一合」之勢。然而環顧現今局勢，狼行山已成我中州醫研處總管，不久後亦將成為雷王府之乘龍快婿，此應符合「一入」之意才是。而中州於戎兆犹所領之都衛軍外，另成立了隸屬雷王府直轄之菁英組織……神鬣門！惟因中、西二州於臨宣開戰，局勢兵戈擾攘，遂遲遲無以整合神鬣門。然於戰後重整以來，神鬣門經歷了五年之江湖招募與擂臺競技，終選出了六大高手進入神鬣疾風組，而後六人相互較勁，藉以爭取神鬣門總督一職。然而好勝心極強之嵐映刁二俠，其以出神入化之劍技，配上三禪戮封劍之人劍合一，終不意外地登上了神鬣門總督之位。惟此職稱，猶如「天下第一」之代號，刁刃爭奪此一頭銜，享譽其中，如此與中州之關係，亦可謂是「一合」才是。

薩孤齊隨即說道：「惲子熙之『天磁地氣』演繹，經得起時間之驗證，無人能出其右。但就貧僧所知，此等瀉天機之行徑，仍須付出代價！換言之，惲子熙每輒推演一次，即有折壽之虞。昔日於傅宏義旗下，惲已為傅前主推演了數次，其留置東靖苑時，亦推了幾次。自其離開東靖苑後，又歷了十二寒暑。試問，眼下年逾半百之惲子熙，還有多少陽壽可折？且其沈寂了十餘年，對世局之判斷，恐有偏差之虞。再說，北州經濟命脈仍繫於中州市場，再觀北坎王之家族不甚和睦，四大縣令挾民意以左右政局，此皆北州嚴重之內憂問題；所謂『攘外必先安內』，此回惲子熙出任北坎王軍師，不能安內，何以攘外？主公切勿過度在意！」

薩孤齊又說：「貧僧雖不若釋星子之推演，唯吾早已告知主公，東州菩巖寶剎能於尋回鎏金坐佛後，將由沁茗法師帶領下，助嚴震洲次子嚴翃廣殺回歲星城，重迎嚴震洲回歸執政之路，最終由東震王偕曹崴總管，撤回了嚴翃寬所領之侵軍；而一向標榜嚴刑峻法之東州，更是依挾持與叛國之雙重重罪下，將嚴翃寬極刑處置。此事來由，主公明瞭其中，惟世人皆言東州之退兵，乃因『瀉南補北』之策所致；為此，貧僧僅以一笑置之！」

「啪……啪……啪……」中鼎王雙手拍掌回應道：「哈哈，榮根大師對中州鞠躬盡瘁，我雷嘯天銘感五內，大師策劃所為，已使我黃旗軍於極少折損下收復失土，功不可沒！依本王所知，沁茗法師因助嚴震洲重掌東州，聲名大噪，不僅於榮本方丈圓寂後接掌方丈，更得東震王之助，擴建菩巖寶剎，進而增收新進弟子，遂成了東州最大佛門教派。惟因榮根大師與菩巖寶剎有所淵源，倘若大師能掌握此線，進而發揮對該寶剎之影響力，對我中州絕對是百利而無害呀！」

「主公英明！既然貧僧已受中鼎王拔擢為中州國師，能為中州爭取有利之途，薩孤齊將竭盡所能，在所不辭。主公俯視我中軍陣容，除神鬣門之刁刃外，尚有赫連雋、尉遲罡之左右雙衛，驍勇善戰之戎兆犺總管，亦有狼行山為主公穿針引線，中鼎王應可高枕無憂才是。」

「國師所言甚是，我中州都衛軍堅若磐石，隨時鎮守每一關卡，倘若又結盟有利中州之教派團體，中鼎王稱霸中土五州，指日可待！」戎兆犺附和道。

「哈哈，甫聞國師提及，攘外必先安內。只要中州不斷強大，欲攘外？呵呵，真是指日可待啊！」適值雷王得意，突又提及，「當年南離王藉臨宣一役，出人意料地入侵西州南界，雖受到西澤山之險峻山徑阻撓，惟真正令南離王出兵與退兵之關鍵為何？本王至今仍處於猜測之中。」

「回主公，貧僧曾透過調駐南州之樊曳騫將軍，對南離王當年出兵，深入分析。南離王自掘出了火焰石後，不僅推升南州冶鐵技術，更帶動了南州之經濟命脈。孰料一份關於火連教創教先祖斛衍煜之傳說，居中提到晶石爆裂，將產生極大殺傷力，致使盧燚欲探索晶石之密，怎知朱雀岩洞發生坍方時，險將南離王活埋地底，遂將目標轉移西州白虎洞！而後多次與公冶成進行軍事操演，先集結南軍於靈沁江岸，致使我軍未敢大調南方軍隊前往西部。待西兌王出兵東侵後，南離王倏與公冶成進軍西澤山。根據樊曳騫所述，南離王令公冶成朝北進攻，盧燚卻帶兵朝西北前進，此舉乃南離王藉公冶成引開西軍，其目的即是西州雪鑫峰下之白晶石出土區。不過，南離王萬萬沒料到，竟半路遇上雪盟山莊之喻湘芹莊主，親率雪纏四劍與旗下眾弟子埋伏出擊，殺得南離王措手不及，遂令南軍退居西澤山區；不諳山勢之南離王，更因半途墜下西澤山崖，幸得枝幹攔阻而拾回一命。據聞，盧燄因兩度窺探晶石而死裡逃生，遂對各州相傳『晶洞剋命』之說，深信不已。」

戎兆犰接著表示，火連教乃南離王於境內之最大威脅，當年邢彪教主於接受中州贈予十輛軍車及糯米後，隨即強化該教數個分舵。此消息傳至身陷西澤山之南離王耳裡，即知調配糯米可作為造橋與強固城池之用，遂猜疑火連教恐有反叛之舉。倘若南離王進軍西州不利，南州境內再失守，豈不賠了夫人又折兵！遂決定撤軍回朝，重新謀化，以壓制日漸壯大之火連教。

雷王知悉居中情節後，道：「呵呵，又是一攘外必先安內之例子。不過，事事難料，侯士封與喻湘芹莊主曾因關係生變而不相往來，竟因聯手禦敵而重修舊好，也算是因禍得福。西兑王有了雪盟山莊之加入，實力應強過以往才是。倒是……狼行山曾述及西兑王藉由摩蘇里奧之手，取得了《五行真經》，侯士封已有了法王的藥丸兒撐著，何須覬覦那五藏殿鎮殿之寶，莫非其欲探索壽與天齊之密？」

雷王接續表示，日前聞得夜巡翁岑鴞來報，侯士封曾為了練就厲砂鋩浲劍，服下甚多法王提供之激能丸，以使其肌能爆發，以利舞動質地甚重之鋩浲劍。傳聞此一激能丸有其副症隨行，亦即耗費肝腎之氣，致使泌尿與生殖功能早衰。之所以有此一說，乃因西兑王於訓練軍隊時，下令軍兵服用激能丸，後見軍兵陸續發生上述副症，遂引起侯之憂心。岑鴞又指出，自鋩浲劍被刁刃損毀後，侯即停服激能丸，並全力鑽研《五行真經》，歷經數載，侯士封似乎恢復不少，且已重新拾劍，並與喻莊主齊創全新劍技。

「經主公如此一說，《五行真經》是否真如傳說中，內隱暢達臟腑、延年益壽之蓋世神技？否則黃垚五仙何以能個個年逾於百，身強體健，紅光滿面？」薩孤齊說道。

雷嘯天猶豫了下，冷笑道：「曾於五藏殿目睹《五行真經》，倘若本王能將此《五行真經》納入，或能悟出黃垚五仙長命百歲之理，甚而作為強大我軍之參考才是。」

「唉呀！大夥兒盡說些什麼能量、真經、神功之類的！王爺，難道咱們勛兒失蹤這麼多年了，你都不擔心嗎？就為等著勛兒下落，咱們婕兒的婚事兒才一延再延啊！」一旁板著臉的雷夫人，不禁叫道。

「阿勛這事兒，本王並非不聞不問；經展鵬與我方探子持續追蹤，雖無阿勛下落，卻遇一耐人尋味之事兒！」雷王又說：「近些年來，展鵬陸續於西州與北州搜尋，不時發現行蹤可疑之境外異族，一經交手，皆是身擁武藝之能手；逼問之後，幾乎盡為法王爪牙，而其目的竟是追搜著一物之下落……三犄法杖！」

「這事兒與我勛兒有何相干？」夫人疑問道。

雷王表示，當年奪回臨宣城時，曾聽潘茂將軍與武竣軍長提及，自摩蘇里奧進城後，並未見其手持法杖；而狼行山與法王談判時，亦不見其法杖隨身。再經段城主描述其於城樓上觀戰時，確實見到法王手持法杖，與持竹竿之龍武尊激烈過招，而後龍武尊將法王騰空擎起時，即不見法杖蹤影，以此可推，該三犄法杖應是遺留戰場上才是！又說：「再經當年隨著阿勛衝向埠頭之殘存騎隊所述，阿勛於隨扈林桀中招落馬後即失去蹤影。直至本王奪回臨宣城後，再令戎兆犹領著阿勛之原騎隊，重新模擬當時狀況，得到了重大發現！後續不妨交由戎總管來表述。」

戎兆犹說道：「經由大少爺之騎隊描述後，末將再找當日置身最前線之武竣軍長，偕同高居城樓上之段城主，於大少爺發出火矢後之撤退路線相對照，發現隨扈林桀中招落馬之位置附近，正好是段城主於戰前預先掘好之戰用壕溝！惟因壕溝可作為敵軍搶灘時之陷阱，故深度可達五六尺深，換言之，當戰事開打時，大少爺極可能跌入壕溝中，躲過了兩軍之殺戮衝突；再依段城主最後見到法王持杖位置，確實離林桀屍首不遠。再說，武竣見查坦將軍下令我城中軍兵，清理屍橫遍野之戰場，並將中、西軍之屍首分開處理。依參與其中之軍兵描述，確實見到林桀屍首與戴笙將軍之頭顱，並不見衣著迥異之雷世勛。由此推斷，三犄法杖極可能被大少爺拾獲，並趁著守軍撤退與侵軍入城之際，逃離了戰場。」

雷夫人聽聞後，長嘆了口氣，對著雷王話道：「正因不見屍首，遂有存活之希望。只是……慣於茶來伸手，飯來張口之勛兒，就算三犄法杖能賣錢，能撐多久嘞？瞧……眨眼已過了十二個年頭，還得等多久？咱們婕兒的婚事兒，不能這麼一拖再拖，一眨眼咱倆皆逾了半百，該抱孫子啦！怎奈王爺滿腦子還想著社稷江山！」

「好好好……行行行……將狼行山納入，亦是本王心之所向，要不這麼吧！待夫人與婕兒談妥了，再由榮根大師擇個良辰吉日，本王順手發個帖子，大夥兒熱鬧熱鬧好啦！」聞雷王這麼一說，瞬令夫人顯出微微笑容。然此時刻，一侍衛前來告知，神鬣門總督求見。

戎兆犹立馬疑到，「何等要事兒須刁總督特來求見？」

雷嘯天一見刁刃後，隨即鬆開了眉宇，道：「刁總督鮮少主動進殿，今日前來，所為何事？」

刁刃嚴肅表示，自掌神鬣門總督以來，已消弭各地方惡霸行兇鬥狠之亂事；然此大小爭端，多由刁刃所統領之神鬣疾風組齊力完成。所謂神鬣六疾風，除刁刃為首之外，尚有北冀偃月刀呼延剬、獨眼蛇矛冉垣甲、佛岭山大力士蒙崗、巔稜快刀芮猁，唯另一疾風成員已脫隊多年，煞是可惜，遂成神鬣門之缺角。此次進諫，望能再舉辦一次獵風競武，以補強神鬣門之陣容。

雷嘯天瞧了下戎兆犹後，點頭認為，已脫隊之疾勁三節棍藿驛，確實是位不可多得之好手！隨後又搖了搖頭，道：「唉呀！情關難過之俠士，終究得賠上一生之前途啊！自從戎將軍要求本王力促桐峽鎮長江振平，將其女江吟嫁入戎府之後，藿驛即似個有體無魂之稻草人！可惜的是，其曾以出神入化之三節棍，一路殺進六疾風，榮登銀鬣戰將之銜，卻為了一女子，放棄了前程似錦之仕途。唉……既然已成定局，本王即刻授權刁總管全權籌劃，為了補足神鬣門之六疾風，神鬣門將擇期舉行睽違已久之……獵風競武！」

歲次壬午，正月廿六，巳午良辰，北州辰星大殿，文武百官，冠蓋雲集，四大縣令齊聚大殿廳堂，無不恭賀北坎王尋得命世之英，並擁戴北州軍師之真除上任。北坎王內心激動之餘，更是逐一地向惲子熙介紹堂上文武要官；當然，面對以民意為依歸之北州，惲先生更是一一對四大縣令寒暄再三。而後，惲先生主動上前，分別向莫乃言、莫乃行與莫沂三兄弟行禮問候，孰料個性陰沈之莫乃行，立對惲先生冷冷道出……

「惲先生隱居逾十載，山河依舊，人事已非，何自信之有？能為我北州執掌軍師一職！」

惲子熙不疾不徐地回應道：「世間醫者為人診治，可因其面相以知其性向，觀其舌象以知其臟向，診其脈象以知其皮毛臟腑之症，醫者所蒐，皆為病徵。然而，治國猶治症，惟各層文武盡忠職守，四大縣令安撫民心，莫大少穩固醫藥國本，莫二少肅清暗地宵小，莫三少為北州水利之依靠，如此環環相扣之根基下，惲某與符戳總管自然信心倍增，一旦境內出現任何徵象，即可知其原因所在。」

符戳隨即表示，惲先生深居中州東靖苑，即可藉二紙卷之提示，弭平中土戰亂，足見中鼎王為事不甚周全，以致五州牽制失衡！所幸北州無牽涉戰局，一旦強大自我，絕對是平衡五州勢力之一大支柱。

惲子熙隨即指出，「瀉南補北」之所以奏效，實因中州大舉醫藥採購與降半關稅，雙管齊下，使北州受利。然此被動條件，雖緩去了北州裁軍之窘境，一旦中州生變，北州恐有唇亡齒寒之虞，此乃吾等憂慮之處。故子熙期盼，未來北州，仍須朝向自食其力，強國強民之目標，戮力以赴。

「請教惲先生，近來中州由克威斯基間接引得外藥技術，並對我北州施壓，或要我方採購，或以調升關稅為脅迫，正如軍師所言，咱們仍處於被動條件下與中州交往，該如何應對是好？」北川沈縣令問道。

北坎王接續話道：「中鼎王滿腦子利益，合以薩孤齊之謀略，能榨一點兒是一點兒。雷王與人談判，實已掌握有利籌碼，一旦談判破裂，立馬拆橋毀墩，若無掌握先機，甚難知曉其下一步為何？」

「惲子熙既已受任北州軍師，首要借重王府三兄弟之力，未來三個月，子熙需掌握過往外輸中州各類藥材之數量；二要機察處肅清滲入北州之敵探；三要水利處詳查過往中州委我治水之精確位置。此三要項若能確實，子熙將於三個月後，鄭重提出首要強國計畫！」惲言道。

然於惲之話後所呈一幕，霎令殿內文武大臣目瞪舌彊，更見北坎王頻頻揉眼，清楚見到莫氏三兄弟分由廳堂三方向，陸續步向堂中。莫乃言表示，惲先生凝聚國力之舉，乃言戮力而為。莫乃行說道：「惲先生以百日瞭解我朝上下，尚不及狂妄自大，乃行姑且順從軍師之令。」莫沂則說：「欲追蒐過往十年之治水紀錄，恐因河床改道而失真；倘若僅需近年來之確切位置，莫沂尚能克服。」

「好！各部門就依此方向，分頭進行。四大縣令於百日之內，暫莫與中州簽署任何利益文件，三個月後，子熙即可為北州跨出自立自主之第一步！」

軍師真除大會後，北坎王領著惲子熙來到莫王府，適值二人步入廳堂，尚未就坐之際，侍衛隨即傳來常真人登府拜訪之聲。

「太好了，常真人來了，快請！快請！」莫烈興奮喊道。

常真人一入廳堂，立即拜會北坎王，隨後激動地向惲子熙道賀：「貧道特來祝賀惲先生榮任北州軍師！」

惲子熙謙卑回應：「不敢，不敢，常真人還是直呼子熙之名較為習慣！十多年不見，常真人依舊鶴髮童顏，健步如飛啊！」

「是啊！常真人推崇的『天人合一』論述，能使臟腑之氣，循規蹈矩，雖年逾杖朝之年，紅光滿面，神彩依舊啊！」莫烈說道。

常老話道：「受惠子熙之瀉南補北策略，弭平了東方實，西方虛之症，令中土五州回歸相互制衡狀態，使中土大地得於平順之中，經歷十載復健；老夫亦托此之福，能於道觀撫慰民心，教化倫理。」

「呵呵，常真人實在過獎，子熙雖諳『天磁地氣』之術，但於博大精深之中醫醫理，卻是個半調子。子熙斗膽跨足醫理，以『瀉南補北』以治『東實西虛』，實乃受常真人之影響，耳濡目染所致。所以消弭中土戰亂，常老亦是功不可沒啊！」

常真人聽聞，微笑以對。然於一口清茶潤喉後，漸轉苦笑表示，「常生有命，龍後有傳，凌研有得，惲危有嗣」此乃過往子熙為常、龍等四人推得之命勢。元逸苟延殘喘至今，八十有餘，已知足矣！實可謂有命於天地之間，惟天妒英才，曾為玄桓之驟逝，痛心疾首，轉眼雖已十二寒暑，至今仍深感惋惜！

「雷嘯天曾走訪東靖苑時，託子熙推演嵐映五俠之命勢；當時僅回應嵐映五俠之未來可能。然於推演中，子熙暗地多運一氣，即為玄桓兄而測，結果呈出『氣盡兵戎』，藉此即知中土將兵連禍結。惟因戰事實在突然，除預謀侵犯之西軍外，另見東州嚴翊寬軟禁東震王與曹崴總管，且私自領兵攻佔濮陽城。再如南離王之聲東擊西，刻意集結軍兵於靈沁江南岸，卻趁西州東侵，暗地由西州後門出擊。正因一切來的突然，縱使惲某能尋得化解龍武尊遇難之法，怎料其已置身沙場刀光之中，就此劫數難逃！」

莫烈關切道：「若依惲先生於東靖院所推演，嵐映五俠之命勢，可與當年戰事，甚或與未來局勢存有關連？」

「一事發生，皆由諸因相涉而來。當年中、西二州關係緊張，稍有摩擦，衝突即生，故子熙不以為嵐映五俠與戰爭有直接關係；若有，也僅是戰爭中之間接利用手段。然依惲某所查，縱然西兌王握有雷婕兒與狼行山，卻非侯西主直接要脅中鼎王之戰略手法，而是間接遭摩蘇里奧作為攻城之手段。只是……一切之一切，竟陰錯陽差地符合了惲某當年『一入一合』之推演；亦即狼行山歸入雷王府，而刁刃登上了神鬣門總督。然刁刃與雷王之合作關係，既可為中鼎王掌控江湖命脈，亦能滿足刁刃享有『天下第一』之稱號，魚幫水，水幫魚，如此一入一合，著實讓中州陣容漸趨強大。」

常老接著問道：「既已逾十載光陰，甚連後生晚輩之一入一合，皆已符合先前推演，回觀昔日之『凌研有得』，可有解乎？之所以如此一問，乃源於數年前，曾往西州拜候凌秉山，驚聞其子凌泉告知，凌大師曾多次閉關參悟鑄劍之法。一日，大師突然扛一布袋，表明將前往北州一趟，自此未再回西州。為此，大師之孫凌允昇，已前往北州打探凌大師下落。聞訊至今，仍百思不解凌大師之舉？」

惲隨即表示，推演天磁地氣之術，其羅盤所示，盡歸磐龍符號；而磐龍文實具一字多義，故須將所顯符號，理出一符合邏輯之解釋，此解雖可顯出未來趨勢，卻無法明確指出何時發生，故須時時藉星象為輔。秉山兄吉人天相，應可逢凶化吉才是。然而天下局勢，錯綜複雜，子熙原以為歸隱林野，即可避瀉天機，怎料一次異樣星象，遂讓子熙再次藉羅盤為中土大地演繹，竟顯出「命門危難，回陽救逆」之字義！詫異當下，削去歸隱之念。適值北坎王用人之際，故允諾為北州效力，以期藉北坎王一州之力，力鎮各方所生之危難！

惲子熙如此一說，瞬令北坎王與常真人驚愕不已。莫烈即依眼下局勢表明，各州歷經十年調養生息，各方狀況均達歷年巔峰，亦已累聚了拳頭相向之本錢。然而過往乃兵戎相見，而今卻聞得未來呈出危難？更說危難於命門！難道未來中土將面臨全境之難，而非沙場之輸贏勝敗？

常真人頓了下，道：「生命著於胞宮，即由人之**神闕**（肚臍）為起始，首生腎臟，故有**腎為先天之本，脾為後天之本**一說。而人之命門位居腎臟與腸腑之間，**且有生命起於命門之火之說，一旦命門火熄，嗚呼咄嗟**！此時提及『命門危難』之預言，子熙恰由北州重起，**北方屬五行之水**，北州位烏淼峰下，**烏者黑也，亦歸於五行之水**；然**水歸五臟之腎，諸臟以腎為起始**。如此一說，子熙與北坎王合作，正是中土重生、弭平五州危難之最佳組合。老夫相信，有了惲老弟把關，北州將成穩住中土大地之基石！」

惲子熙突然深吸了口氣，正經向常老問及有關龍武尊辭世前之種種。惟因常老信得過子熙與莫烈，故娓娓表出：昔日與龍武尊促膝長談，曾聞其於黃垚山五藏殿靜養期間，感悟諸多道理，其若能推助後世，寧捨己命，在所不辭；甚而述及火化大體，以避土葬之奢。居中更提其三階層之「經脈武學」：首層以經脈內運，進而脈氣外伸；二層即以脈氣外延，進而兵刃相結；然至最高層乃氣牽兵刃，進而隨心馭劍！又說：「龍老感慨一生啟蒙與傳授經脈武學，僅遇一人能達馭劍之境，怎奈此人曾脈道受損，未能達於馭劍之巔，且因年已半百，難擔傳承之任，故對惲老弟之『龍後有傳』預言，頗感灰心！然而，令老夫記憶深刻之事兒，乃因龍老向來擔憂誤入歧途之寒肆楓，恐將成中土一大禍患！孰料龍老竟於臨終前，氣若游絲地提到，『戒慎雷世勛！』，事後再三回憶龍老所發之字音，並非雷嘯天，確是雷世勛沒錯！」

「雷世勛？龍武尊提及此人？真是令人摸不著頭緒啊！真要說龍老擔憂的寒肆楓，莫烈曾與牟芥琛目睹其躍下深不見底之津漣山斷崖，至今已逾十二載而不聞其名。」莫烈又道：「至於那點燃臨宣戰火之雷世勛，不僅手無縛雞之力，甚而怪病纏身，飯囊酒甕；據聞其於臨宣城亂發火矢後，臨陣脫逃，至今杳無音訊。雷王亦曾書信予各州主，請求出力協尋其子雷世勛，至今仍未聽聞雷世勛回歸雷王府，倒是聽聞摩蘇里奧之子摩蘇維，因借像顯影，假冒雷嘯天攻入臨宣城，最終被亂刀砍死，並遭亂軍拋下城樓。」

莫烈話出後，惲子熙隨即起身，來回踱步，道：「世事難料，以龍老之嚴謹、常真人之專注，會提及雷世勛，應不致無中生有，空穴來風。惟因世事盡歸陰陽，有一消則有一長；耳聞摩蘇一家頓失一子一女而勢力消退，則可能另有勢力萌生。據子熙所知，津漣斷崖之下，冰岩相間、荊棘叢生，雖說縱躍而下，生還渺茫，惟不見屍首，仍是變數！而雷世勛於人間蒸發十二寒暑，卻於子熙出任軍職之際，由常真人述及此人，故針對命門危難之說，寒肆楓與雷世勛之殘存與否？子熙皆以『不無可能』之態度處之；若欲查明真相，恐須借重機察處之莫乃行了！」

惲頓了下，隨後針對龍武尊之後事相關，詢問常真人可有參與其中？

「龍武尊逝世後，老夫藉由鄰近道觀協助，並依龍老曾於陽晌觀所提，施以大體火化。龍老曾表示：人生無常，不知何時何地終止？來日若至人生終站，則交予豫麟飛打理身後。老夫遂將龍武尊之骨灰，親送嵐映湖玄悟精舍，終交予豫麟飛處置。」

「知悉豫五俠猶如翻江蛟龍，游走於中土川江之中。莫非龍武尊選擇水葬？故將身後交予豫麟飛處理！」莫烈疑道。

惲子熙雖不表認同，卻無其他想法，僅說：「此事兒僅能遇上豫五俠時，始知後續為何了？」

「甫聞惲先生提出三個月為期，以作為重整北州之準備。然此期間，惲先生有何打算？」

莫烈問道。

「子熙於隱居山野期間，結識一德高望重者，名曰暨酆，甚得世人稱之一聲塹龍居士！此人常居北渠縣之窮鄉僻野，一生鑽研文字奧秘，更教授貧寒子弟習字為文。惲某欲藉其於文字之獨到解析，以期感化吾對磐龍文之另類見解，遂依約前往拜訪之。」

「嗯……惲先生所提之塹龍居士，實乃昔日我北州之刑部確案官，惟因年事已高，遂告老還鄉以培育咿呀學語之孩童。只是……甫聞小犬乃行告知，據聞暨酆將前往中州頂豐城，恐有會晤中鼎王之可能，此刻雖未明瞭相關細節，藉此先將此訊息予惲先生參考！」莫烈又說：「來月十五，中鼎王將於惠陽為其女雷婕兒舉辦婚事，莫烈順道與雷王談談關稅調整問題，屆時常真人不妨同莫烈前往惠陽祝賀，畢竟這萬中選一之駙馬爺，亦是稱您一聲師伯之狼行山！」

「阿山要娶雷嘯天的女兒？老夫真是老糊塗了，一直以為將同阿山共結連理者，乃當年端陽大會上撫琴演奏之蔓晶仙，蔓姑娘啊！怎會……」

莫烈表示，所謂識時務者為俊傑，狼行山自從倚向中鼎王，並藉由談判而令摩蘇里奧退兵後，聲勢水漲船高，幾經雷王拔擢，現今狼行山乃威風八面之中州醫研處總管，亦是北州未來須面對之頭疼人物。又說：「自戰亂平息後，中州積極從事醫研，怎料現已掌握了過去克威斯基那套製藥伎倆，而今僅由克威斯基提供特製藥草萃取液，中州即可自行合成丸藥兒。日前我北川醫藥農商展會，狼行山即以喧賓奪主之勢，技壓全場，北州現已感受狼行山所施壓力，此事兒亦是惲先生當前須面對之棘手問題！」

常真人長嘆一聲後，道：「這些年來，耳聞狼賢姪與刁刃，相繼效力於雷王旗下，心中不

免築起殷浩書空之感！本以為嵐映諸俠掌控中州要職，即可循龍武尊之道，居中為中州把關，卻萬萬沒想到，狼賢姪以致如此地步！老夫曾對龍老論及刁刃與人劍爭，未能凌駕，絕不罷手；狼行山則唯利是問，難揣其心。依此見得，此刻已面臨子熙所云：『世事盡歸陰陽，有一消則有一長之局勢』；龍武尊之嵐映勢力一消，雷嘯天旗下陣容則與日俱增。甫聞吾等提及寒肆楓、雷世勛之二虛擬虞犯，眼前卻是已具潛在威脅之刁刃與狼行山！」常老又說：「唉……子熙啊子熙！老夫踏進莫王府不過數刻時分，卻已著實地感受到『命門危難，回陽救逆』之震懾感，倘若不能未雨綢繆，中土大地波瀾叢生，在所難免！」接著，常真人躊躇了一下，道：「嗯……來月十五，老夫將同莫北主齊往惠陽城，一來送上祝賀，二可就近感受後生晚輩之行事思維。」

觀常真人本為道賀北州軍師真除之行，卻意外成就一莫王府密會，怎料與會三人經昔日事端之追憶，偕當今世局之臆測，不僅萌生惴惴不安，更因一命門危難之演繹，猶為中土五州之未來，蒙上大命將泛，危急存亡之虞！

北川縣冀水城郊外，一簡陋矮木房內，一年輕人昏臥床鋪，深覺全身無力，甚不能支撐眼皮；惟耳邊傳來對話聲響，聞其內容，方知一坊間學者，攜一病患前來，話道：「仇兄，吾之姪兒，心中寒涼，食慾減少，且感左身不及右身，求醫服藥，醫者皆言脾胃虛弱，相火衰損，所使之方藥，皆以健脾養胃，補助相火，服用年餘無效，至今骨瘦如柴！」

待經把脈之後，仇氏回道：「此患左脈不起，吾斷以肝虛之症！」

「仇兄僅以左脈之微弱，即可斷證？」學者疑問後，立聞得醫者回應……

「**肝之位雖於右**，**然其氣化實先行於左**。患者身感左身下墜，臥時不敢左傾，此乃**肝虛**也。」接著提筆寫到：「以**黃耆**八錢，**川芎**、**柴胡**各一錢，配上**乾薑**三錢，煎湯飲下，今夜即可左側安臥，再服數劑，諸病皆癒。」

學者一臉狐疑，問道：「**黃耆**乃補肺脾之藥，今仇兄用於補肝？竟能奏效，何以解之？」

仇氏指出，**肝屬木而應春令**，**其氣溫而性喜條達**；**黃耆**之性溫而上升，以之補肝，即有**同氣相求**之妙用。凡遇肝氣虛弱不能條達，用一切補肝之藥皆不效，重用**黃耆**為主，而少佐以理氣之品，可速見其治症之效。

學者得方之後，隨即攜患而回。惟聞一旁臥床者，斯須發聲道：「原來前輩乃一從醫者。重用**黃耆**以理肝氣，高招……真是高！晚輩凌允昇，不知前輩……」

「仇正攸！抑或坊間所傳之北淼怪醫！難得入城一趟，觀摩醫藥農商展會，雖沒啥收穫，但見凌兄弟無畏惡勢力，挺身為眾解析**生薑**與**乾薑**之異同，引吾訝異！凌兄弟年紀尚輕，竟能當眾解析，鞭辟入裡，實在難得，莫非爾亦出身醫家之後？不僅如此，凌兄弟昏迷期間，體內竟有數道真氣巡行，並巧妙地將那狼總管之水濕掌氣，驅圍於心下橫膈之間。常人若受此等水濕之量，行竄於周身之間，輕者水飲內停，痰飲內阻，重則胸悶脇痛，四肢腫脹！正因爾之特異體質與怪異症候，遂引仇某起了治症之欲。」

凌允昇心想，「眼下尚未尋得祖父下落，暫且保留身世為宜。」

允昇接著說道：「晚輩並非醫家之後，惟因中土大地曾遭瘟疫所肆，故自幼背誦長者所教，

一如『肺寅大卯胃辰宮，脾巳心午小未中，申胱酉腎心包戌，亥焦子膽丑肝通』之類的歌訣，而後始知此乃人體五臟六腑巡行真氣，對應於一日十二時辰之說，甚而引發允昇一探醫經醫理之興致。後經陽昫觀常真人啟蒙，故由陰陽五行以至經脈本草，逐一涉略，如此而已。至於前輩所提，在下體內之數道真氣運行，此乃允昇自八歲起，自體日漸蛻變之現象；不瞞前輩您說，允昇之手臂內側與外側，足腿之內側與後側，確實各有異於常人之能量，此一怪象，自己亦無從解釋，倒是允昇對於前輩被人冠上怪醫二字，深感疑惑與不解啊！」

「哈哈，妙……妙啊！又是受惠於常真人；仇某亦因常真人之提點，進而領略到人之奧妙！此回能藉由薑而遇上凌兄弟，亦是種緣分！」「至於爾之所問，與其稱吾為怪醫，倒不如說是醫怪，亦即專醫怪症！哈哈！一般所謂風、暑、濕、燥、寒、火之六淫外邪病患，可依六經辨證，予以醫治，此乃一般醫者可解之病證，不必耗吾時間，故仇正攸有三不醫：病不怪不醫，病不難不醫，病不重不醫！方才那位求醫者乃從事地方教育，其瞭解吾之脾氣，遂常於坊間求醫，惟遇病久不瘥才來找我。唉……坊間醫者之辨證論治，連個肝虛症都診不出來，若是將來廣依速效合劑治病，恐連基本的六淫外邪皆難以辨證，更何以能論治嘞？倒是……你這小子異於常人，夠怪！所以把你救到這兒觀察。」

「前輩一直都住這兒嗎？還有，晚輩之症狀……有得醫嗎？」

「呵呵，北州四大縣皆有我居住之處，只是……皆如眼前這木屋般大小罷了。之所以這麼做，只因各地均有不同類之重症患，或有瘰癧，或有癭瘤，抑或尚存意識之受創癱瘓者，只要命門之火未熄，均為我仇正攸挑戰之目標。」

「至於凌兄弟之症狀嘛！夠怪，怪到吾都下不了手！明明經脈水濕氾濫，卻能將之集中於心下膈間。本欲考慮循醫經之『**膈間支飲，其人喘滿，心下痞堅，面色黧黑，木防己湯主之**』，卻不見爾之喘滿面黑症狀！隨後嘗試施針，針下爾之小腿內側，位於**足太陰脾經**上之**陰陵泉、地機、三陰交**，此三穴亦稱為**天皇、地皇、人皇**，合稱**三皇穴**，藉此三穴**強土以制水，以利尿、去濕、療水腫**。但於施作當下，爾竟將入於肌肉骨邊之銀針，一一推出，令吾直覺眼前小伙子一身傲骨，不給治症，甚將銀針退還！數時辰後，原本水腫部位之水濕漸退，並見心下微微隆起，一經按壓，竟有咯咯水聲，這才發現，竟有人能將過剩水濕，循經脈聚集，再藉人體內發熱之來源……心臟，以**心之君火**，蒸散體內濕盛之氣，再藉由**手太陰肺脈**引動肺循環，將遇熱蒸散之水氣，藉由呼吸道釋出。老實說，凌兄弟之怪症，我仇正攸治不了，只因爾之自體功能即能解症，其中所需，僅是自解之時間罷了。再就爾所述之歌訣：**脾巳心午小未中**。此刻乃巳、午交接時辰，脾與心之氣脈最強，或許再過一時辰，凌兄弟即可健步如飛啦！」

凌允昇深吸了口氣，伸了伸筋骨後，道：「多謝前輩告知在下昏迷時之療癒過程，前輩不妨直呼允昇之名即可。不瞞前輩您說，允昇始於八歲時，自感體內與四肢腫脹異常，經常真人診出四脈絡之真氣旺盛，亦即**手太陰肺經、手太陽小腸經、足太陰脾經、足太陽膀胱經**。然於十六歲時，此四經脈之氣開始交叉亂竄，如我所述歌訣，每逢寅、巳、未、申這四時辰，其經氣內竄更是劇烈。原以為自體臟腑不調，恐有重症併發；孰料經由狼行山這麼一掌，不僅啟動了吾四經脈之禦外能力，更領略到自體功能修復之內力，還因此結識到專挑怪症之仇前輩，算是因禍得福啊！」

「哈哈，允昇或因此股奇特內力，始能將**足太陰脾經**之三皇穴銀針，一一推出！倒是……

爾是否已達加冠之年？」仇正攸問道。

「欸……允昇今虛年廿四。」

「呵呵，甫聞爾描述八歲時，自體深感蛻變，十六歲時，四道經脈之氣開始交叉內竄。然醫經有謂**『丈夫八歲腎氣實，髮長齒更；二八腎氣盛，天癸至，精氣溢瀉，陰陽和，故能有子；三八腎氣平均，筋骨勁強，故真牙生而長極。』**以此推估，或許允昇這股強大內力，自此將有另一番表達風貌。再因見識過爾於冀水城與人對峙之身手，或許來日可於坊間聽聞一聲凌大俠之響名才是。」

「不敢，不敢，允昇於大庭廣眾前出手，惟覺正義不該被遏抑罷了。歐……對了，前輩可打算續留此地？」

「本以為爾之怪症，須耗數日時間以治。既然該症已漸癒，仇某將前往北江縣，只因該區域終年霜雪冰寒，故安置了數位怪症者，暫於低溫下修養，以緩其腫瘤肆虐速度。怎麼……允昇是否欲隨吾一窺世間之疑難雜症？」

「前輩肯賜予晚輩增廣見聞之機會，允昇真是求之不得啊！」

「那好，待允昇之體能恢復後，咱們明兒個啟程出發，一路前往北江縣……。」

二月一十五，暖陽溫照惠陽城，一早即湧進各路人馬，城主只瀧沿著承豐大街，逐一踏入各客棧，致謝前來祝賀雷王府喜事之各州官員與江湖先賢。惟因婚禮儀式即於瑞辰大殿舉行，故所有接帖貴賓，紛由只瀧城主指派馬車迎接，逐一前往瑞辰殿堂。

中鼎王偕夫人於瑞辰殿前，招呼著前來祝賀之貴賓。東震王偕其子嚴翃廣，與軍機總管曹崴、衛林軍長罕井紘前來，一見雷王，拱手賀道：「恭喜中鼎王，賀喜中鼎王，能引得允文允武之狼行山為婿，特領小犬翃廣前來觀摩，藉此見識見識難得場面。」

「呵呵，東震王客氣了，所謂虎父無犬子，您瞧，嚴公子氣宇非凡，智勇雙全，此乃嚴氏家傳之本質啊！唉……倘若小犬未逗留在外的話，翃廣足為小犬之模範！」二王接連一陣客套，且於翃廣向雷王夫婦行過禮後，嚴東主即領著隊伍進了殿堂。

接著，北坎王莫烈偕同常真人與乃言、乃行兩兄弟前來，中鼎王又是一陣寒暄問候，連忙引領入座。另見薩孤齊國師於瑞辰殿另一頭接待，首先見著南州火連教教主邢彪，親率其子午鉞隊，入殿祝賀；而後即是南離王偕軍師單鍏、軍機總管公冶成前來。各大重要人物陸續抵殿，難得一次無關爭鬥之聚會，直讓雷嘯天於殿內廳堂，笑得合不攏嘴。

半晌之後，薩孤齊向堂外一瞧，立馬對著中鼎王使了個眼色，隨即走向廳堂口，恭敬說道：「西兑王前來祝賀，我方招待不周，有失遠迎！沒想到，雪盟山莊喻湘芹莊主與雪纏四劍亦賞臉前來，令我瑞辰大殿蓬篳生輝啊！」

西兑王拄著枴杖，微笑道：「呵呵，雷王這回寄出的是請帖而非戰帖，難得眾巨頭齊聚，用不著揮刀舞槍的，本王當然前來湊個熱鬧囉！再說，喻莊主數十年未曾踏上中州，此回隨吾前來參與雷王府喜事，真是給足了中鼎王面子！歐……對了，大殿外停著一載貨馬車，實乃不克前來之金蟾法王，託本王帶上之賀禮，有勞國師代雷王點收笑納！」

中鼎王偕夫人拱手回禮致謝，喻莊主見著各州霸主，旋即上前一一問候，尤其遇上久未碰面之常真人，更是寒暄再三。隨後雷夫人親自上前引領喻莊主一行人入殿就座。

最後，中州重要文武代表，由中州左右雙衛引領進殿，分別是中州財務總管徐崇之，藥物督驗官戚聿蓀，軍機總管戎兆犹，神鬣門總督刁刃等等。

一見威武進場之刁刃，雪盟山莊靳芸禕不禁瞠目覺到，「刁刃冷酷表情依舊，惟眉宇與肩頸所散發之魅力，隨其戰遍江湖高手，登上神鬣門總督後，更是無與倫比。刁刃啊刁刃！這麼多年了，難道亦無心儀之人與你共結連理，也好讓芸禕死了這條心吧！」

「嘿，丫頭！穩著點兒，別讓人看笑話了！」喻莊主見失了神之芸禕，不悅話道。

然此時刻，殿內另一兩眼無神者，正是立於戎兆犹身後之樊曳鶱將軍。長年心繫雷婕兒之樊曳鶱，眼下竟是參與著心上人之婚儀，內心自是五味雜陳。再想到那新郎官兒，當年不僅於墨頂台奪了樊之風采，更於普沱江岸，毀了樊臥底東州之計畫，遂讓樊於中鼎王前抬不起頭來！相較攀上雷婕兒之狼行山，不僅拜將封侯，官躍三階，勝任了中州醫研處總管，而今又當上駙馬爺，往後遇著，尚得畢恭畢敬問候，真是越想越嘔！然而，能嘔的豈止這些，以樊曳鶱於雷王旗下之資歷，絕對高於身前之戎兆犹，而戎兆犹現已任中州軍機總管，亦為樊之直屬長官。樊曳鶱於嘆氣之餘，再瞧向另一團隊掛帥之刁刃，其於南州冶劍山莊瑜亭，硬是於眾英雄前，將樊到手的戮封劍奪回，並使樊狼狽竄逃，橫豎一看，樊曳鶱這輩子注定扮演配角之命了。

這時候，嚴東主來到常真人與北坎王前，道：「轉眼已越十秋，常真人真是抗老有術，一點兒都沒變啊！再則，北坎王福運已到，不須千金市骨，即能延攬釋星子執掌北州軍師，莫烈兄應可鬆口氣啦！」

常真人同嚴震洲寒暄一陣後，聞莫烈向嚴東主問道：「自嚴東主重新執掌東州後，曹崴總管可有貶謫入侵濮陽之余翊先？」

「唉……醜事兒不堪提啊！諸跡象顯示，當年確是吾兒翃寬，放縱好大喜功之性，背著嚴某與曹總管，強令余翊先擐甲執兵，渡江出擊。然因余伯廉極力提出，歷代將領，君無出令，將無出兵之論，故令東州督審長屏唯泰，依東州之律法，判決入侵中州一事，由翃寬一人承擔。然而東州乃嚴刑峻法之州域，亦即天子犯法與庶民同罪，更由翃寬之伏法，獲得中鼎王不予報復，亦可令東州文武百官引以為戒！」

北坎王又問：「當年果真因現今菩巖寶剎之沁茗方丈親領弟子相助，以成就翃廣帶隊殺回東震殿？」

「這個嘛……沁茗法師因於翃廣出走之際，及時予以諸多協助，並令弟子擋下歲星城裡幾條重要路口，以致林務總管陸洛煊搶得時機，得以聯絡上罕井紘。惟日後真正殺入東震殿，為嚴某與曹總管解除危難之關鍵人物，即是罕井紘旗下戰將……衛蟄沖！此人手持方天戟，可於戰馬奔騰之中，單手旋戟，速取敵對首級，乾淨俐落，無懈可擊，眼下即任我東州軍訓總長，而罕井紘則晉升為東震殿前總衛。」嚴又說：「至於那沁茗法師……本王為犒賞其功，遂於沁茗接任方丈一職後，進行擴建菩巖寶剎之計劃，使之成為現今東州最大佛門寺廟。不過，經由陸洛煊提醒，沁茗方丈與中州國師薩孤齊，輔牙相倚，秤不離砣，翃廣亦對此一榮根大師頗為敏感，遂令嚴某與該寶剎之關係，僅持點到為止之原則以對。」

「嗯……小心駛得萬年船！」常老又說：「老夫自入坐廳堂以來，雖說大夥兒乃藉雷王嫁女而前來道賀，然靜觀其中，或是神色，或是舉止，不難覺到現場交雜違和之感！」

「哈哈哈，常真人閱人無數，雖不過問政局，惟敏感度極高，此等違和感早已瀰漫全場啦！」上前招呼之徐崇之偕戚聿蓀說道。

徐崇之表示，對於過去、現在與未來而言，今日的新郎官可謂深具影響力之人物！話說，狼行山曾因牽涉邸欽副總管謀殺案，不慎讓余翊先盯上，甚遭曹崴總管一劈而上了囚車，更險些命喪樊曳騫之手！再則，狼行山曾遭西兌王強擄以致嚴刑拷打，甚成了交戰之人質，因而間接引燃了中、西二州之戰火。眼見上述諸人物，強展微笑以祝賀狼行山，煞是矯情以對！

戚聿蓀接著說道：「眼下之狼行山已是中州醫研總管，職位已同等藥物督驗官，其領導中州成功地合成境外萃取素，此舉對中土五州有著極大影響，首當其衝即是北州之藥材產能，與原本負責合成藥劑轉運之西州。為此，西兌王自然無好臉色可呈。」

徐崇之說：「中土五州主暗地較勁多年，甚連惲子熙出任北州軍師，都能讓中鼎王氣急敗壞。原以為雷王嫁女之場合，應不見各州主前來捧場才是，孰料雷王令徐某於送帖時順帶一話：『十年復健已過，中州考慮提升各州之特產關稅。』試想，中鼎王掌著各州經濟命脈，各州主能不給雷王面子，親臨一趟瑞辰大殿嗎？」

北坎王點頭說道：「昔日攜械搏命而結仇，而今卻與仇人舉杯言歡，此等氛圍下，違和感自然產生。今日非僅狼行山，一旁不苟言笑之刁刃亦不遑多讓！回想當年公冶長瑜一柄戮封劍，刁刃不僅當眾摘下樊曳騫之面具，甚而一人力戰雪纏四劍，破了纏綿繾綣劍陣，霎令為首之斬弘羿顏面無光！更令西兇王咬牙者，乃刁刃於桐峽鎮以三禪戮封劍，擊碎了侯之厲砂鋩挲劍；甚而憶得當年之端陽盛會，邢彪曾傷及公冶成，而嚴東主更於殿外斷過戎兆犰之兵刃！上述這些關鍵人物，今日全聚於瑞辰殿中，待會兒酒過三巡後，這般違和感會因酒而消散揮發，抑或另有節外生枝之額外插曲呢？」

半晌之後，薩孤齊走上堂中央，對著眾人喊道：「良辰吉時已至，王府婚儀啟始！」

「叭……咚……鏘……」殿外鼓嗩笙鈸隨即響起，狼行山一身紅袍，藉著紅綵，領著新娘雷婕兒，緩緩步入大殿廳堂，主角雖難掩靦腆，仍依古法循序漸進，眾人於隆重且熱鬧氣氛中，紛以點頭與拍手示意，二位新人於拜過天地、高堂與夫妻對拜後，完成了傳統嫁娶儀式。

婚儀之後，狼行山欲回往宴席大廳，突見一人背向，攔了去路。惟聞此人唸道：「郎才女貌結連理」狼立應道：「文才武略謀晉級」。背對者緩緩轉身笑道：「哈哈哈，狼行山啊狼行山，你果然夠機靈！吾一句應景上聯，爾依舊能接出寫實下聯。沒錯，閣下利用文才武略，確實謀劃了晉級之路，而吾一樣能文能武，卻不甘只是任人指使，擔綱成就大事之配角而已！」

「呵呵，樊將軍智勇雙全，惟令人可惜之處，如同東州余翊先一般，盡做些搬不上台面之勾當！爾等欲滅邸欽，卻栽贓到我這兒來；爾欲為雷王奪取戮封劍，卻要假扮崧茗書院之童千勝，到頭來被人識破身份，竟當眾做出盜劍之舉，不巧的是，閣下遇上了人劍合一之刁刃，我刁二哥沒一劍了了你，算你走運。然而樊兄一味地蒙面、假扮、偷盜，如此踐踏自己，無怪乎僅能擔綱配角一職。」

「你……姓狼的，爾娶了我心儀的婕兒，還如此羞辱我，真後悔當初沒以七骨銀鏈，倏將

囚車中之狼狗給了了！」話一說完，樊曳騫隨手亮出了銀亮利刃。

「喂喂喂，你冷靜點兒！這兒可是瑞辰大殿啊！再說，吾已是駙馬爺，就算你有能耐把我宰了，雷王會放過你嗎？婕兒從此守寡，她會放過你嗎？你可別搞到連配角都沒得做啊！現在，你我同屬雷王旗下人馬，雷王甫令閣下拉好中州與火連教之關係，也許未來會有受重用之一日，樊將軍浪費時間與狼某發生衝突，對你有啥好處？好了……快走吧！待遠處那人走近了，也有你尷尬的嘞！」

樊曳騫回頭一瞧，搖了搖頭，嘆了口氣，倏而垂頭喪氣地離開。

「怎麼回事啊？瞧那蹩腳的，一副想跟你比劃比劃似的，要不要二哥幫忙啊？」

「幫了，幫了，二哥緩緩地走來，已經幫了小弟啦！他再不走，遇上二哥之戮封劍，那就自討沒趣啦！」

刁刃說道：「吾乃親自向四弟道賀的，咱們兄弟倆曾在嵐映湖畔，一塊兒拿著樹枝對打，直到對方枝斷為止，真讓人意想不到，當年那留著鼻涕的阿山，竟然當上了駙馬爺！看來，長得好看是有用的哦！」

「喂喂喂，小弟靠的可是自個兒的實力啊！至於長相嘛！那是個人氣質之延伸，沒法兒隨意更改的。哈哈哈……」

「行行行，要耍嘴皮子，吾絕非爾之對手。吾能瞭解，過往四弟因窮怕了，所以只要有錢可掙，有利可圖，阿山跑得比誰都快。而今阿山已是中州駙馬爺了，過往夢想應可一一實現啦！」

「刁二哥自幼好勝心強，與人鬥劍，不抑制對手攻勢，絕不罷休；而今更因過關斬將，登上天下第一之神鬣門總督，二哥之戮封劍在手，萬夫莫敵，老天爺眷顧了咱兄弟倆，此生應已無憾了吧！」

「非也！既有了武藝與神器，唯有一勝再勝，始能滿足吾之慾望。神鬣門雖是個目標，惟坊間臥虎藏龍，一山尚有一山高；吾雖坐上總督之位，乃欲藉此樹大招風之職，引來更多高手一決高下。先父未做到的，或做不到的，皆可為刁刃之目標。所以，目的未達，何來無憾？倒是仕途平步青雲，眼下又娶了美嬌娘，無憾的應是阿山吧！」

狼嘆氣道：「唉！結交友人可分真、誠、虛、偽四個層級。走狼某這般路子，所遇上的人，十之八九皆屬虛與偽！雷王重用我，最大原因乃於狼某已研出合成製劑之法，雷王可藉此抗衡西州製劑；二來可藉由阿山，直與摩蘇里奧談判，其中之利用成分還是居多的。當然，我狼行山亦非省油的燈，雷嘯天能利用到我，亦因吾結識了雷婕兒而接近了王府。吾本以『待尋回雷世勛』這藉口，拖延王府這樁婚事兒，卻沒料到，此一拖即是十個年頭，雷夫人即以一個女人有多少十年可耗為由，才迫使雷王儘速處理了這樁婚事兒。」

「堂都拜了，難道……阿山與婕兒還搆不著真、誠之層級？」刁刃問道。

「大概就是個誠字兒吧！咱倆談話至此，可有提及兒女私情嗎？多半是利益之說為多吧！算了，走一步是一步，小弟之狀況，也得二哥遇得女人糾纏過，才會懂得啦！」

刁刃隨即回應道：「聞父親曾與前中州軍機大將崔晉韜之女……崔韻蓉，因曖昧而吃了悶虧，蹚了一灘渾水，險些一世英名，毀於一旦。刁刃能專注武藝，挑戰天下第一，即是刻意避

開兒女私情之結果，此乃方才提及先父未做到之事兒。」

「哇！那就沒戲兒唱啦！小弟逗留西州時，耳聞雪盟山莊之靳芸禕，心繫於刁二哥。甫聞婕兒提到靳姑娘將前來瑞辰大殿，還竊喜著二哥機會來了，怎料聽聞二哥如此一說，這靳姑娘不就沒戲兒可唱了？不過，婕兒還說，二哥曾於冶劍山莊破了雪盟山莊之雪纏四劍陣，震驚武林同道；這回該莊之喻莊主，藉西兑王之邀而來，就為了瞧瞧神鬣門之刁總督，何等三頭六臂人物？婕兒又說，喻莊主欲於王府婚宴之後，再邀雷王於瑞辰殿前，令雪纏四劍向神鬣門高手討教一番，倘若真有此一幕，不知二哥將派門下何高手上陣？亦或是……二哥要親自賜教？欸……反正吾將訊息帶到了，免得雷王同意切磋之邀，讓二哥驚覺突然了！」

阿山與刁刃一邊兒走著，一邊兒閒聊，來到了殿前廣場，突見一人翻飛至二人身前，說道：「刁賢姪榮登神鬣門巔頂，狼賢姪升任中州駙馬，可喜可賀啊！」

「啊……是……拜……見常師伯！」刁刃與阿山異口同聲道。

「眾人穿梭婚宴，飲酒喧嘩，此與老夫作風不符，遂外出透透氣息，卻巧遇二賢姪，驚喜萬分，更勝其他啊！」常老接續表示，神鬣門威猛之至，尚無人能出其右，刁總督身繫大任，冀望神鬣門乃弭平地方賊黨作亂之標竿，切勿淪為有心人以暴制暴之管道，更勿受讒言與譏諷之影響；倘若只為勝出而不記代價，終將咎由自取，莫忘高處不勝寒！

「常師伯語重心長，晚輩銘記於心！」刁刃拱手回道。

常真人再對狼行山道出：「狼賢姪能執掌中州醫研處總管，至關重要，此局處乃一劍之雙刃也！狼總管可藉解析之力，辨別不符天理之處，進而予以矯正摒除；亦可能一味追求創新技藝，反將醫藥宗旨排除於外，二者相形之下，天壤之別，畢竟**中醫醫經所指之陰、陽、表、裡、虛、實、寒、熱之基本八綱，乃合乎人於天地間之辨證準則**！」

阿山難得靦腆地回道：「常師伯所言甚是，晚輩任職以來，花費無數心血，研究藥物予人之影響，眼下核准而推行之合劑，均以治症且不傷本體為宗旨。常師伯或可藉此協助傳統藥草不及之處，或可解身大熱不退之症，頭疼欲裂之症，甚是凡人常遇之不眠重症，還有……」

常老手勢一出，中斷了阿山所言，回應道：「狼賢姪口說協助傳統藥草，卻是以傳統藥草之繁複煎治，作為推助速效合劑之比較。北川縣冀水城之展會，正是賢姪捨本逐末之展現！遙想當年，狼賢姪於端陽盛會與龍武尊並肩，同阻摩蘇里奧之勢力，狼賢姪……莫忘初衷啊！」

聽聞冀水城展會一事兒，刁刃瞬朝阿山瞧了一下。

「晚輩於冀水城展會，不見常師伯蒞臨，坊間以訛傳訛，師伯切勿信以為真！師伯提及昔日端陽盛會，當下確實得不到法王之任何丸劑分析，遂遭中鼎王阻於門外。然經多年研究，發覺外來合劑雖無傳統草藥所重之**性、味、歸經**，惟世人每遇偶發事件，或是疼痛難忍，或是腸胃不適，事發當下，均難以應付當前職務。故中鼎王認為，若能先解一時之急痛，則可不誤當下工作；待下了崗位，依然可循傳統醫療之術，對病證予以辨證論治！」狼反駁道。

常老嚴肅表示，發燒即退熱，疼痛即止痛，下痢即止瀉，失眠即昏睡；一回得解，二回續用，人之惰性與慣性，勢將助推速效藥劑之濫用，日久月深，甚將賠上傳統醫療之基本養身常識！

「常師伯，晚輩曾受師伯與龍師父教化，知曉傳統醫經醫理之重要；誠如師伯所提，關於人之惰性與慣性，早已引起有心人關注。速效合劑早於中州解禁前，西州商賈藉由諸多管道，

不斷夾帶入關，以提供坊間醫者使用。然而阿山曾受西州藥檢總管薛炳譏諷：『中州連曚幻白粉交易都逮不完了，哪兒還有氣力管得了流通於坊間之速效合劑啊？還不如將市場開放，制訂交易規範，進而由中央統一管理。』為此，面對此一擋不住之浪潮，雷王已將此大任交予狼行山，而針對傳統草藥之真偽檢驗，仍交予戚聿蓀大人負責。」狼又說：「試想，中州成立醫研處以面對解禁後之市場，倘若阿山不擔任此職，依舊交由他人執掌；與其交由無合劑常識者，倒不如由研析多年之阿山主導，再合適不過！」

一旁刁刃附和道：「是啊，常師伯，阿山處事向來謹慎，由他來規劃市場之供需，當是中州不二人選。」

常真人頓時無言以對，僅覺到，「這個舌燦蓮花的狼行山，站這頭是一套兒，坐那頭又是一套兒。昔日面對居心叵測之摩蘇里奧，眾人齊力，始能將之阻於門外；而今機巧貴速，監貌辨色之狼行山，僅由門裡號令，即可制衡外來勢力，如此情勢，已成定局，換言之，中州百姓只有自求多福了！」

常老嘆息後說道：「既然狼賢姪對醫研職務有其理想與抱負，老夫冀望賢姪未來行事，多為生靈著想，切莫見利失心才好！」

「趴……趴……趴……」忽見殿前廣場步出眾多都衛軍兵，瞬間打斷了常老與阿山對話，隨後再聞「嘰哩…咖啦…」之列隊聲響，不禁引來對談三人一陣疑慮與好奇？刁刃欲上前查問，身後突傳來一聲：「刁總督且慢！」三人回頭一瞧，見雷嘯天緩緩走來，待雷王向常老恭敬行禮後，道：「阿山啊！各巨頭為著祝賀之意前來，記得入殿舉杯回敬，可別失了禮數！」又說：

「難得各州霸主齊聚，又遇喻莊主與邢教主等稀客蒞臨，各州主索性提議，耳聞神鬣門戰將，銳不可當，為不虛此行，望本王予以各州各派弟子求教機會，藉由武藝之切磋，一賞我神鬣門之風彩。本王雖知此般提議，頗具挑釁之意，惟老謀深算之諸霸主，皆以『賜教』二字為邀，為不蔑視賓客來意，亦為著中州顏面，遂允諾今晚於殿前廣場，藉營火之輝，由神鬣門上下，接受各派弟子討教！然因此回以武藝切磋為題，遂敬邀常真人為座上賓，以為今晚營火之聚，作一見證！」

常真人立嘆道：「唉……大夥兒不遠千里，明知是趟祝賀之行，卻硬將情勢轉向武藝切磋，難免頓生詫異之感！也好，武藝切磋，教學相長，絕對勝於殿內飲酒喧囂；只是……如此突來訊息，刁總督能否及時應對？」

刁刃上前一步應道：「藉由道賀轉求賜教，挑釁意味濃厚，我神鬣門本樹大招風，此等邀約，習為故常；今與左右雙衛列席婚禮，更是為著嚴防搗事者而來。此刻徵召我神鬣戰將前來，眨眼可達，倒是苦了戎總管調度人手，俄頃布置殿前營火。」

雷王道：「既然賓客出了題兒，何不藉此探探對方虛實？嗯……阿山立隨本王進殿回禮，刁總督即刻召集戰將候教，常真人不妨先於客室休息，靜待晚會揭幕。」

落日熔金，暮雲合璧，酉時逾半，營火燃生。瑞辰殿前，火炬環燃，賓客派別分明，紛坐東南西北，殿前主位則歸東道主一方上下，併同邀常真人入列。惟聞國師薩孤齊起身說道：「承蒙各州主於雷王府喜宴中提議，素聞中州匯集武林絕頂之神鬣門，神勇雲集，威不可擋，尤以神鬣疾風組為最，遂藉狼總管與婕兒公主婚宴後，率各派弟子向我神鬣門切磋討教。惟因列席者皆為各州各派之領頭，為不蔑各方期待，神鬣門刁總督已及時召集神鬣疾風組前來，以示尊重。而後即由刁總督引領神鬣戰將登場。」

半晌之後，眾人見刁刃馭馬入場，待向中鼎王夫婦與常真人行禮致敬後，另四疾風俠士隨即翻飛而來，依序自我道出，「北冀偃月刀呼延剬」、「獨眼蛇矛冉垣甲」、「巔稜快刀芮猁」，接著再聞一身長七尺有餘之壯漢喊到，「佛岭山力士蒙崗是也！」如此威武之團隊，羨煞各州霸主。東震王立對曹崴道出：「早知有此一橋段，應讓衛蟄沖前來一較高下！」南離王亦對公冶成與軍師單鍏表示，南軍延攬之秦勵與廉煒，將是力抗神鬣門之不二人選！而莫烈看著二犬子則說：「瞧瞧中州威武強大，倘若爾等能團結一致，我軍尚有符戩總管、王府護衛關薦、軍衛長靳剴，再加上惲子熙之走馬上任，我北州依能站穩中土一席之地。」

霎時，一身傲骨之莫乃行，持起六尺銀槍，對著北坎王說：「哼！虛有其表。不妨由乃行來會會他們。」「啪嚓……」一聲響傳出，莫乃行倏忽蹬躍，來到殿前中央，立道：「在下北州機察處總管莫乃行，能與神鬣門戰將交手，千載難逢，今以銀槍上陣，藉此討教。」

殿前眾人僅見刁刃側了臉，釋出一眼神後，一猛將隨即起身，走向殿前，隨手甩起蛇矛，喝道：「獨眼蛇矛冉垣甲，就此以待莫公子出招。」

莫乃行立馬使出鏑上桿下之架勢，於喝聲之後衝向著對手，一連使出側扎，正刺，平撻，反抨，四式合一之莫家槍法，攻勢伶俐，霎令對手急採抵擋之勢，二人對決，鎗鎗啾唧不絕。

莫烈一見乃行揮出六尺銀槍，招招速中帶勁兒，立對著乃言話道：「乃行武功更行精進，其身擁之『凝關冰劍』神功，亦已達七成功力，爾身為兄長，好歹也精練些武藝，別盡與那公子哥兒鄒煬談天享樂，鄒煬經營家業，爾可是身負國家大任啊！」

「舞刀弄槍易生怨結仇，隨時有喪命之虞！乃言藉由外交，一樣能拓展市場，為國振興經濟！甫於婚宴杯酒之間，已結識了東少主嚴翃廣，南州公冶成總管，以及雪盟山莊之靳氏兄妹，多了朋友即少了敵對，此乃我莫乃言擴展勢力之策啊！」

突然！沒了左眼之冉垣甲，將蛇矛攻勢由右轉左，此舉瞬間驚動在場，惟因失了左目，視線必定受限，遂將攻勢側重於右；孰料冉垣甲單以左手旋轉蛇矛，靜待對手下一波攻勢。這時，一連數招快攻而未能占得上風之莫乃行，頓見對手擎旋蛇矛而突顯愣象。冉見對手稍有遲疑，隨即蹬腿翻躍，直衝出擊，惟見蛇矛使出上撩、正衝、旋帶、回挑四式，一氣呵成，直令對手一陣抵禦後，俄頃揮出〈蛇竄迅截〉之招式，當下驚聞「喀嚓……」一亮響傳出，莫乃行之六尺銀槍鏑頭，遭對手蛇矛截斷於咄嗟，更見冉垣甲一記橫桿擊揮，倏將遭斷之銀槍鏑頭，擊向了殿前營火之中，而後倏收蛇矛，轉身回歸神鬣門之伍。

「啪嚓……啪嚓……」一手持長柄銀刃身影，值乃行敗退之後，翻飛來到場中，踏上莫乃行先前位置，低聲說道：「東州軍機總管曹崴，接續討教之列，以曹某所亮兵器，想必登場賜教者，大夥兒應心裡有數！」

果然，一人手提重刃，步上營火前方喊道：「北冀偃月刀呼延剬，於此領教曹總管！」

老將曹崴立架出銀刃於身前下傾，長柄於身後上揚之勢，而對手則罕見地將偃月刀朝右上高舉，架出俄而墜劈之勢，瞬間所釋之戾氣，震懾在場！然曹崴乃身經百戰之沙場老將，無畏對手之威，立以上撩刀法，火速出擊。呼延�見敵對接連以下制上，轉招以應，雙手握於偃月刀下桿，旋即使出裁、展、砍、削之連環重擊，速度之快，霎令曹崴有些難以招架，遂退一步話道：「呼延將軍能將質重之器，如同揮劍般使出四式連攻，且不見氣喘吁吁之狀，曹某煞是佩服！既然閣下能藉長柄出擊，不妨讓曹某也試試速擊之厲吧！喝啊……」曹崴話後，雙手前握，將原本之大刀式，瞬轉近身快攻出擊。

「鏗……鏗……噹……噹……」殿前霎聞快刀連響，狼行山立對雷婕兒說：「記得上回於東州礁鼎城大街，突遭余翊先攔下，當下狼某曾交手曹崴，惟其長柄利刃又重又疾，吾之旋鉾鐵扇遂遭其大刀重創，終敗其拿手之〈劈手鎮椿〉絕技。而今曹總管面對同樣質重之偃月刀，但見對手揮刀，游刃有餘，相較之下，曹崴已略顯頹勢，現又轉以近身攻擊，能博得多少勝算呢？」

婕兒回道：「事隔十餘載了，曹崴已歸屬中年將領，而咱們神鬣門戰將，個個魁梧奇偉，單就體能已占了上風，倘若二人玩起持久戰，曹崴絕討不到半點兒好處才是；眼下見其採取近身速擊攻勢，確實值得一搏。倒是，瞧瞧你那刁二哥，淡定地於一旁觀戰，一副戰無不勝之貌，會不會驕傲了點兒？」

「哈哈，中州神鬣門豈是隨意讓人討教啊！正需要如我二哥這股調兒來坐鎮，才能顯出咱們神鬣門凜不可犯啊！唉呀……呼延將軍變招啦！」

「嗖……嗖……嗖……」呼延剬將偃月刀於胸前做出單手旋柄，嘯嘯作響，霎令敵對未敢近身。忽然！呼延剸藉旋轉之離心力，雙手一握，一記削挂連刀式，見對手以橫刀抵擋後，陡然縱身一躍，凌空而下，以十足之力道向下劈砍，惟聞「鏗……」之一聲巨響，曹崴應聲向後退了數步，剎那難掩雙臂抖顫之窘態，久久不能自已！此一幕瞬令東震王起身呼道：「神鬣門戰將果然名不虛傳，能讓我曹總管傾出數絕招以對而不見頹勢，呼延將軍絕對是神鬣門功若丘山之輩！」說罷，罕井紘隨即扶回曹總管。

中鼎王掩住心中竊喜，對眾喊出：「今日殿前之武藝切磋，但見登場志士戮力以赴，唯我神鬣門鬥士於切磋中，拿捏適度，不見血光傷殘，常真人於此見證，如此交手，不失為未來武藝切磋之典範！」

常真人雖點頭以示意，惟明眼人即知，雷王藉此機會，實已達到震懾敵對之效果。

然而同於殿前觀戰之薩孤齊，明知今日眾當家皆以道賀之名前來，故南離王應不致隨身攜上火焰石，沒了火焰石，自然無法使出赤焰霽峰刀等蓋世神功，遂刻意對著南離王說道：「不知南州可有上前一試之討教者？」

正當公冶成欲起身之際，南離王隨即壓下公冶成，並輕聲提示：「這般助長中州氣焰之對戰，咱們不必隨之起舞。」盧錟接著回應道：「眼下之武藝切磋乃臨時起意，神鬣門刁總督隨即率隊展威，我南州深感誠意十足，再經冉垣甲與呼延峢二將之獻技，神鬣門之威，絕非浪得虛名！」

「哈哈哈，真是笑話！南離王於眾人前受邀，盡說些冠冕堂皇之詞，驟然摧滅了南州氣勢！嗯……既然營火已升，殿前氣氛已成，我南州怎可錯失此般教學相長之機會，故隨後之切磋，將由我火連教火延壇壇主寇嶽，上陣討教！」邢彪譏諷道。

眾人見著手持子午鉞之寇嶽，緩緩步出，然此時刻，刁刃竟出人意料地點名蒙崗上陣，此舉立引在場一陣騷動！

喻莊主立對著侯士封說：「火連教之子午鉞，亦稱日月乾坤劍，其擅近身對擊，出招以波譎雲詭聞名。怎麼？刁刃不派快刀手迎戰，卻令了個孔武有力之巨漢上陣？更難理解的是，蒙崗持以短柄雙錘，如此笨重之兵器，何以對上快捷俐落之子午鉞？」

侯冷笑道：「莫以直覺想法去評估那姓刁的，此後輩可不同於當年上雪盟山莊之刁鋒啊！正因刁刃思維非一般所想，遂能單挑雪纏四劍陣，亦能將吾之厲砂鉒挲劍凌空擊碎，此乃邀喻莊主前來瑞辰大殿之主因，沒想到，果真有妳瞧的！」

蒙崗走上營火台前，高舉雙錘，仰天一狂吼「喝……呃……」，此聲響之大，瞬令殿前眾人瞠目咋舌！此刻面對蒙崗之寇嶽，雖擁一對子午鴛鴦鉞，但見對方重達百斤之八棱雙錘，想當然爾，兩腿已冷了半截，心想，「提著子午鉞上陣，為的是較量一下神鬣門之快刀手，孰料竟來了個金剛巨漢！瞧他一錘約莫五十斤，相較不及五斤之鴛鴦鉞，腦海中立浮現四字兒……以卵擊石！」

寇嶽硬著頭皮架出招勢，中鼎王一見對峙二人之氣勢，不禁對著夫人道出：「呵呵，瞧那姓寇的，其上半身呈出了攻勢，但下半身卻是側閃步；倘若蒙崗再吼一聲，對手可能得尿褲子啦！」

「喝啊……」寇嶽自壯聲勢地吼出後，雙鉞齊出，立馬速削帶挑出擊。蒙崗一橫錘，擋下對手舞出之刀片子，而後即見鉞刃與八棱錘相互擦觸，火花四溢。寇嶽快速回身，使出了子午鉞著名之〈青龍返首〉與〈獅子張口〉二絕技，揮得現場連聲叫好，怎料遇上了對手雙錘聯防，根本無法近身攻擊！五招之後，蒙崗再度吼出一聲，旋即將八棱雙垂做出涮曳回沖之勢，瞬間逮住對方右鉞疏漏，眨眼使上〈夾錘擂擊〉絕技，惟聞「鏗噹……」一聲金屬擊響，立見寇嶽之右鉞遭雙錘夾擊而扭曲變形。

薩孤齊及時翻飛而出，雙掌向下一攤，制住了二人肘臂，道：「寇壇主經驗老到，一雙子午鴛鴦鉞，出神入化，銳不可當。然蒙將軍之八棱雙錘，質重於對手之鉞，若拿捏不慎，斷人刃，損人骨，在所難免！惟寇壇主機警，瞬將右鉞轉正，遂免去右掌損傷之虞，壇主隨機應變，值得眾人稱道！」

阿山覺到，「哼！這老禿驢口吐違心之論，令人作噁，明明是寇壇主出招顯出疏漏，還得讚嘆其經驗老到？或許因火連教乃雷王牽制南離王之一棋子兒，多少得幫邢教主留些面子；不過，邢教主這回派人上陣討教，氣勢上確實強過了南離王。嗯……盧𦘦這不按排理出牌之老賊，當年能領軍突襲西州，足以證明其乃擅於謀化之角色，吾得小心才是。」

薩孤齊接著轉向西州席區，恭敬問道：「素聞西兌王近年來潛心研習《五行真經》，拾回了不少往日功力。今日再度蒞臨瑞辰大殿，是否指教我神鬣門之後生晚輩？」

「指教？不敢，不敢！我侯士封有幾把鋩㹩劍……能讓刁總督擊碎啊？本王曾為了使出厲砂鋩㹩劍之絕技，服下了不少丹藥以助力，孰料經各州諸醫者，包括甫為本王所延攬，勝任我王府首要御醫之敖匡，一致評斷，此等刺激肌能爆發之劑，極易傷及人之足太陽與足少陰經脈；再對照《五行真經》之說，確實損傷臟腑不少。倒是，能有如此覺悟，仍須感恩刁總督毀了鋩拳劍，令吾元氣得以回神，真所謂：塞翁失馬，焉知非福啊！」侯接著又說：「不過，論及武藝切磋，昔日多少教派組織，不遠千里來我西州，只為登上雪盟山莊討教一番。當年西州之喻湘芹與中州之覃媮燕二女俠，同稱武林之女中豪傑，而今拜雷王府喜宴之機，讓喻莊主與雷夫人齊現瑞辰殿前，真是難能可貴！今日，喻莊主親率弟子前來，又巧遇千載難逢之切磋競技，無須棨根大師力邀，雪盟劍俠定會當面討教才是！」

這時，喻莊主一個眼色，一人隨即起身，走上營火台前，拱手喊道：「雪盟山莊靳弘羿於此，恭敬討教神鬣門戰將！」不待刁刃指示，巔稜快刀芮猁，眨眼翻躍上陣，道：「曾聞我刁總督於南州冶劍山莊，力破貴莊之雪纏四劍陣；而今日僅靳大俠上陣，神鬣門由我巔稜快刀把關即可。」

靳弘羿亮出重新鑄造之纏弘劍，「嘯……嘯……」二聲響後，架出了出擊之勢。刁刃剎那瞪大了眼，盯著靳弘羿之纏弘劍，立覺到，「聞抽劍後之兩聲響，聲尖而細，風切聲中略帶拖曳，嗯……此柄纏弘劍不同以往！莫非雪纏四劍之其他三柄亦已重新鑄造？再觀眼前靳弘羿之眼神，沉穩中隱帶肅煞，倘若芮猁不自作主張上陣，或許……吾將有意會會這柄纏弘劍！」

靳弘羿深吸一氣，使周身上下一家，意氣相結，後以腰為軸，螺旋纏繞，節節貫穿，倏忽蹬躍而上，立引對手騰空對擊。芮猁快刀一出，立見削砍之中兼帶反撩，惟因刀長僅一尺六，雖能瞬間反轉出擊，相較對手之二尺八劍身，遇上即時之正刺、攢挑、戳撥劍式時，稍有鞭長莫及之感；再因靳弘羿揮使速劍，其距劍尖三寸之劍身趨薄，故於拋甩劍式一展，倏顯出如魚尾之柔彈飄振。此一現象，立遭刁刃關注，又覺到，「此回纏弘劍身，剛性加強，劍尖卻以趨軟作收。嗯……看來雪纏四劍客沒白去了冶劍山莊，既吸收了公冶大師二禪戮封劍精妙之處，亦發覺了該劍須修正之缺失，雪盟山莊果真是積極進取之論劍境域！」

眾見營火之前，刁如猛虎，劍似飛鳳，一陣凌空對擊之後，雙雙翻躍而下。靳不待對手調息，火速再衝，上舉纏弘劍，揮出縱向連環砍、掛、沉、劈四式。雷夫人立向雷王指出，此乃雪盟山莊著名之〈縱劈風車〉劍式，此式乃當年靳天璋大俠所創，勁道十足，銳不可當。一旁常真人亦點頭附和：「靳弘羿所使之風車式，絲毫不遜當年靳天璋大俠，真是後生可畏！」

然而，頻頻提刀接擋風車劈式之芮猁，霎見腰下盡是破綻，值刁刃一搖頭閉眼，靳弘羿一反正規風車式之正面殺傷，倏轉以由下上撩之式，瞬削對手一截刀柄，並使其失衡而踉蹌滑退。適值芮猁後傾倒臥之際，及時被一劍鞘頂住後背，瞬間化解了觸地之尷尬場面。

芮猁站穩後，低頭羞愧道出：「芮猁大意，讓神鬣門蒙羞，願受刁總督責罰！」

刁刃收回劍鞘，嚴肅道：「反覆回想對方攻擊招式，來日刁某親自使上風車式，待見芮將軍悟出破解之法。」

刁刃隨即對眾表示，靳大俠武藝出眾，並能謹守武藝切磋之原則，一改縱劈風車式之正向劍擊，而僅損對手劍柄餘角，此等應對，足為往後武藝切磋之模範！

「咻……嘯……」刁刃甫話完，殿前突起了陣怪風，平息之後，立見一身影疾躍營火之前，並聞其道：「神鬣門下，果非泛泛之輩所聚！甫見神鬣疾風組精銳盡出，換言之，能與刁總督交手之機會，近在咫尺！」

「雪盟山莊於喻莊主帶領下，個個技藝超群，尤以貴莊之雪纏四劍，最為江湖稱道，不知喻莊主是否再端出此四劍陣，挑戰我神鬣門？」刁刃回應道。

「當年我莊後輩，血氣方剛，竟於公冶大師面前現醜；殊不知當年以一敵四之少俠，而今竟是帶領武藝菁英之神鬣門總督！今日殿前交手，均以切磋為名，藉此，本莊主欲一會公冶大師三禪之作，順帶領略所謂……人劍合一！刁總督，失禮了！」此話一畢，「蒼啷……」之劍身出鞘聲響出，諸霸主見喻莊主亮出了昔日靳天璋所持之冽霜劍，無不驚嘆連連！

「好一柄疾削冰霜之快劍，能再見到靳大俠過往之風光利刃，不虛此行啊！」北坎王說道。

刁刃緩緩抽出戮封劍，眨眼一旋劍式，立馬伴隨一勻稱風切聲響。喻湘芹蹬躍咄嗟，立藉冽霜劍之疾，破風削出，凌空迴旋翻轉，巧遇落葉飄下，瞬見落葉旋捲而入，惟聞「唰嚓……」聲響傳出，諸落葉盡遭冽霜劍撕碎，四散而出。

「這……這是靳天璋遐邇聞名之旋纏摧葉劍法啊！」雷夫人訝異道。

刁刃見對手飛竄而來，側向移位轉身，立藉戮封劍之厚刃，由下而上，使出〈飛魚躍海〉之撩、攢、挑、托四連式，瞬藉劍之上撩，以緩對手正面疾攻，接以攢中帶挑，阻斷旋劍之轉速，再配以甩托劍式，瞬將對手之衝力引至兩旁後一躍而上，藉著較高之制空權，倏而使出〈尖喙刺魚〉一招。甫見靳弘羿削截對手劍柄之式，刁刃瞬移了〈尖喙刺魚〉一角度，假藉直刺之勢，實則側削冽霜劍之劍身。

霎時，弘羿對芸禕笑道：「呵呵，刁刃是否任了總督，僅知督導屬下而疏於自習了？此般疾速刺殺之式，應能趁隙挑中敵對手腕處，眼見刁刃凌空刺了四劍，竟傷不了對手，是劍技生疏了？還是遇上高手了？呵呵！」

「芸禕倒不這麼認為！看師娘之應對眼神，實已訝異到對手之不凡劍術！」

值雙劍交擊剎那，刁刃隱隱轉動握柄，已習慣厚側刃速之喻莊主，俄而使上速劍式應對；此舉瞬令雷嘯天唸道：「時至今日，喻莊主尚能使出速劍式，寶刀未老啊！」覃婾燕立馬話道：「昔日咱們所謂之速劍，相較現今一輩所認知之速劍，略有差異，不知刁總督將如何取捨這一局？」

「啊！這……這是……刁刃使出了咱們的纏劍式啦！」靳弘羿驚道。

喻莊主無預警地遭對手使出纏劍式，且刁刃速旋劍身之速度，明顯快過靳弘羿所使，惟聞喻莊主嚷了聲：「我……我的劍……」

「啪嚓……啪嚓……」一及時翻飛聲響傳來，令刁刃不得不緩下旋劍，立與喻莊主雙雙後翻，分立營火兩側。

「哼！西兇王於他人對峙中，突然持劍闖入，此乃違背武藝切磋之道，不僅攪亂局勢，對峙者甚有瞬間岔氣之虞；對此魯莽之舉，我雷嘯天嗤之以鼻！或請常真人為此主持公道！」

常真人立起身表出，西兇王於他人對峙中竄出，確實悖於切磋常理；雖不見侯西主呈出揮劍傷人之勢，惟此風不可長。再則，兩劍相纏，恐見一方瞬遭纏拋；西兇王從中介入，危險之至，無以比擬。雖說是切磋之會，亦不該如此兒戲！」

「哈哈，刁總督與武林新血恐未知曉，方才喻莊主所持之劍與所使之招，皆是當年靳天璋大俠之原味呈現。在場諸霸主應知悉，昔日靳天璋與喻女俠乃雙人使出纏綿繾綣四式，威震武林，而今喻莊主僅以靳大俠之利刃與劍招出擊，僅能說是以半套劍法對上刁總督，孰料刁刃再以靳大俠所創之纏劍式回攻；換言之，喻莊主早已讓了一手，而刁刃再以對方獨創劍法回應，如此不厚道之輩，甚而續展趕盡殺絕之勢，常真人與諸霸主能持續放任，我侯士封實在難以苟同啊！」

西兌王接著亮出手上利刃，又說：「在座皆知，本王之厲砂鋩獰劍已遭刁總督所毀，然手中所持，乃具縱分繡線實力之繡陵劍，亦是喻莊主之隨身佩劍。方才喻莊主手持斬大俠之冽霜劍，而侯某以喻莊主原有之繡陵劍上陣，如此即是原汁原味之雪纏劍式，亦能顯出喻莊主之原有實力，相信以刁總督之身分與功力，應不甘對手如此放水才是！」

雷嘯天對夫人唸道：「方才刁刃勢將拋甩喻莊主之冽霜劍，侯士封不願見喻湘芹敗陣，遂擾亂了局勢，竟能再對著眾人胡謅一通，使其魯莽之舉近趨合理化。唉……天底下怎有如此卑劣之輩！」

「莫非真如王爺所疑，侯士封恐已藉《五行真經》練得神功，而今假借喻莊主欲雪弟子前恥，趁機報復刁總督毀其鋩獰劍；若真是如此，那刁總督恐有陷入他人計策之虞！」夫人疑道。

刁刃走上殿前中央，對眾說道：「依循過往歷史，西兌王所言無誤，雪纏劍式確實由斬天璋大俠與喻莊主所創，而後再演變成雪纏四劍陣。然刁刃曾會過雪纏四劍陣，眼下二位前輩若願重現當年雙人劍陣，刁某倒想藉此機會，領教一下原始雪纏劍陣之威！」

「唉！刁二哥這般好勝個性，確實為他引來無謂事端，所幸其有能耐應付一切。只是……遇上這一肚子壞水的侯士封，還是萬般小心，始為上策。」狼行山唸道。

在座見西兌王與喻莊主互換了手中兵刃，侯立揮了下冽霜劍，「嗯……果真是一犀利兵刃，只因侯某行動不便，不及斬大俠之威，喻莊主得多包涵。」

「侯王爺僅須於躍飛中，盯住敵對移位路線，使出攔截劍式，吾之繡陵劍即可令對方措手不及！」喻莊主自信道。

然此時刻，與會群雄視得營火火光，焮天鑠地，耀得殿前一片通明。刁刃再次推開劍鞘，以前箭後弓馬式，將戮封劍斜上舉起，瞬時心想，「上回所遇之纏綿繾綣四式，分由四人展出，吾採逐一攻破以對；眼下面對二人聯使四式交叉，確實難以捉摸。若依經驗與直覺，不妨強將二人分開，能先撂下一個，是一個了！」

一旁之靳芸禕，雙手合十，默唸著，「唉……真是矛盾！見著師娘持劍，以雪前恥，但內心卻為刁刃而著急，真希望雙方來個和局就好。」身旁弘羿立馬責道：「禕，注意爾之舉止，別讓人笑話了！」

「啪嚓……啪嚓……」侯士封蹬躍而上，旋劍出擊，喻莊主隨後起步，以水波形式之綿劍式，疾殺出招。刁刃翻躍一霎，以橫腰為軸，立展頭足輪番轉動之縱向大風車，藉以使出一上一下之攻勢，作為以一敵二之雙向應對，如此機警出擊，霎令殿前眾人驚嘆不已，怎料……

「咻……嘯……」一陣陰風即起，呼嘯而來，瞬讓殿前營火烈焰沖天，並發出罕見之火爆聲，此一異象，立即中斷了三人對決。然於烈焰續竄丈高，附和著突來之陰風，竟漸趨形成一束火焰龍捲，見當下呈現，一座皆驚。刁刃火速退於廣場一側，驚見火龍捲朝西兑王噴出燃火飛箭，致使喻莊主及時回身，力助侯士封攔截火矢，並嚴厲斥道：「中鼎王藉殿前營火，竟暗設謀殺機關，意圖行刺西兑王，如此待客之道，何以服我中土五州？」

適值雷王一陣納悶，驚聞火龍捲傳出了聲響，「哈哈哈，放眼中土上下，欲以此等震懾氣

勢，作為出場之鋪陳，恐難覓出第二者啦！哈哈哈……見侯西主之行事，百般挑釁，屢作聲東擊西之略，將人玩弄於股掌之間。吾倒想試試，閣下有何三頭六臂之能耐啊？」

各州霸主驚見火焰異象，直朝西兑王而來，紛採噤口不言，靜觀其變，唯喻莊主令雩纏四劍齊上，戮力保護西兑王。

忽聞「轟隆……」一聲火爆巨響，驚見熊熊烈火中，竟跳出一全身焦黑，五官難辨之焦屍！然其手持一長槍，該槍鏑頭正是莫乃行遭冉垣甲削下之銀槍鏑頭，惟因經歷烈火灼烤，此鏑頭即呈熾熱紅光，雩令西兑王一干人疾退數步。

隨後聞得侯喝叱道：「哼！裝神弄鬼？先讓本王扯下這傀儡再說。」侯士封立以右手握劍，左手張掌之勢，躍衝殺去，然因敵對鏑頭熾熱，每輒相擊，火花四溢。一旁關注者這才發現，原來槍鏑頭雖顯熾熱，終為金屬本質，而西兑王雖無鋩鋒劍相助，卻憑其引斥金屬之特異體質，藉由掌中磁力之收放，隨即拖引鏑頭之去向。待一招制住傀儡攻勢剎那，喻莊主與靳弘羿俄頃撲上，三人隨即將該魁儡摧散數段，怎料侯士封忽略了槍鏑頭散飛方向，致使熾熱鏑頭直向靳芸禕飛去，雩令喻莊主驚叫道：「糟啦！那鏑頭……」

剎那間，靳芸禕來不及提劍阻擋，於尖叫發出之片晌，立見三身影起身咄嗟，惟見狼行山雙掌推出水氣，瞬將熾熱鏑頭冷卻，而北坎王倏藉狼之水氣，順勢擊出水霰冰掌，眨眼將該鏑頭疾速凍結，終由刁刃猛然砍出戮封劍，及時於芸禕身前將鏑頭擊碎，化去了致命危機！

「刁……刁大俠，感激刁總督及時出手相救！」靳芸禕抓著刁刃手肘，連聲謝道。

「哈哈哈，一個傀儡人偶就動用了這麼多人手，倘若再多令幾個來，肯定有你們忙的。哈哈哈……」此刻，在場眾人無不追蹤著笑聲出處。半晌之後，果見一人自營火台後，掩著半臉面具，緩緩地走向瑞辰殿前，且說：「侯西主別來無恙啊！不過……經烈火傀儡這麼一嚇，神色稍顯慘白，要不回去燉個蛇湯補補啊？」話後，此面具人隨手一揮，三條龜殼花隨即現身於西兌王身前。侯一手護著喻莊主，一手持起冽霜劍，「嘯……嘯……嘯……」地三劍響，三龜殼花即於彈指間身首異處。

「哼！好意替您補身，爾竟弒我寵蛇以對，敬酒不吃，吃罰酒！」「撒……撒……」神秘人隨即瞬間移位，朝著西兌王揮出拳腳功夫手。雷嘯天吃驚地唸道：「何方神聖於此攪局？尚未知其來歷前，還是放手先讓西兌王頂一頂。」

侯士封功夫雖不弱，但莫名地遇上這般又火又蛇之術士，深怕對手為邊疆蠱毒異族，隨即退一步喊道：「雷嘯天你瞎了嗎？吾等今日受邀，以賓客身份前來為雷王府喜事祝賀，孰料一樁美意十足之武藝切磋晚會，竟有外人鬧場？難道東道主乏力制止？還是神鬣門欺善怕惡嘞？」

這時候，刁刃與狼行山趨向殿前，刁刃立對神秘人喊道：「無論閣下何等理由，我神鬣門絕不允狂人於中州境域恣意妄為！」話一說完，數百軍兵瞬於戎兆犹指揮下，持槍帶刀地封鎖了營火台周圍。

神秘人見狀，聳聳肩膀笑道：「嘿嘿，原來是雷王府辦喜事兒呀！想當然爾，一身紅衣盛裝者，正是新郎官囉！唉呀呀……失敬，失敬！不過，敢問刁總督一句，外來賓客於此囂張挑釁，明明頹勢已現，硬是胡謅一通，甚而結夥持刃以對，算不算恣意妄為呢？呵呵，本宮也是看不下去，遂挺身維持秩序啊！」不待刁刃回應，神秘人隨即又說：「好了好了，今兒個既是雷王府辦喜事兒，就暫且不予計較啦！本宮只想讓大夥兒知道，中州大殿之前，絕不容他人招是惹非、藉端生事，何人膽敢挑釁？休怪本宮令其求生不得，求死不能！」此話一出，瞬讓在座人士納悶萬分，譁聲不斷，眼前身擁異門邪術而主宰全場者，究竟何方神聖？

接著，神秘人將面具緩緩取下，露出了奇異彩妝，霎時讓人不易識出，惟聞其冷冷地笑著道出：「嘻嘻，先知先賢與諸州霸主久違啦！本宮乃是離開了雷王府有些時日之……雷世勛！」

「啊……啊勛？真……真是你回來了？」一聽雷世勛歸回，雷夫人與雷婕兒飛也似地衝上前去，三人隨即哭抱一團，倒是雷嘯天於納悶中，淡定地想著，「怎……怎麼？阿勛會成了這副妖豔模樣兒？甫見其出擊身手，雖顯怪異，卻也頗為懾人！算了……既然人已回來，冀望乃我中州一股助力，而非絆腳石才好。」

驚見一身奇裝異服，併著怪異邪氣之雷家大公子歸來，各州霸主紛於詫異中，瞬轉撫掌應對，以化尷尬，並順勢恭賀雷王雙喜臨門。待群雄上前客套後，諸領頭無不懷著殷浩書空之感，逐一引領屬下退離殿前，唯獨莫乃行與雷世勛，一見如故，遂於營火未熄之前，寒暄再三。然因睥睨狼行山之雷大少突然歸巢，不僅亂了狼之步調，更因阿勛曾燃放火矢而引發戰亂，著實令雷王憂心未來攘外佈局！此般嗣子與女婿同歸旗下之戲碼，無疑為綉闥雕甍之瑞辰大殿，蒙上了層難以辦識之詭異色彩！

第十八回　六稜晶鎮

琪花瑤草，百卉含英，虎斑霞綺，林籟泉韻。中州惠陽，地上天宮，八街九陌，接袂成帷。中鼎王府，雙喜臨門，一喜嫁女，二喜子歸。臨王府後山之怡園庭，一方望去，三人對招，一頭看來，二人舞劍；待五人止歇，匯聚亭下乘風，隨即順口談天……

「見得婕兒武藝，順暢圓柔，確實精進不少；而今初作人婦，提劍與否，尚須拿捏，以免劍煞戾氣，逆衝新婚氣息啊！」夫人向著婕兒說道。

「娘，這事兒女兒瞭解，反倒是哥哥歸來，阿爹和阿山就為著與他切磋過招，狠將婕兒給冷了！」接著，婕兒稍側頭面，再對夫人附耳言道：「娘，哥哥回歸惠陽，眾所樂見，卻不知其於何處染了陰陽怪氣，不時令女兒深感違和耶？」

「哈哈哈，是爹不好，難得阿勛有著迷樣般之神功，且因時隔多年，爹當然想瞭解外地武藝之水平如何？阿山應有同感才是。」

「沒錯，勛哥之招式，江湖鮮見，每輒對招，總有肌痲膚顫之感，不知此乃何門何派之武藝？」阿山問道。

眼妝奇特之雷世勛說道：「嘻嘻，對吾來說，能退敵制人之功夫，皆是好武藝！」阿勛頓了下又說：「十二年前之臨宣一役，爹下令於敵軍來犯前，挖掘壕溝以備戰。怎料戰事一起，吾遂跌入壕溝，昏厥不醒，幸得馬屍掩護，殘存一命；待吾醒來，即見摩蘇里奧帶著綠衫軍進了臨宣城。阿勛使勁兒爬出壕溝，立朝北方叢林逃去，至此失了方向，日日餐風露宿，夜受蛇蠍蟲蟲叮咬，原以為劫數難逃，孰料諸毒蟲液竟於阿勛體內自行相抵！而後不知過了多少時日，阿勛輾轉到了北州清軒城；惟因當下飢寒交迫，故昏厥於城外一舊廟，待阿勛醒來，眼前盡是珍饈佳餚，並見著一銀髮鬚長之長者，輪廓極深，皮膚微黑，其表明來自於中土大地西南方之科穆斯，入我中土後，自取名為……喬承基！」

阿勛接著說道：「喬承基所述之科穆斯，幾經戰亂之後，由摩蘇族統一了該區域，並成立一勢力較大之國度，此即咱們耳熟之克威斯基國，而該國境內一狐基族，長年與摩蘇族處於敵對狀態，而喬承基即為狐基族之後裔。」

「敢問勛哥，此一喬承基與您素昧平生，為何一見昏厥於舊廟之勛哥，竟會如此禮遇，並將身世相告？」狼好奇問道。

「呵呵，這個嘛……」阿勛呈出欲言又止，接著阿勛將其雙手來回摩擦，一會兒後，忽冒一陣白煙，而後出現於大夥兒面前的，即是雙掌間之一顆晶瑩剔透水晶球！」

「這……這是一透淨度極高之水晶球嘛！」雷王問道。

阿勛將雙手一攤，水晶球立即消失，並說：「值四處流浪期間，無意間拾獲方才那水晶球，孰料此物乃狐基族長老級人物所擁有。喬承基雖見我昏厥，卻猜測吾與該族長老有關連，遂對阿勛極為尊重與禮遇，阿勛順水推舟地表明，祖先曾於中土救過某人而獲此信物，而後再傳承於我。」

「哈哈哈，勛兒啊勛兒！爾終於瞭解到，見人說人話，見鬼說鬼話之道理。眼下多少執掌要職者，無不隨機應變而來啊！哈哈哈……欸……倒是勛兒這等無中生有之武功，打哪兒來嘞？」雷王話完，婕兒接續問道：「是啊！練功就練功，為啥要塗抹臉妝嘞？好不習慣啊！」

「嗯……這個嘛……」雷世勛突然想到，「不行，暫不能將拾得摩蘇里奧之法杖與秘笈托出，畢竟吾之勢力尚未成形呢！所幸那知悉內情之龍武尊早已歸西了。嗯……好，就這麼辦！」阿勛接著說道：「呵呵，聽過時勢造英雄這句話吧！接續方才所述之情勢下，喬承基表明了克威斯基護國法王摩蘇里奧，實已派人潛入中土，追殺四散之狐基人，懇請阿勛整合游散於中土之狐基人，並擔綱領導之角色！呵呵，好不容易有人拱我當領頭，何樂而不為嘞？吾遂於允諾後，開始習得狐基族之特異功夫，如此而已。至於塗妝嘛……就遵從狐基族領頭之裝扮囉！」

「原來如此！真沒想到，歷經多年，金蟾法王不僅自身體能，甚於中土之勢力，早已式微，而今尚能續將魔爪伸入中土，真可謂唯恐中土不亂之輩啊！」雷夫人接說道：「提及了摩蘇里奧，不禁讓娘想到，過往爾每遇怪症狀發生，就得服下法王藥丸兒；這些年來，怎捱過的呢？」

「這個說也奇了，打從我練了這狐基族之特異神功後，隨著吾之功力逐漸上升，病症就漸趨好轉，約莫兩年前，痼疾幾乎不再發生。想想，還真是因禍得福嘞！只是……」阿勛欲言又止，隨後搖頭覺到，「算了……不提也罷！」

「哥，依你這麼一說，此回回到惠陽，會居留王府？還是得去帶領狐基族人呢？」

「當然，你老哥現在身份不同了，當然得奔走各處，以凝聚更多臣服者啊！待來日壯大了聲勢，或可成為一方霸主！」

「呵呵，這樣也好，阿勛先抓住些潛伏中土之外族勢力，而我中州持續強大，將來再有類於金蟾法王之外來勢力，咱們雷氏父子定當殺他個片甲不留！」雷嘯天得意道。

「喂喂喂，老爺子啊！你滿腦子只知道一統江山之事兒，咱們女兒是嫁了，兒子可還未娶啊！好歹也督促一下呀！」夫人話道。

「唉呀！咱們雷氏還憂討不到媳婦嗎？」雷王翹起下巴，又說：「阿勛這十來年可沒白熬啊！比起過往只知酗酒成性，沈溺於煙花柳巷，現已懂事兒不少啊！夫人您瞧，幾天相處以來，咱們勛兒可是滴酒未沾，一談起勝任領頭，連半個女人皆未提及，將來必能成就大業的！哈哈哈……」雷王起了身，踱著步又說：「對了，一直以來，濮陽城乃中、東二州最大交流門戶。幾年來皆由國師薩孤齊暫代城主一職，只是……本王深覺，濮陽城之營運已連年下滑；再說，薩孤齊乃出家僧人，或許商業手腕虛了些，況且國師提及，東州菩巖寶剎近日來不甚平靜，故須前往探訪一段時日，諸如種種，經本王與國師協調再三，決定由狼駙馬前去接任濮陽城主一職，順道建設此城，以為我向東宣導醫研丸劑之主力據點！」

「太好啦！過去和阿山得偷偷摸摸地去東州，而今相公即是城主，隨時可隨夫君前去東州交流訪問，真是太令人期待啦！」婕兒興奮道。

「商業交易之事，確實難為了國師。待狼某上任濮陽城主，定為中州爭得廣大商機。」

聽聞雷王之安排，一旁稍顯吃味兒的雷世勛，突然問道：「爹，過去您曾要勛兒勤往奇恆山，盯著麒麟宮殿之建築進度，而今都這麼多年了，應都竣工了吧！找個空兒，過去參訪一下。」

雷王稍顯無奈地回應表示，時隔十餘載，本應落成才是。然而事與願違，各州均發生建造工匠暴斃、建物一再下陷，甚而倒塌之怪現象。西兑王遂採納諳於地象之谷翎軍師建議，取消建造展示宮殿一事兒，並將原宮殿之名轉予晶洞穴名，而後各州霸主順勢仿效。一如我中州則稱之麒麟岩窟，東州為青龍，南州為朱雀，西州為白虎，北州則為玄武岩洞。然因十二年前，南離王帶兵入侵西州，其進軍方向即是雪鑫峰下之原白虎宮殿預建地；為此，西兑王仍循谷翎建議，由軍機處編派駐軍看守白虎岩窟，此一效應延燒各州。時至今日，各州仍擔心遭他州盜取晶石，幾乎將各晶石洞窟設為禁地，除非各州政要互訪，偶有巡訪參觀之機會，否則，當前幾無靠近之可能。

雷世勛點頭應道：「哦？已變得這般神秘啊！那好，反正別州窟穴沒法參觀，瞧瞧咱們自家之窟穴，應沒啥問題才是。嘿嘿，勛兒倒想看看，是啥樣的原因，為何會蓋不起宮殿來？」

「也好，過往勛兒曾參與監工之職，而今勛兒已備了神功在身，或許能發現晶石相關線索！嗯……就這麼定了，阿山即刻前往濮陽城，真除上任；本王亦將與徐大人研討北州稅務問題，夫人不妨隨阿勛前往奇恆山走走，可別老待於王府，悶壞了自個兒身子啊！」夫人聽了這般建議，隨即點頭以應。

數日之後，一寧靜的上午，雷夫人偶然經過御醫李焜之書苑，不巧見著阿勛躡著腳，鬼祟入了李焜書房，立覺到，「這孩子不是練了啥狐基族奇特功夫，以致沉疴已痊，怎仍鬼祟地來找李御醫？難道……阿勛之過往痼疾……並未痊癒？」隨後，夫人輕聲移步，來到書房窗外，刻意將耳朵貼近，聞得了李焜這麼說道……

「唉呀！大少爺……您練了啥神功啊？體內怎有股陰氣亂竄？再說，下官瞧了您這左尺脈，這……腎氣可是虛中之虛啊！過往老奴曾勸大少爺，切勿沈溺於男女魚歡，依吾看來，這回定要差人給您準備些壯陽食補了。」

「不……不用了，這回是來請您開方的，而後尚得前去領導狐基族人，遂想留些方藥兒在身邊，以備不時之需！」阿勛說道。

李焜知曉後，一邊兒提筆，一邊兒說道：「大少爺可將**乾鹿茸**切片後，泡於白酒一夜，再配以補腎陽，益精血，強筋骨之**肉蓯蓉**、**巴戟天**，滋腎陰之**熟地黃**，補肝腎之**杜仲**、**枸杞**，補腎固精之**菟絲子**，配上補心氣，助心脾之**龍眼肉**，斂肺澀精之**五味子**，滋養斂精之**山藥**，最後再將雞肉切塊，配上**生薑**一塊兒燉煮，即是一壯陽食補了。」

一臉窘相的雷世勛，心想，「哼！我哪兒知道練了摩蘇里奧的覡巫之術，竟會改變自體功能？雖然吾之怪異神功日漸壯大，卻換來陽痿陽縮之症，唉……吾已許久不知啥是……一柱擎天啦！」

窗外的雷夫人聽聞後，頻頻搖頭覺到，「唉……真是的，阿勛這小子，不是酒，即是色，他到底知不知啥是適可而止！倒是，其確有奇功在身，又得帶領一群境外異族，或許多展些雄

風是有必要的。唉……算了！待偕其前往奇恆山時，再伺機開導他好了。」

忽然！見王府丫鬟疾朝夫人走來，連忙表示，御劍山莊樓茂榮莊主，突然來訪，現正於瑞辰大廳靜候。雷夫人得聞後，轉身提步，倏朝大殿前去。

雷夫人一進大廳，一幅十尺長之雲海水墨畫作，瞬令夫人雙目為之一亮，立道：「這……這幅畫……這是北州水墨大師孫于巔之『直上青雲』圖，哇！真是極品啊！此作乃取景於北州著名的津漣山斷崖，襯以雲霧繚繞而成，此作乃孫大師刻意留駐津漣山之驚世名作啊！」

「啪啪啪……」樓莊主拍掌讚道：「夫人賞識名人畫作功力之高，無人能及。眼前所呈之水墨畫作，正是孫于巔大師嘔心瀝血之作，堪稱五州之內，雲海水墨畫作之首。惟此幅『直上青雲』於我御劍山莊，恐有令其失色之虞；然江湖上有所謂名劍贈英雄，遂令樓某聯想到對水墨畫作獨具慧眼之雷夫人。今日特地將此墨寶相贈，還望夫人笑納。」

收得如此珍寶，直令雷夫人笑得合不攏嘴，隨後眉開眼笑地回應道：「樓莊主特地親臨大殿，以圖相贈，若未順應莊主美意，恐有失禮之虞。只是……今兒個適值王爺北上巡城，未能親自答謝樓莊主之慷慨贈予，頗感過意不去。」

「夫人快別這麼說，中鼎王國是如麻，為治理中州而四處奔波，可想而知。而樓某只因一小小念頭，未事前稟告王府而到訪，實在有失禮數啊！」

雷夫人擔心全幅展開之水墨畫作，恐受水濕蒸汽侵襲，細心收下了「直上青雲」後，欣喜道出：「御劍山莊，作育英才，門下奇才赫連雋，劍術非凡，經中鼎王拔擢，現已擔綱王府雙衛之一，並為中州立下不少汗馬功勞，此乃惠於樓莊主之推薦。」

「赫連雋劍術出眾，處事冷靜果決，足為我御劍山莊眾弟子之表率。只是……我御劍山莊人才倍出，能為中州效力者，應不止於赫連將軍而已。」

「樓莊主的意思是？」

「不瞞夫人您說，在下藉此機會，欲向中鼎王推薦本莊另一劍術俠士，欸……此人即是……是小犬……樓御群！」

雷夫人聞後覺到，「這老江湖終道出了來訪目的，無怪乎會以『直上青雲』相贈。也好，王爺正值用人之際，既然收了厚禮，不妨賣他個面子，先穿插個職位予其犬兒，待日後有所表現，王爺自不會虧待。」

「哦……原來是樓莊主之公子啊！耳聞令郎劍術卓越，尤以昔日屹岡刀劍會上，令郎於眾英雄前出劍，甚得武林稱其後生可畏，假以時日，定能挑起御劍山莊之大樑。」

「嗨呀！夫人過獎啦！當年屹岡刀劍會上，小兒乃初生之犢，初試江湖場面而已，尚不成氣候啊！」

雷夫人微笑道：「樓莊主能親臨推薦，想必是青出於藍之輩，莊主大可放心，定會向王爺舉荐令郎。」

「多謝夫人抬舉。只是……」

「茂榮兄何以欲言又止？」夫人問道。

「嗯……這個嘛……好吧，恕樓某直言了。」

「小犬樓御群，生性好強，見赫連師兄憑藉一己劍術，登上中州雙衛榮銜，自許能藉手上長劍闖出一片天地。耳聞中州神鬣門欲藉競技擂臺，補足缺一之神鬣疾風組；此聞已引不少武林高手前往一試，而御群正是參與該競技之一員。近來得知，小犬欲躬逢其盛，卻選擇由初層級試起，此舉多少令樓某憂心。當然，在下對自家武藝甚有自信，惟不怕一萬，只怕萬一，刀光劍影之中，若御群稍有閃失，不僅傷了身子，更可能動搖御劍山莊繼承者之聲望！為此，特來懇請夫人能從旁協助，抑或對小犬曉以大義，令其放棄此回之擂臺競技。」

樓莊主一席話，霎令雷夫人眉頭深鎖，頓了好一陣子後，道：「若是王府要人，這事兒好解決；但遇上了神鬣門則麻煩了些。惟因王爺承諾過刁總督，神鬣門於效忠王府之原則下，王爺不介入如何編整神鬣門。然眾人皆知，刁刃乃一藉刀劍交會，以作為談判籌碼之輩，而令郎之舉，雖顯膽識過人，倘若藉由挑戰神鬣疾風組，勝者直接晉級補位，勝算難料。若由參與者自初層級相互交戰，對手為求勝，絕對狠招盡出，確有傷重之虞，無怪乎樓莊主如此憂心忡忡。嗯……這事兒就讓本座來想法子，畢竟，令郎能入列疾風組，這對將來執掌御劍山莊，確能於武林道上提升不少威信度的。」

待樓莊主謝過雷夫人後，隨即離開了瑞辰大殿。翌日，雷夫人即偕著阿勛上了王府馬車，立由二都衛馭馬前導，另二騎兵殿後，隨即朝著奇恆山駛去。

值雷夫人一隊人馬行經半路，仰首忽見烏雲漸趨聚集，而後滂沱大雨隨之而來。然此時段，倚坐車中之雷世勛仍顯得陰沈，夫人也沒能從阿勛口中套出怪異神功之內容，惟聞阿勛提及此回前往麒麟洞窟，或可進一步瞭解洞窟內之黃晶奇岩，此事兒隨即引來夫人之注意，憂心說道：「阿勛啊！過往與建晶岩宮殿之眾工匠，大都死於非命，為此，各州主皆敬鬼神而遠之，咱們或於近處巡察一下即可。」

「娘，晶石具輻散能量，非常人所能承受！不過，別人辨不到的，沒準兒由我雷世勛找到另類出路哦！」

見雷夫人一臉狐疑，雷世勛順勢將雙掌做出上下左右渾圓手勢，一顆掌大之透澈水晶球隨即呈現，「娘，還記得見過這玩意兒吧？」

夫人接過水晶球，端詳一番，而後冥想了一下，一印象忽閃過腦海，驚訝道：「這……這該不會是昔日摩蘇里奧所持法杖上之水晶球吧？怎……怎麼會在你這兒？」

「娘的辨識能力極高，難怪名人畫作都逃不過娘的眼睛。沒錯，此乃當年臨宣之役，摩蘇里奧與龍武尊對決時所遺失之水晶球，只是這球兒滾到壕溝內，遇上了我這新主人罷了！」阿勛又說：「遇上喬承基後才知道，原來這般晶瑩剔透之晶種，產於狐基族人所居境內。昔日科穆斯之摩蘇族長年交戰狐基族，最終兩族協議停戰，惟交戰期間，摩蘇族盜走不少狐基族之透澈晶石。據喬承基指出，此等透淨晶石能吸取礦物能量，無怪乎摩蘇里奧會攜其前來中土大地，此人居心叵測，眾所皆知。」

「這麼說來，爾之武功……亦是喬承基透過這水晶教你的囉？」

「欸……是有一些啦！但不完全是……」阿勛回應後，隨即拿回水晶球，想著，「嗯……絕不能讓娘知道，吾乃專研著摩蘇家族之覡巫大法，若讓娘視之以邪門歪道，阻止我練，吾欲稱霸武林之夢想……無疑成了泡影！」

正當豪雨聲逐漸放緩，馬車外突然傳來「咵……咵……吭隆……」之聲響，接著整輛馬車瞬間傾斜，而後又聞「啊……」之唉叫聲傳來。夫人與阿勛急忙躍出馬車，「發生啥事兒啦？」

阿勛喊道。

領頭都衛回應表示，本欲抄捷徑上山，孰料山間雨勢過大，山徑泥濘不堪，致使馬車輪陷入了爛泥之中，更因兩車輪之速差過大，車身傾斜過甚，瞬令駕馭官失去平衡，拋摔而出，隨即滾落山崖之下，眼下四都衛正試著將馬車推出泥地。

雷夫人立馬令二都衛兵試著搭救馭車官，另二兵繼續將車推離泥濘。夫人此話方盡，怎料一身影突現前方山路，緩緩下山。然此通往奇恆山之小徑，怎有閒雜人等於此出沒？待距離近些，確見該人影肩上扛了柄鋤頭，是位身形健碩之務農人家。不過，縱然是柄鋤頭，惟視其實木長桿，合以那金屬鋤刃，說能傷人也不為過，雷世勛遂將這農夫攔下，沒好氣地喊道……

「喂！大膽刁民，見著王府馬車當前，不僅不知迴避，甚而肩扛銳器，視若無睹地走了過來！何況奇恆山已設置了麒麟禁區，更有都衛軍兵長期駐守，爾怎知打此小徑下山嘞？」

「呃……草民沒見過王府馬車模樣兒，遂以為富商座駕而已，還請官爺恕罪！至於為啥在這兒？不瞞官爺說，草民自幼敬重醫者，而距此不遠處有一名為莆汕之村莊，該村莊裡有位樂於助人的老醫生，名曰彭益，此醫為人除病，分文不取，終日粗茶淡飯，膝下無子，孑然一身，不久前年高辭世，臨終前託吾將其葬於山上，今兒個遂扛了耕鋤，完成了彭老遺願，怎料回程下山，巧遇官爺，如此而已。」

雷夫人立道：「聞得小兄弟之語法用詞，應非一般務農子弟；瞧爾一身污泥，應是受虐於方才豪雨傾瀉才是。既然小兄弟如此熱心助人，不知能否助本座身旁二都衛，齊將那陷泥馬車拉出？」

小兄弟先沒應話，走到陷入泥堆之車輪旁瞧了瞧，接著藉鋤頭剷去些輪旁泥土，嘴裡並唸著：「這樣應該可以了吧！」隨後告知於車後方施力之兩官兵，縱然車身能前移，亦將使人前傾而泥足深陷的。而後，小兄弟走向馬車前頭，徒手抓起車前掛附馬背之軛桿，待其架好前弓後箭馬步後，深吸一口氣，斯須由丹田衝出渾厚喝聲「喝啊……」，立見陷泥馬車應聲向前移動，直至完全脫離泥濘地而止。然此一幕，瞬令在場目瞪舌彊，隨後即見另二都衛爬了回來，立告知摔落山崖之駕馭官已嗚呼咄嗟！

夫人聽聞後，立即向小兄弟道謝，並請託小兄弟代勞駕馭馬車，以協助前往麒麟洞窟。小兄弟本助彭老入土為安而上山，一聽能抵常人無法靠近之麒麟洞，與致大增，遂答應了雷夫人之請求，並將所攜鋤頭，吊掛於馬車下方。王府馬車重新上路後，高傲之雷世勛仍睥睨著口中刁民，惟聞一旁雷夫人對著駕車者背影問道：「今兒個幸得遇上了小兄弟，幫了咱們大忙；不知小兄弟如何稱呼？」

小兄弟專注地拉著馭馬韁繩，稍稍側著臉應道：「夫人過獎啦！在下乃一凡夫俗子，擎乃姓氏，亦即一柱擎天之擎，名為中岳二字。」

甫聞眼前乳臭未乾小子，道出了一柱擎天四字兒，雷世勛一把無名火直上腦門，心裡唸著，「臭小子，仗著自個兒年輕氣盛，值吾陽剛漸衰之際，拿了個一柱擎天來形容，好……待會兒瞧瞧本大爺如何整你！」

「此一姓氏，煞是特別！爾居於莆汕村嗎？」夫人問道。

「在下是個孤兒，姓氏乃跟從養父而來，而後蒙陽昫觀常真人收留，待中岳能自食其力，便離開了陽昫觀。對莆汕村而言，中岳僅是位過客，只因該村莊極為落後，資源匱乏，所有患病者皆倚彭老先生診治；所幸中岳曾受惠常真人之教導，略懂些醫理，遂暫時幫忙彭老照料病患。只是……彭老走了，往後那些村民可就苦了！」

「哦……原來待過常真人之陽昫觀啊！怪不得能幫人照料病患。」夫人說道。

說著說著，王府馬車抵了麒麟洞禁區，負責駐防洞窟之巴砱將軍，快步上前迎接。待雷夫人聞巴將軍表明禁區一切如常後，雷世勛雙手擱於腰後，欲朝洞窟而去，立遭雷夫人攔住，「阿勛啊！一旁尚見昔日崩塌之建物，亦聞巴將軍叮囑，切勿置身洞窟深處過久。要不，僅於洞口瞧瞧便是。」

「是啊是啊，聞彭老提過，過往諸多莆汕村民於此洞內挖掘，不久便覺身體不適，大公子前程似錦，要多保重啊！」中岳話道。

「哦……是嗎？」阿勛輕蔑回應後，對著夫人說：「娘，過往勛兒常來此監督，並無眾人所述之身體不適啊！娘不妨先待此營區，就讓這擎兄弟同勛兒入洞，倘若遇何異狀，尚有另一人可出洞求援啊！況且此洞窟非一般市井小民可靠近，能讓擎兄弟開開眼界，可是千載難逢之機會啊！」

夫人猶豫當下，巴將軍隨即表示，若大少爺執意入洞，或可派營區守兵隨行。

「不不不，都衛駐兵還得日夜巡守崗位嘞！再說，許久沒人入洞了，恐有些崩落土堆須清除，正好擎兄弟有把鋤頭，應幫得上忙才是。怎麼？擎兄弟，能否勞您行個舉手之勞呢？還是……擎兄弟尚須藉由銀兩，始可替人完事兒啊？」

肇中岳心想，「瞧這奇裝異服、塗妝怪異之雷公子，一眼即覺非屬善類。惟其始終對吾毫無善意，此時卻左推雷夫人，右阻巴矽將軍，執意邀吾入這麒麟洞，難道……他真要我掘出洞內晶石？不過，雷說的也對，一般人無法接近這洞窟，而吾卻獨有這入洞機會；眼前擺明是齣趕鴨子上架戲碼，對方兩手空空，而吾尚有一柄鋤頭可用。既然都來到這兒了，不妨隨他進去瞧瞧唄！」

肇中岳彎腰抽出了馬車下鋤頭，豪氣地說：「能有增廣見聞機會，在下求之不得，又何須論及銀兩呢？蒙大少爺賞識，咱們不妨趁天色未暗前，入洞巡視一遭唄！」

雷夫人對世勛囑咐再三，並定出入洞一時辰為限。肇中岳則於接過巴將軍準備之火炬後，隨雷世勛一前一後，逐步走入了麒麟洞窟。

二人入洞一陣後，驚見一區塊有著黃澄澄之晶石。「咱們要走多遠嘞？」中岳問道。雷持續摸索著。

「沒記錯的話，於現在這位置，右轉十來尺後再左轉，地上該有當年鋪設之石階才對。」

霎時，中岳忽遇一處遭崩泥覆蓋之區域，經鋤頭掘開後，果然掘出一石階，階旁又裂出了個石洞，肇中岳瞬間啟動其暗中視物之特異體質，立見洞之另一頭，有著一如蒸籠大小，近似金黃色澤之六稜狀晶石。適值中岳專注之際，忽聞一聲，「臭小子，滾開！」一記突來飛踢，直中肇中岳正面胸膈，俄而朝後飛離數十尺遠，瞬自手中掉落之火炬亦因此而熄滅。

中岳回神後，立馬盤腿而坐，立運行經正面胸膈之**足陽明經脈**真氣護體。然此調息時刻，驚見雷世勛摩擦雙掌，隨後亮出了顆晶瑩剔透水晶球，本以為其藉此作為照明，孰料當水晶對上石洞內之六稜晶石，立見水晶發出亮光！半晌之後，雷放開了雙手，發光晶球則懸空不動，接著聽聞雷世勛自言自語：「呵呵，今兒個雖不是喬承基所述之最佳時機，但好不容易到了這兒，總得試試能否吸取六稜黃晶之能量才是。」話後，雷世勛雙手高舉，對著發光晶球唸著：「摩枯撒泥……咪囉吐耶，摩枯撒泥……咪囉吐耶，摩枯撒泥……咪囉吐耶……」

隨著雷自喃之咒語發出，驚見一道黃澄光線，瞬自石洞射向了水晶球，阿勛興奮著水晶已能吸取六稜黃晶之能量，不禁唸道：「喬承基果然沒騙我！根據狐基族過往長老所述，分藏中土各處之晶石，經地殼之高溫與高壓後會碎裂，而其中一體積較大且能量最巨者即為……六稜晶鎮！傳說此晶鎮能量之大，能鎮住地層下之地龍，使其不得翻身！」

阿勛得意地笑道：「哈哈哈，只要藉由這攝能水晶，將能量轉移到吾身上，吾之覡巫大法則可再向前挺進。」果然，雷世勛雙腿一蹬，躍於空中，再次發出咒語；一會兒後即見水晶球將攝取之金黃光，轉射向雷世勛**任脈上之膻中穴**。

然於麒麟洞內所見一切，霎令擎中岳不知如何是好？心想，「這……這是何門何派之武功啊？聽了這般怪異咒語，肯定是種妖術！不如這麼吧！我現在向洞外逃，並告知雷世勛遇了意外，急需援助，其餘的就不關我事兒了。嗯……好，就這麼辦！」

擎中岳立馬蹬腿起立，轉身拔腿外跑，怎料此舉令雷世勛中斷了轉能，立由手指發出一光氣，眨眼攝住了擎中岳，使之動彈不得，並笑著道：「呵呵，臭小子！找你來，是幫本宮掘地洞的。當年早於他人發現了這奇特的六稜晶石，直覺乃價值連城之寶物，絕不能讓見過這般晶石者活命，遂於六稜晶石附近，灑下了**砒霜**粉末。」

「哦……原來如此，怪不得彭老說過，村裡諸礦工疑似中了毒。不過，老天爺可不會讓你如願啊！掘工接連中毒，自然影響了鑿洞品質，而後陸續發生崩塌事件，在所難免。倒是……事隔多年，閣下仍不忘這奇晶石，想必是發現了另外之價值吧？」

「哈哈哈，瞧你四肢發達、孔武有力，沒想到腦子還挺靈光的嘛！」雷又說：「領你這局外人入洞，除了要你做點兒苦力外，應無多餘利用價值；況且爾又瞧見了六稜晶鎮秘密，想想，昔日之工匠，本宮不欲留下活口，而今再犧牲條自以為能一柱擎天的小伙子，應不足為奇才吧！方才爾已受了本宮一震腿，胸膈氣脈應已受損，這回……不妨再讓爾見識一下，本宮藉六稜晶鎮所施展之〈膈膛三血滲〉神功！受此一擊，若感膛口逐漸發熱，此乃體內出血之始，隨後爾之**任脈**與旁開之**足陽明經脈**將逐漸失控，待脈管血液四溢，湧上腦門，自然滿臉脹紅，暴斃而亡啦！哈哈哈！」

雷世勛甫一話完，隨即轉動手勢，一如扯動傀儡般地將中岳轉成正面相對，隨即唸出了咒語，「嘰枯哈喳……唉嘎希唔，嘰枯哈喳……唉嘎希唔……」。半晌之後，攝能水晶因受晶鎮之能，以致亮度逐漸增加，待見晶球之火侯已足，雷再次引得水晶之轉能，且將能量集中雙掌，立發喝響於一霎，順勢將掌中激光推出，惟聞「霹……靂……」一聲，眨眼一光束直衝擎中岳胸口，瞬聞中岳一聲唉叫，顯出痛苦難耐之貌，隨後瞬感胸膛開始發熱。霎時，雷因尚未完全掌控晶石能量，致使六稜晶鎮不甚穩定，更見洞穴內壁生了鬆動，細碎土石紛紛落下。

「哈哈哈，有了這般神功，我雷世勛欲稱霸武林，指日可待！哼，臭小子，爾能成為本宮之首位神功試驗者，死也瞑目啦！喝啊……」雷世勛話後再施一掌風，瞬將中岳擊飛，使其猛烈撞擊岩壁。正因雷發功之震波與擎之撞擊力道頗巨，瞬間又生土石崩落，並揚起了大量塵灰。

阿勛得意著能揮掌震地，唸道：「喬承基說過，黃晶石對應中土長夏之季；眼下雖非長夏，即見六稜黃晶鎮如此能量，來日時辰對了，想必能量會更大才是！」接著，雷走到中岳身旁，見中岳滿臉脹紅，不禁嘴角一揚，睥睨道：「哼！死不足惜的小子。」待雷轉身收回水晶球後，又唸道：「不行，不能讓人發現這六稜晶鎮。」話後立將雙臂向石洞一伸，「碰……」的一聲響後，石洞上之土石開始崩落，雷世勛斯須轉身，倏朝洞口奔去。

「夫人您瞧！洞內似乎發出了聲響，洞口亦見塵灰飄出，極可能是洞窟內土石崩落造成，不知大少爺可……安……好？」巴矽將軍喊道。

「快……快……快派人入洞救援啊！」雷夫人驚愕喊出後，立隨巴將軍來到洞口，適值大量塵灰飄出，霎時睜不開眼。

突然！一人渾身灰土，由洞內緩緩爬出，隱約聞其顫抖之聲，呼叫道：「娘……」

雷世勛被拉起後，裝模作樣地彎下腰，拍了拍身上塵土，而後上前抱住了夫人，「娘，方才洞窟內突發土石崩落，孩兒一見苗頭不對，即刻朝外飛奔，倒是……倒是那姓擎的……可就沒這麼幸運了，見其尚於洞窟深處，應已被埋在土礫堆下才是。」阿勛話甫話完，現場突下起了大雨，巴將軍立即引領夫人等，前往營帳內避雨。

回觀昏臥洞窟內之擎中岳，雖感昏昏沈沈，惟腦中稍有了意識，「這是哪兒？吾怎全身發熱呀？哦……想起來了，吾遭雷世勛之邪門功夫擊中而倒地不起。啊……啊……怎麼？我的頭好脹、好痛啊！」阿岳雙眼一睜才發覺，自己已被埋在土石堆底下。

「欸……怎有股不明內力，正於體內擴大？」正當阿岳疑惑之際，又覺到，「欸……怎麼頭疼逐漸消去？反而兩外額角處與雙眼正下方漸漸發熱。咦？這兩股熱氣開始下移了，又移到了下顎角前約一寸三分處，此即咬合肌停止部前緣，這……這是大迎穴啊！難道？哦……我知道了，這兩股熱氣之起始處，乃由外額角之頭維穴與眼下之承泣穴，分別循著頭維、下關、頰車三穴，與承泣、四白、巨髎、地倉四穴而下，二者交會於大迎穴並順頸部而下；接著依人迎、水突、氣舍三穴位，再由胸鎖骨上之缺盆穴進入胸腔。這……這是人體正面向，自上而下之足陽明經脈氣道啊！怎麼會有這般明顯的旺盛能量，逐一衝開並啟動相關連之經絡穴道呢？嗯……就是現在，吾體內之心、肺、腎三臟合成之胸膈宗氣，似乎正與這股新能量相互磨合中，現正通過氣戶、庫房、屋翳、膺窗、乳中、乳根諸穴位，並準備進入中焦脾胃部，難道……難道這是……」

擎中岳於平臥中試圖解析著，本是命在旦夕之處境，為何因體內突發之能量，而有經脈重新貫通之感？而後於靜思中猜想著，「是雷世勛的〈膈膛三血滲〉將吾經脈打通嗎？欸……對了，傳聞中土五晶奇岩，分布於中土五州境內。依常師公所云：『五晶石乃對應著五行、五色、五臟，而位居中州之澄黃晶石，正是對應五行中之土，亦應五臟中之脾。』再依臟腑表裡說法：『體內之胃與脾互為表裡，而脾、胃正屬五行中之土。』再對應胃之經脈，正是自頭至腳之足陽明經。難道……雷世勛以水晶球引六角黃晶之能量，再將之轉攻於吾，不巧將該能量轉入吾體內，進而重新打通了吾之陽明經脈？嗯……姑且不論推測之是與否，既然此般能量正強大著吾之陽明經脈，此刻必須沈得住氣，定要挺到通貫全身才行。不過，值此熱能衝抵天樞穴後，似乎就此引動了手陽明經脈，然此經脈乃歸屬於體內之大腸腑，而天樞穴正巧為大腸腑之募穴！如此看來，體內與足陽明經脈相關之脈系，或可就此一併啟動；若按照這般經脈衝關速度，欲順利打通相關脈道，恐須三四時辰，不妨趁此時段，深切感受自體之修復狀況，甚而理出如何駕馭這股新增能量才是。」

孰料，擎中岳這一躺即過了六時辰，待營衛氣血調和後，試著將體內真陽匯集；而後順勢將雙手一推，惟聞一聲「轟」響後，瞬將壓在身上之土石堆，完全震開，不禁驚訝道：「哇！多驚人之能量啊！自從莫名熱能穿過連接上下肢之氣衝穴後，直衝大腿之髀關、伏兔、陰市、梁丘四穴，瞬覺腿部之爆發力數倍於以往，再由膝窩之犢鼻穴，接上其下三寸之足三里穴後，全身氣血幾乎達到顛峰狀態，隨後續由上巨虛經條口穴至下巨虛……」

接著，阿岳拾獲先前之火炬並將之點燃後，突然憶起常師公曾經交予一冊笈，其乃由龍武尊所撰《三陽經脈武學》之《精武陽明》，心想，「過去初研此冊笈時，甚難體會龍師公所述及之氣貫脈道？運行真氣以聚能量？現在終能體會他老人家之所提。只是……何以巧妙運行真氣？並經由橫向絡穴，調度其他經脈之能量，尚得花上一段時日，始可運用自如。」

擎中岳接續憶著《精武陽明》中所述，將足三里之真氣，順著小腿而下，隨後連上銜接腳掌骨處之衝陽脈；利用衝陽脈氣直推向陷谷、內庭，以至腳趾爪甲邊之厲兌穴。阿岳依樣畫葫蘆後，倏而提起小腿，猛力踢出，惟聞「咻……」之一聲，竟踢出了隱約可見之淺橙光氣，怎料此光氣擊中了支撐洞窟之一木樁，因而引來些許土石坍塌。

「唉呀！行了行了！我還是先理好體內真氣再說，否則土石崩落越多，逃出麒麟洞則愈加困難！還是反覆思考《精武陽明》之內義好了。」盤坐一陣後，擎中岳的身體突起了變化！「怎麼？這回又一股熱能由腳拇趾之爪甲邊燃起？」阿岳續循熱能走向，大墩、行間、太衝，立驚訝道：「這……這是足厥陰經脈巡行路徑啊！怎麼會於陽明經之後，又再另行擴展厥陰經脈嘞？」

此一幕突令中岳想到，「過往之領悟力尚淺，根本讀不通龍師公所云，遂將之當作保健強身之冊笈收藏。怎料《精武陽明》之後半冊，龍師公確實述及厥陰經脈論，難道……龍師公早知吾之體質乃以陽明為陽，厥陰為陰？龍師公真是太神了！好，既然這是老天賦予之特質，吾得好好地珍惜與運用，畢竟吾乃首位見識過墜入魔道之雷世勛，處心積慮地打著中土五色晶岩主意，若不能阻其野心，未來恐將成為中土一大禍患。嗯……就這麼決定，待整合好經脈氣血，再持起鋤頭掘出這洞窟好了。」

翌日清晨，雄雞報曉，晨霧漸退，露珠競耀。駐守麒麟洞窟之巴砛將軍早已昧旦晨興，急令屬下嚴守洞窟四周崗位，惟居於主營帳之王室上下，似乎於原訂之回程計畫，起了些許異動！

「阿勛啊！果真不隨娘回往惠陽？」雷夫人問道。

「娘，此次回歸王府，除了與大夥兒團聚外，亦趕上了小妹出嫁大喜。雖未能如願見到以往監督之麒麟宮殿，但諸事總有那麼點兒遺憾，始能醞釀下回挺進之動力。再說，吾已離開喬承基所設之狐與壇一陣了，再不回壇，壇主位子恐鬆動！好不容易能領著一夥人行事，倘若未來勢力能壯大，亦可連同阿爹之軍隊，征服中土五州啊！」

「勛兒之武藝，雖顯些怪異，惟威力不容小覷，應能照顧好自個兒才是。有啥需要？儘管回惠陽商討，爹與娘永為爾之靠山。」夫人又說：「據聞狐與壇位於北州，此回北坎王之次子莫乃行，對於勛兒之火焰奇功，頗為讚嘆，不妨藉由與之交好，就近打聽北坎王之動向，畢竟惲子熙接下了北州軍師一職，且聞其將為北州提出自強政策，此事兒頗令你阿爹所擔憂！」

「娘，您暫且放心，知悉北州三少主不甚和睦，軍師策略將難成氣候；若真有啥秘密行動，勛兒會差人火速通報阿爹的。」雷世勛話一完，轉身蹬步，隨即跨上巴將軍所準備之快馬，惟見阿勛雙足踝一扣，一聲「駕」響發出，其身影即隨著馬蹄揚起之黃沙，消失於北向山徑之中。

雷夫人於巡視麒麟洞窟任務結束後，適值巴砛將軍恭送夫人踏上馬車之際，驚見一巡防都衛兵，倉皇奔向前來，氣喘吁吁地道出：「稟……稟報巴將軍，那……那……麒麟洞口發出了怪聲，似乎聞得敲擊聲響傳出？果真洞裡存有過往掘工之陰魂？」

聞訊之後，雷夫人立向後退了一步，「巴將軍，咱們倏往洞口瞧瞧！」

待巴將軍帶領一班衛兵來到麒麟洞口，俄而上前一探，隨後見其雙眉一皺，朝後退了數步後，迅速將佩刀拔出，喊道：「洞口聲響越來越近，大夥兒小心！」

不久之後，見日前洞口崩落之黃土石礫，紛紛向洞內滑陷，突聞「隆」之一聲響傳出，立見土石堆裡撞出了柄鋤頭，隨後揚起了大量塵灰；值沙塵漸散後，驚見一人手遮雙眼，慢慢地爬了出來。雷夫人見狀，遽然發聲：「是隨阿勛入洞之摯中岳！快……快遮掩其雙目，帶他入營帳！」

待阿岳眼睛畏光現象趨緩，拍了拍身上土石後，立對夫人表示，洞窟支撐堪慮，恐隨時崩塌，極為危險；狀況當下，見少主已朝洞口衝出，中岳則晚了一步，所幸帶了鋤頭進去，遂藉此掘出了條生路來。疑道：「咦？怎不見大少爺呢？」

雷夫人對中岳描述了阿勛出洞後之情況，瞬間覺得此一摯姓年輕人，大難不死，或許是個可造之才，遂讓摯中岳於飽餐後，再次擔綱駕馭馬車之任務。摯中岳於應諾夫人後，心想，「雷世勛真是胡說八道，對於隱匿之六稜黃晶鎮，隻字不提，倒是如何剷除眼中釘，乃其慣用手段才是。眼下要我留在這兒也沒啥意思，倒是能藉由駕馭馬車，順道進惠陽城瞧瞧，應是不錯選擇才是。好……順水推舟，就這麼辦囉！」

王府車隊重新備妥後，摯中岳立馬扛起了鋤頭走向馬車。雷夫人見狀，搖了搖頭，立對巴矽將軍說：「領著摯兄弟去挑件像樣兒兵器，以免進城之後，引人指點揶揄！」

摯中岳於謝過巴將軍後，立提了根齊眉棍走來，夫人不禁笑道：「要你挑件防身武器，見爾所選，仍如原鋤頭一般，僅是一拆去金屬掘頭之棍桿罷了。」

「哈哈，在下以為，能制敵，就是好武器。有了刀劍鏑頭，不過是增添些血光罷了；而以桿對敵，若能傷及對手之筋骨關節，依舊能讓敵對倒地不起的。嗯……時候不早了，趕緊上路吧！在下擔心能否於太陽下山前，下了奇恆山？」阿岳說道。

雷夫人點了點頭後，立由王府騎隊領於前頭，隨即將隊伍帶離了麒麟洞窟。

然而，一路險降之崎嶇山路，對於騎著馬匹之都衛，困難度尚且不高，但對駕馭馬車而言，忽彎忽急，且閃且煞，可謂一大考驗。此刻坐於車廂內之雷夫人，看著摯中岳駕馭雙駒之架勢，與急彎處之速度拿捏，毫不遜於通過層層考驗之駕馭官。夫人隨後鬆了雙肩，輕倚著椅背，心想，「以這般速度，應可提前抵達山腳才是。」

忽然！「咻咻咻……」之聲響，伴著若干飛矢而來，接著傳出兩聲唉叫，立見兩都衛騎兵中箭落馬，霎時聞得摯中岳叫道：「有埋伏，夫人小心！」

覃嬨燕聞訊後，提劍咄嗟，瞬由車後窗翻躍而出，喊道：「暗箭傷人，令人嗤鼻，何方角色？竟偷襲王府座駕！」

夫人一喊完，彈指即見十來持刀者，紛自石路旁躍出，隨後見一頭戴斗笠者，持劍走來，發聲道：「呵呵，正因見著王府馬車，咱們遂予以攔阻；沒料到，此回探訪麒麟晶洞者，居然是雷夫人？」此人一話完，摘下了斗笠。

覃嬦燕立馬睥睨笑道：「還以為哪兒個狠角色，膽敢於我中州境內撒野？原來是南州火雲教之邊顓右使啊！莫非南州窮困，難以維生？致使邊顓右使淪落到幹起攔路山賊啦！」

「呵呵，隨妳怎說都行。咱們若真要打搶，怎會僅射下兩員都衛騎兵即了事兒？好，咱們就打開天窗說亮話，原本各州主均已停了掘挖晶石之舉，孰料我教弟子竟見王府馬車直奔麒麟晶洞，想必是對晶石有所發現。今兒個我邊顓率人於此等候，無非想知道，麒麟晶洞可有了新的秘密？讓夫人您帶了出來；抑或夫人能透露箇中秘密？」邊顓頓了下，又說：「甫見夫人座駕之速度驚人，或許馬車上正藏著重大發現？」

邊顓又說：「既已率眾弟子攔下車隊，若夫人肯告知晶洞之發現，抑或留下馬車，咱們或可考慮放爾等回惠陽。倘若咱們採取挾持方式，以雷夫人於中州之重要地位，中鼎王定會為了贖人，答應咱們所開條件。然夫人乃一聰明人，切莫困獸之鬥，否則將事情搞大了，大夥兒皆不好收場啊！」此話一出，兩旁火雲教弟子立馬持起刀劍，作勢攻擊。

「呵呵，我說邊顓右使啊！本座何等場面沒見過？以本座手中銳劍，單憑幾個小癟三就想得勢，痴人說夢啊！再說，貴教派以此等粗劣手法得人機密，相較火連教之邢彪教主，藉著鋪陳與拉攏方式，漸朝目標挺近之作風，天壤之別！依本座之見，火雲教恐因爾之不智而遭圍剿殲滅，邊右使可有肩膀扛下這責任？」

「嘿嘿，瞧這般情勢，夫人是不肯談條件囉？呵呵，雷夫人雖是女中豪傑，卻也不得不考量一下，所謂的『猛虎難敵猴群』這話吧！再說，夫人不妨抬頭瞧瞧，適值咱倆談判之際，我教兩準度極高之弓箭手，早已上了山壁，任您劍術再高，該也難防凌空暗箭吧！」

「邊顓，你這卑鄙之徒，本座絕饒不了你！」

「呵呵，眼前局勢，唯吾掌控，由不得您撂狠話。既然夫人不肯妥協，可別怪刀劍無眼啦！」邊顓雙眉一皺，洪聲喝道：「火雲教徒聽令，雷王府車隊上下，一個都不能放過。殺……」

邊顓領著三教徒，持劍衝向雷夫人，其餘火雲教徒則圍攻都衛騎兵。雷見敵對衝來，旋即使劍應對，輔以低空掃堂腿之勢，以一敵四。正當雙方對擊持續，突聞哀嚎聲接連響起，邊顓回頭一瞧，見兩都衛騎兵，驍勇善戰，連砍數名火雲教徒，瞬間打散了教徒之陣勢，而後趁勢朝夫人方向飛奔而來，藉以支援夫人對敵作戰。怎料……「咻……咻……」兩冷箭凌空而下，直中奔馳中之兩騎兵要害，慘烈落馬，嗚呼咄嗟！

雷夫人見火雲教徒陸續圍了上來，情勢極不利於己，緩緩地移位到馬車旁，心想，「這兒距巴砱將軍之營地，頗有一段路程，應無法討到救兵；此刻若使出〈蒼穹突圍〉劍法硬衝，或可殺出一條血路！不過，此劍法能敵四五人圍攻，惟眼前不含邊顓，仍有八九火雲教徒，更別提山壁上那兩門暗箭了！不管了，能殺一個是一個了，來吧！」

「哈哈，吾料得沒錯，見夫人逐漸退向馬車，其中一定藏著重要東西。」邊顓自豪道。

「喀啦……喀拉……」若干山壁上的落石墜下，稍稍擊散了圍攻雷夫人之火雲教徒，隨後即聞「哇啊……呃啊……」兩慘叫聲相繼傳來，此聲響瞬間引來在場注目。原來，處於山壁上之兩弓箭手，突自山壁上摔下，重墜落地，口吐鮮血，腿骨盡碎而癱。此一幕霎令邊顓傻了眼，「怎……怎麼回事兒？」

一霎之間，一身手矯健之身影，倏由山壁上翻飛而下，來到雷夫人身旁，夫人立說：「甫於對陣殺敵中，獨不見爾之身影，還以為爾已中箭倒地了呢！」

「方才中岳發現朝我車隊射擊之二弓箭手，雙雙收箭之後，倏朝山壁上爬，咱們若失了制空權，僅能坐以待斃，故花了點兒時間，爬到弓箭手上方。孰料，恐因先前豪雨沖刷山壁，一個不慎滑腳，造成了些許落石，遂不經意地朝兩弓箭手喊了聲：「小心啊！有落石」接著……接著就是眼前呈現之一幕囉！」

「臭小子，你是何許人？竟從中壞了咱們的局兒！」邊顓怒斥道。

擎中岳一回身，抽出掛於馬車上之齊眉棍，道：「甫聞閣下乃南州火雲教右使，瞧您專注於攔截馬車，射殺都衛騎兵，進而圍攻馬車上之雷夫人，難道……閣下沒留意到……令該馬車急速下山之駕馭者？沒錯，正是在下……擎中岳！」

「好你個姓擎的小子，今兒個邊顓定要讓你嚐嚐強出頭之下場。眾教徒聽令，活捉雷夫人，並將那叫擎中岳的……剁成肉醬，以消我心中之火。殺……」

六教徒倏提刀衝向擎中岳，邊顓則領三教徒圍攻雷夫人。這時，中岳持起齊眉棍，不疾不徐地於胸前單手旋棍，並開始運起**陽明經脈**之氣。一教徒沈不住氣，提刀砍向對手左側，立見阿岳握起直棍，使一橫向平掃之勢，不僅抵住該刀攻擊，瞬轉右向阻擊另一教徒。適值抑住左右兩方攻勢，阿岳突以雙手於胸前快旋，並於「喝……」之丹田聲下，驚見左右兩刀瞬遭扭曲變形，隨後將桿子一震，眨眼重擊對手腕掌關節處，使之難以握物。

四教徒見狀，立以車輪戰之勢，一人揮出一刀，接連出擊。阿岳於擋下敵對一輪攻擊後，持住齊眉棍之一端，使出挑棍點擊，亦即對手每一出刀，一一挑開，並快速點擊對手膝蓋外之**犢鼻穴**，體質稍強者，或酸麻難當；體質稍弱者，恐有膝骨碎裂現象。待六教徒個個帶傷後，阿岳隨即翻躍至馬車旁，快速揮出破擊棍法，不出三招，迅速將邊顓身旁三教徒制服。

邊顓雙目犯著怒火，斥道：「擎中岳是吧！真是好樣兒的。眼下若不將爾給劃了，恐無法回去交差！」「唰……唰……」邊顓出劍一霎，倏以連刺帶削，側砍回戳之劍式出擊；阿岳僅採緩抵強擋，一一化解對手招式。一旁雷夫人見擎中岳之應對方式，頗感熟悉，靜觀阿岳抵解對手六招之後，立覺到，「啊……難怪如此眼熟！擎中岳以慢制快，並能於抵住敵對攻勢同時，化散對手之力道，此即常元逸所慣用之『謹守莫攻』呀！嗯……這小子果然符其先前所述，待過常真人之陽晌觀。」

又交手十二招後，擎中岳一記後翻躍，立與對手保持數尺之距。邊顓氣喘吁吁叫道：「呼呼！臭……小子，知吾劍招之厲害吧！自已知難而退，免得遭吾絕殺神技撂倒，煞是難堪啊！」邊顓放話後，孰料對手雙目一闔，雙臂開始於胸前合轉齊眉棍。邊顓見對方似不罷手，遂將劍尖朝下，斜向於右身側，準備使出其拿手絕活……擦地上切劍法！

「擎兄弟，小心其劍尖擦地後，難以捉摸之上切劍刃啊！」雷夫人及時提醒著。

擎中岳倏將備妥之足陽明經脈能量，轉向雙手之手陽明經脈，真陽之氣立由肩膀之肩胛骨尖峰外側肩髃穴，直衝而下，至上臂之臂臑穴後，挺進手肘彎曲處內側之曲池穴，此股真氣自此循手前臂之手三里、溫溜、偏歷三穴，經陽谿而匯集於拇指骨與食指骨間之氣穴……合谷！此股能量立令擎中岳之旋棍，越轉越快，並瞬於旋轉面產生一股氣流，此氣流雖不至將人吹移，卻令對手不能隨意轉動劍身，否則，值劍身側面對上氣流，瞬間即生風阻現象，進而阻撓對手使劍方向，遂使邊顓之擦地上切劍法，僅能單靠劍刃畫開氣流；如此即可預先知曉，對手於擦地後上切之大致方位了。

雷夫人見狀，始起了疑，「這個叫擎中岳的年輕人，不僅孔武有力，能從崩塌石洞，絕地重生，亦能徒手攀爬甚高之山壁，且單憑一根齊眉棍，迅速擊退八九火雲教徒，現又對著邊顓之刁鑽劍路，毫無任何畏懼之貌，他……果真僅是個待過陽眴觀之孤兒嗎？嗯……此人雖是個能手，但未清楚其真正來歷前，尚得多防著點才是。」

「哼！臭小子，以為這麼點兒氣流，即能干擾我嗎？嚐我一劍！唰……唰……唰……」邊顓依舊以劍尖於地上畫出火花，火速衝向對手！中岳見著對手畫地出擊，直覺對方或可依循原劍式，揮劍上切出擊；亦可出其不意地攻抵敵對下盤。然而面對正面快旋之齊眉棍，邊顓考量齊眉棍棍長，超越一般劍身許多，為避免上切不成反遭棍擊，決定採取低空砍削方式。孰料……

擎中岳一定點蹦跳，倏而握緊棍之一端，猛然使出垂直下劈式，眨眼劈中敵對之劍格接劍柄處，想當然爾，持劍者之手腕骨處，難逃重擊命運。果然，邊顓於中招後，手中持劍立遭震落，咬牙強忍著骨斷疼痛，怎料敵對於劈棍後，尚有續招？

擎中岳劈下後，雙手握棍，乘著手陽明經脈氣道，直接正衝對手於臍上一寸之水分穴，此穴歸屬任脈，正當小腸上口，為泌別體內清濁，分行水液與糟粕之處，此處遭重擊者，雖無明顯外傷，卻能癱亂人體前陰、後陰之代謝功能。惟邊顓此回遇上的，更是匯集陽明經氣而發之重擊，力道之大，彈指將受創身子向後震飛，直接衝撞王府馬車。此刻之邊顓，忍著右手疼痛，左手隨意拾起教徒遺留之砍刀，意識混亂地站了起來，胡亂喊道：「來呀……姓擎的……將晶洞秘密……交出來！」

「唰嚓……呃啊……」

一劍尖突然穿出邊顓左胸，後見鮮血緩緩染紅其胸膛。原來邊顓於撞擊馬車時，雷夫人正立於馬車旁；待邊顓持刀起身向前，雷夫人迅速移其身後，一劍刺穿了邊顓，隨後喝道：「吾早說過，絕饒不了你！」

雷夫人突如其來之橋段，霎令擎中岳錯愕，頻頻搖頭以對，畢竟阿岳加入戰局後，除了兩弓箭手失足跌下外，其餘對手皆中傷於筋骨關節，而後雖正面重創邊顓，亦不至取其性命。惟見雷夫人不僅一劍斃了人命，更質疑夫人竟是乘人對戰之際，使出背後傷人一招！然此一刺，瞬令擎中岳深覺，雷夫人乃為報復而不擇手段之人，如此行徑，令人嗤之以鼻！

適值擎中岳收棍之際，怎料回頭又遭驚悚一幕所震懾，惟見甫遭擊退之八九教徒與兩跌落之弓箭手，個個喉部均遭利刃割裂，早已氣絕身亡。阿岳於詫異中瞧了下雷夫人，夫人臉不紅、氣不喘地說道：「若不趁擎兄弟對戰時，先行撂倒這些傢伙，現在背後中招者，可能即是咱們了；況且這群看似受過教化之教徒，幹的竟是燒殺擄掠之事兒，沒必要跟他們講啥江湖道義！」

涉世未深之中岳，聽了雷夫人之駁詞，再次搖搖頭，腦海裡甚模擬著雷夫人冷血殘殺傷者之情景，直覺，「難道……與雷王府對立之下場，皆如此悽慘？不久前，中岳亦是雷世勛滅口之對象啊？此乃雷氏一家之行事風格嗎？嗯……少與這幫人談條件為妙，眼下應趁早與這姓雷的劃清界線才是！」

雷夫人緩頰說道：「見識了摯兄弟僅以一棍，擊退數敵，真是英雄出少年啊！看來得稱您一聲摯少俠才是了。」

「不敢不敢！夫人過獎了。」話才說完，見天空又開始下起雨來，阿岳立馬又說：「眼下之馬車，轅軛與軸輻皆已裂損於方才衝撞，現已不堪使用，僅能以駕馬方式離開這兒了！」

夫人點頭表示，被這幫匪徒耽擱不少時間，天色漸黑，只能將就了。這時，雷夫人突然閃了個念頭，嘴角不禁上揚，連忙提到，「歐……對了，記得摯少俠提過，奇恆山下有個莆汕村，咱們不妨先到那兒避一避。」

「嗯……在下正好熟悉村裡一住店，也許待那兒會方便些。」中岳說道。

果然，馭馬奔馳，既速且快，甫逾半時辰，雷夫人隨阿岳抵了莆汕村，入了間極為簡陋之住店，僅一廿多歲男子上前招呼……

「嗨呀！還以為是誰呀？原來是彭老之助手……阿岳啊！倒是，小的有眼無珠，不知身旁這位是？」

「吾……吾是個藥材商，這個……阿岳……欲進些藥材到這村來，今特來這兒談談。」雷夫人說道。

「嗨呀！這位客官，小的叫丁立，這兒人都叫我阿立，有啥需要？儘管吩咐小的就行啦！」阿立又說：「摯兄弟真是大好人啊！彭老走了是咱們的損失，而今阿岳能引藥材到咱們這兒，真是功德無量啊！唉呀，我娘甫走訪了西州，回往浦汕後即咳個不停，摯兄弟若空著時，有勞您替我娘診個脈唄！好了好了，不耽誤你們談生意了，小的去準備些填肚子的啦！」

阿岳摸不著頭緒地問道：「能理解夫人欲隱匿身份之舉，但您表明是個藥材商，又言在下欲引藥進村，倘若沒進半點藥材到這兒來，這叫中岳如何是好？」

「呵呵，擎少俠，爾以為本座是何許人？這兒仍歸屬中州，本座若下令運多少藥材來，辦不到嗎？」

阿岳稍稍低著頭，靦腆地回道：「夫人確實有這能力，只是……只是……在下哪兒來的銀兩可還帳啊？」

「哈哈哈，這些時候來，本座親睹擎少俠之過人表現，單憑一身罕見武藝，制伏群寇，後生可畏啊！然本座來到這莆汕村，見過簡陋之一屋一房，枯黃的一草一木，的確是極度匱乏資源之窮鄉僻壤。不過……有了熱心相助之擎少俠，相信能帶給村民一線希望才是。」

「呃……恕在下年少駑鈍，不甚明瞭夫人的意思？」阿岳搔著腦門問道。

「好吧！本座就不賣關子了。倘若少俠能答應一事兒，本座將定期調度醫生與藥商前來村莊，為村民診治病痛，甚至為這莆汕村闢建一道路，好讓商人得以進出，村民亦能方便進城做生意。」

「嘩……真如夫人所言，那莆汕村就容易取得外援，甚而得以繁榮了。只是……只是……夫人之條件尚未明朗，不知中岳能否勝任？」

「行行行，應該不成問題才是。」雷夫人續提勁兒描述道：「中州神鬣門即將舉行一獵風競武之擂臺競技，藉以補上神鬣疾風組之缺位。然此競技可由兩路徑登列疾風組，一是直接挑戰現役神鬣疾風組之任一員，勝者即可入列；另一則是參與者由初層級起始，兩兩捉對廝殺，直到最終擊敗群雄者奪魁。目前所知，尚無人登名直接挑戰疾風組。」

「神……神鬣門……疾風組？夫人該不會要中岳直接……」

「不不不，本座並非要你進入神鬣門，而是要你參與獵風競武之對戰擂臺，以少俠之實力，應可輕鬆打過大半場；而這其中一參與者，即是赫赫有名之御劍山莊莊主犬子……樓御群！然以樓御群之經驗與劍術，應可搶進決戰賽。而本座對少俠開出之條件，就是挺進至決戰賽後，讓樓御群能順利登列神鬣疾風組！」

「什……什麼？打假的？費了大半氣力才進入的最終戰，要我……喂喂喂，那要是中岳半途就落敗，那……」

「那咱們的承諾，隨即化為烏有！」夫人明快地做出了回應。

肇中岳突然頓了下，想著，「甫於自我提醒，切莫與雷氏一家談條件，倏與王府人劃清界線才是！怎料不過幾時辰，眼下與雷夫人談條件之人……就是我！雷夫人善攻心計，刻意用這純樸的小村莊作為籌碼，幾乎強迫我允諾她的條件。不過，若真要繁榮這兒，任我出再大的氣力，也不見有多大成效才是；況且那叫樓御群的，乃自武學世家，劍術應該了得，沒準兒吾根本非樓之對手。嗯……這步棋好似可以一搏，就當是下場試試吾所擁經脈武學之暢達程度好了！」

「好，我答應上場一試。一旦那叫樓御群的，入列了神鬣疾風組，夫人就得履行承諾，不得食言。」

「當然，當然！這麼說來，莆汕村興盛與否，就落在擎少俠雙肩上啦！」夫人愉悅又說：「明兒個一早，本座自行回往惠陽；至於前進擂臺一事兒，有勞少俠多費點兒心啦！好了好了，咱們各忙各的，就叫那阿立將菜餚直送本座住房好了，或許村裡百姓，尚須倚仗少俠診病呢！」

翌日寅卯交接之際，雷夫人本欲藉四下無人，不聲不響地離開，怎料聽聞由外而入之腳步聲，再聞阿立叫道：「可把擎兄弟給等回來啦！瞧您一夜沒睡地診治村裡老幼，可否幫我娘把個脈？自偕其探訪西州老家歸回後，咳個不停啊！」

待中岳為丁母診脈辨證後，微笑道出：「大嬸啊！您這是肺熱逆氣，雖有咳嗽卻少痰，受邪尚輕，我這兒幾味藥材正合您症狀，待會兒讓丁兄將之煎水予您服用，三劑後應可改善大半。」接著見阿岳拿出了**貝母**、**瓜蔞**、**天花粉**、**橘紅**、**茯苓**、**桔梗**，交給了阿立。

「這……這是……聞彭老提過，這**貝母粉**是很貴的藥材，村里沒幾個人買得起啊！」阿立訝異著說。

「丁兄，藥能對症為要。這**貝母粉**能清肺泄熱，止咳化痰，**瓜蔞**能寬胸散結，**天花粉**能清熱生津，**茯苓**能利水滲濕，**桔梗**可宣肺化痰，**橘紅**亦能順氣健脾。每味藥於治症上均擔綱重要角色，對吾而言，沒有貴賤，皆是寶貝，您就先拿去煎了唄！」

「嗯……好啊！好一帖潤肺清熱，理氣化痰之傳世名方……**貝母瓜蔞散**！」雷夫人於一旁自唸道：「若非吾服用過，還真不知此方鎮咳去痰之妙效啊！嗯……擎中岳不僅能馭馬車、耍長棍，甚能治症逐邪，煞是有料兒；接下來就瞧您如何過關斬將囉！」而後，見雷夫人步出大門，惟聞「啪嚓……」之布衣擦擊聲響，夫人斯須躍上馬背，隨後一聲「駕」響，倏令馬兒疾

朝惠陽城飛奔，一溜煙即消逝於山林之間。

時居春夏之際，位居北州四縣之北江，四時無論冬夏，環山白雪皚皚，或見寒風颯颯，偶有冷霧瀟瀟，商賈運輸往來，勢將湯風冒雪。境內岌砭城鎮，處處粉妝銀砌，惟見醒目建物，實為縣令官宅。今見縣令府一囚車駛出，速奔城外，直抵一宅房門外，靜靜等候；一刻鐘後，即見二身影回宅。

「呵呵，仇神醫果真如期歸回岌砭城。」一身著官袍之中年人說道。

「北江縣之嚴刑峻法一如東州，一旦轄內之作奸犯科者，輕者重鞭，重者極刑；唯遭極刑者若罹患重症，可將之交由仇某處置。然接獲宋縣令急函告知，將送交一死囚予仇某，故回函知會歸期；而今仇某如期回到岌砭城，敢問宋爺，此囚犯何等情狀？」仇正攸說道。

宋世恭表示，此囚全身不明瘡瘍腫毒亂竄，不時紅腫熱痛，寅卯時辰尤甚，病發時伴隨發狂，或猛然撞壁以求解脫，此症群醫束手無策，遂發函通告。話一說完，隨即注意到仇正攸身旁另一身影，問道：「這位是？」

「哦……這是幫我採藥的小兄弟……凌允昇！唉呀，年歲大了，骨頭硬了，這上山攀樹之活兒，交予年輕人做囉！來來來，外頭冷風颼颼，有話進屋裡說吧！」

凌允昇輕聲說道：「哇！前輩，這間木宅相較在下躺過的北川縣木屋，真大上許多耶！」

「呵呵，仇某雖處處有住處，卻不盡然歸屬於我。此木宅乃宋縣令提供仇某研究重症患之處；不過，裡頭裝設，絕非爾所想像一般，進去瞧瞧吧！」

宋縣令命屬下將囚犯抬上承架，一干人走入木宅後，直往地層下密室而去。
「哇！好冷啊！欸……原來這兒是座大冰窖啊！」允昇驚訝道。
「呵呵，這位凌兄弟有所不知，這所木宅上下共有十六牢房，囚禁其中者皆我北江縣之重大罪犯，或因罹患瘡癰腫瘤，抑或不治之症而移監於此。然此地窖之低溫環境，可令某些患者於低溫下延緩病勢發展，好讓仇神醫有時間試驗，能否讓重症患起死回生。」宋世恭說道。
「既有研究治症之環境，何不接受一般重症百姓治療？」阿昇疑道。
「研究重症怪病乃我仇正攸之興趣。此處雖供仇某研究，惟其特殊設施與開銷，所費不貲！再說，試驗時，若須加重劑量，抑或施以毒性藥材時，恐有激發病勢加速，甚而毒發身亡之可能，一般百姓何以承受這般花費與苦痛？所以，仇某選擇了遭判極刑之重大罪犯為對象，既已是極刑犯，與其人頭落地，何不藉其研治，倘若能因此找到解症之法，是否算是為該囚所犯之滔天大罪贖罪呢？」
「對對對，此乃宋世恭敬佩仇神醫之所在。只是……今兒個帶來之囚犯症狀，不知可有治癒之可能？」
仇正攸偕允昇一同上前診斷，仇立馬對宋縣令問道：「甫聞宋爺描述，此患發病時急躁失控，而眼前所見，呼吸平順，情狀安祥，莫非……宋爺已施以麻鎮之劑？」
「呃……這個……」宋縣令一時答不上話，遂將在場屬下遣出後，道：「欸……實不相瞞，確實先施以麻鎮劑，否則無法順利運抵。」
「好吧！仇某收下這囚犯；看來吾得待這兒一陣子了。」仇正攸完話後，注意到宋世恭有

些反常；惟因此回少了點兒官威，離開時還不忘告知未來之醫研開銷，將派專人負責，此舉反令仇正攸好不習慣。

待宋縣令離開後，允昇隨即表示，眼前病患看似嚴重，卻不致歸於極重病症才是。見其瘡瘍化膿，確有皮裂腫痛之苦；再聞其寅卯時辰病發尤甚，顯然肺臟出了事兒。所謂「**肺朝百脈，主皮毛，主行水，主治節**。」肺金未能**宣發肅降**，則水液無以上達頭面諸竅，外達皮毛汗孔，以致體內水液無以正常配合腎臟，阻礙了輸佈與排泄。再則，**肺與大腸互為表裡**，倘若**大腸腑**之水液無以繼，腑內將生燥屎，燥屎不出則體內濁氣積升，一旦濁氣逾越胸膈，隨經脈濁了心氣並上升頭面，勢必影響人之神智，進而使人發狂。

「見得爾之細膩辨證，不愧為常真人之徒孫。」仇又說：「見此病患，脘腹痞滿，按之硬感，雙唇乾裂，雙掌泛紅，此般熱盛傷津，津傷化燥，因燥成實，可見其已具**陽明腑實證**，且中、**上焦**之內熱頗重，可於攻下之劑為底方，如**大黃**、**厚朴**、**枳實**、**芒硝**，外加上**知母**與**石膏**，輔以**連翹**消癰解毒，溫服而下。於此同時，其潰破流膿處多發於下肢，可藉**螞蟥**置於瘡瘍處，蝕去瘡瘍之潰膿，待順利攻下，神治安定，得再為其上身瘀腫痞塊，施行清熱解毒，消腫潰堅。」

允昇點頭道：「前輩藉傳世名方之**大承氣湯**以治**陽明腑實證**，並以**知母**與**石膏**解其上腔之熱，**連翹**解以皮毛熱毒，藉**螞蟥**以除膿，讓晚輩受益匪淺。倘若此病患得以痊癒，還得回絞刑台嗎？」

「呵呵，此患死不了地！依吾所見，此人應非死囚也，送來這兒，無非要我仇正攸救治而已。」

見允昇頓顯詫異，仇正攸隨即表示，何謂死因？不外是作奸犯科、遭人誣陷或嫁禍，抑或是背人黑鍋。然而，能被處以極刑者，必然遭到刑求，使其供出實情，甚而屈打成招而認罪。瞧瞧宅牢裡所囚之北江十大惡人，哪個不是傷痕累累，皮開肉綻地被送來？然經診斷，確有重症在身，惟此等病魔遠強於其燒殺擄掠之暴行，也算是種現世報吧！仇又說：「反觀眼前這睡得平穩之囚犯，身上瘡瘍紅腫是真，卻不見其有任何受鞭之處；此患睡得安穩，乃因施用麻鎮劑，一來減輕疼痛，二來得以鎮靜，使能順利送至這兒。試問，天下何等死因能有如此待遇？再說，以往此處之醫藥開支，尚須逐一列舉，並差人送交縣府官員，怎這回聞得縣太爺親派專人專辦？諸如種種，此人絕非一般囚犯，應與宋世恭有極大關係才是！」

「前輩如此剖析，頗為有理，但為何定要仇前輩來醫治？」

仇回道：「能治此症之醫者，大可見於北河縣之莫王府御醫孔炩祺；尚有北渠縣境內之坊間良醫……荊双兑！孔炩祺擅於解毒，荊双兑則較為奇特，其每輒為人診治，行針術時僅用兩針，開藥全仗藥對即能解症。當然，隨著病情變化，將逐次修正用藥，惟每回均開予藥對以治症，因而有『藥對王』之稱號。」

仇又說：「此等瘡瘍潰膿之症，甚怕傷口再染毒邪而助其病勢擴大，故選擇這般冰窖治療，可緩熱毒擴散。再說，倘若此患與宋世恭有關，宋應避免將其外送，以免內情外露，故以急書告知，佯裝有重症死因，要仇某前來醫治，倒也巧合回來察看其他重症患之病情如何。唉！常言道：『人在江湖，身不由己。』我仇正攸以治怪病而名，卻也常遭人盤算利用，亦是身不由己啊！」

「前輩之技能乃針對病患，既然是病患，相對是氣虛體弱者，威脅度不算大。反觀涉足江湖，若是追求利益者，其出手或是為人賣命，或是要人性命；若是講求正義者，亦常引來他人挾怨報復。您瞧，允昇不過替家鄉爭口氣，說說**生薑**與**乾薑**之別，就中了狼總管之溯水掌。唉！人在江湖，處處脅迫啊！」

「哈哈，允昇年紀尚輕，猶有諸多感慨，應與成長過程、所處環境，極度相關才是！」仇笑道。

凌允昇嘆了口氣，稍稍提了下昔日於普陀江漁船上，不幸遇上黃旗水師兵欺凌勒索，以致失去母親之遭遇。

仇正攸聞後，搖頭表示，庶民與官兵鬥，先求保身，視為上策。又說：「咱們先將這……疑似重症患給處理了，明兒個領爾瞧瞧此地一特殊景觀，保證讓你嘆為觀止！」

翌日，仇正攸見病患有了反應，隨即再施以**金銀花**、**當歸**、**防風**、**白芷**、**陳皮**、**貝母**、**天花粉**、**乳香**、**沒藥**、**甘草**、**皂角刺**，配上砂燙炮後再行醋淬之**穿山甲鱗片**，外加一味**荊芥**，並將此十三味入酒煎。允昇見狀，驚呼：「哇！前輩竟有**穿山甲片**可用，這玩意兒能活血消癥，消腫排膿，據聞五州已同意禁獵**穿山甲**，此藥何以取得？」

「呵呵，有了宋縣令撐著，始能取得這藥材。此一藥方乃傳世名方……**仙方活命飲**，為治瘡瘍之聖藥。方中以**金銀花**清熱解毒、消散癰腫，藉**防風**、**白芷**以外透熱毒，**貝母**、**天花粉**清熱散結，**當歸**活血，**乳香**與**沒藥**化瘀，**陳皮**行氣以消腫，**甘草**和中解毒，並以**皂角刺**與**穿山甲片**排膿潰堅，外加一**荊芥**以慎防冰窖之寒邪入侵，諸藥合用，清熱毒，化瘀血，消腫痛，氣血通，瘡瘍癰腫則可癒。其餘即交由這木宅裡的僕人煎藥了，待其情狀好轉即可移出冰窖，改臥其他牢房療養了。」

「哇！前輩之治症法理，著實令允昇茅塞頓開，晚輩就此將這仙方活命飲外加荊芥之療法收下了。」

「唉！仇某年近半百，能遇上有慧根且願投入傳統醫術之後輩，少矣。切記！莫受坊間一味追求速效藥劑之風所影響了。爾已受了狼行山一掌，相信對其鼓吹之醫療路子，應已劃清了界線才是。嗯……咱們趁機偷點兒閒，不妨隨吾前去見識一天然景觀吧！」

石路險升，崎嶇而顛，雙馬快鞭之下，未逾半時辰，仇、凌二人已抵岦砭城北廿里處。突然！仇正攸立於馬背上，俄而蹬躍，飛了數尺遠後落地，允昇雖對眼前環境陌生，但見前輩翻飛而去，倏而跟上，隨即來到仇正攸身邊。

「哇！未料及前輩蹬躍咄嗟，輕穩落地，一氣呵成，功夫實在了得！」

「呵呵，讓人看笑話了。憶得年幼時父親叮囑過，世局動盪，不必學會與人舞刀動槍，但學習翻躍逃生之技，絕省不得，故自幼從翻筋斗到蹬腿翻躍，沒少練過，如今筋骨轉硬，再不動，恐連如何逃生都忘了。哈哈哈！」

「這地方真美啊！朝西北望去，可隱約見得北州最高之烏淼峰；面向西南，可見遠處白雪受日照而漸趨退去，甚可眺望北渠縣南段之樹林綠野。不過，此處地勢仍高，想必入夜之後，北風襲來，溫度驟降，依舊白茫一片才是！」允昇說道。

「呵呵，能到此處一遊，僅限白晝，一旦入夜，溫度驟降，寒風刺骨，令人難捱！倒是由此向西一帶所產人參，於蒸製後乾燥處理所成之**紅參**，其大補元氣之效，倍於他地所產，此乃中州高官顯貴，指名北江所產**紅參**之原因。」仇話道。

「晚輩見仇前輩用藥時，極為注重其產地與炮製方法，此乃前輩開方能讓藥性發揮療效之訣竅乎？」

仇正攸深吸了口天地精華之氣後，正經表示：

藥材藉由炮製，可達到藥物間之相互調節、制約、佐使，最終達到提高其療效之目的。根據用料、技術和火侯不同，藥材產生之性味、作用、趨向、歸經等，都將隨之發生變化。

就**螞蟥**而言，若遇煎水服用時，可事前以米或麩皮炒製後，即可降低其原有之臭味與毒性。又如性味苦寒，具瀉肝膽實熱、清**下焦**濕熱作用之**龍膽草**，經酒製後則能引藥上行，可治療頭面部熱症。另有化瘀止血功效之**蒲黃**，經炒炭後即可縮短止血凝血時間。另**柴胡**如經醋製後，更易於引藥入肝。

再提及**天南星**，因具毒性，須經**薑礬水**炮製為性辛溫之**製南星**，自此可做為燥濕化痰、祛風止痙之用；但若將其細磨，拌入**牛膽汁**製後，即為性苦寒之**膽南星**，此可治熱痰咳嗽，並能息肝鬱引起之驚風。

然而，對於藥材之部位與取用，亦是關鍵之一；例如**防風**須去掉蘆頭，**遠志**須抽掉內心，**麻黃**取其莖發汗，用其根則止汗等等。

仇正攸接著說道：「仇某曾於治症領域，自詡無人能及，此等狂妄自大性格，直至遇上一能者，始知人外有人，天外有天；能注重這些用藥訣竅，亦是因此人於藥材炮製上有獨到之處。憶得一次同為中州徐崇之大人診治時，我倆所開出藥方幾乎一樣，惟因此人要求親自為徐大人煎藥，且於煎製當下，毫不藏私地將其研醫心得分享。事後，仇某再遇上與徐大人同證之兩孿生病患，分別施以當初之原配方，果然，煎製方式不同，成效速率竟差了數時辰之久！」

「何許人物能得仇前輩如此稱道與讚許？晚輩相當好奇！」

仇微笑說道：「此人即是過往極富盛名之嵐映五俠中，排行老三，人稱『本草神針』之牟芥琛，而排行其後之老四，即是令爾印象深刻之狼行山！」

「本草神針？」允昇露出了驚訝表情。

仇說道：「陽昫觀常真人與牟芥琛二位，乃仇某行醫以來極為敬重之醫者。惟牟芥琛除用藥與針灸之術獨到外，更有一凡人所無之特殊體質；嗯……該這麼說吧，此特質幾乎可以神功論之。仇某親眼目睹，牟三俠可透過自身內力，藉由雙掌運行真氣，即可為人施行活血化瘀之療術，此等療法舉世無雙，獨一無二，令人讚嘆！」

「哇！這麼厲害，不知道允昇此生有無機會遇上這位醫界神人？」

仇正攸搖了搖頭，似乎表明了希望渺茫，說道：「仇某虛長了牟三俠約八歲，過去亦稱吾為前輩，咱二人曾於大宅房裡論起醫經藥理，猶如譜曲者之遇上知音；惟因牟三俠決定了一事兒後，從此雁杳魚沉，音訊全無，也盼望老天能對其有所眷顧。」

「發生了何事，竟能無端失了音訊？」允昇疑問道。

仇回應道：「十多年前，中土大地歷經瘟疫肆虐與地牛翻身，各州死傷無數。而後，一境外勢力悄悄伸入中土，而該勢力之主導者，名曰摩蘇里奧，此人亦是克威斯基國之護國法王。傳聞當時之龍武尊，即是命喪此法王手上，此事兒令牟三俠震慑甚大，自此之後，牟四處行醫，仇某即於徐崇之大人之官邸，初識了牟三俠。一日，牟芥琛突然提及，將前往克威斯基國一趟。本以為牟欲尋仇而有此一念，孰料牟三俠明確表示，法王以速效二字，顛覆了中土眾多百姓之用藥觀念，且有連鎖效應產生，遂欲親自前往克威斯基，瞭解其取材來源，並探索速效丸劑之副症產生。惟因此般醫藥研究之由，致使仇某無以將牟三俠留下，然此回一別，竟已逾八九寒暑。」

允昇於瞭解詳情之後，隨著和暖之迎面南風，循著前輩追憶過往之氛圍下，續將其自身之經歷，向仇正攸娓娓道來。

聽聞了允昇之過往後，反讓仇正攸瞠目叫出：「哇！原……原來，允昇即是西州鑄劍大師凌秉山之孫！曾聞凌大師於多年前離開西州後即失去了行蹤！」

「允昇離開西州，正是為了打探祖父下落，且打算由北朝南慢慢打聽，所以才由北川縣入北州。唉！真擔心他老人家之安危啊！」

「吉人自有天相，相信凌大師正遊歷著中土五州，一切安好才是。」仇正攸話一說完，隨即聯想，又說：「悉聞方才所述，得知允昇亦是常真人與龍玄桓之徒孫，換言之，牟芥琛即是允昇之師叔囉！」

「是啊！若如此推斷，先前予吾溯水神掌之狼行山，亦是允昇之師叔呢！」

仇立馬否定道：「不不不，據聞龍武尊僅對嵐映五俠行管束之職，並未正式叩拜為徒，所以不是……啊……反正……反正有情有義者不妨拉拉關係，無情的人就當他是個屁！我仇正攸就認定，牟芥琛即是爾之師叔，你跟那姓狼的是不同掛的。再說，仇某這輩子也僅帶過兩人來到這兒，一是牟芥琛，另一即是你凌允昇！眼前露出地面之大石塊，共計十二，而允昇現佇立之座西朝東石塊，正是當年牟三俠與仇某暢聊天下事時，所站之同一石塊，是巧合，也是機緣。若牟三俠至今仍行於世間，允昇應有機會遇上才是。」

「不過，容仇某說句題外話。昨夜，宅內僕人告知，凌兄弟於臥床上不甚安穩，莫非……那過剩能量又亂竄啦？曾聞牟三俠提及，當年其身上那股奇勁兒，亦困擾了他好一陣子，待一次替龍武尊行活血化瘀時，因龍老內力深厚，瞬間對外來入侵之氣力，產生了衛外阻力，致使牟之化瘀神功無以觸及深處瘀血；而後，牟將脈氣集中於**手厥陰經脈**上，並使出渾身最大衝力，將經脈真氣推出，果然真氣向前挺進，化去了龍老體內深層之瘀血。當夜，牟於強衝脈道後，深感全身經脈通暢，十二時辰之後，幾乎可達『氣隨意走』之境界。倘若以此之說，對應凌兄弟這般氣脈過剩，甚達脈絡亂竄而無以安神者，除了自我搜尋內力出口外，恐非藉任何寧心安神配方所能解之。」

「這個嘛……晚輩受了狼行山之掌攻後，**手、足太陽**與**手、足太陰脈絡**能量，隨即被連動引燃，其累積能量之大，令吾於風寒交加之夜裡睡臥，幾可身不著衣。然吾深感體內四經脈各司其路，一旦任兩真氣相衝，雙掌連同身背乃至雙足，猶如烈火炙燒一般，瞬間直想躍入冰河之中，倘若不能找出解法，恐怕允昇此生僅能生存於冰山雪地之中了。」

「哈哈，這樣也好，若能長留北州，應可偕同仇某，續解世間怪症才是啊！哈哈哈……」

仇頓了下，又說：「欸……這也不對，凌兄弟尚須打探凌大師之下落呢！唉……真是傷腦筋啊！」

突然！允昇神色倏轉驚愕，仔細察看了四周，驚訝發聲道：「咦……不對啊？前輩方才說允昇立於座西朝東之石塊上，當時確實見過烏淼峰於吾之西南方位，怎麼？經咱們這麼一聊，何以此刻之烏淼峰已於允昇之正西方位，這是……」

「呵呵，爾終於發現了！且發問之字句，一如當年牟芥琛所問，完全一致。此即引領凌兄弟前來，一賞令人讚嘆之大自然奇景！」仇正攸說道。

凌允昇有些靦腆地說道：「結識仇前輩以來，允昇皆以前輩為敬稱，而前輩確也關注著晚輩身體狀況，既然前輩與我牟師叔熟識，不妨容允昇稱您一聲攸叔，而攸叔直呼小侄名即可。」

「呵呵，這麼稱呼倒是親切了些，好吧！就讓攸叔對允昇描述這奇景之由來吧！」

仇正攸接著道：「北州烏淼峰乃諸多川江河渠之源頭，分流眾多，不計其數。此刻咱倆所處位置，北江人稱之為冥懸島，其屬普沱江上游河道中，處於河道中央之三稜狀小島。此島周圍可見多所奇蹟，島之西南有一湖泊，水清淨透，名曰寧靜湖，而望向東南，一較平坦區域上，亦可見得一曲形湖，其原是河道迂迴甚劇，河岸因江水不斷沖刷與侵蝕，自行截彎取直，待形成新河道後，舊河道即成了一內陸湖，此即為常人認知的……牛軛湖！至於阿昇所疑之方位移轉現象，實乃先父與其友人親眼所見之奇蹟。」

仇續說：「此事兒發於十多年前之地牛大翻身，當時震幅之大，歷時之久，面臨者無不覺到『毀天滅地』四字。適值地震發生當下，父親正立於此河道左岸，其不僅見著遠處山雪崩塌與近處地裂，更令人訝異的是，當時此冥懸島之底座，如遭淘空般地下沉，半晌之後，此島竟緩緩上升！後經父親偕同友人潛下河面勘查，始知冥懸島下方，確實已遭湍急江水淘空，想當然爾，不堪地震一擊。後因河道下方突壟起一地層小丘，正中頂住了冥懸島底座中央，恰與此島之三稜邊廓狀，形成了支撐平衡，所以……」

「所以令此三稜島可藉凸起之地丘為支軸，因而產生轉動囉！」允昇接話道。

仇正攸搖搖頭說道：「爾僅答對了一半兒！惟因此島產生之現象，是移轉而非轉動！當島之上稜角碰觸了右河岸時，左岸江流速度則加快，此江水遂衝擊島之左稜角，此推力即讓小島向左移轉，亦使得上稜角左移，直至上稜角觸及左河岸；依此對稱相照，右岸江流亦會衝擊右稜角，而使小島向右移轉，如此這般，此島自成了左右移轉！更令人讚嘆的是，上稜角自一岸算起，移至其抵觸另一岸而止，約莫需時六時辰，換言之，冥懸島每次來回移動，正好是一日時間。」

「妙……實在妙不可言！不得不佩服大自然之鬼斧神工啊！」允昇讚嘆連連，又問：「既有如此絕妙之自然奇觀，為何僅少數人到此遊歷？」

「災難之後，各州域處處急於救災重建，為官的哪兒來多餘能力勘查奇景？為了免去不必要之人力耗損，北江縣府僅派一腦滿腸肥文官來此巡察，待其發現島之浮動現象，嚇得魂飛魄散，回府後即上呈此地猶有妖魔作祟，故取名冥懸島。如此一來，怎會有人前來一探究竟？」

「此處煞如仙境，怎會有妖魔潛藏？真是無稽之談，荒謬至極！」允昇說道

仇正攸躍下了石塊，領著允昇來到冥懸島之上稜角處，指著東北向說道：「尚有一無從解釋之景觀，此即東北向之樹林裡另有一湖，由於林內水氣甚重，時常霧氣瀰漫，致使該湖忽隱忽現，至今無任何稱呼。然此無名湖之來由，實乃當年大地震所生之土崩與土石流，堵塞了河

道支流，因而形成此一堰塞湖；所幸該支流之水流量不大，否則該堰塞湖若生溢孍，甚而潰堤，土石流將順著山勢衝下，首當其衝者，正是攸叔年幼所居住之何思鎮！時至今日，攸叔僅訪過該湖兩次，一次是過往隨父親勘查該湖可有潰堤之虞？另一次則因攸叔之同鄉摯友，亦即知名當世之北州水墨大師……琮于巔！其於數年前給了一訊息後，讓攸叔再次造訪了這無名湖。

「琮于巔？哦……對了！」允昇回憶道：「未遇上狼行山時，吾曾走訪了北川履順城。當時聽聞一富商願意出讓琮于巔大師之畫作，消息一出，萬人空巷，允昇遂好奇前往一探。而後出現一闊氣公子，毫不手軟地重金買下大師傑作，憶得當下旁人稱此闊少為鄒煬，鄒大爺；以此可見琮大師之墨作，不同凡響！」

仇接續表示，十多年前，琮于巔為了捕捉位於北江縣西北的津漣山雲海，曾上山作畫逾年，完成了曠世鉅作……〈直上青雲〉，此作堪稱中土雲海水墨畫作之首。自此之後，琮大師發現了霜雪蒼林中，又一令其感動之景，此即方才所述之無名堰塞湖。然而，琮于巔欲體驗此地之日月變化，遂帶著硯墨畫筆，紮營於無名湖畔，藉以瞭解該湖之霜雪雲霧變化。

約莫半年後，琮大師回到何思鎮，面露失望地告知，無名湖之作……已成泡影！待與大師深談後得知，原本此一堰塞湖之湖面，因能倒映出寒霜水霧之幻化美景，深受大師青睞，孰料竟於接連三日風雪後，僅見河道上游飄來若干浮冰，而後此湖泊竟自湖中央開始結冰，漸趨外擴，個半月後，整個無名湖呈出完全冰凍之象，而琮大師所要的湖面倒影，水逝雲卷，盡歸追憶！而後更因冰湖之寒，入夜更助長了北風刺骨之感；如此環境，飲水尚戛戛其難，何況是磨墨沾筆，揮毫作畫！既然美景已成幻影，琮大師只能鳴起退堂之鼓。仇又說：「倒是……琮于巔描述此一過往之尾聲時，眼神有些恍惚，且略有語顫現象，莫非……大師真畏懼了雪窖冰天而心有餘悸？吾即於孫于巔告知後，於該年夏季再訪無名湖，雖無遇上寒風暴雪，惟該湖依舊冰冷而引帶淒涼之感。」

「攸叔的意思是說，這麼多年來，無論四季，這無名堰塞湖……均呈冰凍之貌？」

「嗯……至少吾所遇之景象是如此！此乃方才所提之無從解釋景觀。」仇正攸頓了一下後，又說：「允昇啊！這兒周圍之美景，絕非攸叔這麼說說即能體會，爾不妨於空閒時，利用木宅後方之馬匹，隨時來此體會大自然之美，順道朝何思鎮走走，哪兒曾是北江煤炭儲倉之一，惟因年輕一輩陸續出走，現已沒落。倒是該鎮有座先人所建之何思樓，其上露台乃昔日詩人眺望鳥淼峰，啟發靈感之處，而何思鎮之名，亦是由此而來。嗯……好吧，依時間算來，咱們也該回木宅瞧瞧那些病患啦！」

「是啊！服下仙方活命飲之囚犯，應能見其病況改善才是。嘿……攸叔，等等我啊！」允昇才完話，仇正攸隨即蹬躍一霎，翻飛上馬，俄頃之間，雙驥已朝木宅方向回奔。

隨著山坡險降而下，仇、凌二人藉快馬疾奔，回到了木宅房，直奔地下冰窖，隨即聽聞阿鼻叫喚之呻吟聲，「呃……呼……仇神醫……快……救救我……」

「適值麻鎮劑退去，皮裂疼痛難免，但暫無生命危險。你……你知道我是誰？那麼……爾與宋世恭何等關係？」仇驚訝問道。

「攸叔本持懷疑態度，何以此刻直指此人與宋縣令有關連？」允昇問道。

「能讓人睡得安穩且呼吸平順，脈象呈出遲而緩者，此乃施用麻鎮重劑之結果。宋世恭能用如此昂貴之劑以降其苦痛，能說他們沒啥關連嗎？據吾於各州行醫之經驗，能取得此等麻鎮丹藥者，幾為各州之達官顯要，而供其貨源者……摩蘇里奧！」

允昇一臉錯愕道：「耳聞法王與我龍師公一戰，法王臟腑遭到重創，恐無再施內力之可能！更於西州境內聽聞，摩蘇里奧於傷重與痛失一雙子女後，受到極大打擊，幾已成半殘廢狀態，難道事隔已逾十載，法王身體已復原了？否則怎與中土官員打交道？」

仇藉坊間友人之說表示，自從狼行山於中鼎王撐腰下，已掌控了諸多外來合成丸劑之技巧，遂使法王欲藉醫藥以壟斷中土之美夢成空，惟摩蘇里奧仍掌控著克威斯基境內最高之麻鎮技術、肌肉激發術與體腔解剖術。然一見不得光之玩意兒，亦即我中土俗稱之白粉，據聞法王已精進了萃取自西州之罌粟花，進而精緻了白粉之品質。長期以來，西州於醫藥觀念與政策上，始終存著模糊地帶，致使某藥劑是否列為違禁物，即成了其他四州自行把關之項目，故摩蘇里奧是否重現勢力，西兌王乃是一關鍵角色！

「你……你……你們的推斷……是對的！」甫聞呻吟病患發了聲，待僕人將病患抬離冰窖並飲下湯藥後，又聞其娓娓敘道……

「這些年來，中州市場變化極大；一如南州火連教製出堅度提升之金屬，遂使中鼎王懷疑乃因火焰石煉製之故，遂改採南州火焰石，致使以煤炭為主力之北江縣，首當其衝。而自狼行山得勢以來，更建議中鼎王提高傳統藥材輸入中州之稅賦，直接衝擊北州藥材大倉……北川縣。然而各縣令為了維持財務狀況，以護及個人聲望，北川縣令沈三榮與我宋縣令，經機密管道安排下，背著北坎王去了趟西州，分別見了西兌王與摩蘇里奧！」

「果然！我猜的沒錯。」仇正攸接著說：「當仇某對宋世恭提起施用麻鎮劑時，見其欲言又止，即知事情並不單純。敢問這位兄弟，這後續如何發展？」

「沈、宋二縣令回北州後，藉由各種方式，將麻鎮劑與所謂的白粉夾帶入北州，而沈縣令負責經手大量之麻鎮劑，宋縣令則承擔較多之白粉。不過，啟人疑竇的是，宋縣令並非將此禁物於北州出貨，一段時日後，在下始知宋縣令所囤白粉，主要銷向東州之官府高層。」

「真是天下烏鴉一般黑啊！一直以來，西州藉靈沁江供應鐵砂予東州，不時受到中州水師盤查阻撓，更別說要運輸禁物了，故藉由宋世恭之手，將禁品輸向東州高層，嗯……真是高招！有了高層官員庇護，即使以嚴刑峻法盛名之東州，防不勝防啊！」允昇接著又說：「只是……閣下有何能耐？竟能知曉宋縣令牽扯事件之來龍去脈？莫非……莫非閣下亦參與其中？」

這時，囚犯稍顯戚懮之貌，語帶哽咽地說道：「家父於半年前過世，其因癮毒混雜烈酒而致命。嗚……」待囚犯情緒稍緩後，提到……

「話說，由於此地長年霜寒，父親遂有了飲燒酒之嗜好。一直以來，父親任職於北江藥檢處主管，一日，宋世恭來訪，道出了宋夫人不甚染上毒癮，請求父親以所有可用資源，研製因應配方，以為宋夫人解去毒癮。父親受命後，日夜嘗試多類配方，望能調出解藥；孰料，每輒嚐試，間接吸食白粉入肺，想當然爾，日久積累成癮。在下見父親毒發難熬，遂向宋縣令多要了些白粉，但其代價是前往北川縣，清點禁物數量，而後交予運送手下，並依宋世恭指定，將貨物運向藏匿處。」

「無怪乎爾能瞭解不法勾當之來由。」仇說完後，突然又道：「歐……對了！甫聞令尊乃北江藥檢處主管，那不正是尹元邦先生？若沒記錯的話，令尊即是宋夫人之胞弟，而閣下則是

宋世恭之姪兒囉！難怪宋世恭令爾擔任要職，畢竟其所為之事……見不得光的！」

「仇神醫所言極是，在下尹明坤，宋世恭乃明坤之姑丈。惟因父親突然猝死，宋世恭情急之下，令明坤接續父親醫藥研製工作。然而明坤雖讀過點兒醫書，卻僅於淺表，能上手的，即是依循父親提過之煉製方法；數月下來，明坤於情志不穩，飲食不定，甚而立於高溫鍋爐旁過久，漸覺身體不適。宋世恭見狀，立以痲鎮散助吾戰祛疼痛，怎料此回體內毒性大發，情急之下，遂以明坤乃罹患重症之死囚，請仇神醫出手相救。」

凌允昇立表示，**瘡瘍之病，可由外邪內侵，邪熱灼血，以致氣滯血瘀，氣血凝滯而病**，致病因素多由**外感和內傷造成**。**若因外邪所生之瘡瘍，多以火毒、熱毒為主；而內傷引病**，多因**虛而致病**，正所謂「**陰虛因火血必滯**」。若是**肺、腎陰虧**，則易受風寒之襲而灼津為痰，痰阻氣脈，以致虛火上炎，遂能助長初期瘡瘍之潰爛；亦有飲食不節，脾胃受損，致使火毒內生而引發瘡瘍。然尹兄弟似乎外感、內傷，併上情志不定與飲食不節，以致內毒齊發，倘若皮肉潰裂遲治，恐有敗血截肢之虞！

「哈哈，尹兄弟，甫聞瘡瘍之辨證者，乃常真人之徒孫，凌允昇也！爾之症狀由咱倆把關，依時服藥，應可得痊才是。」仇接著又問：「只是……仇某見過宋夫人，此婦溫良賢淑，宜室宜家，何以淪落毒害，令仇某百思不解？」

尹明坤回應道：「事情發生於數年前，宋夫人於妊娠時，被診出**妊娠毒血症**！」

「**妊娠毒血症**？此症易出現於懷有孿生胎之孕婦，且有產生**癲癇**之虞啊！」仇岔話道。

「沒錯！仇神醫果然一猜即中。宋夫人受此病症困擾，夜不成眠，情志不安，以致此對孿生姊妹尚不足月便呱呱墜地。宋世恭於二女臨盆後，隨即取名為『可人』與『甜心』，並將縣府兩運船，依二女之名，重整為遊船。自此，宋家以為得了老天眷顧，孰料此對不足月之孿生姊妹，竟於出生甫滿月，雙雙夭折，此一幕之於宋夫人，一如晴天霹靂，以致夫人昏厥近一週後，情緒異常，悲觀厭世。一日，夫人不經意發現宋世恭遺留袍內之白色粉末，而後就……，這也讓姑丈錯認了白粉能緩和夫人之不安情緒，日久月深，就……」

允昇隨即表示，耳聞北坎王已令其二公子莫乃行，擔任北州機察處總管；倘若莫總管查出宋世恭牽扯運送禁物，絕非身敗名裂四字所能形容。而尹兄弟若繼續為宋縣令清點運貨，終究慘遭拖累！

尹明坤想了下，說道：「近幾月來，明坤已調回藥檢處研製藥物，姑丈亦派其他親信接下清點任務，遂暫除明坤鋌而走險之職。眼下，明坤甚為擔憂，究竟姑丈將運抵北江縣之白粉，藏匿於何處？一旦遭莫乃行查出，所有涉案者都將吃不完兜著走，真不知如何是好啊！」

「北江縣盡是冰山雪地，能將白粉藏在哪兒嘞？」仇正攸搔著後腦勺疑問道。

「攸叔，如能查出宋世恭藏毒之處，並將之搗毀，或許能免去被莫乃行人贓俱獲之窘境，亦可解去尹兄弟之憂。再則，北川有何機密管道？能安排沈、宋二縣令前往西州密會？此根若不除，未來定會有更多唯利是圖之他州官員涉入！只要北川縣那頭哉了，整個事件或可告一段落。自此之後，尚須擔心者，實乃同宋世恭搭上線之東州高官，是否因無利可圖，回頭要脅宋世恭？」允昇說道。

仇、尹二人聽聞允昇之分析後，頻頻點頭。尹接著認為，眼下之宋世恭已騎虎難下，若想藉由曉以大義之途徑，亦有可能慘遭滅口。

「等等……有馬蹄聲響，朝咱們這兒來了！」尹明坤察覺道。

半晌之後，一騎兵提了兩大布袋到來，喊道：「仇神醫，上回開出的藥材，給您提進了宅廳，麻煩您清點兒一下。」

待此運兵將藥材擱好後，好奇道：「欸……您不是於藥檢處製藥的尹大班嗎？我是阿光啊！怎……怎麼尹大班傷得如此嚴重！」

「哦……原來是阿光啊！」阿坤隨即向仇、凌二人介紹了幼時玩伴廖亭光後，回問阿光，「爾之身子好點兒沒？」

「上回搬運時傷了骨，多虧令尊救了我啊！倒是……尹大班，您還好吧？」

「只是點兒皮肉傷害，倚著仇神醫，應該不礙事兒的。歐……對了，阿光不是常於煤礦區當運兵嗎？怎會來此運送藥材嘞？」

「唉……大班您有所不知啊！近年來咱們這兒的煤炭滯銷，很多運兵均遭外調，如前陣子吾就被調往北川縣搬運糧貨，這陣子又被調回搬藥材了。真不知那些當官的在搞啥子？不過，咱們靠苦力的，能有活兒幹就算不錯啦！」

甫談過北川縣運毒的仇醫一干人，無不注意到阿光之說詞。這時，明坤敏感地問：「阿光啊！你說去了北川搬運糧貨，是於履順城南約五里的萬利倉儲，而且有人告知，運工須沿地上隔線，分開運送到指定倉儲，對吧？」

「對呀！怎這情況你也知道，莫非尹大班也去過那兒？」

「哦……曾聽一友人在那兒工作過。不過聽友人說，搬進倉庫時，會依代號將貨物分門別類，是嗎？」明坤試探道。

「代號？也許真是個代號。嗯……沒錯！」阿光續回應道：「因阿光是北江調來的，所以咱們這批人惟聞在場監工唸著……醬天星、醬殼仁；然自阿光懂事兒以來，聽聞諸多乾糧雜物，壓根兒沒聽過這兩玩意兒，也許是種醫用藥材吧？好了，好了，吾尚有兩袋革靴，趕著運往宋縣令官邸，耽誤不得的。大班您慢慢養傷，那小的先走一步啦！」

待允昇送廖亭光上馬後，倏而回到宅廳，疑道：「攸叔聽過啥物叫醬天星？醬殼仁？好怪的名字啊！」

「還真沒聽過這兩玩意兒，難道是為著防腐，以醬油醃漬之食品？還是真如咱們所猜測，它是個代號？不過，有錢人就是不同，隨便一訂製就是兩袋革靴，我仇某人這輩子還未著過革靴是啥滋味兒呢！」

明坤說道：「名匠所製之革製品，一直為宋家所好。宋世恭過去獨好北川順行號製品，但近年來，聽聞姑丈與宋夫人迷上北川另一女鞋匠之革製品；為此，甚鬧順行號鄒老闆與姑丈鬧得不甚愉快。唉……可惜啊！昔日順行號創始人鄒敦，囊括了北州四縣所有官用革製品，如今因一名曰雩嬦之女鞋匠，即令接班的鄒煬沉不住氣，甚而得罪多年的老顧客，真是不智啊！」

「喜好歸喜好，一個人不過一雙腳；再說，好的革靴可使上數年之久，何須為了一己喜好，花費於兩大袋精品上？為官者如此揮霍，無怪乎北江財務告急，致使宋縣令搭上不法勾當！」

允昇接著又說：「攸叔，尹兄弟於此療養期間，允昇不妨四處探探，瞧瞧能否查出些蛛絲馬跡？倘若讓莫乃行先察覺北江有異狀，那事件將如滾雪球般地擴大，甚可令北州與東州之友好關係生變！」

「也好，多費點兒心力，遏制點兒毒害，值得！」仇又說：「過幾天，仇某一多年不見老友將來訪，此人曾於北坎王旗下勝任刑部確案官，或許有助於眼前案情推測。惟因允昇尚未熟悉此地環境，倘若遇何異狀，務必儘速回宅商討才是！」

入夜之後，北風猶如浪逐沙灘，一波波向南襲來，溫度瞬間驟降。宅屋內之僕人們，迅速燃起壁爐柴火，並協助眾病患服下湯藥，使其安臥。怎料訝異見到凌姓年輕人，依舊身著薄衫，毫無棉被覆蓋，僅雙手擱於臍下，臥睡木床之上，見者無不嘖嘖稱奇，甚以異類稱之。然隨著**手太陰經脈**之寅時將屆，允昇突感體內一股盛氣冒生，此氣脈再因引動**手太陽經脈**，瞬時熱衝允昇之雙臂；為了能蒸散臂熱，遂將雙臂上舉。半晌之後，熱氣相互逆衝，甚而衝進了**足太陽經脈**；此脈由頭而後，貫穿軀背面，再下行於腿後，直抵足腳掌外側，此乃人體內分布最長、最廣且穴位最多之經脈。至此，允昇已感到全身灼熱，甚覺臥榻之木床即將燃起！適值全身狂熱無處爆發，迫使允昇由床上躍起，直往房門兒外衝去。

「呼……舒服多了！所幸吾仍於北州，若是身處南州，定會融化掉！」接著，凌允昇瞧了下四周，除了聞得灰狼嚎叫外，即是寒風推著松木雲杉之擦及聲響，不禁想著，「這兒除了月光，一片漆黑，能做啥嘞？今夜體內熱能翻滾程度，歷來之最，眼下仍覺身上熱能持續膨脹中，除了藉外界低溫以應對外，真沒其他法子嗎？」

一會兒之後，「對了，記得攸叔說過有個寧靜湖，反正離天亮尚有段時間，不如去那兒瞧瞧，必要的時候……嘿嘿，用湖水來冰鎮囉！嗯……就這麼辦！走……拉馬去。」

「嘯……」深夜寒風持續嗖嘯作響，和上了隨之起舞的水濕細雨，驟然生起了初結冰霜，致使凜寒勁風襲來，猶如冰針刺骨一般！怎料一穿梭山徑之駿馬，絲毫無懼這般凜冽冰寒，其因乃於馬背上乘著一炙熱如火之騎士，順帶溫熱了馬之軀體與關節。然而藉此疾速狂飆，瞬令允昇解去不少體熱，惟其臟腑內能持續更生，除非馬兒飛奔不斷，否則多餘之體熱，依然無解！當下僅顧慮著，「我的好馬兒，撐著點兒啊！一會兒將抵寧靜湖啦！」

隨著寧靜湖越來越近，馬蹄下的山路卻越來越模糊，其因出於寧靜湖外圍之土石鬆軟，不堪雨水澆淋，以致未近湖邊，已泥濘一片。待見泥濘幾乎沒了馬蹄，凌允昇垂頭喪氣地拉回了馬韁，唸道：「真是倒楣，險些成了泥足深陷一幕！既然來到這兒了，此湖又不給靠，不妨再朝攸叔說的無名湖哪兒瞧瞧。」

惟因允昇尚清楚冥懸島附近方位，斯須令馬兒朝著通往無名湖之樹林衝去，不久後即傳出一連串唉叫聲，「唉……呃……呦……啊……哇！真是疼死我啦！沒想到，雨雖停了，卻遇上覆著冰雪之針葉樹螯人，一如身闖荊棘之林啊！馬兒定也吃了不少苦頭才是。」半晌之後，「欸……是竹林！有點兒霧氣，慢著點兒來。嗯……好……好像就是這兒了！」

允昇下了馬後，提步朝前方走去，不久後，一毛森骨立景致，隨即映入眼簾，不禁覺到，「難以想像這兒曾是個堰塞湖？一如孫于巔大師所述，此湖面雲霧之倒影一定很美，可惜啊！結了這麼厚的冰，湖水根本毫無透晰之可能。倒是……這冰層有多厚？倘若能敲破較薄冰層，沒準兒這些湖冰就會裂解，而後藉日照融去。」

說著說著，允昇撿了塊石頭，慢慢地踏進了湖面冰層上，緩緩挪移著腳步，並試圖以石頭敲擊，藉以測出薄冰之處。一陣移步試探之後，「天啊！這……這冰也結得太厚實了吧！想必當時一定經過疾凍寒流，以致如此。呃啊……」允昇突然鬆了手中石塊，慘叫了一聲。

允昇體內再度引爆另一波經脈逆衝，「呃啊……我的**手、足太陽**與**太陰**四脈，正……衝擊著胸膈**宗氣**，全身快要炸開啦！」此時之允昇正佇立於無名湖中央處。

適值寅時之**太陰脈氣**充盛，凌允昇俄而引動脈道真氣，使心氣下沈，重心落穩，正背屈膝，紮穩馬步，周身上下一家，呼吸律動平穩一致，固立正宗之氣，使之將**手足太陽、太陰**之盛氣，推歸手足四肢氣脈。一會兒之後，果真見得導向下肢之真氣，開始融化足下湖冰，而衝回上肢之**太陽**與**太陰**真氣，伴隨內力之助推下，真氣竟衝出雙手拇指端與幼指端，出現了四道近尺長之橙熾光氣！允昇見狀，頓感訝異，卻仍持住胸膈**宗氣**，以免發生真氣逆衝經脈之現象。

當下，允昇持續藉由意識，力控脈氣導向，直至體內四脈和諧後，漸將雙手成拳。此時，原衝出四指之光氣，緩緩地將雙拳包覆，形成兩坨拳外橙光！然此同時，雙腿肌肉瞬間壯大，且雙足掌之內外，亦由**足太陽、太陰**之強大能量，聚出兩團光氣。霎時，凌允昇深感手足上下對稱之八脈真氣，全數到位，自唸道：「定要將此八脈真氣，全數推出，一旦令其逆衝回來，吾之臟腑恐因承受不了瞬間壓力，或將暴斃身亡於一霎！好吧！就此一搏了！」

蓄勢待發之凌允昇，再度正脊屈膝，深吸了口氣，將握於胸前之橙熾雙拳，猛然朝兩側腰下一甩，同時雙腿齊蹬上躍，仰起下巴，朝天使勁兒吼出穿雲裂石般之狂嚎「喝……啊……」。

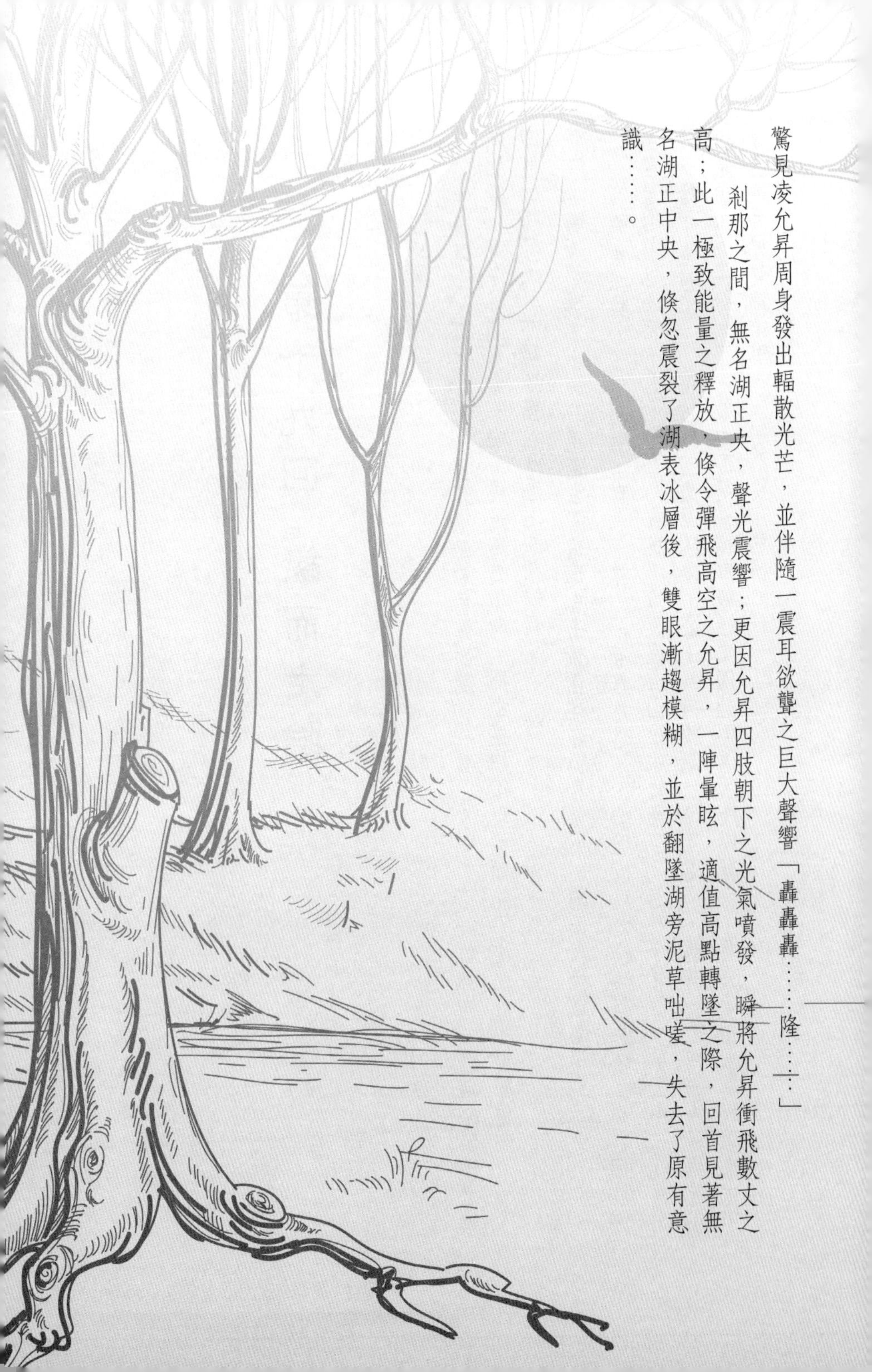

驚見凌允昇周身發出輻散光芒，並伴隨一震耳欲聾之巨大聲響「轟轟轟……隆……」

剎那之間，無名湖正央，聲光震響；更因允昇四肢朝下之光氣噴發，瞬將允昇衝飛數丈之高；此一極致能量之釋放，倏令彈飛高空之允昇，一陣暈眩，適值高點轉墜之際，回首見著無名湖正中央，倏忽震裂了湖表冰層後，雙眼漸趨模糊，並於翻墜湖旁泥草咄嗟，失去了原有意識……。

第十九回 鋌而走險

東曦既上，晨光熹微，雲霧縹緲，葉露欲滴。「嘰……嘰……」竹林內一路傳來緊澀之滾輪聲響，直令林間飛禽不安，或是鳥鳴相向，抑或振翅遠離；如此不悅之音，聲聲催刺人耳，即便酣睡勞人，亦難抵豎人汗毛之高頻銳音。

「嘰……嘰……」「這是……這是啥子聲音？好刺耳啊！」聞一人發聲道。

「啊！這位公子您醒啦！實……在……不好意思……咱推板車之轂軸有些鏽啦！是不那麼順音，您多包涵啊！呃……吾乃吉良，幾天沒上山拾些竹柴了，怎料今兒個一早上山，就遇上公子您了！只是……這竹林內又濕又冷，公子為何於此臥睡？還……還有，老朽一人兒推著小板車上來，年紀大了，氣力不足，這車轂軸又鏽蝕不堪，所以就……將公子抬上車，順道借用了您的馬兒幫忙拉車，望您不要介意啊！」

「哦……原來是這樣啊！還是得感激良叔，拉了在下一把。在下凌允昇，本欲一見寧靜湖之晨光，怎料因風雪而誤了向兒，到了無名湖去了！更因此行乃一時興起，遂疏忽了禦寒衣物，故不勝雪虐風饕而失去了意識，幸得良叔出手搭救，允昇銘感五內。」

「哪兒的話，凌公子您客氣啦！倒是，聽您口音，似乎非來自本地？」

「呃……在下打西州來……來找親戚的，只是……不知良叔您這車……將朝哪兒去啊？」

「前方不遠即是何思鎮了，吾得趕些速度回去，眼下難得有活兒可幹，雖苦了點兒，惟因餉銀當日即發，很不錯地！」

「啥樣的活兒，讓良叔如此精神？」

「是這樣兒的，咱們這地方盛產煤礦，打從中州降了煤炭需求後，這兒即因滯銷而漸趨沒落；年輕人見不著希望，紛紛遠走他鄉，剩下的大多年四十以上，男子找粗活兒幹，女子就倚女紅裁縫，掙點家用。孰料，幾天前由縣府傳來消息，直指東州將增購煤炭，故貼出告示，急需搬運工協助，將一袋袋煤炭，扛上縣府運車即可。」

「打這兒到東州，尚須經過北渠縣。這煤炭就這麼一路運向東州嗎？」阿昇問道。

「不……不是的，這些縣府運車先將煤貨運至本鎮南廿里之二水漁港，那兒有船，可循著普沱江一路南下到東州去。挪……說著說著，何思鎮到了！」

凌允昇躍下了板車，立見良叔快步上前，要大夥兒排好隊伍，而後見到一長人龍圍著廣場，個個等著官員前來發放勞作牌片兒。待經探問之下始知，原來吉良叔即是何思鎮鎮長！允昇仔細一瞧，行伍中幾乎是年屆半百的叔伯，不禁覺到，「這一袋袋煤炭，少說也幾十斤重，這群

年長者能撐得了幾趟嘞？」

不久後，兩大型運車來到村裡，惟聞一人吼道：「大夥兒注意，吾乃北江運輸官……霍翔！今兒個要出的煤貨不少，大夥兒務必於傍晚前，將所有麻布袋兒搬上車，一旦完成，隨即發餉，大夥兒於領取牌號後，即可開始勞作！」

佇立一旁之允昇想著，「不如跟著大夥兒一塊兒搬，就近瞧瞧有何異狀！」這時，聞一鎮民朝著允昇叫道：「嗨呀！這小伙子可真有心啊！今兒個要多些這般體魄之年輕人來幫忙，咱們肯定能提前收工的。」另一老伯則說：「唉……咱們『杯醬』的年輕人啊！大多去了『杯串區』了，肯留下的年輕人可是越來越少囉！嘿，年輕人，待會兒吾『磨力』了，爾可得幫幫忙啊！」

「呵呵，不好意思，各位叔伯，在下凌允昇，初次來到這兒，感受到大夥兒的親切祥和。沒問題，待會兒在下多跑個幾趟，大夥兒即可提早收工了。只是……在下不解，為何這位阿伯您說：『磨力了，要晚輩幫忙』這是啥意思嘞？」

排在阿昇前頭的大叔，回了頭笑著應道：「哈哈，年輕人，爾口中這阿伯，年輕時去了北川縣南部做生意，現已告老還鄉，卻仍改不了那兒慣用的口音。他說的『磨力』即是咱們講的『沒力』；又如方才說的，年輕人大多去了杯串區！哪兒是『杯串區』啊？根本沒這地方。其所指的『杯』，就是北；而『串』與『區』，即是『川』與『渠』，亦即北川、北渠兩縣。還有呢！咱們這兒是北江縣，他老說是『杯醬』，先前未熟悉這般發音時，大夥兒亦聽得糊里糊塗地。哈哈哈！」然此回頭解釋之大叔，突然引頸望了人伍後方兒，又說：「欸……真是好呀！後方又來了位俊秀男丁，不知是來行善的，還是來賺盤纏的嘞？」

凌允昇回頭望了下，的確佇著位文質彬彬男子，默默排著隊，心想，「算了，管他是誰？還是快些把眼前這檔事兒了了要緊！」

而後之搬運過程，大夥兒本是兩人互抬一麻袋兒，允昇則是每回雙肩各扛一袋兒，臉不紅氣不喘地搬上車；而另觀俊秀男子則是一次一袋地扛，其間雖有些喘吁，依舊不停地輪番扛著。

約莫兩時辰後，九成麻布袋均已置上運車，然一突如其來之插曲，竟讓在場無不嚇傻了眼！其因乃一運車所停地面不甚平整，再因固定運車前頭之繩索負荷力有限，當載貨重量持續增加，驚聞「嘶喳……」一聲，該繩索超出負荷，應聲斷裂，整輛運車旋即朝低處滑行。霍運官一見碩大運車向後滑去，立馬狂聲叫喊，「大車滑動啦！後方的人，倏閃啊！」

「咔啦……咔啦……」後滑運車隨著轂軸聲響，逐漸加快，且不巧地朝特殊口音之阿伯衝來，旁人不斷大叫，只為讓阿伯快點兒躲開。忽然！一陣布衣「啪嚓……」聲響起，驚見一快速翻飛身影，千鈞一髮之際，騰空抓起阿伯背衣，倏而將之拉離原地，瞬化燃眉之急。驚愕一霎後，仍見該運車持續滑下坡道，倘若運車失控下滑而翻覆，今兒個之搬運可就白幹了大半兒。運官霍翔見狀，立馬向滑車追去，試圖拉住那斷裂的繩索。

霎時，「嘰……嘰……」一極尖銳之轂軸咔嘰聲傳出，瞬刺眾人耳道，而隨此尖銳之響延續，滑車如具煞車一般，隨後見其漸趨減速、慢滑，終至完全停頓。適值大夥兒納悶之餘，突聞轂軸嘰轉聲再度響起，惟異於先前的是，此回運車改由坡之低處，緩緩往上推進，這才教人發覺，有人及時頂住了滑車，並使之反推回廣場。

「喂喂喂，快瞧瞧啊！是那叫允昇的壯漢啊！不僅及時擋下了下滑運車，並獨自將車推了上來啊！」吉良鎮長喊出後，又叫道：「快……大夥兒趕緊幫他推一把！」此時之霍翔亦持住了繩索，同大夥兒齊將運車拉上坡道。

受得眾人齊力後之允昇，暫鬆了口氣，卻生一現象，瞬令允昇感到怪異，不禁心想，「嗯……自離開無名湖後，自覺周身經脈，通順無比，不僅拳臂足腿能量較以往增進數倍外，由**手太陰脈**引動之肺循環功能亦強大了許多，甚而強化了吾之呼吸道靈敏度，以致嗅覺更為敏銳。一如方才及時止住滑車，且於頂住運車之後欄板時，車上貨物距吾頭面甚近，瞬間確實嗅到四種氣味兒！一是無庸置疑之煤炭味兒；二是裹覆其外之麻袋味兒；三是沾於麻袋上之汗味兒；卻有另一味兒，始終說不上來是啥味道？」

「喂……小兄弟，多虧爾之出手，否則這車若是翻了，再一一搬上車，恐得入夜才搬得完啊！敢問這位小兄弟，如何稱呼？」霍翔問道。

「在下凌允昇，原想一訪寧靜湖，順道前來此鎮逛逛。」允昇此一發話，瞬引那俊秀男子之注意。

霍翔說道：「凌兄弟孔武有力，乃世間少有之人才。我北江宋縣令求才若渴，凌兄弟可否考慮為我北江縣府效力？宋縣令絕不會虧待凌兄弟的！」

「欸……這個嘛……」允昇面帶為難貌地猶豫著。

霍翔接著又說：「即與招攬，恐強人所難。要不？吾此趟運車抵了二水港，隨後順江而下，將與東州換回兩車紅檜木。待車隊再回到這兒，凌兄弟仍可決定，是否隨霍某去趟縣令官邸，當面與宋縣令談談？」

待所有貨袋兒上了運車後，大夥兒興奮地排著發餉隊伍，允昇則刻意排於及時救了阿伯之俊秀男子後方，發話問道：「在下凌允昇，敢問公子如何稱呼？」

此人雖面帶嚴肅，卻語調和緩地回應道：「凌兄弟，幸會了，在下丘馳，是個遊歷者，藉以提供各州地理政務處之地政資料。甫見凌兄弟一人頂阻滑車，甚而推回坡上，佩服，佩服！」

「丘兄過獎了，在下來自西州，西州盛產鐵砂，常推礦坑內之礦車，如此而已；甫聞丘兄之職務，煞是特別，且能即時翻躍救人，身手不凡！」

「呵呵，翻山越領，遊歷各地，翻躍乃求生之必備技巧，不算什麼；倒是過往練過幾年功夫，僅為防身而已。然而相逢自是有緣，不妨拿今兒個所賺銀兩，咱們找個館兒，填飽肚子先！」

凌、丘二人來到了鎮心大街之蓬仙客棧，而順著街道直抵街尾，即是此鎮著名之何思樓。二人酒菜之後，丘馳提話道：「方才那姓霍的運輸官，倘若對眾表明缺人押貨到二水漁港，吾倒有興趣搭個便車去瞧瞧。怎料他也沒邀凌兄齊去，僅說回程再等凌兄答覆，真想瞧瞧他們怎交易貨物？」

「不過是一般港口上下漁獲，而今換成了一袋袋麻布袋兒而已，難道丘兄未見過漁港作業？」

「在下遊歷各地，當然見過。只是……耳聞北江宋縣令有艘遊船，但不巧的是，我丘某人若出現在西邊兒，即聞該船駛向了東邊兒；待吾置身東邊兒，它就泊於西邊兒！據聞此艘船已來到了北江，不禁猜測，此船是否就泊於二水港？真想去趟港口，一睹那遊船長啥樣子？」

允昇眉宇微皺，道：「耳聞宋縣令有兩艘遊船，分別以其兩學生女兒為船名，怎麼丘兄說

是一艘呢？」

「哈哈，看來凌兄弟的消息，不及在下靈通啊！」丘馳接著表示，昔日宋縣令確有兩艘各以其孿生愛女為名之遊船，惟因其愛女雙雙夭折，非為一椿美事兒，宋世恭遂差工匠，將此二船做了大幅修改，並將兩船相連，成就了一擁有兩船身之大船。而後，宋世恭將此艘合體船，或為自用，或為招待高官顯要之用，如此特別之設計，每輒抵於港埠，萬人空巷，無不為了一睹該船之風采！丘馳又說：「倒是……近來此船行蹤神秘，又刻意選擇深夜時刻入港，此船越神秘，越引我丘某人注意！」

「既然這船可能泊於二水港，丘兄亦可獨自前往港埠，滿足好奇啊？」

「本也這麼想著；孰料昨日欲朝二水港前進時，約距港埠個半里處，即遭攔下，且被告知此港埠將封閉三日。咱們甫由霍運官得知，不過是上下貨唄！有啥好封港的？真是無聊至及啊！」丘馳疑道。

允昇心想，「若依丘馳如此一說，二水港恐藏不少秘密！若貿然前往而遭逮捕，以致攸叔找不著我，抑或令宋世恭對我起了戒心，欲查出宋世恭藏毒就更難了。倒不如待那霍翔回程，再隨他前去官邸囉！好，一切順水推舟吧！」

「凌兄弟，您發什麼愣啊！吾今晚就住這客棧了，您有何打算？」

「歐……允昇已同這兒的鎮長說好了，先暫住他那兒，離這客棧不遠，就隔這兒兩街巷之距而已。」

「好吧！咱們不妨乾了這一壺好了。」丘馳一完話，右手持起酒壺，但手指似乎有些不適。

霎時，允昇發現丘馳之手指關節紅腫，甚見其骨接處變了形，關心道：「唉呀！丘兄之手指關節……似乎有些異狀啊？」

「這個嘛……已困擾好一陣子啦！吾四處遊歷，尚未遇上醫術高明的大夫治之，怎料這幾天又發作了！」丘馳回應道

待允昇診過丘馳之**寸**、**關**、**尺**脈後，道：「丘兄關節紅腫，疼痛劇烈，不能屈伸，此乃歸屬**中風歷節**證候。此證多由**肝**、**腎不足**，進而感受風寒濕邪，病邪入侵關節後滯留，待積久化熱，以致氣血鬱滯而發病！」

「呵呵，看不出孔武有力之凌兄弟，竟還有診病之能力，佩服，佩服！」

「小弟讀過些醫書，稍有治症能力。這麼吧，丘兄先上客房，小弟去抓些草藥，待會再告知您怎煎服湯藥。」

待允昇取了藥材回來，立對丘馳介紹：「眼前即是**桂枝**、**芍藥**、**甘草**、**生薑**、**大棗**，五味合用之傳世名方……**桂枝湯**！以此外加一味**烏頭**，即成**烏頭桂枝湯**也。」

「**烏……烏……**烏頭！」丘馳一聞是**烏頭**，頓時結舌了起來，問道：「這……這玩意兒，有劇毒啊！吾雖不喜研讀醫書，卻知悉**烏頭**、**附子**、**天雄**……能要人命的！別開玩笑了吧！」

「哈哈，丘兄多慮啦！您所述之三藥材是這麼來的：將**附子**種於地，其當年本株旁生而出者為**附子**，而其原種附子所生之本株則成**烏頭**；烏頭之熱效低於**附子**，**惟其宣通之力道較優**！倘若原種之**附子**，**其本株不旁生附子**，**而以原種長大**，**形成獨頭無瓣者**，則名謂……**天雄**！此三者若生用，均為大熱大毒之物，但若其經正規炮製，則可去其毒性，並能與他藥合成治症方

劑。眼前之諸藥材，即是能治中風歷節之烏頭桂枝湯！」

而後，丘馳服了一口湯藥，立即吐了出來，叫道：「啥子湯藥，這麼難喝啊！」允昇笑道：「呵呵，良藥苦口啊！欲病早癒，就得按時煎服囉！好了，小弟先走一步，有事兒，明兒個再說吧！」

走上大街的凌允昇，朝天一瞧，「唉……時間真不耐用，才吃個飯，煎個藥，頭頂上又見滿天星空了。倒是，此刻深覺通體舒暢，猶有重生之感，相較先前那內力亂竄之凌允昇，真是判若兩人啊！」

「嘯……嘯……」，允昇突對周遭異象覺到，「怎麼？突颳起了寒風？不對吧！此處位居無名湖東南十來里之遠，且時處春末之際，依理而論，無名湖位居山腰上，較有機會招惹北風，怎連此鎮也這般？」半晌之後，瞬感詫異道：「欸……好端端地，怎飄起了片片雪花？如此異象叢生，不妨先運起衛外真氣，以免招得風寒邪氣入侵！」

允昇又瞧了下四周，「怎麼回事兒？這鎮心大街上，怎空無一人？家家戶戶似乎提早熄燈就寢，呈出一片漆黑！歐……對了，聽良叔說，此鎮心大街之另一頭即是何思樓，憶得攸叔提過，於該樓露台可遠眺北州的烏淼峰，今兒個正好十五月圓，不如藉著月光，走去那兒瞧瞧。」

凌允昇緩緩地邁著每一步伐，立感溫度漸趨下降。忽然！自天上飄下之雪花，倏朝大街上方集中，遠遠望去，狀似皮影戲之屏幕一般，當下隨著風聲嘯嘯作響，現場一股陰森氣息，油然而生。不禁令允昇覺到，「這……這是什麼樣兒的奇景？難道……這兒的居民……早知夜裡會出事兒？欸……雪花屏幕似乎有動靜？」

然此時刻，忽見雪花屏幕上，隱隱顯出了一幕影像，而該影像中之人物對話聲，似乎就在允昇耳旁……

「佟大夫啊！吾這脘腹悶痛症已有幾天了，且時而欲吐，時而下利，可有解乎？」屏幕中一病患說道。

「呵呵，我佟圳醫診數年，啥病沒遇過？服飲吾之藥方，病不出三日，即可痊癒。」病患聞話後，因不見大夫施以面相與診脈，遂生疑慮。佟圳不耐煩地回應：「沒啥大不了的，一瞧即知爾乃患上**陽明腑實證**，施以**大黃**與**大戟**二味，即能解爾之證。再不然，外加一味**甘遂**，藉由攻下以祛病邪，這絕對是一劑知，二劑已的好方子啊！」

允昇見屏幕所示後，驚訝唸道：「這佟圳是何等醫者？僅聞病者描述，即能辨證？縱然真是**陽明腑實證**，該用**大黃**加**芒硝**以攻下，尚得配上**厚朴**以除滿行氣，**枳實**以消痞破結，四味共組之傳世名方……**大承氣湯**才是啊！怎麼會用上瀉水逐飲之峻藥……**大戟**與**甘遂**嘞？真是胡鬧。欸……那屏幕呈像又變了……」

此刻，見屏幕上之左方，又現身了佟圳大夫，其後跟著一身著套頭斗篷之人影；而屏幕右方則出現方才看診之病患，其後亦同樣跟著一人形黑影。但下一幕則是黑影人掐住佟圳與病患之喉頸，並將二人上提離地，直至二人氣絕身亡！此一驚耳駭目橋段，倏忽震懾且留影於允昇腦海，隨後聞得「唰…唰…唰…」幾聲響，立見雪花屏幕四散紛飛；待街景還原後，一身影現身於允昇前方不遠處，不禁令允昇呼了聲：「什麼人？」

允昇見著大街盡頭之何思樓，樓前石階上佇著一身著黑斗篷之人形背影，彈指識出此身影乃雪花屏幕上之人物！允昇蹬躍一霎，騰空三迴旋後，隨著距離越近何思樓，甫見之色深背影，漸趨淡去，直至觸及石階剎那，完全消失！然此同時，天空原飄落之雪花，俄頃消逝；原攬於路樹上之雪片，亦不見任何蹤跡，且感周遭氣溫回升。允昇不禁又唸：「明明見著雪花屏幕，怎麼？」

「咖啦……」突聞一屋簷瓦角掉落，瞬間引來允昇注意。

果然，一黑衣人正疾行於街旁屋脊上！允昇俄頃一蹬，上了屋頂，火速追去。追逐四五屋脊後，允昇抓到黑衣人之衣襟，立遭黑衣人轉身，拳腳相向。然而單憑氣力，黑衣人根本抵不過允昇之出手勁道，惟嗅覺敏銳之允昇，頓感周遭油氣四溢。適值允昇察覺有異，黑衣人退了一步，向著允昇搖了搖頭，隨後亮出藏於袖口之小油包後，隨即做了個手勢，結果，「轟唰……轟唰……」驚見六道火矢，分由六方飛來！允昇及時翻轉，雖躲過了三箭，卻遭另三箭直接命中，霎時油火一發不可收拾，致使允昇於全身著火下，不斷喊出：「啊……呃……啊……」

「凌公子……凌兄弟……凌少俠……喂……你還好吧？」

「這兒……這兒是哪兒？我在做啥？」允昇驚惶未定問道。

「呵呵，這兒是老朽之住房兒啊！不好意思，地方狹小，讓您打著地鋪，臥了一夜。昨夜少俠似乎醉了酒，見爾仆倒於大街，遂將少俠扛回這兒。咱們這兒夜裡稍涼，入冬甚寒，故戶戶均製個小土窯，就當是富人們之壁爐一般，再取山上檢來之竹子、木柴來燒，藉以提昇屋內溫度。昨夜見少俠衣衫單薄，遂多加了點兒柴火，怎料少俠越睡越朝土窯移去，與之近了，時間久了，還是會灼傷人的！瞧您熱得一臉紅通通地！」

「哦……原來是場夢啊！嚇得……不……熱得吾一身是汗啊！歐……對了，聽聞良叔稱吾少俠，有些不習慣，直呼我阿昇好了！」

「不不不，昨兒個您超乎常人之功力，化解了運車翻覆危機，直令鎮民崇拜啊！過去咱們這兒多的是詩詞文人，甚而是水墨畫家，鮮少見得俠客出入。而今鎮上來了個丘馳少俠，而老朽亦對外宣稱凌少俠住我這兒，藉此也讓我這鎮長沾點兒光啊！唉……不用彆扭，多聽幾聲就習慣啦！」良叔喝了口茶後，又說：「今兒個天氣不錯，少俠不妨上街逛逛，瞧您昨天累的，應尚未去鎮心大街那一頭吧！據說佇於何思樓之露台，能助吟詩作畫者產生靈感，或許凌少俠往那兒走走，沒準兒即能生出新思維喔！」

凌允昇舒展了筋骨後，緩步走向鎮心大街，聞街道兩旁叫賣聲不斷，店家更是忙著於門前吆喝。允昇隨即想著，「眼前情景，相較昨夜之大街，天壤之別！真是作夢嗎？算了，去瞧瞧這兒的藥鋪，有著啥草藥可以擱在身邊，以應不時之需。」

「嗨呀！您不是昨兒個將運車回頂的凌少俠嗎？幸會幸會，在下李謄，昨兒個見少俠進了蓬仙客棧旁的真仁堂抓藥，今兒個比較一下咱們和益堂的藥材，絕對是童叟無欺，貨真價實啊！」

「有勞李老闆抓些**麥門冬**和**五味子**，分著裝，作為備用。」

「行，當然可以，這**麥門冬**能養陰、清熱、潤燥；**五味子**性溫、味酸，酸能收澀，能固攝下焦氣化，這個少俠您知曉吧？」

「是啊！**麥門冬**能養陰潤肺，益胃生津，清心除煩，亦可用於胃陰虛，或熱灼胃陰，心煩

不眠，舌絳而乾。**五味子**能斂肺滋陰，斂汗生津，止精收澀，安心寧神，可用於治熱盛傷氣，津傷消渴，五更泄瀉；若再合上一味大補元氣之**人參**，即是能益氣生津，斂陰止汗，適於氣陰兩傷之傳世名方……**生脈散**！在下一旦有了南下行程，應對漸趨溫熱之氣候，此名方可是備用要藥啊！」允昇說道。

「嗨呀！凌少俠，真服了您啦！在下賣草藥也是一回生，二回熟，若真正要辨證論治，可就沒輒了。嘿嘿，遇上須要氣力時，少俠您行；要談醫藥的，您也行，如少俠這般多才的年輕人，這年頭少囉！」

「李老闆過獎了！聞此鎮人才外流，鎮上可有診病醫者啊？」允昇問道。

「少俠指的是大夫是吧！咱們這鎮出了個名醫，就是人稱『北淼怪醫』之仇正攸！可惜沒能留在這兒為鎮民治病。這鎮上能幫人開方子的，是有那麼幾位，啥樣子配方都有，但管不管用，在下莫敢斷言；畢竟咱們開藥鋪的，實在不敢得罪開方兒的，一旦大夥兒不來這兒抓藥，咱們就得喝西北風啦！」

「呵呵，少俠請先坐會兒，這就給您理藥去。」李老闆說道。

凌允昇暫坐於一旁等著藥材理裝，突然！一張似曾相識之中年面孔，正由大街上轉進和益堂，緩步走了進來，剎那引來允昇注意，「欸……這個人好像在哪兒見過？卻不是很清楚。」

忽聞李老闆對著此人招呼道：「嗨呀！佟大夫呀！瞧您滿面春風，最近哪兒得意去啦？」

「唉呀！李老闆啊！近來我佟圳之醫診名聲，實已傳至縣城裡，或可比擬歷代名醫啦！話說幾天前，有人請佟某前往岌砭城裡診治，進城才知是為蔣姓大戶人家看診，這蔣員外還真是闊手，一請就是三位大夫診治。」

「哪兒需請三大夫聯診啊？有您佟圳大夫到場，哪兒有搞不定的病患啊？尤其您慣用的**人參**與**大黃**二味藥，真是出神入化啊！」李老闆回應道。

佟圳大夫？此四字兒入了允昇耳裡後，瞬令頭皮發麻，立覺到，「佟……還真有佟圳這個人！昨夜夢中影像雖模糊，但聲音是清楚的。沒錯，我確實聽到佟圳二字兒；這麼說……是真有這夢囉！不過，憶得我身中火矢，但醒來確實於火窯旁啊！而且良叔又表示，昨夜扛我進屋後即倒臥熟睡，這到底是怎回事兒？嗯……先跟著這姓佟的瞧瞧，說不定能發現個什麼？」

佟圳輕蔑地笑道：「對這般有錢有勢的富翁啊！方子裡絕少不了**犀角**、**人參**等高檔材料；要不，人家還真把你給瞧扁了嘞！若是針對販夫走卒的話，就給些**大黃**，清瀉一下肚子，簡單搞定。現如李老闆身旁那粗俗的**麥門冬**、**五味子**，面對達官顯貴，是絕對登不上台面兒的！」

「是是是，佟大夫所言甚是，倘若真需高檔材料，我和益堂絕對替您遞送到府，還望佟大夫多多照顧啊！」李謄搖尾乞憐地說道。

允昇不屑覺到，「哼！這個李老闆為了生意，見人人話，見鬼鬼話。眼前這等嘩世取寵之輩，根本不配當個醫者，所幸那蔣員外請了三大夫診治，算是走運呢！欸……姓佟的要走了。」

李老闆卑躬屈膝地送佟圳出了堂門之後，回頭將包好的藥袋兒，交予了允昇。接著，允昇一路尾隨佟圳而去，來到一處街巷內，見一敞開著門之宅房，且聞裡頭一面帶病容之中年男子正說著話，遂於俯仰間湊上了耳朵……

「佟大夫啊！我這脘腹悶痛症已有幾天了，且時而欲吐，時而下利，可有解乎？」

「呵呵，我佟圳醫診數年，啥病沒遇過？服飲吾之藥方，病不出三日，即可痊癒。」

病患猶豫了一下，又說：「不見大夫替吾看相與診脈，這麼服藥就行啦？」

佟圳不耐煩的回應道：「沒啥大不了的，一瞧即知爾乃患上**陽明腑實證**，施以**大黃**與**大戟**二味，即能解爾之證。再不然，外加一味**甘遂**，藉由攻下以祛病邪，這絕對是一劑知，二劑已的好方子啊！」

「這……這般對話！」允昇極驚愕地憶到，「對照昨夜聽聞之片段，一模一樣！然昨夜影像煞是模糊，沒看清病患，而眼前所見病患，緊抓著胸前衣襟，似乎有些畏縮，且面色蒼白，撫著脘腹之手指，甚而微微顫抖，此人一派寒相，從哪一點看出其患上**陽明腑實證**嘞？真是胡說八道。」接著又傳來一對話……

「佟大夫啊！吾居於鎮北的小土地公廟旁，離這兒有段距離，能否多開些治病的後續配方，也省得這麼來回奔波啊！」

「我說……研大哥啊！我說過了，待您回去，熬了藥服下，隨後解了便，病將漸癒，不用再來啦！再說，我佟大醫尚得進城看診，時間上沒法配合啊！」佟圳不悅地回應後，心裡卻想著，「還想要後續配方？瞧你哪兒來的銀兩啊？」

這時，一群大嬸入了巷兒，七嘴八舌地嚷著。允昇見狀，立即轉身離開，立朝大街上走去，惟心裡不斷納悶著，「怎麼會這麼巧？夢中出現之人物與對話，事後即有真人真事對應著？」允昇又頓了下，「對了，去看個地方，驗證一下。」

凌允昇加速了步伐，循著大街，朝著另一頭走去。一會兒之後，隨即出現了令允昇震驚之一幕，「果然，這位於街道盡頭旁的宅房，其邊角之屋瓦片是破裂的，雖然落於地面之碎瓦已不見蹤跡，但屋頂上破裂瓦痕尚新，依此可見，昨晚應該是……」

「嗨呀！凌兄弟，這麼巧，您也來何思樓啊！」丘馳從允昇肩後搭了上來。

「原來是丘兄啊！眼前何思樓可是鎮上最著名之標的物，昨兒個本該來的，怎料幫忙扛了幾麻袋兒，再同您喝了幾杯，這一天就這麼過啦！走……上樓吧！聽說樓上露台之景致非凡啊！」

「嗯……果然是賞景的好地方，若要記下這鎮上之地理資料，絕對不能失了這露台美景。呵呵，還真眺得見烏淼主峰啊！」丘馳說道。

「耳聞多位前輩提過，這兒是令昔日詩人產生無數靈感的地方。」接著，允昇指著露台上之提字處，道出……

「遠眺烏淼接天際，天下美景收眼底；古往今來尋意境，於此靜思惟縝密。」

允昇又說：「不知丘馳兄可有不解之處？或可於此萌生另一思維。」

丘馳回道：「天地之大，丘馳不解之事兒何其多。一如醫者開方即可治症，對吾而言，實在奧妙，未能理解時，也只能佩服敬之。在下指關節疼腫，服您一帖**烏頭桂枝湯**，疼腫竟去了大半，除了敬佩，還是敬佩啊！」

「丘馳兄過獎了！其實人體內之五臟六腑，實乃天地一縮影！若要您畫幅畫兒，肯定將太陽擱於上頭，其旁伴以白雲圍繞，雲朵之下則有蒼木叢立於黃土，終再附上湖泊與川流。您瞧，體內之心，火如太陽，位於體內上腔；心之外圍有肺圍繞，肺之下方有肝木與脾土，終有腎將體內水濕外導，以此對照天地之說……甚為相符；故臟腑有病，即可於天地所生之中，尋得解藥。然經歷代先賢貢獻，已尋得諸多對應外邪與內傷之草藥，吾等後輩正受惠其中，此乃何等幸福之事兒啊！所以，丘兄疼痛得解，實受惠老祖宗所留經驗，小弟得您敬佩，受之有愧！」

「嗯……經您這麼一說，令吾茅塞頓開，此乃丘馳登了露台後，首先受惠之事兒啊！」

凌、丘二人再經一陣醫學與地理交流後，丘馳因要務在身，遂於何思樓周圍巡視，以記錄此地文誌。

凌允昇將雙手擱置露台前方桅杆，續想著被丘馳中斷之碎裂屋瓦情景。想著想著，突然！允昇見著自個兒右指指甲縫裡，卡了些深色污穢屑，待將其摳出後，置於鼻前一嗅，當下發覺，「這穢屑是**烏頭**煎煮後之滓，而其他混雜的味道是……是**烏頭桂枝湯**！為何會有此滓屑，深陷吾爪甲之內？昨兒個我煮完湯藥後，隨即離開了蓬仙客棧，其中僅見丘馳湧了口湯藥出來，吾並無清理煮後之藥渣啊？」允昇即此湊著昨夜記憶，部分畫面……逐漸顯現……

「對了！那塊破碎的邊角碎瓦落地後，吾上了屋脊，追趕著黑衣人。交手過程中，吾扯過對方上衣前幅，難道……這穢屑是那時留下的？若真如此，那黑衣人不就是……」

此刻，允昇瞧向了丘馳背影，覺到，「此人究竟是啥樣人物？吾不常飲酒，但記得爹曾誇我酒量不錯，昨晚也喝得不多，怎會仆倒於大街上呢？嗯……真真假假，虛虛實實，昨夜夢境所呈，有些是真的，有些是幻覺！倘若對照天候，那白雪飄降，是一幻覺；倒是……那屏幕之所呈，若是幻覺，為何佟圳又出現於現實之中？這般時間之差距……代表著……」

凌允昇於露台冥想一陣後，突開竅道：「對了！那是段預影！是將預發生之影像顯出。這麼說來，那……身著黑斗篷之神秘人是……是……死神！換言之，今兒個見到的佟圳大夫，與那研姓病患……被……死神……盯上了！故此刻知悉他倆命將絕矣者，乃我凌允昇！」允昇驚訝後，嚴肅唸道：「不……不成……就算須與死神拔河，我也要拉他們一把！」

「喂，丘大哥，小弟尚有要事兒，先走一步啦！」允昇向著丘馳嚷嚷道。

凌允昇三步當兩步用，且接連三翻躍，下了何思樓石階，礙於大街上人潮，僅能以鑽縫方式前進，一段距離後，立馬來到了佟圳宅屋門口。

「欸……怎麼關了門兒？佟大夫……佟大夫……佟大夫開門啊！」適值允昇不停喊叫著，宅旁一婦人聞聲探出了頭，「年輕人，別嚷啦！佟大夫早已出門替人看診去啦！據說三天後才回來呀！」允昇聞訊後，隨即衝回吉良鎮長家中，直喊：「良叔，允昇有要事兒，先把馬兒騎走啦！」

藉著快馬飆馳，允昇一心直想搶得救人時間，直衝研大叔曾提及鎮北小土地公廟。待抵了鎮北後，果真見著一小土地公廟，該廟旁約有著二三十戶人家。允昇搔著後腦勺兒，「這怎麼辦？挨家挨戶地問嗎？唉呀……不管啦！直接喊叫啦！」

「研大叔……研大叔……在嗎？」

突然！幾戶人家跑了出來，一瞧，說道：「咱們這一帶的人家都姓研，不知您找哪位研大叔呀？」正當允昇不知如何解釋時，怎料靈敏之嗅覺，突嗅到了煎煮草藥之味兒，立馬叫道：「嗯……我知道了！」

凌允昇俄而躍下了馬，直衝一徑旁木厝，立見一中年人，閉目臥於床上，動也不動！允昇一急，扼腕喊出：「啊……又晚了一步，沒能及時趕上！」隨後又說：「不不……不對呀！這藥材尚煮著呢！應尚未服飲才是。」

凌允昇扶起了大叔，倏而捋袖把脈，附近居民們罕見外人前來，無不好奇地圍觀著。允昇則於辨證當下，直搖頭道：「此脈既沉且緊，身無大熱，口不燥渴，舌苔白厚而膩，果然是寒症！這是**寒邪**與**痰水**相結之**寒實結胸證**！」

研大叔乏力說道：「老朽自知身無熱，時而欲吐，時而欲利，是否已病危？」

「大叔切莫因情志低落，進而助長病勢。發汗、**嘔吐**、**利下**，**乃人體三大防禦能力**，**體內有毒邪**，**自體功能可藉由此三法**，**將毒邪排出體外**。您瞧，時而欲吐，所以喝不下眼前煮熱之湯藥，算是救了自個兒啊！您帶回的**大黃**、**大戟**、**甘遂**，均是大寒之藥，要真是對上您這寒實症，寒症用寒藥，後果不堪設想！」

接著，允昇從居民儲藥中，找出了**桔梗**、**巴豆**，再取出身上所攜之**貝母**。待去了大熱大毒之**巴豆**毒性後，立將三藥研成粉末，並藉此告知居民，眼前之三白色散劑，即是傳世名方……**三物白散**！此劑服下後，**病在膈上必吐**，**病在膈下必利**，**不利者**，**飲熱粥一杯**；**利過不止者**，**進冷粥一杯**。當毒邪被排出，此病即可痊。

圍觀居民聽聞後，無不譴責佟大夫草菅人命，一鄰人更是氣憤表示，佟庸醫定會遭到天譴。允昇聽聞後，連忙問研大叔，是否知悉佟大夫之去向？大叔僅表示，佟大夫急著出門，所以今早同他一般向佟大夫求診者，均遇佟大夫草率問診，接著收了佟大夫所開藥方後離去。至於佟大夫去了哪兒？不得而知。

凌允昇為了觀察研大叔服下三物白散後之情況，表明將於日落後才會離開。而後遇上自山上檢柴回來的研大叔女兒，得知允昇救了父親後，連聲感激；後因研女極度氣憤下，欲將剩餘草藥丟棄，經允昇阻止後，立將大叔未煮之大黃、大戟、甘遂，分開裝袋，並說：「在下凌允昇，眼前這般大寒峻下之藥，為免不識者誤食，允昇還是將它帶走，以備不時之需。」

「小女子研馨，同為研姓之人家，長居於何思鎮北方。過往這兒的男丁，多為挖煤炭之礦工，現因滯銷而導致煤產過剩，所以沒啥活可幹。吾之胞弟亦為此故，前去了岌砭城拼掙，而研馨與爹則留守原處。人年老了，勞動少了，就易生病。」

「欸……這是啥怪異建築？似乎尚未完工啊？」允昇來到居戶之後山坡上問道。

「呃……這個嘛……過去擔心山上的堰塞湖潰堤，為了降低土石流衝擊而建此護牆，後因堰塞湖結了冰，減少了潰堤的疑慮，所以……所以縣府為省開銷，遂停建了該護牆。」

「要是哪天潰堤之疑慮，捲土重來，屆時再續建，來得及嗎？」

「嘿嘿，看得出凌大哥乃未雨綢繆之人。」研馨又說：「現都沒活兒幹了，百業蕭條下，哪兒來的經費續建呀？不過……據吾上山觀察之經驗，若能於未完成之護牆後段，將分佈其旁之東南向竹林剷去，依地勢高差之故，一旦土石流衝下，勢將朝東南向滑去，待護牆與樹林攔下多數土石後，至此之殺傷力，驟減大半，而後憂心的，僅剩洪水了。倘若洪水也能流向東南坡向，恐將衝向何思樓附近一座煤炭倉儲！」

允昇立疑問道：「昨兒個甫於鎮上一廣場旁，偕鎮民搬運倉儲煤貨，原來這鎮上尚有其他庫存處啊！」

「何思鎮乃一煤貨集散地，具有若干儲放處所。方才所指的那座，實乃鎮上最舊的一座。惟因何思樓能引慕名者前來，遂能為鎮上添些財路，卻慮及煤炭倉儲易污損環境，宋縣令為顧及遊人觀感，遂關閉了那座倉儲。」

「哦……允昇瞭解研姑娘的意思了！情急之下，僅犧牲一舊倉儲，即可顧及一群研姓人家與鎮上的居民！嗯……研姑娘也是個未雨綢繆之人啊！」

研馨猶豫了片刻，又說：「小女子所論述，僅是危難發生時，一應變模擬而已。少俠想想，一旦情急下，咱們這兒多半是年長與沉疴痼疾者，就連大嬸們一塊兒算上，能有多少人力劏出一條竹林道來啊？再說，進了竹林後，又有幾個能辨識出東南向之竹林嘞？所以，吾每輒上山撿柴時，不時走向分佈東南向之竹林，刻意以紅繩緊綁於竹上，一旦遇上溢壩狀況，直對繫著紅繩之竹子砍就對了！」

「啪啪……」凌允昇拍掌稱道，「嗯……真是不錯的應變之策！不過……希望咱們所談的事兒，不致發生才好！」

果然，研大叔於服下**三物白散**後，既吐且利，體內之寒痰留飲，透過催吐、瀉利之雙管齊下，迅速排出體外，且於吐利後不久，竟有了食慾！允昇即於大叔盛情之下，由研馨下廚，與大夥兒同進晚餐；而後再為研大叔留些滋補藥草後，旋即上了馬，立朝良叔家奔去。

皓月千里，允昇隨著馬蹄聲響，回到了鎮心大街，惟其心中不免忐忑，縱能及時自鬼門關前拉回研大叔，但另一佟大夫卻不知去向。值允昇躍下了馬，不僅喚不得任何回音，進屋後亦空無一人，正想著良叔或勤於鎮上事務時，巧遇良叔推門而入，一見允昇回來，立馬問道：「凌少俠今早出門後，可見過鎮上一名曰佟圳的大夫？據和益堂的李騰指出，今早佟大夫甫由岌砭城回來，卻於傍晚時分，聞北江衙府派人告知，佟圳現已氣絕身亡！」

「什……什麼？佟大夫死了！」允昇詫異後，又說：「今早於和益堂抓草藥時，遇過這叫佟圳的大夫，後又經其所居宅房，亦見該大夫替人診病，怎麼會……死了？在哪兒出事兒的？怎麼死的？」

「據聞是溺斃，而且地點在……無名湖！」良叔皺眉說道。

「怎麼可能？那無名湖不是結冰多年了，何以淹死人嘞？」

「據發聞之官人表示，無名湖之湖中央出現了一大凹陷，而凹陷處呈出一裂縫，湧出了冰層下之冰水，而佟大夫之屍首即浮於冰水上，現已將其運抵衙府了。根據衙府傳來之說，案發現場不見打鬥跡象，且死者身上毫無外傷，經驗屍後發現，其體內多處重要血脈，恐於落水前已凍化碎裂，由於死因極其特殊，故暫列為奇案處理！」吉良解說道。

「奇怪！昨兒個凌晨，吾昏厥於湖邊竹林前，那無名湖依然冰凍，並無出水啊？怎麼會……無啥緣故，一大夫隨即陳屍融冰之上？」

「少俠非為本地身份，萬不可插手管閒事兒！咱們宋縣令訂出，凡謀殺罪名成立，一律絞刑處置，衙府現已訂為奇案，換言之，目前並無列出嫌疑犯。然於咱們這鎮上，除非傷亡慘重，否則居民常是息事寧人的。」

凌允昇突然覺到，「何思樓之觀景露台，果真有添人聯想之能力。先前就在那兒串起了破碎瓦片，甚而兜出死神奪命之聯想。換句話說，能早於死神出手，是可以改變生死的！嗯……

就這麼辦。」

「良叔啊！吾再去趟何思樓走走，晚點兒就回來。」

「少俠小心啊！近來怪事兒接連，路上若遇官府衛兵前來巡邏，不妨以外地口音，一問三不知就行啦！盡量別生事兒，早些回來就寢，爾明兒個還得隨那霍運官前去縣令府哩！」良叔再三叮囑道。

凌允昇走出了巷口，一會兒來到了蓬仙客棧，抬頭一望，並不見丘馳房間點燈。接著，持續跨步，上了鎮心大街，甫邁步百尺之距，街巷轉口突走出六名身著軍服之衛兵，立馬喊住了凌允昇。盤問之後，知曉了允昇乃吉良鎮長好友，明日又將隨霍運官前往縣令府，遂放行了凌允昇。而後，允昇一路無阻地走到何思樓，一口氣登上了九層樓高之觀景露台。「哇！滿天星空，好美啊！」正當允昇讚嘆夜空之餘，突然！「欸……那是？」

允昇於露台上望回鎮心大街，「那不是丘馳兄嗎？怎麼……他也來看夜空嗎？欸……哈哈，衛兵來了，丘兄將被那查案的巡城衛兵擾上啦！」允昇續自高處下望著。一會兒後，「欸……怎麼？這批衛兵似乎對丘馳相當客氣哩！難道……我說是鎮長之友，不若他講個什麼？難不成他敢說是宋縣令之親戚？」

「唉呀！巡城衛兵走了。待會兒丘馳上樓來，我再問他怎擺平那些官兵？先看看夜景，裝作沒事狀。半晌之後，「咦？怎這麼久沒上來？嗯……再回頭瞧瞧。」

然此時刻，允昇這麼一回頭，可了不得了，「啊！這是……」

鎮心大街上俄頃呈出一幕對峙場面，驚見丘馳擺出對戰架勢，而對手竟是……竟是那身著黑斗篷之……死神！

丘馳雙掌一陣摩擦，隨後見得白色煙霧冒出，而黑衣死神依舊雙手交於胸膈，毫無動靜。接著見著丘馳自腰際間拿了樣東西，允昇不禁驚道：「他怎拿出一段握柄？它的劍身嘞？」

丘馳舉起緊握劍柄之右手，而以左手食中指合併，輕倚於劍柄處，而後隨著左手向前方推去，竟……漸漸延伸出一冰劍。「哇！凝水氣以成冰劍！這丘馳究竟是何等人物？竟身擁這般奇特神功！」而後見丘馳持著凝冰劍一躍而上，而對手同樣以食中指合併，惟技高一籌地直接自其二指尖處，延伸出另一柄較短冰刃，咄嗟揮刃而出，雙方即以二冰對擊！

露台觀戰之凌允昇，訝異覺到，「凝結水氣所成之兵刃，是種結晶形式，並無實質之金屬實體，常人若以兩冰柱對擊，應會應聲而斷才是；然而眼前所見，似乎不是這麼回事兒！見丘馳使出前刺略帶後戳之劍式，且每輒前刺時，倏朝對手關節處，釋出些微冰寒光氣，藉以凍住對方四肢關節。這般出招方式，不禁憶起祖父曾於鑄劍時提及：若干兵器能藉氣制人，其中一種即來自北州之……凝關冰劍！難道……眼前丘馳所使……即是凝關冰劍嗎？」隨後之允昇又覺得，「眼前所謂之死神，其凌厲之二指冰刃，又是啥派神功？且於對決之中，刻意讓對方擊中要點，但見其身手依舊疾中帶勁兒，絲毫不受影響。哇！怎麼？隨著二人對擊持續，驚見丘馳冰劍漸趨縮短，而對手之二指冰刃卻越戰越長！看來身擁神功之丘馳，不巧地遇上對手了！」

斗篷人收回了二指兵刃，以飛快的移位步伐，眨眼來到對手身前。丘馳立馬自腰際抽出一小油包，此舉立遭眼尖之允昇認出，此乃先前於屋脊上，瞬遭黑衣人攝了魂的小東西，不禁唸道：「莫非……穿梭屋簷上之黑衣人，真是丘馳兄？如此鬼祟行事，有何目的？糟了！丘馳中招了！」

原來，丘馳欲於交擊中釋灑油包，卻遭對手一指尖突刺，刺中其手腕橫紋中點前之**大陵穴**，由因此穴乃**手厥陰經**脈上之**輸穴**，一冰寒之氣瞬間穿過丘馳掌中心，眨眼直抵中指指尖！斗篷人俄而再使旋向飛踢，倏將丘馳踹退數尺遠後，對丘馳搖了搖頭，轉身走入了街旁胡同，立消失於鎮心大街上。

凌允昇見丘馳中招後，旋即下樓，以期及時上前支援丘馳，亦可藉機一睹死神之面目。孰料當允昇來到何思樓石階時，仰首見得一輪明月高掛，視野卻是空無一人之鎮心大街。「人嘞？中招臥地的丘馳嘞？莫非……又見到了預影？抑或只是一種幻覺？」允昇緩緩步下石階，心裡直納悶著。然而一切質疑，皆因一物出現，霎時得到了解答！

允昇於步上大街後，拾獲了丘馳施展未遂的小油包，「嗯……這不是幻影！眼下氣溫適宜，甫見兩方爭鬥，皆使出陰寒之功，致使手上這油包，依能感出其外包覆之冰冷。看來，有人欲於台面下行事，若不能逮住機要人物，這個鎮上勢將萌生麻煩事兒的。唉……算了，先回去休息吧！明兒個還有事要忙哩！」

然而映入眼簾者，依舊是月夜下之鎮心大街，惟允昇異於前一夜之向著何思樓前進，此刻乃背對著何思樓而離開。霎時，凌允昇邁著一步又一步，驚覺大街兩旁之店家燈火，漸轉黯淡，而後又見雪花凌空飄下；「嗖……嗖……」瞬間似是而非的陣陣北風，遽然作響。初見此悽凜景致者，一陣背脊逆冷，在所難免，然而對於已有經驗之凌允昇來說，眼下可是弄清真相之機會，遂令其運起**太陽**與**太陰**經脈真氣，伺機而動！

果然，一陣奇寒之氣流，倏由允昇身後吹來。施放此氣流者，本以為能僵住獵物，孰料允昇身背面釋出之**足太陽**脈氣，竟將此凜冽之寒氣，阻於距身三寸之外。突然！允昇雙眼一闔，唸道：「是時候了……來吧！」

凌允昇轉身疾衝於一霎，更於**足太陰經**脈催化下，腿踝勁爆力道十足，如此充斥陰寒之環境下，幾乎肉眼可見凌允昇之勁爆疾衝，一如流星拖曳著光束一般，疾向預設之標的物衝去。結果……一咄嗟閃出之白色光團，斯須發出，瞬於允昇衝來之路徑上，凝成一道冰牆，惟見允昇速度之快，真如一團陸上流星，毫無降速地撞向冰牆，俄而響起「唪……轟……」，而後再聞「咵……啦……」

凌允昇此一轉身疾衝，著實地將瞬凝之冰牆撞碎，再因其經脈之熱，立將碎冰溶成水霧，並向著因撞擊震波而後彈至石階上之斗篷人喊道：「何方妖孽？盡施奇幻異術擾人，甚而絕斷世人生路，我凌允昇已積忍甚深，閣下若不予以交代，在下只好得罪了！」

神秘人依舊套著頭帽，發出一低頻話聲：「呵呵……妖孽？呵呵……我是妖孽？也罷……眼下吾之狀態，尚不足完全撐起肌皮，以致外貌不揚，算是個妖沒錯！」頓了下後，緩緩又說：「方才遇一不成氣候之冰劍小子，甫吸了他幾道凝關冰氣，及時凝成之冰牆，竟遭爾給毀了！嗯……確實是個角色！身擁不凡功力，無怪乎有膽搶吾欲索之人命。」

「閣下神出鬼沒，我凌允昇管不著，但生命於天地間自有定數，各有其應走的路子，怎由閣下來決定？何等荒謬之事兒啊？」

神秘人微搖著頭，回道：「庸醫藐視人命，這是他應走的路子嗎？佟圳在病患虛弱之懇求聲中，寒實症施以大寒藥，寫下了奪命方子，他該活著，而病患該絕囉？」

「聞閣下道出：寒實症施以大寒藥。果然，爾知悉研大叔症狀，那佟圳大夫是你殺的，對吧？」允昇質問道。

「庸醫死不足惜啊！呵呵，數日前，城裡一蔣姓員外延請三醫診治，若非另二醫者確診，否則服下佟圳所開藥方，亦將使蔣員外一命歸西！然而，凌少俠指責吾之不該，倘若生命於天地間自有定數，那研大叔服下佟圳之逆藥如何？不過再經一段折磨後，隨我上路罷了；怎料凌少俠及時出了手，試問，其命何以由爾決定？」

神秘人又說：「唉……吾了結一庸醫，可延多人壽命；而少俠僅知逆轉一人之命，卻讓原凶苟活人世，呵呵，這是何等天地間之定數？早已亂矣。然依行徑推知，凌少俠之思維，與吾背道而馳！咱倆對立之身擁內能，與日俱增，除非少俠即刻了結了我，否則，未來之逆向衝突，即是咱倆於天地間之定數了。呵呵！」

「為何靈魂會隨你上路？難道……你……真是死神？哼！無論爾乃何方神聖？所謂：『天地之大德曰生，生生之謂易』，我凌允昇能救一個是一個！」

「救？呵呵，少俠似乎已釋出了提示，將不致於我轉身離去時了了我。」接著，神秘人轉身上了石階，以腹聲傳音，道：「吾非死神，然大地之風任我喚，世間之寒由我管，風寒佔六淫外邪之大半，除非人人皆如少俠之真陽氣盛，否則，天地蒼生終將臣服於我……」

「喂，你別走……」，見神秘人持續走上階梯，凌允昇於喊話後，快步跨上石階以追，待踏進何思樓前，神秘斗篷人已完全失去了蹤跡！

這時，回到鎮心大街的凌允昇，遠見大街另一頭之蓬仙客棧，其上一熟悉位置亮著燈火，心想，「吾於何思樓露台見著丘馳出手，方才吾與神秘人之舉動，是否丘馳亦看在眼裡呢？」然而隨著允昇步伐趨近客棧，本欲上樓一探究竟，但見丘馳房裡燈火隨即滅去，此一幕，無疑讓允昇帶著對丘馳之疑慮，轉而向著良叔之屋室走去。

翌日午前，一如先前約定，北江運輸官霍翔，領著兩運車回到了何思鎮。凌允昇欲往蓬仙客棧拜別丘馳，卻遇上丘馳主動前來送行。允昇見對方布纏掌腕，立馬關切傷勢，惟聞丘馳虛偽表示，因整物不慎而傷，並不礙事兒，當下允昇不予揭發，卻心裡有數，霎時覺到與此人保持距離，實為上策。

接著，二人來到廣場前，吃驚地看著運車上之貨物，不禁令丘馳疑道：「先前聞得將運回紅檜木？怎換成了紫檀木櫃，難道……藉由木櫃以藏物？」凌允昇暫不予置評，待一切完備後，允昇遂協助霍翔，將兩運車運往了岌砭城縣令府。

待霍翔將何思鎮滑車事件，詳實告知宋縣令後，宋世恭緩步來到允昇面前，訝異道：「欸……憶得爾乃助仇神醫搬運藥材之凌允昇？沒想到，凌兄弟能即時緩下滑車，讓霍軍長能準時地運貨到港，凌兄弟這般才能，或可考慮留我縣令府效力。」

凌允昇倏向宋世恭謙恭行禮，表明乃依仇神醫之推薦，隻身前往何思鎮遊歷，因而結識了霍軍長；惟因此批紫檀木櫃，細膩且貴重，傷不得，故隨霍軍長運貨前來，一旦處置完事，將再回木宅院幫忙，順道向仇前輩學習醫術。

「嗯……年輕人肯上進，絕對是好事兒。只是……凌兄弟可否瞭解，數日之前，吾親自送往木宅院之囚犯，病況如何？」宋世恭問道。

允昇心想，「尹明坤肯透露宋世恭之不法，吾得暫且護其安危，避免他受擾才是。」隨後回應道：「這個嘛……聽攸叔提到，此囚犯毒邪甚深，唯有低溫冰窖能暫緩其病況惡化，恐須在那兒待一陣子了。怎麼？此患不是死囚嗎？其若犯了滔天大罪，或許得受老天懲罰呀！」

「呃……此一囚犯……尚牽涉到其他，所以，能救治的話，或可尋得其他案件之蛛絲馬跡。凌兄弟若遇此囚犯意識回復了，務必通報縣府一聲。」

見允昇頻頻點頭後，一旁的霍翔接話道：「若宋爺沒差遣的話，屬下即領凌兄弟將木櫃搬入官邸內。」

凌允昇一踏進縣令官邸，直搖頭道：「天啊！怎官邸內……盡是皮件與皮靴？」這時，滿屋子皮料味道，瞬間觸動了允昇之嗅覺記憶，「嗯……這味道即是頂住滑車當下，自麻袋裡飄出的味道。難道……那麻袋兒裡除了煤炭外，尚有皮革製品？再說，一個皮革製品愛好者，竟失心瘋地購入滿屋子皮件？」

適值允昇見物發愣時，霍翔說道：「吃驚吧！凌兄弟除了於皮革廠房外，絕未見過如此數量之皮製成品吧！眼前所見皮件，無不出自北川縣履順城之順行號，皆是價值不斐之物。東州稅務坊房令盅總管，知悉咱們宋縣令之愛好，特地製作了這些紫檀木櫃相贈，以作為皮製品之收藏櫃。」

「為何一旁尚有著一張張疊起之皮革？難道這兒也做皮件加工不成？」允昇探問道。

「這個我就不清楚啦！據聞城外一些鄉鎮婦女因沒活兒可幹，只得持起針線，做些女紅，而北州四縣令皆由居民推舉產生，宋縣令為了維持自個兒支持度，遂釋出些針線活兒，好讓在地婦女能掙點兒家用，故霍某不時得運些皮革或布料到鄉鎮去，至於怎縫製？則非霍某範圍之內啦！」霍翔又說：「吾倒是納悶著，每回搬貨物進官邸時，縣令僅令我一人處理，不讓其他下人幫忙；所幸這回宋爺通融凌兄弟來幫忙，否則聽聞自二水港運回這般質重木頭，頭都疼了好幾天啊！好吧，先別聊了，咱們得先將木櫃擺好，再把皮件分類置入櫃中即可。」

允昇想著，「良叔確實說過，鎮上男人找粗活兒幹，婦女就倚著女紅掙點兒家用。不過，常見將皮革作為外覆，為何會嗅到麻袋兒裡有皮革味？不合常理！而且，僅讓一親信進官邸處理皮件，依此可見，宋世恭辦事相當小心，甚連宋夫人染了毒癮，仍不讓攸叔知道，嗯……我得趁著入官邸之時段，理出宋世恭之處事兒邏輯才好！」

一眨眼兒，凌、霍二人處理兩車木櫃，接連理妥官邸內所有皮件鞋靴，竟費了近五天時間。適值凌允昇理好行囊，準備上馬之際，突然遇上了兩衛兵上前，立馬對著允昇搜身；一切無誤後，驚見宋世恭亦整好衣裝，備妥馬，出現於允昇眼前。

「呵呵，這回多虧了凌兄弟幫忙，始能順利將官邸內之收藏，統合歸納。」話後，宋取了一物，又說：「此一製工精緻之皮革水飲壺，以此贈予凌兄弟作為紀念。聞凌兄弟欲上木宅院，吾決定偕同凌兄弟上山，順道瞧瞧那囚犯情況如何？」

「哇……這皮革觸感真好，其上甚烙著三座山峰呢！」凌允昇於謝過宋縣令之贈予後，頓時不知如何是好，心想，「倘若尹明坤已恢復，必遭宋世恭帶回！再則，記得攸叔提過，約了一曾任職刑部確案官之好友一聚；倘若被宋世恭遇上，不知情狀是合是逆？這該如何是好？」

允昇憂心上了馬背，數聲「駕」響既出，宋世恭與隨扈之坐騎，應聲起步。正當騎隊跨出縣府大門之際，惟見遠處黃沙飛揚，驚見另一龐大騎隊，迎面奔馳而來。宋世恭一見對方之著裝，倏令縣衛騎隊下馬，俄而列出靜候隊伍以待。

領著堅防軍隊前來之符戳總管，說道：「突訪北江縣府，有礙宋縣令之處，懇請海涵。」

「哪兒的話，宋某乃例行走訪鄉鎮，並無特別要務，不知符戳大人何以匆匆到訪？縣府上下，煞是訝異！」

「依照慣例，是該先捎來告知信函，惟因情勢發展已引來北坎王關注，故特令符戳火速前來瞭解。」符戳接續表示，日前機察處莫乃行總管，突向軍機處徵調一批堅防軍兵前往北江，惟其徵調書函僅呈上「機密調查」四字，北坎王知悉後，頗感不安，憂心獨斷獨行之莫乃行，其調兵之舉若不甚嚴謹，恐將波及宋縣令之聲望，故令符某前來與宋縣令溝通，順帶瞭解北江有無異狀？

符戳話才說完，原本晴朗的天候，竟開始聚集了烏雲，隨後即下起了絲絲細雨。

「呵呵，莫二少年輕氣盛，行事浮躁了些，恣意動用了北州堅防軍，確實令我北江上下趨於緊張！」宋世恭回應後，回頭告知了凌允昇，因要事當前，不克前去木宅院，遂託允昇代為問候仇神醫。待允昇分別向符戳總管與宋縣令行過拱手禮數後，旋即上馬，直向山上奔去。然身手矯健，體格魁武之凌允昇，隨即引來符戳注意，並於宋世恭引領入府時，詳細探問此人身份，畢竟任一非北江縣民，知悉了北州情狀而隨即離開，不免引來軍機處關注。

「回來了，回來了，那個夜不安眠的凌少俠，他回來啦！」木宅院的僕人喊道。

歷經瓢潑大雨，一身盡濕之凌允昇，一進木宅，欣喜地告知仇正攸，其已衝開了體內經脈逆衝，並蒐羅了宋世恭不少疑點。正當允昇換下濕衣，準備分享其經歷時，惟聞仇正攸回頭喊了聲：「沒事兒的，是自個兒人！」接著見得後房走出二位年逾七旬之長者，一經攸叔介紹下，原來是曾任北州刑部確案官，並對文字專研甚深，人稱「塹龍居士」之暨酆先生！先生應中鼎王之邀，甫自中州頂豐城歸來。另一位則是仇正攸之老鄉，亦是北州水墨大師……孮于巔先生！而最末現身者，其以雙手持杖輔助前行，此即先前罹患瘡瘍潰腫，現已癒了大半之尹明坤！

待凌允昇向諸長輩拱手作揖後，立將隻身前往無名湖之經歷，甚而衝開逆向經脈之經過，詳細描述了一番。一旁聽聞之孮大師，突顯了欲言又止貌，待允昇再述及於何思鎮遇上諸多怪象後，孮大師深吸了口氣，飲了口清茶，說道……

「老夫作畫已逾一甲子，令吾難忘之美景，不勝其數。然『直上青雲』一作，實乃老夫紮營北江津漣山，經各處取景相較後，最終採一遠望斷崖之作。然此往事之一段插曲，老夫將之留於另一畫作中。」話後，孮于巔要求仇正攸，取出當年收藏其一畫作。待仇於地窖中取出後，孮老立將該畫作展開，隨即指出，眼前畫作乃「直上青雲」之另一角度取景。大夥兒聽聞後，立馬上前一步，個個輪番端詳，居中仍不忘讚嘆此作之畫工獨到！

孮大師問道：「在座諸賞者，可有覺察怪異之處？」

對文字筆跡頗有研究之暨酆提到，曾訪問過中州御劍山莊，見過孮老之「直上青雲」；若依運筆力道作為比較，眼前畫作之筆法……略顯膽怯！一旁凌允昇於端詳之後，直表眼前之斷崖畫作，不僅呈出瀑布交混著雲霧，更配上左下瀑布濺起之水霧，煞是舒服；唯獨一處之處理，稍有格格不入之感。

仇正攸急忙岔話道：「阿昇啊！琮大師下筆有其道理，可別……」

「哈哈，畫作亦屬記錄之一，凌少俠憑感覺視之，直說無妨。」琮老說道。

允昇指著畫作表示，水霧旁，琮大師以岩塊作為陪襯，但諸岩塊之中，為何有一類於柱狀之短弧線，此與其他岩塊於朦朧中之稜角，甚難匹搭，不知大師是否另有其意？

「哈哈哈，凌少俠觀察細膩，爾所指之突兀，正是老夫欲提及之昔日往事！」

琮老理了下思緒後，道：「約莫十二年前，老夫本於斷崖上作畫，後因斷崖旁雲霧甚厚，遂改往他處遠觀斷崖。孰料下了斷崖之後，已見金烏西墜兔東升。然於瀑布衝瀉下之泉水池旁，突見一近似白色之柱狀物，漂於池上，一會兒浮，一會兒沉；待吾好奇走近，發覺此乃一非常厚實之結凍冰柱，之所以用厚實形容，乃因其浮於水上部分，幾不透明。當下因好奇心驅使，遂試以粗木枝將其搆近，惟當冰柱滾來，此冰柱原朝水下之一面，突然翻滾而上，霎時驚見冰柱內凍著一年輕身形、鬢鬚髮膚蒼白之人體，且雙手疊置於胸膈處。剎那間，吾之魂魄幾乎散去大半兒，隨即拔腿狂奔，不甚一個滑步，跌昏於樹林之中。翌日清晨醒來，竟發現了遠眺津漣斷崖最美之視角，該處亦是老夫完成『直上青雲』之處。」

琮老接著說：「然於作畫數日間，心情浮動，一如冰柱讓瀑布飛泉恣意拍打著，且因該冰柱一浮一沉地漂著，始終無以成就一滿意畫作！一日醒來，一陣訝異，放眼竟不見那冰柱形影！待趨近水霧一瞧，始知山泉瀉下，於某個流動角度，能讓水上浮物滑入流往他處之河道。當下即想著，倘若此物能流向山下，經人發現，官府人員即可接手辦查。自此之後，老夫寬了心作畫，不出一日時間，即完成了得意傑作……直上青雲！」

「那冰柱是否真被官府人員發現？」尹明坤問道。

孫老搖了搖頭，說道：「這事兒老夫並無深入追究，直到若干年後一日，老夫欲再尋得人間淨地，藉以再創水墨創作之顛峰，因而看上了北江無名湖！此湖始於地震所成之堰塞湖，依理推知，此湖恐因山泉持續灌入而有潰堤之虞！然大自然之奧妙，竟出現了個會移轉的冥懸島，化解了山泉直灌堰塞湖之險，亦讓老夫發現了無名湖倒影之美；而後依舊以紮營方式，藉以覓出無名湖之最美視角！孰料，一連數日之凜冽北風來襲，凍得老夫無法研墨作畫；約莫匿於帳內三日後，見風雪暫緩，甫遇作畫時機到來，怎料若干普沱江上游浮冰，竟於碰撞推擠下，莫名漂入了無名湖。」

孫老再飲了口茶，稍顯激動道：「別人見浮冰漂移，可當美景視之；而我孫某人再遇浮冰漂來，心裡可是五味雜陳，直打哆嗦。結果……眼前所見，異於上回，只因未見著柱狀形之浮冰。但是……當見最大之一浮冰漂到了湖中央，竟如船隻被大洋吞沒似的，見冰之一頭陷入湖面，另一頭則翹起，而後緩緩地沒入湖中。然而正值該浮冰翹起剎那，又……又……又……讓吾給瞧見，一人形凍於冰塊之中，且於冰塊完全沒入湖前，又見其雙手疊置胸膈模樣兒。見狀當下，兩腿發軟，四肢厥逆，倚著竹林，癱坐於湖旁許久。翌日，無名湖心開始結凍成冰，並緩緩地向外延伸，直至完全結成厚實冰層而止；換言之，欲待之湖面倒影，已成追憶！見狀當下，瞬間直覺，此乃天意，或許老天不允孫某以筆墨攝景，進而以金錢交易墨作，推助達官顯要奢侈炫耀之風吧！」

「真有這樣的事兒？」允昇頓時臉露詫異，仔細回憶後，道：「攸叔，允昇那一夜全身發熱，並於無名湖心……猛然將過剩之能量推出，是否會……？」

仇正攸緊縮著眉宇，道：「世間事出，必有因果。佟圳橫屍於無名湖央之凹陷池中、神秘人的出沒，與一切發生於湖中央之過去和現在，應有所關連。只是……允昇可留有神秘人之明顯特徵或印象？」

「神秘人身著黑色斗篷，允昇本有機會與其正面對擊，甚以草菅人命之妖孽稱之，惟聞其表明：當下狀態尚不足完全撐起肌皮，以致外貌不揚，算是個妖沒錯！」

仇聽聞後唸道：「此等特異角色，不知是人？是妖？怪了，此神秘人尚於娘胎嗎？還得等他成形不成？然此事件前後隔逾十載，欲理出是否有著關連性？恐怕是件棘手之事兒啊！」

然此時刻，靜思一旁的暨酆先生，撩起鬍鬚，低沈說道：「依琮大師所述年代，似乎正是暨某擔任北州刑部確案官時期。當時北州諸多案件，須經暨某審閱提簽後，始得以結案。憶得過往一離奇案件，描述北江清軒城出現一陰風奇人，之所以如此形容，乃因此人體溫低於常人，且摧絕人命之手法相對奇特。此人不僅將經營全尹堂之姚尹堉夫婦，創擊成重度殘廢，且出手擊潰當時圍捕軍兵，甚因一掌擊中領頭之江乘軍長，竟使其化為碎石礫，最終北坎王領兵將其圍於津漣山上，見其於牟芥琛面前，躍下津漣山斷崖。事件發生後，因當地突發風雨，氣候惡劣，以致符戩總管苦尋不著該人之屍首，事隔多年，時至暨某離開確案處，依舊未簽下此案之終結書。倘若此人真有陰寒神力，瞬間自我啟動冰凍護體，諸事衍生，不無可能！」

琮老說道：「對照暨老如此一說，常人墜落山崖，與死神拔河時，哪兒能從容地將雙手疊置於胸膈處？冰凍護體一說，確有可能。再說，天地之大，一跨逾十載之事件，對上凌少俠日前所遇，竟是同一區域，同一湖泊，且同是湖之中央。針對此二事件，老夫已不以巧合論之，而可視為同一事件之始末看待！」

「暨前輩，既然曾是您經手之離奇案件，不知該案所載之主角，可有留下任何名號？」尹明坤問道。

「憶得當年該案件由符戩總管執筆，惟北坎王囑咐，為免節外生枝，若無法結案，即朝著無名奇案帶過，符戩總管遂以陰風奇人代之。惟因一次閒談中，符總管不經意地提及此事件，並順口說出了此陰風奇人即是過去嵐映首俠……寒肆楓！」

「是他！寒肆楓！」凌允昇露出驚愕表情並驚訝道。

仇正攸立馬接話道：「哦……是那由龍武尊管束的寒肆楓！欸……阿昇啊！爾乃依常真人之關連，進而成為龍武尊之徒孫，寒肆楓這等邪門歪道，不是啥好東西，大可不必與這人連上啥關係啊！」

「倘若凌少俠所遇之神秘人即是寒肆楓，往後中土五州恐將難以平靜！」暨酆又說：「之所以如此形容，實因暨某此回中州之行，聽聞中鼎王談起過往於臨宣城所發諸事兒，雷王欲藉暨某之『一字推測』，以測其子雷世勛之未來。憶得雷王描述過程中，提及寒肆楓本欲於臨宣刺殺中鼎王，卻陰錯陽差地造成摩蘇里奧之子喪命。諸位想想，寒肆楓倚著仇恨，鎖定某人之命，未達目的，絕不歇手。依此而論，倘若中鼎王仍是寒肆楓鎖定之目標，那中州未來如何？套句醫經所言：**水腎為先天之本**，**脾土為後天之本**。中州歸屬五行之土，這後天之本若生變，其他臟腑何以取得水穀精微乎？」

這時，天空一如黑幕遮天，烏黑一片，「嘩嘩……沙沙……」立聞雨水聲響漸大，隨後更見窗外雨勢轉強。眼下略顯憂鬱之凌允昇，看著窗外唸道：「經諸前輩之種種推測，倘若允昇於無名湖之內力爆發，因而震醒了冰凍護體中之寒肆楓，一如神秘人所提：『我倆對立之身擁內能，與日俱增，當下若不做一了結，將來之逆向衝突，即是我倆於天地間之定數！』換言之，為穩住五州後天之本，我凌允昇勢必於寒肆楓壯大之前……將之封印！」

仇正攸立緩下氣氛道：「阿昇啊！甫進門時，聞爾蒐羅了宋世恭不少疑點，適值尹老弟狀況好了些，要不藉此剖析宋世恭，是否真有犯罪跡象？」此話一出，孮、暨二老隨即瞠目對瞧，顯出驚訝之貌。

凌允昇自窗邊靠了過來，隨即描述了自何思鎮以至符戩急訪宋世恭官邸之經過。攸叔一聞莫乃行借調堅防軍兵，即知大事不妙。這時，允昇一回身，拿出了宋世恭贈予之革製飲壺，暨酆一見其上烙著三座山脈，立馬認出眼前飲壺，實乃北川小女匠雩婷之作品。允昇知悉後，說道：……

「經暨前輩一提，符合了尹兄弟先前所述，宋世恭的確喜號雩婷之製品，但允昇直至離開官邸時，僅見得此一革製飲壺，惟其皮質之柔軟感與散發之味道，異於官邸藏室之所見所聞。然依霍翔軍長表示，整理入櫃之皮革製品，皆出自於北川順行號；而尹兄弟之好友廖亭光，其急著將兩大袋皮靴送至官邸，憶得當時允昇送他上馬，嗅得之皮味兒，依舊是順行號所製。試問，既有欣喜之巧匠製品，卻始終購入他廠之產物，並大量存放於藏室，不符邏輯！再則，聞霍軍長欲將一疊疊皮革，運到其他鄉鎮加工，何思鎮亦是其中之一；然於允昇留宿何思鎮期間，為何不見鎮上有皮革製品呢？反倒於及時頂住運車時，由裝著煤炭之麻袋中，嗅得皮革味兒嘞？」允昇又說：「天寒著上皮件，可阻風寒透入，既能阻擋風寒，自能阻隔氣味；有心人若不想讓人嗅到某物，即可藉皮革作為隔絕之用。待允昇於官邸整理期間，發現眾多官邸藏室之皮靴裡，內藏有夾層，甚見多數皮靴之底座，實乃空殼兒之製品。」

「原來，可以利用內夾層與空底座，裝填違禁物，即可躲過北州各關卡之嗅犬查驗。倒是……那麻袋兒有皮革味兒？何以解之？」孫老疑問道。

允昇推斷指出，宋世恭藉皮件掩護而闖關，值貨抵北江後，先藏於境內某處，再將一張張皮革交由鄉鎮婦女，將皮革縫入麻袋中，使其成為袋中袋，如此即可藉由煤炭出貨，暗藏禁物而運入東州。

「真是老奸巨猾之商賈，不知其已藉此方式，運了多少見不得光的東西？」仇搖頭後又道：「宋世恭城府甚深，其欣賞那烙印山脈之革製品，亦是另有目的的！」

「攸叔！此話怎解？」允昇問道。

仇正攸說：「製出那精緻皮革飲壺者，名曰雩婷；姑且不談其手藝，此一女子可是北州新上任軍師，人稱釋星子的惲子熙之養女啊！記得一回與北渠葉啟丞縣令茶聚，始知宋世恭欲藉雩婷這條線，拉攏與惲子熙之關係。呵呵，就算拉攏成了又如何？此回若遭人贓俱獲，天皇老子也救不了他呀！」

「雩婷與惲子熙？哦……原來還有這般連帶關係啊！」允昇點著頭說道。

一旁的尹明坤突然提到，「不知造訪過何思鎮之凌少俠，能否解釋廖亭光先前所述及之『醬天星』與『醬殼仁』？真如咱們所猜測，是種藥品代號？」

「呵呵，聽攸叔說過，上了何思樓之露台，能使人產生諸多聯想。當允昇處於鎮上廣場時，曾與一位長年於北川南部做生意的大叔閒談，經其特殊口音，致使允昇於露台上聯想到，廖亭光亦是去履順城南搬運倉貨，所以應同於允昇一樣，被當地口音給混淆了。所謂『醬天星』與『醬殼仁』之醬音，其實就是江水的江字，所以『醬天星』與『醬殼仁』應是指貨物將運往北江縣。至於天星與殼仁，據吾推敲相關發聲，隨即聯想到尹兄弟曾說過，宋縣令曾生下一對孿生姊妹，雖不幸夭折，卻已取好了一曰甜心，一曰可人之名字，故甜心二字可對上天星，那殼仁即是可人了！」

攸叔接話道：「若依允昇這麼解釋，那宋世恭以甜心與可人所命名之兩艘遊船，極可能是藏匿貨物之處，更因其屬宋縣令之私用船，故可享有特殊待遇，免受北州水師軍驗查，而直接將貨物運抵北江縣。嗯……宋世恭行事極為謹慎，任何可利用之環節都考慮到了。」

這時，暨酆先生發了聲：「實不相瞞，昔日之宋世恭，曾是暨某授課之學生，其為成就一事兒，事前之鋪陳功夫甚為細膩，此乃其他學生不及之處。老夫亦曾受邀，登上了宋之遊船，但以其窄版之船身，其內多為舒適坐臥之設計，甚難想像能成為運貨之工具啊？」

「暨酆前輩所言甚是。據允昇於鎮上認識一友人告知，宋世恭已將甜心與可人二船重新整修，並將兩船合而為一，已成一艘雙船身之寬版大船了，有了這般設計，多出了更多寬敞的空間，若將禁物藏匿於此，直可言，此乃可移動之堡壘啊！」

「這下可糟了！」尹明坤焦躁地說道：「甫聞凌少俠離開官邸時，遇上了軍機處之符鐵總管急訪，又說機察處莫總管已向軍機處調兵；依此得見，心思細膩之莫乃行，或已察覺宋縣令之不法，遂前來北江查案了！」

琮于巔嘆了口氣，「唉……人在江湖，身不由己！宋縣令為著博取北江居民支持，刺促不休，案牘勞形，雖不見其招權納賂，但阿世徇俗，鋌而走險，終成千古之恨！」

「唉……宋世恭尚知顧及北江居民，為不讓北江淪為毒害區域，遂將禁貨轉出。然為官者本應為民查緝違禁物，卻轉為經手之角色，亦為法理所不容！」暨酆先生感慨後，又說：「暨某已與惲子熙先生相約北渠一聚，惲先生亦是為著反轉北州於中土之頹勢，挺身出任北坎王軍師一職，暨某至感佩服。然眼前已聞莫乃行將調兵前來，倘若此事兒處置不當，吾擔心宋世恭或將狗急跳牆，強率縣衛軍兵，反抗軍機處堅防軍，如此內亂先生，無疑對惲先生為北州之變法，增添了變數！」

聽聞琮、暨二老感慨之言，凌允昇隨即起身，嚴肅說道：「依眼下情勢而論，為了將變數降至最低，惟有趕在莫乃行帶兵抵北江前，先找到白粉藏匿之處；若能將之搗毀，即可讓莫乃行查緝之舉，僅為一搜查行動而已。倘若查無任何禁物，中央與地方產生逆向衝突之機率自然縮小。換言之，允昇得跑一趟二水港了！」

「摳……摳……摳……」忽聞一陣急切敲門聲傳來，待僕人開門後，見一遭大雨淋濕的小伙子爬了進來，立道：「仇神醫，我……我是阿光啊！不……不好啦！宋縣令本令阿光前來，速請仇神醫前往官邸為宋夫人診治。怎料阿光才上馬，即聞宋夫人因呼吸困難，氣絕啦！」

這般突來消息，霎時震驚在座，仇正攸直覺指出，應是毒癮發作而猝死。待阿光更換濕衣後，僕人隨即送來薑湯，使其得以溫中去寒，此一舉動，瞬讓未曾被服侍過的阿光，心生一股莫名感動；接著再見到拄著枴杖，病情已好了大半之尹明坤，更覺到木宅屋中的溫暖，不禁唸著：「真希望能調來這兒工作，該有多好！」

「阿光啊，又被調到哪兒幹活去了？怎麼一臉疲憊樣兒？」阿坤問道。

阿光飲下薑湯後，說道：「是這樣的，近來夫人身體一直不穩定，宋爺遂取消了搭船前去東州之行程，而阿光則被指派隨船押貨到東州去，原以為到了東州將有專人卸貨，到了那兒才知，此趟乃於普沱江上，將一個個木桶搬於另一漁船上，接著再駛往岸邊，將厚重的紫檀木櫃搬上我船，而後運回二水港交予霍翔軍長。」

「倘若對照凌兄弟之說，這活兒應已是幾天前的事兒了！」阿坤道。

「是啊！回到二水港後，阿光又被調去宋爺遊船上刷漆，聽說宋爺將以遊船會晤東州官員，哪兒知道，勞於甲板上那幾天，陽光之烈，真是要命啊！」

凌允昇聽聞後，立馬疑道：「經廖兄弟這麼一說，押貨前去東州的船隻，並非宋縣令之遊船囉？」

「不過是體型大些的漁船罷了。」阿光點著頭兒回道。

「依此推斷，凌少俠可不必跑二水港了！」琮老接續表示，現今船上空無一物，再因宋夫人事出突然，宋世恭勢必延後會晤東州官員，故未來數日，這遊船應是滯留二水港，就算有人要查封二水港，應也覓不著任何可疑物。若真有不法之物，也早於廖兄弟這班船運走了，此時前去二水港，應是白忙一場。

仇正攸扼了個腕，「唉呀！阿昇兜了一大圈兒後，甫解出啥是醬天星？醬殼仁？那……那現在什麼星兒？什麼仁兒？都沒了，北江縣說大不大，說小嘛……亦不算小，阿昇要上哪兒去找禁物之藏匿處啊？」

允昇拍了拍攸叔肩膀，「也罷！倘若莫乃行也猜測到遊船可疑而前來查緝，不妨順著眼下情勢，直讓莫乃行查緝之舉，猶如一次臨時搜查行動，尚不致有衝突發生之可能。」

「沒準兒莫乃行之情報，異於咱們所推測，不通情理之莫二少，可是會直接強押辦人的！想想這時喪偶的宋世恭，會不會因此發狂亂咬？」仇正攸憂心道。

許久沒出聲兒之暨酆先生，闔眼靜思一陣，隨後嘴角微微上揚，撩起鬍鬚，對著大夥兒說：「呵呵，老夫大概猜出了藏匿地點了！多虧了凌少俠找出了鄉音這線索。」

正當大夥兒相互對看，或是驚訝，或是納悶兒之際，暨酆先生隨即提筆指出，若依照字音之推測，這天星所指，確實是「甜心」，而殼仁則是「可人」沒錯，但以宋世恭迂迴之思維，遊船之名號，僅是個幌子而已。若依字體之拆解，這甜心即是「田」、「心」之音，而「田」字合以「心」字，即可成為「思」字；同理可推，可人二字即以「人」字為邊旁，合以一個「可」字，即可成為「何」字，換言之，真正之藏匿處，即是孮老與仇神醫之老家……何思鎮！

塹龍居士如此一解，霎令孮于巔與仇正攸互瞧了一下，接著異口同聲道出：「嗯……有理！」

「何思鎮能儲藏貨物之倉儲不少耶！欲逐一搜查，尚得費些時間，要是我阿光沒事兒的話，一定幫大夥兒去瞧瞧。」

凌允昇想了下，道：「若真如曁前輩所推，允昇只好再訪一趟何思鎮了！」

「若是藏在何思鎮也好，至少不會再是無名湖，那兒冰層已破，應該藏不了東西才是。」仇瞧著窗外又說：「外頭這麼個大雨滂沱，欲前往何思鎮，也得待明兒個雨歇歇再說吧！」

翌日，甫逾辰時，屋外瓢潑大雨仍不見歇，阿光須趕回岌砭城，遂先行上馬奔離。然於屋裡來回踱步之凌允昇，肩膀忽受孮大師一拍，聞其話道：「老夫一生痴於作畫，膝下無子，今見家鄉有難而無以回鄉盡力，頗為慚愧。見到凌少俠能為北江憂心，老夫甚為感激。」

「前輩，快別這麼說！眼下何思鎮所面臨之問題，除了查清宋縣令之行徑外，尚有因允昇發功而甦醒的寒肆楓，還有……還有就是允昇擔心之……無名湖！」

「無名湖又怎麼了？」攸叔發問道。

「自從聽聞佟圳大夫成了該湖浮屍後，允昇即想著，此湖已非如過往之完全冰封，倘若陸續化為湖水，再瞧瞧外頭這般大雨傾盆，這無名湖可是一堰塞湖啊！是否威脅到何思鎮之安危？所以，與其於屋內踱步，倒不如即刻前去鎮上瞧瞧動靜。欸……雨緩些了！嗯……就先這麼辦了！」

凌允昇話一說完，拜別了大夥兒後，一躍上馬，俄而穿梭於細雨紛飛中，直奔了何思鎮。然此時刻，允昇內心五味雜陳，宋世恭是否不法？確實待查！惟允昇不免忐忑著孮大師所述，是否真因自個兒之經脈內能釋放，喚醒了寒肆楓？倘若真是如此，未來該如何面對？忽然……

「趴……趴……」樹林間突傳來一陣凌亂聲響，允昇瞬覺有異，隨即匿入樹叢，隨後即見一隊身著深色軍裝，十來騎兵在前，數十衛兵於後，行軍於泥濘山徑之間。此幕不禁令允昇疑到，「能身著軍服，行軍於北州境內，應是北州之堅防軍。莫非……真是莫乃行所調動之軍隊？不過，見隊伍朝著岔路右側前進，應是朝著二水港的方向沒錯，看來莫乃行也懷疑到宋世恭之遊船了。嗯……我得掌握有限時間，一旦此軍隊於撲空後回往了何思鎮，一切為時已晚！」

一陣奔馳後，回到何思鎮之凌允昇，直接來到吉良叔住處。入門後即發現，良叔正裹著棉被，蜷臥床上，發著虛弱聲音：「凌少俠啊……你來啦！近幾天來，這兒入夜後大風大寒，合以連日大雨滂沱，鎮上的張伯、黃叔，甚而幾位鎮上大夫，接連身感不適而倒地，吾也躺了幾天了，只覺得身子一直發冷，乾嘔，腹痛且食穀不化即利出啊！」

凌允昇聞後，見著良叔緊裹著厚被，腦門上冒著冷汗，倏而捋起良叔袖口，隨即觸得**脈微欲絕**，但見**其面色赤**，**裡寒外熱**，**手足厥逆**，**且下利清穀**，**並腹痛**、**乾嘔**。霎令允昇驚覺到，「這是**少陰病**！是**少陰寒化證**中之**陰盛戴陽證**！其面色赤乃**陰盛於內**，**戴陽於上**之表現；再說，**足少陰經脈**從足走腹，由於**腎陽虛衰**，**陰寒凝滯**於經脈而生腹痛，當寒邪上逆犯胃，遂出現乾嘔。看來這回得用上**通脈四逆湯**了！」

接著，允昇加重了**四逆湯**成分中之**生附子**和**乾薑**之用量，即大枚**生附子**，去皮，破八片，再將**乾薑**用至三兩，加**甘草**二兩，即成傳世名方……**通脈四逆湯**！再因病患面色呈赤，故外加**蔥九莖**，藉以交通上下，通達陽氣，以水三升，煮取一升二，去滓，分溫再服，以藉此湯劑，行回陽救逆之功。

待良叔脈象回穩後，允昇走上了鎮心大街，立見研馨倉皇奔來，心急說道：「一直沒遇著允昇哥，故急忙奔來告知吉良鎮長。惟因近來大雨不歇，今早刻意上了趟無名湖，發現湖中之冰層已完全溶解，而冥懸島本可藉其移轉，調節河流水量，怎料雨水造成河水湍急，使河水有灌入無名湖之可能！為此，我鎮北居民已開始強固堤防，研馨更及時前來通知鎮長，呼籲居民先行疏散，沒料到鎮上若干人家似乎都病了，且畏寒得厲害耶！」

允昇立表明了鎮長亦遭外邪襲身而病臥，隨後又說：「研姑娘，先帶我瞭解鎮上病況，務必搶救病邪已循經侵入**少陰經脈**者。惟醫經有謂：『**少陰急溫如救溺然，陽明急下如救焚然**。』吾先以內力為病患溫陽散寒，爾接手以**艾葉**為其施行灸術，而後咱們再朝鎮北瞧瞧。」

凌允昇以其體內真陽，分別灌入**少陰證**患之背脊柱第五棘突旁開寸半之心俞穴，與第二腰椎脊突旁開寸半之**腎俞穴**，直接溫陽強心，祛**少陰經脈**之邪；再由研馨以**艾葉**灸其背脊柱第三棘突外開寸半之**肺俞穴**，以藉**太陰經脈**推動體內肺、腎二臟交通之氣。

允昇為著如同良叔一般之**少陰寒化證**者，先化去其裡寒，後開出對證藥方。然於診治過程中，確見諸多婦女於居處中從事女紅，並從中發現許多麻布袋裡，確實多縫了一皮革夾層，瞬間覺到，「果真如我臆測，看來宋世恭之狐狸尾即將現形！」

時間一晃而過，囂張之北風又將黑夜拖出，允昇與研馨又回到了鎮心大街，這才發現，二人已立於何思樓不遠處。

「嗖……嘯……」一道怪異凜風突向凌、研二人襲來。「哇！多刺臉的風啊！近來鎮上這般怪風真多。」研馨話出後，對此風甚為敏感之允昇，突轉嚴肅，似乎已嗅到了熟悉之異常凜冽氣息！

「研姑娘，吾因診治病患而延誤了一事兒待辦，這麼吧！爾先騎上吾馬，並多帶些**生附子**

與乾薑回鎮北備用，若再遇少陰證患，記得如吾之辨證論治，待允昇辦妥了要事兒後，立往鎮北齊力強固堤防。」

研馨離開後不久，鎮心大街又漸趨黯淡，風漸威，寒漸強，一股詭異氣氛由何思樓緩緩透出。霎時，凌允昇一轉身，立見樓前石階上佇著一熟悉身影，不禁喊道：「鎮上發生諸多少陰寒化證患，想必是閣下之傑作吧！難道……爾感受不到世間溫暖？何以如此陰陽怪氣，一味捉弄世人？此等行徑令人髮指，天理難容啊！」

神秘人緩步走下石階，冷冷地回應道……

「呵呵，世間溫暖？那是啥玩意兒？然而追憶過往，當吾正值親情照護時，父親遭當眾行刑，藉以殺一儆百；母親病魔纏身時，為請大夫為娘治病，典當所有，吾娘卻命喪庸醫之手；年廿四後，體質漸趨陰寒，盡遭世人以妖孽視之；吾妻身孕而罹患病重，亦因庸醫草率，令吾接受一屍二命之殘酷打擊，這是何等世間溫暖？哼！可笑。然於萬念俱灰之下，選擇離開此天地不容之世間；孰料，再能回到陽世，卻讓吾身不成影，體不成形，此乃吾該有之命運嗎？不……吾之前半生已遭命運捉弄，這回……吾將掌控一切，天地由我！」

神秘人又說：「人之溫陽真氣，無益於我；而陰衰陽脫者之魂魄，卻能益吾收斂陰氣，助吾成形。上回閣下本可了結我，惟經數日來之收斂回復，加上少俠多心地耗費真陽，替人療祛逆寒，呵呵，或許……今夜即可滅了爾之三陽脈氣！」

凌允昇自知耗了真陽，遂拖延時間以儲備內力，立回應道：「聽了閣下之上半生，命多乖舛，值得同情。然經閣下闡述過往，莫非閣下即是十多年前，江湖俠士所敬稱之嵐映首俠，亦

是自北州津漣山斷崖一躍而下之……寒肆楓？」

「哈哈哈，能自體發出三陽經脈真氣，即知爾是個角色。沒錯，吾即是還陽重生之……寒肆楓！」此話一出，寒肆楓緩將斗篷之頭罩向後褪去，剎那間，見其披肩之白髮，雪白之面容與雙手，對照其身披之深色斗篷，煞是對比。

凌允昇甚為驚愕道出：「你……你……除了白了鬢髮，模樣兒卻毫無老化，果真冰封大法，令爾逆齡？」

「怎知吾之模樣兒沒變，難道……你曾見過我？」寒肆楓面顯狐疑地問。

「十三年前一日，允昇與父親歇腳於中州建寧城盛隆客棧，當時即見閣下與狼行山入了客棧，閣下散發一身莫名寒氣，令當時年幼之允昇相當好奇；孰料，時隔十餘載，寒大俠雖容貌依舊，惟心性已非同以往。倘若大俠能感念蒼生，在下以三陽之氣，或許能化去您身上過盛之陰寒。」

「哈哈哈，笑話，真是笑話！當年嵐映湖之龍武尊都壓不住吾之陰寒，你算什麼東西？吾所練之至陰神功，令吾延壽不老，要不少俠放棄爾之陽武神功，歸我門下，如何？爾應知曉，原本大地生出可溫陽之**桂枝**與救逆之**附子**，但世人卻為求得速效，漸趨否定了天然救藥，日久月深，一旦發覺自體溫煦失司後，何以敵我寒肆楓？甫已表述，重生後之世間規則，必歸我管。凌允昇啊凌允昇！你是聰明人，等你年邁了，陽氣虛了，終究不敵吾之風寒侵襲啊！哈哈哈！」

「世間生命本有限，知恩、感恩、報恩，進而知福、惜福、造福，才能使生命充實而有意義。一味吸取他人以延續自己，此乃邪魔之道，萬不可取。我凌允昇慶幸能有祛邪診病之技，一生戮力讓天下蒼生知悉，強固自體之三陽三陰經脈，六淫外邪則無以恣意妄為！」

「讓蒼生知悉？有多少人幫你啊？呵呵，多愚蠢之想法！看來，爾之年紀，尚不識凡人之惰性啊！好……好……既然凌少俠不能歸順，不妨先將絆腳石給剷了，免得將來礙我事兒。喝啊……」寒肆楓甫一完話，蹬躍而起，俄而使出雙手外刷之勢，兩道疾厲之風，眨眼颮向對手，更於翻飛落地後雙掌齊出，推出一白熾光團，倏朝允昇而來。

允昇見狀，後傾身軀，立採前箭後弓馬步，轉肩向右，以左側肩膀頂住兩道強風，咄嗟運起雙手之**太陽**、**太陰**經脈真氣，雙腿挺出，領身前傾，瞬轉為前弓後箭馬式，雙手握拳，由軀體右側集中真陽內力，惟聞震喝一聲，猛將雙拳推出，兩團橙光之氣，應聲而出，迎面對衝白熾寒光，轟的一聲，兩造互逆衝力，瞬向四方震出，不僅將寒肆楓反震回石階之上，亦讓仗著**足太陽經脈**於腿部正後支撐之凌允昇，直退數尺而止。

寒肆楓出招後，驚訝覺到，「此乃甦醒後積斂多日之內能，並精進摩蘇家之『集光陰氣』後，自成之三重至陰，竟不能擊潰眼前使著經脈武學之小伙子！再說，凌允昇如此一擊，乃於耗掉部分真陽救人之後所發；換言之，若以原儲備之能量，那不就……不行，看來得積極朝第四，甚至是第五重之『冥褰陰寒』邁進才是。」

允昇亦覺到，「好厲害呀！寒肆楓重生不過數日，即能成就如此功力！見其一坨寒光，震得我汗毛孔都快結冰了。方才若非耗掉真陽救人，以我**足太陽**、**太陰**之力，應可穩住不退才是；倘若寒肆楓之能量再衝高，吾恐非其對手。不過，年輕即是本錢，吾之元氣回復速度，應勝於對方許多才是。倒是，寒肆楓冰封了十餘年，其外形雖未衰，其體能依然保有過往一般嗎？不，

不對！甫聞其說過，陰衰陽脫者之魂魄，能助其收斂陰氣，換言之，寒肆楓啟動冰凍護體時，體質已非常人，眼下須靠收斂外來陰氣以成就神功，所以，其積斂了數日能量與我一搏，若沒將我擊倒，便耗去其內能。好……衝著這一點，就以陽熱來化爾之陰寒，來吧！」

寒肆楓仰天吸了口氣後，雙腿一蹬，倏自石階衝下，旋即與凌允昇拳腳相向；三招之後，二人雙雙後翻，再次呈出對峙之勢。這時，寒肆楓併合了其食指與中指，一如對上丘馳一般，將寒光自雙指尖透出，形成了柄約一尺半之冰凝劍，說時遲那時快，寒肆楓持劍疾速前移，直朝對手出擊。

允昇不疾不徐地熱了雙臂經脈，心想，「丘馳之凝關冰劍是冰，寒肆楓之冰凝劍也是冰，兩冰對招，靠的是摩擦與剉刺，而吾僅須閃過對方的冰尖與刃處，而後此兵器之於吾，處處是弱點，好……就這麼辦！」

然而，允昇雖有一套應戰想法，惟眼前之出劍者，亦非等閒之輩，隨著對手接連出擊，不出五招，允昇之衣袖已被削去一塊，眉尾近絲竹空處亦遭劃破，隨後漸生肌肉僵硬之感；原本能閃過之招式，皆於招式之末段中招，令允昇不禁覺到，「原來這傢伙能凝人血脈，凍人肌肉！好……不妨釋出周身分布最廣之足太陽經脈熱能，究竟是爾能凍人？抑或吾能融人？」接著，允昇雙拳一握，將真氣引向身背，「嗡……」之一震聲，一外釋之熱能，霎時形成一背部防護罩，隨後使出正面抱腿前翻之勢，疾速旋轉，猶如溫熱之飛輪，倏向對手衝去。

果然，而後之五招，寒肆楓不耐熱輻連照，額頭開始出水，為不讓對方持續熱攻，速速揮出風寒相結之冰霜氣，欲藉此覆蓋對手身背經脈，且於對手閃身之際，使出〈冰凝疾刺〉之式，直接刺向敵對瞳孔，凌允昇瞬間閃避不及，結果……

「咔……」之一聲脆響發出，驚見寒之冰凝劍，應聲斷於一霎！原來，凌允昇情急之下，以手追劍，及時以其手拇指與食指，捏住對手冰劍劍身，惟因允昇之**手太陰**脈氣極盛，此脈自上臂經手腕之**太淵**，連通掌緣之**魚際**後，直衝拇指爪甲邊之**少商穴**；再配合**手陽明**之脈氣，經食指之**三間**接上**二間**，直抵指前之**商陽穴**，以此二指尖匯集之熱能，瞬間化斷敵對之冰凝劍。然而允昇雖解去眼前危機，卻於斷劍剎那，遭寒肆楓一記寒霜掌擊中胸口，此掌之威，瞬令允昇後飛數十尺之遠，直至撞上街旁一生鏽鐵門而落地。隨後即聞「嘩啦……」之聲響，伴隨大雨急傾而下，允昇以手撫胸，驚見臉頰呈顯塌陷之寒肆楓，俄頃轉身，將斗篷頭罩戴上後，倏朝石階提步，緩緩上移，直至完全消失於滂沱大雨之中。

當下，允昇撫胸自覺到，「胸口所受掌擊，雖見力道，卻不見掌中夾寒，這魔頭應已耗去了大半內能，以致影響了原來成形之儲能，否則以其招招陰寒至極，怎會就此罷手而去？嗯……寒肆楓所擁之陰寒神功，亦是種能量之釋放；眼下其所耗逝之內能甚鉅，暫無多於氣力騷擾百姓，甚於短時之內，恐得利用冰山雪地之寒，相抵吾間接留於其體表之熱才是。」

「欸……這是哪兒嘞？」允昇瞧了下四周，才發覺被寒肆楓一掌打入一破舊倉儲，倉儲內僅置些舊式層架，一如空室蓬戶，周遭不現一物。待點燃餘存油燈，允昇這才恍然大悟到，「原來此即研馨曾述及，一座近於何思樓之老舊倉儲，瞧那鏽斑密佈之鐵製大門，真是不堪一擊，再見著層架上鋪著厚厚塵灰，確知此處已荒廢許久。不過，地上怎會有滾輪痕跡？這倒令人百思不解啊！」然於此刻，遇上外頭這般滂沱大雨，又值對擊後之真陽耗損，致使凌允昇暫時利用此一無人打擾之倉儲，得以理其體內經脈之氣，待內能回復，續前往鎮北協助。

時屆深夜寅時，此乃**手太陰肺經**氣脈旺盛時刻，允昇身感自體功能已回復水平之上，緩緩睜開雙眼。這時候，一置於倉儲角落之小物，瞬間引來允昇好奇眼光，「那是啥東西？於此四壁斑痕剝落之處，地上怎會有一淨亮之鐵製插拴？相照之下，頗為突兀！」允昇起身上前，藉著油燈仔細一瞧，原以為是支遭棄置之插拴，而後進一步沿著插拴周圍看去，驚覺到，「這是……竟然這倉儲地上，設有一活動層板？如以插拴之淨亮程度，近期應有人使用過才是。」接著於好奇心驅使下，允昇退開了插拴，並將層板掀開，赫然發現，「哇！有地窖！」

凌允昇踩著階梯走下地窖，並將油燈一照，「怎麼？這兒還儲著裝填好之煤炭包？」待允昇來到包袋旁，立取一筷狀物一戳，立見包袋中所流出，並非黑色之煤炭，而是雪白細緻之矇幻散劑，亦是世人俗稱之……白粉！」

「有人將運來之違禁物藏在這兒！無怪乎上頭留著滾輪痕跡。」允昇一陣觀察之後，「原來此地乃貨物暫存之處！但地窖裡放了如此貨量，何以將之運出去？」適值允昇納悶之際，「咦……怎有水聲？」而後循著發聲處，覓得了另一扇門，推開一看，「哇！這兒竟挖了條水道！水道旁尚堆著諸多可密封之木桶！」接著，允昇費了些時間，將設有卡榫的木桶打開，經由內層刻字，始知此乃東州知名木匠齊幸安所設計之檜木桶，其特別之處乃於桶內藏有暗層。

「嗯……我懂了！原來宋世恭藉由北川履順城，將煤炭運往西州，回程時將購自西州之物產，裝入縫有皮革夾層之麻袋，故麻鎮劑等不法禁物，即可藉此夾層、皮靴內層，與鞋靴底座等方式，逐一闖關，待運抵何思鎮後，於此地窖將禁物取出，另裝成袋，再置入檜木桶之內夾層後，直接運往東州。換言之，白粉包隨著木桶丟入水道，藉著水流將木桶流向外頭，若依地勢之高低，估算此水道之去向，這水道出口應該就在……對！在二水港附近！無怪乎欲前往二水港之丘馳，會遇上港埠附近封閉而無以成行；而這段封閉期間，應是將水道口之木桶搬上船，這也符合了廖亭光被調去船上搬木桶。嗯……真相終於大了個白啊！果如暨酆先生所提，宋世恭於事前之鋪陳功夫甚為細膩，再因暨酆先生能點破『甜心』與『可人』即是何思二字，甚為關鍵，否則時間定會耗於查探宋世恭那艘遊船的。看來，宋世恭甫遇喪偶，加上莫乃行已往二水港查緝，短期內宋世恭為免漏餡，應不至動用此水道運貨才是。嗯……我該怎麼做好呢？欸……怎會有燃油味？」

「呵呵，看來我的秘密被發現了！凌少俠果然非等閒之輩！」一人手拿火炬，走下地窖，發出聲音道。

「宋爺貴為北江縣令且受民愛戴，居然逾越令法，從事不法勾當，可知此等不法禁物，將使天下多少人受害！不過，聽聞宋夫人之不幸，宋爺何以於滂沱之夜，前來地窖？莫非……機察處莫總管來查，宋爺想連夜轉移陣地？」允昇疑道。

宋世恭難掩悲傷，哽咽地說道：「內人自喪女之後，情志不定，然因北川沈縣令介紹了來自摩蘇家族之速效痲鎮散，果真速效！孰料內人藉藥痲痺，愈服愈重，終上癮於矇幻白粉！為此，吾已耗費千金向沈爺購毒，再經其慫恿下，建議宋某經手販售白粉於北江，既可獲利，亦可無限供應內人食用。然而見著內人服毒後，每況愈下，遂不忍以白粉荼毒鄉民，故想法子再轉售他地，以尋求財務支出之平衡。過往，吾享受奢華，揮金如土，惟自運毒以來，我宋世恭昧著良心度日，如今內人依然撒手而去，此乃因果報應！適值悲痛之餘，決為自己所為負責。今夜前來地窖，欲為吾之罪孽深重贖罪，故決定於此，以燃油自焚，連帶毀了這地窖，讓此不名譽之事兒，就此畫下句點。」

「宋爺且慢！此鎮建物相距甚近，若不慎引來祝融，恐連帶傷及無辜。然而，能識因果之人，則能自愛與愛人；閣下將毒物轉售一事兒，萬不可取，但見宋縣令不忍荼毒境內居民之舉，尚未泯滅人性。再則，宋夫人之後事，仍須宋爺主持，北江居民之未來，亦倚您雙肩所扛。嗯……不如這麼吧！眼下莫總管尚未來此稽查，宋爺不妨將所儲白粉，分批運往北江各城鎮鄉里，並以緝得不法違禁物之由，一一當眾銷毀，趁勢宣示打擊不法禁物之決心。再說，新上任之北州軍師，將為北州變法維新，於此關鍵時刻，宋縣令依舊得擔綱北州四台柱之要角啊！」話一完，允昇旋即推開燃油，並持起宋世恭所贈之皮革飲壺，以水潑熄了宋世恭手中火炬。

宋世恭心有所感地向允昇深深致謝，惟臨走之前，回頭留了句，「凌少俠若於北江境內需任何幫助，隨時告知宋某一聲！」話後，宋世恭即於豪雨傾瀉中，快馬離開。

聞得馬蹄聲響逐漸遠離後，允昇抬頭一望屋簷，赫然發現，原來上回遇上夜行屋脊之黑衣人，其踏破屋瓦之下，即是這破舊倉儲。兜了一圈兒，允昇欲查宋世恭不法之證物，早已隱於身旁，只是與其擦身而過罷了！

「啊……糟了！如此滂沱連夜，不知研姑娘那兒？唉呀……方才宋世恭才說，若需要幫忙，可向他通報，吾怎忘了提及鎮北堤防未竣一事兒嘞！不管了，先朝鎮北瞧瞧去。」凌允昇披上倉儲內一竹笠蓑衣，並向白天診治過的一戶人家借了匹馬，疾速向著鎮北，飛奔而去。

天色漸趨泛白，惟雨勢仍未停歇。

「哇……凌少俠您來啦！」研大叔接著表示，豪雨連日沖刷，土石已見鬆動，昨夜部分土石流衝下，位於邊旁之豬寮，遭埋沒於一霎，眼下人力皆朝堤防那兒去了，根本無法救出豬隻！允昇聞訊後，斯須奔向堤防，半晌之後，於泥濘坡上遇著了研馨。

「允昇哥，不好啦！甫上了趟無名湖，驚見湖中冰層已完全融去，現已回復成先前之堰塞湖角色。吾循上抵於湖水入口處，由於雨水量過大，當冥懸島左移時，河水隨即加速湧入，依此估算，快則今夜，慢則明天，這堰塞湖將會溢壩，甚而潰堤！」

「走……咱們先去折砍做上記號之竹林！」允昇當機立斷地說道。

砍著砍著，允昇發覺身後方之土石流，已顯出了鬆動現象！「不行，咱們這般速度太慢，稍有不慎，恐遭土石活埋！研姑娘，咱們砍下的竹子範圍，是否已依妳所說，形成一東南向缺口？」

「大雨滂沱且遍地泥濘，欲弄清方向不易，只好依先前記號，見一竹，砍一竹囉！」

霎時，凌允昇運起渾身經脈真陽，瞬將能量匯於雙拳，並要求研馨轉身留意上坡土石是否衝下？接著，藉由砍下竹子之彈力，借力使力，蹬躍而上，隨即喊出威震之喝聲，「喝啊……喝啊……」凌空將雙拳能量一一震出，每出一拳，即如一牛狂奔直衝，六拳之後，約莫數十尺寬之竹林，猶如遭六狂牛摧踏一般，震出了條竹林道來。當下，研馨本以為震聲來自上坡土石滾動，怎料一轉身，即見整排竹林傾倒，驚訝之餘，立馬被允昇拉上竹林旁之松木幹上，一堆堆土石流立馬衝滑而下，俄頃掩蓋了倒下之竹木群。

「天啊！發生了啥事兒？說時遲那時快，竹林倒了，凝土石岩也衝下來了！」研馨驚道。

「好啦！土石流有了流向，將不致直接下衝鎮北了。」允昇又說：「好了，先回研大叔那兒，看能否救回遭掩埋之豬隻吧？」

時過正午之後，虹銷雨霽，雨水暫歇，凌允昇回到了研氏家莊，驚見一研氏鄰人，身患**少陰病**且下利，研馨經允昇指示後，於前一夜予以服下以**蔥白**為主藥，配上**乾薑**與**附子**之**白通湯**，惟服藥後依舊利下不止。允昇見其厥逆無脈，乾嘔而煩，隨即表示，此乃**少陰證**甚重者之病徵；倘若病重而藥輕，遇上邪氣勢力反撲，即可造成「**格拒**」現象，此乃**大寒症施用大熱藥**，或**大熱症施用大寒藥**，體內將偶發「**拒而不受**」之現象。然熱藥涼服，冷藥熱服，有時亦是防止「**格拒**」之應對方法之一。

接著，允昇要求研馨找來**豬膽汁**與**童子尿**，加入原來的**白通湯**藥方中重煎；惟因**豬膽汁**性苦而寒，**童子尿**是味鹹而寒，於**白通湯**之大熱藥中，加上兩味偏寒之藥，則可得一反佐效果，此即醫經所謂「**引陽藥入陰，從其性而治之**」，惟須切記一事，「**服湯，脈暴出者死，微續者生**」；亦即服下**白通加豬膽汁湯**後，脈突然**出來了，此乃人體殘存能量之迴光返照現象**，所以，此象必然要死亡的。反觀其脈**震緩緩出來了，此乃真陽恢復之表現**，其生命即可得到挽救。

待見病患緩脈微出，病況穩定後，凌允昇告別了研氏家莊，臨走前對大夥兒喊道：「放心吧！吾將竭力諫請縣府築好擋土堤牆的。」然此時刻，允昇欲先將馬匹歸還，而後偕良叔前往岌砭城，齊找宋縣令幫忙修建堤防。孰料，由鎮北一路南下，越靠近鎮心大街，人潮越多，來到還馬匹的鄭大娘家才知曉，北州之堅防軍兵正集結於鎮心大街，以待莫乃行總管前來下達搜索何思鎮之命令！

凌允昇迅速混入人群之中，見著堅防軍兵與縣府衛兵分站兩排，而佇立於前方者，即是拖著疲憊身影之吉良鎮長。接著見著兩馬車先後抵達，首先下車者乃北江宋縣令，而後方隨之者，一步下馬車，所有堅防軍俄而肅然起敬，並偕縣府衛兵齊喊：「恭迎北坎王與莫總管蒞臨！」

允昇見狀，驚訝道：「事情鬧大了嗎？連北坎王都來了！欸欸欸……站……站在北坎王身旁者，不正是……丘馳兄嗎？」允昇再次詫異道：「甫言此人來路不明，原來丘馳即是……北州機察處總管莫乃行！那麼……吾初到何思鎮那天，他也到了這兒，所以……飛簷走壁的黑衣人……是他！他也伺機追查白粉之藏匿處！哇……這……這下糟啦！吾離開舊倉儲時，似乎忘了關上地窖門，這……該如何是好！」

北坎王對眾說道：「何思鎮之鄉親父老，兄弟姊妹，今日前來北江縣，除了參與宋夫人之公祭會外，順道前來何思樓，一來緬懷前人，二來可藉何思樓之露台，試試能否再擴充思維，好進一步評估莫總管對宋縣令經營何思鎮之看法。然此之前，莫總管已掌握北川沈縣令之不法行徑，正待北州機察處理出真相；然沈縣令欲除己罪，遂將罪行推予宋縣令，故今特來此處查訪。」

莫乃行上前一步說道：「這陣子來，本處查辦沈縣令之不法證據時，其直指宋縣令利用運煤工具，私運並藏匿違禁物；經本總管連日查證，目前尚無確切之證據與證物。然遇宋夫人之不幸，各界深表哀悼，惟於公於私，實應分明處置，故於北坎王登樓期間，堅防軍將親自查驗何思鎮大小十八倉儲，望鎮民能予以配合。」

接著，莫總管一出手勢，堅防軍隨即兵分二路，吉良鎮長上前引領，立由鎮心大街西向之倉儲開始搜查，直至大街東側何思樓而止；而莫乃行與宋世恭則隨行北坎王左右，一路朝何思樓緩步走去。然而肩負喪妻之痛的宋世恭，一路低頭不語，隨著一步步走向何思樓，不僅自覺仕途已盡，甚其項上人頭，恐將隨著交出烏紗帽後而落地。

適值北坎王一行人，來到何思樓前兩巷口之距，忽然！一身長六尺有餘之身影，倏由人群中翻飛而出，莫乃行見狀喊出：「有刺客！」隨後一躍而上，一出手就是擢心鎖喉之快招，立與刺客於數丈高空對擊，惟聞突擾者發聲道：「不管爾是那想去二水港看遊船之丘馳？還是調查辦案之莫乃行？甚是對我施展幻術之黑衣人？皆有你的理由，我凌允昇不便過問。此刻，吾只想來告知大夥兒一事兒……快逃命吧！」允昇於提醒之後，立見對方運起了掌中寒氣，基於自保之下，允昇倏而引動經脈氣力與對方對掌，二人雙掌互推而後翻，莫乃行於落地後退了三四步伐，而凌允昇則穩立於樓前石階上。

然於二人對掌瞬間，不禁令北坎王唸道：「哦……經脈武學？這年輕人是？」

「允昇哥，快……快來不及啦！」一女子由巷道中竄出，叫道。

「在下凌允昇，擾了北坎王登樓興致，眼前女子乃鎮北研氏家莊之一員，及時特來通報，位於山上之堰塞湖即將潰崩，為減少無謂損失與犧牲，在下斗膽於此呼籲大夥兒速速撤離！」

「真是胡扯！凌允昇，山上之無名堰塞湖，實已冰凍數年之久，何來潰崩之說？如此危言聳聽，本總管或將逮爾嚴辦！」

「莫總管，看來您的地理考察記錄，恐須再行修正囉！」允昇回道。

「啪嚓……啪嚓……」北坎王一躍剎那，踏上了石階，道：「為證明凌少俠所傳無誤，不妨帶本王躍上樓層簷瓦一瞧，即可知曉。」

「研馨，趕緊協良叔疏散大街東側之居民，吾一會兒就下來。」接著，「嘩唰……」兩聲響，凌允昇已偕北坎王蹬躍而上，於兩縱向彈躍後，允昇再拉了莫烈一把，順利登上六樓簷瓦處。莫烈遠眺後，立馬快問：「少俠能展經脈武學，與龍玄桓可有關係？」允昇立回道：「陽昫觀常真人乃吾師公，以此引帶，使晚輩成為龍武尊之徒孫。」「哇！王爺您瞧，山上樹林已開始搖晃，此乃湖水湧出，夾帶土石撞擊之貌；倘若其下竹林能阻住部分土石，隨後沖瀉下來之湖水，很快就會湧到這兒來啦！在下認為，先行避難為要啊！」

「嘩唰……嘩唰……」莫烈與允昇下翻躍於一霎，北坎王立馬洪聲嚷道：「快……大夥兒快朝大街西側撤退！」一旁宋世恭立馬親自疏導居民避難方向。

不久後，果然聽聞北方傳來轟隆震響！又一會兒後，眾人驚見大量洪水沖瀉入鎮，瞬間淹沒一磚窯場，沖毀一涼亭後，見大水直沖何思樓旁一破舊建物，惟聞「砰隆……」一聲巨響，該建物立遭傾圮而倒塌，隨後陸續滾流而下之泥濘土，即因傾倒之建物，形成阻擋，水勢亦至此逐漸趨緩，惟因洪水與石流之流向得控，且居民之疏散迅速，無疑降低了何思鎮之災損程度。

宋世恭轉身看了下允昇，立得允昇點頭回應，二人即知洪水沖垮舊倉儲後，隨即流入地窖，其內之儲物，恐因泡水而流向水道；再加上泥濘土之掩埋，短時內該地窖應無見光之機會才是。想當然爾，莫乃行此回之緝毒行動，勢將一無所獲。倒是北坎王因此行而遇得龍武尊之傳人，倍感欣慰；畢竟由莫乃行表明遇上至陰至寒之神秘人後，莫烈不免對於不明陰寒勢力再起，心有餘悸！

洪水得緩之後，莫乃行主動走向允昇，道：「感激及時相告，否則吾等一干人，恐遭沖壓於傾倒之倉儲下；再說，先前與少俠於屋脊上追逐之黑衣人，確實是……丘馳……亦就是我莫乃行！乃行確實為查案而來，為不讓少俠介入其中，故施些巧計，望少俠知難而退，魯莽之處，還望少俠見諒。」

「丘馳兄……哦……不……莫總管言重啦！允昇夜裡見著樑上君子，挺身追趕乃為維護鎮上治安，早知是執法人員，允昇亦不致上前阻攔。只是……素聞莫氏水霰神功，可藉水以成冰，堪稱武林一絕；方才莫總管僅藉周遭水氣，即可掌中成冰，此乃青出於藍！然而身擁如此神功，何以考慮施用幻術退敵？據吾所知，此等幻術並非中土之武藝，若莫總管一味施用，不免引來武林同道質疑！」

「欸……這個嘛……」正當莫乃行三緘其口之際，北坎王靠了過來，允昇連忙拱手致敬道：「莫王爺寶刀未老，接連蹬躍，即上了高樓，晚輩心生佩服。」

「呵呵，要不凌少俠拉吾一把，還真上不了那簷瓦呢！歐……對了，經少俠表明，令吾憶起常真人確實提過，其一徒孫名曰凌允昇，其祖父即是西州鑄劍大師……凌秉山！不過，耳聞凌大師現以失了音訊。」莫烈說道。

允昇點了頭後，表明此回離開西州，即為了找尋失蹤之祖父。

「這麼吧！吾兒乃行，職掌北州機察處，可藉各調查崗位之力，協尋凌大師之下落，冀望凌少俠此回巡行，能如願覓得心中所期。」莫烈又說：「今日因遇天災，無以登上何思樓，且鎮上尚須災後處置，此樓只得來日再訪了。惟因沈三榮捅的婁子不小，尚得速回北川處理，凌少俠，咱們後會有期啦！」

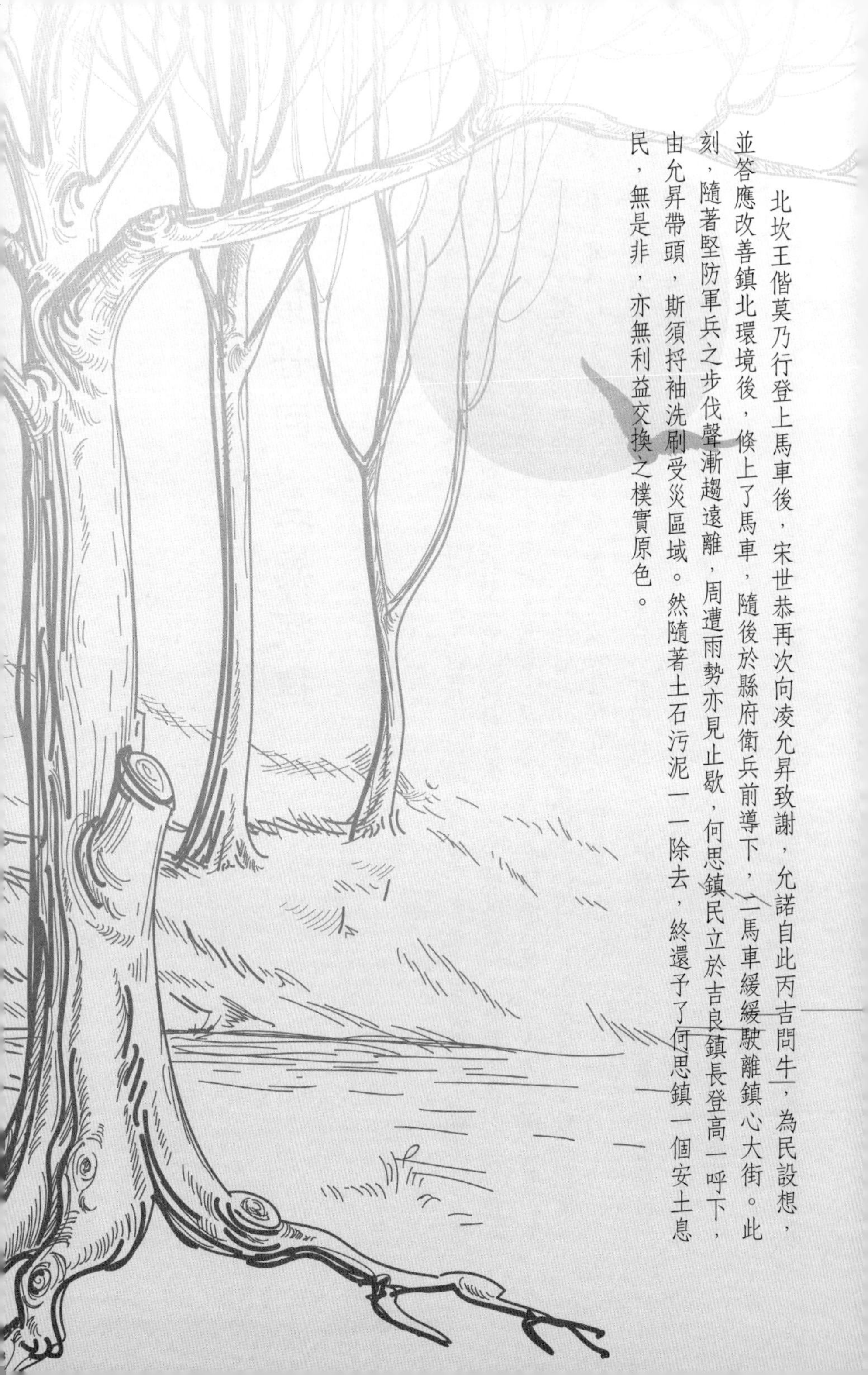

北坎王偕莫乃行登上馬車後，宋世恭再次向凌允昇致謝，允諾自此丙吉問牛，為民設想，並答應改善鎮北環境後，倏上了馬車，隨後於縣府衛兵前導下，二馬車緩緩駛離鎮心大街。此刻，隨著堅防軍兵之步伐聲漸趨遠離，周遭雨勢亦見止歇，何思鎮民立於吉良鎮長登高一呼下，由允昇帶頭，斯須捋袖洗刷受災區域。然隨著土石污泥一一除去，終還予了何思鎮一個安土息民，無是非，亦無利益交換之樸實原色。

第廿回 三鷹疾搏

北州東南之境，千岩競秀，風月無涯，琪花玉樹隨映眼簾，直令人目酣神醉。然此得天獨厚之域，物產出奇，名聞五州者，或為玄色，或為烏黑；一如黑毳臘肉、烏骨雄雞；二如青仁黑豆、黑褐木耳。再觀市集兜售之**豆豉**、**地黃**，無一不黑。然**味鹹色黑之物入於五臟之腎**，如此滋陰養陰，**腎之相火**得控，自然得以津生骨強。惟地處微寒微溫之北渠縣境，多數藐視**風**、**寒**、**濕三邪得以合為痺證**，故見得北渠境域之拄杖者，觸目皆是。

茨秈城西南向廿四里，一處約莫百來戶之青鄘村莊，一祠堂內蹲坐八九孩童，不時頌出朗讀之聲：「梅花得意占群芳，雪後追尋笑我忙。折取一技懸竹杖，歸來隨路有清香。」然此聲響，不禁引來塹龍居士一陣好奇，想著，「此偏僻之村落，怎有人肯來教育孩童讀書識字？」待走近祠堂，堂前打掃之老嫗，開懷笑道……

「暨鄿先生，數日之前，一位自稱與先生契若金蘭之人來訪，其見著村內孩童們，手持樹枝於泥地上習字，隨即如您一般，於祠堂教孩童們吟詩朗讀，吾這就去告知先生已歸回。」

「不不不，竇嫂！老夫於回程途中，痺證隱隱作痛，已約了荊大夫前來，故先回居處休憩。再則，授課之間，切勿中斷，待課堂達一段落，再轉達老夫於居處恭敬等候。」暨酆說道。

一時辰後，暨酆先生敞著竹籬門，於木藤屋前迎接貴客，道：「子熙吾弟榮任北州軍師，暨酆與有榮焉，因故遲歸，尚請見諒。」

「快別這麼說！惲某能於披甲上陣前，再感受鄉村純樸之氣息，實在難得！惟暨酆兄向來分秒堅守，何等事故令您耽擱，莫非遭中鼎王為難乎？」

「非也非也！與中鼎王於中州頂豐城之約，尚稱無誤，惟途經北江，走訪怪醫仇正攸時，巧遇瓢潑大雨，所以……」暨酆先生突然頓了下，又說：「惟因子熙為北州變法在即，老夫遂將近日之經歷，娓娓相告。」

塹龍居士將發生於何思鎮之緝毒事件始末，對惲子熙細膩描述，聞者驚愕之餘，對宋世恭能懸崖勒馬，且反轉為安定北江縣之要角，煞有如釋重負之感。倘若北州兩縣內亂，一是經貿要地之北川，一是礦產極盛之北江，任憑能者如何強悍，絕經不起任何自殘之舉，何況迎面對手乃仗著人力與資源豐碩之中州。

然此對談中，惲子熙對出自嵐映湖之寒肆楓，與凌秉山大師之孫凌允昇，甚感好奇與關注，畢竟江湖上之起伏動盪，亦將關係著地方治安。何況寒肆楓之陰寒神功，實乃啟發於摩蘇里奧之集光鬥術，是否又將掀起金蟾法王之勢力？尚待觀察。惲又說：「江湖友人透露，與摩蘇家族對立之另一境外民族……狐基族，據聞已擇於北州境內落腳。令人百思不得其解之處，惟凝

聚分散各地之狐基族人，並勝任狐輿壇壇主者，竟是中鼎王之子……雷世勛！北坎王知悉後，本打算採符戩總管之提議，率堅防軍予以驅散，怎料莫乃行總管提出，狐基人本是敵對於摩蘇族，也許該族是股抑制摩蘇里奧入侵北州之力量，此一說法霎令北坎王兩難。」

惲又說：「曾聞陽昫觀常真人提及凌允昇，此一後輩之經脈能量倍於常人，年逾加冠，即已內存龍武尊逾半能量；另有二俠，一曰擎中岳，二為揚銳，二人自體功能強大，超乎想像。然此三人本為常真人之徒孫，再因結緣於龍武尊，龍武尊遂間接成此三人之師公，並傳予三人『經脈武學』之精華；於此實已符合當年惲某推演『龍後有傳』之意。然當前局勢詭譎，諸多隱憂來自過往的嵐映諸俠，現又多了雷世勛與狐基族，倘若江湖因而動盪，凌、擎、揚三俠恐須擔起龍武尊過往之角色了。」

「針對子熙所提，老夫倒可提供一事，以作參考。」暨酆接著說道：「老夫雖受中鼎王之邀，惟因暨某過往職務敏感，遂於允諾北坎王不提北州政務下，前往頂豐城會晤中鼎王。雷嘯天於閒話家常後，懇請老夫以字形推測，為其剖析關於雷世勛帶領狐基族，甚而成立狐輿壇一事兒，對中州未來如何？」

「呵呵，無事不登三寶殿。當年雷王來訪東靖苑，亦是為著子熙能推演『天磁地氣』而來。只是……雷王有勞暨酆兄為其字形推測，可見雷世勛加入狐基族一事兒，恐為事出偶然，而非雷王事前之部署安排。」

暨酆點頭表示，中鼎王確實擔憂雷世勛此舉，是否影響中州未來？是一助力？或是一阻力？遂於暨某面前，提筆寫了個「勛」字。

暨酆接著說：「老夫之字形推測，異於坊間一般測字，惟因一字之『書寫先後』是一關鍵，『字之音韻』是一關鍵，『字之結構』是一關鍵，『字之環境』又是一關鍵。例如甫提及之何思鎮，其甜心二音即是田心二字，故可合而為思字。惟見中鼎王書寫當下，先見一個口字，再見一個貝字，後見一個力字，依此可測出，雷世勛單憑一口之說，即與對方搭上；二來，貝者，錢也！利也！故雙方因利而結合。然為得利，須藉『力』之相助，故此一團體即是建構於互利之基礎上；倘若中州給予好處，應可收其效力，終能見得功績，惟因『勛』之成字，即為功績也！」又說：「雷王聽聞當下，拍掌提到，雷世勛確實胡謅了昔日雷氏祖先，因搭救了一狐基長老而與喬承基搭上。然雷世勛習得了特異武功，狐基族亦想藉世勛以獲取中州資源，確實存在互利關係，此一推測，令雷王相當滿意。」

「若依暨酆兄之推測，雷世勛與狐基族之合作，對中鼎王而言，是股助力囉？」

暨酆有些欲言又止貌，惲子熙隨即提筆，一筆一劃寫出口、貝、力，以合成勛字後，好奇問道：「字之先後、音韻、結構皆是關鍵，但何以解釋……字之環境亦是關鍵？」

暨酆先生順勢提起因雨之滂沱，留宿仇正攸木宅屋一事兒。當凌允昇認同不法禁物可能藏匿於何思鎮後，二度前往何思鎮追查。然此同時，孮于巔大師即興問了大夥兒，「誰能料及該非法禁物終將如何？」仇怪醫認為，恐遭莫乃行查獲，而在場的尹姓小兄弟則表示，其姑丈恐採斷尾求生，燒掉庫存違禁物。而暨酆當下建議孮老，「何不寫個字兒來推測？」半晌之後，僕人研了墨，孮老藉窗口之光，本寫了個口字，又擔心聯想到二水港口，遂又補了一直豎，成了個「中」字兒。暨酆一見，隨即指出，此一口已被封住，禁物恐將下落不明。閒聊之後，孮老走離了窗邊，待老夫走近窗口，靜觀屋外之雨勢大小時，竟發現孮老所寫之中字兒墨跡，突因窗口噴進之雨水而暈開，此乃環境因素所成之事實！試問，因水之故，以致中字不成中，那是……「沖」字！暨酆又說：「然此推測，吻合了凌允昇歸回後之描述，藏匿禁物之倉儲，瞬遭洪水沖散一說。這般例子，老夫屢見不鮮！」

「經此一述，難道……難道中鼎王所寫之勛字兒，仍因環境因素而衍生後續？」惲疑問道。

「呵呵，甫述之故事，因有其時效性，固有一定範圍之參考價值。然因中鼎王提及中州之未來如何？此一內容涉及甚廣，自當由時間來證明。換言之，此勛字之解，短期內應能吻合，唯節外生枝的是，當下談完此勛字，雷王意猶未盡地欲問第二事兒時，窗外突吹來一陣風，倏忽吹飛書有勛字之紙張，孰料該紙張之一端，因觸及案上油燈而燃起，雷王隨手將火紙一抓，瞬熄於掌中，而後靜置桌案一旁，待此紙團緩緩展開，老夫見著紙上僅剩個『員』字，旋即覺到……後事不妙！」

惲子熙皺了眉，道：「方才是中字遇水不成中，這回是勛字遇火不成勛，且僅剩個員字，這個嘛……只剩口和貝，也就是只談利益，其餘不論囉！」

「那是因故之後的剩餘意義。」暨老又指出，環境因素所成之事實，乃指勛字「去了力」而不成勛字兒，其關鍵乃因去了力之後，已扭轉了原意。惟因去、力二字即是「劫」字兒；換言之，時間或可證明，雷世勛與狐基族結合，對於雷世勛，抑或中州之未來，極可能是個劫數，故以環境因素作為字形推測之考量時，此因素必是渾然天成、不假外力；倘若上述「散中之水」與「去力之火」皆由人為導致，其結果則不列推測範圍之內。所以，每輒施以字形推測，為免節外生枝，均於推測之後，隨手毀之。

「多謝暨鄚兄相告！依此而論，子熙須聚精凝神於狐與壇之舉動，畢竟其與雷嘯天存在著連帶關係。」

暨老撫了下膝蓋後，接續表示，當日中鼎王於揑熄火紙後，又問了關於雷世勛一事兒。雷王經御醫得知，雷世勛身況似乎有些微恙，卻不知實情為何？欲藉一字以推測其子是否患病？而後，雷王提筆躊躇許久，刻意寫了固若金湯之「固」字，暨某瞧見當下，立勸雷王多加關注雷公子。然冀望人之體健強固，乃人之常情，惟因此字乃問病之實情，病與固相結即是個「痼」字，而痼字乃經久難癒之病；倘若欲測者因病患之體弱，而寫下差強人意之「差」字，可知病與差字相結即是個「瘥」字，而瘥字之意即是病除、病癒之意。然經暨某一解，中鼎王霎時難掩悲觀失望之貌，口裡並唸著：「難道阿勛過往之病證，尚未痊癒？」

「唉呀！說到病呀！老夫多年未發之足痺症，似乎又來煩我了！」暨老直撫著膝蓋，又說：「老夫於離開北江時，忘了讓仇正攸幫我配個方兒，作為備用，怎料甫進了北渠，毛病就來了。」

「哈哈，既然毛病來了，就扎個兩針囉！」突見一臉落腮鬍之壯漢，入內說道。

「哦……是藥對王來啦！」暨老露出會心一笑，並當面向惲子熙介紹，於北渠擁有「藥對王」稱號之……荊双兒，並說：「荊大夫診病治症，向以『針下二穴，方出藥對』著名。」

「原來是惲子熙先生，失敬失敬！在下曾於中州濮陽城行醫數載，久仰惲先生大名；所謂：良禽擇木而棲，賢臣擇主而事。中鼎王不能擄獲人心，忠臣競相迴避，實屬必然。惲先生能出任北州軍師，實乃北州上下之希望啊！」荊双兒說道。

「荊兄過獎！惲某盼能利用北州既有之資源與條件，尋求中土五州得以平衡之道，如此而已。」

「唉呦呦！又疼了一下，是不是先給個兩針壓壓疼，大夥兒再聊啊！」暨老叫道。

荊双兌仔細診了暨老症狀後表示，**風、寒、濕三氣雜至，合而為痺也**，其風氣勝者為**行痺**，寒氣勝者為**痛痺**，濕氣勝者為**著痺**。

行痺以風邪為主，其症狀竄行，遊走不定。

痛痺以寒邪為主，寒為陰邪，其性凝斂，凝則氣機不暢，越發疼痛。

著痺以濕邪為主，濕邪得以阻礙氣機，致使肢體沈重，重著而不遊走。

另有**五痺**之說……

以春遇此邪為**筋痺**，此乃筋攣節痛而不能伸。

以夏遇此邪為**脈痺**，此乃脈血不暢而色變。

以長夏遇此邪為**肌痺**，此乃肌麻木而不知痛癢。

以秋遇此邪為**皮痺**，此乃皮麻而微痛癢。

以冬遇此邪為**骨痺**，此乃骨重痠痛而不能舉。

荊又說：「暨老症狀發於膝部筋骨之間，此等痛痺兼具**著痺**，須深刺留針以治。一針下膝外上二寸之**足陽明梁丘穴**，以鎮膝痛；另一針入小腿外側腓骨小頭稍前凹陷處之**足少陽合穴……陽陵泉**，用以破解寒濕淤阻，以至水不潤木，肝腎虧虛。然**肝主筋，腎主骨**，筋骨失養將招致拘急痠痛，施以此二針外，再開二藥以內外雙擊。一是苦辛微溫，氣香走竄，擅於搜風祛濕之**獨活**，配以祛風濕，強筋骨，舒筋活絡，滋補肝腎之**桑寄生**，此二藥**相使**為用，能益腎壯骨，通痺止痛，扶正祛邪並施，以達標本兼顧之目的。」

目睹荊双兌手持寸半銀針紮入穴位，惲子熙不禁讚嘆荊兄之行針氣勢，一如陽昫觀常真人一般。接著，荊双兌俄而生火，立為暨老熬煮湯藥，隨後微笑說道：「凡事貴於專一，在下實受常真人之教化而放下屠刀，而後專注研究常真人授予之醫經冊笈，始能覺到祛人病痛之成就感，無可比擬。在座二位能否想像，十多年前之荊双兌，乃一法號沁葳之和尚啊！」

「和尚？咱們認識這麼久，未曾聞爾提過啊！不過，既是和尚，怎會……放下屠刀？真是難以聯想啊！」暨老說道。

「或許我荊某人與惲先生有緣吧！知悉惲先生即將推助北州自強，且容在下回憶一段過往，或有助於惲先生未來處理國事。」

荊双兌娓娓道出了約莫十二年前，中、西二州於臨宣城點燃戰火後不久，東州因東震王遭軟禁，嚴翃寬率軍攻入了中州濮陽城。然因中鼎王置身西岸戰場，雷夫人遂同意由薩孤齊國師前往濮陽助陣。事發當時，沁葳與沁茗乃沁字輩之菩巖寶剎弟子，惟因沁茗帶回了北坎王交予之鎏金坐佛，又逢當時的榮本方丈傷重，故由寶剎之四大班首，推舉沁茗為代理住持。而後，不知何故，沁茗竟率眾弟子潛入濮陽城，一來監視嚴翃寬行徑，二來暗中幫助東州軍隊，突擊中州都衛軍。當時沁葳一日能暗殺十來都衛軍，惟其中一任務令沁葳不解，就是活捉濮陽城主……聶忞超！

然而沁葳發現，沁茗之所為，均為配合薩孤齊行事，這才聯想到，過往薩孤齊曾是菩巖寶

剎弟子，亦是寶剎前清森方丈之遠親。惟因薩孤齊心術不正，清森方丈遂將住持之位，交予了榮本法師，榮本接掌方丈後，薩孤齊即與榮本內鬥，怎料其將清森所贈之佛珠串，自行鑲上金質箍環而遭排擠，而後便離開了菩巖寶剎。然因沁茗對薩孤齊言聽計從，沁葳本以為順其令以助東軍作戰，而後反覺事有蹊蹺，遂私下與沁茗一談，孰料沁茗透露，當年薩孤齊曾向清森方丈探查，甚而質疑方丈所贈佛珠串鍊之來歷，引來清森方丈艴然不悅！薩孤齊自知住持之位無望後，出走中州，而後竟當上中州國師一職。沁茗僅表示，薩孤齊之所為，無不為著強大菩巖寶剎而努力，要眾弟兄相信他。待寶剎弟兄退出濮陽，回到東州，突聞沁茗再行指示，全力助嚴翃廣攻進東震大殿，直至救出了嚴震洲，菩巖寶剎自此聲名大噪，想當然爾，沁茗更得寶剎弟兄們無上崇拜。

話說至此，惲子熙補述了昔日薩孤齊前來中州時，曾投於惲氏門下，以為習得推演「天磁地氣」之術，後因悟性有限而罷去，而後循著惲氏人脈，結識了雷嘯天。

荊双兑接著說道：「薩孤齊行事，自持一番道理，旁人難以理解。然身為佛門弟子之沁葳，頓時覺到，如此莊嚴之寶剎，其下弟子竟非為世人齋戒祈福，而是隨著中州國師起舞、殺戮，一味求取名聲與利益，遂於深感罪孽深重下，離開了菩巖寶剎，來到了戰後重建之濮陽城。而後經常真人開釋後，沁葳既不皈依佛門，亦不入道門，自此還俗，回歸本名，放縱髯鬍，捲土重來，並藉常真人所贈之醫冊，一心習醫，造福他人。」

聞得荊双兑之過往敘述，惲子熙機警疑道：「本以為薩孤齊僅為雷嘯天之智囊，孰料此人尚經營著東州另類勢力，如此聲東擊西，確是個頭疼角色。再則，何等探查與質疑，能讓清森方丈動怒？薩孤齊又為何藉嚴翃寬入侵中州之際，活逮濮陽城主？」

惲子熙回想片刻後表示，對於聶忞超這條線索，子熙僅能憶起其父聶晟。聶晟乃前中主傅宏義征戰沙場之一員武將，卻不幸於傅宏義支援南州平亂時，血灑疆場。而後傅前主撫卹聶氏家屬，並提攜其子嗣走上仕途，直至擔任濮陽城主一職。

荊說道：「在下待於濮陽城那些年，聞人提起嚴翃寬攻濮陽之過往，立馬迴避，畢竟荊某曾負於濮陽城。不過，倒有一號人物，四處打探著聶城主下落，直到荊某開始行醫回饋濮陽，尚遇過一回。此人乃曾於怡紅園，以奏出天籟美聲而紅極一時之……蔓晶仙！」又說：「曾聽聞當年於臨宣戰事，一擔任守城衛兵之友人提及，曾見蔓姑娘出手為龍玄桓擋下五飛箭，後又抵住了寒肆楓之攻勢，就為了這事兒，遂讓荊某注意到此一特立獨行之蔓姑娘。」

「能助龍武尊？又能抵住寒肆楓？竟是出於一奏琴女子所為，煞令惲某為之訝異啊！倘若這聶忞超尚存於世，相信蔓姑娘仍將持續打探他的消息才是。然而時隔已逾十載，薩孤齊何等理由要擄下聶城主？莫非……聶忞超之於某一事件，存有其關鍵角色？」

「對此聶姓城主，荊某尚憶起一段小插曲！早在中、西二州開戰前，沁葳曾遇沁茗鬼祟行事，逼問之下始知，沁茗正追蹤著濮陽城主。一日，不巧遇上雷世勛欲輕薄蔓姑娘，適值沁茗上前制止時，卻遇上聶忞超出手，聶城主反問沁茗為何出現於此，沁茗則順勢將往北州取回鎏金坐佛之理由，緩頰帶過；換言之，沁茗早已受人指使，盯上了聶城主。如依吾等推論，此一始作俑者，極可能是……薩孤齊！」

然此時刻，暨酆先生似乎緩解了疼痛，撫著鬚髯說道：「沒想到爾等猜疑之事兒，若將之溯及過往，幾可擴及數十載以上。老夫年近八旬，過往經歷之事兒，或可供作參考，二位老弟不妨靜聞老夫娓娓道來……」

「爾等所云之清森方丈，本名董牧，乃薩孤齊母親琵夷之舅舅，亦即薩孤齊之舅公。董牧性嗜收藏奇岩異石，因而與喜好古董之先父暨翾熟識。一日，兩人閒談中，董牧提及曾於靈沁江邊，遇上一身受重傷之中年人。惟其腿足傷口已腐，當下立為其刖去一足以保性命。而後，董牧不忍棄之不顧，遂以傷著緊抱之浮木為拖架，拖著傷者北走。惟因傷者已成殘廢而絕望，數度於途中尋短；待董牧為其開導鼓勵，使其燃起存活之勇氣。然於彼此信任之基礎下，傷者自我道出，其名曰沐野，擅於攀爬，並參與地礦探勘工作，因與人合作而前往外地探勘，且發現了五船量之黃金，後因船隊遇上風暴，遂發生了船難，所幸緊抱該船舷板，故得以漂流殘存。

乍聞沐野之名，且曾參與外地探勘，霎令惲子熙頭皮一陣麻，心想，「原來父親曾轉述祖父之過往事蹟，那中途離隊，不諳水性之沐野，跌落湍江之後，並未嗚呼咄嗟啊！」

暨老又說：「聞得沐野遭此不幸，董牧力勸沐野回中土後，先行易名，以避免因黃金之說而招惹麻煩，並即刻遷居他處為妙。後經董牧安排，讓沐野暫住其於北渠縣之老家，該處即於青酈村南方不遠之午峿鎮。然而安定後之沐野，因深受董牧影響，遂開始吃齋唸佛，遠離世俗。惟因午峿鎮以產木耳聞名，除了眾人熟知之黑色雲耳與白色銀耳外，更有罕見寄生於桑樹之桑耳、寄生於槐樹之槐耳、寄生於柳樹之柳耳，順此一特色，沐野就此改姓為三耳所成之聶字，其名則為三田所成之畾字。然因當時之聶畾已年近半百，娶妻後亦無子嗣，遂收養一子，取名聶晟！」

「什麼？原來……聶晟將軍之養父……即是聶畾！既然沐野……不……既然聶畾住在董牧老家，那他原來於中土之居所呢？」惲子熙吃驚問道。

「惲老弟問到重點啦！沐野原於東州翠森山西麓有一宅房，倘若運金船遇難事件傳開，東州軍機處必向沐野追問黃金下落。沐野見一心向佛之董牧，四處傳教，再見其一路以來之照應，遂回饋董牧一筆藏於老家後院之白銀，並以老家供董牧修建為佛門寺院，換言之，追溯創建菩巖寶剎之歷史，應可關聯上沐野了。」

暨老接續表示，原以為一切於佛光照耀之下，萬事順遂；孰料數年後之董牧，亦是所謂的清森方丈，身體突感不適，不僅白晝頭疼暈眩不已，腿筋不時抽搐，甚而深夜子時發生目赤腫痛，經多位醫者診斷後，發現其症來自於肝臟不明腫塊。聶晶得知後，於一私下機會，來到了菩巖寶剎，藉此透露出一塵封往事……

聶晶對清森方丈表明了當年發生船難時，其順手帶出一粒青色晶石，傳聞此晶石具有神秘能量，或許能治療疾症，隨即交予了方丈，此舉對賞石成癡之清森方丈而言，能見著此一世間罕見之青晶石，遽然成了精神上一帖絕佳良藥。聶晶於送出晶石後，又附上一條深褐色之木製珠串，並告知此珠串能驅魔除妖，望能祛除方丈體內病魔。清森方丈對聶晶之所為，甚為感動，遂將青晶石置放右胸處，且日日披掛該珠串，吃齋唸經以修行。一年之後，清森方丈幾近康復，且原本疼痛處之腫塊，浸微浸消；為此，清森方丈欣喜前往午崹鎮，親向聶晶致謝救命之恩。孰料又過了一年，聶晶即因腎衰病重而逝，惟其臨終告訴了清森方丈，常人能與晶石共存，其關鍵在於那珠串，而該珠串實為當年船難發生，令其劫後餘生之浮木所製，亦是當年董牧作為拖行之拖架板。此木料乃出自於科穆斯境內，一名曰「覘魇杉」之木種，此木能吸收晶石過甚之能量，而使人不至為晶石所害。此事兒傳達之後，聶晶便撒手塵寰，而後其養子聶晟，偕母親離開了午崹鎮，朝向中州發展。

「好厲害的晶石啊！沒準兒這晶石又與五州出土之晶石岩洞相關聯吧？」荊啥道。

惲微微點頭說：「藥對王此說，不無可能。自五州晶石出土以來，已發生多起礦區鑿工罹患怪症，甚至暴斃事件，應與晶石之輻散能量有關。但聞這青晶石能祛病，此乃子熙首聞。只是……子熙好奇於……當清森方丈病癒後，該青晶石作何處理？難道又歸還於聶晶，或仍置於寶剎內？」

「子熙所提之事兒，隨著清森方丈圓寂後，至今已不可考。唯有一事兒，恐只剩老夫知曉了！」暨老又說：「甫聞藥對王所提，薩孤齊惹怒清森方丈一事兒，此內幕源自於家父辭世時，清森方丈特來參與公祭；當時老夫雖喪父悲痛，但見清森方丈神色黯然，除悲傷摯友謝世外，卻呈出明顯之病容貌。經方丈告知，本已開釋了命運多舛之薩孤齊，並已納為寶剎之榮字輩弟子，然因薩孤齊心界充斥虛榮，甚難匡正，屢屢談及擴充寶剎規模，並可藉政商關係以壯大勢力範圍，且不時問及晶石下落與聶晶過往行徑；更因薩孤齊舌燦蓮花，故拉攏了眾多寶剎弟子，自成寶剎內另一勢力，藉以取得多數支持，以為接任未來方丈之位而鋪路。」

暨老又說：「清森方丈為此，不時對薩孤齊動怒與訓示，以至肝火上炎，肝病復發。而後，清森方丈另培植了榮本法師，並將方丈之位交予榮本法師，而將收藏多年之深褐佛珠串，贈予了薩孤齊，希望薩孤齊能靜心修性，遠離虛榮。自此之後，清森方丈即於寶剎內，閉關纏鬥病魔，直至其命門火熄，與世長辭。」

「呵呵，此等歷史事件之內幕，吾等沁字之後輩，根本不得而知。」荊双兌說道。

惲子熙冥想了一下，將暨老與荊双兌所述之過往，先依時間先後對照，再依過去與薩孤齊相處之經驗，正經表示，薩孤齊貪戀權勢，其為排除異己，不惜慫恿雷嘯天滅惲氏子嗣，眼下又藉由沁茗方丈，遠端控制著菩巖寶剎，該寶剎又因嚴翃寬事件而獲嚴東主尊敬；而薩孤齊本身勝任中州國師，又耳聞其拉攏著南州火連教主邢彪，乍見之下，此僧之無形權勢不斷擴張，但何以獨為難聶晶之後代？倘若薩孤齊真要幹場大事兒，亦能滿足其虛譁心態，其最需要的……必定是……

「財富！一筆能使鬼推磨之大財富！」暨酆先生接話道。

藥對王接說道：「對……就是金錢！聶晶一直守到臨終前，才對清森方丈說出覡魔杉所製之珠串能護身，想必賊頭賊腦之薩孤齊，必定懷疑聶晶恐隱藏著其他秘密，想當然爾，應包括那……」

屋內三人不約而同地說：「五運船之黃金！」

「噓……有物靠近！」荊双兑輕發聲，並以食指作了個靜聲手勢，忽然……

荊双兑衝向屋外，立見一黑影，眨眼躍入樹林內。荊隨即一躍上樹，半晌之後，回到了屋內，「不妙！看來有人盯上咱們了！」

「老夫都一把歲數了，只會拆解文字，沒啥利用價值，應不是針對我吧？還是有人想來找藥對王看病嘞？」

「呵呵，荊某雖有點兒功夫，尚不至於躍上樹梢替人診病吧！倒是此人特殊之體味，吾大概能猜出此人是何許人了！」荊又說：「昔日荊某潛臥濮陽城時，曾遇一鬼祟行事之人，與其交手後，對其特殊之狐味兒，印象甚深，此人即是雷王旗下，專門打探江湖消息之夜巡翁……岑鴞！」

暨酆先生一聞夜巡翁之名，突然憶起於中州頂豐城，聞得另一雷王旗下大將……迅天鷲展鵬！此人輕功，技冠群雄，擅以袖中之快鏢、快劍制敵，之所以提及此人，實因中鼎王得意表示，展鵬將軍已將西兑王握有之《五行真經》盜回了雷王府，惟因雷王關注雷世勛之過往病證，欲藉由《五行真經》，以為其犬兒治病。所以，雷王藉展鵬、岑鴞二將，不定遊走於中土各州，確實可掌控他州或他人行蹤。

「既是中鼎王旗下勇將，竟潛伏於一城外小村，如此不尋常之舉，應是針對我惲子熙而來，未來子熙應更加小心處境才是！然而，依方才吾等論述，實已理出一方向，即聶忞超之失蹤，恐與聶晶之過往有關。不如這麼吧！過兩天子熙走一趟午崞鎮，瞧瞧有何相關線索可尋？」

「既然有人盯上惲大人行蹤，不妨由在下陪惲大人一塊兒去吧！路上多個人護著，相對理想了些。」荊双兑說道。

一提起午崞鎮，暨老隨即想到，其於回往青郿村之半途上，因足痺發作，恰巧遇上一路過之中年醫者，扎了兩針之後，緩解了老夫疼痛，其表明將前往午崞鎮為人診治。當下，老夫由其蒙面薄紗外顯之高鼻樑與深邃雙眼，斯須猜出其非中土人士，該醫者於承認來自境外後遂不發一語，取針後即離去。所幸今兒個藥對王出現，否則老夫就得再走一趟午崞鎮尋醫了！」

「啥樣兒的境外醫者？功夫如此了得，竟也同荊某一般，僅紮兩針即可了事兒？」荊疑道。

暨老表示，此醫者乃一中年婦女，當下僅留下一姓名……甄芳子。

「啥？是位女醫者！」荊双兑吃驚道：「在下行醫以來，尚未遇過女大夫；若有機會遇上，定上前向她討教討教。」

冥想片刻之惲子熙，似乎憶起了什麼，說道：「子熙此回允諾出任北州軍師，實乃於人煙稀少之汨琤湖颯肓島，會晤北坎王之結果。相談中，北坎王曾向子熙提及颯肓島之過往種種，敘述該島歷史事蹟中，確實提及甄芳子之名，此乃巧合同名？還是同一人呢？算了，無上綱地連結下去，恐致諸事件複雜化，能遇到再說！」

「哈哈，我荊双兑除了替人治症，已許久沒涉略世事了，怎料一上路查訪，就是護送惲大人，嗯……過癮！」

「小心啊！藥對王許久沒出手了，骨頭應該硬了吧？」暨老疑道。

「放心吧！論拳腳功夫，我荊双兑尚能耍幾招制敵喔！上回於濮陽遇那鬼祟的夜巡翁，正是被我荊某人給逮住的，是沁茗硬要吾放了他。況且，這兒可是北州北渠啊！中州探子可撒野不得。」

惲突然笑道：「呵呵，差點兒忘了子熙來此之目的。過往子熙專研磐龍文數十年，雖能譯出諸多相關字號，然於多種組合後，又是另一種解釋，故此回特來叨擾暨酆先生，冀望能向先生請教如何字形推譯，或可藉此環境氣息，感化子熙之駑鈍。」

「子熙老弟太客氣啦！昔日北坎王令老夫教導莫大公子，老夫尚得親自前往大公子書房；而今子熙老弟已為北坎王之軍師大人，仍微服前來此陋室請益，正所謂：尊榮之前，必有謙卑。老夫相信，以子熙目往神受之領悟力，數日之內，必能得老夫專研之精髓！」

釋星子於此向蹔龍居士求教，眨眼費了一週時日，而暨老於該期間之收穫，莫過於荊双兑之隨身診療，連續七日之針藥並進，暨老之痛痺幾乎痊癒。接著，暨老於屋後拖出了輛簡易馬車，立由荊双兑將其坐騎綁上「當盧」與「節約」，並架上馬車之轅木與軛足，待惲子熙與藥對王收妥行囊後，恭敬拜別了塹龍居士，俄而南向，倏朝午崞鎮駛去。

北渠之純樸，除可感受田夫野老之神情外，見路旁婦人雙手編藤草，單腳推搖籃，再隨其傳來之悦耳民謠，頗有與世無爭、怡然自得之感；偶見外地車馬行經，更行揮手以示歡迎。然此一幕，荊双兑習以為常，但於初訪此地之惲大人，卻是頻頻向村民揮手，浸潤於鄰里熱情之間。隨後順著馬蹄聲響，抬頭已見午崞鎮於不遠之處。

忽然！荊双兑驚見路旁一男子，徒步背著一跨下呈顯鮮赤之婦人，且該血漬甚已附及男子之腰臀，俄頃急拉轡繩，剎下了馬車，立即向該男子詢問，惟聞對方無助回道：「內人產後，不時崩漏不止，今晨尤甚，遂背其前往鎮上祈安宮診治。惟因內人隱忍內向而不願就診，耳聞該處有位女醫為民義診，故執意前往祈安宮方肯。」

惲子熙聞訊後，旋即下了馬車，道：「婦人安於女大夫診治，合情合理；此處雖距鎮上不遠，如此背負方式前進，不僅耗了人力，更增患者下腹負擔。」話一完，惲子熙令荊双兑上馬，讓此夫婦乘馬車入鎮就醫，隨後惲將步行前往祈安宮會合。

朝著祈安宮前進路上，荊双兑自唸道：「呵呵，原來女醫者之強項，乃能得婦人心安。的確！患者情志得以平穩，勝過諸多良方啊！好吧，好人做到底，順道瞧瞧他人如何辨證論治？」

祈安宮前，男女接續排伍，已呈人龍一條。驚見馬車疾駛而來，定為急患救治，眾人立馬相讓。荊双兇偕同婦人夫婿，以車座板為承架，一前一後將婦人抬入宮內。甫一入宮，霎令藥對王驚覺，「欸……怪了？據聞是位中年女醫於此義診，怎眼前於案上為人診治者，是……是一位年輕貌美的姑娘嘞？算了，先聽聽她怎說？」

女醫對病婦辨證後表示，見患者精神衰微，身體羸弱，周身偶有發灼，左脈弦細，右脈沉虛，一息近六至（常人一次呼氣與吸氣，脈震約五），又聞患者覺到心中怔忡莫支，劇下血時，腰際疼甚，呼吸常覺短氣，可斷此證乃平日身形素弱，妊娠又勞碌過甚，遂得此氣血雙陷之產後下血症狀，對症用藥當培補氣血，並以收斂固澀之藥佐之。接著，女醫提筆寫到：**黃耆**、**當歸身**、**生地**、**山萸肉**、**龍骨**、**桑葉**、**三七**細末。又說：「此方之中，以**黃耆**補氣，**當歸**補血，**生地**涼血以濟**黃耆**之熱，**桑葉**疏風清熱，**三七**止血不留瘀。然因下血既久，致使**下焦**之氣化無以固攝，故外加**山萸肉**與**龍骨**以助之。只是……祈安宮中，尚缺一味**三七**，或許須以其他藥材替代。」

適值患者夫婿聞訊後，呈出不知所措之際，惟聞駕車之髯鬍壯漢喊道：「眼前兄台莫著急，吾身攜這味**三七**，且已研磨成末，對症良藥，忽視不得。」荊立馬敞開背袋，取出藥末。

女醫取得三錢**三七**末後，隨即囑咐病婦，先服一半兒**三七**細末，於服下另六味湯藥後，再服另一半**三七**末，三劑之後，可再診，以更藥方。

診述之後，女醫抬頭瞧了一下，即說：「能將**三七**研末隨身，再依您袋中多種藥材之包覆，閣下應是位傑出之醫者；既然有心助人，不妨另擺一案，同以解決鄉民苦痛。」

一男病患突然叫道：「哦……識得您髯鬍了！閣下乃常於茨秈城為人診治，人稱『藥對王』

之荊双兇，荊大夫。」此話一出，在場頓時嘈雜四起。

女醫即說：「這麼吧！男患就麻煩荊大夫了，而小女子為婦女診治。」

「嘩……」的一陣移位聲，十來男患隨即湊上荊双兇之案前，一中年男隨即輕聲道：「荊大夫啊！幸得您即時出現，在下之泌尿問題，當著女醫者，甚是年輕女子時，甚難啟齒啊！此女醫乃最近前來幫忙的，吾不甚熟悉，若是先前那甄芳子，咱們還識著點兒！欸……還請藥對王瞧瞧吾之血尿問題吧！」

經診斷後，藥對王對男患解釋，其因田作曝曬，津液耗甚，熱入**下焦**，以至血脈裂損而出血。順手提筆開出清熱涼血，養陰生津之**生地黃**，配上潤燥瀉火之**玄參**，藉此藥對以滋陰補液；二以利尿通淋之**車前子**加**白茅根**，以解熱利尿，緩和充血；再藉**黑木耳**與**蓮藕汁**之修補作用，將裂損脈管回補，以此三藥對對證，即可治癒。

藥對王因診治此病患，始知眼前女醫並非甄芳子，惟見其辨證論治之功力，甚具火侯，直覺來日乃一傑出醫家。然隨著在場男患之病疾較輕，荊双兇之雙針雙藥問診較速，約莫兩時辰後，完成男患之診治工作。藥對王起身，伸伸懶腰，順瞧瞧那女醫案前，雖不多患者，但個個皆須細心診療。荊双兇忽然想到，「糟了！吾趕著送病婦來此，卻不見惲大人前來祈安宮會合，莫非惲大人遇上麻煩了？」

「叭啦……叭啦……」荊双兇驟然向女醫點了個頭後，瞬間忘了攜上背袋，三步當兩步用，俄頃衝出宮外，立將馬兒脫開馬車之轅軛套節，欲藉單騎找尋惲大人。

荊双兇一上馬背，即見祈安宮左前側草坪上有一涼亭，亭內有著兩對談身影，其中一人即是惲大人，並見著大人對其揮手，此一幕瞬令荊双兇如釋重負，而涼亭旁尚有兩馬匹，其上分別掛著一弓與一劍。待荊双兇將馬兒再掛妥於軛套索後，立朝著涼亭走去。

惲大人說道：「藥對王懸壺濟世，不落人後啊！子熙甫至祈安宮，即見二列男女待診，而其一即是荊大夫為人診治，為不攪二位醫者神聖任務，遂於涼亭等候，怎巧遇上甄芳子前來，後對甄女俠所述之過往，極為感慨，亦補上了昔日子熙居留東靖苑，未能趕上之世間諸事兒。」

甄芳子起身，恭敬表示，久仰藥對王荊双兇，能以「針下二穴，方出藥對」而治症，芳子極為佩服。確實，屢見男患不便詳實病情，以至未能「一劑知，二劑已」。今遇荊神醫出手，果然不同凡響，能造福眾病患，芳子於此深表感激。

「甄女俠過獎啦！入鎮之前，見婦女只願女醫診治，在下情緒有些低落，經甄女俠如此一說，彷彿又拾回了信心。倒是忙著診治病患，在下尚不知於宮中之年輕女醫者是何人？見其對婦疾之拿捏，爐火純青，霎令荊某難望其項背！」

「此女子來此義診不過一周時日，確如藥對王所云，其年紀尚輕，即能掌握艱困之婦疾病證，實在難得。芳子僅知此女醫自中州而來，名曰龐鳶，旅居各地，以為解除隱忍之婦幼病痛，乃一極特殊之善心後輩。」芳子說道。

「原來置身祈安宮內之女醫，即是龐鳶！」惲子熙露出訝異之貌，說道：「惲某曾聞陽晌觀常真人提到，最早發覺龐鳶天賦異秉者，實乃嵐映湖龍武尊。據聞人體除了**任**、**督二**脈與**十二陰陽經脈**外，尚有**奇經八脈**；而龐鳶即是**奇經八脈**之脈氣盛於常人，而龍武尊更發現其**衝**、**任二**脈之強盛，世所罕見。」

甄芳子這才恍然大悟，「無怪乎此女子有如此能耐！」又說：「奇經八脈與肝、腎二臟，以及女子胞宮、腦、髓等奇恆之腑，關係密切，此與生理及病理存有極大聯繫。然衝脈有統領與調節十二經脈氣血之作用，故有十二經之海及血海之稱。然衝脈脈氣起始於胞宮之中，下出會陰，上行於脊柱之內，其浮於外者，夾臍左右上行，並與足少陰、足陽明之脈，於上胸而散，而後上挾咽，別絡於唇口。而衝、任二脈更與女子胞宮之血供與月信相繫，任脈主氣，具滋補作用；而衝脈主血，具行氣血、祛瘀滯之作用，可謂『衝為血海，任主胎胞』，對女子而言，衝任虛弱則血海不盈、胞脈失養；然男子若衝任陽虛不固，則生遺洩不禁之證。」

甄芳子又說：「相處一週以來，一事令芳子直覺怪異！日常偶有擦身之際，然龐姑娘遇此情況，斯須作閃，不論何時，均不讓人觸碰其雙臂，難以理解？」

針對甄芳子之疑，惲說道：「曾聞常真人提及畸胎一事兒。然畸胎奇人，首推昔日嵐映湖之豫麟飛，其屬於穿山甲症之畸胎。另一則是龐鳶，其另屬於羽化症之畸胎，亦是此因而不願與人近觸。除常真人外，龐姑娘最信任者即是龍武尊，知悉龍武尊去世時，龐姑娘悲痛欲絕。」

正當病患們各自提著祈安宮配好之藥包，緩緩走出宮門前，一群不速之客，紛由祈安宮前之樹林，一一躍下，洪聲叱道：「閒雜人等一律離開，咱們兄弟有事兒與惲子熙先生談談！」

「呵呵，還以為是何方綠林俠客？原來是人未到，味先到，身擁一身異味兒之夜巡翁……岑鴞！怎麼？上回被我荊双兇逮個正著，這回多帶了人手來幫忙啊！一二三四……哦……還真帶來了八個小癟三啊！」

「哦……差點兒沒識出你嘞！原來爾即是那沁葳法師？上回視爾乃一頂上無毛兒之禿驢，

怎麼？這回多了毛髮與落腮鬍，厲害些嗎？咱們之過往恩怨，隨時可算，惟今兒個任務在身，沒空同你吱唔。」岑鴞說道。

「吾乃惲子熙，不知閣下何事相談？」

「哦……惲先生！中鼎王過往待您不薄，因念舊而欲與惲先生一聚。今遇大人置身北渠，欲請您順著普沱江而下，隨我岑鴞前往濮陽城與中鼎王敘敘舊，還請惲先生賞臉出席啊！」

「喂喂喂，這兒可是北州境域！豈容爾等撒野？」荊囔道。

「呵呵，閣下見著我岑鴞撒野了嗎？在下不才，甫學了點兒戲法，欲即興表演給惲先生瞧瞧。」岑鴞一個手勢，四弟兄隨即拉起黑布，瞬將涼亭四面區隔，說時遲那時快，岑鴞立馬拿出了顆丸球，騰空一躍，將球高空甩下，「碰轟……」瞬聞祈安宮前一聲巨響，彈指呈出陣陣白煙，瀰漫涼亭四周。

「岑鴞，別玩兒瞎把戲，快將黑布簾幕給撤了，否則我荊双兒要你吃不完兜著走！」

「哈哈哈，兜著走？我是會走，但好不容易學了招移行幻術，面對請不走的人，此招最管用啦！沒準兒惲先生恐已上了枝頭了吧！哈哈哈！」岑鴞又是一手勢，四弟兄隨即收回布幕，靜待白煙消散……

結果……白煙消散後之涼亭，驚見四支大柱間，猶如被四張透明薄膜牽圍一般，完全未受煙霧干擾，惟見甄芳子雙手向外一攤，薄膜眨眼消失，笑著說道：「呵呵，閣下欲耍移行幻影術，若在屋內或夜晚施行，障眼率將高些；膽敢於光天化日下之空地施展，且能順利將人移走者，吾僅見過克威斯基國之金蟾法王成功過。眼下所見，欲耍這等把戲，閣下還差得遠呢！」

「哇！原來這甄芳子還真有兩下子，怪不得惲大人要稱她一聲女俠。」荊自唸道。

施計不成之岑鴞，叱道：「哼！爾等敬酒不吃，吃罰酒！既然惲先生不能配合，在下只好得罪了！」岑鴞又是一手勢，八位弟兄隨即亮出傢伙，「拿下惲子熙，其餘違抗者，格殺勿論！」

岑鴞俄而抽了把快刀，隨弟兄一擁而上。荊双兑隨即對上四爪牙，邊打邊嚷道：「喂，那姓岑的鳥兒，有種就同我比試拳腳功夫，耍這些兵器，不算啥好漢！」

「早告知你這過氣的法師，今兒個爾非咱們目標，一邊涼快去唄！」

岑鴞話一說完，提刀即衝涼亭，亭內甄芳子俄頃飛躍，隨即抽出亭旁馬兒上之利劍，「唰……唰……」兩快招，彈開了對手快刀，將岑鴞擊退數尺遠後，返身回擊欲攻進涼亭之敵對襲手。另一頭之荊双兑，單憑著拳腳，擊傷了兩敵手後，忽見另四殺手輪番出擊，一個不察，左臂中刀，鮮血直冒，倏地退向涼亭。惲子熙立馬扶著中招之荊双兑，惟聞荊喊道：「大人快上馬，直朝茨秈城去，這點兒皮肉傷，尚擊不倒我荊双兑。」

「呃……啊……」涼亭前忽聞陣陣唉叫聲。

「哇……是蜈蚣呀！唉呦！疼死我啦！」原來，一直忍著不使巫術之甄芳子，情急下施展了一招，藉以退敵。然此時刻，樹林間突然發出數枚飛鏢，伴隨著「唰嚓……唰嚓……唰嚓……」聲響，眾人驚見諸十字旋鏢，或直中於地，抑或插入亭旁大柱，更見鏢鏢射穿蜈蚣足身，此一突來橋段，旋即引來亭前對峙雙方關注！隨後即聞岑鴞放聲笑道：「哈哈，看來在下今兒個運勢不錯呦！及時飛來了另一大鳥兒助陣啦！」

惟聞使鏢者發聲道：「真沒想到，夜巡翁欲領人出席宴會，竟遇上會施展巫術之對手！眼下迅天鷲再不出手攫取獵物，恐將耽擱中鼎王之開宴時間啊！」

「嘿嘿，有了迅天鷲相助，咱倆雙禽出招，量你惲子熙有三頭六臂，今兒個插翅也難飛！時間不多了，弟兄們，上！」岑得意道。

甄芳子見敵對增了強手助陣，瞬側了頭，望了下可用兵器，僅剩掛於另一匹馬兒上之弓箭，回頭再瞧向止住傷勢之藥對王，喊道：「不管荊兄是否已放下屠刀，眼前遭遇，攸關生死，欲突圍就得提刀上陣，縱然不取其性命，但能退一個是一個。挪，接住……」甄芳子於咄嗟間，勾起亭前一敵對利刃予荊双兑。

荊双兑右手持刀，火速對上岑鴞，展鵬則亮出袖中短劍，與弟兄們合力出擊。甄芳子長劍一出，立使〈火鶴交頸〉劍式，隨即撥開敵對利刃，倏將諸敵手踹飛數尺之遠，再轉身以長劍回擊展鵬，展鵬移位雖快，唯手中短刃摧擊範圍有限，未能強勢勝出對方。

然此時刻，甫踏出祈安宮之一農婦，本迴避著江湖爭端，循著宮門旁之小徑離開。怎料迅天鷲以迅雷不及掩耳之勢，兩旋翻躍後，一舉將該婦人擎起，隨後躍上了亭前之馬車頂，一手摀住婦人之口，另一手以利刃抵住該婦喉頭，要脅道……

「惲先生，咱們僅是邀您入宴，不想節外生枝，然刀劍無眼，若不想波及農婦村姑，先生不妨隨咱們走趟濮陽！呵呵！」展鵬一顯輕蔑笑容。

「咻……」一風切細聲發於倏忽，一如魚竿拋線般地劃過祈安宮，隨後即聞展鵬一長聲淒叫「啊……」，瞬間手臂一鬆，婦人立失了衡，且由馬車頂上跌落，甄芳子飛身咄嗟，於農婦墜地前將其攙上。霎時，眾人不禁注目於展鵬右臂外側，距腕背橫紋三寸處，亦即**手少陽經脈**上之**支溝穴**位置，挺立著一根白色羽毛，惟見該羽管之銀質尖端，深陷於手臂肌層之間，霎令展鵬右前臂一陣酸麻脹感，不禁叫出：「是誰？」

一身著白紗且雙手腕套著金屬環套之女子，隨即自祈安宮翻飛而出，騰空橫向翻轉，一記鉤腿掃出，直中展鵬左膝後橫紋正中之**足太陽委中穴**，令其一陣膝軟而左傾，隨後再補一記側踢，直接將展鵬踹下馬車。

甄芳子與荊双兑見狀，不免瞠目咋舌，覺到，「見於宮中為患治症之龐鳶，功夫如此了得！視其輕功暢如飛鳥，出擊速度快如鳶隼，制敵兵器無聲無息，直感後生可畏！」此刻，甄、荊二人見龐鳶加入，瞬起一股衝勁兒。荊双兑提刀一個吐架子，震嚇對手；甄芳子則持劍直向岑鴞使出速刺、側削、上撩、逆纏四連式，不僅撩去了敵對頭帽，更削去其一截髮尾。

展鵬躍身一霎，持劍再戰龐鳶，而岑鴞下令弟兄圍纏甄、荊二人，並與展鵬聯手將龐鳶引向樹林高處。這時，身處亭內之惲子熙，直覺鷲、鴞二人本具默契，又刻意引敵對入林，恐已設下甕中捉鱉之圈套。而擅施巫術之甄芳子，為褪去昔日包袱，不忍再向敵對手下放蟲毒，故壓抑其內力施展。荊双兑亦因左臂刀傷，仍有出血之虞，因而使不出全力退敵。然為避免三人無謂犧牲，惲子熙一絲念頭閃過……「或許該隨著岑鴞，走趟濮陽城了！」

「唰……唰……唰……咻……咻……咻……」祈安宮前之高聳樹林，霎時釋著三人穿梭聲響！展鵬短劍犀利，枝幹迎刃而斷；岑鴞快刀疾旋，落葉速削而裂。然此二人交替出招，卻未能觸及敵對一根汗毛，其因出於，此鳶移位之速，略勝鷲鴞；此鳶彈躍之高，鷲鴞不及。剎那間，鷲鴉四目對上，二人同採環繞之勢，移竄林間。然一旁之甄芳子，對戰當下仍不時側目著林間戰事，驟然見得龐鳶於穿梭一霎，正面對上岑鴉，一聲鏗響，倏以手環擋下對方快刀！展鵬俄頃出劍，使出撩中帶刺之式，亦遭該手環擋下，此時龐鳶以一敵二，幾與敵對近身搏鬥。

甫擊退敵手之荊双兇，見況唸道：「鷲即大鵬，鴉即夜鷹，此般一鷲一鴉近擊一鳶，三鷹同於林間疾搏，煞是罕見，如此竄叉對擊，旁人根本上不了手。倘若老鳥兒沒使詐，眼下鳶隼僅能藉速取勝了。」

然於鷲鴉雙禽合逼之下，龐鳶不慎飛躍於方才敵對旋轉移竄之域，其雙腳欲藉枝幹使力彈躍，孰料鷲鴉二人已將該區域之樹幹削薄，以待敵對中招。果然，一聞「闢嚓……」之樹幹脆裂聲響，龐鳶瞬間踩空而失了衡，倏而縱向直墜樹林底。

展鵬立對岑鴉喊道：「此女流看似輕盈飛快，卻是初出茅廬之輩，呵呵……輕浮了點兒啊！」

「是啊！以這般高度墜下，恐得拄杖一輩子囉！」岑鴉嘲諷後，又說：「欸……那是啥嘞？」

一團橙光自樹林下發出，俄頃自下而上，「轟隆……」一聲巨響，亭前眾人無不震懾，凝滯而望，仔細一瞧，惟聞荊双兇叫道：「是……龐鳶！」

橙熾光氣包覆下之龐鳶，雙手交捧雙肘，一如麻花般地自旋直上，直至一定高度，雙臂與雙掌十指同時向外揮開，咄嗟爆出以軀體為軸之水平輻散能量，惟聞「轟」之一聲發出，瞬將倚於樹梢之鷲鴉二人震飛，雙雙摔落於祈安宮前。龐鳶自高而下，凌空連發六羽鏢，惟見六道白羽疾箭飛過，岑鴉之持刀手下立感側耳麻疼，仔細一瞧，六人耳垂盡遭羽箭射裂！

重墜後之岑鴉，見勢不利於己，隨手拉起展鵬，放聲道：「真是好樣兒的，甫見一女施展

巫術，現又一女施展妖術，咱們走著瞧，待吾稟告中鼎王後，定要北州付出代價。」

「哈哈，我說臭味鳥啊！啥時候開始，中鼎王改聽爾之命令啦？沒完成使命，等著回去挨罰吧！哈哈！」荊双兑笑道。

鷲鴞兩人互瞧後，點了點頭，決朝涼亭施以下策。甄芳子與龐鳶分由涼亭左右翻飛而來，鷲鴞二人見刺殺行動難以達成，遂越過涼亭屋頂，由亭後樹林離開；適值二人蹬步躍高之際，「咻……咻……」展鵬推開了岑鴞，隨即轉身向惲子熙拋出二枚十字旋鏢！

「哇……哇……」兩聲響陡然傳出，涼亭木柱上瞬間插著兩穿過十字鏢孔之羽毛鏢，大夥兒於聞聲之後，立見龐鳶展出疾翻，火速持起馬袋兒上之彎弓、飛箭，斯須轉向，疾運衝、任二脈之內力，充於雙臂，一次張弓，瞬發二箭，鷲鴞二人即於白駒過隙間，聞得一聲「咻」響下，雙雙中箭，狼狽逃入林間；當下鷲見領頭遁逃，其餘殺手無不倉皇退遁，涼亭之前，頓轉鴉雀無聲。

「啪……啪……啪……」惲子熙對著龐鳶點頭撫掌，而後甄芳子、荊双兑亦拍掌附和。荊不禁唸道：「這……真是開……開……開了眼界啊！」

惲子熙對龐鳶拱手謝道：「驚見展鵬回身施放冷鏢，幸得龐姑娘及時之助，羽鏢之速，略勝一籌，致使惲某能逃離此劫，萬分感激。」

甄芳子亦說：「龐姑娘歷遊此地不過一周時日，僅知姑娘醫術高明，孰料另懷一身絕世武藝！再說，使鏢者能凌空擊中一飛物已是難事兒，龐姑娘竟能同發二羽，且自二旋鏢孔精準攔截；然而攔截其一，可以巧合視之，惟攔下其二，已可用神技視之。再則，耳聞中土有所謂『經脈武學』，甫見龐姑娘之內力四射，可屬該經脈武藝之範疇乎？」

荊双兇更接話道：「龐姑娘羽鏢之技，無懈可擊。適值展鵬回身放鏢當下，鷲鴉二人實已相距數尺之遠，而龐姑娘竟能以一弓同發二矢，眨眼皆中標的，此舉實已達神乎其技之超然境界！」

龐鳶放下弓箭，向大夥兒行過拱手禮後，立對惲子熙恭敬說道：「常聞陽晌觀常師公提及，惲前輩能推演天磁地氣，測知未來，此等功夫，世間難遇其二。再說，方才因龐鳶仍有二病患，未能及時出手助陣，適值甄姨與荊叔合力對敵時，見惲先生為免爭鬥傷及無辜，親自協助出宮之病患，沿宮旁小巷疏散，多次背對伺機而動之展鵬而不自知，如此捨身護弱，相較持刃挾病婦以行要脅之展鵬，天壤之別，遂令龐鳶出手，與大夥兒合力制裁暴力。」

龐鳶接著對甄、荊二人說道：「前來午崞鎮，遇上甄姨為人義診，甚為感動，故順勢以己之所知，盡為隱忍之病婦解症。然而僅以診治為要，少了閒聊，自然兩兩不甚瞭解。甫見甄姨施展境外奇術，頓覺甄姨亦是深藏不露之人，一如而後甄姨發現龐鳶之行徑一般。然而龐鳶之武藝，實受嵐映湖龍武尊之啟蒙而來，由於**衝、任二脈**貫穿身軀，經龍師公提示，以縱身疾旋之式，即可將體內能量甩出。常聞醫者提及：診治他人，耗己真氣。龐鳶雖於診治病患後有所耗損，但回復速度極快，尤其每治一婦人，即能加速回補**衝、任二脈**；甫見震飛鷲鴉二人之能量，即是**衝、任二脈**之內能外釋，亦歸屬於龍師公所倡之『經脈武學』！」

龐鳶再向大夥兒呈出手腕處之銀套環，道：「此套環乃出自龍師公為龐鳶所設，其中內藏無數之針鏢鉤釘等刃器。然而龐鳶本是一羽化症畸胎，兩臂外覆無數白羽；惟因羽毛有其羽管，

羽管中空，可於羽毛滑出衣袖時，瞬間套上手環內藏之刃器，如此即可成一無聲之武器！再因羽化之特質，能助龐鳶於飛躍時，身輕如燕，故能躍高於岑鴞，行速於展鵬。」

龐又說：「至於晚輩能凌空攔截標的，實因幼時常遭頑童捉弄，為了自我防衛，頻頻關注多方目標。過往曾於陽昫觀後院，見二座流水造景，待流水蓄滿鑿空竹筒後，竹筒隨即翻轉並將其中儲水倒出，待竹筒翹回原位後，繼續承接流水，如此周而復始。一日，龐鳶見觀內一師兄，每每經過，即投一細石，竟能不偏不倚地投入晃動之竹筒中！自此之後，龐鳶不時前往一試。一段時日後，已能手執二石，分進兩不同步之晃動竹筒，此一技巧僅當時那投石師兄見過，而後龐鳶將之用於羽刃與弓矢之上，即如方才眾前輩之所見。」

「太不可思議啦！嗯……經龐姑娘這一啟發，我荊双兄是否該注意身擁何特質？能經由專注而更上層樓啊！哈哈……」

「甫於宮內觀得荊叔以雙針結合藥對治症，龐鳶甚為佩服，如此醫技，實已令一般醫者難望項背！」

待大夥兒進了祈安宮後，龐鳶隨即向諸前輩表示，前來北渠之前，曾留於中州濮陽數日，該城現由狼行山擔任城主。然荒謬的是，龐鳶走訪城裡數家藥舖，不僅買不齊該有之草藥，更見藥舖老闆反向居民介紹如，「苛依松」、「莫尼珥其」、「夆立方」，等治頭疼、肩頸疼與腰疼之速效合劑。可疑的是，屢見城中都衛軍兵，向著衣衫樸實者行禮，似乎已有微服武官不時巡視。然龐鳶確實耳聞，中鼎王將由頂豐城前來濮陽，屆時將會晤東震王！龐鳶就此臆測，鷙鴞二人應為了於中鼎王抵城前，擄下惲大人，一來可阻惲大人為北州變法，二來可於中鼎王前，邀功論賞。」

「嚴東主將於濮陽會晤中鼎王？」惲子熙頓時納悶，接著又說：「罷了！此刻寸陰是競，尚不須費時推測二王何以會晤？卻別忘了咱們前來此鎮之目的！」惲隨即向著甄芳子詢問，「午嶠鎮上可有姓聶人家？」

「欸……怎是同樣的問題？此乃巧合乎？」甄芳子表示，數月前，有個手持金箍木珠串，身穿金袈裟之僧人，來鎮追問聶姓居民。然午嶠鎮本無姓聶人家，但聞數十年前有一東州人移居至此，其以三耳字兒合為一聶字為姓氏，單名一晶字，此人頗具木藝技術，並以木器買賣為生，其本吃齋唸佛，然因此鎮以道教為主，適值一地主回饋當地，提出經費蓋了這座祈安宮，遂雇聶晶擔任木匠。

值談論當下，宮裡走出一女廟祝，證實了甄芳子所敘之往事。

廟祝續指出，宮廟內若干木製門櫃，均由聶晶親手製作，其上並刻著聶晶二字。然此廟祝針對那披著金袈裟之僧人，頗不以為然，道：「出家人本是六根清靜之輩，惟此僧人盛氣凌人，出言猶如盤問一般，或問宮廟修建前之瑣事，或問聶家子嗣之去向？此僧住宿於鎮上客棧，七日內往來祈安宮五六回，其中一日遇上了甄女俠。」

甄芳子接說道：「此僧見芳子非出於當地，僅是替人義診的女流之輩，興趣缺缺；唯吾本習武之人，自然留意此人功夫匪淺，其因乃於午嶠鎮偶有潮濕氣候，為防祈安宮遭蛀蟲侵蝕，故不定時為樑柱刷上樟腦驅油。然因橫樑甚高，廟祝與道友們遂藉吊繩相助，始得完成樑上任務。憶得芳子亦曾以輕功上樑，以助其油刷。怎料遇上那僧人來訪時發覺，此僧足下之羅漢鞋，竟沾著若干樟腦油漬，遂知此僧登過宮裡橫樑。」

這時，荊双兌將東州菩巖寶剎之由來與薩孤齊之角色，做了簡要敘述後，甄芳子更確認這叫薩孤齊之僧人是來找東西的。一旁廟祝接話道：「當發覺此僧怪異時，問其為何前來祈安宮？得該僧表明來此欣賞宮廟之工藝，最終該僧對於一木雕駐足甚久後即離開，至此未再出現過。」話後，廟祝順手指向了屏風後方之木雕，大夥兒倏而上前一瞧，隨後芳子即說：「此乃順江而下之五艘大船，卻未見內隱特別意義啊？」荊双兌則看了下惲大人後，點了點頭，輕聲道：「薩孤齊果然是為著過去那事兒而來！」接著，荊再將聶晶之過往故事，告知了甄芳子與龐鳶。

龐鳶反應道：「所幸聶晶遇上了心無貪念之董牧，否則早被人押著頭，搜尋那失落之五船了！欸……對了，惲先生與那薩孤齊均尋著聶姓人家，而龐鳶先前於濮陽城時曾聽聞，十餘載前，有位失了蹤跡之城主叫聶忞超，應不致扯上關係吧？」

「經惲大人提及過往可推知，聶忞超之父乃聶晟，而聶晟又是聶晶之養子，如此連帶關係，應有相關牽連才是！」荊双兌疑道。

「來來來，該喝口清茶潤潤喉啦！」廟祝將剛沏好的茶端上了桌，惲子熙緩緩走近，自案上拿起了盛著清茶之茶杯，感慨說道：「同是一杯清茶，教家能見得其禮，道家能見得其氣，佛家能見得其禪，而商家卻能見得其利。薩孤齊身為佛家，卻能為著一過往傳說所衍生之利，奔走四方，居心叵測！惲某經由歷代線索拼湊，並不認為那聶晶據實以言，其因落水而無以分得黃金，遂刻意放出五船黃金之說，或有報復當年另四探勘者之想法。」

接著，惲子熙再將昔日之磐龍仙翁傳說，對大夥兒描述了一次，並根據常真人轉述五藏殿銘義天師之說，表明磐龍仙翁已將質異之黃金，隨五色晶石一併處置。眼前聶晶所製之木雕，雖見五船，但其真正目的，乃藉江流旁所雕之紫郁樓，提示當年船難正是發生於靈沁江上；而紫郁樓乃現今南州之觀景名勝，其南向廿里處，即是南州火連教總壇所在，倘若有心人以此做文章，想當然爾，未來之靈沁江，恐難平靜！

惲子熙搖了搖頭又說：「薩孤齊藉著各種利益，拉攏火連教主邢彪與中州合作，除了助其對抗南離王外，或許即為了這事兒而鋪陳。只是話又說回來，薩孤齊何以知悉聶晶居於午崞鎮？」

藥對王接話道：「倘若過去清森方丈與聶晶互有探病聯繫，身為方丈之行蹤，必為寶剎弟子所記下，而今能調閱寶剎歷史紀錄者，唯現任之沁茗方丈。換言之，薩孤齊若要菩巖寶剎之資源，已可藉沁茗而隨心所欲，欲知聶晶之過去，菩巖寶剎即是一捷徑。」

「欲打撈五船黃金？談何容易！倘若真尋得沉船下落，得需要多大船隻？始能打撈與載運？」甄芳子疑道。

「欲造大船需要諸多木料與木匠，而盛產林業之東州，自是有心人欲合作之對象；沒準兒中鼎王於濮陽會晤東震王，跟這事兒有關吧？」龐鳶推論道。

經龐鳶這麼一提，大夥兒頻頻點著頭，深表認同其可能性。

突然！惲子熙一陣暈眩，霎時失衡而傾倒。荊双兑立讓惲大人臥於客室後表示，惲大人連日研習暨酇先生之字形推測，焚膏繼晷，秉燭夜讀，而後舟車勞頓至此，再經鷲鴞二禽突襲，難免精、氣、神受損，以至肝、腎陰虛。

甄芳子說道：「怵惕思慮則傷神，憂愁不解則傷意，悲哀動中則傷魂，喜樂無極則傷魄，盛怒不止則傷志，恐懼不去則傷精。精傷而至氣損，氣損而至神失，見惲大人口唇生泡，心火灼舌，實有二針穴位必下。」

龐鳶接話道：「惲大人脈震細數，口苦咽乾，暈眩失衡，腰膝痠軟，見得肝腎陰虛之證，實有二味滋補肝腎之藥對可用。」

荊双兑嘴角一揚，抽取兩針，一針下於**手陽明**之**二間穴**，此乃金中之水穴，藉以推金生水；二下於**手厥陰經脈**於掌中之**勞宮穴**，藉此瀉心火以助水，二針相應，以祛口唇熱毒。下針之後，瞬自背袋中取出數丸粒，說道：「眼下一藥，名曰**女貞子**，主補中，安五臟，滋補肝腎，烏鬚明目；另一單藥，名曰**旱蓮草**，養陰益腎，涼血止血。然因此二藥分於冬至、夏至採收，並將之蜜製成丸，故曰**二至丸**，此乃一益肝補腎之絕佳藥對！」

「啪……啪……啪……」甄、龐二人隨即拍掌，且聞二人連聲稱道，藥對王之「針下二穴，方出藥對」，名不虛傳。

「過獎過獎！若不限二針與藥對，相信二位必有更高明之治法。眼下之狀，惲大人恐需休息幾日以養身。」荊說道。

「不可不可！」惲起身說道：「有此二針與**二至丸**，即已足矣。惲某尚得照原訂期限，速回北河辰星大殿，以備頒佈北州圖強變法之綱領！沒事兒……真不礙事兒的。倘若惲某真被鷲鴞二人挾往濮陽，那才是麻煩之始啊！」

「這麼吧！惲大人，荊某許久未往濮陽城去了，不如在下前去城裡瞧瞧，透過城裡熟識之友人，應可感受一些風吹草動才是！」荊說道。

惲子熙點點頭，「也好，只是……荊兄弟有傷在身，亦須一路謹慎才是。」

甄芳子關注表示，既然惲大人之行蹤已遭鷲鴞二人發現，大人回北河途中，恐生變數，惲大人可有接應隊伍前來支應？

「諸位莫擔心，惲某將知會北渠縣令葉啟丞，再進一步由縣府衛軍給予支援。將來若有機會，惲某盼能藉由甄女俠之助，以期進一步瞭解克威斯基之國情。」

「芳子除了續幫鄉野鄰里診治外，未來將配合惲大人之行事，並參照方才惲先生於亭內所述之過往，擇日親上一趟津漣山，去看看……阿……莉！」話說至此，甄芳子又不禁哽咽且紅了眼眶。

「喀噠……喀噠……」忽見遠處塵土飛揚，且聞蹄聲由遠而近。半晌之後，一北州堅防騎隊，引領著軍車，突然來到祈安宮。一文質彬彬之年輕人，斯須下了馬車，待其走進宮內，惲子熙一眼即辨識出眼前來者。年輕人立馬上前，拱手表明道：「北州水利總管莫沂，見過惲大人！惟因水利巡防隊行經青鄙村，經暨酆先生告知，恐有宵小騷擾惲大人之行，遂由暨老指點，前來此地接應。」

「嗨呀！這樣也好，既然惲大人有車隊接應，那荊某即可續駕著暨老的小馬車南下啦！」荊双兑一回頭，又說：「龐姑娘可有打算？」

龐鳶頓了下，回道：「耳聞東州木雰城婦女，多有癥瘕積聚之證（腹中積瘤腫塊），龐鳶欲前往該處瞧瞧，盼能協助當地罹患此證之婦女解疾。」

接著，惲子熙領著大夥兒於祈安宮內上香祈福，而後大夥兒於互道珍重下，目送惲子熙登上馬車。惟聞莫沂總管一聲令下，水利巡防騎隊隨即啟動，見得宮前一威嚴軍伍立隨輻轂之輪轉，再次於黃沙飛升中前進，順利離開了北渠午嵉鎮。

春末夏初，依舊是中州惠陽之瑞辰殿，惟近日異於往常之處，乃因中州神鬣門總督刁刃，親率門下之蒙崗、呼延剬、冉垣甲、芮猢四大戰將，監督著殿前競技場之架設。然最初神鬣門之分級，乃由中鼎王分為金鬣、銀鬣、鋼鬣三階。自刁刃取得總督之位後，將銀鬣與鋼鬣二階，合而為一，始成總督統領五虎猛將之神鬣疾風組。而今再次架設競技擂臺，實因原疾風組之驀驛出走，為補疾風組之空缺，遂由各路人馬競相爭取，而刁總督更為此一競技比試，命之為……獵風競武！

參與獵風競武之各路高手，陸續來到承豐大街。街旁一祥陞客棧，高朋滿座，惟聞棧內商賈趁勢喊出押注對象，霎令眾人趨之若鶩，爭相湧入客棧，打探投注對象之實力。一帶頭莊家洪聲喊道……

「快快快……要下要快啊！明兒個獵風競武即將揭幕啦！以目前押單所示，名列前茅者，一是屏西雁翎刀殷天雁，二是御劍山莊少莊主樓御群，三是浦原千牛刀苗呟強；其他尚有京鋒短戟史堅，烈絕槍耿彥……等等。版上列名越後者，賠率越高啊！哇……」帶頭的呂三棠一吆喝完，立見押注者一擁而上。

一旁循序看著列單之擎中岳，不禁輕聲笑道：「呵呵，雷夫人已替我報了名兒，且排名廿八位，看來得打個幾場後，才有機會遇上那樓御群。欸……怎麼身旁一兩鬢雙白老伯，目不轉睛，直盯版面，嗯……不妨朝他問問。」

「這位老伯，瞧您緊盯看板，是關注著某人參與？還是純粹押注啊？」

「呵呵，吾……呃……一把年紀了，想來湊湊熱鬧。老朽多年前值神鬣門首次甄選，贏了些錢，食髓知味兒，今兒個又有人辦押注，再來碰碰運氣啊！呃……。不過，見小兄弟身強體健模樣兒，該不會只是來下注吧？有膽識就報上個名兒一試，沒準兒打進了疾風組，響了名聲，又享高俸，這輩子就不愁吃穿啦！呃……」

「呵呵，不瞞老伯您說，在下擎中岳，確實已列了小名兒在上了。吾尚未參與過這般競武，只是藉這機會，看能否幫幫朋友罷了。」

「擎……中……岳……嘿嘿，有啦！是第……二十八位，對吧！」老伯又說：「呃……老朽名曰吳同，與那梧桐樹同音異字，叫我梧桐伯就可以啦！甫聞少俠說……是幫朋友而來參與競武，多奇特之說法啊？」

阿岳趁著大夥兒熱衷看板，等到了張空桌椅，點了些小菜，梧桐伯亦叫了壺酒後，阿岳將奇恆山莆汕村民之所需，告知了梧桐伯，並表明某藥商曾與人打賭，若樓御群能奪魁，將提供該村醫用藥材，惟自始至終，並未提及與雷夫人約定之事兒。

「哦……原來是這麼個說法啊！」梧桐伯點點頭後，又問：「嘿嘿，不知少俠以何等兵器上陣啊？好讓老朽瞧瞧爾之戰力與勝算，呃……。」

「欸……在下就一根齊眉棍兒上陣囉！」

「啥？就一根齊眉棍？少俠還真是玩命啊！」

梧桐伯又說：「憶得當年佛岭山大力士蒙崗手持雙錘，呼延剬揮使北冀偃月刀，皆是真刀真槍地打啊！與他們對戰之對手，至今長出的草兒，都比咱們高囉……呃……有條詩句是這麼說的：『大將南征膽氣豪，腰橫秋水雁翎刀，風吹鼉骨山河動，閃電旌旗日月高。』看那名列前茅之殷天雁，出了名兒的就是那雁翎刀。再瞧眼下之競武者，哪個不是剛尖利刃的？少俠僅持一根齊眉棍登場，呵呵，膽子不小啊！」話一說完，梧桐伯一口喝掉了半壺酒，隨即又一聲，「呃……。」

「梧桐伯，您的呃逆現象不輕呀！酒少喝點兒，或許等我競武比試之後，再幫您瞧瞧身子。」阿岳說道。

「唉！近來這般呃逆現象，著實困擾著老朽！」梧桐伯又說：「就算少俠會治這般病症，也得瞧爾過不過得了關啦？一根齊眉棍……呵呵，先顧及你自個兒吧！」

阿岳回應道：「梧桐伯熱衷競武，且熟悉參戰之角色。然經在下一路打聽，之所以有這麼場獵風競武比試，實因昔日一疾風組戰將，名曰驀驛，因故退出所致。然而過往未改制前，除高階總督為金鬣戰神外，尚有二位次階之銀鬣戰將，而驀驛即是銀鬣戰將之一。然驀大俠手中所持，僅是無尖無刃之三節棍，依能戰勝數敵手；換言之，無論所持是刀是槍？是劍是戟？只要擊中要點，對手終究要棄械投降的。」

「好……真是好樣兒的。少俠提及的驀驛，即是老朽當年押注之對象，呃……過去只要能挺進前三強，下注者就能贏錢，而老朽正是看上驀驛那專注且冷靜之眼神。甫見摯少俠之舉止談話，似乎又有那麼點兒味道，沒準兒摯少俠會是匹黑馬哦？只是……今年之賭盤，不知是否賭哪一人會補位疾風組？呃……這得去問問那叫呂三棠的頭兒。嗯……不管怎麼說，老朽會找個好位子，看著摯少俠上場一試的。」「咕嚕……咕嚕……」話一說完，梧桐伯將剩下半壺酒給飲了後，立馬瞭解賭盤去。

飽餐後的摯中岳想著，「三節棍！其厲害之處是能功能守，藉由鍊條相接，能隨身體做出扭曲擺動，能拋能甩，更能一端防禦，一端進攻，雖無利刃，一樣可剋敵致勝。而吾之齊眉棍，可說是伸直了的三節棍，只要拿捏點夠快，以旋弧之式，迎上敵對利刃，再順弧反轉，依舊能做出一端防禦，一端進攻之招式。倘若……再能融入經脈武學，那招式將更有變化才是。」

摯中岳不勝客棧內嘈雜聲響，獨自走出了祥陞客棧，隨性地逛著承豐大街，忽聞一聲響由身後傳來，「敢問這位公子，可知悉惠陽城主之官邸，該往哪兒去呀？」中岳一回頭，見一女子提了一背袋兒，誠懇問道。

「欸……這個嘛……姑娘，實在不好意思，在下亦是首訪惠陽，眼下僅知這大街名為承豐，至於官邸於何處……」

「啊……行了行了！原來這兒就是承豐大街啊！」姑娘又說：「憶得該官邸即於承豐大街之盡頭轉右即是。呵呵，公子首入惠陽，隨口一說即能助人；待小女子這筆生意做成，回頭再請公子吃一頓好了。」

「在下摯中岳，姑娘背了這碩大背袋，要走到大街盡頭買賣，可是趟辛苦錢啊！這麼吧！

姑娘於前頭找尋目的，而我用這齊眉棍於後頭幫妳擔著，應可達事半功倍之效才是。」

「嗯……好像有理耶！我叫雩嫴，來自北州，是個皮革匠，袋裡這幾雙皮靴為吾所製，正要送往城主官邸去。」

「什麼！北……北州？雩嫴姑娘隻身打北州來，就只為親送這製品，這得耗費多少時間啊？」

「雩嫴搭船渡過汨琤湖至頂豐城，再朝惠陽前來而已，這就叫親力親為吧！吾之製鞋有其特殊工法，親自將鞋靴送達，若有不適之處，吾能即時修改，待一切無誤後，即可當場予以定型，隨後銀貨兩訖。過往諸多北州官員令吾製鞋，眼下這叫只瀧的，亦於一次聚會上，經人介紹，由吾量其尺寸，待製成後送交。好吧！這背袋兒就交予中岳哥擔著囉！咱們速速將這筆生意給了了吧！」

不久之後，雩嫴帶著中岳將背袋兒提進官邸，因安全之故，齊眉棍暫由管家收管。適值只瀧城主試靴之時，突遇一盛氣凌人、不可一世之俠客到來！值此大俠一入大廳，尚於廳內等待之際，即與摯中岳正眼對視，隨即問了管家，才知是替城主送鞋來的年輕人。一會兒後，只瀧相當滿意雩嫴之製品，遂多給了些賞錢，以補其車馬開支。

正當雩嫴與中岳收妥隨身物品後，一個轉身，即聞只瀧入了大廳，恭敬地說道：「稀客，真是稀客，神鬣門刁總督大駕光臨，不知所為何事兒啊？」

甫取回了齊眉棍，偕雩嫴快步離開官邸之摯中岳，嚴肅地說道：「原來，甫與中岳正眼對瞧者，正是中州神鬣門總督……刁刃！」

「哦……原來是他呀！耳聞這位刁總督，其劍之快，非比尋常，尤其所持之三禪戮封劍，實乃出自公冶長瑜大師三禪之作，不僅於屹岡島封了劍紳與刀臣之刀劍會，甚而毀了西兇王之厲砂鋌搫劍，而後過關斬將，一路殺進神鬣門，執掌了總督一職。嗯……算了，那是他的事兒，跟咱們無關！走吧，說好要請你吃一頓的。」

待初識二人到了客棧，中岳立表明飽足後甫遇上了雩婷，故僅點了壺清茶潤喉。

「欸……雩婷姑娘不是製鞋嗎？怎清楚江湖人物之過往？」中岳問道。

「呵呵，中岳哥僅進一次官邸即遇上刁刃，而雩婷進出諸多達官居處，一如北州莫王府，吾聽聞之武林消息，抑或江湖傳聞可多著呢！說出來怕嚇著你啦！嘻嘻，雩婷刻意擇此時刻，前來惠陽交貨，就因明兒個即是獵風競武比試，本姑娘倒想試試，這號稱中州高手匯集之神鬣門，究竟是何許人物能入選？」

「試試？難道雩婷姑娘也參與了這回之競武比試？」

「哈哈哈，我故意開個玩笑的啦！神鬣門裡盡是些舞刀弄劍的牛鬼蛇神，雖說是薪俸極高的活兒，卻是個不怎麼適合女孩子的組織。一路上見著前來比試之角色，除了一個叫樓御群的，稍有個俠客樣兒之外，還真沒見著名門正派的人物。中岳哥也是來看熱鬧的吧！」

「呵呵，我摯中岳亦非何門何派，但……明兒個……吾得硬著頭皮上場，藉此與人比劃比劃。」

「什麼？中岳哥要上場？就……倚著那隨身齊眉棍？不……不好吧！」雩婷又說：「好不容易認識個新朋友，他就要……欸……不過，聽說每勝一場皆有銀兩可取，所以，就算沒拔得頭籌，也能掙幾個銀兩，對吧！只是……刀劍無眼，競武公告亦明確表明，競擊中若有損傷意外，自行負責耶！難道中岳哥真是為掙銀子而來？」

「唉！既然雩婷姑娘常接觸達官顯要，自然瞭解他們常提的，不是名，就是利，而我摯中岳遇上的則是……」待中岳將雷夫人之要求，詳實描述之後，隨即擔心著，若無完成墊腳之任務，一切皆為空談。

「原來，藉由一場獵風競武，刁刃要的是吸納菁英，御劍山莊要的是掙得名聲，一旁鼓譟百姓要的是博得意外之財，卻萬萬沒想到，竟有人為著改善他人貧苦環境而來！唉……還真不捨你這麼位善良的朋友耶！」雩婷又說：「算了啦！有心助人就好了。明兒個若是遇上兇狠的對手，趕緊棄權好了，別太認真啊！」

「喀達……喀噠……」，一陣蹄響瞬引雩婷望向客棧窗外承豊大街，見一人正於群瓏客棧前下馬，然此一幕，霎令雩婷顯出一詫異神情，「怎麼這麼巧？這號人物也來了！」中岳一時不知雩婷所云，經雩婷描述之後始知，甫於群瓏客棧前出手闊綽之公子哥，即是北川境內赫赫有名之順行號老闆……鄒煬！

「哼！有錢人就是不一樣，專挑最奢華的客棧住宿。」雩婷接著疑道：「難道，他也是來看熱鬧的嗎？」

當晚，雩婷本於大街上採買飾品，回程行經群瓏客棧時，見一熟悉身影，竟鬼祟地由客棧旁門溜出，立覺到，「堂堂順行號老闆，放著大門不走，竟循小門巷弄，相較平日，判若兩人，不妨跟上去瞧瞧！」雩婷就此尾隨，竟來到市郊一荒廢古井旁，雩婷見井旁有一石磚矮牆，隨即擇為避身之處。

半晌之後，一身手矯健之身影，以極輕之步伐，來到了古井旁空地，低沉說道：「耳聞北川沈三榮縣令已露了餡兒，早知此人行事馬虎，因陋就簡，聊以塞責，而今已遭莫乃行押入大牢，恐有拖累鄒老闆之虞啊！」

「芮大人請放心，沈縣令直接處理西州之運貨，與在下重疊不高，應不至連累鄒煬。倒是經由芮大人與鄒煬之牽線，將貨品私運至北江縣的宋世恭，似乎出了點兒問題，以至東州稅務坊之房令盅總管，託人告知在下四字……供貨已斷！難道……連一向敬終慎始、斂色屏氣之宋世恭也栽了不成？」

「什麼？宋世恭若出了事兒，其所儲有之白粉量，相當可觀啊！那可是仗著我芮猘之名，向克威斯基的查坦尤垶將軍關說，特地調來支援宋世恭的，短期內能再尋得供應者，僅剩西州之稅務總管紀哲丘了。鄒煬兄若有急需，或可走趟西州，直接找紀總管囉！」

「芮大人不須回西州，親向西兑王報信兒嗎？」鄒煬問道。

「噓……」芮猘作了個靜聲手勢，察看了周圍後，道：「切莫提及芮某臥底中州一事兒！倒是……說起回西州，亦是令吾頭疼之處啊！打從上回狼行山與雷婕兒大婚之日，一陣瞎鬨下，竟多了段與神鬣疾風組切磋之戲碼。孰料薩孤齊國師力邀西兑王挑戰神鬣門，為不讓西兑王所率隊伍失了顏面，吾不待刁刃指派，直接上陣，後因疏忽了靳弘羿之劍式而敗陣，此幕直令完美主義之刁總督，頗為介意！自此，刁總督對芮猘之辦事效率與行蹤，傾耳目注，眼下僅能藉由鄒煬兄之商賈途徑，助芮某傳達訊息了。」

「此回獵風競武，中鼎王是否親臨坐鎮指揮？」鄒煬又問。

「此即欲委託鄒煬兄傳予西兑王之信息！近來中鼎王將於濮陽城密會嚴震洲，故此回競武將由刁總督全權處理。或於競武之後，芮猁將自請前往濮陽城巡視，再調查其中細微。至於惲子熙於北州之行動，有勞鄒煬兄關注了。」芮猁又說：「對了，尚有一事兒值得鄒煬兄注意！方才提及各門派與神鬣門即與切磋之後，雷嘯天之公子雷世勛，突然回到瑞辰大殿，此事兒雖已廣傳，惟當下不巧被吾撞見，北坎王之二公子莫乃行，似乎極欣賞雷世勛的覡巫之術，並求其賜教。然中鼎王已知悉雷世勛正於北州帶領狐輿壇，鄒煬兄若聞相關消息，不妨代吾傳予西兑王，西兑王絕對會給予鄒煬兄好處的。好了，此地不宜久留，芮某得速回瑞辰大殿了。」

掩蔽一旁的雩婷見聞後，「哼！這個鄒煬，不好好地經營順行號，竟做了見不得光之勾當，甚而出賣機密換取利益。看來得找機會告訴義父，以免礙了義父重振北州之路才是。」

翌日巳時，或為獵風競武之參與者，或為前來觀戰之各門派代表，抑或是趕著看熱鬧之閒雜人等，皆已來到競武場地外圍。隨後見得擔綱競武規則說明之只瀧城主，緩步登場，現場立馬歇了嘈雜，惟聞只瀧發聲說道……

「參與獵風競武之各路英雄好漢，惟因此回參與者達六十又四，超出預估甚多，昨夜與刁總督協商後，決將競武拆成四組，捉對廝殺後，晉級前一十六強之高手，將優先考慮納入神鬣門成員；晉列最終四組之冠者，再行抽籤配對競技，最終奪魁者即列入神鬣疾風組！然而，參與競武者亦可表明越級登場，直接挑戰現任疾風組之任一武將，每一疾風戰將僅接受一次挑戰，以免眾挑戰者有刻意輪攻之惡象，一旦挑戰者勝出，立即接任敗者之疾風組地位。此般說明之後，眼下之獵風競武，即於午時展開。」

只瀧此話一出，隨即引來一片嘩然，其因乃出於場外之押注方式，立隨競武規則釋出而略有更動，除原有押寶奪魁者外，另列出一項四分組冠位人選之名單。

每逢競武必出席之中州萬延鏢局總鏢頭褚延軨，對著莊家呂三棠讚道：「僅單賭最終奪魁者，大夥兒實在難以掌握。眼下莊家另開四分組之奪冠者，若押中其中二位進決戰者即可，頗有意思多啦！好，這回褚某看好屏西雁翎刀殷天雁、御劍山莊少莊主樓御群。」褚總鏢頭如此一說，在場多人隨即加碼押注，而另有人看好其他二人，莊家遂開出了數種配對組合。

時屆午時，鼓聲響起，競武捉對廝殺揭幕，知名度略微者率先登場。一名曰安兢中之昔日落敗者，手持斧鉞，捲土重來，揮斧對擊，勢如破竹。另一草莽英雄燕騮，憑藉一鎖鏈刀，縱橫馳騁，一如鶻入鴉群，所當無敵。眼見二人連勝三場，距分組冠位，近在咫尺。而先前眾人看好者，如殷天雁、樓御群、苗呟強、史堅、耿彥，不復眾望，紛紛挺進分組一二。孰料，令各路英雄為之訝異，竟見一黑馬，默默過關斬將，一路列名而上，不禁引來競武場外一陣嘈雜，交頭接耳，「擎中岳是何方人物啊？是哪兒個道上來的嘞？」

正當分組八位強人出列，突然！一中年男子獨自走上競場，對眾喝道：「在下隴西天鉤粘冠申，因不耐冗長競武，遂獨自登台，直挑神鬣疾風！」

見著有膽識者上前，且是位年近半百之長者，刁刃嚴肅回道：「規則就是規則，自詡能力出眾者，儘管出招，倘若年逾於百，亦能勝我疾風一員，神鬣門甘拜下風。不知這位粘大叔欲挑戰對象？」

「呵呵，論兵器之形式，粘某能有勝算者，應屬對上巔稜快刀……芮猁！」

芮猁聞訊，眨眼提刀上陣，吐架子說道：「常見使鉤者均以雙鉤出擊，閣下僅持單鉤迎戰，稍顯怪異。既然粘前輩欲直闖神鬣門，恐得問芮猁之快刀，放不放行？」

「啪嚓……」芮猁隨著衣布之磨擦聲，俄而翻躍至對手正前，一陣鏗鏜對擊聲響，瞬由競武場傳出。

然此插曲發生之際，雩婷來到了擎中岳身旁，「中岳哥好厲害哦！你懂經脈對不？瞧爾之齊眉棍，招招皆中對方要穴，怪不得對手個個疲軟，無力再戰。」

「那是吾運氣好，知曉面相與經脈穴位，不難發覺對手哪兒出了毛病。妳瞧，競武場上那持鉤前輩，其耳垂正面已出現橫紋，此乃心血脈塞之徵；視其鼻樑山根呈顯赤色，此乃心火旺盛，入夜煩躁，夢多難眠之相。再關注其兩眼外角顯出鉤狀血絲，此乃冠心病之病徵。」

雩婷隨即表示，醫經論眼睛可分為五輪……

瞳孔屬腎，為水輪；虹膜屬肝，為風輪；眼白屬肺，為氣輪；眼角內外皆屬心，為血輪；上下眼皮肌肉組織屬脾，為肉輪。

「眼前粘姓前輩之**血輪**已顯血絲，看樣子是硬著頭皮上場的。瞧他如此激烈，不知心臟撐不撐得住啊？」

中岳驚訝地看著雩婷，道：「原來妳也懂醫術！太好了，甫見這粘大叔逾時到場，無法登列挑戰名單，怒氣之下，竟直接越級挑戰，吾尚憂心，待會兒若生意外，該怎及時救治？」

「中岳哥就專心競場上的事兒，一有狀況，雩婷來處理就好。」

果然，粘冠申因心臟急速收縮，引發心悸動而胸悶暈眩，雖即時擋下對手快刀攻勢，惟芮猁送上一記後仰翻踢，瞬將對手踢飛數尺之高，霎時，一快速身影躍飛而上，空中捧住粘冠申，接以一轉身，落於競場之外。當下只見粘大叔手撫左胸，一旁雩婷隨即趕上，銀針一抽，立即針下掌內**手少陰**心脈之荥穴少府，二取臂內**手厥陰**心包脈之絡穴內關，三扎足趾爪甲旁之**足陽明井穴厲兌**，四採深針**足陽明**脈之合穴足**三里**，四針既出，氣血輪動，即可舒緩面赤胸悶。

然而，擎中岳飛身救人之舉，瞬時引來刁刃目光，這才想起，「對……此人即是昨兒個送鞋兒去只瀧那兒的年輕人！沒想到，競武場上盡是刀劍利刃，僅以一木棍即能挺進八強，吾倒想瞧瞧，這小伙子尚有啥能耐？」

只瀧再度上場喊道：「眼下之粘大俠，不敵我神鬣門戰將，已失再戰資格。在場若無越級挑戰者，八強競武，隨即登場。」

「嘩……」現場嘈雜聲再起，惟因接續之對戰，乃由御劍山莊之樓御群，對上京鋒短戟史堅。這時，樓大少另持一柄二尺六長之利劍登場，據聞此刃乃樓茂榮莊主親鑄之御旌劍，霎時匯聚眾人目光。樓、史二人斯須對決，然依短戟之方孔形制，雖可抑住對手兵器，但樓御群藉史堅翻轉戟刃剎那，瞬以反手回槍之式，持劍由方孔刺擊，直中對手左肩，順勢回抽收劍，立見史堅左肩湧血，隨即棄械以撫壓傷勢。惟因此戰勝出，致使樓御群率先邁入四強之位，立引多數押注者一陣歡呼。

接著由苗吰強接棒，對上安兢中之斧鉞。然苗吰強之千牛刀乃因屠過千頭蠻牛而得名，此刀能於揮砍剎那，瞬將牛兒之堅骨與筋肉分離，而面對安兢中之掌中重器，立採疾閃突擊之式，不出十招，又令捲土重來之安兢中，鎩羽而歸。而殷天雁則以雁翎刀之疾速堅利，力破燕騮之鎖鏈刀，拿下分組之冠位。然此一幕，直令多數跟隨褚總鏢頭之戰力分析，押注殷天雁與樓御群挺進決戰者，狂聲叫好。

而後，烈絕槍耿彥與摯中岳，分自競場兩側登場，現場隨即鴉雀無聲。見得兩競武者同是持長桿型兵器，惟耿彥之桿長七尺，一端亦多了個六寸鏑尖頭。摯中岳於拱手之後，咄嗟一旋棍，瞬將不及六尺之齊眉棍，旋向右肩臂之後。耿彥仗著棍長及六寸鏑頭，似乎吃了定心丸兒似的，挺舉長槍，跨出了前劍後弓馬步，接著一聲洪喝，堅槍即出。

然因此戰攸關四強之位，耿彥一出手即是抨中帶點，穿中帶劈，挑中帶撥，再加鏑頭之刺中帶撻，令對手僅能藉穩步移位以對。數招之後，中岳趁一次二人轉身之際，運起**陽明**內力，真氣自胸膛向四肢之**陽明脈道**推進，雙腿筋肌瞬間爆發，揮棍纏繞圓轉，勁力適當，見其移位步伐，開步如風，點步如釘。待時機一現，摯中岳耍出劈、蹦、撩、掃四式於一霎，惟此四式倏令眾高手訝異，眼前舞棍者竟是闔目出招，此幕立讓坐於上位之刁刃，不自覺地唸道：「此人舞棍，妙在於熟悉棍之重心與離心，因而心能忘手，手能忘物，隨心所欲，無疑一武界奇才！」

再觀競武場上之耿彥，手持槍長七八尺，金其鋒而木為柄，出招即見寒星點點，銀光爍爍，但遇對手出神入化之技，絲毫未因鏑頭之尖刃，占得上風，反以攔、拿二式，作為擋撥防禦之法。孰料摯中岳俄頃蹬躍，握棍正衝直下，惟聞「咔噠」一聲，二人雙棍對擊聲震出，阿岳於應聲落下剎那，反轉齊眉棍之另一端，推棍直中耿彥右腋下之手**少陰極泉穴**，接著二次反轉棍端，再中對手右外膝眼之**足陽明犢鼻穴**，此二擊點瞬令耿彥麻痛疲軟，顧不得長槍落地，跪倒於競武場上。

至此，獵風競武之分組四冠，分由雁翎刀之殷天雁，千牛刀之苗呟強，御旌劍之樓御群與齊眉棍之摯中岳拿下。接著，刁刃走上前方，手伸籤捅抽籤，再由只瀧對外宣告，結果……由殷天雁對上摯中岳，樓御群則對上苗呟強。

「哇……」競場四周再度聲囂嘈雜，一人叫道：「諸總鏢頭真是太……神啦！樓御群與殷天雁分組而戰，倘若二人果真晉級決戰，那呂三棠恐得賠到脫褲啦！」

這時候，競武場突然現身一人，隨即登座上位以觀戰，只瀧立馬上前招呼，「夫人來得正是時候啊！此刻正臨四強之爭，今日現場由刁總督坐鎮，競武比試一切順利。」待雷夫人點頭後，隨即問了刁總督，「可有合適之人選？」

刁刃依舊冷酷應道：「神鬣疾風之中，驀驛乃唯一手持無刃兵器者，恰巧眼前競武者中，又有一無刃高手晉升四強，怎料竟是個與刁某擦身而過之運物小子，後生可畏！」

「那御劍山莊之樓御群如何？可有赫連將軍之勢？」雷夫人問道。

刁刃冷了一笑，道：「論刀論槍，刁某或有幾分認識，若要論劍？眼下樓大少之劍術，能達於皮肉，尚不及骨髓！惟聞其御旌利刃之擊聲，確是柄鮮有之佳作；若說赫連將軍藉三巡伏暢劍，鎮守雷王府之內，那樓御群或許能守東靖苑吧！」

「哇……好戲登場啦！」圍觀眾人無不為自個兒之押寶對象，加油吶喊！

樓御群再度手持御旌劍上場，苗呟強亦握起千牛刀，架出了利刃屠牛之勢。樓首先跨步，以敵對腰下為目標，使出了御劍山莊著名之〈飛濺七溯〉劍式，瞬以速沉、側削二式，左右低攻，再急轉上撩、突刺二式，上下突襲，如此連攻七擊，令敵對僅能防禦，無以回擊。眾人見得樓大少此般壓制對手，點頭讚嘆不歇。

飛濺七溯之後，苗呟強握刀反擊，揮出了響名之〈屠牲五切斬〉刀法！見其跳躍出擊，接連施展推切、拉切之二切刀法，再於招中穿插排刀斬、刮刀斬、敲刀斬之三斬交錯，此五切斬連刀，刀刀既重且玄，對擊者若不能應變即時，斷筋見骨，在所難免。果然，樓御群轉身不及剎那，左衣下擺已被切去了織邊。

一旁觀戰的犖中岳覺到，「好玄的出刀法！能切中帶斬，提刀與下刀，幾於瞬間完成，毫無猶豫，這要遇上吾之直棍兒，恐怕……沒把握擋下！倘若吾棍兒能彎曲，或許能抵住苗呟強那怪招。欸……能彎曲？嗯……我懂了！為何三節棍能打入疾風組了！不過……吾之任務是……若是姓樓的打不過姓苗的，那雷夫人對莆汕村之承諾會如何呢？再說，就因刁刃一身傲骨，雷夫人拿他沒輒，否則單憑夫人一點頭，根本無須這場獵風競武嘛！唉呀，就算樓大少能過關，我也得贏得了那姓殷的，否則今兒個就白打啦！」

樓御群中招後，退於競場邊緣，靜思片刻，見著對手那般切斬出擊，似乎有了些想法，「哼！這個苗呟強，真把對手當牲畜對待。不過，具吾觀察，屠夫常專注於眼前該如何出刀下刀，以掠取其想要的部分，所以，苗呟強採跳躍之勢，為的是不定向正面攻擊，較不擅於反身出刀，既然這樣，吾只好這麼做了……。」

樓御群步向場中，並將御旌劍指向對手，致使對方只見其劍尖而不見其劍身。忽然！苗將千牛刀高舉，做出戕殺之式，樓御群蹬躍咄嗟，直衝至高之點，俯下出劍，使出〈鵜鶘連攫〉劍法，倏以戳、掛二式，直讓對手保持原高舉之態勢應對，此刻刀劍對擊，響徹競場。

刁刃見狀，即知苗呟強雖正面攻勢了得，惟屠夫鮮少高舉雙臂宰殺牲畜，故禁不起對手連番上位攻勢。果然，樓於俯攻之後，陡然翻躍，瞬讓正陽光照，直射對手眼簾，苗即因強光耀眼，遂提臂遮光，頓時失去了敵對方位，待一回身，已遭對手之御旌劍尖，抵住了喉頸。

雷夫人隨即說道：「我說嘛！早看出這樓御群是個可造之才！」藉以酸了下刁刃。

只瀧立馬喊道：「樓御群勝出，晉級競武決選。」此話一出，場外呼聲沖天，大夥兒紛紛瞧向一臉窘相之呂三棠，「待會兒那殷天雁再贏一場，大夥兒可得盯緊呂老闆啊！別讓他溜啦！」只見呂三棠咬牙應道：「賠就賠，大不了就拿上三甲田地來賠囉！」

「哇……殷天雁上場啦！」另一頭的擎中岳亦提著齊眉棍登場，一旁雩婷叫著：「中岳哥，這姓殷的拿手招式是三連進招，其中包含了以退為進，要小心啊！」中岳聞後，即以點頭示意。

殷、擎二人相互拱手後，殷天雁先退一步，並水平側持雁翎刀，蓄勢待發。擎中岳則踢起棍之下端，並於胸前順旋半圈後，擺出掃棍之勢。

「喝啊……」殷天雁洪聲既出，持刀旋身飛轉，此一麻花般螺旋刀攻勢，似乎欲令對手無法施展低角掃棍。中岳立覺到，「刀身自根部即開始彎曲是柳葉刀，而刀身根部至刃身三分之二始向上彎曲的是雁翎刀，故其直刃部仍具堅實，能砍棍身，對吾不利；看來，以左右側擊之勢，阻其利刃側身，乃為眼前應應之道。」

擎中岳倏而持起棍之一端，開始畫圓正旋以對，然因棍長逾五尺，單藉一端揮使不易，遂頃刻運起**足陽明**真氣，支援上臂**手陽明經脈**，以此爆發力快旋而出，其速之快，幾不見其棍身，值觸及對手之螺旋刀，瞬間「咔啦……咔啦……」作響。中岳見機成熟，立將速旋更為左右橫掃，藉此側擊敵對之刃身。

殷天雁未料敵對僅單手旋轉長棍，竟生如此力道，旋即後翻落地，挺胸抬臂，左腿向前跨步，使刀斜上揮出。待雙臂成震旦向伸直後，隨左腳之下踏，右手腕緩緩扭轉，如此招式，霎令對手未敢輕舉妄動。

「欸……這是怎麼回事兒？何以殷天雁之揮刀，竟生了殘影？」適值刁刃疑惑瞬生，身旁的呼延剬即說：「此乃屏西殷家堡之絕活……三影曳殘刀法！呼延年輕時曾上過殷家堡討教，當時是三人舞陣，在下躲過一刀，卻閃不過其他二刀！孰料事隔多年，殷家後嗣竟能一人融合三人刀法，這下得考驗那提棍小伙子，如何應變了？」

「唰嚓……唰嚓……」拖曳殘影之雁翎刀，驟然向著對手襲去，摯中岳面對此般捉摸不定刀法，保守地採取上中路之枕、挑、點，配以下路之掃、撥、彈混合棍法，但幾乎僅能擋下一刀，隨之閃躲兩刀，頓時覓無破解之法。

殷天雁忽採正面快刀出擊，中岳於擋下一刀後，欲再續閃拖影二刀，一個不察，另二刀依舊正面追進，遂以橫棍抵擋，孰料拖影刀之後，瞬見一飛踢，直接踹中中岳正膛，且向後飛仰，霎時引來眾押注者一陣竊喜，卻見呂三棠頻嚥口水，冷汗直流。

摯中岳見身體猶有飛出競場之勢，倏以棍端觸地為軸點，硬是扭腰將失衡身子盪回競場，此舉不禁引來殷天雁話道：「摯少俠如此扭回競場，姿態雖不甚協調，惟自我殷天雁創出單人合併之〈三影曳殘〉刀法，能從容閃過拖影三刀者，爾是第一人；只是……閣下以棍擋刃，棍身實已刀痕累累，如此下去，爾之齊眉棍恐無法勝任後續，是否更替兵器續戰？」

擎中岳撫拍著中招之胸口，回道：「殷大俠風度，擎中岳佩服，要是在下出了競場，自是敗方，既然能回得來，表示尚有再戰機會；只要沒倒下，就算長棍斷裂成二，依然是吾手上之對戰兵器！」

殷天雁點了點頭後，隨即持起雁翎刀，使出殷家堡之〈雙轅翻刀〉絕招，見其手腕為軸，可於左右雙砍雙削時翻轉刀柄，形成雙面風車之攻勢。擎中岳隨即重心落穩，提棍擰襠轉腰，左右旋膀轉背，以棍之兩端為出擊點，並藉刀棍對擊之際，啟動**手、足厥陰氣脈**以支援，藉此將**手陽明**真氣推上雙掌，並由手指釋出真氣，挹注於齊眉棍內。當下眾人見著兩粉橙光氣外釋，環充於擎中岳掌指之間，無一不驚；然此一幕，更令觀戰之刁刃，洞心駭耳，瞠目唸道：「經脈武學！」

擎中岳身退兩步，將齊眉棍於胸前正轉三圈後，隨即上拋，頓時雙手空無一物，殷天雁見狀，提刀猶豫剎那，直覺對方招中有招，但見旋棍即將落下，怎能錯失敵對手無兵器之片刻，遂決定上前一搏。

孰料擎中岳蹬躍咄嗟，凌空接住齊眉棍，並於落地剎那，運足內力，齊注棍內，以橫向持桿方式，朝迎面而來之對手猛然一推，惟見雁翎刀觸及齊眉棍剎那，殷天雁瞬遭震彈而退，然此震力甚大，致使前弓後馬以定步之殷天雁，後向滑退至競場外方止。霎時，現場一片寂靜，鴉雀無聲……

只瀧見刁刃點頭後，對眾人喊道：「擎中岳勝出，晉級競武決選！」而後自唸道：「真難以相信，這叫擎中岳的年輕人，竟是昨晚那送鞋的小伙子！」

「哇……哇……哇……」外圍群眾一陣騷動，惟聞一人笑道：「哈哈哈，好啊！還以為我呂三棠慘栽於此，沒想到，情勢逆轉，化險為夷啦！哈哈哈！」

雩婷來到中岳身邊，興奮道：「中岳哥真是厲害！哪兒來的神力，將那殷天雁推出場外啊？看來，爾之任務已達成了，剩下的即是陪那姓樓的玩玩囉！」

「妳瞧台上那雷夫人開心神韻，其不僅預料樓御群定會晉級，更因刁刃尚不知後續情勢將由她所掌控，不禁暗自竊喜！」中岳又說：「再打一場就可以休息啦！今晚由我請你吃一頓囉！」此話聽得雩婷雀躍不已。

不久之後，只瀧再度介紹決戰者登場，樓御群再度翻躍上場，而擎中岳依舊手持那刀痕無數之齊眉棍，緩步走上競場。

樓御群輕聲說道：「擎少俠內力渾厚，為同輩少有。然武藝講求的是武術結合藝術，若擎兄弟真有武藝，儘管兜出來，僅藉氣功震懾人，不易得人折服！」

「呵呵，在下僅是耍棍練身，更不瞭啥是藝術？好吧，既然不比內力，那就見招拆招囉！」阿岳回應道。

刁刃突然疑道：「場上對峙二人，嘴裡嘀咕個什麼？」

「應是挫著對方銳氣之言吧！呵呵，對決之前，雙方狠話盡出，常有的事兒，無須大驚小怪！」雷夫人輕鬆話道。

對峙二人拱手之後，樓御群依舊先發制人，見對手放低姿態，俄而使出御劍山莊著名之〈淺鰍竄泥〉劍式，此一低角攻勢，對手除了跳躍，幾無立足機會。中岳後退一霎，以低棍抵擋，藉棍頂地，接連翻躍，輕鬆躲過對手低攻。接著，摯中岳憶起常真人所授之「謹守莫攻」策略，一連守下對手八九攻勢，卻不再見其運功展招。然此軟弱因應一幕，直令刁刃怒火中燒，不時緊握戮封劍柄。忽然……

婁御群跨步一躍，再次使出〈鶺鴒連攫〉劍法，藉著對手以橫桿接招之際，翻轉於指顧，輔以一記迅雷飛踢，踹中對手腹部，致使摯中岳側翻出界，眾人見狀，無不瞠目咋舌，只瀧見刁總督愣住，再見雷夫人頻頻點頭後，喊道：「御劍山莊婁御群勝出，獵風競武終結！」

「哇……哇……」現場賭對婁御群奪魁者，無不興奮呼道。

霎時，刁刃與其他疾風武將，面對如煙火般噴發即逝之競武決戰，個個呈出荒謬不經、難以置信之貌。怎料此刻突見一人略顯微醺，拿著斧頭上了競場狂吼：「我贏了！我才是真正獵風競武之冠啊！哈哈哈！」大夥兒抬頭一瞧，「欸……可不是甫落敗的安兢中嗎？怎麼？再度挑戰失利，藉酒發瘋啦！」

「鏘……」一聲鏗鏜巨響遽然發出，瞬間震懾全場，眾人只見刁刃飛身登上競場，倏而抽出戮封劍與安兢中之斧鉞對擊，怒斥道：「神鬣門乃中州最高制霸部門，豈容好亂樂禍者於此狂言狂語！」「鏗……鏗……鏗……」安兢中甫揮出三斧，立遭刁刃將其斧棍砍斷，惟因刁刃正值怒火中燒，遂於一蹬躍轉身之際，狠將戮封劍直劈而下，猶有殺一儆百之勢！

「咔叻……」一木棍瞬將戮封劍頂偏，在眾見此一幕，個個噤若寒蟬！諸總鏢頭更是洪聲喊道：「姓摯的！不要命啦！竟從旁敲開刁總督之劍！」

「雩婷！快刺安大俠無名指之**關衝穴**，並使其服下吾袋中之**葛花散**，解其酒醉。」話完，搴中岳收回木棍，說道：「刁總督，在下無意冒犯，安大俠敗陣狂飲，影響了神智，遂於空曠競場叫囂，並無傷人意圖。然刁總督當眾折毀其兵器，已是一懲罰，何來再令其血濺競場？」

刁刃轉劍於臂後，道：「好個搴中岳！雖不知爾屬何等來路？但見爾循『經脈武學』出招，內力不凡，是個奇才。惟此神鬣門歸吾統領，任何擾亂者必遭嚴懲。甫見爾之出棍阻礙，實屬挑釁，已是一罪，再見閣下與樓御群之戰，相較於四強交手之勢，判若兩人，猶有玩弄獵風競武之嫌，此等輕蔑參與，再添一罪！」

「喂喂喂，情況並非刁總督所想一般！」中岳又說：「常人推車尚得耗費氣力，方才對上殷大俠時，已耗損中岳甚多，然此競武賽制乃一場接著一場，參與者有幾多時間可休息？以至與樓大少交手時，縱然在下欲使招，力不從心啊！再說，中岳對刁總督所出一棍，為的是阻偏戮封劍之劍路，毫無襲擊意味，冀望刁總督能大事化小，小事化無。」

獨眼蛇矛冉垣甲斥道：「總督何須聽這乳臭未乾小子強辯說教，既然玩弄了獵風競武，就要付出代價，讓吾之蛇矛來教訓教訓這狂妄傢伙。」

刁刃左手平伸，攔下了冉垣甲，道：「這事兒由吾親自處理。姓搴的，除非歸入我神鬣門下，此一插曲即可劃下句點，否則安兢中莽撞之罪，爾將一併扛下。」

「搴中岳僅是幫人送鞋兒，自給自足之輩；來此參與競武，亦是見見世面，交交朋友。但見神鬣門以暴制暴之風格，實非在下所嚮往。看來，在下欲離開這兒，得刁大人點頭才成了。」搴中岳搖頭道。

刁刃雙眉一皺，倏將戮封劍柄轉回掌中虎口，而搴中岳再次踢起齊眉棍，將其橫置，架出平齊雙臂之勢。然此時刻，本欲散去之眾人，紛紛再度回籠圍觀，一人說道：「能加演一場刁總督揮使戮封劍之戲碼，大夥兒豈能錯過！」

「唰」的一聲，刁刃跨步，咄嗟出劍，雙足接連交叉移位，點刺、抽削、低攢、上撩，劍出如行雲流水，一氣呵成，速度之快，霎令一旁觀戰之雷夫人，不禁讚嘆刁刃之速劍，曠古爍今，超群絕倫！

擎中岳一採前弓後箭馬步，平正迅速，直入直出，力達棍尖，棍臂一線，出棍似潛龍出水，入棍如猛虎回洞，俄而三路出擊，上路挑點，中路攔封，下路掃撥，以棍尖速削對手快刃，五招之後，刁刃略占上風，原因無他，惟見戮封劍之銳利，損去對手諸多棍皮。

突然！擎中岳內力燃起，由**足厥陰經脈**之氣供雙目，致使雙眼特質激發，驚覺到，「這……這是？吾竟能見得戮封劍之慢速劍路！嗯……能如此，不難作出快速擋位，能擋住對手快招，即能伺機找出反擊之點。」

一旁樓御群見狀，立覺到，「以吾之使劍火侯，應抵不住刁刃這般攻勢，而擎中岳竟能巧妙閃開對手頗具摧殘性之出擊，倘若刁刃不能收拾這小伙子，他的面子該往哪兒掛啊？哇……刁刃使得是……」

刁刃見正面出招不能得勢，遂以橫向迴旋方式，使出拿手之〈橫掃羅盤〉劍式。此刻，中岳雖能撥攔防禦，唯對手每一迴旋，均以利刃為主力，僅防禦，非要法，遂決定暫藉抵禦之際，再燃**陽明**火侯！」

一會兒之後，刁刃驚見敵對雙掌再度泛起橙光，即知自已恐有重蹈殷天雁覆轍之虞，遂擇一定點，垂直蹬躍數丈高，不待對手躍身而上，疾轉劍柄，以其厚刃使出〈飛魚躍海〉，迅速俯衝而下。霎時摯中岳本欲藉由內力，再以〈橫棍推震〉將刁刃推開，孰料刁刃雙手合握，藉俯衝之重力強勢，搶於摯中岳推出內力前夕，瞬聞「唰嚓」聲響傳出……

眾人聞聲當下，正面對衝戮封劍之齊眉棍，應聲一分為二，刁刃並於對手棍斷剎那，猛力補上一腳！然此同時，摯中岳亦將雙掌之**陽明**內力注入棍內，倏將斷棍轉貼於雙臂正下，適值遭刁刃踹中正胸剎那，雙棍齊出，兩道橙光氣團立由兩棍端射出，直中刁刃臍旁兩側之**天樞穴**，唯此二力之大，遂令刁刃於落地時，朝後踉蹌了數步方止，而被踹個正著的摯中岳，瞬間後飛競場之外，跌入圍觀人群之中……。

「穀穀……孜孜……格格……」蠻蠻嘔咒之鳥鳴聲，不絕於耳，熒熒日光正透過搖晃的竹簾縫，閃爍於臉頰之上，待緩緩地撐開眼簾……

「欸……我怎會在這兒？這是什麼地方？嗯……有味道？有人正在煎湯藥！」

「中岳哥醒啦！瞧你氣耗津傷，一中招倒地，渾然不知已過了兩天了。不過中岳哥之自體功能真是驚人，中招處幾無瘀血內傷，而且氣血恢復神速耶！啊……替吳大叔煎的藥好啦！」雩婷說道。

「歐……還以為這湯藥是為我煎的嘞！」阿岳又唸道：「咦？記得我好像被刁刃踹了一腳，怎麼……」

「嘿嘿，中岳哥遭樓御群與刁刃各踹了一腳，孰料，**陽明**乃人身之正面，中岳哥之**陽明經脈**似乎能自成修復體系，遂無大礙，惟因一時耗氣過甚，以至身體頓時不支而失衡。而後，雩嬣偕一位大叔，合力將你送到該大叔住處，轉眼就睡了兩天了。」

阿岳疑問道：「吾於此地，舉目無親，人生地不熟的，怎會有個大叔肯幫我？」

「呵呵，那是因為你先幫了我啊！」一鬢白大叔推門而入，說道。

「啊……原來是梧桐伯啊！中岳只請您飲了壺酒，這哪兒算幫啊？」阿岳回道。

「哦……原來你們早認識了！嗯……吳同？梧桐？」雩嬣又說：「吳大叔，快將這湯藥服了吧！」

阿岳瞧了下煎壺旁的藥材，唸著：「**生薑、半夏、旋覆花、代赭石、人參、甘草、大棗**，這是……**傷寒發汗，若吐若下，解後，心下痞硬，噫氣不除者**，所用的傳世名方……**旋覆代赭石湯**！哦……我想起來了，這是治梧桐伯呃逆不止之劑，對吧？」

「呵呵，多虧了雩嬣姑娘幫忙治症，昨兒個服後，還真是**一劑知**啊！」梧桐伯又說：「擎少俠忘了嗎？爾告訴了我，是為幫莆汕村民才上競武場，且看得出爾欲替那叫樓御群的抬轎，對吧！所以老朽就依你所說的下注囉！誰能料到，少俠果真進了決選賽，讓我這老頭兒成了當日最大贏家，你說，你沒幫我？誰幫我呀？所以吾雇了輛馬車，把中招兒的擎少俠帶來這兒囉！呵呵，還好雩嬣姑娘懂醫術，能辨識少俠之傷勢。」

「咕嚕……咕嚕……」梧桐伯服了湯藥後，又說：「擎少俠的武藝實在驚人，適值殷天雁被震開剎那，吾腦海裡隨即浮出個名號來，正是十多年前以『經脈武學』威震武林之龍武尊，龍玄桓！爾等年輕一輩兒，應該不甚熟悉才是。」

「實不相瞞，因陽昫觀常真人之連帶關係，中岳經叩拜之禮，已成龍武尊之徒孫；而經龍師公之啟蒙，遂於年幼接觸了經脈武學。然經脈真氣衝慣全身，乃近幾年來逐漸生成之特質，或許得了龍師公之庇蔭，中岳才有這般特異體質吧！」

話後，擎中岳仔細看了下梧桐伯，稍顯靦腆地問道：「請恕晚輩直言，記得中岳於祥陞客棧與梧桐伯閒聊時，覺得梧桐伯對江湖各路英雄相當熟悉，卻不見梧桐伯與當地人閒話家常？而且多年前，神鬣門欲選出六疾風時，梧桐伯就能精確地押對寶；再因吾身擁經脈武藝，梧桐伯即能反應出龍武尊之名號，若中岳沒料錯的話，梧桐伯曾是遊走江湖之俠士吧？」

「小女子亦有同感！」雩婷接話道：「於競武場外圍時，吾注意到一頭戴斗笠者，穿梭人群之中，當中岳哥被刁刃踢出競場時，梧桐伯隨即出現；待上了馬車後，因車身行進震動，發覺那頂斗笠自梧桐伯背袋裡滾出，雩婷遂同意了中岳哥之說法。」

「此乃咱倆後輩，依循觀察而推論之說，希望沒冒犯到梧桐前輩才好！」阿岳恭敬說道。

梧桐伯躊躇片刻，微笑道：「呵呵，爾等不過是加冠、加笄之年，既曉醫術，又諳武藝，更能撥草瞻風，使人難以掩飾啊！」

話後，梧桐伯走向一隅，對著臉盆，取下長鬚，拭去額上皺紋，洗去雙側鬢白後，緩緩轉身，隨即呈出約莫卅五六之年紀。見得阿岳與雩婷舌橋不下之際，此一卸下偽裝者，稍稍揚起嘴角，說道：「呵呵，現身二位眼前者，正是先前出走神鬣疾風組之疾勁三節棍……蓊驛！」

「真……是……蓊……蓊驛前輩！」擎中岳驚訝地與雩婷對瞧後，說道：「那……蓊前輩過去即是押寶自個兒，打進神鬣六疾風囉？」

「嘿嘿，能掌握自信，上場就贏了一半兒啦！嗯……既然梧桐伯已被識出身份，爾等不妨聽聽一段故事吧！」驀驛接著將過往中鼎王於桐峽鎮一役道出，並敘述了認識鎮長江振平之女……江吟，終因雷夫人之介入，以承諾改善桐峽鎮，誘使江鎮長將女兒嫁給中州軍機處總管戎兆犹。惟因驀驛乃戎兆犹屬下，身份懸殊，遂不敵現實打擊，親睹心上人走入官邸。而後，驀驛為爭取一己功名，參與了神鬣門競武，心想，「若能打上總督之位，則可直繫中鼎王府，不再寄於軍機處之籬下。」孰料競武當日，殺出了個棘手之刁刃，藉其精銳利刃與精湛劍技，無懈可擊，令吾甘拜下風，遂居於當時銀鬣戰將之位。

驀驛又說：「而後，驀驛雖身為神鬣六疾風，然每輒軍機處與神鬣門會晤，驀驛難免立於刁總督一旁，聽後差遣，甚而遇上江吟時，雖見其無奈，仍得敬稱一聲戎夫人。唉……即使爭得了功名，還是脫不開情之枷鎖，故決定拋開一切，角巾東路，返我出服，回歸單純百姓生活。」

「既然已出走神鬣門，前輩為何還回競武場觀戰？」雩婷問道。

「平淡之下，偶爾瞧瞧當今江湖武藝之進展，順帶再問問自己，當年之自信是否仍在？」驀驛又說：「然而，一見擎中岳以棍登場，已是一驚；再聞其提及驀驛之三節棍曾制服諸俠士，又是一驚；而後竟見擎中岳釋出經脈武藝，更是一驚。只可惜，齊眉棍不得扭曲，否則刁刃勢將畏懼三分的！」

「對照驀前輩之說法，雷夫人可有依循承諾，改善桐峽鎮之生活？」阿岳好奇問道。

「呵呵，經雩婷姑娘告知事件始末，原來擎少俠亦與雷夫人談了條件！哈哈，年輕人涉世未深，恐怕……雷夫人之狡詐，得再記上一筆啦！」驀驛又說：「雷夫人藉由江振平，滿足戎兆犹之願，再順勢讓江氏一家移居惠陽，享受榮華；試問，江振平斗膽質疑雷夫人背信嗎？就吾所知，時至今日，桐峽鎮一如往昔啊！而今雷夫人已如願見到樓御群奪魁，要她兑現承諾，莆汕村民……慢慢兒等吧！」

擎中岳聽聞後，霎與雩婷對看，紛紛搖頭著雷夫人之所為，隨後齊說道：「那莆汕村民怎麼辦？」

見著擎中岳與雩婷之沮喪，驀驛搖頭表示，不經一事，不長一智！又說：「因此回獵風競武之押注，昨兒個已向呂三棠領了筆橫財，隨即購了輛小馬車以載運銀兩，或許這兒已遭宵小盯上！而藉由雩婷煎煮傳世名方，見識到**旋覆代赭石湯**，如此神效，令驀驛敬佩萬分。不如這麼吧！吾將此橫財投往莆汕村，開立一家傳統藥鋪，使村民受惠；再則，爾倆教授驀某循上醫路，而我驀驛將畢生之三節棍精髓相授，教學相長，共創救助村民，精進武藝之全新格局。」

「哇……能得驀前輩傾囊相授，擎中岳感篆五中！前輩以仁心進駐莆汕村，親力親為，就地耕耘，此乃村民之福啊！然經前輩過往之說，中岳對雷夫人之冀望，即如其所贈予之齊眉棍一般，已分斷為二，卻也因禍得福，由二生三，得前輩授予三節棍法。」

「倘若少俠傷勢無礙，驀某以為，事不宜遲，不妨立馬動身上路。」驀驛正經說道。

擎中岳二話不說，雙肩扛起大小包袱，雩婷斯須備妥行囊，再等著驀驛將兩大袋銀兩推上馬車，一聲鞭響下，由馬蹄聲帶動車輪輻轂滾轉，三人循著黃土小徑，拖曳著輪後黃沙，立朝莆汕村駛去。

第廿一回　圖強變法

壬午年四月廿六，時逾小滿而近芒種，大地溫升，草木滋長，惟北州烏淼，銀裝素裹，林寒澗肅依然；諸江源起而下，波光粼粼，綿亙蜿蜒，潤及五州。然於正峰西南百里之屹瑋城，城東辰星大殿，文武百官齊於申時入殿，以待北坎王偕同軍師，頒布圖強綱領。

惲子熙於北坎王前，首由北州醫藥處總管莫乃言接令，令出道：「北河縣所產補氣、養血、生津之**紅參**、**白參**；補中益氣、生津養血之**黨參**；清火生津之**花旗參**；清熱養陰、解毒散結之**玄參**；以及北渠縣盛產，養血滋陰之**熟地黃**；清熱涼血之**生地黃**，自須令日起，減半產量。」

「嘩……」惲子熙此令一出，在場文武，一片譁然。莫乃言一陣莫名，道：「惲先生不知上述藥材乃我對中州出貨之主力？倘若自此減半產量，將使北州財務生變，況且中州對我提升稅率在即，無疑雪上加霜啊！」

北河縣令薛勝霖，上前一步道出：「參類為我北河縣之首要產物，經惲大人這般減產，北河百姓是否該喝西北風度日？」

北渠縣令葉啟丞亦附和道：「是啊！**生地**與**熟地**乃多數醫者常用之滋陰藥材，若就此減產，影響所及，非同小可！」

惲子熙嚴肅應道：「一直以來，北州之為事態度，色厲內荏，安弱守雌，所致結果，坐待他人威嚇而已！在座之眾將諸侯，可滿意北州現況？一味求取金錢來源，終究受人威脅利誘以對。然子熙擬此綱領，必有相對補貼措施，甚有其他境內需求，可增加居民維生能力。」

接著由機察處總管莫乃行上前聽令，惟聞惲子熙表示，機密調查，實有遏阻不法、防微杜漸之效；近來人贓俱獲之北川縣府，即是一例。未來仍須借重莫乃行總管，嚴查官商勾結，尤其藉商貿名義，從事違禁交易，甚而進行密諜行徑，均將繩之以法。再則，對於北州境內之外來移民，其成立之宗教組織與團體，若有不法事實，莫總管可協調軍機處，合併處理！

再由水利處莫沂總管聽令，惲先生鄭重提到，北河縣烏淼山實為中土諸河川之源頭。經由莫沂總管之地形勘查，子熙將動用北河與北江二縣百姓，分別於普沱江與蟄泯江上游，興建攔河水壩，一來調節河川流量，以免中下游氾濫成災，二來可作為敵軍以水路侵犯我州時之防衛系統，故莫沂總管可將部分分派外地之水利技師調回，以協助建壩事宜。

「嘩……」此話一出，現場又是一陣騷動。

這時，忽聞北河薛縣令讚譽道：「惲先生此一計畫，除建壩工程外，另需北川與北渠之運船，將所需建材由東、西二州運回北河縣，如此龐大之內需建設，將為民創造甚多工作機會！」

惲子熙再進一步要求軍機處符戩總管，北州之堅防軍，除了堅守北州防線外，即日起，再增強水師軍隊之素質，加強固守北州與中州交界上之汩琤湖，並增列巡行騎隊，嚴查出入烏晶石出土之玄武石窟。符戩總管於聽令後，洪聲應諾。

最後，惲子熙特別邀北江縣令宋世恭上前，道：「子熙知悉北江縣之儲煤現況，亦知曉要倉何思鎮遭遇堰塞湖潰堤之災，以致山林步徑多遭掩埋。宋縣令現以重建為主，先以庫存出貨，暫時停止礦業採掘。至於北州能源短缺部分，我北州將採購南州火焰石，藉以供應內需建設之所需！」

「嘩……」現場交頭接耳不斷，莫乃言疑慮道：「煤炭已經滯銷了，不趕緊推銷，甚向搶我市場之南州，採購其能源產品，這……這是啥子邏輯啊？」

惲子熙再言道：「接掌軍師三個月來，子熙四處巡察，除教育制度外，軍農工商均有若干缺失，然此現象非一日促成。一如我北州堅防軍，自中土瘟疫災變與地牛翻身後，幾無參與任何戰事，以至武器不堅，矛刃亦鈍。子熙由諸多工匠得知，藉南州火焰石鑄造之兵器，不易鏽朽且堅硬倍增，遂可藉此採購，強化我方兵刃，進而鞏固北州防禦能力。然而，今日子熙所做決策，或許存在冒險，一旦時局有所更轉，子熙將隨時調整文武單位及地方縣府之應變措施。」又說：「眼下他州之軍政外交，均已伐毛洗髓，丹堊一新，故子熙擬此一圖強變法綱領，實已間不容息，刻不容緩，望北州上下，共體時艱，故跬步而不休，跛鱉千里；累土而不輟，丘山崇成。惲子熙碧血丹心，謹此！」

圖強綱領頒布後，消息隨即傳出，各執行領頭雖心存不解，惟以國家至上，依令照辦。

半月之後，中州稅務總管徐崇之前來北河辰星大殿，北坎王偕惲子熙親自迎接。徐大人於拱手之後，隨即對惲先生舉了個拇指，並對北坎王表示，中鼎王獲悉北州之振興策略，半月來，中州各地騷動頻傳，中鼎王本欲直接會晤北坎王，因身體微恙，遂令崇之前來。又說：「首先轉達中鼎王之訊息，原擬增稅北州藥材之計畫，即起暫緩，並希望藉此友好，能得北州善意回應。再則，原中土之普沱、蟄泯、靈沁三江之沿途及支流，仍具氾濫之虞，尚須水利疏導整飭，盼北州能續派技師協助。」

「哈哈哈，徐大人！你我相識於傅宏義時代，直至雷嘯天執掌中州，應不曾見過雷王如此低聲下氣，委曲求全啊！不過，身強體健之雷嘯天，竟也身體微恙，莫非是累過往之內傷所致？」北坎王說道。

徐大人回應指出，中鼎王得知惲先生之變法內容後，頗感詫異，雖說狼行山已能掌握多種速效丸藥之製成，但治症與養生，終歸二路。中州若干達官顯要，為安養臟腑以延年，終須借重**參類**與**地黃**以滋養，當然亦包含雷王府之所需。惟聞此類藥材將減產，中州上下爭相蒐羅市場存貨，以致售價急速攀升，諸大臣分向中鼎王上書，力諫雷王敦促北州增產藥材。再因北州建壩一事，令雷王徹夜難眠，馬疲人倦而不支，勞傷臥榻，後與眾臣協商後，遂以留住水利技師之策，以拖延北州建壩計畫。然而，雷嘯天曾見惲先生多次讓傅前主化險為夷，甚至是十多年前，於東靖苑為中州解困之「瀉南補北」，無不令雷王對惲先生敬畏三分，遂派崇之前來協調，望惲先生能基於中、北二州之友好關係，調整政策步調，因應時局。

惲子熙疑問道：「為何中鼎王與眾臣協商，卻不聞中州國師薩孤齊即時獻策？」

「耳聞薩孤齊置身東州，頻與該州之顧遷軍師協商。本欲安排中鼎王與東震王於濮陽城會面，卻因故而延後舉行，或許真是中鼎王之勞傷所累。」徐大人又說：「正因薩孤齊不在雷王身邊，故雷王有些失了方寸，畢竟雷王乃藉著拳頭，施展威脅之能手，當遇上對手施以計策時，總魂不守舍，心神不寧，以致夜不成眠。」

北坎王則搖頭表示，此刻雖有惲先生相助，亦有令莫烈不成眠之事兒，此即雷世勛聯合狐基族於北州成立之狐與壇！再因莫乃行於雷王嫁女之宴後，結識了行徑怪異之雷世勛，不禁憂心，乃行或將為其所拖累！

「據子熙多年研究磐龍文與克威斯基國之心得，狐基族曾受摩蘇家族排擠與驅離，故為一股反摩蘇之勢力。然乃行心思細膩，又有機察處之資源與背景，自當能辨出是非才是。反令子熙頗為擔憂之事兒，實乃寒肆楓於北州重生之說。」

「寒肆楓？當年躍下津漣山斷崖的寒肆楓？」北坎王吃驚道。

「沒錯！子熙於走訪北江期間，會晤了昔日故友，得知龍武尊之徒孫凌允昇，或因其身上之能量釋放，驚動了冰封湖底之寒肆楓。果真如此，據子熙所知，摩蘇家族之至陰神功，可於冰封中藉冰寒之氣以護體，待甦醒後，仍可延續原有之至陰功力，當該功力達到某一層級，原有人性將日趨消逝。再由常真人所提，寒肆楓一生多舛，積恨難消；然世人多為權位、利益而爭鬥，其間甚可藉斡旋而尋得平衡點，若遇不為利益而僅擁仇恨之人魔，何來平衡之點？此即子熙憂心之最啊！」

莫烈冥想片刻後，道：「前陣子隨著乃行，前往北江查緝禁物時，於何思樓前遇過子熙所云之凌允昇，當下已見其所展之經脈武藝，頗具雛形，猶有龍武尊運功之勢，其內力之深厚，逾出乃行甚多。更憶得乃行提及於該鎮遇一陰風奇人，真會是重生之寒肆楓？所謂：解鈴仍須繫鈴人。莫非，將來能制住寒肆楓者，即此凌姓後輩也！」

惲子熙接續表示，據常真人所云，凌允昇即是鑄劍大師凌秉山之孫，傳聞凌大師已失蹤多年，此回子熙自北渠回程時，半途遇上多年不見之農耕摯友，深談之後，又聞一傳奇人物失了音訊，子熙當下決定，再挺命推演一次天磁地氣，孰料羅盤顯示，凌秉山大師已辭世，而另一人稱「本草神針」之牟芥琛，尚存於世。

「唉……一代鑄劍大師也已……吾尚允諾凌允昇，將協尋凌大師之下落，沒想到……」北坎王感嘆後，又驚道：「欸……本草神針？當年嵐映五俠中，排行老三之牟芥琛？嗯……牟三俠醫術高明，曾以針藥並進，為莫某解去之多年痼疾，其身擁之活血化瘀神功，獨一無二，無人能及。倒是好奇，何等農耕人物？既是先生之摯友，亦因其所述牟神醫之失蹤，即能讓惲先生相信，進而捨命推盤？」

這時，惲子熙朝大廳後方點了點頭，隨後見一童山濯濯，年逾杖鄉之年的長者，緩緩地走了出來，一見徐大人剎那，二人驚愣愣住，徐崇之雙手隨即發抖，熱淚奪框而出，顫著嘴唇，哽咽叫道：「我……我的……逵兄啊！」接著，徐崇之上前相擁，涕淚交下。原來出現徐大人眼前者，即是當年多次為惲大人出生入死，亦遭雷嘯天追緝半生之義俠……徐逵！然因徐逵過去受到重創，幸得牟芥琛將他救回，但因腦部受損，遂失去了部分記憶與肢體協調能力。

徐逵緩緩說道：「牟神醫以珍貴麝香刺激，吾遂於玄悟精舍醒來，起初無法開口說話，僅呻吟著頭面疙瘩腫痛。牟神醫遂於治症時，一一唸出藥材之名，一來治症，二來訓練吾之發聲能力。本以為已成一廢人，怎料每天反覆唸著唸著，竟對醫藥產生興趣來！一會兒是**柴胡加龍骨牡蠣湯**以鎮驚安神，幾日後則是**遠志、石菖蒲、龜板**與**龍骨**合成之**孔聖枕中丹**，以助回復記憶，待持續復健以協調肢體後，即可自行照料自己。」

徐逵又說：「一日，牟神醫突然表明前往克威斯基國，一來以研究境外用藥，二來可進一步瞭解磐龍文與麻略斯文之差異，或可解讀過往歷史之來龍去脈。而後牟透過人稱北淼怪醫之仇正攸，安排老朽前往一寧靜農村療傷養生，自此之後，未再得牟神醫任何音訊，直到遇上了惲大人！」

惲接著說道：「徐逵兄雖行動緩慢了些，惟其記憶仍於突破中。方才已得北坎王同意，將徐逵兄留於屹瑋城之軍師官邸，一來可顧及其安全，二來可同子熙齊研五州之奇晶岩洞，望能早日解讀磐龍仙翁之傳說。」

徐崇之再次打躬作揖，萬分感激北坎王與釋星子對徐逵之關照。

「趴趴趴……」忽見符鐵總管快步來殿晉見，據報指出，由於惲大人之變法，提及了採購南州火焰石以精鑄兵刃，消息一出，中州戎兆狁總管、東州曹崴總管，均下達加倍購入南州火焰石。半月來，南州應接不暇，惟此效應延燒，致使南離王瞬將火焰石視同拱璧，一如鳳毛龍甲之奇珍異寶，故於今晨對外宣布，眼下產能僅自給自足，即日起，火焰石暫不對外輸出。

「太好啦！惲先生之計畫奏效啦！呵呵，少了火焰石，北州之煤業即有重燃之希望啦！」北坎王興奮道。

惲子熙隨即發佈命令，率先知會莫乃言，兩週後即恢復參類與地黃之產量，並於一個月後，由北江宋縣令陸續啟動煤礦作業，並擴建二水港埠之規模，使之成為水路物產運輸之集散地，如此，即可扭轉煤業滯銷現象。除此之外，知會北渠縣令葉啟丞，整飭並拓寬通往中、東二州之水路、陸路運輸管道，以期發達玄榕城，使之成為往來交通之門戶。至於建壩計畫依舊，惟將原有之工期放緩、延長，畢竟建壩仍具有禦敵之作用，已成北州不可或缺之重大計畫。

徐崇之聽聞後，再次為惲大人之運籌帷幄，拍掌讚嘆，並於隨後之晚宴上，提及當前中州朝政，文有薩孤齊、狼行山，武有刁刃、戎兆犹以及左右雙衛，合以覃媮燕輔助內政，環環相扣，幾已成鐵三角之勢！倘若此刻無惲大人為北州變法，憑中州目前之實力，確實隱有北犯之虞。然眼前似乎已見相互制衡之勢，崇之盼此平和，自此永續。

接著，惲子熙順勢將當年於臾桑島推行天磁地氣所示，「常生有命，龍後有傳，凌研有得，惲危有嗣」復描述一次，而後直說：「難道當年推演有誤？凌大師已逝，何以有得？」

北坎王接話道：「當年義俠徐逵失手丟了竹藤籃，難道……『惲危有嗣』四字也有誤？惲大人為何不再為自個兒推演一次，藉以證明竹藤籃內之嬰孩，至今如何？」

惲回道：「天磁地氣實以人、事、物，藉時間與空間之變，進而施行推測演化，其中包含了人之生辰八字、姓名、方位之三方關係。然因內子之孿生二胎，其間隔跨了時辰，又惲某只為首胎兒取名惲敬歆，再加上徐逵兒當年漏夜將竹藤籃攜出永業官邸，藉飛簷走壁之功，暗夜逃竄，卻因官兵追緝而半途失手，亦失了確切方位，如此失去了推演所需之諸多因素，致使失誤率上升，可想而知。」

徐大人則認為，堂兄徐逵，至今記憶仍於恢復中；倘若一日憶起當年路線，崇之可藉職務巡行之便，偕兄長再次尋出當年失手之確切方位，或許這「惲危有嗣」四字，可得解析。一旁的徐逵聽聞這番對話，雖有些激動，卻保持低調不語。

而後，惲子熙隨大夥兒憶過往、話家常，並數度拱手舉杯，對徐氏堂兄弟深深致謝。徐崇之則恭祝北州變法得效，自此鎮居中土之北，隨後帶著惲子熙回應雷王之親筆信函，由符鐵總管親自護送，離開了北河屹瑋城。

北州圖強變法居滿整月後，中州東部最大之濮陽城，突然發布了戒備狀態，而城主狼行山與雷婕兒則親自佈置官邸——逸和苑，戎兆犹亦調兵部署於該苑四周，究其原因，實乃中鼎王將於此會晤東震王。惟雷嘯天近來頭疼發作無常，遂於抵達逸和苑後，立服下狼行山給予之「苛依松」藥丸兒；待鎮住頭疼後，暫由雷婕兒服侍作息，以待翌日舉行之重要會議。

狼行山依往常慣例，巡視城中街道。待經五哨站後，突然駐足發愣於一處，仰首一瞧，斗大的怡紅園招牌高掛，而足下所踏，正是當年與邸欽萌生衝突之處！

突然！四五妖豔女子由怡紅園湧出，將狼行山團團圍住，跟後之柳大娘嚷著：「唉呦……多俊俏帥氣的狼城主啊！瞧您忙的，都忘了來看看咱們這些妹子啦！倒是，這兩天又怎麼著，城裡戒個什麼嚴啊？害得咱們沒生意可做，再這麼下去，我這兒恐見樹倒猢猻散囉！官爺們若忙累了，不妨帶來這兒，妹子們可幫大夥兒抒解抒解啊！」

「好了好了！戒嚴就這麼幾天，忍耐忍耐吧！吾尚有正事要辦，這些銀子先拿去打賞打賞那些妹子們吧！」而後，狼再向柳大娘打探，關於蔓晶仙是否還回來這兒奏琴。柳紅蕊搖頭以對，「狼城主啊！我這一搖頭，乃針對您所提問，蔓姑娘確實沒回來這兒奏琴，但其他的可就……」

狼行山又塞了把銀子予柳大娘，大娘再次笑臉迎人地說道：「嗯……這個嘛……蔓晶仙乃吾一遠親，偶而會回來這兒看看我。只是……吾注意到……每每離開我這兒後，蔓皆朝著廣濱埠的方向去，幾個常跑咱們這兒的運商還說，常見蔓姑娘乘船到東州京椕埠頭去，這對岸不就是礁鼎城嗎？難不成她是去學人提筆畫畫兒，寫寫對句啊！挪……我知道的……就這些囉！」

「哈哈哈……」一陣笑聲由遠處傳來，嚇得柳大娘趕緊避開，惟聞傳聲發話道：「堂堂濮陽城主狼行山，除了能提筆對句外，原來也別具嗜好，遊走青樓啊！」聲盡之後，見一人緩緩自對街走來。

「呵呵，還以為何許人物？原來是東州軍機副總管余翊先！怎嘛？擔心我狼行山架機關？還須勞動閣下先入城查探？」

「哈哈，狼兒身份，今非昔比啊！爾已是中州駙馬爺，今兒個中鼎王乃東道主，選在這兒會我東震王，真是給足了閣下面子啊！吾以為，狼城主應不致為難咱們才是啊！」余翊先說道。

「呵呵，瞧您怕得嘞！上回是您的地盤兒，我狼某人遭您給黑了，且上了囚車，還險些栽在樊曳騫手裡。孰料，爾等欲嫁禍的人，竟成了中州駙馬爺！樊曳騫見了我，猶如驚弓之鳥，隨時擔心著吃我一掌哩！呵呵，放心吧！未搞清楚爾之把戲前，吾不想浪費一絲氣力。換言之，你余翊先就倚著縝密佈局，可別露了餡兒；待瞭解了爾之把戲，我狼某人會讓你吃不完兜著走的。」

「唉呀！狼大人啊！好說好說，好歹余某已晉升東州軍機部門，亦是為著東州辦事兒啊！就算是佈局，也是為著阻殺不法之徒啊！」

「晉升？呵呵，我狼行山上囚車時，即聞爾將登上軍機副總管一職，轉眼已歷十餘載，呵呵，閣下還不都一樣兒的官階，想唬誰呀？倒是余兄之佈局，是有一套，只是……閣下何以界定不法之徒？憶得狼某亦曾是爾眼中不法之徒啊！」

「不利我東州者，皆屬不法之徒！」余又說：「所謂不打不相識，過往咱倆雖交手過，而今……或許吾給條信子，沒準兒咱倆可能成為莫逆之交！這兒談話不便，不妨借一旁之濮東客棧談談。」

狼心想，「這兒歸我管，對方亦是隻身前來。哼！量你也沒法子動我！」

狼、余二人進了客棧會室之後，余翊先立馬表示，近來頻於進出東州菩巖寶剎之薩孤齊，雖牽成了此回中、東二王會晤，然對薩孤齊之行事作風，翊先頗有疑慮，惟因層級不同，不便正面質疑中州國師，遂藉此讓狼城主一瞭翊先生疑之處。

「生疑之處？此話怎解？」狼問道。

「憶得十多年前，嚴翃寬下令進攻濮陽城，當時接令帶兵攻城之領頭，即是在下。所謂擒賊先擒王，對余某而言，攻城當先逮下該城城主囉！適值翊先領軍攻上濮陽東城樓，欲單挑聶城主之際，乍然現身一蒙面人，俄而向吾出招。聶城主一見蒙面人衝著余某來，遂減低了防備，孰料蒙面人轉身一霎，眨眼將聶城主擊昏，並將之擄走於咄嗟。然於蒙面人擄人之際，僅能單手與吾對擊，余某甫一記快槍，撩中對手頭巾，赫然發現此一蒙面人，乃是頭頂呈有戒疤之僧人，而後其趁著守軍回防，倏忽躍下城樓，隨後即失去了蹤影！」

狼聞訊後立憶到，「哼！瞧你心機多重，明明擅於長棍快槍，當年於礁鼎城大街，竟用實木劍與我對打，再刻意於曹崴總管面前失手，好讓曹大人來修理我。余翊先啊余翊先，借刀殺人乃爾之慣用伎倆，吾不得不防啊！」

余翊先接著又說：「待嚴翊寬佔領了濮陽城，余某於城內不時遇上試圖反擊之逆襲者，一如迅天鷲展鵬、夜巡翁岑鴞等。惟出人意料，東州菩巖寶剎之眾弟子，竟然助著咱們對抗守軍，而帶頭者即是沁茗法師！此事兒讓翊先納悶多時，為何六根清靜之出家人，竟會出手蹚這渾水？待當面謝過相助僧人，刻意對照其輪廓與身形，均不似擄走聶城主之僧人一般。」

狼笑道：「呵呵，為了出頭，連和尚都能拾起屠刀，真是不簡單啊！不過，這叫沁茗的和尚，其手法確實高明了許多，其先調幾個弟子上前線，見勢不利，隨即轉舵，倏回東州援助嚴翊廣殺回崴星殿，並為東震王解了圍而聲名大噪，進而登上方丈之位，而後亦可得東震王之尊重。嗯……此人躍升位階之能力，足讓余副總管作為榜樣啊！」

余翊先頓時一臉窘態，但好不易有此機會將疑慮說出，只好忍著被奚落了。接著又說：「菩巖寶剎擴建落成當日，中州薩孤齊國師前來祝賀，當日沁茗方丈令弟子展出佛門武術，而曹崴總管亦即與提議，由余某向薩孤齊討教幾招。一陣拳腳切磋後，果然……對方數度回招與渾厚力道，加上近身對擊時，嗅得特有之氣味，吾幾可斷定，當年於城樓上擄走聶城主之蒙面僧人……薩孤齊！」

狼行山瞬間皺了眉，理了思緒後認為，薩孤齊本出自菩巖寶剎，如果一切事端真由薩孤齊策劃，其將菩巖寶剎推為東州最大宗教教派，一旦薩孤齊能左右該寶剎，幾乎可以仗著中州，領著寶剎，掐住東震王之執政！難道，身為嚴東主智囊之顧遷軍師，沒察覺異狀？甚而推出因應之策？

「呵呵，狼大人若不經余某提醒，會提防薩孤齊嗎？顧遷沒上陣殺過敵，能見得薩孤齊之另一面嗎？眼下翊先憂心，薩孤齊促成這回雷、嚴雙會，居心何在？更因你我二人將同時與會，倘若狼兄有了防心，至少咱倆之主公，亦多了層保障啊！」

「歐……對了！驚聞我東州東震殿前總衛罕井紘，辭官出走中州，不知狼大人可有其訊息？」余問道。

「良禽擇木而棲，賢臣擇主而事！東州有了閣下勝任軍機副總管，罕井將軍應已無揮灑空間才是。再因罕井紘曾救過狼某，所以，經狼某向中鼎王引薦，罕井紘現已任我中州南區都衛水師總軍長，來日余兄行船渡於靈沁江，或將遇上罕井軍長登船盤查，屆時可別怪狼某沒知會一聲！噓……隔房有人！」

確認動靜之後，余翊先火速衝向隔房，一腳踹開房門後，見一人臥床，一人診脈，隨後前來的狼行山見狀，「哦……原來是客棧的游掌櫃病啦！無怪乎甫進客棧時，不見掌櫃招呼引領！」

游曄掌櫃，側著身子回道：「唉……沒能親自招呼狼城主，真是失禮了！近來身子差了些，日日心怔忡，夜夜難安眠，遂找來大夫診治。」

「欸……眼前大夫似乎非本地人？只因城裡多數大夫皆已用上速效丸藥兒，鮮少見得施行針灸之術治病啦！」狼行山問道。

游掌櫃回應指出，此一大夫，名曰王濤，過往曾於濮陽行醫，今巧前來敘舊，遇游曄身子不適，遂留此診治。

余上前瞧了一下，疑道：「眼前之王大夫……似乎有些眼熟啊？好像……像是以前見過一菩巖寶剎法師啊？只是……一時憶不起該僧之法號？」

「這位大俠說笑了，在下毛髮茂盛，怎像出家僧人？再說，那法師懂醫術嗎？或許大俠您認錯人了。」

余翊先仍持懷疑態度，又道：「那僧人確實不諳醫術！嗯……既然閣下是大夫，吾倒想瞧瞧您怎麼個診治法？」

王濤隨即指出，游掌櫃左**寸脈**，洪而數，**尺脈**則顯出細而微，舌赤且口舌生瘡，此乃心火上亢，心腎不交所致。故一針下於掌後兌骨端陷，**手少陰心脈之神門**，此穴屬性乃火中之土，藉以推火生土；二下足內踝尖，距跟腱間之凹陷處，此乃**足少陰腎脈之太溪**，此穴屬性乃水中之土，藉以抑土剋水，二針相應，調和心腎，始得安眠。惟因**心、腎分屬火與水**，心**主神**，腎**藏精**，心在上，腎在下，心如太陽，腎如大海，上熱下行以溫暖萬物，水氣上蒸成雨，以緩天之熱氣。**心腎不交**，**心火獨亢於上**，**腎水無以上濟於心**，心火**無以制約**，**腎陽無以蒸騰氣化**，以致心神不寧，夜不成眠，遂令患者服以**生黃連**，且十倍於**肉桂**所成之傳世名方……**交泰丸**！方中以**生黃連**為君藥，治心胃之火，清**上焦**之熱；再以**肉桂**為臣藥，溫暖腎水以上濟心陽，二藥相應，以使心腎相交……

「叭咑……」狼行山一把抓住余翊先，倏往門外衝，還不慎踢了門檻，踉蹌數步方止。狼說道：「瞭解爾欲試試那大夫是否假冒？但每輒聽聞那些……什麼醫經有云、水火相剋，再來個什麼君藥、臣藥的，我頭都麻了。瞧他那般辨證論治，應該是個大夫沒錯！眼下之余兄，滿腦子所疑者均是和尚，連個坊間醫者也能扯上菩巖寶剎，要不我令城裡都衛軍把頭剃了，明兒個余兄該不會說我濮陽城已被菩巖寶剎給佔領了吧！」

「呵呵，狼大人身兼中州藥研處總管，竟聽不下那些醫經藥理？煞是矛盾！」余翊先譏諷道。

「就因那般繁複文詞，遂使吾研製合成藥丸兒啊！哪兒不舒服就服哪顆丸藥兒，既省時又省事兒！」狼又說：「東州食古不化，不知變通，要不？余兄與狼某合作，將速效藥丸兒輸入東州，保你一輩子吃香喝辣。」

余搖了搖頭表示，東州沒更換頭兒之前，要輸入這般藥丸兒，困難重重，除非我余氏能掌下東州，一切好談。又說：「好了，該提的事兒都提了，剩餘者，即由狼大人自個兒拿捏了。先行一步，告辭了！」

待狼行山離開客棧後，棧內會室旁立傳出了對話聲響，「此刻游掌櫃之身體不適，還真幫了在下大忙！方才習慣性地以二針二藥治症，所幸沒教人認出我乃藥對王荊双兇。游掌櫃機靈，能及時將吾更名為王濤！」

「荊兄救了咱們游家上下數次，這回又勞您針藥並進，能幫荊兄去點兒麻煩，應該做的。眼下全城戒備，荊兄貿然回到濮陽，真有啥要事兒要發生嗎？」

「暫無任何訊息！只是……鮮見中、東二王會晤，層層把關，戒備升級，該會議又擇於狼行山居住之逸和苑，欲得知內幕，難上加難！」荊說道。

游曄隨即表示，表弟卓彝，乃東州知名木匠卓長坤之子。惟因木作手藝一流，多數逸和苑之木造，皆出自卓彝之手。再觀卓彝之女卓圻，亦是狼夫人之貼身丫鬟，或許消息可藉此流出。又說：「曾聽卓彝提過，狼行山自登上中州駙馬後，因連階累任，遂令不少將官眼紅，居中不悅之最者，首推樊曳騫將軍。狼大人為防逆襲，遂於修建逸和苑時，於地底下多闢了東向與北向之逃生暗道，然此東向暗道部分，即由卓彝負責監工。惟聞卓彝告知，屢聞身處暗道之掘工提及，東向暗道內偶有鬼魅呻吟之聲，令人毛骨悚然！」

「卓彝？嗯……有些耳熟，但說毛骨悚然？游兄，能否打聽到這暗道出口位於何處？」荊問道。

「欸……不如這麼吧，明兒個就引荊兄走訪一趟卓彝居處！荊兄也許忘了，當年卓夫人妊娠不適，游曄曾帶著荊兄前往診治，荊兄斷其胎火過剩，遂以二味藥清其胎火兼以安胎呀！」

「哦……經此一提，荊某憶得了些印象！吾當時開出了**黃芩**與**白朮**，以**黃芩**清其胎火，**白朮**健其脾胃；而當時陪同夫人身旁者，即是卓彝兄與年幼的卓圻，對吧？」

游曄立回道：「沒錯！明兒個荊兄見到卓彝，可同他好好聊聊過往、現在，甚是……您想知道的事兒！」

甫離開濮東客棧之狼行山，隨著街道巷弄，時而轉，時而拐，走著走著，來到了一供奉月下老人之廟寺前，歇下了腳步，隨後向東瞧瞧，又朝西望望，不禁嘴角微微揚起，心想到，「這兒原是座廢墟，後來竟被聶忞超整建成情人廟！想想昔日之狼行山，曾被一女子搭救於此，她的琴韻，她的溫柔，甚至是她的髮香，至今依然令吾難以忘懷。當年的狼行山僅是個輕浮小伙子，而今之狼行山……竟成了濮陽城之城主！問吾還想著什麼？嗯……大概就是……再與她聊聊吧！」

適值跨越廟門檻的狼行山，突然收回了腳步，自道了聲：「唉……算了吧！回歸現實吧！」話一說完，狼迴轉了身子，抬頭一望，煞是一驚！眼前正佇立著一長髮飄逸女子，「這……這是……我沒看錯吧？真的是……」阿山瞠目唸道。

「狼大人重任當前，怎有雅興到此，駐足徘徊？」長髮女子發聲道。

「蔓……蔓……蔓姑娘！怎麼……妳也出現在這兒？正憶著當年得妳搭救至此之往事兒，怎麼……蔓姑娘為何不再留於濮陽，奏出那天籟美聲？而知音者如我，現已是濮陽城之城主啊！」

「蔓晶仙以琴會友，是不是城主，並非重要。然於琴音之域，閣下與聶忞超皆為吾之知音；然於俠義領域，狼大俠之行徑，晶仙頗不以為然！」

「臨宣一役，見過蔓姑娘超群武藝，女中豪傑也！卻對狼某表出不以為然，此話怎解？」狼疑問道。

蔓回答道：「十三年前於臨宣城外，吾曾除去縛繩以助爾脫離板車。當下狼兄明知龍師父有難，竟轉身隨雷婕兒登船離去，此舉霎令晶仙一陣錯愕！倘若狼兄能剖析當時戰況，及時出手助陣，龍武尊或許不致遭敵對暗算！」

「暗算？蔓姑娘是說，我龍師父遭到暗算？」狼訝異問道。

「沒錯！龍武尊本與摩蘇里奧拳腳對決，單憑內力，法王不及龍武尊，孰料法王於對戰間隙，倏將暗器扣入手指環，而後伺機使出雙陵拳，眨眼將暗器打入對手位於**任**脈上之臆前蔽骨下五分，亦即臍上七寸之**鳩尾**與**膻中**二穴。」

「**鳩尾**與**膻中**？無怪乎龍師父無反擊能力！何等暗器傷了龍師父，蔓姑娘能確認乎？」狼問道。

「事發之後，經常真人取出暗器後告知，此乃利用磁性吸附，名為『精鋼圓錐刺』之暗器，此類暗器之製作，最早可追溯到南州火連教。然此錐體入身，瞬間阻斷氣脈通道，**鳩尾**乃**任**脈之**絡穴**；**膻中**乃**八大會穴**之**氣會膻中**，二穴受阻，經脈之氣即失衡，無怪乎龍武尊乏力應對！」

蔓又說：「龍大師鞠躬盡瘁，一生為推動人體經脈之學而……唉……算了！告訴你又有何用？十餘載已過，世間之權力鬥爭，依舊輪番進行著，中土五州有因狼兄升任中州醫研處總管而使人強健？有因登上中州駙馬爺而使各州平和嗎？有人為了利益，放下過往書本所學，而晶仙卻願意為了搜尋世間之正義與真理，放下一向所愛之琴笛！」

狼行山頓時無言以對，僅吞嚥著口水，靦腆心虛。

蔓又說：「這些年來，吾追蹤著多所線索。過往因戰失蹤之聶忞超，極可能是有心人之作，或因聶忞超有了權勢卻礙人財路，以致下場悽慘。而我一女子，能力有限，無法追得實情。然過去之事兒，已成歷史，眼前又是中、東二王會晤，想必又是攸關利益之事兒。今日晶仙之出現，冀望著狼城主能運用智慧與資源，防堵黑暗面之陰謀再生。利益越大，危機就越大！過去，吾能及時救你，只因爾乃單純市井小民；而今無法及時救你，乃因爾已掌握太多，易成其他勢力算計之對象！世間情路難測，或許某些原因，我倆緣分僅止於友，卻也真的不想失去你……這朋友，心中雖積萬言，終抵不上提醒你……謹慎小心！」

狼行山於羞愧與激動交織之餘，不禁上前將蔓晶仙摟入懷中，嗅著其髮香，輕聲說道：「我倆此生……真僅止於朋友？」忽然！蔓晶仙急退一步，隨即上飄，道：「有物接近，先離一步！啪嚓……」

果然，四巡城都衛騎兵來到了情人廟前，立對狼行山行禮致敬，「稟城主，吾等奉中鼎王之命，前來請大人回逸和苑，商議要事。」

「雷王乃於休息中，何來要事兒商議？」狼心生疑問後，俄而跨步上馬，隨即問道：「爾等怎知我在這兒？」一騎兵回道：「呃……這個……吾等同僚本於大街找尋狼大人，後經一路人提示，遂朝這方向前來。」

「一路人提示？該不會是怡紅園那些妹子吧？嗯……要是……方才那幕情人廟前相擁橋段，讓婕兒知道了，肯定被她剝了層皮兒！」狼思考後，續追問：「啥樣兒的路人？爾等巡城，應該見過吧！」狼見騎兵們三緘其口，叱道：「坦言以告，要是出了事兒，我可饒不了你們，快說！」

四騎兵立馬跪下，「大人饒命啊！小的僅是奉命行事。方才咱們本於大街巡行，臨時授命前來通知大人回逸和苑，該下令者即是……雷夫人啊！」

狼行山瞬間嚥了口水，驚到，「唉呀！這下可麻煩了，雷夫人確實身擁讓人不覺跟蹤之功力，要是她告知了婕兒，以致母女聯手找我麻煩，我可受不了啊！唉……算了，只好硬著頭皮，見招拆招了！」「駕……」狼行山轡繩一扯，立朝逸和苑疾奔而去。

「咔啦……咔啦……咔啦……」三輛馬車於二列前導騎隊引領下，進到了逸和苑。中州護國法師薩孤齊率先下車，並領著東震王及其軍師顧遷，隨後則是余翊先與嚴東主近身護衛……衛蟄沖！四人緩緩步入大廳。中鼎王則偕狼行山與戎兆犺，立由大廳另一側步出，待雙方人馬入席後，首先聞得薩孤齊發聲……

「中、東二王、在座先賢先進，薩孤齊萬分榮幸，得顧軍師之協調，始促成中、東二州主之會晤。然今日所談，非關政治，非關軍事，而是一樁能令中、東二州互利互惠之案；為瞭解此案，尚恕貧僧敘述一段過往。」「話說……數十年來，中土大地有一『磐龍仙翁』傳說，然經貧僧多年追查，此一傳說，或虛或實，虛實參半。昔日，薩孤齊受惠於菩巖寶剎創始者……清森方丈，進而結緣佛門。經清森方丈親口描述，上述傳說，實源自過往一境外之科穆斯國，而該區域因種族戰爭，最終即演變為現今之克威斯基國，而該國之護國法王，即為眾所熟悉之摩蘇里奧。惟聞清森方丈提及，曾有中土人士前往科穆斯探索礦脈，並發現了金礦，而該探索隊伍最終決定，運五大船之黃金回往中土，其航行路線乃經由中州與南州界線上之靈沁江上游，

順流而下。」

「嘩……」話出五船黃金，立引來在座一小騷動。

薩孤齊表示，所謂「人心不足，蛇吞象」，探索隊伍因運送途中，成員意見分歧，甚而有人起了據為己有之貪念，遂於江上發生衝突，以致船隻互撞而翻覆。然事件中一成員，名曰沐野，因身受重傷而落入江中，所幸緊抱浮木，沖流至江河下游，最終漂上江岸為路人所救，而此及時搭救之人，名曰董牧，亦即年輕時之清森方丈！

嚴震洲嚴肅表示，薩孤國師如此一說，即為證明過往之傳說有其真實一面？而確有人存活，且牽涉到我東州之菩巖寶剎？

薩孤齊點頭說道：「沒錯！惟因清森方丈慈悲為懷，為顧及受難者往後生活，遂為其安排了重生之地，而後此人隱姓埋名了數年。一日再遇清森方丈，二人回憶過往，重生者於感動之餘，描述了當年其於江上遇難之經過；而後手繪了張簡要地位圖，交予清森方丈。」

這時候，薩孤齊撩起了袈裟袖套，拿出了張七穿八洞之皺摺紙，緩緩攤開，朝著眾人展示。接著，先交於中鼎王過目後，再交予嚴東主，嚴震洲為慎重起見，再交予顧還軍師鑑定一番。

一陣端詳之後，顧還手持該摺紙指出，依此圖之紙張程度，幾可斷其已逾半百，而其上痕跡乃以炭粉末沾點而成，若無經歷數十年以上，實不易辨識其約略年代。然依圖之向位與標的顯示，猶似於靈沁江位於南州紫郁樓以北之江域。

「啪……啪……啪……」薩孤齊撫掌笑道：「呵呵，顧軍師不愧是熟知中土地勢之能手！沒錯，經貧僧校查，確如顧還先生所言，此圖乃南州紫郁樓以北之江域！倘若真有五大船之黃金沉於江底，暴殄天物，豈不可惜，如此龐大之數量，幾可買下中土大半江山啊！」

余翊先插話道：「薩孤國師開宗明義提及，今日中、東二王之會，乃是一樁互利互惠之案。難道此案即指打撈黃金一事兒？再說，既然圖示方位處於中、南二州之間，國師為何捨棄南州而獨與東州密談？」

狼行山不待薩孤齊回應，隨即表示，南州境內由眾教派割據稱霸，而紫郁樓南向廿里處，即是火連教總壇所在之霖璐城。南州財力有限，若非倚著紅磚瓦、江洋漁獲、火焰石輸出，南州實在難有多餘獲利能力。縱然欲與南州合作，南離王恐懷疑，此案乃中州聯合邢彪之詭計，故南離王尚無膽識作此重大決定。然而提及打撈沉船之黃金，此乃藉大型船隊與深度採集之技術，而造船需要木業供應，遂決定與木業興盛之東州合作。惟因中州人才濟濟，可匯集專職技師於中州南岸，始得進行打撈作業。

「哈哈哈，狼城主所云，正是本王之意。」雷王又說：「近日來，南離王又因北州一反常態地採購南州火焰石，以強其兵刃，因而造成各州連鎖採購；南離王亂了步伐，遂停止了火焰石之輸出，此舉或將使其陷入財力窘困之境。而本王接獲薩孤齊國師急函時，即已同意國師之想法；如此龐大財富，何不與東震王分享？故將此兩州合作計畫，藉此一會，提供嚴東主參考。」

嚴震洲慎重地同顧遷商議，約莫兩刻鐘後，顧遷正經表示，對於中鼎王與薩孤國師所提，以眼下之技術，欲造出重物打撈船，尚有困難！再則，若真有此事，五船恐非同沉一處，光是定位，即是勞心勞力之事兒。然而，傳說乃或虛或實，況且清森方丈已逝，單憑菩巖寶剎流出之訊息，未免單薄了些，綜合論述，中、東二州盲目執行採撈，恐導致雙方趨向囊空如洗之窘境。

「唉唉唉呀……」中鼎王手撫著側邊頭，呈出極為痛苦之貌，狼行山立馬送上幾粒「苛依松」藥丸兒，待雷王服下，鎮了疼痛之後，說道：「近來，本王為了治理眾務而頭疾纏身，以致讓此一會議延宕至今。然而，天緣湊巧，昨夜……濮陽城來了位稀客，戎總管本以為此人恐將阻礙雷、嚴之會，欲予以驅離，孰料本王與之一夜暢談後，正因此一人物之所能，竟巧合地解決了顧遷先生所提之諸多疑慮。」

一旁薩孤齊驚見中鼎王脫了稿，急忙問道：「何方神聖能證驗貧僧校查多年之述？還請中鼎王不吝告知。」

這時候，雷嘯天向狼行山點了點頭，狼行山立朝一旁上著茶水的卓妡使了個手勢，一會兒後，卓妡扶出了位年逾杖國之年的耄耋長者，見其手持枴杖，一步步挪到了大廳。

中鼎王立向大夥兒介紹道：「在座各位，眼尖者或許已認出，此人即是方才薩孤齊國師開場所提，克威斯基之護國法王……摩蘇里奧！」

「嘩……」一陣訝異之聲後，「猶記得十多年前，金蟾法王不可一世之英姿，怎奈眼下見得法王，身形消瘦，步履蹣跚，直令嚴某詫異非常啊！」嚴東主說道。

法王就坐，撫鬚微笑說道：「呵呵，過去，老夫乃一前來中土大地，推銷醫療丸藥之境外族人，且於此結識了諸多先進與好友。孰料老夫武藝不精，斗膽挑戰龍武尊之經脈武學，以致付出了長年食不易消，久不耐站之代價；然此影響，老夫依然堅毅面對。」

法王接續表示，其後經由西兌王查閱《五行真經》，轉述告知，中醫醫經有所謂：

邪在六腑，則陽脈不和，陽脈不和，則氣留之，氣留之則陽脈盛矣。

邪在五臟，則陰脈不和，陰脈不和，則血留之，血留之則陰脈盛矣。

陰氣太盛，則陽氣不得相營也，故曰格。

陽氣太盛，則陰氣不得相營也，故曰關。

陰陽俱盛，不得相營也，故曰關格。

關格者，不得盡其命而死矣。

法王又說：「然而老夫練的是陰功，遭龍武尊灌入體內的卻是陽氣。多年來，老夫僅依陰氣調和多餘陽氣，一旦失調，或有陰陽俱盛之『關格』發生，恐將不得盡其命而死矣！」

狼行山譏諷道：「真是出人意料，一生推崇合成藥劑治症之金蟾法王，竟於在座面前，引用了中醫醫經之理，這五藏殿之《五行真經》，還真是論及人之根本啊！倘若人人皆能參透其中道理，我那中州醫研處就得關門啦！」

摩蘇里奧冷冷笑道：「《五行真經》是否厲害？恐得問問中鼎王囉！據侯西主告知，其因一個不慎，竟遭鼠竊狗盜得逞！《五行真經》現已流入雷王府，狼總管若有興趣，不妨向爾之岳父借閱，一窺其中之究竟！」法王如此一說，霎時眾人目光，無不朝著中鼎王而去。

雷王見勢，隨即說道：「《五行真經》確於本王手裡，惟其中盡是關於五行氣血之說，正如方才法王所述之『關格』解釋一般。本王欲悟出神功，以治吾之頭疾，奈何個把月來，依然無解，甚而每況愈下，或許雷某駑鈍，實在不解黃垚五仙，竟能以此而壽逾期頤之年。看來，本王得繼續參悟才是。」

雷王話一說完，瞬間疑心再起，心想，「展鵬於侯士封狩獵時，趁隙入殿盜取《五行真經》，

此事兒除夫人外，僅於頂豐城會見塹龍居士時提過，且聞岑鶚提及暨酆先生已回了北渠，這個摩蘇里奧怎會知道《五行真經》在吾手上？」

摩蘇里奧緩了緩氣氛，立轉話題，笑道：「呵呵，正如嚴東主所形容，老夫因無害之身形，反成了戎總管放行老夫入苑，始能與中鼎王敘舊之優勢條件啊！哈哈……」

接著，薩孤齊上前問道：「貧僧不知法王蒞臨逸和苑，甫聞法王能與貧僧之說相佐，吾等在座，願聞其詳。」

法王嚴肅表示，商賈者，唯利是圖也！唯有獲利，始有動力。然中土之佼者眾多，狼行山可謂其一，其搭上具製藥天賦之獠宇圻，竟可合成我族「苛依松」等醫藥，致使老夫失去了中土市場之利益，亦失去了經營之動力。不過，一關係我克威斯基之舊史記載，近百年前，中土一群礦產探索者，盜走我境內位於狐基族部落之大批黃金，並於運送途中發生船難，以至黃金下落不明，經老夫詳查，其中一人，名曰沐野，於船難發生時，失足落江！

薩孤齊激動接話道：「方才東震王與顧軍師對貧僧之敘述，猶感單薄，而今科穆斯國之後裔，亦是現今克威斯基國之護國法王，依其歷史記載，並於在座面前，道出我清森方丈救起者之名，此與貧僧所追查，不謀而合！」

法王再說道：「昨夜，中鼎王與狼總管實已為打撈重物而傷透腦筋。然我克威斯基之造船技術，早已展於十多年前，侯西主東侵中州臨宣城時，運送大批軍隊之鐵甲船。而今，只要嚴東主能提供製船材料，而我方支援打撈技術，再配合中州調度菁英人力，三方聯手，令此五船黃金出水 指日可待啊！難道……東震王願意放棄此一龐大財富？」

嚴東主聞訊後，再次與顧還多言或中，評估參與打撈計畫之利弊得失，惟嚴震洲確實因覬覦那五船黃金，以至動搖了些想法。

半晌之後，顧還提問有關黃金何以分配？雷嘯天隨即表明，此一計畫本是耗費金錢與人力之事，經與法王協調，所有出水之黃金，法王取其兩成，其餘由我中、東二州均分，惟法王略帶一條件……

摩蘇里奧說道：「老夫此回再訪中州，實有三目的，其一即是探索沉船位置，如有所獲，將作為克威斯基與中土五州交流之用。另一願望，老夫已是耄耋老人，希望能藉再訪中土之機，親眼目睹各州出土之奇異晶石！」

「東州青龍岩窟因遇塌陷，以致山泉逆灌；待重整山泉水道後，嚴某即可領法王前往一覽。」嚴東主應道。

「小犬於不久前巡視麒麟洞窟，再次遇上崩塌現象，雖無大礙，惟洞窟尚待清除崩落石礫，一旦妥當處理後，即有機會引領法王前去一探。」中鼎王說道。

「哼！時隔十餘載，中、東二王之狡詐，不減當年。眼下欲利用老夫之打撈技術，卻紛採模糊說法予以允諾。換言之，只要水道問題未解，崩塌石礫未妥善，依然可將老夫拒於門外，看來得利用其他管道下手了。」法王內心評估著。

嚴東主一陣斟酌後，話道：「針對所提合作事宜，嚴某尚有一要求！甫聞雷王所提及之《五行真經》，據嚴某所知，此一真經乃由法王盜自五藏殿，後交於西兑王，而今真經再輾轉入了雷王之手。嚴某以為，法王為滿足其願，遂將願望併入了合作條件；而嚴某亦冀望往後餘生能親睹並參悟《五行真經》之真諦，故藉此提出，倘若中鼎王能答應將真經割愛，嚴震洲隨即同意參與薩孤國師所提之打撈合作案。」

「呃……這個嘛……」

適值中鼎王猶豫之際，摩蘇里奧趁勢表明，依其所見，中鼎王之難忍頭疾，恐出於腦中腫塊作祟，或許須藉克威斯基之疾刀術，將腫塊取出，方能得解。單藉《五行真經》治症，恐是竹藍打水，徒勞無益之事。又說：「中鼎王乃成大事之人，有了此筆黃金，還須掛心尋不著精通各路醫術之能者嗎？有捨始有得啊！」

這回反輪到雷王與薩孤齊交頭接耳，以期理出一兩全其美之法。

一會兒後，中鼎王表示，一旦東州將此計畫所需之木料，全數運抵靈沁江之指定點，立將《五行真經》交予嚴東主！嚴震洲隨即下令余翊先，儘速聯繫林務坊總管陸洺煊，備妥造船木之數量，以配合打撈作業之施行。

一旁狼行山心想，「蔓姑娘曾提醒，利益越大，危機就越大。本是一宗花大錢的案子，雙方費盡心思，盤算著利弊得失，卻因摩蘇里奧之附帶條件說，瞬讓大夥兒變向思考附加條件之價值，竟忽略了打撈之風險與困難度！嗯……眼前這食不易消，久不耐站之長者，依舊是個談判高手。昔日吾因掌握了法王遺失之萃煉紀冊，遂占盡了談判上風，而昨夜至今不過幾個時辰，法王即可將薩孤齊鋪陳許久之計畫抵定！嗯……萬不可因其老邁龍鍾而忽略其潛在影響力！再瞧今日談判過程，余翊先始終以懷疑態度，面對薩孤齊之種種。嗯……這下可難了！吾有婕兒當護身符，雷王不致害我；心儀著《五行真經》之嚴東主，亦不致為難於我；但老謀深算之薩孤齊、居心叵測之摩蘇里奧，再加上曾設計誣陷於吾之佘翊先，我狼行山若一個不慎，恐留千古之恨！」

正當廳內融於一片拍板成交之氛圍中，狼行山接著問道：「甫聞法王提及，此回再訪中州目的有三，然其一二目的，幾已明朗，不知這第三目的，攸關於……」

「哈哈，年邁了，不中用了，才說過的事兒，眨眼就忘了。」法王接著說道：「中鼎王、東震王皆為當代梟雄，二位維繫著中土平和，功不可沒。然此中土平和，恐生變數，故老夫之第三目的，即是前來提醒，因過往種下一因，而今恐須嚐其後果了！」

「此話怎說？」中鼎王問道。

法王撫了下鬍鬚，冷冷說道：「十多年前，一位天賦異秉，特質出眾之奇才，因質屬陰寒，故不融於真陽氣脈之經脈武學，遂出走嵐映湖畔。機緣之下，此人結緣於摩蘇一家，更因其修練摩蘇家族之至陰神功，不僅凌駕老夫所及，更具挑戰至陰巔頂之勢。」

「法王所指乃昔日嵐映五俠之首，亦曾是狼某之師兄……寒肆楓！」狼行山此言一出，頓時驚動一旁之雷嘯天。

「沒錯！正是寒肆楓！」法王又說：「人乃常溫之體，欲練摩蘇家族之至陰神功，須以內力壓抑自體溫度，進而提升陰功層級。然歷代至今，惟我摩蘇里奧練及至陰神功之第三重……〈集光陰氣〉，而第四重乃能凍碎經脈，並可摧人成為石礫之態。」

戎兆犰這才恍然大悟道：「當年臨宣戰役後，段炳慷城主曾描述，親睹寒肆楓藉由掌功，將攻城綠兵摧成石礫，依此對照法王所言，十多年前之寒肆楓，實已達到四重至陰之功力？」

法王嚴肅說道：「四重至陰乃一臨界點，常人欲練及第四重，恐已失溫，脫陽而亡；然經觸及第四重尚能存活者，可藉自身之悟性，進而叩關第五重之〈冥褰陰寒〉！老夫仍懷疑，小女摩蘇莉之死，是否與寒肆楓練及五重至陰有關？根據我族〈至陰神功〉之載，再對照《五行真經》之說，或可解釋為：常人與身擁五重至陰者接觸，恐生陰氣相引而外走，真陽固護臟腑而入裡，**陽氣被遏，鬱閉於內，不能外透，陰陽不相榮者，不相入也。既不相入，以致格陰於外，故曰陽盛格陰也。**」又說：「據聞小女最終引發內毒攻心而亡，孰料寒肆楓促成了一屍二命後，或是自我譴責，或是逃避現實，抑或是絕望至極，終自北州津漣山斷崖一躍而下，墜入了萬丈淵谷！」

「曾聽聞北坎王提及此段過往。然而，此乃十餘年前之事兒，何況主角亦已告一段落，法王何須舊事重提？」東震王疑問道。

法王低沈地回應道：「依我摩蘇家傳絕技之記載，當至陰功力觸及四重者，殞落掩埋之後，該掩地將於數年內，隆起一座灰色小丘。此說雖無以於摩蘇家族中見證，惟摩蘇氏曾有一代外嫁狐基族所生嗣子，曾練及四重至陰後，陽脫而亡，果真於三年後，該埋葬地隆起一草不生、木不長之灰丘。然而過去十年來，老夫不時指派屬下，數度前往津漣山斷崖下勘查，是否見得灰丘出現？怎料至今結果皆為否定！」

聞訊當下，在座王侯兩兩互視，低低切切之語聲不斷。半晌之後，惟聞戎總管問道：「法王如此一說，頗有寒肆楓未亡之意。然事發至今已逾十載，中土五州業已穩健，縱然此人再生，恣意妄為，依然難逃法界制裁，何懼之有？法王僅以不見灰丘之說，猶有危言聳聽之嫌！」

「呵呵，知悉戎總管身經百戰，老夫甚對當年那手持雙劍，力戰蒼宇陷空劍之戎訓官，記憶猶新。只是……連中州神鬣門總督刁刃，莫敢言出能制住當年嵐映五俠之首，老夫於此提醒戎總管，切莫輕忽寒肆楓，或可請教旁座之狼總管，寒肆楓是否令人膽怯？」

狼行山回應表示，寒肆楓確有其特點。然各門派之武藝，包括龍武尊之「經脈武學」在內，皆因不斷精練，進而取得突破，一旦荒廢怠惰，功力漸退，可想而知。縱然過往之寒肆楓，神技出眾，惟時隔逾躍十載，若要再成氣候，恐非短期能見。

「非也非也！」法王解說道：「倘若真如老夫所猜，寒肆楓於躍下斷崖前，即已身擁五重至陰之〈冥褰陰寒〉功力，此功於緊急時能自成冰凍護體，換言之，寒肆楓於高崖跳下，其瞬間之失速狀態即可啟動該護體。然於冰封期間，個體雖停止生長，惟外覆冰凍之寒，依舊能減緩其原有內力之消逝，除非……除非冰凍護體遇上如龍武尊之盛陽經脈震擊，如此，將使護體消逝，並因內力遭陽氣中和，或將退回四重，甚至是三重之至陰功力。」

「冰封期間，個體停止生長？法王意指過去十餘來年，若寒肆楓真處於冰凍護體之態，將不見其老化現象？」中鼎王問道。

法王回應表示，依理所推，瞬間疾凍之生物，幾乎緩了其原有之生長。再則，寒肆楓身擁低溫之本質，除非運功出擊以致耗損，否則其自體耗損本低於常人，老化速度自然緩了許多。法王又說：「寒肆楓乃體質特異之奇人，其不須老夫提點，即可自行上衝二三四重至陰，倘若真得以重生，吾以為，其依舊能循得各類途徑，再朝至陰絕技之巔頂邁進。不過，上衝每一重之關鍵，即倚賴自體儲備能量之多寡，能量夠強大，自能引爆推升之力。」

廳堂內頓時鴉雀無聲，一會兒後，中鼎王問道：「每一門派之武藝，難易深淺，均有其上限，縱然本王對摩蘇家族之蓋世神功不感興趣，適值法王於此現身，或可提示吾等在座，關於五重至陰以上，各層級有何震懾之功力？」

法王回應道：「依據我摩蘇門術之載述，至陰內力上及五重，即為〈冥褰陰寒〉，自此之各層功力即是：五重喚風寒，六重攝陰魂，七重斂魔域，八重馭地資，九重遮天垠。」

「六……六重能攝人陰魂？這……這已是邪術之類，一旦再上七重，幾乎人性盡退才是啊！」薩孤齊驚訝道。

「此乃老夫至此之第三目的，藉以提醒諸位，一旦遇上陰寒至盛之寒肆楓，格殺勿論！若待其成了人魔，天地唯其所馭，各州域之王侯爵位，均成泡影！」

狼行山不禁笑道：「哈哈哈，世上各門派武藝，一旦冠以神功之名，自然無限上綱，藉以作為震懾他人之用。然許多神功之巔頂，均為遙不可及之境，一如格空取物、時空倒轉，甚或誇言可陰陽變性之類，而亙古以來，並不見任一絕技實現！」話後，狼行山突然運起右臂內力，抽起並握住花瓶內一蘭花，俄頃之間，該花立呈一乾燥花朵，而後咄嗟一記甩手之勢，廳內大柱上隨即顯出由水滴形成之一大幅「水」字。

「啪啪啪……」薩孤齊拍手讚道：「恭賀狼總管之〈隱狼溯水掌〉，實已達收放自如，爐火純青之境啦！」

狼回應道：「倘若狼某將此水濕絕技，編纂成武功笈冊，並賦予神功二字，再將之巔頂描述，標示可達引水逆流，海水倒灌之境界，何以不能震懾他人？然在座多數先進已見過法王之

〈集光陰氣〉神功，何等威猛，竟可封住龍武尊之氣道？」此話一出，法王立顯出了靦腆之貌。

狼又說：「法王此等犀利武藝，自稱僅達三重至陰之力。試問，五重至陰算不算巔頂？來日，咱們若真遇上具「五重至陰」之寒肆楓，欲以遏制，絕對是場硬仗！若再依摩蘇家族絕技之所載，由六七重而上，甚說八重可馭地資，九重可遮天垠，如此神通廣大，推崇此一神功者，直可捧該登頂者為大羅神仙；若是為了剷除異己者，則可將其抹為泯滅人性之惡魔！然狼某以為，此般震懾效益，勝於一切，真如戎總管所言，猶有危言聳聽之嫌！」

「嗯……狼總管對蓋世神功之解析，甚合吾意！」嚴震洲又說：「我嚴氏家族之陷空劍法，亦述及神功之巔頂，甚可遮蔽天日，以致大地漆黑一片。惟嚴某駑鈍，鑽研一生，仍無以悟到！」

法王笑道：「哈哈，只因寒肆楓之至陰內力，實由老夫所啟蒙，對此重生之說，誠惶誠恐，理所當然。老夫連夜前來濮陽，藉雷、嚴二王之會，一表三目的，皆已完成。然於抵此之前，老夫亦已知會西兌王，西兌王對寒肆楓恐重生之說，朝兢夕惕以對，畢竟北州乃中土諸多江河之源頭，寒肆楓順蟄泯江可抵西州，循普沱江可達東州，欲朝中州，水陸皆行。惟南州因火山地熱之故，不適寒肆楓之陰寒，致使南方靈沁江岸，暫無轍鮒之急，故今日所定之打撈運金船方案，即可展開探勘行動。」

中鼎王深吸了口氣後，令下戎總管，對臨近於北西二州之臨宣、汨竫湖南岸之頂豐，立採強勢嚴查進出城門者，而濮陽城則由狼總管留守。赫連雋等左右雙衛，將隨中鼎王巡視各城，薩孤齊則負責聯繫東州，以進行探勘打撈作業。

東震王亦隨之宣布，由嚴翃廣擔任打撈計畫之總督，余翊先則配合曹崴總管，加強港埠與城門之稽查，而衛蟄沖帶領騎隊，負責北州入東州之江河巡邏。

忽然！一侍衛倉促來到，卻佇於中鼎王、戎總管與狼行山之身後，頓時不知該向誰稟報？而後於三人耳後輕聲說道：「甫聞東城樓都衛傳來，發現一女子行徑鬼祟，欲上前盤問之際，孰料夫人與……公主突然出現，幾句話後，夫人隨即出手，隨後公主亦抽劍助陣，三人於城門前打成一團啊！」

聞訊之後，狼行山快馬疾奔東城門，一會兒後即抵城樓之下，見著雷氏母女，面露艴然不悅之貌，狼行山即知大事不妙，問道：「聞可疑人士出入東城，狼俄而前來，城樓都衛嚴謹，何須勞動丈母娘聯手娘子行事？」

雷夫人不甚愉悅道：「此嫌疑犯，軟玉溫香，不櫛進士，惟其身手不凡，都衛軍兵明顯不敵。婕兒見本座數招無以取勝，遂抽劍助陣。原本我倆雙面夾擊，猶有制服之勢，孰料半途殺出了個蒙面莽漢，勁道十足，趁勢將嫌犯帶入錯雜巷弄之內，俄頃消逝無蹤。」

「何等女流之輩，能捱得了雙劍合擊？」狼問道。

婕兒一臉不悅，道：「這娘兒們燒成灰我都認得出來，此人乃昔日於怡紅園奏琴之蔓晶仙！瞧她一副玉軟花柔貌，怎料其笛簫之中，另隱利刃！當年於臨宣城外，吾背向於她，不見其手腳展現，今日交手，果真深藏不露之輩！」

狼行山面露靦腆，表明婕兒亦識蔓姑娘，大夥兒和者為貴，何須舞刀弄劍？

雷夫人怒斥道：「雷、嚴二王會晤在即，勝任城主之狼行山，竟與人幽會於情人廟！此等行徑不檢之女流，不給她點兒教訓，恐有續辱我雷氏家風之虞啊！」

「什麼？你……跟那藝妓在情人廟？」「唰……」雷婕兒怒火中燒，斯須抽劍砍向狼行山。

「不……不是娘子想像那般！啊……」狼行山一邊兒閃躲，一邊兒解釋，不慎遭婕兒一記側踢，朝後踉蹌數步，俯臥在地。婕兒一怒上馬，頭也不回地朝著逸和苑奔去。狼心想，「唉……我的好丈母娘啊！妳不參與二王會晤，乃擔心遇上昔日情人……嚴震洲；若真是遇上，也不過寒暄幾句罷了，我狼行山也僅是這般應對啊！唉呀……有些事兒，睜一眼閉一眼即可，絕翻攪不得啊！算了，沒準兒說了反遇惱羞成怒，那怎麼辦？」接著，狼起了身，再向雷夫人點了個頭，倏忽跨步上馬，立朝婕兒追去。

觀濮陽城一隅，一戶座落東城門南向之木造屋內，屋主熱情招待訪客。然因訪者右足後腿攣急不伸且腫痛，故暫倚椅而坐，惟聞屋主親切表示，藥對王單憑「針下二穴，方出藥對」即可危及救人。又說：「昔日內子受惠荊大夫所用之**黃芩**與**白朮**，始得妊娠順利，卓彝實在感激不盡！而眼前姑娘之腿疼，依然施用藥對，即可治乎？」

荊双兒笑道：「呵呵，蔓姑娘之腿疾，乃因肝陰不足，剋犯脾土，津液不足，筋脈失養，以致攣急腫痛，積勞成疾。」

「荊大夫？哦……吾想起來了，閣下曾於濮陽為貧疾者診治！」蔓晶仙回憶道：「昔日小女子曾於大街上，攙著一胸口鬱悶之大叔，巧遇荊大夫經過，大夫於辨證後，隨即針下其**手厥**

陰經脈上之內關，以強其心；二下足太陰經脈上之公孫，藉由公孫主衝脈而闊其心胸，緩其脾胃，約莫一刻鐘，即為大叔解了當下實症，令吾印象深刻。孰料荊大夫另擁武藝，今日且替小女子解圍，現又勞您治筋肉攣急，真是感激不盡啊！」

屋主卓彝更是接了話，稱讚荊大夫救人無數，幫過不少貧困家庭度過難關。據聞荊大夫去了北州北渠，甚得當地敬予「藥對王」之稱號。

「呵呵，別捧我啦！還是先熬湯藥，幫蔓姑娘緩急要緊！」荊双兑一說完，隨即取出兩味藥材，一是酸苦微寒之**芍藥**，用以養血止痛；二是溫脾和中之**甘草**，以甘緩急。一旁卓嫂接手後，隨即燒爐煎煮。

蔓姑娘見藥表示，**芍藥**與**甘草**，二藥合用，酸甘化陰，陰液復得，筋脈得養，攣急自伸，肝能得補，不剋脾土，拘急之證當自癒矣！此乃傳世名方之**芍藥甘草湯**也！

卓彝驚訝道：「卓某以為，能記取荊大夫使的**黃芩**與**白朮**，已算厲害了；甫聞蔓姑娘解說**內關**與**公孫**，現又是**芍藥**與**甘草**，莫非……蔓姑娘亦懂醫術？」

「父親是位醫者，自幼耳濡目染，遂對經脈穴位與治症草藥，略知一二。」蔓回道。

荊笑道：「哈哈，蔓姑娘本知荊某懂醫，現又知吾諳武藝；而東城門見蔓姑娘身懷武藝，現又知爾熟悉醫藥，那就算打平啦！哈哈，只是……蔓姑娘何以招惹雷王府那兩母老虎嘞？」

「此事兒說來話長！還記得昔日之濮陽城主聶忞超吧！十三年前，聶城主於年屆而立之壽宴上，邀小女子前往官邸奏琴。然聶城主並非鋪張之人，故僅邀三四好友慶祝而已。孰料該宴突現不速之客，此人乃中州國師……薩孤齊是也！當下，國師仗著位階較高，出言多屬命令口吻，以致席中之火藥味漸生。而後國師更藉幾分醉意，使酒罵座，待聶城主友人與小女子陸續離開後，晶仙擔心二人因酒失控，遂翻上屋簷，靜觀其變。」

蔓接續表示，聞薩孤齊突然聊起聶忞超之父……聶晟，並追問聶家之祖譜。聶城主直覺國師似乎來意不善，遂顧左右而言他，並開玩笑地指出，聶家祖先乃自石頭裡蹦出來的，怎料薩孤齊突然嚴肅說道：「石頭？哼……我看……是黃金吧！」話後，薩孤齊甚至施展威脅利誘，要聶忞超聽令於他，甚而表明熟悉嚴翊寬，或許可聯合東州，藉機稱霸中土，自此榮華富貴不盡。孰料聶城主一口回絕了國師，而後二人越聊越僵，薩孤齊於離開時甚撂下狠話，自稱中州之內，其乃一人之下，萬人之上之護國法師，眾人生死，操之其手，不與其合作，定讓聶城主後悔。不久之後，中州即與西州開戰，中鼎王領眾武將西移，空出了東部，遂讓薩孤齊慫恿嚴翊寬出兵濮陽，以利其進行一手遮天之計。

「原來，此乃蔓姑娘冒險前去西線戰場，藉機告知中鼎王濮陽即將有難，怎料中鼎王不在臨宣城，蔓姑娘遂遇上了龍武尊與摩蘇里奧之戰，對吧！」荊說道。

蔓晶仙點了點頭，又說：「待晶仙回濮陽途中，驚聞濮陽城已淪陷，且值東州軍機副總管余翊先殺上城樓後，全城不再聽聞聶城主身於何處，更因嚴翊寬於事件後遭絞刑，致使薩孤齊之詭計，死無對證！」

荊隨即道出：「經此一說，或可推知，薩孤齊明知嚴翊寬尚無攻下中州之實力，刻意以其為棋子，即可趁亂行事；一旦嚴翊寬難成大局，亦可剷除此一絆腳石。」

「絆腳石？此話怎說？」蔓晶仙問道。

「一直以來，嚴翃寬霸道行事，早與其胞弟翃廣不睦，惟翃廣較親近於菩巖寶剎，遂使翃寬刻意抑制該寶剎，使之難以坐大，甚而架空所有支持翃廣之勢力。然因此舉間接影響了薩孤齊之佈局，嚴翃寬遂成了薩孤齊之絆腳石。」荊解釋道。

突然！卓彝作了個靜聲手勢……

「咔啦……咔啦……」「這兒無疑犯，再朝另一側瞧瞧？」外頭的巡城都衛嚷著。

待都衛騎兵走遠，卓彝即表示，濮陽乃中州東部第一大城，取得濮陽城，即如掐住中州咽喉一般。東州諸多官員，尤以益東派大老，早已覬覦此城之富裕，要不是出了個叫衛蟄沖之猛將，助嚴翃廣殺入歲星大殿，致使嚴翃寬西侵計畫失敗，否則，欲撇掉這嚴翃寬，比登天還難！

藥對王疑道：「不過，薩孤齊刻意盯住聶城主，此人果真有啥秘密？然而，十多年已過，成就了另一濮陽城主狼行山！這薩孤齊仍積極穿梭於濮陽與東州之間，甚或促成了今早於逸和苑之中、東二王會。難道……狼行山已和薩孤齊搭上？」

「此即晶仙所憂之事兒！」蔓姑娘於喝下湯藥後，又說：「狼行山與聶忞超皆為晶仙之知音。昨夜，吾恰巧於情人廟前遇上狼城主，遂於朋友立場，提醒狼城主要如履如臨，擇地而蹈，待吾離開時，發現雷夫人即於不遠大街上。」

「這就難怪啦！丈母娘見女婿於情人廟前，單會一女子，想當然爾，一逮到機會，定有逆向之舉動。只是……濮陽這麼大，蔓姑娘何以於東城門處與雷夫人起衝突？」荊問道。

「荊大夫您有所不知，這些年來，晶仙藉機遊覽各地，實則跟蹤著薩孤齊，發現薩孤齊頻走東州，不僅常與益東派大老會面，尚前去兩地方，一是菩巖寶剎，另一則是東州穎梁城；而潁梁城主即是余翊先之父……余伯廉！曾於一次對話中發現，薩孤齊座駕之駕馭者，名曰張冀，過往曾是余伯廉之親信；張冀前來中州後，立受薩孤齊一路提拔。然而這些年來，每逢薩孤齊自東州回返，必定停留濮陽城數日，而張冀必於此期間，登上東城樓，與守城都衛長張薺話家常。藉由二人對話始知，張薺即為張冀之胞兄。」蔓又說：「近來，晶仙注意東城樓之舉動，發現張薺每日必往城樓下之一隅走去。今晨，晶仙趁著眾守城都衛，列隊迎接東震王之際，刻意翻越城牆一探究竟，才知張薺日日皆朝一口古井走去。待晶仙行蹤暴露後，即於衝突中遇上了雷夫人。」

卓彝隨即表示，若沒記錯的話，那口井是專供守城都衛使用。又說：「狼行山接任濮陽城主，卓彝曾領一幫工匠為狼城主修建逸和苑，惟狼城主要求苑內設置二地道，一地道朝北向而去，另一地道則通往東城門，此一設計，可於情急時，由東城門直衝廣濱埠，搭船離開中州。適值挖掘工程近於城門附近時，發覺古井下方尚有一地下水流，故須刻意讓地道避開水流，以免滲水坍塌。然於工程期間，曾聞掘工於臨近水流區域，不時聽聞淒涼呻吟聲，毛骨悚然下，遂草草了結了該地道之出口。」

話後，卓彝緩緩走向一木櫃，於木櫃夾層中抽出一紙張，立將之攤展於桌案上，並對著荊、蔓二人道出：「挪……此即逸和苑東向地道之施工略圖，吾留存了一份，以為整修備用。」

荊、蔓二人端詳一陣後，荊双兄不禁搖頭說道：「嘿嘿，想得真周到啊！無怪乎狼行山如九命怪貓一般，其尚未住進官邸，竟連逃生地道都想好了。薩孤齊應料不及狼行山會有這招吧！」

「卓前輩，您這略圖對晶仙有很大的幫助，明兒個入夜，晶仙去趟洞口瞧瞧！」

「喂喂喂，蔓姑娘啊！您的右腿攣急未癒，等好了些再說唄！」荊說道。

「藥對王所使藥方，真是神奇了，現在覺得好多了，真是一劑知啊！故再休息一天，明晚就能行動自如啦！」蔓回應道。

荊又說：「為避免拖累卓彝一家，此地確實不宜久留。這麼吧！明兒個荊某同蔓姑娘前去察探，至少……令人毛骨悚然之地，還是多個人手好些！還有，避免惹人注意，暫莫以『藥對王』相稱，直呼荊叔即可。」

幾個時辰後，卓彝之女……卓妡，推門而入，驚訝家中來了訪客，待卓彝介紹與解釋後，才憶起眼前大叔即是當年的荊大夫！然卓妡表明了狼駙馬與公主狼吵一架後，公主決隨中鼎王回惠陽城一段時間，故卓妡回來告知，明日即將伴隨狼夫人前去惠陽。蔓晶仙於聞訊之後，稍顯靦腆神色，頓時低頭不語。

難得見屋中如此熱鬧，卓嫂親自料理一桌佳餚，令大夥兒共聚一堂。鮮有團聚感覺之蔓晶仙，頓時不勝周遭氛圍而催出眼淚，待卓氏母女於一旁安慰後，卓妡順於餐聚之中，將今早穿梭於逸和苑內，聞得雷、嚴二王會晤之內容，一一道出。當下聽聞摩蘇里奧現身，霎令蔓晶仙驚愕連連。荊双兑於聞訊後不禁表示，薩孤齊果然推出了撈金大戲，且是齣互利共生之戲碼；五大船之黃金，確實可成一番大事業，再加上摩蘇里奧重返中土，與寒肆楓可能之重生，未來中土恐難以平靜。

然經一整晝夜休養後，蔓晶仙刻意錯開時間，與荊双兑先後離開了卓彝住處，二人分走二路，相約酉時之後，於東城門外牆之南面草叢會合。待二人現身約定地，荊双兑特地攜了把短柄斧，而蔓晶仙則持了短柄火炬，為避免遭城樓都衛發現，當下由蔓姑娘把風，荊則按著圖上標記，花了好一會兒功夫，覓得了雜草叢中一凹陷處。藥對王掘開了土層，隨即發現了簡易小石階，兩人入地道後，荊隨即抽出了張平安符予蔓姑娘，並說：「擱在身上，以防萬一！我……我自個兒也放了一張。」

「荊叔……荊叔……入洞不過四五十尺，突見地道大右轉，果真是為了閃躲某物而如此挖掘，若依入洞方位推算，咱們應是朝古井方向才是。」忽然……

「嗚……嗚……噓……噓……嚕嚕嚕……」

「喂……還真有怪聲音傳出！怎……怎麼著，此處陰濕之氣甚重，吾……頓感雙腿有些癱軟耶！」荊說道。

「荊叔，千萬別受影響啊！那嚕嚕嚕是水流聲啊！您瞧，從這兒開始的地道皆是濕濡的，那水流聲似乎來自咱們右下方耶！」蔓說道。

「妳說的沒錯，不過……妳不覺得……這地道右下方之土石，似乎有些鬆軟？嗯……我……我來敲敲看，沒準兒另有發現！接著，荊双兑持著斧，朝著右下石壁「摳……摳……摳……」接連敲了好一會兒後，驚見一石塊兒整個陷了下去。「哇……這……這怎麼回事兒啊？我的斧頭跟著陷了進去，怎拔不出來呀？」

適值蔓姑娘往荊双兑那兒靠去，只見那斧頭慢慢被石壁縫吞入，荊叔忽然抖著唇 唸道：

「好……好像……不太……對勁兒耶？」

「哇……啊……什麼東西啊？哇……」荊驚叫道。

蔓晶仙驚見一泥濘且龐大之指爪，瞬由斧頭陷入處竄出，一把將荊双兌整個兒拖進石縫裡。從未見過這般景象的蔓晶仙，頓時亂了方寸，唸著：「這地道果真有妖魔嗎？不行，不能丟荊叔在這兒！能令荊叔分辨不出何物？難道……那石縫裡真有異獸？還……還是說……薩孤齊在這城樓下，飼養了啥駭人的怪物？唉……若是現在出洞求救，勢必拖延了搭救荊叔的時間，亦會讓狼行山這秘密地道曝了光。唉呀……不管了，先救人要緊！」

蔓自腰際抽出一小笛子，先吹了些柔和美聲，藉著地道內聲音之迴彈，測出地道周圍有多少空洞部分。果然，石縫的另一邊兒是空的。蔓硬著頭皮，以側身之姿態，鑽進了石縫，結果……順著石縫，倏忽傾斜滑下！

「嚕嚕嚕……」「哇……這兒即是地道右下之地下水流！只是……荊叔去了哪兒嘞？咦……水流旁留有物體拖行之泥濘痕跡，不如順著痕跡去瞧瞧。」

「嗚……嗚……噓……噓……」「原來那怪聲是打這兒傳出的！」蔓又走了幾步後，突然踢著了樣東西，仔細一瞧，「欸……這是……人耶！」，立馬將臥地者扶起，才知此乃遭細藤捆住，嘴裡塞著水草之……荊双兌！蔓晶仙瞬抽出笛中尖刃，惟聞「唰……唰……」兩聲，立將藥對王身上細藤斬斷，荊双兌隨即挖出嘴裡的水草，輕聲說道：「噓……真有怪物耶！」

忽然！傳來了碎石礫擦擊聲響，「嗯……確實有東西朝這兒來了！」蔓將火炬交給荊叔，接著手持利刃，擺出了應對姿勢。「啊……來啦！」

「吼……」驚見一龐然大物衝了過來，蔓就地上飄於一霎，然因對方速度極快，一雙厲爪旋即襲來！霎時，蔓驚聞笛中劍竟於相互對擊中，鏗鏜作響，惟因敵對力道甚猛，笛中劍於交戰不及三招，乏力以對，倏聞「鏗」的一聲響，笛中劍應聲被擊向一旁。

蔓晶仙瞬將雙手十指撐開，內力疾運，竟將對方之厲爪定住，敵對見勢不利，俄頃發出光氣，倏令蔓姑娘鬆開對手，後退一步，再以雙手高舉，兩掌朝前，自上而下，做出騰空畫圓動作，結果……

兩道光氣直衝蔓姑娘而來，瞬聞「轟……」的一聲巨響，整個地洞為之一震，更令蔓晶仙應聲滑退了數尺。接著，驚聞暗處一低沈聲音，隱隱傳來……

「不速之客，擾人沉眠，尤以那髯客，頻頻敲擊，令吾片刻不得安寧！不過，許久不見江湖奇特武藝，既能以音聲測距，二能反轉引力，三能自發防護遮罩，抵住外力迎擊，不僅令吾開了眼界，更出人意料的是，如此絕世神技，竟出於一長髮飄逸之纖柔女子！爾等何許人物？竟空著平地不走，入洞擾人！」

「在下荊双兑，行醫者也。耳聞地道不時傳出淒吟怪聲，常人傳為鬼魅作祟。而今入洞一探，相照之下，始知聲響始於閣下鼾呼之聲。倒是，擾及閣下安寧，並非蓄意，於此深表萬分歉意。」

蔓晶仙上前說道：「方才交手，聽聞笛中刃之對擊聲，斷出對手乃非自然獸爪。然閣下一知對手能逆行引力以制住精鋼厲爪，旋即改以內力反擊！然而此等內力，一如當年嵐映湖龍武尊之〈經脈武學〉，不知閣下此等神功，是否與之相淵源？」

「哈哈哈，姑娘能道出龍武尊之『經脈武學』，應對吾之名號不陌生才是。」隨後「轟……」的一聲即出，立見一道橙光擊向石壁，一火炬隨即燃起，洞窟瞬間明亮，一逾八尺之龐物，緩

緩走來，說道：「吾乃昔日之嵐映五俠……豫麟飛！吾之經脈武藝乃受龍武尊所啟蒙，所持之『三叉銀獵爪』亦是龍師父之傑作。」

「原……原來閣下即是三陽內力強大之豫麟飛，豫大俠！小女子蔓晶仙，是名琴藝奏者，方才得罪豫大俠之處，懇請海涵。」

「什……麼？眼前姑娘即是……」豫麟飛霎時精神道：「憶得陽昫觀常真人告知，十三年前於臨宣城門前，出手護我龍師父者，即是於濮陽奏琴之蔓晶仙！」

荊双兇岔話道：「對……沒錯！龍武尊遭摩蘇里奧施以幻術時，正是蔓姑娘出手為龍武尊擋下冷箭地。」

豫麟飛聞訊後，隨即拱手躬身，感激蔓姑娘當年之及時相助，並好奇提問，道：「方才擋下所發經脈光氣，可是常師伯所述之……靈禦神罩？」

蔓晶仙急忙扶起豫麟飛，以點頭表示後，道：「見豫大俠發功又疾又速，致使所發之〈靈禦神罩〉，僅是初成之形態，待能量充盛時，神罩甚可成一帳棚護罩，而騰空時則可形成一球狀護罩。甫遇豫大俠之雙臂，僅各發一陽光氣而已，倘若雙手三陽之力全發，相信〈靈禦神罩〉是擋不住的。」

「驚見對戰者乃一女子時，發出一陽內力僅表驅離意味，所幸沒傷著了蔓姑娘。」豫麟飛應完話後，荊双兇則問：「當年臨宣之役，鄰近莒藯港埠，為何豫大俠未前往支援？龍武尊逝世後，江湖上為何不聞豫大俠之任何消息？」

此刻，豫麟飛將中西開戰前，因遭西南鱷王臧運豐之灣鱷襲擊而傷重，而後獨自游回嵐映湖，並由牟芥琛及時急救之過程，對二人詳述了一番。然依當年之時間演進，蔓晶仙立將當年濮陽情況，以至其出現於臨宣之經過，描述了一遍。而後豫麟飛再將相關話題，述及了常真人將龍武尊之骨灰，帶回了嵐映湖。

豫麟飛指出，常真人將龍師父之骨灰交予阿飛後，待阿飛身體痊癒，即依循龍師父生前遺言，由阿飛將骨灰暗地送到西州禦風岩，交予鑄劍大師凌秉山！然不知何故，凌大師多次蹲坐於冶鐵火爐旁，雙手靠著雙耳，似乎於鑄劍時遇了瓶頸。一日，凌大師駐足於蟄泯江邊，突見江中一人划著孤帆，自中州而來；待其登岸始知，此人名曰谷翎，乃凌大師之昔日同窗。谷翎先生因迷戀風水之學而遠走中州，研習有成之後，回歸故里，至今已是西州馳聲走譽之地理師，且經西兌王多次延攬，現已成輔佐西兌王之軍師爺。

豫麟飛接著描述，二位大師巧遇當日，娓娓而談，居中不乏提及中州之風水地相。谷翎巧妙地引用醫經論述作為形容：**人體臟腑經脈巡行之氣，皆依一定時辰而盛行於各臟各腑**，如治肺症之佳機於寅時，治心病之良辰為午時。然施行針灸之術者，更有所謂「**刺虛者，刺其去也；刺實者，刺其來也。**」對此，或說依脈**道真氣之來向與去向行刺，隨其去向為補，逆其來向為瀉**；或說**依經脈時辰之來去為行刺依據，時辰屆臨為補，時辰離去為瀉**。不論何類說法，其終歸是「**虛者補之，實則瀉之**」以作為治症之依歸，終而驅逐病邪。相同地，論及風水地相以行事，終為取得一個「順」字，由順而得利，謂之「順利」。至於風水位向，或藉山巒河谷而自然形成，抑或藉貔貅、葫蘆之人為鋪陳，無不作為迎吉避煞之參考。諸如種種，只要「前因」對了，「後果」自然就順了！

豫麟飛接續表示，凌、谷二師把酒暢談，直至東方魚肚白方休。自此，凌大師萌生諸多感觸。一日，見大師背起一袋兒未完成之作品，表明將出訪各地，以覓得一鑄劍佳境，並一展其畢生之心得。且說，龍老之骨灰，本為五行之水腎所主，然水腎乃「先天之本」，須藉「後天脾土」得以延續。臨行前，大師對阿飛提了一說，「眼可見之山川江河，凡人得駕馭征服，唯地底伏流之世界，高人一籌莫展。」為此一說，足令阿飛擲十載之光陰，藉以釐清中土五域之明川暗流。

「這般說來，豫大俠連井下之地底水流，皆列入釐清範疇？」荊問道。

「正因此故，才會在這兒遇上二位！」阿飛回應道。

「然地底之下，可有豫大俠印象深刻之奇特景緻？」蔓提問道。

「當然！北州烏淼峰為眾多江河之源頭，眾支流因天寒而結凍，水面之上，一片白茫，怎料水面之下，江中有江，湖中有湖，別有洞天。若要冠以奇特二字，吾以為，汩琤湖中之颯肓島可謂首選！其因來自南州眾火山中，一熔岩脈北向貫穿中州，且延伸至颯肓島正下。阿飛雖有麟甲護身，仍耐不過熔岩之高溫，惟因颯肓島之地岩熔漿與湖水相混，湧出地面，即成溫泉，不僅泉水溫度舒適，亦能解經脈氣道之瘀阻，不失為天然療癒之境！可惜因中土地牛翻身，埋了島上大半居民，鬼魅之說四起，致使此島已呈荒蕪之域！」

阿飛又說：「倒是經蔓姑娘述及龍師父於臨宣城遇襲一事兒，阿飛對狼行山之舉，頗不以為然，甚而嗤之以鼻，此等見利忘義之徒，阿飛已無須與其稱兄道弟。況且狼行山現已身兼醫研總管、濮陽城主，更是雷王府之駙馬爺，或許阿飛這般探地鑿洞，遊走江川之輩，恐得其睥睨以對、不屑一顧以應！」

「狼行山心地不壞，尚不致泯滅人性；倒是寒肆楓之出現，較為棘手！」蔓說道。

這時，荊双兇順勢將暨酆先生於北江之經歷，詳述了一番，此事兒倒令阿飛精神道：「昔日寒肆楓之陰寒內力，尚不及吾之三陽齊發，倘若復甦之後，其陰寒內力再行突破，極可能高過吾之內力。不過，欣喜聽聞荊叔提及一蛻變而成之新助力，乃過往坐於阿飛肩上之……凌允昇！」

阿飛又說：「龍師父果然沒看錯人，憶得龍老曾對阿飛與牟芥琛提及，期望著四後輩能將『經脈武學』推及另一境界，然此四後輩即是凌允昇、擎中岳、揚銳，以及另一女子……龐鳶！」

「嗨呀！我荊双兇真是有幸啊！此四後輩中，聞暨酆先生遇到了凌允昇，而荊某前陣子隨惲子熙先生前訪了北渠午崿鎮，試圖探查『磐龍仙翁』傳說之衍生人物……沐野！怎料於當地之祈安宮，巧遇為當地義診之年輕女俠，正是龐鳶！」話後，荊再將龐鳶之事蹟，娓娓道出，霎令蔓、豫二人嘖嘖稱奇，並順勢將沐野即是聶晶，再推演至薩孤齊之詭異行徑，最後即銜接上與蔓晶仙一同巡行地道，以致誤闖了水流地洞。

「哼！搞了大半天，原來貪生畏死之狼行山，其暗設之逃生地道，正於吾之上頭啊！」阿飛訝異之後，又說：「這兒水聲嚕嚕作響，不仔細聽，還真不知有人走動哩！今兒個恰巧荊叔藉斧敲擊，進而敲醒了熟睡之阿飛，咱們三人才能於此一聚啊！哈哈哈……」又說：「嗯……不如這麼吧！既然蔓姑娘見得一古井，阿飛就帶二位前去城門旁之古井下，探探有啥發現？」

「嗯……既然來了，咱們不妨前去瞧瞧！」荊說道。

「趴趴趴……」溯著地底水流前進，蔓、荊二人見眼前有著魁梧的識途老馬引領，頓感踏實而無懼；約莫半個時辰後，阿飛指著前方不及十尺處，即是古井正下。霎時，阿飛借了荊叔之短斧，上前輕輕敲擊周圍石壁，孰料一會兒之後……

「欸……這兒聲音不對！此處石壁後方是空的！」阿飛發現後，右手立運起陽明真氣，「咻……」的一聲，彈出一銀獵爪，「刮……刮……刮……」一會兒功夫之後，刮通了一片狀縫隙，隨後道出：「是古井旁另一空間沒錯，裡頭並傳來乾稻草味道，且似乎僅藉古井內壁之磚縫窗，將外頭光線引入。」

「此刻已逾戌時，或許僅能倚著古井外之城樓火炬，得引些微光照耀，豫大俠應難以明察其內才是！」荊叔說道。

「噓……似乎有人踏著石階下來了！」阿飛發現後，蔓、荊二人旋即耳貼石壁，關注內情。

「喂喂喂，該吃飯啦！今兒個上頭給您加菜啦！」一會兒後又聞，「嗨呀！大人啊！您也行行好唄！我張蕎守的崗位可是城樓之上啊！身旁侍衛兵尚得稱吾一聲都衛長哩！孰料那薩孤齊硬是給了我這苦差事兒，每天得偷偷摸摸地來到城樓下探問，雖不清楚有啥秘密，卻也勞您幫幫忙，將暗碼寫下，我好讓張冀轉交予薩孤齊啊！」又說：「唉……受腳鐐鐵鍊綁了這麼多年，依舊不肯向國師透露爾之過往與暗碼，這麼一年年拖下去，對您有啥好處？」

忽然！由角落傳來一殘弱聲音……

「張……張蕎啊！當年……余伯廉要你頂罪，遂逃至濮陽城。然為顧及爾之安危，遂留爾擔任衙府侍衛。孰料區區幾兩銀子，爾竟屈服於那絕口不提阿彌陀佛的虛榮僧人！」

「這也不能怪我啊！所謂識時務者為俊傑，薩孤齊現於中州，已是一人之下，萬人之上的護國法師！況且，國師甚於余伯廉官邸，以五行八卦推測，未來東州將一統天下啊！所以囉！依著國師辦事兒準沒錯。嗯……好吧！算我張蕎曾受過您的好處，不妨透露一條信子作為回饋。

今早吾弟張冀已告知，三天後，將有批人前來，漏夜將您運往穎梁城，未來由咱們余老爺審問，可就沒這麼好過囉！還不如現在立將暗碼寫出，沒準兒還能留在濮陽城哩！」

「唉……聞了爾之所述，至今才通曉，原來張氏兄弟倆，均是余伯廉的人！呵呵，薩孤齊能留我至今，無不為了吾之暗碼，殺了我，他也沒戲可唱了，隨他去吧！」

「唉……真是個老頑固，敬酒不吃吃罰酒！不好意思，在下費了諸多口舌，仍不得正面回應，今兒個外加的這雞腿，我先收了。僅剩三天啊！要是想通了，明兒個我會再來的。」

張薺離去後，石壁另一頭的荊叔，輕聲說道：「原來這東城門底下，還真囚了人啊！且於三日後，漏夜將囚移走！然此石壁這麼硬，單憑這短斧，咱們有把握救人嗎？」

「欲破這石壁，難不倒我豫麟飛。但這麼破牆，城樓因此而震動，恐驚擾上頭的守城都衛，甚因結構遭破壞，此地洞或有坍塌之虞，恐怕人未救到，咱們就一塊兒被埋了。」

「吾倒有個法子，值得一試！」蔓姑娘說道：「甫聞豫大俠指出，古井內壁有磚縫窗，晶仙可藉由迴逆引力，順著古井將豫大俠帶上，而後豫大俠破開磚縫窗，立進囚室救人，畢竟欲斷開腳鐐鐵鍊，非豫大俠不可。後將囚者眼睛蒙上，以免受光傷眼，吾再接手將之帶下，荊叔則負責於井下接應，成功之後，薩孤齊會以為囚犯擊斷鎖鍊後，由磚縫窗爬出古井逃走的。」

「好……就這麼辦！」三人認同蔓姑娘計策後，隨即展開行動。

然此過程中，囚者因驚慌而遭阿飛擊昏，待三人將囚者帶回地洞後，荊双兒立為囚者診脈。半晌之後，道：「此人左**關**脈弦細，右**關**脈弦而微硬，其數六至；再視其頭面周身皆腫，以手按其腫處呈凹，手離始能復原，此證乃**陰分虛損**，腎臟遭虛熱所傷而生炎，是以不能瀌水以利水便。左脈弦細，乃肝之疏泄力減；右脈弦硬，乃胃之蘊熱下溜，亦不利水便，是以積久而成水腫也！」

「此人雖髮長及腰，額面腫脹，然以其形肉而論，似乎藉由進食以保有胃氣，殘存至今，否則陰陽俱虛，在所難免！」蔓姑娘道。

「啊……你們……你們是誰？這兒……是哪兒？是否已到了東州穎梁城？」蒙眼囚者問道。

「不用擔心，咱們是來救你的。閣下何等人物？怎遭囚禁於古井下之暗牢？」荊双兑問道。

「我……我是……呃……我叫蕭寅，因將一批貨弄丟了，他們要我說出失物下落，所以……」

「想必是見不得光之物，以至被押入地牢逼供。」阿飛才說完話，蔓晶仙於一旁仔細地打量這叫蕭寅的傢伙。忽然！蔓抽出短笛，隨即吹出一小段兒中宮之音，間接混奏著北羽小調。蕭寅靜坐不語，一會兒之後，起了身，循著笛聲，緩緩走去，本欲握起吹奏者之手，卻不忍中斷樂聲，遂又罷去，隨後退坐於石上，且呈出了顫抖之貌。

片刻之後，蕭寅深吸了口氣，得情緒緩和後，一邊兒解開遮眼兒蒙布，一邊兒說道：「聽聞如此美妙笛音，即知爾等非奸佞之輩；惟以蕭寅之名相告，實乃掩飾身份之所為。若沒聽錯的話，能以中宮之音，間接混奏北羽小調，進而引人追憶者，應是在下仰慕之蔓晶仙姑娘所吹奏。然呈於諸位眼前，已不成人樣兒之囚者，實乃昔日之濮陽城主……聶忞超！」

「啥？閣下即是失蹤之濮陽城主聶忞超？」荊双兑詫異之後，接著將同行三人之行動，為聶簡述了一番，又說：「原來當年嚴翃寬偕余翊先攻入濮陽城後，余翊先曾對沁茗法師表明，聶城主被一蒙面人擄走，其實是……」

聶說道：「當年忞超坐鎮城樓之上，待余翊先殺上城樓時，才發現眾守城都衛之兵器，早被人動了手腳，不堪一擊，此一戰役，直可謂坐以待斃！然於聶某與余翊先對決之際，一蒙面人突現於身後，見其先將余翊先擊退，遽然轉身，以幻影手法，將蒙幻藥摀吾口鼻，而後僅意識其扛起了忞超，瞬朝城樓下跳，當吾醒來時，已是手銬腳鐐伺候，置身於方才之暗牢中，這才知曉，將忞超擄走者，即是當今中州國師……薩孤齊！」

聶接續表明，多年來，薩孤齊只為逼問忞超之身世，並追問忞超之祖父及其過往居處，此舉之目的，只為打探一傳說中之五船黃金，且表明擁有此批黃金，即有把握助東州稱霸中土。然因忞超不歸從薩孤齊，為免其稱霸中土之計畫外洩，國師本想滅了忞超，惟因忞超牽繫著五船黃金之秘密，薩孤齊遂利用嚴翃寬佔領濮陽城，立由張薺軍長對外宣稱聶忞超畏戰而逃，其實忞超始終被囚於東城門之下。忞超不願遭人誣陷，甚而死得不明不白，遂記取常真人所叮囑，「**脾土乃後天之本**」，以致不論米糠粗食，蛀葉劣果，一概視為生存佳餚，只盼能留得胃氣，以待逃生之機會。

荊双兑順勢將其所聞，對質聶忞超所知，幾乎吻合八成，僅菩巖寶剎部分有些出入。然荊叔見聶忞超之**陰分虧虛**所生水腫症狀，實在嚴重，破例抽出了三銀針，依著**足太陰脾經**之脈氣行徑，一針下於膝下脛骨內側凹陷之**陰凌泉**；二下該穴下三寸處之**地機**；三下足內踝尖上三寸之**三陰交**，三穴齊下，以為患者利水除濕。

而後，蔓晶仙問道：「中鼎王非賢能之君，更拔擢薩孤齊而養虎為患。然薩孤齊自信能稱

霸中土五州，其所施之利誘，果真動搖不了聶城主與之合作？」

聶忞超正經說道：「先父聶晟乃前中主傅宏義旗下之忠臣，其曾叮囑忞超再三，『東州文官深謀遠慮，武將驍勇善戰；然一兼俱文才武略，卻是鶚心鸝舌，口蜜腹劍者，余伯廉是也！』父親曾指出，當年更名聶晶之沐野，曾被一名曰董牧者搭救後，待行經東州穎梁城，借宿於一名曰余戡之賞石富商宅院中。余戡見傷者來路不明，擔心招惹麻煩上身，直勸董牧少招惹是非。直至董牧提及沐野於境外之探勘事蹟後，余氏立轉積極支助，最終沐野捐地，再經余戡金援董牧，遂建起了菩巖寶剎，並由董牧勝任方丈，法號清森。而後，董牧覺到余戡極為市儈，故始終未暴露安置沐野之計畫。反觀余戡卻積極謀劃，甚欲出資成立新探勘隊伍，再行前往科穆斯尋金，冀望清森方丈能請來沐野擔任領頭。方丈則以沐野已歸隱，予以回絕，並藉機提醒沐野，提防余戡這號人物！孰料自薩孤齊出現後，此事兒再被挑起，惟不同以往的是，財迷心竅之余戡，僅知科穆斯有金礦，而薩孤齊卻是相中了五艘運金沉船！」

聶又說：「祖父因病逝世，留了封遺書予父親，信中依舊叮囑，『我聶氏後代，莫因利益而搭上東州余氏！』然而，忞超先前所提之余伯廉，正是余戡之子，而攻上濮陽城樓之余翊先，更是余戡之孫！而後，凡與余氏掛勾者，忞超敬鬼神而遠之，且知悉薩孤齊與余伯廉交情匪淺，此即薩孤齊如何威脅與利誘，忞超絕不屈服之主因。回想當年聽聞張薺遭余伯廉迫害，隨即引吾惻隱之心，遂失了戒心，任其於城府臥底，到頭來，忞超這一遭囚，亦是東州余氏間接之作啊！」

「那張薺所謂的暗碼，指的是啥意義嘞？」阿飛問道。

聶回答道：「這又是一陰錯陽差之事兒。祖父聶晶之木雕手藝精湛，遂於菩巖寶剎落成時，雕了一尊坐佛以贈予寶剎，此一坐佛並非鎮剎寶物中之鎏金坐佛。然祖父之坐佛刻有『聶晶於午崞鎮』之字樣兒，而鎏金坐佛則留有一列不明刻痕。薩孤齊曾於囚牢內逼問忞超，午崞鎮之聶晶，是否即是沐野？此問一出，即知國師發現了坐佛刻字，當下立覺忞超一旦不具價值，嗚呼咄嗟，在所難免。孰料薩孤齊追問鎏金坐佛之不明刻痕，具何意義？吾將計就計，佯稱那刻痕即為五船黃金之相關暗碼。然薩孤齊一聞忞超道出『五船黃金』四字，精神為之一振，遂開始逼問暗碼一事兒。換言之，一尊與我聶氏無關之鎏金坐佛，竟間接延續忞超之性命。」

「恕荊某一問，是否真有五船黃金運往中土？或僅是一虛構傳說？」

聶忞超點點頭後，道：「據先父所述，沐野確實自運金船上跌落靈沁江中，至於五船黃金何去何從？不得而知。」

「哈哈，薩孤齊恐是想錢想瘋了，單憑著午崞鎮祈安宮中，一刻有五船之木雕，即說動了財迷心竅的雷、嚴二王，雙方合作撈金，一拍即合。倘若黃金不在江裡，那中、東二州可得付出不少代價啊！」荊說道。

蔓接著說：「薩孤齊除了逼問囚者之手法粗略了點兒外，其為事之鋪陳，繭絲牛毛，早已牽動了多頭馬車。例如：為讓嚴翃寬攻城，事先將守城都衛之兵刃調包，再利用沁茗登上方丈之位，間接控制菩巖寶剎，眼下又動用二王撈金，難道真如其所推測，東州將一統中土五州？」

聶接說道：「曾於囚牢內反問薩孤齊，嚴翃寬並無實權，為何與之掛勾？共謀入侵中州！然所得答案，令吾舌橋不下。過去，薩孤齊於忞超卅壽宴時，提及已與嚴翃寬搭上，事後即知是一幌子。由於嚴翃寬個性剛烈直率，好大喜功，一直是薩孤齊與余伯廉眼中之絆腳石，故慫慂翃寬入侵濮陽城，實為架空翃寬。若依原計畫，余翊先之角色乃於慌亂之中，伺機除掉嚴翃寬！否則，一旦東軍出征不利，余翊先轉以懸崖勒馬之說，將嚴翃寬押回東州受審，於進於退，嚴翃寬橫豎都是一死。薩孤齊遂藉由此例，以順其者生，逆其者亡之說法，要脅忞超與其合作。」

豫麟飛隨即問道：「經諸事對照，何者於台面下出手，吾等自當清楚。姑且不論是否真有五船黃金？阿飛仍須走訪一趟靈沁江。畢竟雷、嚴二王聯手打撈之水域，近於南州火連教總壇；一旦發生區域衝突，南離王恐有借題發揮之虞！只是……聶城主離開這兒後，可有安身之處？」

聶忞超想了想，隨後表明了東州木雰城，有位從事酒業的拜把兄弟，名為魯靖。此人曾遇家道中落，一度窮極潦倒，後經忞超之協助，將中州建寧城之釀酒輸往東州，再由其所創之恆翠坊，運銷當地豪門與客棧，因而成就了其另一事業。聶忞超說到這兒，不免心生感慨，「唉……此一時也，彼一時也。忞超可能暫時投靠於魯靖吧！」

「確實，打這兒出去後，中州暫不宜留。」蔓又說：「眼下聶城主尚有水濕腫脹之病證纏身，不如由晶仙陪同前往木雰城，一路上得以照料。」聶忞超聽聞後，緩緩地牽起蔓之雙手，由衷感激蔓晶仙匍匐之救，弘濟時艱！

荊双兇立對蔓姑娘問道：「離開這兒後，蔓姑娘將予聶城主配啥藥方？」

蔓姑娘微笑道：「小女子不如荊叔之雙針與藥對解症。若依聶城主現狀，可採**生地**之清熱涼血，益氣養陰之**山藥**，養血斂陰之**白芍**，滋陰解毒之**玄參**，再藉**枸杞**補其肝腎且明目，**沙參**以養陰清肺，**滑石**助其利水通淋，合此七味先治其陰虛水腫，待水腫退去，續以傳世名方之**豬**

苓湯，藉方中之豬苓、茯苓入足少陰與足太陽二經，以滲利水濕，澤瀉利水瀉熱，阿膠滋陰潤燥，滑石清熱通淋，集五味之力，以治其濕熱互結證。」

「哈哈，行了行了，我藥對王服了蔓姑娘啦！然欲前往木雰城，尚有段距離，不妨先使上吾隨身備用之浮萍與玉米鬚。一味浮萍，上可開宣肺氣，下可通調水道；玉米鬚則能清熱涼血、平肝利膽。善用此二味，即可袪濕熱之氣，通淋利尿，始得利水消腫之效。」待將二味交予蔓姑娘後，荊又問：「只是……口說前往木雰，爾倆如何渡江前去東州嘞？」

「咳……咳……」一旁的豫麟飛立咳了兩聲兒，道：「呵呵，針對過江這事兒，就包在我阿飛身上啦！倒是荊叔有何打算？」

「此回荊某巧遇了蔓姑娘，亦藉著卓彝之地道略圖，探掘了地道。不僅有幸遇上豫大俠，甚而順利救出失蹤逾十載的聶悉超；再透過聶城主之回憶描述，荊某大可將五運金船這部分拼湊起來。眼下荊某打算前往北州之辰星殿，望能拜會研究『磐龍仙翁』傳說數十載之惲子熙先生，或可依吾之拼湊結果，研判中、東二王合力撈金之可能與發展。」

「什麼！惲子熙先生已離開了東靖苑？沒想到囚禁之中不知年，惲先生真已前去北州？」聶悉超驚訝道。

蔓微笑著表示，將於前往木雰城途中，告知聶城主過往發生之重大事蹟。接著，四人循著地道，走出了東城外牆，一路直抵普沱江邊。豫麟飛於岸邊拖了條破舊竹筏，待蔓晶仙與聶悉超上了竹筏後，荊双兄只見豫麟飛將竹筏套上繩索，而後隨著嘩啦嘩啦之泳水聲逐漸遠離，一漏夜東向之竹筏，漸趨融入江上霧氣，緩緩消逝於普沱江中。

中州甫逾夏至，北州津漣山上依舊千里冰封，白雪皚皚。適逢暖陽鋪蓋，薄霧盡散，放眼望去，僅見白毯上呈出兩行蟻狀黑斑，緩速延展，就近一探，實為鞋靴烙雪之印。待尋跡追去，見一身披帽袍之婦人，止步於一石碑前，見碑上陰刻之字形……摩蘇莉也！

甄芳子佇立於阿莉墓碑前，久久不能自已，哽咽唸著：「阿莉，妳阿爹不該領爾兄妹倆前來中土，是妳阿爹害了妳跟阿維！還有那寒肆楓，此輩之現身，只有剋煞，所有與之為伍者，均不見得好下場！」這時，芳子觸及了墓碑，「欸……這是什麼？阿莉的石碑上，怎有一物鑲嵌其中？嗯……此物之質地與石材迥異，似乎是外力強行嵌入所致。」

忽然！聞一低沈聲音傳來，「呵呵，與寒肆楓為伍，確實沒啥好下場！久違了，甄姨！」話後，寒肆楓依舊身著蓋頭斗蓬，由石碑後方樹林，緩步走來。

「哼！姓寒的，用不著跟老娘攀親搭故！你要跳崖，那是你自個兒的事兒，但為何死的不是你？而是阿莉？爾自知體質陰寒，搭上那姓摩蘇的老頭兒就算了，竟連累了我的阿莉！」

寒肆楓緩緩地走到摩蘇莉墓碑前，唸著：「阿莉，這世界虧待了咱們！本因爾之出現，令吾擱下了仇恨，咱倆甚打算不打擾任何人地過著下半輩子，但老天似乎不允這條路子，甚而絕情地讓病魔將爾吞噬！寒肆楓眼穿心死，萬念俱灰，徹底地被這殘酷世界擊敗！吾鬥不過命運之捉弄，不禁向命運低了頭，遂選擇了遠離世間之遊戲規則。呵呵，可笑的是，寒肆楓欲了結生命，似乎又得不到老天允許，又讓我重新界定這世間。」

這時候，寒肆楓以右手蓋住石碑上之嵌物，瞬間發功令嵌物急凍，倏轉解凍，使嵌物因熱漲冷縮而凸起。寒隨即將嵌物抽出，並繫上一黑線以仿項鍊，套過頭項之後，冷冷說道……

「此刻，寒肆楓前來取回當年留下之山獍銳牙。阿莉，妳仔細看著，未來世道將由我界定，所謂：明辨是非，賞善罰惡。賞善之職，依舊交予天神，而地表罰惡之事，即交由我寒肆楓來執行！至於何者為是？又何者為非？哼……世人早已將之模糊了，自此，順吾者為是，逆吾者即為非！」

甄芳子喝叱道：「多狂妄之口氣啊！天地萬物皆有其遵循之道，生命亦是如此。老天讓你重生，乃予你贖罪之機會。世間襁褓孩提，尚須憑藉試誤學習，以教化其明辨是非。然而是非乃一體兩面，須同時而論，單憑一己意識而論定是非，不免流於恣意妄為之狂徒！」

寒肆楓不屑口吻，睥睨回道：「襁褓孩提？呵呵，老天連我未出世之胎嬰都不放過，何以要我相信萬物遵循之道、世間評斷之理？哈哈哈，實在可笑。」

「你說什麼？胎嬰？你是說……阿莉懷了你的骨肉？」甄芳子話一脫口後……

「啊……」寒肆楓仰天狂嘯一霎，雙目眼白瞬間赤紅一片，彷彿邪魔上身。一陣凜風襲來，瞬讓寒肆楓白髮揚飛，更見足下雪花產生流動，令寒肆楓緩緩飄了起來，騰空之中，接連朝向樹林，使出了二招式……

芳子一見，「這……這是三重至陰之〈集光陰氣〉與〈凝晶炫光〉，瞧他這般輕鬆使招，倘若任其練及四重、五重，甚至更高，那可真如其所云：這世道將由他來界定了！」甄芳子搖了搖頭，唸道：「不行，絕不能任他趨向邪魔，今日定要將寒肆楓封印在這津漣山上，以免後患無窮！」

芳子雙手一振開，眨眼躍飛數丈高空，惟聞「啪……啪……啪……」之聲響傳出，瞬與寒

肆楓凌空對擊。當下，見寒肆楓雙目漸趨橙紅，且拳腳出手越來越重，不禁令芳子疑到，「甫與之交手，直覺筋肉擦擊之感，怎於三招之後，對手雙臂趨於堅硬，似乎如與冰棍對擊之感。憶得摩蘇里奧提過：至陰出招後，雙臂硬如堅石，實乃欲登四重至陰之門。難道他已……哼！

值對手以非正規武術出招，那就別怪我科伊甄使出巫術了！」

甄芳子凌空而下，雙手擺出一高一低手勢，嘴裡發著「哩亟哄撒……叭耶呂切，哩亟哄撒……叭耶呂切……」半晌之後，忽見白雪紛紛聚集成堆，並隨著芳子之巫咒持續，白雪堆竟慢慢成形！待寒肆楓自高而下，白雪堆瞬間趨於銀色，隨後一碩大之銀白巨蠍，俄而形成，眨眼朝寒肆楓殺去。

寒驚見蠍鉗子襲來，立馬雙手一畫，霎製一道冰牆，碰的一聲，雙蠍螯直接嵌進冰牆，及時抵住了蠍螯攻勢。孰料一記急速螯下之蠍尾鉤，本欲直接刺擊冰牆後之寒肆楓，卻礙於雙螯遭冰牆卡住，致使攻擊距離不足。然於銀蠍出擊不利，立見蠍尾鉤稍抽退，轉而猛擊冰牆，惟聞咔啦咔啦之脆響，冰牆應聲崩垮碎裂。

寒見狀，隨即向後數步，待冰牆盡碎，隨即雙腿一蹬，凌空凝出數根冰矛，斯須擲出，「唰……唰……唰……」冰矛應聲朝巨蠍之足根縫射下，適值巨蠍被困於六冰矛之中，寒二話不說，直向巨蠍衝去，於閃過蠍螯鉗之夾擊後，旋即踏上蠍頭，踩過蠍背，俄而蹬躍，立朝蠍後尾一記橫向劈掌，將之劈裂，隨後單手持住巨蠍後尾，凌空而下，倏將巨蠍尾鉤之尖刺，猛然刺穿蠍之頭部，致使銀巨蠍釘穿於雪地，而後即散成原來雪堆，破解了甄芳子之銀蠍巫術！然於巫術遭解當下，甄芳子之內力與氣脈，瞬感某程度之創擊力道。

芳子二發巫咒，「呼叭呀嘘……啦枯司嘛，呼叭呀嘘……啦枯司嘛……」結果……

白雪再次急速匯集，不一會兒功夫，雪已堆高九尺，隨後見雪堆隨著巫咒再次形變，此回形成一面部與四肢末端黝黑，掌指末稍呈出尖爪，且全身雪白之猿形巨人。「吼……」聞巨猿朝天一吼後，旋即露出厲牙，向敵對衝去。寒肆楓眼見龐然巨猿衝來，隨即亮出袖中之盈尺疾刃，眨眼揮出疾速寒光。

此刻，巨猿以厲爪橫掃，倏與對手鏗鏜連擊，火花四溢。然因巨猿蠻力強大，霎令寒僅能抵禦為先，稍有不慎，恐遭巨猿厲爪摧傷。而後，寒肆楓後翻數尺，見方才銀白巨蟓翻動過之雪地，露出了數條樹根，遂決定暫守於樹根一旁。巨猿一見對手閉目不動，復長嘯一聲，倏朝寒肆楓衝去，結果……

見阿楓迎著巨猿，兩大跨步後，俄頃彎腰，以左手拉起覆雪樹根，雙腿蹬躍而起，瞬將樹根纏住巨猿頸部，霎令巨猿雙掌急扯纏頸樹根。這時，阿楓向前翻躍，越過巨猿頭頂，以手中之盈尺寒光，立朝巨猿身背畫出一道縱痕，值巨猿仍於拉扯樹根之際，寒肆楓抓住時機，於雙足觸地剎那，反轉螺旋蹬躍，咻的一聲，即見阿楓由巨猿背縫鑽入。然此一幕，直令一旁施展巫術之甄芳子看傻了眼，「他……他到底要做啥？」

忽然！巨猿佇立不動，雙臂、掌爪接連斷裂，半晌之後，巨猿開始凝固僵化，而後自身軀逐漸冰化，以致擴及下肢末稍。待巨猿外表完全冰凍後，「咔……咔……咔……」之冰裂聲響接連傳出，隨後碰隆一聲巨響，冰化之巨猿應聲爆裂四散，倏化為雪水，後見寒肆楓翻飛而出，再次立於芳子身前，說道……

「藉樹根纏住巨猿，寒某始有竄入其身之機會。唯一擔心時刻，乃於巨猿體內啟動至陰神功之際，尚須全神貫注，倘若於冰化之前，有人一劍刺進巨猿，在下恐將非死即傷。不過，見這般巫術，似乎皆由無生命幻化而來，所以，令其回歸原始之貌，應不算過份才是！」

稍顯岔氣之甄芳子，以手撫著胸口，拖著喘聲回應道：「如此一說，若不抖點新招，我科伊家族之巫術，恐讓人看笑話啦！」「唰……唰……」甄芳子一後空翻飛，躍上了一圓柏樹幹，雙臂架起作法手勢，接著又是「吽迪戈尼……噗吠依啦……，吽迪戈尼……噗吠依啦……」反覆唸著。一會兒之後，周圍圓柏灌叢中，突然嗦煞作響，驚見其中一圓柏樹根竄出雪地，接連帶動其他樹根隨之竄動，一變異之圓柏樹，猶如海中八爪魚之行進方式，向著寒肆楓前去。

寒肆楓不改其冷酷神態，緩緩向後挪移，待近於阿莉墓碑後，高舉雙臂，對著逐漸靠近之變形圓柏，做出雙臂外甩之勢，剎那傳出一聲「唰……」，應聲見得圓柏枝上之鱗形葉，全數離枝飛散，而後隨著寒肆楓朝天畫圈而集結旋飛。此刻，沒了鱗形葉之變異圓柏，幾成一曬乾之八爪魚，惟其爬行之樹根，依舊直攻著對手。寒右臂甩於一霎，凌空旋飛之鱗形葉，立朝光禿圓柏飛去，隨後再聞「撒……撒……撒……」之撒唰聲響，一會兒後，鱗形葉因疾速擦擊圓柏枝幹，轉眼碎落一地，惟此刻之變異圓柏，其外覆之樹皮，幾乎被鱗狀葉完全磨去。

這時候，寒肆楓邁步向前，任由變異圓柏之樹根纏其四肢。芳子見狀，頭搖個不停，心想，「寒肆楓甫竄入巨猿時，沒能握住時機，一劍將他了結；這回，見其遭樹根纏住四肢，這可是終結之絕佳時機啊！不過，寒離我有段距離，倘若現在衝過去，他應來不及爭脫那些纏根吧？好，就賭這一把！」

甄芳子腰劍一抽，隨即朝寒肆楓衝了過去，「歐……不妙！」芳子瞠目道。

隨著甄芳子逐漸接近，才發現，遭剝去外皮層之變異圓柏，其樹幹顏色已漸趨轉灰，甚至深灰，突然……「轟隆……」

一聲轟隆巨響，變異圓柏瞬間變成碎石礫塊而垮下，而圓柏被毀瞬間，一口鮮血自芳子口中噴湧而出，一個失衡，重摔雪地。一會兒後，寒肆楓來到甄芳子前，冷笑道出：「此回巫咒以圓柏樹為召喚對象，此乃天地活生之物！哼……萬物之津液組織皆容得吾侵入，圓柏當也不例外。吾能吸引樹葉，此乃後生之特異。然而龍武尊曾描述過：樹木之所以能延能伸，不外水分與土壤精華之持續輸送。樹之外皮本能抵禦風寒，惟樹皮之下尚有韌皮，此乃專司精華之傳導，而韌皮之下亦有木質部，此即專司水液之輸送。適值對決當下，甫以鱗狀葉刮去圓柏之樹皮與韌皮，使其輸水之木質部外露，縱然其根纏吾四肢，依能將至陰內力，藉其木質輸水，傳至末稍，而後即是甄姨所見之貌。」

「能轉物為礫！這……這是摩蘇里奧都達不到的『四重至陰』啊！而你……竟能……」甄芳子手撫胸脘，再次喝叱道：「好……寒肆楓，算你了得，痛快了了我吧！」

「嗯……稱您一聲甄姨，實因阿莉為我未過門之妻。放心，在阿莉面前，寒某不至挑人命的！」寒肆楓話出之後，隨即轉身，理了理斗蓬，再嘆氣道：「唉……上回出了個凌允昇，損了吾不少氣力，而今甄姨之巫咒三怪，又耗了吾不少內力。」搖頭又說：「說了這麼多話，始終秉持一原則：過去，寒肆楓任由天命捉弄，而今世道將任我界定，來日阻吾路子，即與吾為敵，絕無好下場！」

甄芳子仍不忘勸說道：「據吾所知，摩蘇家族之鬥術乃逆於五行、損及五臟之至陰功夫；歷代僅有一人練及『四重至陰』，後因臟腑不勝而暴斃身亡。寒肆楓，回頭是岸啊！」

「寒肆楓若因『四重至陰』而身亡，豈不如人所願！哼……方才趁吾四肢遭纏，抽劍飛衝而來者，直為索取寒某性命！換言之，是『四重至陰』使吾脫困，否則早已成了劍下亡魂。呵呵，如此矛盾，何以信爾之說？不妨讓寒肆楓勸您一句，天地間最可怕的是……人！」

寒肆楓說完了，再次走向阿莉墓碑前，低頭閉目，默哀片刻。接著逆循前來崖上之方向，緩步離開津漣斷崖，惟見其舉手一揮，崖上風雪寒霜即起，而後遂消失於颯颯風雪聲中……。

然而，睜眼目睹寒肆楓離開之甄芳子，見風寒即起之剎那，撫著內傷，顫著雙唇，再次搖了搖頭唸道：「不妙！至陰五重……召喚風寒……唉，天地蒼生……危矣！」

第廿二回　韜隱五霸

滔滔江水循東逝，滾滾川流載浮舟。靈沁江岸南北，單椒秀澤，水木明瑟；溫度氣候，判若雲泥。江北土沃物豐，將士砥兵礪伍；江南火源鼎盛，教派劍戟森森。南州百姓若為自保，或是自願，或遭脅迫，終向教派俯首靠攏；惟教派經營地域，仍受於南州軍機處之管轄。

然於南州本土匯向靈沁之一支流，一運船平穩前進，突遭一旁竄出之三舢舨強行攔下，木運船被迫靠岸，船尾之停泊繩索，立遭繫於岸旁木樁。約莫十來青年，遭人持刀驅趕下船，才知舢舨上之持刀六七人，均為火雲教徒，其中一狀似領頭者，掐起船東衣襟，喊道……

「吾乃火雲教之巡司……范娫！閣下所駕之運船，吃水過大，令人生疑，遂上船查探。孰料，除了運貨之外，甚而多了一班年輕小伙子！嘿嘿，不老實招出，老子手上這口刀可不長眼啊！」

「大爺饒命，大爺饒命啊！邱隍以跑船維生，此回受人所託，將南州著名之赤漆運往中州，順帶眼前這班年輕後輩，前往中州學做生意罷了。」邱船東哀求道。

「哼！十五六歲懂啥叫生意？我看是想逃離南州才對吧！」范埏又說：「欲往他州？行！先加入我火雲教，兩個寒暑後，我教自會帶著爾等，前去中州做生意！」

船東再次哀求道：「范……范大爺，您大人有大量，挪……這些銀兩您先拿去，回航之後，再帶幾位新血加入火雲教，如何？」

范埏拿了銀兩後，直往袖口裡塞，狂笑道：「哈哈，邱老闆當我是三歲娃兒啊！還等你回航嘞！有了這十來青年回去總壇交差，我范埏定可再職升一等啊！哈哈！」

邱隍立馬跪下，抱住范埏右腿，苦苦哀求，饒過其中一青年，逼問之下方知，十來青年之中，有一船東犬子。

范埏知悉後笑道：「原來是這麼回事兒啊！唉呀早說嘛！放心，我會在教主前表明，這班青年乃因邱公子號召下，群體投靠咱們火雲教的，如此一來，邱公子的路子，會較他人寬廣許多啊！哈哈哈，好啦！別再囉唆了，先行綁手後，全數給我上船！」

接著，范埏直令兩屬下，提刀押著船東等一干人上船，並喝著屬下將船隻駛往火雲教總壇所在……戌丏城！

令出之後，范埏屬下鬆了木運船尾繩，范埏隨即登上了舢舨，惟見三舢舨船直接駛向木運船前方，藉以引導運船行駛方向。半晌之後，范埏已前行一段距離，回首一瞧，該運船竟仍停留原地，立令三舢舨折返。待舢舨停靠運船船頭後，立聞范埏怒斥道：「爾倆怎回事兒啊？換了大船兒就駛不動啦？還是要我親自……欸欸欸……怎麼……整艘運船向後退啦！快……快到船尾瞧瞧！結果……「哇……運船怎傾斜啦？」

「轟隆……」一聲發於倏忽，整個船尾舵竟上了岸。「快……時間耽擱不得呀！況且這附近可是火連教地盤兒！快去察看發生了啥事兒？」范埏急道。

一會兒後，范埏率六教徒來到船尾，仔細一瞧，竟發現岸上有不明腳印，一屬下叫道：「原來有人拉著船尾繩索，難怪咱們駛不動船啊！」

「咻……咻……咻……」忽聞三聲響接連傳來，「嚓……嚓……嚓……」而後這三聲響則令范埏兩腿發軟，嚥了口水後，唸道：「是子午鉞！來……來不及啦！」原來，這後三響為旋飛而來之三鉞，直接插入船尾板之聲響。

「呵呵，我說范巡司啊！什麼風兒把您給吹來了？沒想到，這風還真大，竟將一艘木運船給吹上岸啦！」

「啊……這個……原來是火連教之總召……叢云霸！失敬失敬，范埏剛打這兒經過，見著這般奇景，駐足靜觀罷了。沒事兒……沒事兒的！呵呵！」話後，范埏倏令手下取下船板上之三鉞刃，恭敬奉還叢總召等人。

叢總召俄而蹬步飛躍，上了運船船尾，引頸朝船首望去，這才發現事有蹊蹺！約莫十來人瞬由船首下船，且分搭兩舢舨船，倏朝北疾駛而去，隨後立聞范埏於底下叫著：「喂喂喂，他們偷走了咱們的舢舨啊！」

叢云霸一躍而下，斥道：「原來，爾等於火連教地盤兒搶船、搶人，還佯裝無事貌，怎麼？搶了人，還得拖船上岸再行分解，真是食人血肉還啃噬骨頭！看來貴教越界累犯，不給點顏色瞧瞧，恐將得寸進尺！殺……」

「唰……唰……」叢總召兩隨扈眨眼拋出兩對子午鉞，待旋飛鉞刃再回到手上，驚見范埏四手下已頸斷喉裂，倒於血泊之中。

范埏見狀，立與三手下丟棄手上利刃，跪地求饒，道：「叢總召啊！您大人有大量，挪……我這袋內有些銀兩，您先拿去，這船雖登載於南州，但您火連教大可拖走，稍做更改，就歸屬火連教啦！咱們……咱們絕不會說地！」

叢云霸快手即出，立將銀兩袋收入袖中，說道：「范巡司啊！倘若依您建言，那我火連教不成了海盜啦！咱們火連教做的可都是大事兒，就是看不慣火雲教的燒殺擄掠。」又說：「爾等生死僅於叢某一念之間，唯吾較感興趣者，實乃眼前這運船！此處乃靈沁江之分支，水流並不湍急，今兒個風勢不大，單憑爾等幾個孬兒，怎將這不算小的運船拉上岸嘞？」

「唉呀！叢大人饒命啊！這……這情況，亦出乎咱們意料之外啊！倘若真要搶船搶人，大不了連人帶船一併拖走，到了咱總壇，欲將船隻大卸個百八十塊的，船東也吭不得一聲兒啊！有必要在這兒先拆船嗎？惟因運船沒跟上吾之舢舨，遂回頭察看，孰料這船竟朝後滑行，接著船尾舵就上了岸啦！」范埏又說：「欸……不對啊！方才令屬下綑綁船東及眾青年之雙手，僅留一舵手掌舵而已，難道是那舵手趁機放了船上的人，並上了咱們的舢舨逃走？」

這時候，見叢云霸一隨扈，自運船夾層拖出一落單者，押到了叢之跟前，經逼問始知，此人因於船尾掌舵，突遇船身左傾，故遭漆桶擠落夾層，遂無以趕上舢舨逃走。

「呵呵，這位大哥啊！敢問是啥樣兒掌舵法，能讓船尾上岸嘞？」叢問道。

「大……大人啊！適值船駛不動時，小的頓時一陣疑惑啊！待由船尾窗孔一瞧，竟見一年輕人由岸邊衝出，雙手瞬拉起船尾繩索，使勁兒地往後拉，一……一會兒後，船身即朝後滑，怎料竟上了岸啦！」

「真是一派胡言！依這般運船大小，就算藉江水之浮力，亦須三五壯漢，勉強能將船拉回。哼……甫聞范涎一陣胡謅後才吐實言，我看，不將爾等帶回火連總壇，不知是否再扯出啥怪力亂神之說？」接著，叢云霸又喊道：「速速將運船推回江上，全數帶回總壇。」

突然！船尾傳出一話聲：「范巡司啊！同是將民船拖回總壇，人家當總召的，控制場合之能力，確實高明了些啊！」

「什麼人？竟敢在我叢總召前撒野！」一隨扈朝向船尾喊道。

一身手矯健之身影，瞬自船上翻躍而下，緩緩走來，道：「哼……兜了一大圈兒，范巡司向船東索的銀兩，眨眼已入了叢總召袖中，接著再連人帶船押回火連總壇，回壇後再行威脅利誘，逼人加入火連教，此舉不禁讓人聯想……就是海盜啊！」

待人影漸漸走近，隨即呈出一六尺身高，身形魁梧之年輕人，道：「在下揚銳，本見范巡司強行擄人，已是目無法紀，遂出手阻下運船前行，迫使火雲教知難而退，孰料又殺出了個要人命的火連總召！待吾解開船上一干人之束縛，使之趁隙逃走後，才知尚有一舵手留置船艙內，怎料回頭一瞧，驚見四火雲教徒早已臥於血泊之中！范巡司惡行在先，而叢總召再以暴力接續蠻橫，此般強勢欺弱，魚肉鄉民，我揚銳嗤之以鼻！」

「哦……終於尋得了答案，原來是你這小子從中作梗！」叢又說：「江湖上講的是規矩，這兒歸我火連教所管，由咱們說了算數。好吧，既然火雲巡司已求饒道歉，叢某亦不願再添教派間嫌隙，故可放走范巡司一干人；眼前這位舵手亦可將船開走，否則被人直指我火連教是海盜，這臉該往哪兒擺啊？不過……這位揚兄弟可不能走！理由是……知情不報！揚兄弟見火雲教擄人搶船，既不向本教提報，更擅自施行扣船之舉，而後又出言藐視本座。叢某以為，揚兄弟勢必得負荊請罪，前往我火連總壇懺悔才是！」

一旁范埏不屑想著，「好你個叢云霸，搞了半天，就是看上這揚姓小子非等閒之輩，欲強行將他納入火連教，才故意將其他人放了。我范埏可沒那麼傻，沒準兒你將那小子帶走，再派隨扈來追殺咱們。嗯……我看那揚銳是個角色，不會輕易低頭的，一旦有了衝突場面，立偕屬下趁隙躍入河中，上舢舨逃走。」

揚銳笑說道：「呵呵，知情不報？如向火連教提報，等你們來了，火雲教徒早得逞了。方才叢大人之隨扈，登船發現舵手時，已探知這船上僅是一些儲赤漆之桶，價值不高，若因此將船拖回，待船東向南州軍機處提報，無疑給總壇添麻煩而已，還不如把人放了，免得惹一身腥。換言之，揚銳的出現，實是替叢大人免去了麻煩，否則火連教主怪罪下來，須於總壇懺悔者，恐是叢大人您啊！」

「大膽狂徒！本以為爾是個聰明人，能毫不費力地藉本座之舉，進而於火連教大展身手。看來，自討苦吃這四字兒，正是爾之最佳寫照。」「唰……唰……唰……」叢云霸立偕二隨扈，彈指亮出了子午鴛鴦鉞；范埏則趁機領著二屬下，飛也似地直往河裡衝。

此刻，雙手空無一物的揚銳，見著眼前六柄尖銳鉞刃，二話不說，拔腿向後奔跑。叢云霸叱道：「見吾亮刀了才想跑，來不及啦！」叢云霸斯須領著二隨扈，立馬向揚銳追去。

忽見揚銳躍步咄嗟，一把抓住了船尾三寸粗細之定泊繩索，一溜煙地上了船尾甲板。待揚銳持著解開後之繩索，倏由甲板上躍下，面對叢云霸三人，陡然耍起大繩索，瞬聞咻咻作響。

一旁已躍入河中的范埏，回頭一瞧，不禁搖頭讚嘆：「太……太不可思議啦！」約莫加冠之年的小伙子，竟如耍大旗般地舞起定船粗繩，無怪乎能將運船回拉，沒準兒叢云霸不是那小伙子的對手哩！所幸范埏未蹚這渾水，否則被那粗繩掃到，非同小可！」

「咻……咻……」揚銳持起一段繩索，並於頭頂上畫圈，咻響連連，霎令叢總召未敢輕舉妄動，三火連教徒僅位居三方位，將揚銳包圍其中。

雙方對峙之下，不甘耗費氣力之揚銳，突然轉守為攻，雙手放長繩索，並上下舞動成波浪之勢，當下形勢一如仙女之舞動彩帶，其攻勢卻如蛟龍之翻江倒海，三向輪攻，嗖嗖聲響不斷，令三對手僅能翻躍抵閃，深怕一不留神，即遭翻滾繩索擊中。

叢云霸藉一次蹬躍閃躲，拋出一子午鉞，只見旋鉞飛向敵對，揚銳閃步斯須，瞬令波浪攻勢失衡而頓失威力。待叢接回飛鉞，即向兩隨扈喊道：「這小子畏懼了咱們的飛鉞攻勢，為了不被飛鉞擊中，只好閃躲以對，遂無暇顧及繩索揮舞，若再頑強抵抗，格殺勿論！」

適值三教徒紛紛做出飛鉞連招之勢，揚銳倏將粗重繩索拉回，迅速找到繩索中點，隨即彎腰，直接將繩索舉過頭頂，並將繩中點置於後頸項處，雙手臂各握繩索一處，瞬間形成二爪章魚之勢。

上了舢舨之范埏見狀，不禁訝道：「利用肩頸扛繩以行左右開弓，這般出招迎對子午鴛鴦鉞，算是開了眼界哩！果真讓火連教收服了這小子，未來絕對是我教之絆腳石啊！嗯……這揚銳若有辦法制住叢云霸，來日再趁機將他納入我教才是。」

突然！兩隨扈持鉞齊攻，揚銳不疾不徐地將重心落穩，而後擰襠轉腰、轉胯、旋脊，接著轉背、旋膀，力道自手臂螺旋發出，惟見雙臂延伸出之繩索，時而前後交叉，時而左右橫掃，兩敵對隨即使出威震江湖之〈獅子張口〉鉞式，並伺機以鉞刃割裂繩索之結構。孰料此般詭計遭對手識破，立見雙繩索加重迴旋力道，瞬於雙鉞分開剎那，使出螺旋竄梭，且同朝一前一後出擊，惟聞「啪……啪……」兩聲響，立見雙繩端擊中敵對，致使兩隨扈朝後踉蹌數步，失衡仆倒方止。

叢云霸見二隨扈不敵，立馬揮鉞而出。然方才之飛鉞招式，或可得勢，惟眼前雙繩齊出，一旦拋出子午鉞，對手大可一繩端做擋閃，另一端做反擊，倘若飛鉞未造成對方傷勢，回接剎那即是破綻，煞是冒險！

正當叢總召與揚銳對擊之際，兩隨扈一一爬起，叢旋即喝叱一聲：「三旋出擊！」三火連教徒隨即拋出手中一鉞，叢欲藉由三鉞齊出，以亂對手之雙繩攻勢，再伺機以手上之鉞刃，作為近身搏擊之用。結果……

揚銳見三鉞飛出後，上躍一霎，凌空使出疾速交叉風車，藉繩之重，以成離心力道，再藉自體之翻轉，使雙繩索成一隨向攻擊之態。惟聞「鏗……鏗……」兩聲響，隨後接上另一聲「唰嚓……」之後，即見兩飛鉞遭重繩擊落於地，另一飛鉞則遭繩索一甩，直接甩向船尾，致使鉞刃應聲插入船尾板中。

突然！又聞「唰嚓……」一聲，驚見另一疾速飛鉞，以迅雷不及掩耳之勢，空中攔住揚銳左端繩索，並將之帶向船尾板！然此力道之大，以致該鉞刃尖端深陷於船板內，遂定住了繩索一端。接著一身影翻飛而來，出拳直中揚銳右外肩，揚銳瞬間左傾，甫一回神，原掛於後肩頸之繩索，突然下滑，觸及右肩傷處剎那，不禁露出痛苦之貌。驟然出拳者於揚銳左傾後回身，倏將繩索游離端迴旋兩圈，直接纏繞揚銳上身之左右雙臂，使之動彈不得。

叢云霸見狀，立馬領著兩隨扈下跪，洪聲喊道：「恭迎邢教主駕到！」

然為不使揚銳脫逃，邢彪依舊緊握繩索，並聽取叢總召描述了衝突之來龍去脈，略顯不悅說道：「我說叢總召啊！見爾等如此狼狽，有辱我火連子午鉞之威啊！待回總壇，爾等三人即於祖師爺神像前懺悔兩時辰。」此話一出，揚銳不禁發出一「噗哧」笑聲。邢彪見狀，點頭話道：「甫見眼前毛頭小子，煞有介事地雜耍繩索，有兩下子，是個可造之才！」

邢彪走到揚銳身前，即聞揚銳喊道：「甫聞叢云霸所述內容，多為虛構，貴教派任這般桀貪驁詐之徒，行總召之職，在下頗不以為然。火連教乃南州第一大教派，應可澤被蒼生，賢者自當慕名投靠，怎奈隨著火雲教，幹起劫船搶人之勾當，令人不齒！」

「放肆！喝啊……」邢彪雙掌齊出，直中揚銳雙肋處，斥道：「爾之涉世未深，狂妄之氣不小，年輕人就是年輕人，稚嫩了點兒，江湖爾虞我詐，絕非單憑孔武有力，即可大放厥詞。」

接著見叢云霸上前，於教主耳旁唸唸有詞後，邢彪點頭說道：「看來，得讓這小兄弟見識見識，咱門火連教派乃何等壯大，將來執掌南州者，唯我邢彪是也！」話後，隨扈立馬上前，瞬將揚銳套上頭套，霎令揚銳眼前一片漆黑，叢云霸趁機向揚銳補了一記肥幫拳後，火速將其押回火連總壇。

「南州火連……火神後裔……邢彪教主……稱霸中土……；南州火連……火神後裔……邢彪教主……稱霸中土……」南州霖璐城內之火連教總壇，壇內眾教徒每兩時辰，洪聲高喊邢教主所創口號，且於每日子時與午時，眾教徒須朝斛衍煜祖師爺之銅像，虔誠膜拜致敬。然而，不願入教而受奴役者，教徒們稱之為「礫奴」，顧名思義，就是搬運礫石之奴隸。然而礫奴之來源，多為向教派借貸而舉債者，甚而延伸其後代，以勞役償還；抑或遭誣陷且罪名成立者。礫奴工作於總壇之地下深層，此乃十多年前，中土大地震後，由地層深處推擠而上之火焰石礦，此礦脈分布於南州各地，追探礦脈源頭，即是南州赤焱峰。然於赤晶奇岩出土之赤焱山北麓，正為南離王曾探鑿過之……朱雀石窟！

自北州軍師宣告停煤而另購南州火焰石之後，該石即成南州之珍寶，而火連教因居於礦脈之上而得利。世人僅知火焰石為火連教一大經濟來源，然火連教真正使人畏懼者，實乃創教祖師之精鋼技術，此即南離王深感芒刺在背之主因，亦是南州各教派亟欲竊得之機密。惟因火雲教併下火靈教派，致使火連、火雲兩教派之勢力範圍，萌生了模糊地帶，雙方不時發生衝突，不僅讓南州聯域軍疲於奔命，更阻礙了南州單鍏軍師的強國之計，遂導致南離王恐採強硬手段以應。

「喂喂喂，輕點兒不行嗎？」遭五花大綁的揚銳，對壓著其肩臂的叢總召抱怨道。

「哼！得罪老子，是要付出代價的。」叢云霸再睥睨道：「仗著力氣大是吧！待會兒吳越領頭兒將分發木槽車，爾須每日自礦坑底層推五十車礦石上來，此礦坑僅有一出口，且處處有守衛，別妄想逃走。」

一旁正拉著推車的三人，聞訊後低頭唸道：「不……不會吧！那小伙子是怎得罪叢總召？咱們三人合力，一天也拉不到卅車，竟要他推五十車！出不了三天，鐵定癱掉！噓……快走吧！免得被他拖累了。」

然而，置身此火焰礦坑，愈深愈熱，不少人受不了這如烤爐般環境，接連倒下，待領頭教長潑了幾桶冷水，鞭子一抽，依舊驅著礫奴採礦。連日來，除揚銳尚挺得住外，似乎另有一人不受火熱影響，更因其具赭紅皮膚，不禁引來揚銳注意！

此刻，一年長者來到礦坑深層巡視，每每見著呈出熱象之礫奴，均上前慰問與打氣，而後皆遞上一小藥包後離開。自此之後，此人每輒出現，必引來揚銳好奇以對。

一日，一輛處於險升坡段之木槽車，突因一繩索斷裂，致使原拉車之三人失了衡！然於失足滑步後，驚見滿載之木槽車順著坡道下衝，而該坡道之盡頭，正背向蹲著一掘工，惟見失控下衝之運車越駛越快，其揚起之坑道塵土，霎時令人無以睜眼直視。待掘工轉身發覺運車迎面衝來，當下距離似乎已不足逃離，情急之下，立以手上圓鍬做擋。適值眾礫奴洪聲驚呼與塵灰瀰漫之中，高速下衝之運車突然緩了速度，直至觸及掘工之圓鍬，滿載運車即於千鈞一髮止住。

礫奴們見狀，紛紛前來幫忙，待運車揚起之塵埃漸落後，才發現，一人以雙臂纏住運車前方兩繩索，並施以反向拉力，致使運車衝力驟降以至停止，化解了運車恐因猛力衝撞所招致之礦道坍方，及時止住了該事故可能帶來之礦區災難。怎料見得解圍者之面貌已遭塵土覆蓋，且雙臂呈出嚴重撕裂傷，足底更因鞋底磨破而傷痕累累；而該掘工亦因圓鍬之擠壓，頻顯出胸悶不適。吳領頭見狀，瞬令四礫奴將此二人抬往醫務密室，而後繼續催促礫奴勞作。

火連總壇大祠堂之地層下方，實乃壇內之醫務所在，而礦區兩傷者皆於該處密室內休養。待二人接連醒來，即聞一年長者說道：「項烿啊！還好胸肋骨沒斷，多虧了揚銳這年輕人及時拉住運車，否則後果不堪設想啊！」

項烿立向揚銳拱手致謝，揚銳則因雙手敷著傷膏，故以微笑回道：「舉手之勞，不足掛齒的。」瞬覺到，「原來這叫項烿的，就是有著赭紅皮膚的大哥啊！」

揚銳接著說道：「原來長老您懂得醫術啊！在下雙臂傷口還勞您用上了能止血、生肌、斂瘡之**血竭**，與解毒消腫、生肌止痛之**沒藥**，晚輩萬分感激！」

項烿說道：「孟鈁長老乃掌管火連教上下醫務，於此患病與傷者，皆受惠於孟長老之診治；倒是少俠僅嗅得敷藥，即可知其配方，想必亦是醫中翹楚才是。」

「項大哥過獎！在下曾待過一陣陽晌觀，且遵循常真人之教導，故對醫術略知一二。倒是見得孟長老每每交予礦區勞作者一藥包，晚輩藉此好奇一問。」揚銳問道。

「哦……老夫這般小動作，少俠也瞧見啦！呵呵，老夫隨身攜著若干藥草之粉劑，若遇證發者，便給予即時解症之用。例如有脈洪大、口乾舌燥、煩渴引飲、**邪偏於淺表之陽明熱證**，就予以清熱瀉火之**石膏**加**知母**，此乃清熱生津、消渴除煩之**白虎湯**主藥；有痰飲內停、心下痞悶者，則給予和胃降逆，消痰袪飲之**生薑**加**半夏**，此即**小半夏湯**之應用。昨兒個還遇上一痰熱互結心下，胸脘痞悶，按之則痛，咳痰黃稠，脈滑數而舌苔黃膩者，老夫則施以**黃連、半夏**與瓜蔞，藉以清熱滌痰，寬胸散結。」

揚銳接續表示，傷寒表證未解，誤治後邪熱內陷，以致痰熱互結，抑或溫熱邪氣煎灼津液成痰，遂成痰熱結胸之證；可藉黃連之清熱瀉火，以除心下之痞，以半夏之降逆消痞，以散心下之結，再配上瓜蔞之清熱化痰，以宣通胸膈之痺；三味同用，即為傳世名方……小陷胸湯！

「哈哈哈，果真名師出高徒，這話兒一點兒都沒錯啊！」話後，孟長老皺眉疑道：「少俠內力驚人，經老夫診察之後，發現爾之手、足少陽與少陰脈氣極盛，又偶見少俠於睡臥中緊抓被褥，莫非……少俠困於少陽不暢？少陰不調？」

「唉……在下也不知怎麼著，自十四歲起，體內常有熱中生寒，寒又轉熱之異狀發生，猶如醫經所謂之『往來寒熱』，且近年來此情狀愈發嚴重。不過，自從被抓到這兒後，可能是因礦熱之故，每當體寒愈發，吾即快步將木槽車往坑底推，待寒轉趨於熱，俄而推車到上層，以緩解熱象。」揚銳說道。

「難怪！吾待這兒這麼多年了，還真沒見過，推車到了底層尚能面帶微笑者，要是讓領頭吳越知道了，揚兄弟將同我項烿一般，直調往底層當採掘工！」

「項兄有何特異能耐？否則怎能長時間處於高溫底層嘞！」揚銳問道。

「這個嘛……項某也不知怎解釋？連孟老尚稱吾一聲奇人啊！」項烿又說：「項某遺傳自先父體質，能吸收周遭之熱能而無礙，唯與父親之差異在於，吾之面目肌膚色澤，自幼即為赭紅；嗯……尚有一絲強過父親的是，地底下之火焰石，常人觸久，恐有灼傷之虞，而項某可將其玩弄於掌中，此乃能長於底層掘礦之原因。然因吳領頭與諸巡兵不耐底層高溫，遂讓項某能於底層偷閒，落個輕鬆。惟因項某之崗位重要，一旦身覺不適，即可到這兒來休息休息，順道陪孟老聊聊天囉！」

孟老說道：「自從我教地底發現火焰石礦，邢教主即積極搶人，或為加入火連教，或為增加所謂的礫奴，藉以加速火焰石之開採。所以，一旦項烿停工了，其他人就得輪流下底層採掘。老夫甫已告知吳越領頭，項烿得休息個半天，而揚銳則須三日療養。」

「哈哈，太好啦！可在這兒偷閒一陣啦！」項烿叫道。

孟鈁對著揚銳說道：「關於揚少俠身上之怪異現象，亦有所謂……寒顫壯熱之瘧證可能。一如瘧邪瘴毒侵襲，伏於半表半裡，出入營衛之間；入與陰爭則寒，出與陽爭則熱，正邪交爭而發病。一如醫者所云『瘧為病，屬少陽；寒與熱，若迴翔；日一發，亦無傷，三日作，勢猖狂。』不過，少俠體內之經脈真氣，似乎又能與之相抗，這般病徵，老夫暫時還辨不出個所以然來。」

揚銳說道：「是啊！如是瘧證，醫者有所謂『治之法，小柴方；熱偏盛，加清涼；寒偏重，加桂薑；邪氣盛，去參良。』然經長期追蹤，又自覺不似醫經所云之『瘴瘧、寒瘧、溫瘧、癉瘧、風瘧』之瘧類。排除瘧證之後，吾自個兒亦試圖尋找解答，一如醫經所謂：扶正祛邪之『汗、吐、下、和、溫、清、補、消』治病八法，揚銳紛由各方嘗試，以求從中突破。」

汗法如施桂枝湯、麻黃湯，藉發表以散邪。

吐法如用瓜蒂散，以湧邪出走。

下法以承氣湯、抵擋湯代表，使得瀉熱逐瘀。

和法則如柴胡湯劑、瀉心湯劑，以為和解樞機。

溫法一如理中湯、四逆湯之輩，以溫陽祛寒。

清法則使梔子豉湯、白虎湯，以清宣鬱熱。

消法使以抵擋丸，以化瘀緩消。

補法即施以小建中湯、炙甘草湯之類，以溫中補虛，甚治氣血兩虛。

諸如上述，揚銳皆已揣摩，身體異狀仍無法得解。

孟老皺著眉，回應表示，若僅以惡寒與鬱熱交替之狀態而論，應屬六經病之少陽病。然因少陽病邪乃於半表半裡之間，治症時既要透解半表之邪，亦須清理半裡之邪，更須慎防邪氣入陷，因而忌用汗、吐、下三法，唯有施以和解少陽法，方能得效。換言之，既然邪氣不能藉發汗而出，不能湧吐而出，亦不能瀉下而出，想當然爾，只能於體內使之瓦解，故採和法以對。此一和解少陽，即可針對往來寒熱，胸脇脹痛，食欲不振，口苦咽乾，心煩目眩，苔白脈弦諸病證。

孟老又說：「老夫這兒尚有常用之柴胡、黃芩、半夏、芍藥、枳實、黃連、大黃，以及甘草、大棗、人參等藥，或可組成小柴胡湯以直接和解少陽，亦可另組成大柴胡湯以外解表邪，內通裡實，解去少陽與陽明合病所生之往來寒熱；甚可合成半夏瀉心湯，以和解中焦半上半下之樞機。少俠若有需要，儘管取藥配用，用不著跟老夫客氣。」

接著，孟長老取了一銀針，撩起揚銳褲管，一針直下其外踝尖直上七寸之陽交穴，此乃足少陽膽經與奇經八脈之陽維脈交會之處。當足少陽膽經吸收熱脹散陽真氣，至此別走陽維脈，若吸收寒濕冷縮之氣則傳於陽陵泉穴，針下約莫一寸深，即有緩解往來寒熱之效果。

揚銳再次拱手謝道：「孟長老對揚銳之關注，揚銳銘感五內，更令揚銳一改對火連教之觀感！」

「唉……遙想當年斛衍煜祖師爺創教時，以尊敬火神為出發，領蒼生百姓心之所向，進而濟弱扶傾，為民解憂。孰料，邢彪以暴力得勢，致使眼下眾生已分不出火連、火雲，孰乃打家？孰是劫舍？」孟鈁感慨道後，接著將斛衍煜之創教歷史，為揚銳描述了一番，後因邢教主召見，先行離去。

揚銳經孟鈁長老敘述後，恍然大悟，原來項烿之父親……項銓，因遭邢彪之金錢利誘而身陷囹圄，並間接助邢彪掌控了火連教，卻因心肌疾病，於十年前去世！

這時，項烿伸個懶腰後，續為孟長老補述道出……

「先父因嗜賭如命，以致家道中落，妻離子散，且於邢彪設局詐賭下，債臺高築。然邢彪乃市儈之輩，並非要我項家錢財，只因父親之特異體質，成了斛衍煜祖師爺之得力助手。」又說：「斛祖師曾擁有幾顆極為罕見之赤晶石，依其記載得知，因不慎試驗該晶石而炸損下肢。孰料祖師爺一反向思考，以該晶石為熱源，竟將一般銀鐵器，精鍊成另類精鋼！自此，斛祖師更是刺促不休，一饋十起，以為製出傲視中土之金鋼器具。」

項烿續指出，果然，經數年專研，祖師爺製出了名曰「精鋼圓錐刺」之雛體，震驚武林同道。不過，此物恐有損及火連教致力和平之清譽，斛祖師遂從此不再提及此物；而邢彪正是為了取得祖師爺之製煉成果，遂處心積慮地接近項銓！然因項銓欠下鉅債，一時無法償還，遂允諸邢彪，私下藉由赤晶石，精改其子午鉞。

「難怪！一樣是子午鉞，邢彪那一對兒就特別威猛，硬是將吾手上之泊船粗繩，牢牢實實地釘在船尾板上，原來尚有這麼段故事兒啊！」揚銳訝異道。

項烿接著說：「孰料，隨著斛祖師去世後，原本接任教主呼聲最高之孟鈁，卻因邢彪推動以競武方式，奪魁者即為火連教主！最終邢彪即是持著父親所製之子午鉞，手刃了二位異議長老，取得了教主之位。然據父親描述，邢彪接任教主後，花費了數年，尋得了斛祖師兩枚精鋼圓錐刺，並要求父親揣摩斛祖師之製法，予以大量製造。最後，父親以赤晶石能量已衰，作為無法研製之藉口，並因身子每況愈下，遂讓此一計畫……中道而止！」

「何來原因，令項大哥留置於此，成為教徒們口中之礫奴呢？」揚銳問道。

項烿搖頭道：「父債子還啊！父親於跟隨斛祖師時，加入了火連教，惟其嗜賭如命，終連買棺材的錢都賭掉，而項烿又不願入教，所以就……成了這麼回事兒囉！不過，就因中土大地震後，邢彪聯想到以火焰石充當赤晶石，遂又燃起了製煉精鋼之慾望。」又說：「火焰石之能量，確實強過煤炭許多，但欲製出如精鋼圓錐刺一般，尚有段距離。而同樣持有火焰石，南離王已能煉出赤焰霽烽刀，並強化了軍武，邢教主卻只顧自個兒能否藉火焰石，煉出斛祖師那般精鋼神器，其妄想藉精鋼計畫，打敗盧啖，進而稱霸南州！」

項烿說道：「曾聞父親提過，適值邢彪嘗試以火焰石製煉兵器時，其將一自設之兵器，名曰『索魂飛槍』，交由父親煉製，此物桿長二尺，中空而內藏索鍊，鍊之一端連上一半尺鏑頭，頗具殺傷威力。據聞此一詭異兵器，讓火連教自傳宏義後，首次與中州搭上線，居中之關鍵人物，亦是收受此索魂飛槍者，此人即是中鼎王旗下大將……樊叟騫！」

項烿又說：「世間因果，如此奇妙，樊叟騫能認識邢彪，追溯源頭，始為孟鈁長老搭的線。憶得孟老曾提及，多年前，孟長老為躲避火山熔岩吞噬，失足陷入深坑之中，雙腿重傷。數日後，適逢樊叟騫經過，放了繩索將孟鈁救出，並送長老回火連教。數年後，加入雷嘯天陣營的樊叟騫來到南州，因緣際會下，由孟鈁引見，因而結識了邢彪，而後即牽起了與中州之一連串事蹟了。」

「樊叟騫？索魂飛槍？嗯……確實沾染了些詭異！倒是……項大哥可曾因令尊之關係，見過斛祖師所製之精鋼圓錐刺？」揚銳再問。

「見過一次！父親知項烿不懼高溫，遂領吾前往當年斛祖師之專研密室。雖無緣遇上創教祖師爺，卻知悉當時的斛祖師，已是臥病在床之耄耋老人。不過，說起那精鋼圓錐刺，其體長一寸，錐座寬半寸，雖稱是個雛體，若再加以精磨，以其錐體上之細密螺紋線，確實堪稱罕見極品。然父親因罹患心疾，曾去了趟黃垚山五藏殿，祈求體健安康，並期望於有生之年，研製出如斛祖師所製之錐刺；若能如願，或可藉此還清債務。可惜父親生前提及，邢彪因某種利益關係，竟將那兩枚精鋼圓錐刺出借他人，而後便下落不明。」

「市儈之邢彪，竟將祖師爺親製的珍寶借予他人，想必此人定開出了優渥條件才是。不過事隔多年，除了能採掘火焰石外，並不見火連教有何突出改變，難道……邢教主被人陰了？可知何方神聖有這本事兒，能讓邢彪點頭，交出錐刺？」揚銳疑道。

項烿回答道：「借走精鋼錐刺者，實乃十多年前名震中土，且勝任境外一克威斯基國之護國法王……摩蘇里奧！」

「摩蘇里奧！」揚銳嚴肅道：「初聞此一名號時，實來自陽昫觀常師公，當時小弟未及十歲，僅記得常師公提醒過，『來日遇上此人，格外小心』。然而過去幾年來，確實因坊間速效藥丸兒充斥，間接聽聞此人之若干過往，遂能直覺是個頗為棘手的人物。」

揚銳又問：「倘若有機會，項大哥會離開這兒嗎？」

「離開？想是想啊！不過……上頭站著十來個手持子午鉞之鷹犬，逃出去？談何容易啊！再說，一旦出去了，還得再適應他人異樣眼光……煩啊！」項烿又說：「唉呀，這年頭，人人顧及自個兒都來不及了，還能認識到捨身阻煞運車之揚兄弟，項某已經很開心啦！倘若聊不過癮，三天後，揚兄弟大可自告奮勇地前來底層掘礦石，老哥兒表演一套絕活兒予你瞧瞧！」

「好！就這麼說定了，下回咱們底層見！」揚銳興奮回應道。

隔了一夜，揚銳傷勢雖漸癒，惟其**往來寒熱**之現象，依舊無法得解。這時，揚銳抽出了龍武尊所撰之《厲武少陽》笈冊，值密室內暫無他人，當下架起前弓後箭馬步，並依著〈仙鶴柔頸〉與〈蛟龍旋膀〉之步伐與招式，引熱驅寒，引寒從溫，藉以除祛寒熱交替之不適，隨後透過心讀，開始運起**手少陽經脈**真氣……。

手少陽氣起無名指爪之**關衝**，上循**液門**而**中渚**，連上火性**陽池**，沿腕後**外關**，直衝腕背**支溝**，上行**會宗**、**三陽絡**、**四瀆**，曲轉而至肘後凹陷之**天井**，**清冷淵**，再推及手臂外側，上連耳下一寸之**天牖**，耳後尖角陷之**翳風**，再上頭顱耳後方並環行至**耳門**，終至眉尾**絲竹空**。

此刻，運功中之揚銳覺到，「奇怪！為何真氣每遇**手少陽之天井穴**，即發生**氣滯血瘀**之感，而氣脈過翳風後則不暢，猶生耳鳴暈眩，所幸並未影響我特異之聽覺能力。倒是那脇肋寒氣，始終於中焦散竄，無法自體和解少陽，而且一次比一次嚴重；一旦真氣逆竄，吾之膽腑恐生內積腫脹，甚有爆裂之虞啊！不過，為何每輒推運車至底層，待滿載火焰石上推礦道時，會自覺通體舒暢呢？難道這般火焰石輻散之能量，能解吾怪症？嗯……也許依項大哥之建議，沒準兒留置坑道底層……對吾有益？欸……這是什麼？」

揚銳偶然觸及石壁，發現其上若干小孔。接著，揚銳運用其敏銳聽覺，順著石孔，聽得了金屬輕微搖晃所發出的嘎嘰聲響，立覺到，「這是……銅吊鐘搖晃，其掛勾與上樑掛鐵摩擦之聲，此乃瞬間陣風過大，造成輕微搖擺所致。自從被押到這兒，摘除頭套兒當下，見得總壇祠堂正上掛著一對大牛角，一旁掛了一銅吊鐘，並見著邢教主領著幾位長老，走向了祠堂後方，而我即遭叢云霸帶往礦道，接著聽到叢云霸向礦區之吳領頭表明，將回密室與教主協商要事兒。這麼說來，這火連教總壇之石壁內，早有通連上下層之氣道，藉以維持地層之氣流疏導，一旦各密室不慎有了火點，亦可藉此氣道灌水滅火。嗯……看來火連教之規劃設計，頗具邏輯構思。」

時至第三天，揚銳依舊專研著《厲武少陽》之精髓，經拳腳合招後，不禁覺到，「龍師公這笈冊，真是奇了！當年初次翻閱，不覺奇特之處，但隨著身體蛻變，每隔一段時日再研讀，均生不同感受，且出招與配招之想法，更為精妙靈活。除了體內寒熱持續相衝外，手、足經脈能量似乎愈來愈大，真想找個地方發洩一下。」突然！「欸……我的耳朵……彷佛聞得了什麼？」

揚銳倏而搬了張凳子，坐在石壁細孔旁，旋即運起環耳而行之手少陽經脈，以助其聽力能延伸更遠，更清晰。「嗯……有若干人進了祠堂後之密室了！」

「哈哈哈，榮根法師偕同余伯廉城主親臨我教總壇，火連教蓬篳生輝啊！」

「哈哈，見邢教主紅光滿面，氣宇非凡，頗有一方霸主之威啊！」余伯廉客套道。

薩孤齊接著發聲：「貧僧接獲邀約，聞邢教主出面力邀眾巨頭一聚，其他受邀者可有正面回應？」

「當然！國師您瞧，這不是又來了兩位嗎！」

薩孤齊與余伯廉側頸一瞧，原來是拄著枴杖的摩蘇里奧，另一位則是華冠麗服，且戴了個木皮面具之神秘人，二人紛向邢教主、薩孤齊與余城主拱手之後，五人斯須入坐，待定位之後，神秘人即卸下了面具。

邢教主率先開場道：「呵呵，金蟾法王已是大夥兒於醫藥丸兒上之合作夥伴，無須贅述，惟其身旁這位，因近來身份敏感，擔心前來途中遭人識出，經邢某建議後，遂以面具掩飾出席，此人即是曾替北江縣令宋世恭牽線，讓宋世恭密會侯西主與法王，且於近日剛接任北川縣令之……鄒煬！」

「原來是北州履順城順行號之繼承人啊！」余伯廉又說：「昔日順行號前主鄒敦，乃余某生意上之伙伴，亦是無話不談之好友；曾聞其提及，其子青出於藍，乃鄒氏家族唯一練成〈碎骨溶髓掌〉之佼者。」

「余前輩過獎了，鄒煬受先父指點練武竅門，遂能通達家傳武藝，而今未令其失望，接任其一心所嚮之北川縣令職位，實乃僥倖之至！」

「碎骨溶髓掌？」法王聽聞後隨之側目，道：「老夫認識鄒兄弟，歐不……鄒縣令許久，至今始知曉閣下深藏不露，身擁能碎人骨、溶人髓之神功，竟如此低調，真是後生可畏啊！」法王又說：「老夫藉由宋世恭，輸貨進北江的這條路子，算是被莫乃行給抄了，只是……宋世恭一旦抖出內幕，直指一切均由鄒縣令所牽引，或許北川縣令這頂烏紗帽，恐難久留啊！」

「哈哈，法王多慮了，我鄒煬行事，向來不留把柄。在下是個商人，介紹生意上伙伴，並不觸法，況且宋世恭未先上報北坎王，自行前往西州會晤高層，已違了北州規矩。再說，在下並無經手運貨行銷，僅以生意來往之名，供其皮革運袋，倘若宋世恭全盤抖出，這烏紗帽不保者，是他而不是我呀！」鄒煬接著說道：「不僅是宋世恭，垮台的前北川縣令沈三榮，以及北河薛勝霖、北渠葉啟丞，皆有把柄在吾手上。憶得當年薛勝霖奉令修建展示烏晶石之玄武殿，其從中污下鉅款，以致工程偷工減料，後因中州傳出麒麟殿之工匠紛紛暴斃，且建築崩塌下陷，東州青龍洞遭山泉倒灌，而南州朱雀殿因火山震動而崩壞，遂讓薛勝霖趁機令玄武殿垮下，中土一連四州皆生建物倒塌事件，遂有了『掘晶石以怒地靈』之說，以致各州主紛紛停建，僅將原址更為晶石洞窟而了事兒。薛勝霖趁勢躲過了粗略工程之追查，惟其違法證據，均握於鄒煬手中！」

鄒煬又說：「昔日北渠縣令葉啟丞，為降低製藥成本，暗地將該縣所產養血滋陰之**熟地黃**，與清熱涼血之**生地黃**，混以贗品輸往中州。北坎王為捍衛聲譽，不惜槓上中鼎王，事件鬧大後，葉啟丞為逃死罪，火速銷毀贗品。然當時蓋有北渠官印之若干魚目混珠贗品，至今尚有一批留吾倉房，葉縣令知悉後，至今仍絞盡腦汁想毀吾那批存貨。而今鄒煬已與諸縣令平起平坐，其他三縣令不得不懼吾三分啊！」

「呵呵，年輕一輩之行事作風，要如鄒縣令這般沉穩拿捏者，鮮矣！」薩孤齊稱讚後，又說：「鄒縣令與余城主之公子乃同等輩份，明知貧僧暗中派遣樊叟騫將軍，以助其登上軍機處副總管之位，惟近日來，余公子刻意接近嚴翊廣，行徑獨斷獨行。日前貧僧促成雷、嚴二王會晤前夕，經屬下傳來，余公子私下密會狼行山，而後並無向貧僧通報；更令貧僧惱怒之事兒，乃中、東二王會之後，濮陽城一重要囚犯，竟人間蒸發！」

「國師意指小犬余翊先，恐有通敵劫囚之嫌？」余伯廉訝異道。

「雖無直接證據可指，但余翊先若再獨斷獨行，貧僧擔憂，恐將礙咱們合作之大業啊！」薩孤齊語重道。

摩蘇里奧接說道：「老夫見過鄒縣令、余翊先、狼行山，甚或雷嘯天之子雷世勛，四者皆屬同一輩份。然於逸和苑之會議上，余翊先之言談舉止似乎輕浮了些，余城主若不能控其行徑，恐為在座韜隱五霸未來之合作計畫，增添未知變數啊！」

余伯廉深嘆了口氣，道：「唉……榮根法師為我東州墨突不黔，且協助我余氏之諸事蹟，余某感篆五中。榮根法師思慮細密，惟小犬不甚瞭解法師之行事邏輯，一如當年小犬衝鋒陷陣，直搗濮陽城，本有機會手刃城主聶忞超，卻因突來狀況，眼見聶城主被擄走，自此，小犬對非親自參與謀劃之計畫，遂生不信任之感。」

這時候，薩孤齊閉目冥想了一下，半晌之後，決定同余伯廉，將當年清森方丈救起沐野一事兒還原。然追溯此段往事，霎時引起了摩蘇里奧之興趣，遂將其所知之探勘隊伍事蹟，一併融入其中。一經拼湊對照下，薩孤齊始對眾表明，聶晶即是當年的沐野，輾轉尋得聶晶之孫輩後代，正是前濮陽城主……聶忞超！故事至此，無不引來在座譁然。接著，薩孤齊再行揭露，近日由濮陽城之囚室逃脫者，即是昔日遭其所縛，外傳失蹤逾十餘載之聶忞超，此聞更是引來在場……一座皆驚！

穩坐上位之邢彪，初聞此事兒，興奮問道：「真……真有那五船黃金？」

薩孤齊起身踱了踱步，走到了摩蘇里奧身後，轉身說道：「五船黃金，或許真隨船沈入江底，抑或早已上岸，接上了法王所提曲蚺長老之故事橋段。故今日於此聚會，應不同於中、東二王之會；換言之，打撈運金船，非此一聚會之重點。然於雷、嚴會晤後，法王私下密會了貧僧，貧僧以為，法王隨後之所述，始為今日韜隱五霸聚會之重點！」

摩蘇里奧深吸了口氣，理了下頭緒後，說道：「老夫花了多年功夫，回溯了逾百年之歷史，覺得所有傳說，虛虛實實，或真或假，直至一物出現眼前，始讓老夫直覺中土之『磐龍仙翁』傳說……有其可信之處！話說，十三年前，雷嘯天自封中鼎王後，於惠陽城舉行了端陽大會，惟因當時的南離王，未能完全接受速效藥劑下，老夫自然找上南州最大之火連教，因而結識了邢彪教主。孰料邢教主拿了個錐狀圓椎刺器出來，霎時震懾了老夫！此一圓錐體長一寸，圓錐底寬半寸，其上盤著細密螺紋；待老夫進一步追問下，始知此物乃火連教創教始祖斛衍煜所設計製造。」

邢教主隨即接話道：「當初法王以火連教作為南州速效藥劑總行銷，並以協助我教自設兵器為條件，將兩枚精鋼圓錐刺借走，藉此詢問，法王何時可將該圓錐刺歸還？」

「邢教主且慢，靜待老夫娓娓道來！」

法王接續表示，初見圓椎刺時，詫異連連，惟因斛衍煜時代，根本無足夠火侯煉此精鋼。

再則，此一螺旋設計構想，實出自於狐基族曲蚺長老所留紀冊。後經追查，當年曲蚺長老領著探勘組員，將天外巨石運至中土時，沐野乃探勘組員之一，而另一組員，名曰斛謙，即是斛衍煜之父。由此可知，斛謙習得了曲蚺之作，間接傳至了斛衍煜。然此一圓錐刺之出現，證明了三事兒：一是過往之傳說，對照五州之奇晶石出土，似乎有跡可循。二是當時之斛謙，確實盜走了些許晶石，以致斛衍煜能煉製精鋼。其三則是晶石能量能提升兵刃層級，進而強化軍隊，所向克捷，故今日於此密會之主旨，即追探五州晶石之密！

法王又說：「奇異晶石之能量，超乎想像！據老夫過往十年，微服深入狐基族之瞭解，該族部落傳自曲蚺之說，表明習武之人若能轉收晶石之能，或可增添一甲子功力。然中土五州之大，諸晶石非老夫一人之力可取得；再說，老夫練的是至陰功夫，如何轉收晶石能量，更待咱們韜隱五霸，集思廣益，解其奧秘。不過……適值老夫喬裝百姓，混入狐基族區域，藉以追查相關線索時，耳聞另有中土人士前來此區域，打探著相關傳說，一經追問下，大出老夫意料之外，此人即是江湖人稱『本草神針』之……牟芥琛！」

薩狐齊驚訝道：「本草神針去了克威斯基？莫非……其想探知晶石轉換能量之說？嗯……倘若在座諸位，皆能增加一甲子功力，邢教主還怕登不上南州霸主？鄒縣令既有了錢勢，若再有了不凡功力，不難再擁有北州之權勢！然法王若拿下西州，即可修築快道，連接克威斯基，繁榮兩地；而余城主還怕推翻不了嚴震洲，入主東震大殿嗎？諸多大事兒，尚須在座諸位，細思琢磨。而回歸先前法王所述，若余城主掌控不了余翊先，韜隱五霸合作之大計，恐將變數叢生啊！」

余伯廉聽聞後，頻頻點頭，正經道：「嗯……小犬之行徑，余某將多關注溝通！」

鄒煬直接了當道：「以目前狀況，榮根法師乃位居中州一人之下，萬人之上之地位。再說雷嘯天之身況已不若當年，何不直接摘下雷王？咱們再趁勢拿下各州，各自取代現今之五州老賊，屆時，欲找晶石的找晶石，欲撈黃金的撈黃金，逍遙自在啊！」

法王隨即話道：「中鼎王之腦疾，確已擾其許久，故近來日夜皆抱著《五行真經》，盼能藉此練得奇功，袪解痼疾。然薩孤國師之所顧忌，非僅雷王一人，而是雷王旗下尚有尉遲罡、赫連雋之左右雙衛、軍機總管戎兆犺，更有神鬣門戰神刁刃，再加個水濕神功了得之狼行山，倘若沒強大內力為後盾，以現今在座實力，恐難擺平上述五虎猛將！再說，雷世勛結合狐基族之喬承基，於北川成立了狐與壇，此一變數，亦須藉助鄒縣令密切關注。一旦咱們有了強大內力挹注，鄒縣令即可左掃狐與壇，右攻北坎王，坐擁北州啦！」

「法王所言，確有幾分道理！」余伯廉又說：「提到那《五行真經》，據余某所知，自從嚴翃寬伏法後，嚴震洲之情緒漸趨低落。過去十年來，嚴東主常藉酒抒發情緒，近來由御醫傳聞得知，嚴震洲似乎有了肝膽之疾，甚而私下向余某問及，《五行真經》可有延壽神功？看來，有了錢，有了權，接著就是如何延壽了！呵呵，只要嚴東主使不了蒼宇陷空劍，余某要拿下東州，指日可待。倒是……經法王如此一說，薩孤國師欲拿下中州，還真要兩把刷子以上才成。所幸當年法王於臨宣城外，了結棘手之龍武尊，眼下尚有陽昫觀之常真人，倘若未擁過人之功力，中州尚難以成囊中之物啊！」

「什麼！摩蘇里奧……殺……殺了我龍師公！當年常師公為避免暴力延續，遂不直接告知實情，原來答案在這兒！」藉石孔聽著密室對話的揚銳驚愕道。

摩蘇里奧嚥了口水後，描述道：「當初老夫借走的兩枚精鋼圓錐刺，再將其精細打磨，不僅鋒利了原有的螺旋細絲，更為其設計一指環戒座，可瞬間將圓錐底座扣住，使之拆卸自如。然此錐刺一旦刺入人體穴位，其上之螺旋細絲能瞬間亂人氣脈之巡行，甚而阻消脈道之脈氣，如此奧妙，頗引老夫好奇，故藉西州之煉鐵火爐，仿製了一枚極相似之圓錐刺，唯不及本品之處乃於剛堅硬度。」

法王又說：「而後，老夫曾上了趟黃垚五藏殿，欲一閱《五行真經》。知悉黃垚五仙，個個身手不凡，遂攜上精鋼圓錐刺，作為隨身暗器以自保。怎料老夫與五仙切磋武藝時，不慎於交手之間，抑或交手之後，竟遺失了一枚圓錐刺！」

聽聞此話之邢教主，霎時呈出一臉窘相，僅補上了一句，「丟……丟了一枚！」

法王見邢教主失望神色，隨即告知，當下所遺失之圓錐刺，實為其仿製贗品。此話一出，瞬令邢彪鬆了口氣，直言：「還好還好……」

摩蘇里奧接著說道：「十三年前，中、西二州於臨宣城爆發戰役，當時老夫於城外力戰武尊龍玄桓，龍武尊內力深厚，超乎想像，加上其可運行體內經脈之氣，並將之推出體外，進而成了進擊對手之衝力，不愧為當代之武界高人。吾以為，武者除了內力積存之差異外，世間絕無完美無缺之武學；然與龍武尊激戰數十回合，幾乎不見對手破綻，雙方終以掌力一分高下。孰料，老夫當下突閃一念頭，驟然將兩枚精鋼圓錐刺，扣上了指環戒，待對手迎面出手，瞬將兩指戒上之圓錐刺，刺進了敵對前胸處；若依中醫脈道對照，刺入之處即為**鳩尾**與**膻中**二穴，換言之，斛衍煜所製之兩枚精鋼圓錐刺，最終則是……」

余伯廉接話道：「最……最終則是隨著龍武尊消逝了，對吧！」此話兒再度讓邢彪低了頭，喪了氣，大夥兒於聞訊後，頓時寂然無聲，個個靜觀默察。

鄒煬緩了氣氛，道：「法王與大夥兒分享了精彩之過往，確實激勵了在下欲探晶石之究竟！邢教主，若無法王捨命試驗，怎知赤晶石所製之刃器，如此威猛，甚連龍武尊都能制伏。倘若沒此經驗之談，或許那對兒錐刺仍拱於火連教內，而棘手之龍武尊，至今仍是最大之絆腳石啊！」

薩孤齊附和道：「鄒縣令所言甚是，眼下若常、龍二老作阻，欲動中州，難上加難！惟貧僧有一疑問，聞法王上黃垚山一閱《五行真經》，為何演變成盜走真經，而後交予西兑王？為此，貧僧百思不得其解啊！」

「呵呵，在座各方菁英，探究論事，鉅細靡遺，甚連老夫一過往舉止，皆能留存為日後抽絲剝繭之線索，煞是佩服！甫聞國師之所提，實乃涉及磐龍文之撰寫，而中土所謂磐龍文，即由我麻略斯文演變而來。惟因西兑王於狼行山身上搜得一不明拓紋，而該拓紋之呈顯符號，即為我麻略斯文，惟此拓紋並不完整，侯西主卻堅持以《五行真經》作為交換條件，以致老夫須登黃垚山一試。」

邢教主問道：「一不完整之拓紋，竟能讓法王親上黃垚一試，該拓紋具何等秘密？要令邢某心生好奇！」

法王撫了下鬍鬚後表示，此物之重要性，不亞於精鋼圓錐刺！接著，摩蘇里奧拿出了條舊棉布，將其攤開，其上盡呈出文字符號排列。四人上前一瞧，一一端詳鑑識，隨後認同該陳舊棉布所顯，確為拓紋無誤，惟三成紋路不甚清晰，煞是可惜。薩孤齊與邢教主似乎認出了幾字兒，但欲解釋其所組合之意思，尚有困難。

法王首先將最顯著之一句，演繹道……

「黃者歸土，鎮天地之土，稜規則強，互逆則危，六為頂巨。」

另有模糊呈出……「逆者危殞，順者呈周；呼風喚雨，力拔山河。」

待仔細揣探，約略可見拓紋末段顯著「木火上升，金水下降；五行歸位，延得永生」，其餘幾乎模糊難辨。

鄒煬說道：「常聞醫經提及五行之說，乃木火土金水也！亦有**青赤黃白黑之五色對應五行**。然黃與土相合，歸於五行之中，而五州出土之晶石紛呈五色，故在下判斷，此一拓紋應是拓自黃晶石，亦即中州之麒麟洞窟。至於其後幾句，在下不甚理解？」

薩孤齊笑道：「呵呵，看來，今日韜隱五霸相聚，將解開法王所呈拓紋之迷思了。」此話隨即引來摩蘇里奧與鄒煬之關注。

薩孤齊說道：「在座五人中，應有三者能領略第一句拓紋之後段敘述。除了貧僧之外，尚有余城主與邢教主，進入過自個兒州域內之奇晶岩洞。憶得我中州麒麟殿未崩塌前，貧僧曾偕同雷世勛前往視察與建進度。進入麒麟洞窟後，貧僧見著火炬下之晶石，猶具金黃色澤，煞是耀眼。不過……多數黃晶石均呈鵝卵石一般，大小不一，卻另有體積約為手掌大小且呈現稜角者，稜數或為三四五不等，但經雷世勛指引，見著一約莫雙掌大小之六稜角黃晶石，實為洞窟中之最巨晶石也。惟奇特之處在於……此六稜晶石似乎與一岩石座相吸附；雷世勛本欲藉器物分離之，又擔心傷及原晶石而作罷。約莫一時辰後，雷世勛出現嚴重暈眩現象，而當地掘工亦須每施作一時辰，立即出洞緩和身體之不適，但貧僧自始至終，均無不適現象。待貧僧離開洞窟三週後，即聞雷世勛傳來建物無故倒塌，洞窟亦發生坍方現象，隨後工匠們相繼傳出地靈鬼魅之說，雷夫人擔心此乃不祥之兆，遂催促中鼎王下令，大殿之興建，無限期停滯。」

余伯廉附和道：「經榮根法師如此一提，余某曾隨同嚴東主參觀青龍洞窟時，確實於洞之一隅，見過一較大之六稜青晶石；原計畫將此晶石搬上青龍大殿陳列，卻因該六稜晶石無法與底座分離而作罷。」

邢教主則說：「當年南離王為顯其大器，曾邀火連、火雲、火燎、火冥、火靈五教教主，齊往朱雀洞窟一賞赤晶石。然因該洞窟離火山熔岩脈不遠，溫度甚高，故僅邢某與火雲教主翟堃，深入洞窟深處。雖不見六稜模樣，但可確認，斛衍煜祖師之手札記載，其精鋼圓錐刺即是以三稜角之赤晶石為熱源所製；由此可證，方才所演繹之『稜規則強』，乃指具稜角之晶石，其能量較強。而拓紋另描述之『逆者危殞』，應與第一句之『互逆則危』相呼應才是；換言之，單一晶石有其奇特能量，但若相逆性之二石接觸或摩擦，或將出現災難。邢某如此大膽一說，實因聯想到斛祖師曾對相異晶石加熱，發生了炸毀其下肢之慘劇！」

這時候，摩蘇里奧突然向薩孤齊借閱其頸項上之佛珠串，隨後端詳再三。

鄒煬接著唸道：「六為頂巨，而後又有呼風喚雨，力拔山河，莫非真如法王所述，只要能轉換六稜晶石之能量，恐不只一甲子之功力而已。」

摩蘇里奧冥想片刻後，道：「憶得置身狐基部落探查時，曾見過一祭司住所牆上，掛著一幅圖畫，其上似有若干六稜狀物，埋於地層深處，待向其詢問後得知，此乃歷代延續之傳說，老夫依其用詞，將之翻譯為……六稜晶鎮，而該掛圖意指此物能鎮住地龍，使之不再翻身作亂。此刻透過韜隱五霸之合力解析，應可對照得知，薩孤齊與余城主所見之六稜晶石，即為傳說中之六稜晶鎮！而針對薩孤齊於麒麟洞窟，未感不適，老夫則做出另一番解釋……」

法王表示，昔日臨宣一役，雖有所收穫，卻痛失了三犄法杖。此話一出，始讓薩孤齊與邢教主想起，昔日之摩蘇里奧，確實手持一法杖。法王接著說道：「此一法杖乃由千年之覡魘杉所製！然覡魘杉乃狐基族域內之特產，此植物平均樹齡皆逾百年，其所製成之木器，常為研習巫術者眼中之珍品，此乃因狐基境內常遇雷電交加之氣候，而覡魘杉乃唯一遭雷電劈中卻毫無損傷之奇木，遂被冠予該木能阻消、吸收外來逆能。而傳說中曲蚺長老載運黃金之五船，即是使用大量覡魘杉所成，無疑是防止外來隕石能量輻散之舉。然而，甫聞國師與余城主描述，清森方丈曾救起緊抱浮木之沐野，隨後又知清森方丈曾贈予榮根法師一佛珠串，雖然該珠串已鑲飾金環，但經老夫仔細一瞧，幾可確定，此佛珠串之用木即為……覡魘杉！」

薩孤齊驚訝道：「無怪乎貧僧能佇立洞內許久，原來是這佛珠串相助所致！嗯……依集思廣益後所得線索，傳說所述之可信度已漸趨提升。這麼說來，各州均存有一六稜晶鎮，倘若韜隱五霸能分工取得六稜晶鎮，這韜隱二字，即可化暗為明啦！哈哈哈……」

鄒煬頓生疑問道：「按地利之便，韜隱五霸是可分工行事，但法王自臨宣一役後，西兑王已對法王產生斥力，直到鄒煬為宋世恭牽線時，侯西主依舊對法王心存戒心，恐怕……法王欲接近西州之白虎洞窟，難上加難啊！再說，既然有拓紋流出，即表示洞窟內刻有麻略斯文。倘若來日，咱們分別置身六稜晶鎮前，發現能量之轉換，亦須依循刻文執行，鄒煬擔心，若轉換不順利，是否將發生『逆者危殞』之災難？在下可不想重蹈斛衍煜之覆轍啊！」

邢教主點了點頭，心想，「鄒煬這般說法，不無道理，不如留下法王，一同探尋六稜赤晶鎮，先利用其解咒之能力以轉能，倘若由我邢彪先取得強大功力，這未來可就……呵呵呵！」接著，邢教主這麼說道……

「鄒縣令說得極有道理，既然法王現已身處南州，並已允諾雷、嚴二王進行打撈沉船之計畫，不如順水推舟，薩孤國師與佘城主先行聯手，將中、東二王之注意力鎖定於靈沁江，如此一來，必定引起南離王之好奇，趁此時機，邢某派教徒另掘通往朱雀洞窟之地道，而法王隨邢某入洞一探究竟，一旦取得能量，法王再回西州，還怕拿不到六稜白晶鎮嗎？」

霎時，薩孤齊、佘伯廉與鄒煬，三人不約而同想著，六稜晶鎮確實是個魔力，但不過是大夥兒東拼西湊之假設。所謂「貓兒掛鈴」之故事，亦須有肯作先驅之老鼠啊！倘若邢教主能成功，再著手殺入各奇晶洞窟也不遲啊！果然，三人點頭如搗蒜，無不贊同邢教主之建言。摩蘇里奧當下允諾邢教主，一旦邢彪依計畫行事，將全力配合刻文推譯，以期順利進行能量轉取之事宜。

接著，法王再解說道：「甫聞鄒縣令疑慮老夫不易親近西兌王，此事兒雖有其來由，惟眼下令西兌王頭疼之人物，名曰石濬，其乃前西州霸主石延英之子。當年中土群雄割據時代，暴力戕殺當道，怎料石延英自知身體不適，為保其子之安全，經軍機大臣魏天灝力諫下，暫將石濬帶離西州，而魏天灝之子，即是現任西州軍機總管……魏廷釗！孰料，見侯士封得勢後，魏廷釗力諫其父先行隱居，以免侯西主秋後算帳。而今，石濬猶有乃父之風，眼下已聞石濬暗中集結反西兌王勢力，此事兒令侯西主有如芒刺在背，故暫無多餘心力，防範咱們之採石大計。因此，邢教主依舊可先行點燃南州之火，一旦成功，亦可護航在座，進一步取得各州之六稜晶鎮。」

至此，密室內之韜隱五霸已達合作共識，而距密室數十尺外的揚銳，正因聞得了密室之完整對話而憂心，自覺到，「若是龍師公尚在的話，絕不容此等韜隱狂人，逍遙五州才是。只是……眼下困於火連總壇之揚銳，何以將訊息傳出？又因體內寒熱異狀難以得解，這該如何是好？」

歷經三天療養後，揚銳隨即向礦區吳領頭報到，怎料叢云霸又擄了些人得以添充礫奴，以致推運車者過盛，吳領頭遂直令揚銳深入底層掘礦。揚銳到了底層後，見著幾人正一鍬一鍬地鏟著火焰石，項烿突然現身揚銳身後，「阿銳，好點兒了吧！這兒溫度高，耐不住就回上頭休息。」

「沒問題的，這麼點兒熱，算不了什麼的。」揚銳回應後心想，「呵呵，這般環境下，不知吾之裡寒現象……如何發作？」接著，阿銳一邊兒掘礦，一邊兒想著密室五巨頭所提之事兒。約莫一時辰後，身旁三五掘工陸續回上頭休息，僅阿銳與項烿留於底層。一會兒後，項烿圓鍬一扔，走了過來，道：「嗯……說真格的，阿銳還真有兩下子，不僅能耐熱，雙臂力氣更是驚人，無怪乎能將下衝之運車止住。嗯……此刻若不展個絕技讓你瞧瞧，還真不曉你項大哥有何能耐啊！」

「好啊好啊！項大哥曾表明要露絕活兒的，趁著大夥兒甫離開，正是絕佳時機。倒是……大哥這般絕活兒，會不會傷人啊？」

「呵呵，倘若傷著了阿銳，大不了再扛去孟長老那兒囉！」接著，項烿兩手抓起兩火焰石，蹲妥馬步，閉起雙目，雙手前舉擺平，後將掌心上轉，雙臂緩緩向左右張開，此舉霎令阿銳疑惑著。半晌之後，項烿嘴角微微上揚，隨後將手上的火焰石，置於揚銳掌中，適值阿銳接手剎那，頓感驚訝，「怎……怎麼……這兩火焰石……沒啥溫度了！莫非……項大哥除了耐熱外，尚能吸收熱能？」

「呵呵，本以為耐熱為吾特質，沒料到，一偶然機會發現，常人握著圓鍬，鏟著火焰石，沒多久就因熱之傳導，頻遭熱燙之圓鍬頭灼傷，而項某竟能讓圓鍬頭快速降溫，自此留意到，身擁能將盛熱吸入體內之特質，遂自詡是個自擁神功之罕見奇人，呵呵！」項粥說道。

阿鋭點頭，頻頻稱道，「果然是罕見之神功啊！不過，依項大哥所述，您可藉手掌吸入熱能，難道不能再將其釋出？」

「嗯……這倒沒試過，不過……在這般環境下，再將所吸之熱能釋出，那周圍的採掘弟兄不就熱斃了！」

阿鋭立表示，人之掌心為**手厥陰經脈**所經過，其脈氣直連體內**心包**。由此可見，項大哥之**心包**受熱度超強，而**心包經脈**與人體之**三焦經脈**互為表裡；換言之，若以**心包經脈**吸入，沒準兒能絡向**手少陽三焦經脈**，再將其反向推出。

「欸……如此一說，似乎有點兒道理，只是……要怎麼推出嘞？」項粥疑道。

阿鋭回應道：「眼下吾將圓鍬鏟頭持於胸前，項大哥先以單掌貼著鏟頭，緩緩地向鏟頭施力推去，而小弟將盡力持住，藉由那份推力且一心想著前推，將手臂氣力往手掌方向推去。」話一說完，二人試了幾回之後，能耐熱之項粥，竟全身開始發燙。

「哈哈哈，成功啦！項大哥您瞧，這金屬鏟頭熱啦！」

項粥直覺不可思議，原來，一心想著抓取，其力道是向內的，心想著推牆，那力道就是朝外的，相差於一念之間而已。忽然！「阿……阿鋭你怎麼了？是大哥傷了你嗎？」

「方才頓生之裡熱內攻，吾及時抗住了，現在，是我……我的……裡寒又來啦！」阿鋭雙手交叉，撫觸著雙肋部位說道。

項烿見狀，靈機一動，彎腰拾起一火焰石，快速將其熱能吸入臂內，唸道：「裡寒是吧！那就試試大哥之熱導神功囉，喝啊！」項烿一推掌，直接觸及揚銳正胸膻中穴，而後緩緩施以推力，將熱氣直接灌入揚銳體內，一會兒之後，項烿忐忑問道：「還好吧，我的好兄弟？還是……咱們現在就上孟老那兒？」

「哈哈哈，項大哥現學現賣，而小弟是第一個受您熱導掌之人啊！」揚銳又說：「甫遇體內寒氣正要四竄時，大哥及時推入之熱氣，猶如牧羊犬趕著羊群一般，直將寒氣直逼往心下，瞬由心胃之熱所暖化，雖無完全化解，但已舒服許多。」

項烿興奮道：「嘿嘿，沒想到我真的可以推出掌功！嗯……既然有緩解，表示有用，倘若還沒完全化掉，要不？大哥再施一次，這回猛一點兒，沒準兒能祛解爾之怪症？」

「好吧！趁著其他弟兄還在上頭，再做一次，免得驚動大家。挪……吾開始運動雙手之手**少陽三焦經脈**之氣，待會兒咱們直接雙掌對擊囉！」揚銳話一說完，隨即舞動雙手，架出了前弓後箭馬步以待。

項烿這回卯足了勁兒，一手拿了三火焰石，雙掌同時吸入六火石之熱能，隨後漸感雙臂發熱發燙，待六火石沒了溫度，立喊出了聲：「兄弟，接掌了，喝啊！」

項烿跨步衝向揚銳，瞬將六石熱能推至雙掌，揚銳見狀，立馬平舉雙臂，閉目雙掌以對，結果……「轟隆……」一聲巨響發於一霎，對掌二人雙雙後彈，此等衝力之大，倏令二人向後噴飛數十尺，直至撞擊石壁方止。

原來，項烿之強大熱能，灌入對方雙掌後，瞬間引動了揚銳之手、足少陽與少陰經脈之真氣，以致內力衝發，深感真氣由手少陰心脈而起，瞬自雙臂腋下內側之極泉穴湧出，沿手肘內側下行肘上三寸之青靈穴，直向手肘內廉約紋處之少海穴，真氣由此轉衝前臂，至腕橫紋後一寸五分之靈道、通里、陰郄，接抵手腕關節內側橫紋之神門穴，至此，渾厚之內力直奔少府，終至小指末端之少衝穴。如此九穴連貫，將手少陰經脈真氣衝慣而出，致使項、揚二人內力對衝而應聲彈飛。

然而，礦區底層因二人內功相衝，瞬間之震爆，釀起部分石壁崩落，引發塵土飛揚，致使坑道上之眾礫奴紛紛叫喊著，「不好啦！底層崩塌啦！」領頭吳越聞訊後，倏地往外跑，並令礫奴們立下底層去救人，不久即抬出了昏臥於底層之項、揚二人。

待項烿與揚銳醒來，二人又回到了先前之醫務密室，惟聞孟長老說著……

「爾倆真是命大，上回發生礦區坍方，死傷近百，還好這回多數掘工已回到上頭，僅剩爾倆處於底層，究竟發生了啥事兒？再則，爾倆除了呈顯灰頭土臉外，幾無內外傷，且二位之氣脈，亦較先前強盛甚多，猶如食了肉蓯蓉、巴戟天一般，倒是未再見到揚銳緊抓被褥之現象。」

項烿立將二人於底層對掌一事兒，向孟老描述了一番。揚銳瞬間起身，深吸了口氣，隨即於二人面前，打了一套柔筋順脈之拳腳功夫。孟老見揚銳以腰為軸，螺旋纏繞，雙臂氣力節節貫穿，剛柔相濟，步伐滑移之順暢，根本不像剛從礦災中抬出之傷者，而一旁之項烿亦看傻了眼兒。

最後，揚銳雙臂一伸，雙掌一推，氣出丹田地喊出了聲「喝啊……」，隨後說道：「哇……好舒暢啊！項大哥以天然的火焰石熱能，灌入阿銳體內，竟令本如脫韁野馬般的裡寒之氣，轉趨為溫馴綿羊般之和暖。原先半表半裡之往來寒熱，似乎已能於中焦自行和解，甚而能使外來之盛熱驟降，逆襲之至寒化溫，並將已收服之多餘寒熱，儲為已用。」

「隨心所欲，和解少陽，這般罕見內功，真是讓老夫開了眼界啊！」孟老訝異道。

項烿亦興奮地蹬躍而起，倏將孟老煎藥之鐵鍋捧在掌心，運氣之後，道：「嘿嘿，揚銳亦助了項烿，引導項某將所吸內熱轉推而出。孟老您瞧，現在這鍋兒，可熱著呢！嗯……這般技能……該稱之為……熱導神功吧！呵呵！」

「原來爾具吸熱之特質，無怪乎能持續待在高溫處。而今不僅能吸熱，亦可將熱能反轉而出，嗯……熱導神功，當之無愧！爾等這般體能蛻變，老夫會儘量保密，惟因今早邢彪召集了叢云霸與眾長老會商，將調動人手前往赤焱山西麓，重新開挖斛祖師手札中標註之密洞，吾擔心爾倆會被調去那兒做苦力！」

「是啥樣兒的密洞？為何現在突然開挖？」項烿問道。

孟老表示，南離王本欲於赤焱山北麓，興建一朱雀殿，以呈現因地震而出土之赤晶石。後因火山脈震而使建物崩塌，他州亦傳出若干塌陷災情，南離王深覺此物或為不祥之兆，遂撤銷了宮殿興建計劃，而僅留朱雀洞窟之名，並派南州聯域軍駐紮，以防他州盜竊。然而傳聞赤晶石藏有極大能量，邢教主始終心存覬覦，遂翻出祖師爺之舊手札，指出先祖為探索南州地底能源，曾於赤焱山西麓鑿一地道，邢教主懷疑，此地道乃通往赤晶石之分支，遂提出了重新探掘古道之建議。孟老又說：「提議當下，老夫隨即提出反對，瞬令邢教主艴然不悅。叢總召立馬見風轉舵，附和此乃擴大我教之壯舉，其他長老則趨炎附勢，遂通過了教主之提案。」

「孟長老之反對理由何在？」揚銳問道。

孟老隨即回應表示：

第一，斛祖師乃崇尚和平之聖賢，會放棄繼續探掘，應有其道理。

第二，我教近來因南離王下令，嚴禁外輸火焰石，再加上各分舵之事業不興，致使我教財務吃緊，恐不勝重新探勘之支付。

第三，隨著時間演進，赤焱山西側區域已多為火雲教地盤，邢教主突發掘洞之舉，倘若於途中與火雲教發生衝突，可想而知，火連總壇之眾教徒，恐有遠水救不了近火之虞！

「嗯……孟老之顧忌，頗為有理，一旦起了衝突，火雲教那幫鬼子可是殺無赦啊！不過，以我項烿不畏熱盛之特質，邢教主會放過我嗎？當年邢彪亦是為著煉製精鋼圓錐刺，強逼先父研製。性急之邢彪，一旦興致即起，欲為何事兒，旁人無從攔阻！」

這時候，揚銳表明因**手少陽經脈**環耳之故，自幼即擁過人之耳力。接著，揚銳走到石牆密孔處，指其藉由石壁通風道，已知悉日前韜隱五霸之密會內容，並將涉及南州諸要聞，仔細向孟、項二人描述了一番。如此一說，孟長老不禁一陣搖頭，直說：「不妙，火連教恐將敗於邢彪之一意孤行了！」又說：「曾聽聞雷嘯天旗下之勇將樊曳騫提過，中州護國法師薩孤齊乃居心叵測之人物，摩蘇里奧更是奸同鬼蜮，行若狐鼠之輩。而我教之邢教主，好大喜功，卻如雷嘯天一般有勇無謀，無怪乎薩孤齊直抓著雷嘯天，而摩蘇里奧則盯上了咱們的邢教主！」

項烿搖頭表示，摩蘇里奧騙走了火連教鎮教之「精鋼圓錐刺」，邢教主還肯相信他？果真是一物剋一物！又說：「吾以為，邢教主恐因貪圖法王之境外語文解讀能力，遂願意與之合作。

嗯……我看這麼吧！一旦調項烿前去探掘古密道，項烿即循著熱源，一路衝在大夥兒前面，再伺機製造密道深處坍塌，好讓邢教主知難而退。」

「嗯……乍聽之下，是個法子！然今日揚銳與項大哥能逃過一劫，僅因石壁部分崩落而已，倘若下回項大哥遇上連鎖崩塌，這……這可不是鬧著玩的呀！」揚銳提醒道。

「依老夫之見，就算調動項烿，教主應不致讓項烿參與先鋒探掘任務，待接近熔岩脈時，始有指使耐熱者接續挖掘之可能，屆時之狀況，應非項烿所想像！」

「噓……小心！有二人往這兒走來了！」揚銳及時提示道。

「呵呵，孟鈁長老，辛苦了。據聞項烿與新來的小伙子差點兒被埋了，特來關心二人傷勢如何？」

教主話後，叢總召接續說道：「是啊是啊，邢教主知悉某人於底層受傷，特地撥冗前來關注一番。不過，瞧他倆動也不動地臥著，無大礙吧？」

「哦……有勞教主與總召關注了，眼前二患雖逃過一劫，但因遭落石擊中，有些內出血現象，加上吸入過多粉塵，肺部功能暫時低落，一旦心肺功能受阻，恐增長療癒時間啊！」孟老說道。

「呵呵，不急不急，孟老乃我教之醫務總管，一切交由孟老決定。惟本教主與項烿之父，交情匪淺，而揚銳小兄弟亦是我教可造之才，孟老務必給予最大照料，以減吾心頭之念啊！」邢彪一完話，藉著眼角餘光，瞧了下臥床的二位後，隨即同叢總召離去。

「呵呵……嘻嘻……哈哈……」項烿與揚銳不禁笑了出來，揚銳立對孟老讚道：「孟長老真行兒，還擔心著教主與總召恐識出咱倆毫無外傷，沒想到……」

「是啊！還說了個內出血與心肺受阻，嗨呀！孟老，我項烿真服了您啦！」

「爾倆沒聽出來嗎？」孟長老又說：「自老夫任醫務總管以來，首次見教主主動探視傷患，瞧他重視個什麼呀？唉……爾倆將是教主欲利用之棋子啊！」孟老沈默了片刻，又說：「方才咱們猜測邢教主會利用項烿之特質，探掘密洞，卻沒料到，其已將入壇不久之揚銳，同列為拔犀擢象之人選啦！」

「揚銳曾得罪了叢總召，遂被押到這兒當礫奴，而邢教主身旁有叢云霸之慫恿，揚銳是絕對有苦頭吃的。看來，揚銳與項大哥結緣頗深，未來深入朱雀洞窟之粗活兒，亦算上我揚銳一份兒了！」

「邢教主想趕在他人之前，擁有那赤晶石之神秘能量。老夫擔心，一旦教主有了這般能量，爾倆欲逃出火連教，難上加難啊！要不？老夫現在就放你們走。」

「唉……我項烿待此諸多時日，還不熟悉這兒之重重戒備？想打這兒逃走，談何容易！只怕逃脫計畫失敗，拖累了孟長老啊！」

「哈哈，大夥兒樂觀點嘛！」揚銳又道：「危機就是轉機，我若沒被押到這兒，那惱人的往來寒熱症狀，何以得解？而項大哥也因此激出了熱導流之潛能。倘若以咱倆原先狀況，要離開這兒，應是機會渺茫。不過，邢教主未調動咱倆之前，還是先將身體機能理好為要，一旦遇何突發狀況，咱們才有護身之本錢。然而前往密洞，未知狀況不少，不妨學著孟長老，先將常用草藥，或研粉末，或製丸粒，隨身攜妥，以備不時之需。」

「沒問題，這事兒就交由老夫來處理，還望老天爺佑著爾倆兄弟才好啊！」

眨眼過了個把月，本於礦區之礫奴，陸續遭到外調，揚銳卻心生質疑，為何總壇持續有新進礫奴？待與項烿伺機探問新血後，原來叢云霸為增加採掘人手，竟與中州賊寇合作，以運船騙取欲往外地掙錢之各州貧民，而火連教再向賊寇低價交易後，或吸收為教徒，或轉押為礫奴。正當項、揚二人不齒叢云霸行徑時，立聞新一批召集令到來，領頭吳越取得名單後，逐一唱名。此回，項烿與揚銳皆編入了徵調之列，且由叢云霸親自押送，待礫奴們上了手銬腳鐐，一一登上運車後，該運車隊伍隨即駛離霖璐城，倏朝赤焱山之西麓而去。

歷經崎嶇山徑之折騰後，揚銳側頸朝運車外望去，「喂喂喂，項大哥您瞧，這路旁躺著的，不就是幾天前外調的阿良、阿健與阿國嗎？他們怎會屍橫野外嘞？這是怎一回事兒啊？」

「噓……要命的話就小聲點！」叢云霸輕聲對著運車裡說道：「幾天前的一批礫奴，不幸於此遇上火雲教徒，衝突之中，刀光劍影，一陣慌亂下，我教損了一車礫奴，而敵對也繳出了三條人命。哼……今日誰來擋我，定殺他個片甲不留！此刻，話別多說了，多喝些水吧，免得進密洞後渴著啦！」

而後，運車來到了一營帳處，見二身影，一前一後走出。叢云霸隨即上前，單膝下跪，道：「啟稟教主，最後一批礫奴帶到。」

「啥？最後一批！」項烿驚訝道：「也就是說，剩下的活兒，就由咱們扛囉！」

接著，邢彪領著另一拄著枴杖之長者，走了過來，說道：「法王，眼前赭紅皮膚者，乃先前所提，能抗高溫之奇人……項烿，其父項銓即是我教斛祖師研製圓錐刺之得力助手。另佇其身旁這位壯碩年輕人，名曰揚銳，其雙臂之勁道，能拉阻運船前行，倘若遇上薩孤齊所言之六……啊……六角大石，或許這小兄弟能派上用場！」

「呵呵，很好，若此遠古密道能順利通達朱雀洞窟，一切好辦事兒！」摩蘇里奧回應道。

適值摩蘇里奧拄著枴杖，走過了揚銳身前，揚銳立生一股不明火，直衝腦門，心唸道，「是你！假借對掌之勢，另用暗器重創我龍師公者，就是你這魔頭！」揚銳於拳握狀態下，霎時出現了雙臂**少陽經脈**之熱能，剎那間，敏感之摩蘇里奧亦頓了下腳步，畢竟練及至陰神功者，對周遭之額外熱源，頗為敏感。

揚銳又覺到，「不行，此刻不適與這魔頭發生衝突，畢竟在場尚有另一棘手人物……邢彪！」

正當揚銳與項烿隨叢云霸前往密洞時，揚銳聽得邢彪對法王說道……

「呵呵，本座一事不明，欲藉此請教法王，我火連教所練功夫，多屬陽剛之功；而法王修練之至陰神功，對晶石之能量，何以消化？」

法王表示，南州赤焱山乃一活躍火山，其內所擁岩漿之熱，非常人所能適應，此乃環境之條件，讓人卻了步。一如一身陽剛武藝之邢教主，還是得藉項烿那般奇人，方能取得深處之晶鎮。然撇開各晶石之周遭環境因素，若晶石之能量能導入體內，其所增添一甲子功力，乃為自身內力之提升。一如某人練就陽功，即能增強原本陽功之功力；換言之，亦能提升原有陰功之層級，並無矛盾之處。

邢彪聽完解釋後，頓生了猶豫，心想，「當初以為，南州之赤晶石，恐不適法王之陰功，遂提議由吾先探索晶石秘密。經法王如此一說，要是真找到了六稜晶鎮，法王若於能量轉換時，動了手腳，先吸了晶鎮能量，我可怎麼辦？不行，我邢彪可不是雷嘯天，怎能讓你這楞杖叟翁，玩弄於股掌之間！」

邢彪頓了下後，又想，「嗯……待會兒如見三稜赤晶，先讓法王試試，一旦成功，隨後之晶石，吾可隨之依樣畫葫蘆，待擁有了強大內力，不如先於洞內了結這魔頭，而後拿下南州，再趁勢搶奪法王欲索之西州白晶石，屆時我邢彪有了雙重六稜晶鎮功力，薩孤齊、余伯廉，還是那富可敵國的鄒煬，都必須向我火連教俯首稱臣啊！哈哈……」

「不知邢教主為了何事兒而笑？」法王突見邢彪發出笑聲而問道。

「歐……沒事兒……沒事兒的。本座只是感念到祖師爺當年亦曾站在這洞口，而今我邢彪將依其走過之路徑，光耀我火連教派，法王您說，該不該興奮啊？」

摩蘇里奧點了點頭，微笑以對，並順手把玩了衣袖中之小玩意兒。

叢總召將項、揚一夥人帶到密道中段後，立卸下其身上束縛，後因溫度太高而獨自折回。而後項烿無意間發現到，「欸……你不是阿城嗎？先前來這兒的幾個弟兄，怎都倒臥著？身子似乎不大對勁兒啊？」

揚銳聞訊後，隨即上前察看，惟聞弟兄們呻吟著，「呃……胸中覺得有股熱氣。」阿城則叫著，「我肚子疼，又想嘔吐啊！」

揚銳診斷後表示，這些弟兄應是來此途中，已受外感傷寒，傷寒未解，即來此溫高之地，因而成了胃脘**上熱下寒**之證。所謂「**脾主大腹**」，胃中有熱而脾氣壅滯，抑或脾寒氣滯，遂造成了腹中痛。然欲嘔吐，此乃胃氣上逆所致，進而導致陰陽不調，**中焦**升降失司，上下不和之證。綜觀徵狀，不見其有心下痞證，實已符醫經所云「**胸中有熱，胃中有邪氣，腹中痛，欲嘔吐者，黃連湯主之**。」此乃一**清上溫下**，**和胃降逆**之傳世名方。方中以苦寒之**黃連**，上清胃中之熱，以**半夏**降胃氣之逆，藉**乾薑**與**桂枝**相配，辛開苦降，散脾之寒，以治腹中疼痛，再合以**人參**、**大棗**、**甘草**，以益氣和胃，調補中氣之虛。

「憶得孟老跟我提過，**桂枝**可用來發汗解表，怎麼這兒也用上**桂枝**嘞？」項烿問道。

揚銳回應指出，**桂枝**本有解表功能，惟此治症七味藥中，**桂枝**擔綱著交通上下陽氣，疏條氣機之作用；惟藉協調上下之寒熱，達到上下並治，以復**中焦**升降之職。」又說：「嗯……還好有攜水來。項大哥，先借由食用器皿，把藥給煎了，而後讓弟兄們休息，咱們倆先前往裡頭瞧瞧！」

半晌之後，項說道：「阿銳你瞧，這……這就是三稜晶石！真是美啊！欸……這玩意兒並不似火焰石之溫熱啊！不過，斛祖師藉此作為熱源，竟能燒出精鋼，真是妙哉！」

突然！一念頭閃過項烿腦中，「喂喂喂，阿銳，是否再試試吾之熱導神功？」揚銳猶豫了一下，擔心項烿能否承受晶石能量。項烿使了個眼色，道：「嗯……你先把個風，我先試試能否吸取晶石能量。」接著，項烿雙手握著晶石，一會兒之後，驚聞一聲「呃啊……」，霎時，項烿全身發燙，似乎要燒起來似地，隨後即見兩管鼻血流下，立馬將三稜晶石擲回原地。此刻之項烿，雙肩似乎有了冒煙現象。突然喊出：「快！阿銳，我快炸開啦！喝啊……」

項烿一如先前與揚銳雙掌對擊一般。惟因揚銳有了上回經驗，遂先放緩了**少陽經脈**之氣力，瞬讓項烿將熾盛之能，直灌入體內。這時，揚銳自體啟動了寒熱調解內功，並將多餘能量循經脈導引，灌充於手、足少陽少陰經脈之中，遂未發生二人逆衝外彈現象。惟奇特的是，見得揚銳雙前臂外側，隱隱發出了淡橙光氣。

待項烿緩解後，拭去了鼻下血漬，道：「哇！果真不同凡響啊！還以為能如吸取火焰石一般，將三稜晶石之能量吸乾。方才若沒及時扔了晶石，臟腑恐因承受不住巨能而爆裂才是！欸……這回……你反倒沒事兒啊？」

「項大哥，小弟深覺這股能量，似乎能令吾之自體功能再行擴大，知悉吾之臂力不小，受了這股能量挹注後，一運起手少陽經脈，您瞧……吾之雙臂外側，竟能發出淡橙光氣。噓……有人來了！」

「喂！爾倆將地上那晶石捧過來。」叢云霸叫道。

甫一話完，邢彪與法王走進了密道，項烿即以厚布捧著三稜晶石，走向了邢教主，而揚銳與叢總召則於一旁瞧著。

「呵呵，法王您瞧，我斛祖師所載密道，果真能通北麓的朱雀洞窟啊！哈哈，項烿，藉此晶石，咱們即可再仿製祖師爺之精鋼圓錐刺啦！法王，咱們不妨先試試此三稜晶石，何等能耐？」

摩蘇里奧將三稜晶石平擺後，一手拄著枴杖，一手自其衣袖中，滾出了顆鵝卵大小之透淨水晶石，旋即將之拋向晶石上方，並發聲唸著：「摩枯撒泥……咪囉吐耶，摩枯撒泥……咪囉吐耶……」突然！一道赤紅光線自晶石射向透淨水晶，摩蘇里奧見透淨水晶球逐漸轉為赤色，實已順利吸得赤晶石能量，隨後繼續發聲：「嘰枯哈喳……唉嘎希晤，嘰枯哈喳……唉嘎希唔……」大夥兒驚見水晶球瞬將紅光，射向了法王胸前膻中穴。

然此時刻，赤晶石能量引動了法王之手厥陰心包經脈，且依臟腑別通之理，使真氣瞬衝陽明胃經。一旁叢總召突然驚道：「教主您瞧，法王本已萎縮之下肢，竟因晶石能量挹注，已能見其腿肌……漸趨壯大！」接著，摩蘇里奧舉起枴杖，指向了水晶球，水晶球即緩緩朝著法王飄去。

「啪嚓……啪嚓……」翻躍聲出一霎，惟見邢彪雙腿一蹬，騰空翻了兩圈，伸手摘下了法王之透淨水晶，話道：「呵呵，原來是這麼回事兒啊！單憑這水晶，即能轉換能量啊！呵呵，法王，我火連教誠意十足，甫邀您前來協助，眨眼還原了您一雙強健下肢啊！這麼吧，待本座將六稜晶鎮能量順利轉換後，再將此轉能水晶……雙手奉還！」

「哈哈哈，邢教主這麼小心啊！果然是老江湖啊！看來，教主甚連咒語都背好了才是啊！哈哈哈，唉呦……突然不須枴杖，還真有些不適應耶！呵呵，也好，老夫尚須費點兒時間，理理吾之至陰內力。邢教主欲欣賞水晶，大膽拿去瞧瞧，損了它，可就沒戲唱囉！」完話之後，法王心想，「呵呵，邢彪，爾欲跟我鬥，差遠啦！待會兒讓我回到『三重至陰』內功後，爾等能奈我何？除非你能找到六稜晶鎮再說。」

揚銳見狀後，對項烿說道：「項大哥，您瞧見了吧！看來這『磐龍仙翁』之說，果真是一過往事蹟，惟世人賦予神怪色彩罷了！一顆水晶，一串咒語，竟能成就眼前所見奇蹟啊！」

「嘿嘿，我項烿無須靠啥水晶球，即可導能！只是，眼前借了圓錐刺而不歸還的境外魔頭，我壓根兒不信他會老實地跟邢彪合作，一旦這魔頭吸收並消化了三稜晶石之能量，邢彪哪兒還有談判籌碼嘞？」

揚銳機警說道：「摩蘇里奧一旦得逞了，定會將知情者趕盡殺絕。不如這麼吧！待會兒若有啥狀況，吾來擋那魔頭，密道內那些弟兄們，有勞項大哥趁隙將他們帶離這兒了。」

突然！聞叢云霸驚慌叫道：「教主，不好啦！火雲教教主翟堃，偕其左使滂玏，領著一批教徒殺過來啦！」

邢彪倏將水晶球置入腰際，立偕叢云霸，並領著留守密洞之火連教徒，俄而列出陣式，倏與火雲對峙於密洞出口。半晌之後，惟聞翟堃教主睥睨說道……

「哼！明人不做暗事兒，邢教主啊，我教早發覺貴教行蹤詭異，跟蹤數日後始發現，爾等偷偷運人來這兒，架起了營帳，並連夜挖掘地道，貴教有啥好計畫，不妨分享分享大夥兒啊！再說，幾天前貴教教徒於我地盤撒野，甚而殺了我火雲三教徒，今兒個您這當頭頭的若不給個交代，恐怕……」

邢彪笑道：「哈哈，許久不聞翟堃教主放聲，依舊宏亮不減啊！倒是……針對閣下所提挖掘一事兒，我火連教挖的可是南州人共有的赤焱山啊！只因……我教長老行經此處，不甚遺了一法器，怎料這一掉，竟掉進了不明坑洞裡，所以就……」

邢彪又說：「至於火雲三教徒遭弒，實因貴教打劫我教運車，我教出於自衛，遂出手反擊。衝突當下，貴教甚滅了我一車掘工，不知這帳，翟教主要怎麼算才好？」

「呵呵，邢教主所謂的掘工，據本座所知，均是未入教之一般百姓，根本不算是火連教徒；再說，僅一長老丟了東西，還得勞動教主與總召，親自爬入地洞翻找，哼！當我三歲娃兒啊？好……既然這赤焱山是南州人所共有，我火雲教亦有權入洞察看一番！」翟堃接著喊道：「滂瓨左使，即刻帶人入洞瞧瞧。」話後，三兩火雲教徒隨即前衝。

「唰……唰……」兩聲響傳出剎那，叢云霸所拋之子午鉞，彈指切斷了兩火雲教徒之喉頸。涄瓨見狀，火速揮出一刀身扁長，刀柄短小而彎曲之破風刀，直接殺向叢云霸，隨後更見雙方教徒蜂擁而上，刀來劍去，霎時於營帳之前，呈出了「利刃鏗鏜聲交響，纓散布摧血濺飛」之激烈場景。

翟堃見殺局已成，隨手鸞刀一提，狂怒震天。邢彪雙鉞揮出咄嗟，霎令敵對二教徒開腸破肚。惟見涄瓨身手矯健，連展破風刀之犀利，遂未讓叢云霸占得上風。然因火雲教有備而來，旗下教徒人數甚於敵對，適值雙方主將對決之際，火連教徒盡遭對手圍攻，不若兩刻時間，火連教徒已被宰殺半數，而叢云霸於一閃身不及，瞬遭敵對施以劈、斬攻勢，再接撩、捌二式，直撩中了肘，頓時血濺骨麻。

邢彪斯須側翻，立以雙弦子午鉞，使出了名震江湖之〈青龍返首〉殺技，倏以左鉞扣削，右鉞迴劈，於對手閃躲失衡之際，削中了翟堃右膝，翟堃俄而雙手一展，瞬讓該教人馬後退，涄瓨立馬上前攙住翟堃教主。

「呵呵，邢教主一對雙弦子午鉞，威力猶勝當年啊！」翟堃接著又說：「倘若眼下再行一回南州霸主競技，當年技壓群雄之盧餤，恐佔不得邢教主之便宜啊！倒是……猛虎難敵猴群，邢教主，瞧瞧爾等火連教徒，死的死，倒的倒，甚連叢總召也中了招，放眼望去，能打的不出十個，連三歲娃兒皆看得出……吾為刀俎，爾為魚肉啊！本座這點兒小傷，算不上啥，若不想讓人傳出……邢教主敗在我火雲手上的話，馬上給我滾，惟爾等須付出之代價即是……密洞之

物，全歸我教！」

叢云霸回嗆道：「在下僅受皮肉之傷，無礙於揮動子午雙鉞！教主，咱倆飛鉞聯手，擒下火雲教主與左使，待群龍無首，火雲教徒何以囂張？」

邢彪猙獰咬牙，架起了子午鉞，立對翟堃喊道：「再不撤退，立讓爾等吃不完兜著走！」

翟堃冷笑道：「呵呵，邢教主啊，火連教終因爾之不智，自取滅亡啦！眾教徒聽令，所有火連上下，格殺勿論，殺……」

眾火雲教徒提刀狂吼，隨即又是一陣鏗鏘擊響。「呃啊……呃啊……」又見三五火連教徒，應聲倒臥血泊之中。叢云霸見勢不利，拉著邢彪喊道：「教主，敵眾我寡，咱們快朝密洞裡去。」

邢彪點頭後，二人於彈指之間，接連朝後翻飛，直接滑入了密洞之中。

這時，正值洞內盤座運功之摩蘇里奧，冷冷笑道：「呵呵，看來……邢教主的仇家不少啊！不過，邢教主這招以退為進，煞是高明啊！」

氣喘吁吁的邢彪回應道：「法王有所不知，今日採掘計畫……恐將生變！只因……」

「哈哈，老夫雖於此打坐，但周遭何等情況，一清二楚啊！別急別急，外寇尚不足為懼，但內鬼卻是難以防範啊！」話出之後，見得揚銳與項烑躡手躡腳地於法王身後挪移著。

「法王所指的是？」邢彪納悶道。

法王冷冷地回道：「甫於邢教主奮勇迎擊外寇時，身後這兩弟兄，趁著老夫闔眼之際，一一引領密道掘工，由洞口另一側溜走；更令人搖頭的是，項兄弟竟將甫拾得之三稜晶石，擲向了密道深處。適值二人欲趁亂竄逃之際，不巧與撤回洞內之邢教主撞個正著！然此一幕，直令老夫為其感到……時運不濟啊！」

「好你個吃裡扒外的項翀與揚銳，我教待爾倆不薄，待回總壇，我叢云霸決饒不了你們！」

揚銳搖了搖頭，直接回道：「只怕咱們都回不了總壇囉！」

「叩囉……叩囉……」忽聞一滾動聲響傳來，眾人回頭即見一沾滿鮮血的頭顱，突自洞口滾了下來，仔細一瞧……

「教……教……教主啊！這……這……這是火雲左使……㴸玑的項上頭顱啊！」叢云霸瞠目顫抖道。

邢彪倏而持起子午鉞，質問法王何等狀況？摩蘇里奧不發一語，半晌之後，兩壯漢隨即步入密洞，齊於法王面前單膝下跪，同聲喊道：「稟法王，奇拉耶、奇拉喱，已順利驅散火雲教徒，惟火雲教左使倔強逆襲，遂遭咱倆鐵鞭伺候！」

「呵呵，邢教主啊，甫入洞穴之兩壯漢，乃我摩蘇里奧之隨行軍衛，換成中土的說法即是左右雙衛，此乃方才老夫所提，外寇不足為懼之原因啊！至於眼前這兩內賊，尚具利用價值，先留他活口，但對老夫有威脅者，當然得付出代價囉！呵呵，邢教主，咱們可以往密道深處瞧瞧了，沒準兒這兩兄弟已將找到了六稜晶鎮哩！」

法王話一說完，隨即起身，立馬持起枴杖，此一動作，瞬引來邢彪質疑：「法王雙腿因吸收了晶石能量，已回復了精壯模樣，何須再持上枴杖？莫非這玩意兒……另有作用？」

「呵呵，邢教主如此關注老夫舉動，遂想起中土有句話說……小心駛得萬年船！既然提了問，老夫解釋給您聽聽。沒錯！眼下老夫狀況，確實不須再持這�杖，惟咱們將去之處，隱有其未知之能量，為避免發生任何不適，霎時憶起了薩孤齊那串能護身之�魔杉佛珠！而老夫所持楞杖乃覡魔杉所製，攜上它，以期保咱們入洞平安啊！」

「哈哈哈，原來如此。法王行事，面面俱到，足為邢某等後輩之典範啊！」邢彪擔心著法王曾盜走《五行真經》，回頭叮囑道：「叢總召暫於此守著，以防萬一，本座與法王進去瞧瞧就出來。喂……項烿、揚銳，帶路！」

一夥人續前探數步之後，突然！「咔啦……呃啊……咔啦……呃啊……」惟聞筋骨關節砉然之響且伴隨哀嚎之聲，瞬由項、揚身後傳來，二人回頭咄嗟，立顯鉗口撟舌，驚見邢彪突已雙臂下垂、雙膝跪地！叢云霸立馬追上，狂聲喊著：「教主！教主……」，霎時，奇拉耶、奇拉喱來到叢云霸兩側，強行壓制叢之雙肩，使之動彈不得。

「摩蘇里奧！你……這是？你對我施了什麼？你……失了誠信……你這卑鄙的小人！」邢彪吼道。

法王來到邢彪身旁，立自其腰際間取出了水晶球，冷冷道出：「甫見邢教主莽撞地凌空劫下水晶球，害老夫於收斂內力時岔了氣，故須費些時間來調理。閣下如此舉動，何來跟老夫談誠信嘞？呵呵，三稜赤晶不僅強了老夫筋骨，甚讓老夫重登了三重至陰內力！有了這般晶石神力，七七四十九天後，老夫即能再嘗試壓低體溫，一旦尋得突破，勢將啟動我摩蘇家之……摩耶太阿劍！倘若能再獲六稜之能，呼風喚雨，力拔山河，指日可待啊！哈哈哈……」

法王走到邢彪身後，又說：「刑教主之雙肘、雙膝關節，已被吾之寒凝陰氣鎖住，倘若強行出力，關節處恐有碎裂之虞，待三個時辰後，凝氣隨血脈化去，即可自解。」

邢彪再斥道：「法王這麼做，難道不擔心韜隱五霸之計畫生變，甚遭其他三霸圍剿嗎？」

「對對對！邢教主說得對極啦！經爾這麼一提，老夫是該讓邢教主來個半殘，或是全殘？如此一來，其他三霸將認為邢教主無覌魔杉保護，以致遭六稜晶鎮之輻能所傷。呵呵，邢教主啊，過去老夫已騙了你一次精鋼圓錐刺了，你怎還會上當嘞？如此不智，何以再領導火連教呢？不如這麼吧，火連教主因身體不適，今起由叢云霸擔綱代理教主，主持火連教上下教務。至於叢云霸肯不肯順從，就由總召您自個兒決定了。邢教主，失禮了！」

「呃阿……」邢彪突然一聲大叫，原來，立其身後之摩蘇里奧，一彎腰，一掌打入邢彪背脊**督**脈上之**命門**穴，而後以五指挾起龍骨，向上依循**懸樞**、**脊中**、**中樞**、**筋縮**，再接**至陽**、**靈台**、**神道**，直至脊椎第三脊之**身柱**穴而止；隨即再轉身以手虎口按壓邢彪咽喉部，俄頃運起內力，一會兒之後，法王對著叢云霸說：「未來，邢彪將不時因背寒上腦而無以所為，其聲帶凍裂亦無聲可發，既已如此，叢總召即可挾著邢彪，號令火連教，不知叢總召您意下如何啊？」

叢云霸顯出急張拘諸，瞬間跪地，顫抖喊出：「金……蟾法王，所……言甚是，叢……云霸……唯命是從！」

「摩蘇里奧，你這魔頭，欺人太甚啦！」一吼聲從旁傳來。雖說邢彪性情暴虐，但見這般殘害蹂躪，揚銳還是忍不住情緒，於項炥來不急攔阻下，一躍而起，倏來法王身前。

奇拉耶、奇拉喱欲衝上攔阻，瞬因摩蘇里奧雙臂一張而阻止，隨即說道：「你叫揚銳是吧！

所謂初生之犢不畏虎，正是形容爾這般強出頭之年輕人！方才老夫已稍稍感受到少俠溢出之內力，果然是塊練武的料子。然少俠居於邢彪之下，恐不見未來，不如隨老夫行事，保你一生榮華富貴！」

揚銳不屑回道：「甫聞魔頭一句：『老夫已騙過你一次，你怎還會上當？』言猶在耳。叢總召啊！可別步上邢教主之後塵啊！哼，仗著身懷神功，恣意妄為，顛倒是非，蹂躪他人，此等惡魔，我揚銳絕非同其一路！」

法王冷酷回應道：「叢總召啊，方才老夫藉由邢彪，以行即時之教化，亦順勢鬆了下筋骨。此刻，老夫將藉這揚銳，再教化一次項烿，順道試試老夫藉著晶石轉能，回升了多少功力？」法王話一說完，隨即運起內力，對揚銳發出拳腳招式。

霎時，揚銳頻以上臂與腿踝，連連擋下對手出招，旁人見法王之拳腳，紮實而穩健，惟年輕即是本錢，見揚銳腳步移位躍動，靈活如兔，收放掌拳之速度，快如臂猿，以單純之拳腳功夫，揚銳似能速閃擋招，亦能伺機切入敵對招招銜接之縫隙，惟剎那猶豫著境外陰功之詭譎，遂未趁隙施展攻勢。然於雙方對決當下，見對手連連出擊，招招均鎖定關節處下手。為不讓法王之鎖關陰氣得逞，揚銳立於拆招之際，緩緩運起手、足少陽少陰之四脈真氣，藉以固護筋骨關節。隨後更見摩蘇里奧接連使上肘鉤、指扣、展劈、側踢，四式交錯之〈鷹爪扣魚〉式，動作雖大，卻無以及時攻得對手要點。

一旁項烿見狀，甫見識到揚銳之武藝如此高超，頻頻點頭，霎時覺到，「還好已將三稜晶石之能，灌入了揚銳體內，應該防得住法王之陰功才是。不過，摩蘇里奧也吸取了三稜晶石之能，真猜不透他將耍啥詭計？」又想著「嗯⋯⋯以揚銳這般力阻不義之個性，雖會為他帶來不少麻煩，卻是一股撥亂反正之力量，這要是……要是阿銳能吃得下那六稜晶鎮之能，那將會是？不……不成，方才伺機吸取四稜晶石之能，確實有氣脈無以出路，進而壓迫臟腑之感，這麼一來……」項烿頓時掉入冥想之中，隨後搔著後腦，直覺到，「欸……這法子行得通嗎？」

適值雙方交手一陣後，摩蘇里奧因攻不著對手要點，面子有些掛不住，惱羞成怒地持起枴杖，口中開始唸唸有詞。忽然！見摩蘇里奧掌中發出白光，接著旋轉枴杖，隨後即見白光循著枴杖延伸，洞內頓感明顯溫降。

項烿驚訝到，「哇！好厲害的冷卻功力，竟能降下周遭溫度，無怪乎法王要求邢教主，先探掘好通達六稜晶鎮之密道，而後即可發功降溫，伺機靠近六稜晶鎮。不過，法王應沒料到，好不容易蓄得之能量，竟先耗於對付揚銳！嗯……吾亦得想個法子，否則讓那魔頭得逞了，世人恐將遭殃！」

揚銳自覺到，「真是詭異的功夫，莫非法王所醞釀的，即是常師公曾經提過的〈集光陰氣〉？這般看來，得再多用上少陽真氣了。好……這回輪我先發制人了，上吧！」

「喝……」揚銳雙腿蹬於一霎，凌空迴旋，扭腰轉膀，倏朝法王衝去。摩蘇里奧向前移了兩步，斯須揮出枴杖，瞬間與空氣摩擦，「嘯……」的一聲，一道白熾光氣應聲而出。揚銳立以雙前臂作擋，值對衝剎那，揚銳錯估了對手力道，雙前臂竟遭不明力量纏住而無法分開，瞬間失衡，翻落著地，且後退了數步方止。孰料，揚銳分不開之雙前臂，漸趨僵硬，且漸漸覆上了層薄冰！

「哈哈哈，青澀之揚銳雖具壯盛內力，可惜遭老夫結合巫術與鬥術之〈靈蛇纏蛙〉給縛住了，哈哈哈，年輕人終究浮了點兒啊！」

佇於一旁之叢云霸喊道：「法王小心啊！揚銳雙臂似乎呈出了化冰滴水狀態！」

「咔啦……咔啦……喝啊……」

揚銳將原已運上之**手少陽經脈**熱氣，瞬間集衝至雙臂，不僅融了薄冰，亦衝開了〈靈蛇纏蛙〉之束縛。然此同時，揚銳手臂泛出了淡橙光氣，立對著項烿喊道：「項大哥，依著咱們方才所談，這兒由小弟來擋，快將裡頭的支撐石塊推開，就算拚不過這幫魔頭，亦要與他們同歸於盡！」

項烿一點頭，轉身即往密道裡衝去。

大夥兒聽到這番對話後，霎時不知該前進密道，還是往後撤退？僅見貪生畏死之叢云霸，遽然攙起邢彪，直往洞口奔去，並回頭對著法王呼道：「一切從法王所言，在下先走一步啦！」

值叢云霸離去當下，摩蘇里奧吃驚地盯著揚銳，唸道：「經脈武學？不……不可能，龍玄桓的徒弟，沒這般功夫的，你……揚銳，到底啥來頭？」

「龍大師有徒弟？沒聽說過！在下也僅聞龍大師有義徒而已。不過，龍大師的徒孫，倒有這般能耐。沒錯，龍武尊即是我揚銳之師公，如此一來，法王即知有筆臨宣城之帳目，等著咱倆清算呢！」

「喝啊……」揚銳趁著雙臂還熱著，再次主動出擊，立對法王回敬了肘鉤、指扣、展劈、側踢之四式交錯，法王見揚銳以招還招，霎時僅能抵擋為先。然法王僅是一耄耋老人，面對年輕氣盛之揚銳，根本不耐持久消耗戰。

忽然！見奇拉耶、奇拉喱瞬由摩蘇里奧身後竄出，俄而加入了戰局，藉以緩合法王之內力耗損。此刻，奇拉二衛默契十足，分攻對手上下，揚銳趁勢將內能分散於手、足少陽少陰四脈，以上攔、下抵、橫掃、側抄，因應對手之上下攻勢。之所以如此小心應對，實乃慎防奇拉二衛繫於身後之九節鐵鞭。然而面對這般強勢上下聯攻，揚銳已覺向後退了三四十尺之遠，且已漸入密道之裡層，甚感周遭相對溫度漸趨上升。

法王持起枴杖作為護身，隨後發出一指擦聲響，奇拉二衛隨即變換聯攻方式，立見二人交叉出擊於前，法王順勢跟隨於後，逐步朝洞內挺進。揚銳於抵擋中，驚見法王加快了腳步，突然迎面衝來，剎那分心，倏遭奇拉二衛逮住上臂內側之缺洞，法王見機不可失，瞬將三重至寒陰功，匯集於右掌，斯須蹬躍而起，以強大之衝力，一掌直擊揚銳膻中穴。中掌之揚銳，後飛數十尺落地，霎時內寒攻心，旋即盤腿而坐，緊握雙拳，立以手少陰心脈真氣，力抗至寒循經擴散。

「哈哈哈，揚銳，爾中招之處，恰為當年龍武尊身中精鋼圓錐刺之位置，老夫實在想不出，爾何以跟老夫算清帳目嘞？哈哈哈！」

「噓……阿銳，你先別動，你的個頭兒較大，項大哥現躲你背後，沒想到你瞬間後彈，竟飛到這兒來！這兒的溫度較高，法王尚須提升其陰寒內力才能靠近。我告訴你，那六稜晶鎮正於吾後方約莫三尺處，咱們得搶在魔頭發現晶鎮之前，賭上一把。噓……你先別說話，免得岔了氣兒。」

項㷆完話後，將身子橫向側座，又道：「為了使充入體內之能量得以出路，以免壓迫吾之臟腑，大哥只好這麼做了。阿銳，你能吸收多少算多少了，來了……」

項㷆深吸了口氣後，雙臂攤開，以右掌觸及六稜晶鎮，左掌直接抵住揚銳後脊之命門穴。

惟因此處乃位居**火性小腸腑**之後，夾於**水性之兩腎**中間，水火同源，以利蒸騰氣化，真陽遂得以速行周身。這時，項烿以右掌吸能而入，左掌推能而出，倏將六稜晶鎮能量，直接轉輸予揚銳體內。

揚銳瞬覺到，「哇……好強盛的能量！滯留胸膈間之至陰寒氣，已漸漸轉化為蒸汽，並融入經脈真陽之中，幸得項大哥想到了這招！此刻，吾之**手少陰心脈**與**足少陰腎脈**，幾乎已達滿位，剩餘能量即循向**足少陽膽經**，使之固護由腦顱而至腿足之縱貫脈道，最終將全能灌注於**手少陽三焦經脈**。依此推估，新進的這股內勁兒，猶可一展隔山打牛之神技了！」

待摩蘇里奧備妥了至陰內力，立朝揚銳走來，輕蔑說道：「常人胸膈中了老夫之至陰寒掌，不出十二時辰，其經脈將漸漸失去傳送功能，終將一命嗚呼！除非爾已身擁龍武尊之驚人內力，否則，僅此等死而已！哈哈哈！」

奇拉耶突然發聲道：「稟法王，揚銳身後不遠處，似乎是六稜晶鎮之所在！」

奇拉喱則訝異道：「哦……原來那耐熱之項烿，匿身於揚銳身後！」

摩蘇里奧立馬探頭望去，笑道：「呵呵呵……哈哈哈……真是踏破鐵鞋無覓處，得來全不費功夫啊！既已得知晶鎮所在，揚銳、項烿已沒啥利用價值了，不妨交予奇拉二衛處置，老夫尚得專心藉助透淨水晶，移轉六稜晶鎮之能量。」

遭奇拉二衛發現之項烿，立對揚銳留了句話：「阿銳，大哥已盡力了，隨後一切，端視咱們造化了。」

情緒高張之摩蘇里奧，秀出了透淨水晶，再度朝著晶鎮拋出，而奇拉二衛亦同時抽出質重之九節鐵鞭，一臉殺氣地走向揚銳，雙雙對準其頸部，「嘯……嘯……」雙鐵鞭立傳揮擊聲響，但見後續一幕，瞬令法王與奇拉二衛……瞪眼咋舌！

揚銳聞敵對雙鐵鞭甩出後，雙目一睜，雙臂一展，倏擒雙鞭，隨後蹬躍而上。法王見揚銳展開反擊，禁不起再耗氣力對戰，立馬運上內力，唸出：「摩枯撒泥……咪囉吐耶，摩枯撒泥……咪囉吐耶……」接著，一道出自六稜晶鎮之赤色光，直射向了凌空漂浮之水晶球。

「小心，法王開始作法啦！」項烋喊道。

法王施展奇術當下，揚銳一人對決奇拉二衛，凌空立展驚人臂力，陡然將雙臂快速旋轉，雙鞭即成螺旋形式，纏繞阿銳雙臂，順勢藉雙鞭拉力，咄嗟而下，雙腿一踢，直接踹中奇拉二人之胸膈；然此力道之大，瞬令奇拉二衛口鼻噴血。揚銳放開雙鞭後，立充手少陽經脈之氣，雙臂橙熾光氣冒發。奇拉喱不甘中招，持起鐵鞭，奮力出擊，接連使出閃抖、疾掃、斜撩、下劈之攻勢。揚銳不疾不徐，再展〈仙鶴柔頸〉、〈蛟龍旋膀〉，逐一閃過敵對攻勢。孰料奇拉喱接續一強力下劈，竟將石壁劈出了一石孔，倏忽之間，石孔冒出了大量高溫熱氣。原來，該石壁後下方，正是一火山熔岩之支脈，惟因該石壁瞬遭鐵鞭摧擊，遂見得了鬆動跡象。

「小心啊！這密洞石壁已鬆動啦！」項烋叫道。

揚銳以眼角餘光掃向法王，見晶鎮赤光依舊與水晶相接，心想，「洞都快塌了，這貪婪的摩蘇里奧，似乎不把晶鎮能量吸乾，絕不罷休。」

「喝啊……」奇拉耶突甩出六斤鐵鞭，揚銳雙腿一蹬，凌空中揮出右手刀式，瞬發出一新月狀之橙色光氣，立將敵對鐵鞭擊開，怎料奇拉耶失算對手之光氣勁道，瞬間滑手，失了平衡，朝後踉蹌數步，直至後背撞上石壁，接連一滑步，下半身竟滑入熔岩洞。奇拉喱見狀，飛撲一霎，以手拉住奇拉耶，並將鐵鞭一端，拋向距離較近之摩蘇里奧。法王一手接住鐵鞭，另一手正準備施法吸取能量，惟聞奇拉二衛齊喊：「法王，救……我……好燙……」二人似乎愈來愈向熔岩滑去。

摩蘇里奧直瞪水晶，自疑到，「為何透淨水晶不變色？難道是這顆小水晶，無力承載六稜晶鎮之巨能？再則，吾拉著鐵鞭，勢將分化吾吸能之法力。不行，晶鎮已在眼前，吾不能因小失大！」接著，法王將手上鐵鞭鬆開，此舉立讓奇拉二衛持續下滑。

揚銳見法王為己之利，竟放棄營救屬下，眨眼三躍步，抓住滑動鐵鞭之末稍，欲將奇拉二衛拉上。然以揚銳一己之力，撐住並拉回奇拉二衛本無問題，只因熔岩溫高，瞬令九節鐵鞭疾速發燙，奇拉喱即因不敵鐵鞭之灼熱而鬆手，立與奇拉耶雙雙滑落，淹沒於熔岩之中。

「可惡的魔頭，啊……」揚銳喝叱後，隨即衝向摩蘇里奧，縱身一躍，奮力一記雙臂交叉疾速外畫，一交叉光氣隨即發出，直接射向飄浮之水晶球，結果……

「轟……」一聲轟隆巨響，法王之透淨水晶應聲爆裂，當下隨四散之亮光，傳出了強力震波，立馬引來一陣石壁鬆動！

摩蘇里奧驚見轉能水晶碎裂，怒火直衝腦門，持起柺杖與揚銳再次火拼，惟此回雙方對決之環境條件，隨著熔岩石洞不斷噴出熱氣，對法王陰功極為不利。而面對揚銳頻以經脈光氣出擊，法王不得不再施集光內力，且於一次側身旋翻，撲地倒鉤，使出〈蠍尾突刺〉之式，並將三重凝晶炫光，自覡魘杉杖發出，接招之揚銳，突然改以左掌承接敵對之凝晶炫光，隨後蹬腿上躍，以右手刀畫出一刀氣，隨後即聞「咔拉」一聲脆響，瞬將覡魔杉杖摧成了兩截。

「這……這到底是啥樣功夫？」法王驚愕一說後，再叱道：「六稜晶鎮是屬於老夫的，誰也別想擁有！喝啊……」

摩蘇里奧勃然變色後，發狂似地一邊兒朝洞口退去，一邊兒拋出灰霧光彈，瞬將一肚子怒氣，發洩於轟炸石壁，既不讓人再藉此密道，奪取六稜赤晶鎮，更是讓知情之揚銳與項烿，永遠葬身於密洞之中。「轟隆……」

待震動平息，灰塵煙霧散落之後，項烿起身喊道：「阿銳！阿銳！還行吧！」

揚銳將雙拳對觸於胸前，半晌之後，發聲說道……

「項大哥，我不礙事兒的，多虧項大哥想到直接將六稜晶鎮轉輸之法。方才刻意收了法王所發寒氣，為的是抓住時機，毀了他的枴杖，亦藉此再試試吾和解少陽寒熱之能力。惟此見得，六稜赤晶鎮之能，實已強化了吾之少陽、少陰經脈；而項大哥亦練成了一手吸能，一手釋能之功。自此，項大哥已是真正擁有熱傳導神功之高人了！」

「呵呵，身擁神技而能助人，吾已知足矣！」項烿又說：「六稜晶鎮之能，實在驚人，項某無福消受。倒是，經歷這回的晶鎮傳導，自體之儲能能力，似乎較以往強上數倍，沒準兒哪天體內蘊積之熱能，足以令吾釋出火焰哩！」項烿瞬轉沮喪，又道：「咱們這對難兄難弟，雖逃離了總壇，亦激發了身體潛能，卻被困在這兒，真是英雄無用武之地啊！以這兒到洞口之距離，若採搬移崩塌岩石之策，恐得費上三五個月，就算咱倆熱不死，沒了食物以祭五臟廟，遲早也會餓死！」

待費去大半天觀察周遭之崩塌狀況，項、揚二人仍處於無計可施窘態！

突然！「喀隆……喀隆……」項烿敏感叫道：「欸……地層似乎在震動耶！不……不會吧？不會巧於此刻要火山爆發吧？」

「不無可能！這震動越來越明顯，似乎有岩漿要滾向這兒來了。哇……快找地方掩護啊！」揚銳喊道。

「喀……喀……喀……哇……石壁裂開啦！這兒要崩啦！」項烿喊道。

半晌之後，不見石壁裂處噴出岩漿，卻是冒出大量土礫塵灰。

揚銳驚覺有異，隨後見得一黑影自裂處探出，二話不說，立運起**手少陽三焦**真氣，霎時雙臂發出橙熾光氣，晦暗之中，頗為耀眼，頃刻間聞一低聲發出……

「欸……經脈武學之橙熾光氣？喂喂喂……別衝動，慢慢兒來，別急著發功啊！這兒是會塌的。嗯……依年紀觀之……爾是那擎中岳？還是那叫揚銳來著？」

「何方神聖？怎能穿牆遁地？又知曉在下揚銳之名？」

這時，驚見一巨大拳頭，瞬間發出橙光，隨後發聲道：「經這般釋光，爾應知曉，咱們與龍大師是同一路子的。吾乃……咳咳……昔日嵐映五俠之一……豫麟飛！」

「豫麟飛？真是那嵐映湖之堅甲威漢！」揚銳收回架勢，拱手道：「豫前輩，晚輩揚銳失禮了！身旁這位是項烿大哥。豫前輩，歐……不不……晚輩該稱您一聲豫師叔才是。」

「喂喂喂，吾與眼前項兄弟年紀相當，只是長得老陳點兒罷了。我要凌允昇叫我聲大哥，你揚銳也是。好了好了，沒時間啦！這兒快被震垮了，快隨我離開這兒吧！有啥事兒，到外頭再說。歐……對了，打這兒出去會遇著地底伏流，爾倆會游水吧？」

揚銳隨即點頭，惟見項烿靦腆說道：「我……我是……旱鴨子！」

豫麟飛立馬拾起擱置地上的兩截枴杖，抽了條繩索綁牢，道：「僅能這麼做了！項兄弟握著這桿兒，隨我拖著走，揚銳隨吾後頭跟著，注意啊！阿飛哥可是快如蛟龍，別跟丟啦！」

「豫……豫大哥，來吧！揚銳會跟上的。」

情急之下，項烿與揚銳二人，立馬跟著豫麟飛穿出山壁，攀爬一段岩層地洞之後，即聞潺潺水流聲，霎時一陣清涼感湧上，接連聞得「噗通……」之幾聲水響，三人倏循著地底伏流，離開了赤晶窰洞。不久之後，隨即聽聞原窰洞方向，傳來陣陣岩石崩塌聲……轟隆……轟隆……。

第廿三回 怙惡不悛

萬頃煙波覆漫江，猶有世間蒼茫樣，川上群島如綴飾，浮遊漁家勤佈網。

靈沁江北，軍強民興；河水之南，芒草茂盛。觀江南之紫郁樓，水綠山青，水木清華，江北卻見築埠撈金，惟恃推估而揮金潛探，凸顯人之貪婪百態。

紫郁樓順江而下卅里，廿四群島紛立，惟一島無人往來，遂得孤雁之名。眼下該島一反往常，見三人匆匆登島，放眼本無建物，孰料叢草之下，竟存一遮蔽風雨之居所！

「來來來，隨處坐坐啊！嘿嘿，阿銳臂力真不錯！尚跟得上我阿飛之游速啊！」

「論游水，阿銳……尚稱一般，惟阿飛哥拖著項大哥，阿銳才得以跟上，否則……」

「嗯……說到這兒，倒是見那紅皮膚老兄於後頭嚇得臉都翻白囉！唉……真是不好意思，讓項兄弟暈船啦！阿銳，項兄弟這般狀況，可否藉醫藥搞定嘞？」豫麟飛問道。

揚銳立為項姚辨證，隨後表示，項大哥之儲熱禦外特質，應不致外感寒邪。倒是聞其呻吟骨痛，不得觸碰，此乃「拒按」，再聞其排尿不易，不惡寒但惡風，可辨證為：**風濕相搏，骨節疼煩掣痛，不得伸屈，近之則痛劇，汗出短氣，小便不利，惡風不欲去衣，或身微腫者，甘草附子湯主之**。

阿銳又說：「此方重用**甘草**之理，乃藉以健脾祛濕，且**甘草**能緩、能和，亦能補益，緩急止痛；而**白朮**可增強健脾祛濕之作用，再取**炮附子**以溫經扶陽，散寒止痛，輔以**桂枝**行辛散溫通，通陽化氣，四藥合用，始得**溫經除濕，祛風和營**。」

「呵呵，阿銳頗有你龍師公辨證之貌！昔日龍師父叮囑過，尚得記住相關之**桂枝附子湯**、**白朮附子湯**用法，唯吾都混於一塊兒去了。」豫麟飛說道。

揚銳回應表示，阿飛哥所述之另二藥方，其同治**陽虛不能化濕之風濕相搏證**，三藥方之差異在於……

桂枝附子湯（**桂枝**、**炮附子**、**生薑**、**大棗**、**甘草**）乃針對**風邪重於濕邪之表陽虛**。

白朮附子湯（**白朮**、**甘草**、**炮附子**）則是治**濕邪重於風邪之表陽虛**。

甘草附子湯（**甘草**、**白朮**、**炮附子**、**桂枝**）則是治**風濕兩盛之表裡陽氣俱虛**。

「呵呵，我豫麟飛還是潛水掘洞救人較實際些。過往只要談到醫藥分析，吾就得倚靠三哥牟芥琛了。」

揚銳於生火煎藥時，問道：「這江上諸島，怎此島如此荒涼？奇異的是，這兒竟是座木造居屋，要不是阿飛哥帶路，根本不知這島上有住家啊！」

阿飛說道：「這一帶大大小小共廿四小島，唯獨這孤雁島無船家靠近！經吾長期水中觀察，發現江中之魚鰻蝦蟹，亦不近此島周圍。漁家既不在這兒浪費時間，甚而傳出登島者將有厄運！既然沒人來擾，此即我豫麟飛能自在窩在這兒之原因。至於魚兒不近此島，這倒是懸了！」

揚銳瞧了下周遭，道：「眼前所見格局，無疑是個極為古老的船艙嘛！」

「沒錯！這兒正是一艘大型古船，只是擱淺在這島上後，因自然風化與地層發生異動而下陷。甫遇島上埋著一艘船時，裡頭確實留有乾裂之蝦蟹嘞！」阿飛回道。

「怪了！阿飛哥好端端地在這兒，怎知道赤焱山之密洞裡有人，甚而前來搭救呢？」阿銳問道。

阿飛回應表示，本是前來南州水域，察探中、東二州合撈古物一事兒，孰料於經過淺塘港埠時，突感一陣地底震波，接著循江川支流而上，仍不時覺到震波溢出；惟因這般震波不似火山脈震，恐出自人為所致，遂溯著震波源頭，查探究竟。阿飛又說：「說真格的，爾倆若是被困密洞當下，想活命的話，或可朝著赤焱山北麓一試！畢竟當年尚未有不兆之說時，南離王欲建朱雀大殿，其掘地道之工程結構，應優於西麓已崩塌之密道才是。吾倒想反問，爾倆那兒不去，怎會困於那西麓密道裡嘞？」

「咳……咳……咳……」項烿突來的咳聲，岔斷了豫麟飛之問話。

項烿於服下湯藥後，體內之熾熱儲能，似乎漸漸運轉了起來。而後發聲道：「唉……吾自幼以來，身壯如牛，怎料遇上身體不適，竟是這麼難受之事兒啊！」話一說完，項烿起身，四處摸索，不時地以鼻嗅聞。

「怎麼了項大哥，有何不對嗎？」揚銳問道。

項烿持起一物說道：「自進到這兒來，直覺一份怪異感充斥，原以為是身體不適所致，這才察覺，來……爾倆先嗅嗅看！瞧，吾手中之所持，乃豫大俠作為游水拖曳項某之木桿，其上有股明顯怪味兒，隨後二位不妨再聞聞這古船艙之木料兒。」一會兒之後，項烿又說：「上述二者氣味，是不是很接近啊？」阿飛與阿銳比較後，紛紛點頭表示認同。

項烿又說：「此二木桿即是遭阿銳切斷之枴杖，若沒猜錯的話，豫大俠發現的這古船，應非屬我中土所造，而這艘古船材料，其實就是……」項、揚二人齊聲道出……覝魔杉！

揚銳恍然大悟，點頭話道：「吾大概已知曉，這島為何無魚蝦兒靠近了，原因即是出於這覝魔杉！見阿飛哥拖曳著項大哥時，阿銳於後方發現，江中魚兒確有驚慌亂竄之象。依此類推，眼前已風化腐朽之船體，其木頭氣味仍不斷散發，待擴散至島之周圍，魚蝦自因排斥氣味分子而紛紛遠離。」

「啥是覝魔杉？」豫麟飛顯出不瞭之貌，揚銳遂偕項烿，詳實地將二人自火連教總壇，以至密洞中力戰摩蘇里奧之經過，為阿飛描述一遍。

豫麟飛聞後甚為驚訝，此一描述雖讓阿飛瞭解了項、揚二人何以困於密洞，仍不免氣憤道：「這個摩蘇里奧，真是唯恐天下不亂！」接著又說：「原來常真人曾述及之精鋼圓錐刺，是這麼個來頭啊！阿銳，甭說是龍武尊之徒孫要找摩蘇里奧清算帳目，一旦讓我豫麟飛給遇上，定讓他瞧瞧，何謂經脈武學中之『三陽齊發』！」

阿飛一陣咬牙切齒後，靜思片刻，待理了頭緒，遂將藥對王荊双兌述及清森方丈救起沐野，以至親自參與濮陽城營救聶忞超之一切，詳實地為項、揚二人描述了一番。三人依循各方線索，抽絲剝繭，明瞭覡魘杉乃源自狐基族境域後，三人不約而同，抬頭瞧了一下船艙四周，接著三人互看，而後齊聲表示：眼下所處古船，恐是當年之……運金船！

揚銳認真說道：「依著線索推得，中、東二王之打撈計畫中，這兒即是五船之一。換言之，五運金船循靈沁江入中土後，該船隊很可能各自分散，只是……咱們所處這一船，於卸下黃金後遭棄置，進而擱淺於這孤雁島，而此船之原目的地，究竟是？」

「哈哈，倘若當年每一船皆上了岸，薩孤齊那禿驢說得口沫橫飛，力邀雷、嚴二王打撈沉船，豈不白工一件？」阿飛笑道。

揚銳則認為，若依韜隱五霸密會之內容，或許該撈船計畫，僅是聲東擊西，迷惑財迷心竅者而已，真正有默契者，薩孤齊與摩蘇里奧也！他倆老謀深算，一搭一唱，其目的恐是……架空中、東二王！

大夥兒湊得相關線索後，待四處摸索之項烿，查探到了舵手輪盤旁，洉然發聲道：「呵呵，看來，項某找到了這艘古船之另一線索啦！」

阿飛與阿銳俄而上了舵手台，項烿直接指向位於舵手台上之刻痕，其上顯著……

「雙角泥牛，肩脊擔斗，言聽計從，耕運兼行。」

豫麟飛與揚銳一看再看，嘴裡唸了數回，仍是丈二金剛摸不著頭腦？

「這是哪門子線索啊？四句話全沒提及與這船有啥關聯？」揚銳說道。

項烿於甲板上來回踱步，雙目不時盯著刻痕處，一陣冥思之後，露出了心領神會之笑容，輕鬆地回問著揚銳：「初被押來火連總壇時，還記得大祠堂內有啥醒目之物？」

「醒目之物？祠堂內除了神像、祭案、鼎爐之外，頗引人目光者，應是祠堂之正上方，吊掛著一對兒牛角，再則即是一旁掛著一碩大銅吊鐘吧！其餘印象不甚深刻。」揚銳回道。

「呵呵，沒錯！容項某說個故事，順勢解這四句吧！」項彬接著描述表示……

「話說先父項銓，曾任斛祖師之輔手。聞父親曾述斛祖師於年幼時，家本清寒，務農維生，飼一水牛，此牛之壯碩，其肩胛可承重物，日可犁田數頃，運物亦不畏路途遙遠，終而助斛氏脫離貧困。祖師爺感念此牲，留其雙犄，並於創教時，以牛角為火連教之標誌與象徵，而火連總壇所吊掛之牛角對兒，即是當年所飼水牛之雙犄。對照刻痕四句，可推得，此船應該與火連教有關。」

「若真有這故事，依年代推估，此古船擱淺時，應早於斛祖師創教數十年，怎會牽涉上火連教？難道……此船所載黃金，運抵了火連教？火連教若有了這筆橫財，招兵買馬，根本沒有盧燄出頭之機會啊！」豫麟飛分析道。

揚銳直盯著那四段刻痕，半晌之後，說道：「項大哥所述之過往，確實有助古船事件之推理；這艘船原目的地，應該就是……南州！」又說：「值五運金船事發當時，與火連教並無關係，惟聞摩蘇里奧提過，當年有五位中土探勘能手，合力協助曲蚺長老，分駕五船來到中土，而駕駛咱們所處這艘古船者，答案就在上述詞句之中。」

「沒錯！」項彬肯定揚銳之推述後，手指著刻痕，逐一解之……

「雙角泥牛」取其角字，「肩脊擔斗」取其斗字，「言聽計從」取其言字，「耕運兼行」

取其兼字，即為角、斗、言、兼四字。然而，合以左角、右斗即為……斛，左言、右兼乃為……謙；換言之，當年佇於這舵手台上之掌舵者，即是火連教斛衍煜祖師之父……斛謙！

豫麟飛聞後，頻頻點頭，表示認同。

揚銳接著剖析道：「若將常師公轉述釋星子所述之『磐龍仙翁』傳說，再對照摩蘇里奧所述狐基族之曲蚺長老，幾可指出，傳說中的磐龍仙翁，極可能就是曲蚺長老！然曲蚺長老運送黃金是一回事兒，真正運送的應是傳說中之青雙犄、赤鬣鬚、黃銳爪、金堅鱗、黑韌尾；再對應五行五色之說，這赤鬣鬚即是深埋於南州，而十多年前的中土大地震，因地層之變動，以至赤鬣鬚被推擠而出。換言之，吾等三人與逃走的摩蘇里奧，實已遇過傳說中之赤鬣鬚，而該物即是朱雀洞窟裡頭之赤晶石！眼下這艘古船，應由當年斛謙所駕馭，以期將赤鬣鬚運往南州。」

項烑同意了揚銳之說，並附議表示，斛祖師煉製圓錐刺所用之三稜赤晶，應是其父斛謙所留才是。

豫麟飛點頭道：「經由爾倆兄弟之推敲，咱們幾可洞悉，揚銳所提之韜隱五霸，其真正之目的，即為了奪取曲蚺長老於中土五州安置之六稜晶鎮，藉以換取更大的能量。然事件演變至今，薩孤齊已藉沁茗方丈，掌控了東州菩巖寶剎；摩蘇里奧亦藉由叢云霸，掐住了南州最大教派。所幸得了項兄弟之助，使揚銳藉六稜赤晶，整合了手、足少陽少陰經脈，增添了撥亂反正之力量。」

「歐……對了，於密洞內初遇阿飛哥時，曾提及了凌允昇大哥！揚銳許久未見著他，可有其消息？」

豫麟飛搖頭道：「僅聞藥對王提過，前陣子阿昇出現於北州，而另一叫龐鳶之女子則於東州。嗯……我看這麼吧！吾依舊巡行於三江五域，一方面勘查各地情況，一方面伺機尋找凌允昇。還有一小子叫什麼擎中岳的，耳聞其曾現身於惠陽城之獵風競武！一旦聯繫上了，不妨一塊兒到宮辰山陽昫觀請教常師伯，或許對現今之時局，可聞得另一見解。」

「什麼？獵風競武？太……不可思議啦！忠厚之中岳哥，竟會參與競武？」揚銳訝異後，又說：「中岳哥的**陽明**、**厥陰**內力，很厲害的；還有那龐鳶師姐，其藉**衝**、**任**雙**脈**內力，使出〈飛羽刺〉與〈雙箭摧〉之絕技，獨一無二，無人能及，倘若再加上凌大哥火力十足之**太陽**、**太陰**神力，那就……」

「咳……咳……」豫麟飛突然發出了咳嗽聲。

「啊……當然還有銳不可當、堅不可摧，身擁三陽神力之豫麟飛大俠，始足以擔當咱們強大後盾啊！」揚銳隨即補充道。

這時，項㷉語出驚人地道出：「據此情勢而論，我項㷉還是得回火連總壇了。」

「什麼？咱們好不容易逃出來了，為何項大哥要再回去？」揚銳驚愕問道。

「以我項㷉之特質，對火連教尚具利用價值，回往總壇後，定回到總壇底層掘火焰石。能如此，即可臥底於火連教，畢竟除了阿銳外，僅剩項某能監視，甚至拆穿叢云霸之惡行。如孟鈁長老所言，教內尚有許多正直教徒，火連教本質是正的。而今邢彪已形同廢人，叢云霸恐將一手遮天！項某回去幫孟長老，以防範法王藉叢云霸之手而恣意妄為。此事不宜遲，待吾理好元氣，隨即回往總壇！」

數日之後，豫麟飛依舊將繩索繫上一竹筏，解決了旱鴨子的游水問題。大夥兒於孤雁島互道珍重後，豫麟飛一入水，項烿立緊抓竹筏，俄而朝群島南向駛去，一溜煙即消逝於清晨之川江薄霧中。

揚銳轉身之後，緩步走向孤雁島北側。忽然！見一中型運船正由群島北側，逐漸靠向一綠樹叢生島嶼，不禁覺到，「怪了，眼前運船，不見其運載重物，卻吃水甚大，將貨物全堆進船艙嗎？且趁清晨之際登上小島，頗不尋常。欸……又見另一艘船靠近該島，難道是走私嗎？嗯……不妨趁著薄霧未散，潛游至該島上，探他個究竟唄！」

「唉……呼……呀……伍大哥啊！給點兒水吧！我……快渴死啦！」船上一人呼道。

「混帳東西，吵……吵什麼吵！爾等再嚷嚷不停，進而遭中州水軍發現了，咱們就吃不完兜著走啦！」伍老大叮囑道。

待另一船登島後，見三人下了船，立馬被藏匿樹上的揚銳識出是火連教徒，帶頭者乃費三郎，隨後見得原先登島之運船，陸續押著十來人走了出來。

「費大人啊！這回打北州尋得這幾個丁兒，下個月，在下會再前去東州找人。」伍說道。

「伍老大啊！中州多的是人啊！何必捨近求遠嘞？你是知道的，此刻咱們掘礦之礫奴，缺得厲害啊！」費說道。

「呵呵，我伍乘江，白粉、痲藥、煙草、私酒，什麼生意都做，但老命可得保著點兒啊！上回在中州販人，不巧被那神鬣門盯上，幸得那叫芮猢的大人肯收賄，今兒個伍某才能站這兒啊！而今在下已被貼上標籤，若一年半載內於中州再犯，就得登絞刑台了呀！」

「我說……伍老大啊！這回就這麼十三個奴啊？甚見得年齡稍長者。下回若沒廿個年輕男丁兒，暫別通知啦！我費某人尚有其他船東得接洽哩！」

「十三個？不對啊！應該是十四個才是啊！」伍乘江搔著腦門疑道。

伍老大仔細瞧了一下，「不對！尚有一個皮膚白晰的年輕人才是。」話完後，隨即抽出腰間短刀，走入了船艙，半晌之後，見得伍老大拉著一年輕小伙子出來，聞該小伙子直嚷著：「放開我呀！你這個魔頭！收了咱們的錢，說好帶咱們到外地幹活兒，竟是個人口販子！」

「呵呵，能掙脫束繩，算你有本事兒！但擇於孤島上交易，爾能逃到哪兒去嘞？認命吧，死老百姓！」伍老大一話完，隨即拋出一繩索，欲再纏住該小子，孰料這年輕人瞬間側閃，竟將原紮好的髮帶甩鬆了，霎時甩出了及肩之長髮！

伍老大與其他在場者見狀，無一不驚，「你……妳是個女的？無怪乎細皮嫩肉的。」

「嘿嘿，伍老大啊！原來還留了這麼個橋段啊！既然有這麼漂亮的妞兒，到咱們壇裡當礫奴，多可惜呀！還是……拿這角色來慰勞慰勞咱們幾個弟兄，我就算收你十五個奴，怎麼樣啊？嘻嘻」費三郎輕挑說道。

「呵呵，這妞兒可是我伍某人逮到的，欲與費大人談條件，理當到吾船上談，這才叫有福同享，有難同當啊！哈哈哈，走……一塊兒押她上船去！」伍老大喊道。

「你們幹什麼？放開我，放開我……」長髮姑娘直嚷道。

伍、費二人各拉著小姑娘腕臂，直朝運船上拖拉時，瞬聞「啪嚓……啪嚓……」之衣衫擦擊聲響傳出，一蒙面人自樹上躍下，隨即一正踢，迴旋再一反踢，彈指間將倆逞慾惡徒，踹飛數尺之遠。

「什麼人？竟敢阻礙咱們辦事兒？」伍、費二人立馬操刀，狂聲喝叱道。

「伍老大啊！你是真聽不懂？還是記不住教訓嘞？吾乃獵風競武晉級，現編列於神鬣門芮猁手下之……張強！芮大人有令，若遇作奸犯科者，即可強行拘提；遇累犯者可先斬後奏！上回我芮大人已放爾一馬，然眼前之所見，不僅販人，更涉猥褻，照理說，吾可就地了了你再說！」

伍乘江隨即跪地求饒，「張大俠您饒命啊！伍……伍某是不得已的，是……是火連教跟伍某要人，才會……」

「呸……好你個伍乘江！是你通知咱們到這兒，我火連教怎敢做出這般喪盡天良之事兒嘞？」費三郎反駁道。

「那麼……一旁被綁的十來人和這姑娘，怎會到被帶到這兒來嘞？還想狡辯！」張強又說：「吾來此之前，走了趟南州，恰巧遇上火雲翟堃教主偕同湧珁左使，逞兇圍攻火連教徒，火雲黑白不分，竟向吾揮刀，不出三招，吾已取下湧珁左使之腦袋，現反遇上火連教徒違逆人道，看來……」

「張……張大俠饒命啊！」這回換上費三郎磕頭求饒，又道：「小的確已聞火雲教左使遭一高手砍下了腦袋，不知正是張大俠您啊！大俠饒命啊！小的也只是奉命行事而已。」

張強猶豫了一下，道：「也罷！反正這兒算是中、南二州之交界，吾暫以虞犯行為視之，爾等即刻將諸船客給鬆綁了！」接著，張強轉身朝小姑娘走去，孰料伍老大見張強手無利刃，遂對費三郎使了個眼色，對著張強的背影，二人斯須提刀衝上，趁機殺對方個措手不及！

「大俠……小心後方！」小姑娘慌張喊道。

張強耳朵一豎，轉身一霎，左右雙掌併攏，立朝伍、費二人振臂一甩，惟見兩道新月狀光氣飛出，雙雙擊中敵對手腕背橫紋尺側之陽谷穴，此穴乃手太陽經脈氣血，吸熱脹散而上炎天部，此穴位遭擊，難免一陣酸麻，瞬見二刀直落了地。費三郎之兩屬下見狀，火速為十來奴工鬆綁；伍、費二人見刀械已落，一不做二不休，二人拳腳上場，合力圍攻張強。

霎時，小姑娘將甫掙脫之繩索拋出，張強翻躍咄嗟，凌空接住，而後使出左移右轉步伐，倏以〈攔擒扣手〉，左攻出擊，再配合〈猿臂肘鉤〉，右向力纏，如此一擒一纏攻勢下，不一會功夫，伍、費二人即背對背地遭繩索捆住，動彈不得。

費三郎見張強走近，隨即尿濕了褲子，求饒道：「張……大……大俠，小的全聽您的，別……別砍我頭啊！」

「是……是啊！張大俠，這兒有袋銀子，伍乘江雙手奉上，只求饒恕小的一命！」

「哼！又想買通行賄，信不信我張強，直接押你去見芮大人，看芮大人怎處置？」

「啊……嗚……」一聽要去見芮大人，伍老大驚愕連連，不禁嚎啕大哭！

張強回頭問及小姑娘之稱呼。「哦……感激張大俠，小女子……研馨！」

「研姑娘，麻煩將伍老大這袋銀子，分予那十來船客。」接著，張強對著大夥兒喊道：「眼下島上有二船隻，一船將順江而下，駛往中州淇隆港埠，另一船將溯江而上，不久即可遇中州正興建一臨時埠頭，耳聞該處正急徵打撈運工，諸位可自行選擇去處。」

「喂喂喂，那那那……咱們倆怎麼辦嘞？」伍老大問道。

張強立指著費三郎兩屬下，令其分駛上述二船，直至方才所述之地點後，再駛回這兒，解開伍、費二人之繩索。話一說完，兩船客領了錢後，奔了過來，雙雙揮拳，直往伍老大腮幫子而去，怒道：「格老子地，騙了咱們銀兩還不給水喝，真是可惡至極啊！」接著，二人謝過張大俠後，隨即登上了欲往船隻。

待大夥兒紛上二船後，張強見小姑娘一副猶豫貌，不禁一問：「研姑娘何以不登船？莫非尚有難處？」

「不瞞張大俠您說，研馨本南下尋找失聯之胞弟，而今一場空，頓時不知去向？」

張強搔了搔腦兒，道：「既然這樣，我想……港埠搬運之勞作應不適於妳。這麼吧，吾將前往中州，一路上有何需要幫忙的，咱們再討論好了，上船吧！」

研馨有些質疑道：「張大俠如此行俠仗義，為何一直蒙著臉？且大俠之行事風格，相較於傳聞中，不可一世之神鬣門，出入甚大，難道……研馨錯看了神鬣門？」

「噓……研姑娘，在下僅是個路見不平之人而已，並非神鬣門的人，只因為那費三郎認得我，故出此下策！趁吾身份尚未被識破，走……上船吧！或許路上再跟研姑娘解釋來龍去脈囉！」

待船抵中州淇隆港埠後，張強於一綠蔭下之歇腳亭中，坦承了真正身份，並將於火連總壇當礫奴，以至登島遇上伍、費二人之始末，詳實對研馨描述了一番。

「原來如此，無怪乎揚大哥擔心被那費三郎識出身份。」研馨話後，隨即表明了來自北州北江縣，甚而提及當地所生狀況。

「什……什麼？研姑娘於北江何思鎮，遇過一人……名曰凌允昇？」

「真沒想到，因緣際會，研馨竟會於南州遇上凌大哥之師弟……揚銳！」話後，研馨將凌允昇於北江所為諸事，娓娓述出，並表明極為羨慕凌少俠能熟醫救人。惟自凌離開北江後，何思鎮因不明凜寒頻襲，致使諸多年長者，身患風寒而逝，居中亦包括了研父在內。又說：「舍弟研懋為分擔家計，遂往外地找活兒幹，經打聽後，許多人均上了伍老大的船，前往外地打拼。吾擔心失聯多時的研懋，上了賊船，遂決定扮起男裝，登船一試，結果……」

「研賢弟吉人天相，或許賢弟正於中土一隅勤奮中，沒準兒被咱們遇上。」揚銳又說：「倒是……研姑娘若對習醫有興趣，在下或許能幫得上忙，畢竟揚銳與凌大哥皆是陽昫觀常真人之徒孫，對於醫經藥理，略知一二。」

「太好啦！來日凌大哥定會大吃一驚的。只是……習醫會不會很難啊？」

「研習醫經藥理，貴在心懷決心、毅力與領悟。研姑娘有了決心，即已具備踏進醫界之首要條件啦！」

「以研姑娘為稱呼，怪彆扭的，自此，吾稱您聲銳哥，您直呼我阿馨好了。」

「好，就叫妳阿馨！不過，老實告訴妳，習醫最重要的，就是要懂得固護胃氣！然而，餓亦是一種症狀，走吧，咱們先往城裡治這餓症吧！」揚銳話一出，兩人頭一點，二話不說，背起行囊，齊朝著淇郁城方向而去。

放眼蒼翠，林木叢生，普沱江東之漁港商埠，除漁獲木料之外，另一進出大宗，惟屬酒品為最。然因東州釀酒不盛，風味不佳，多以中州製酒輸入，以供當地所需。然眾酒商之中，論其經營規模與人脈廣闊，唯木雰城之魯靖莫屬，其所創之「恆翠坊」，更為東州政商酒品之代號。一日，一對男女向魯府扣門求助，魯府接濟之後，立轉低調對外，只因受濟者乃魯靖之拜把兄弟……聶忞超！

「魯大哥，不好意思，小弟這回叨擾您了！」聶忞超恭敬說道。

「呵呵，快別這麼說，當初若無聶城主拉一把，老哥恐仍是個埠頭運工而已！倒是阿超失蹤這些年，老哥亦四處打聽，怎料爾就被困在濮陽東城門之下！多虧了這位蔓姑娘熟悉醫術，連日來不斷為阿超熬煮草藥，現已去了水腫，否則，以爾倆叩門當夜之相貌，還真認不出是超弟嘞！歐……對了，蔓姑娘，這是妳昨兒個開的藥方，爾倆不方便外出，吾已差人帶回了藥材，只是……聞阿超發聲氣力是好了些，惟體態依然形銷骨立啊！」魯靖關切道。

蔓晶仙謝了魯大哥攜來的藥包，隨即表明了聶城主之身體概況，惟因脾胃氣虛夾濕，飲食不化，胸脘悶脹，面色萎黃，舌苔白膩，脈動虛緩，醫經亦云「**脾胃乃氣血生化之源，五臟之脾，主肌肉，主四肢，主濕、統血**」故需藉**四君子湯**之**人參**、**白朮**、**茯苓**、**甘草**為基，以健脾補氣、和中滲濕，輔以**山藥**、**蓮子**以助**四君子**補脾益氣；**白扁豆**、**薏苡仁**助**白朮**健脾滲濕；藥行脾胃二經之**砂仁**，可醒脾和胃，寬胸理氣，再藉**桔梗**宣肺利氣，交通上下，輸佈津液以養周身，終以**甘草**、**大棗**調和藥性，補中益氣，諸藥合用，補其虛，除其濕，行其滯，調其氣，始達益氣健脾，和胃滲濕，以養生肌，此乃傳世名方……**參苓白朮散**之應用。

「啪……啪……啪……」魯靖拍手以示佩服，並說：「阿超啊！看來，老天爺可沒讓你白受苦啊！蔓姑娘這般伶俐貼心，你可得好好地把握喔！哈哈哈……」此話一出，聶、蔓二人尷尬即時，聶忞超為緩氣氛，隨即問道：「大哥，入宿諸日來，忞超未能當面與大嫂寒暄，別來無恙吧！」

魯靖嘆道：「唉……屆臨一定歲數後，病痛不請自來，尤因內人年屆更年之期，失眠、多夢、煩躁、焦慮、恐懼等惱人症狀不少，又伴隨一陣陣莫名烘熱感，且夜裡盜汗，甚而哭泣流淚。雖已請來諸位大夫診治，逾半年來，不見改善，直到前陣子，咱們木雰城來了個年輕女醫，藉著城南之清善庵為人診治；惟因是一女尼廟寺，故多引城內婦女前往，或因女患之於女醫者，遂少了隱忍與襟持。耳聞城中諸多婦人之妊娠胞宮等病證，皆經其診治而癒，今早遂令丫鬟陪著內人前去了清善庵。惟內人之證未解，故一直未敢前來西廂房打擾，以免讓人看了笑話！」

「哪兒的話，還擔心大嫂因小弟模樣兒而驚嚇了！敢問魯大哥所提之外來女醫，可有個名號兒？」

魯靖回道：「耳聞此女醫來自中州，是陽晌觀常真人之徒孫女，名曰龐鳶！」

「龐鳶！原來是她！」蔓晶仙驚訝道。

「蔓姑娘認識這龐鳶姑娘？」聶問道。

蔓立回應表示，於搭救聶城主前，曾聽聞藥對王與豫大俠提及龐鳶、凌允昇、擎中岳與揚銳！四者之武藝，乃由當年嵐映湖之龍武尊所啟蒙，亦同是常真人與龍大師之徒孫！

魯靖說道：「原來那女醫者即是『經脈武學』之傳人啊！聽丫鬟提及，曾偕其母前去清善庵治症，驚見龐鳶手掌發功，為其母暖了經脈，並促使氣血運行。魯某本以為該丫鬟胡謅，眼下聽了蔓姑娘如此一說，吾大可放心內人前往了清善庵！」

蔓晶仙隨後想著，「待聶城主較穩定後，找個適當機會前往清善庵瞧瞧。」

「歐……對了，魯大哥這些年來所經營之恆翠坊，可有因忞超之失蹤而受影響？」

魯靖回想後表示，當年嚴翊寬出兵中州濮陽，全東州進入戒嚴狀態！吾之恆翠坊因無法聯繫中州製酒業，頓時失了供貨來源。然中、東之交戰，波及雙方交流，自此百業蕭條許久，憶得當時恆翠坊酒窖裡之多年庫存，幾乎被一大人物包辦，此人即是穎梁城主……余伯廉！

魯靖又說：「由於余城主身繫東州政商諸管道，亦是正東與益東二派之橋樑，身份特殊，故每遇余府下訂，均由我魯靖親自送達。一日，魯某遇上東州稅務坊……房令岀總管、運務坊……唐文沖總管，齊於余府作客，難得諸要官齊聚一堂，魯某遂豪氣提供隨車之數十罈美酒以助興，立得余城主力邀共飲。當下，魯靖即納悶？余城主之獨子余翊先，正於前線衝鋒陷陣，余伯廉怎有興致把酒暢飲？待三人酒酣之後，一陣酒入舌出，才知曉，原來性情剛烈急躁，一心主戰之嚴翊寬，實為益東派之絆腳石，奈何嚴翊寬乃嚴東主之長子，根本動他不得，孰料一人物之出現，竟將嚴翊寬這眼中釘拔除，任誰都料想不到，此人即是嚴東主之次子……嚴翊廣！」

此言一出，震懾在座，聶忞超不禁憶得，昔日嚴翊廣造訪濮陽，忞超曾親自招待，當時即生一直覺，此人城府甚深，應非合作之對象。孰料嚴翊廣竟是個為剷除異己，甚而不惜親情之人！

魯靖接續指出，嚴翊廣藉余城主熟識中州國師薩孤齊，三人自編自導自演，經由翊廣之佈局，順藉翊寬之手，施以蒙幻重劑，以致嚴東主與曹崴總管癱軟昏睡，而後翊廣假借遭翊寬追殺，俄頃離開東震大殿，待嚴翃寬攻入濮陽時，實已漸遭架空，終因叛國，上了絞刑台！

「難道？此一動亂，余伯廉和唐、房二人，皆無入戲角色？」聶問道。

「僅聞房總管說，一切國庫損耗，都將歸咎於嚴翃寬之出兵；而後再偕唐總管，齊將翃寬一切叛亂經過，詳述予事後醒來之嚴東主，以促成嚴翃寬之死罪！而余伯廉則以慰勞守軍之名義，趁隙走訪一趟翠森峰下之青龍洞窟。」魯靖又說：「魯某雖詫異在座之酒言酒語，但為保命，瞬將自個兒灌醉，直至翌日被余城主搖醒；惟因魯某仍醉不省事兒，遂由余城主派人將魯某送回。自此，魯靖畏懼政層之可怕，故十多年來，未敢提及當日一事兒。不過，回想整段過往，翃寬叛亂事件之末段，似乎不如嚴翃廣所原先預期，惟居中之關鍵，牽扯一重要人物之出現，此人即是原東州軍訓總長……衛蟄沖！」

魯靖又說：「衛蟄沖乃東州文考處總管繆廷翰之外甥。魯某雖不熟繆總管，卻熟悉一人，此人曾是軍機處衛林軍長……罕井紘！罕井曾提攜衛蟄沖任上軍訓總長，怎料罕井紘因狼行山之慫恿，現已投靠了中州！而後，吾曾於中州淇郁城遇上罕井紘，據其所述，當年嚴翃廣偕菩巖寶剎弟子殺回東震殿時，本欲趁亂除掉曹崴總管，孰料一心護救嚴東主之衛蟄沖，識出了嚴翃廣虞犯之舉，遂及時變更行徑，硬是貼近嚴翃廣，使之無以得逞。待衛蟄沖領軍控住了局勢，旋即令御醫入殿，遂化解了當下危機。」

「曹崴乃正東派之大老，嚴翃廣若除掉他，亦是剷除異己啊！」聶忞超說道。

「據罕井紘分析，剷除異己，是一說法；但究其主因，乃於翃廣搭上余伯廉時，余自始自終均表明，余翊先若能登上東州軍機總管一職，一切好談，怎料衛蟄沖壞了翃廣之暗殺計畫，以致余翊先至今未能如願。」魯說道。

「余翊先已任軍機副總管這麼多年，距總管之位，雖僅咫尺一步，但為何定要登上總管不可嘞？」一旁蔓晶仙疑問道。

針對此一疑問，聶忞超回憶指出，昔日嚴東主以競武方式取決軍機總管人選時，余伯廉實已覬覦了總管之位；再對照魯大哥方才所述，青龍洞窟乃由軍機處層層把關，余伯廉尚得藉勞軍之名，始得進洞窟一探，依此可見，余伯廉之真正目的，正是執掌軍機總管之位，能如願，始能隨意進出青龍洞窟。話後片刻，聶又疑道：「回觀嚴翊廣之計畫，其所為僅為除去嚴翊寬與曹崴而已嗎？」

「呵呵，權力就是這麼使人著迷啊！」魯靖又說：「嚴翊廣與衛蟄沖殺回東震殿，殺的是誰的兵馬？當然是嚴翊寬旗下所擁啊！換言之，翊廣欲藉此機會，削弱翊寬之兵力。然翊寬仗著自有軍隊行事，該數量雖遠不及曹總管所統領，卻勝過無任何兵權之嚴翊廣！此乃因嚴東主刻意栽培孔武有力之翊寬，以期順接曹崴之位；更冀望外貌斯文之翊廣，能憑藉其遊說手腕，成為正東派與益東派擁護之人選，進而延續嚴氏三代，續掌東州之主位。」

「既然嚴東主已屬意讓翊廣接位，為何翊廣還與余伯廉合作？」阿超問道。

魯靖回應表示，翊廣既被栽培作為正東與益東二派之橋樑，勢必得認識余伯廉這號人物。然此世代，一言不合即兵戎相見；除非已見太平盛世，否則嚴震洲尚不致提早交棒。再說，翊寬身為長子，未能繼任大位，情何以堪，遂不時以其勢力，恫嚇翊廣。有道是「祖逝闔眼，伯叔翻臉」，翊廣擔心，一旦萌生萬一，翊寬即可藉其軍力，壓下翊廣，兄弟翻臉，在所難免！

尤其為兄之翊寬，曾藉東震王參與中州端陽五霸大會時，刻意將翊廣之愛駒砍死，罕井紘亦認為，此事件乃嚴氏兄弟一切事端之導火線。翊廣自知父親遏制不了翊寬之霸行，遂密謀了整個揮軍中州之計畫；不過，翊廣雖如願拔掉了嚴翊寬，但其真正擔心之人物，實乃余伯廉是也！

魯靖又說：「自從嚴東主下令，處以嚴翊寬極刑之後，原本滴酒不沾之嚴震洲，竟開始借酒澆愁，夜不安眠。十多年來，我恆翠坊層級最高之客戶，即是嚴東主。約莫兩年前，聞嚴東主罹患肝疾，體能大不如前；御醫們甚而傳出，眼下嚴東主最想見到的東西，即是現於中鼎王手上之……《五行真經》！」

「唉……就算《五行真經》能解肝膽之疾，倘若嚴東主不能回歸正常作息，一樣損肝傷膽，於事無補啊！」蔓姑娘搖頭道。

聶忞超則道：「倘若東震王仍痼疾纏身，眼下維繫東州之要角，非曹崴總管莫屬。然忞超擔任濮陽城主時，與曹總管有些交情，魯大哥若有機會遇上曹大人，不妨告知忞超已逃出薩孤齊魔爪，並轉告聶某已知悉余伯廉之潛在陰謀，望曹大人能多加提防。」

魯靖點頭同意後，蔓即表明，或可佯裝民女，伺機瞭解坊間傳言，或許能得更多嚴氏或余氏之相關訊息。

數日之後，蔓晶仙來到木雰城熱鬧市集，適值欣賞著捏面人兒之小販時，忽見一婦人，頭戴黑紗遮掩之大帽，步伐蹣跚，欲上前一問，卻遭來往人潮阻擋，隨即失了其行蹤。而後，蔓姑娘於客棧窗稜邊用膳，忽朝窗外一瞧，竟於遠處街口，又見那黑紗帽婦人！蔓予了小二銀兩後，立馬跟上那婦人。眼見追上婦人在即，不巧遇上了巡城稅官前來市集收稅，該稅官一見黑帽婦人形跡可疑，隨即喊道……

「喂喂喂！這位大娘哪兒不對勁兒？炎陽之下，包得跟顆粽子似地，是不是熱昏頭，中了暑熱啦？還是……嗑了白粉，神昏顛倒啦？嗯……我看……先搜個身好了，沒準兒讓本官搜出違禁之物，那可就吃不完兜著走啦！」

忽然！傳來一女子呼喚聲……

「娘……」蔓晶仙邊喊邊衝了上來，攙住了黑紗帽婦人，霎令蔓吃了一驚，「咦……這婦人什麼症狀？手臂怎會如此冰冷？」隨後眼尖一見，婦人手中握著黨參切片。

「娘……原來您跑到這兒來了，您受了風寒，現在就帶您找大夫去！」話後，蔓朝著稅官喊道：「唉呀大人，真是不好意思，咱們甫從北州來，我娘身體尚未適應，昨兒個我買了些參片兒予我娘，您瞧，吾身上所攜之參切片，跟我娘手上所握，是一樣的。娘為了日需品才上市集，身子虛了些，所以步履蹣跚了，還請大人見諒啊！」

「哦……原來是北州來的，受了風寒？嗯……不是嗑藥就好，在東州嗑毒販毒是要殺頭的！」接著，稅官回頭對著護衛道：「走吧！咱們收稅去。」

待稅官離開後，蔓說道：「這位大娘，您受驚了！走，我帶您去找清善庵。」

「咳……咳……多謝姑娘相助。欸……妳……怎知我要去清善庵呢？」

「哦……是這樣的，見您衣著特殊，引吾注意！見您於市集中，逢婦女即探問，吾遂問了其中一位，方知大娘您要找的即是清善庵。走吧，瞧您病得不輕，據聞庵裡的女醫很行的。

歐……對了，晚輩蔓晶仙，不知怎稱呼大娘您呢？」

大娘猶豫了一下，回答道：「吾以柯為姓氏，感激蔓姑娘的熱心相助。只是……握著**黨參片**乃便於口含，以補耗去之氣，怎麼蔓姑娘身上剛好有這東西？」

「呵呵，不瞞您說，我常攜帶幾味簡單藥材，以備不時之需，至少方才之場合就用上啦！」蔓頓了下，又說：「不過……依您的狀況，就算咱們走到了清善庵，恐怕已遇不上那女醫了。嗯……我看，只好這麼辦了！」

一會兒後，蔓帶著柯大娘，來到了人較少的市集外圍，輕聲說道：「大娘，您握好我的手，若害怕的話，就閉上眼睛囉！」而後，蔓晶仙使出反引力之內功，就地緩緩上飄，拉著柯大娘，立朝著城南方向而去。柯大娘雖處身虛狀態，遇此體驗，不禁覺到，「好神奇的反引力奇功，竟能攜人飄移！真猜不透，這位蔓姑娘究竟何等來歷？算了，先理好身子再查了。」

不久後，蔓晶仙緩降於一草地，攙著柯大娘說道：「沒嚇著您吧？方才凌空瞧了周遭，咱們再拐個彎兒就到清善庵了，忍著點兒喔！」

柯大娘一跨進清善庵，與龐鳶四目相對後，僅發了聲：「龐姑娘，我終於找到妳啦！」

龐鳶見狀，隨即衝了過來，驚見一人攙扶著甄芳子，立馬問道：「怎麼回事兒？」

「呃……她……她是我的……嬸嬸，她就是……」蔓吱唔道。

不待蔓晶仙說完話，龐鳶已架起甄芳子入內，使其平臥之後，俄頃運起**衝、任二脈**真氣，立將手掌置於甄芳子臍下約三寸處之**關元穴**，此穴乃**小腸腑之募穴**；**小腸之氣結聚於此而轉輸皮部，為先天之氣海，亦為元陰、元陽交關之處**！隨後入內的蔓晶仙見狀，立覺到，「果然如龍武尊一般之橙光真氣！其以熱能衝灌臍下**關元**，不僅調和陰陽逆衝，亦能暖及**胞宮**，並配合心臟之熱能傳導，迅速除袪四肢逆冷。嗯……能以一穴緩解厥逆，眼前外貌清秀的龐姑娘，醫術確實高明！」

袪除了厥逆症狀之甄芳子，因連日之奔波，遂於龐鳶離手後，斯須入睡。而後，龐鳶來到前堂，向蔓姑娘點了點頭後，隨即回到案旁，為最後兩病患解症。

「大夫啊！吾時時手足不溫，雙腿痺痛，肩關節疼痛，是否患了重症啊？」案前患者問道。

龐鳶診其手脈沈細，觀其舌淡苔白，小腿多處呈出青筋瘀血，說道……

「大嬸，這不是啥重症，您只是真陽稍萎，又併血虛，體內經脈瘀塞，阻滯氣血輸佈。我開個藥方兒，您回去耐心服用，不適現象將逐日緩解。」

接著龐鳶提筆書出：**當歸**、**桂枝**、**白芍**、**甘草**、**大棗**、**細辛**、**通草**。

靜坐於龐鳶斜後凳上之蔓晶仙，引頸而望，自唸著，「龐姑娘開的是**桂枝湯**除去**生薑**，倍量**大棗**，再加入**當歸**、**細辛**、**通草**，此乃藉以溫經通脈，養血散寒之……**當歸四逆湯**！方中以**當歸**配**芍藥**，善補血虛且和營；**桂枝**、**細辛**合用，能溫經脈，散寒邪；以**通草**舒暢經脈，再藉**甘草**、**大棗**以益氣健脾，諸藥合用，以振陽氣，除寒邪，陰血充而經脈通，故能手足自溫，諸症皆除。」

大嬸收了藥方後，拉著最後一患者上前，說道：「大夫啊！隨後一位患者乃吾之弟媳，咱倆症狀近似，同是四肢不溫，惟其身子熱，時而腹痛，因其個性隱忍，畏懼就醫，是否吾之藥方，能與之共同服用？」

只見龐鳶搖搖頭後，隨即為其弟媳診治。龐鳶見其身熱而手足逆冷，脈弦，再經察問，得腹脘疼痛，尿而不利，立說道：「此乃**熱厥**之證，治症須另開一方。」隨後即寫下：**柴胡、枳實、白芍、甘草**。

蔓又是抬頭剎那，唸著，「此乃針對**肝脾氣滯**之組合！方中以**柴胡**疏肝解鬱，**枳實**泄熱散結，二藥合用，得以升清降濁；再藉**芍藥**之柔肝斂陰，**甘草**之益氣和中，四藥合用，此乃疏肝理脾，透解鬱熱之……**四逆散**！嗯……龐鳶之辨證論治功力，果然名不虛傳！」

龐鳶對二婦再行叮囑道：「大嬸甫收下之藥方，名為**當歸四逆湯**。而治您弟媳所用之方為**四逆散**。雖同有**四逆**二字，但功效截然不同，切記抓藥時，叮囑藥鋪明顯標示！」

待大嬸偕弟媳答謝離開後，庵裡的尼姑隨即將整理後之雜物，撤向庵後。這時，龐鳶起身，走向蔓晶仙，微笑說道：「萬分感激您護送病患到這兒來，如此舉動，菩薩心腸。只是……此等善舉，姑娘何須冒名？您遇上之婦人，乃龐鳶之舊識，其於中土沒親沒故，何來稱其一聲嬸嬸？再說，方才小女子開方時，見您引頸而望，頻頻點頭，相信姑娘應是位諳於醫術之醫者才是。」

蔓晶仙頓感一陣驚訝，覺到，「這位龐姑娘怎知吾舉動，莫非其腦後長了眼兒？」納悶之後，還是回應道：「龐姑娘，蔓晶仙因於城裡市集見一衣著迥異婦人，步履蹣跚，似有病疾，遂搭送於此。惟因情況緊急，為避免擾動庵內患者，甚而投以異樣眼光，遂直接表明偕親戚而來。再則，為不影響龐姑娘問診，吾所處之位置，應不在龐姑娘之視線範圍內，為何您知悉吾之舉止反應？」

龐鳶微笑道：「龐鳶此刻閉上眼，並背對於您，蔓姑娘不妨做任何動作試試？」

半晌之後，龐鳶轉身說道：「方才蔓姑娘起身走向大門而後折返，接著雙手合十，並向庵裡供奉之菩薩，點頭曲腰三次，我說的沒錯吧！」

蔓極為驚訝道：「這……這怎麼可能？這兒又沒鏡子，何以能……」

龐鳶解釋道：「衝、任二脈之於女子，至為重要，不僅衝貫身軀，亦關係著胞宮胚胎。而龐鳶出於畸胎，適值二七十四，天癸之至起，藉衝、任內能發功，竟能明顯感應體外之恆溫生物所在，進而感應此溫體之移位與動作，惟感應之範圍有限。」

蔓於訝異之餘，突轉微笑，道：「蔓雖長於龐姑娘八九歲，但咱倆於加笄之年所遇狀況，略微近似。吾幼時不善言語，是個生長遲緩之自閉兒，後因音律樂曲而啟蒙。自此之後，對音頻震動甚為敏感，甚而能藉聲波傳遞速度，斷出周遭之相對濕度。隨著成長，吾亦發現異於常人之特質。」話說至此，蔓姑娘取下了髮簪，交予龐鳶，道：「龐姑娘待會兒如見著吾之異狀，不妨試著將此髮簪，朝吾拋射。」

話後，蔓退了數步之距，將雙手水平一攤，身子旋即飄浮上升，此幕霎令龐鳶瞠目咋舌，猶豫片刻後，還是以一般手勁兒，將髮簪拋出，隨後即見行進中之髮簪，眨眼靜止於蔓晶仙身前約三尺處。而後，蔓伸手拾回髮簪，並將之插回，隨即緩飄至龐鳶面前。

「哇……真是太神奇啦！哈哈，終於遇上了同我一樣，有著異常成長經歷之人了！蔓姑娘，能容龐鳶稱您一聲蔓姐嗎？」

「當然可以呀！，倒是……妳的鳶字太銳了，難以聯想爾之清秀容貌。嗯……蔓姐不妨稱你一聲……鵲兒，如何？」

「好啊好啊，沒想到我龐鳶也有討喜的名字！鵲兒，嗯……好聽！歐……對了，蔓姐之雙親，可知悉您這般異能？」

蔓搖了搖頭，嘆了口氣，表明了生不見母，父亦因天災而早逝，只是耳濡目染地學了父親研究之醫經與武藝。蔓接著藉由經歷道出：「一路以來，似乎與宮廟庵寺有著不解之緣。據父親描述，吾於襁褓時，待過一庵寺，可惜該庵寺已於中土大地震時倒塌！」

「近些年來，鵲兒訪過諸多宮廟庵寺，縱然受了昔日天災，至今皆已重修或改建。蔓姐還記得當年庵寺之名嗎？沒準兒鵲兒曾訪過哩！」

「不可能！鵲兒不可能訪過。只因那庵寺位於一島上，該島至今仍是斷垣殘壁，一片廢墟！記得父親提過，位於中北二州交界之汨琤湖中，一孤島名曰颯肓，島上有一庵寺，名為芫淨庵。」

「芫淨庵！」龐鳶一聽即驚，「蔓姐真的沒記錯？真是這樣的話，那鵲兒今晚可有得忙了！」

「此話怎說？」蔓問道。

「鵲兒有好一段故事欲同蔓姐一塊兒驗證歷史。另外，甫診斷過蔓姐攙來之婦人，其乃寒凝腹中，以致凝血成瘀，或為**有形而痛有定處之癥證**；或為**聚散無常，痛無定處之瘕證**。癥證之病**在臟**，瘕證之病**在腑**，癥瘕之發生，多因情志抑鬱、貪涼飲冷，以致肝脾受損，臟腑失調，氣機阻滯，瘀血內停。一旦正氣不足，**氣虛血滯**成瘀血，**陰陽俱虛**成瘀血，**衝、任虛寒**成瘀血，待**瘀血寒凝成塊**，**即成癥證**，此乃胞宮肌瘤與**下焦**囊腫、腫塊之統稱。」

蔓接說道：「依鵲兒如此斷來，勢必得使上溫通血脈，以行瘀滯之**桂枝**；益心補脾，滲利下行之**茯苓**；再藉**桃仁**破血，以助化瘀消癥；施以**牡丹皮、赤芍**，祛瘀清熱止痛。諸藥合用，以達活血化瘀，消癥散結，利水滲濕之三效，此乃消癥之傳世名方……桂枝茯苓丸！」

「沒錯！蔓姐所採方劑之應用，恰到好處，但鵲兒仍須於婦人服用前，運起經脈內力，為其化去滯留下焦之寒。不過，有蔓姐幫忙，絕對省事兒不少的。」龐鳶想了下，又說：「嗯……鵲兒頗為好奇地想知道，令尊醫術之高，應如我常師公之妙手回春才是！甫聞蔓姐所提之颯肓島，容鵲兒大膽猜測，令尊之大名……川尻治彥！」

「怎會？鵲兒不過桃李年華，怎會知曉先父……川尻治彥？」蔓訝異道。

「嘿嘿，鵲兒知道的可多著呢！鵲兒敢言，透過故事之描述，今夜將會是蔓姐此生難忘之夜。走吧，等我發了內功為婦人治症後，再來講故事吧！」

翌日，甄芳子於服下湯劑之後，身子有了些起色。此刻，龐鳶入內，「甄姨，好些了吧！還好甄姨尚記得龐鳶提過，將前來木雰城。只是……龐鳶百思不解，以您功力，怎會遭寒邪竊據下焦，而招來此般癥瘕之證呢？若未猜錯，八成是遇上麻煩事兒了。」

「確實是件不小的麻煩，只是……待吾精神好點兒，理好了思緒，再全盤描述。欸……今兒個清善庵沒患者嗎？怎見妳如此輕鬆？」

「呵呵，今兒個小女子有了幫手啊！所幸她也是個女醫，此醫即是昨兒個扶您前來的那姑娘，蔓晶仙，蔓姐呀！」

「嗯……爾口中之蔓姐，果然是位極特殊之女子，且身擁凡人不可及之奇異神力。」芳子說道。

龐鳶又說：「甄姨，待會兒蔓姐進來，將倏生某種神力，絕對令您的精神，增益百倍。好了好了，龐鳶不賣關子了，還記得甄姨曾於北渠午崞鎮的祈安宮，對龐鳶描述了段發生於颯肓島的癡情男女故事嗎？殊不知，這段故事，竟然還譜了續曲耶！」

接著，龐鳶將昨晚與蔓晶仙所聊內容，一一詳述，當下說得甄姨，唇直顫，淚盈眶。

「好啦！龐鳶這就去接蔓姐的位置囉！妳們好好聊吧，吾也承不住相擁相泣之一幕的。小心喔！淚水太多會耗氣傷津的呦！」

一會兒之後，入內的蔓晶仙直撲甄芳子懷中，「娘，仙兒終於見到您了！」

「仙……仙兒，我念念不忘的仙兒啊！讓妳受苦啦！」芳子拭了淚水，又說……

「呵呵，沒想到甫於市集，聞妳直呼一聲娘時，當下雖冷痛難忍，但還真有點兒感覺耶！方才龐鳶已描述了許多，但娘還想再聽妳敘述一次，好嗎？」

「娘要聽幾次，仙兒都願意。只是……爹於娘離開後，為吾單取了個仙字為名，盼我如小仙子一般地快樂，但娘為何能順口直呼而出呢？」

「娘曾再回到芫淨庵，試圖再看看妳們父女倆，孰料爾倆早已離開，後經晦安師太告知，爾單名一個仙字。」這時，芳子抽出了隨身絲巾，其上正繡了個仙字兒。接著說道：「昨日聽妳喚了一聲娘後，又聞以蔓晶仙為名，霎時腦海中即浮出『仙兒』之心音。老天真是眷顧啊！讓咱們失散多年之母女相認，只是……初聞蔓晶二字，一為蔓之柔長，一為晶石之堅，二字合用，剛柔並進，何來想到以此為名？」

蔓隨即將昔日於羽宮千葎之府中，因研習音律而獲啟蒙一事兒，回憶述出，再將過往歷經

之事兒，娓娓道來，並以羽宮前輩所贈之《柔蔓弦晶》樂譜，解釋了取名蔓晶仙之來由。而後母女倆又是一段段往事拼湊，尤其談到仙兒父親，不幸罹難於瓦礫堆中，令芳子不禁悲從中來。

然而，流光易逝，不知不覺又見著庵裡的女尼們開始洗掃整理。仙兒再次為甄芳子端上湯藥，待龐鳶休診入內，三人隨即重現過往十餘年之歷史。適值蔓述及臨宣一役時，瞬令在座二人愴然淚下，惟因龐鳶不捨啟蒙師公龍玄桓，而甄芳子則為摩蘇維之慘死而泣！當下即聞甄芳子一句：「摩蘇里奧之所為，為不善乎顯明之中者，人得而誅之！」

接著，甄芳子再回溯初見摩蘇莉與寒肆楓，以至惲子熙轉述摩蘇莉因飲藥不慎而毒發攻心，再次讓甄芳子淒愴流涕。而後，芳子順勢提及，甫於津漣山斷崖一訪摩蘇莉墓地，卻不幸遇上重生之寒肆楓前來。芳子連聲強調，重生之寒已非比昔日，腦中不僅充斥仇恨之思維，眼下所擁之陰寒內力，實已凌駕摩蘇里奧所具「三重至陰」之上！

蔓晶仙則道：「曾與寒肆楓於臨宣城外交手，其陰寒內力確實強大，卻聞其訝異仙兒不受其〈凝滯營衛〉神功之影響，而後再見其使出藍白交織之迴旋光氣，隨即破了仙兒之防禦。」

「仙兒能抵住寒肆楓之〈凝滯營衛〉？真是不可思議！」芳子又說：「能發出藍白交織之迴旋光氣，實已證實，寒肆楓於臨宣城時，即已突破常人所能練及之至寒陰功境界，此招名為〈迴旋陰風〉，其乃具備四重至陰內力之所為。」話後，甄芳子忽然看了下仙兒，問道：「能迎對寒肆楓所發四重至陰功力，當下仙兒所應對之招式是？」

蔓晶仙深吸了口氣，隨即於二人面前，對空畫出一層薄膜。芳子立馬唸道：「這……這是〈靈禦神罩〉！」

「甄姨怎知曉蔓姐這般神功？」龐鳶吃驚問道。

「當年曾於摩蘇里奧前初試過這般功夫，那魔頭一出掌便破了芳子之〈靈禦神罩〉，孰料仙兒已能將此神功倍增，抵住了寒肆楓之陰寒出擊！」接著，甄芳子道出於津漣山與寒肆楓交手之經過。惟因施展巫術，耗損正氣，以致寒邪內陷，終日深覺下焦虛寒，延至癥證出現，阻了經脈氣道，內力每況愈下，遂決定朝木雰城一試。

龐鳶微笑道：「甄姨雖受癥證所困，卻也因此與失散多年之蔓姐相遇，此乃千載難逢之機會啊！倒是……聽聞二位所述，直覺眼下當務之急，實繫於甄姨將身子養好，咱們才有機會抵禦東山再起之摩蘇里奧，甚而絕命重生之寒肆楓！」

「鵲兒所言極是！」蔓姑娘於附和後，立將狼行山參與中東二王會，以及不期遇上豫麟飛，甚而偕荊双兑救出前濮陽聶城主之諸事，一一道出。聽得龐鳶不禁感嘆連連，更對龍師公當年所管束之寒肆楓、刁刃與狼行山，因不敵時勢所趨，竟成了仇恨、權力與名利之代表，頻頻搖頭以對。

甄芳子靜思片刻後表示，眼下尚有一號人物，絕不容吾等小覷！待蔓、龐二人一陣猜測後，聞得芳子表明，此人即是中鼎王之子……雷世勛！芳子又說：「據聞狐基族之喬承基，推舉習得幻巫奇術之雷世勛為狐與壇之壇主。然而據吾所悉，雷世勛所施之巫術，實乃摩蘇里奧吸收我科伊家族之覡巫大法後，重新編制之呈現。然我科伊家族之覡巫大法，多為模擬大地實物；而摩蘇里奧則於施術當下，混入迷幻藥劑，陷敵手於迷幻之中，伺機出招制敵。此等不甚光明正大之招數，吾僅能稱以幻巫之術罷了。」

蔓晶仙感嘆道：「唉……諸多邪惡勢力萌生，卻見制衡中土之五王，無不因年老與病疾而逐漸凋零。看來，一如豫麟飛大俠所言，未來之不定數，勢將考驗著後輩新血了！然仙兒之防禦功夫居多，小鵲兒，加油啊！新生一輩得靠妳啦！」

「呵呵，在咱們母女面前，稱此小女子為小鵲兒，再合適不過；但面對惡勢力欺凌時，還是得展現龐鳶之威名，既含犀利，且嚇阻力十足啊！」芳子說道。

「倒是……仙兒未知會他人而滯留於此，是否須回往恆翠坊，報個平安？」甄芳子問道。

「歐……不礙事兒的！方才仙兒替鵲兒問診時，遇上了魯夫人前來，其表明經由鵲兒診治後，潮熱現象已退，惟仙兒診其憂思過度，心陰受損，肝氣失和，以致精神恍惚，悲痛欲哭，甚而呵欠連連，此乃更年婦女常遇現象。遂以**甘麥大棗湯**為基礎，藉方中之**甘草**以甘緩和中，**大棗**以甘溫益氣，再伍以**小麥**，調養心陰，補中益氣，且緩肝之急。除此之外，另加清心安神之**百合**，清熱涼血之**生地**，養心安神之**柏子仁**，諸藥合用，使其**和中緩急、寧神安躁**。待魯夫人於離去時，主動表明，將向魯大哥與聶城主告知蔓晶仙之去向。」

「仙兒啊，娘見聞爾之辨證論治模樣兒，幾乎是妳爹之翻版！耳聞此城身子不適之婦女不少，待吾好了些，咱們三人即可一塊兒為鄉民診治！」芳子完話後，即因病證未癒，先行臥床休息，惟此回帶著難得之喜悅，微笑闔眼，平穩步入了夢境。

數日之後，清善庵果然改由甄芳子問診，龐鳶則帶著蔓姐上山採草藥。忽見一溪流涼亭旁之陰濕地，茂生著若干植草，不禁令龐鳶叫著：「蔓姐妳瞧，這兒有好多**木賊草**啊！」

「嗯……這味藥草，蔓姐不甚清楚，鵲兒能教教我嗎？」

鵲兒隨即表示，木賊性溫平，味微甘苦，歸肺、肝二經，中空而輕，陽中之陰，升也，浮也，能發汗解肌，升散火鬱風濕，益肝膽，退翳膜，既治眼目諸血疾，亦治婦人之月水不斷也。曾治一老婦之眼翳膜，單憑一味**木賊**，不出個半月，翳膜即退；更見常師公將**木賊草**泡水後，以該草清除牙垢，煞是多功好使之草藥。

忽然！姊妹倆同覺周遭異狀，互點了頭後，隨即縱身一躍，藏匿於數丈高林之中。半晌之後，兩馬匹紛由南北向急奔而來，雙雙於涼亭前下馬，隨後即聞……

「翊先啊，爾日旰忘食地配合嚴翃廣打撈運金船，可有聽聞火連教邢彪教主之傳聞？」余伯廉問道。

「爹，孩兒隨嚴翃廣前去探勘靈沁江時，確聞邢彪因掘鑿密道，遇上火雲翟笙教主，雙方起了衝突，火雲湡玐左使更因此而身首異處，沒想到身手矯健之湡玐，竟不敵邢彪之子午鉞！不過，近來亦聽聞，自此衝突之後，邢彪坐鎮火連總壇，神智恍惚，不發一語。眼下火連教之上下教務，全由叢云霸總召做決策，且教徒們均以代教主稱之。經孩兒追查，邢彪於兩教衝突中並無受傷，但自密道而回後，即生不明異狀。」

接著，余伯廉提及韜隱五霸之事，瞬令余翊先驚訝連連。二人並藉邢彪事件，推估了三事兒。其一，邢彪果真受到六稜晶鎮所傷？其二，邢彪是否遭金蟾法王暗算？其三，隨行的摩蘇里奧，是否已取得六稜赤晶鎮之能量？

「爹，看來咱倆之猜測，皆存在可能性。翊先於中、東二王會時，見摩蘇里奧下肢萎縮，須藉枴杖為輔助。然近來孩兒於靈沁江協助打撈作業，驚見法王於埠頭上指揮中州探勘水軍，不僅身無枴杖，且如常人般地蹲立坐跨。何等神力？使其如此健朗？再如爹所述，摩蘇里奧能藉覕魘杉所製之枴杖護身，使其能接近六稜晶鎮；而邢彪能藉子午鉞保身嗎？或有可能邢彪見法王耍詐，雙方起了衝突，法王藉吸收晶石能量，將邢彪打成廢人，再以此恐嚇叢云霸就範？而法王亦可藉叢云霸放出消息，表示邢教主乃受晶石所傷，藉以讓韜隱四霸畏懼晶鎮，進而心生退卻探掘晶鎮之意。爹，咱們千萬別上那老狐狸的當啊！」

余伯廉皺起雙眉，正經表示，有一東州人，名曰洪堯，曾被火連教擄去當掘礦礫奴，而後被叢云霸調去挖掘晶石密道，現已逃脫而回到東州，且於運務坊任職運工。運務總管唐文沖於日前來告知，洪堯於逃出密洞前，於密洞內見過邢教主、叢總召和一位拄著枴杖之長者，另有二人趁著火連與火雲衝突之際，協助礫奴逃出密洞。藉由洞內交談中得知，此二人因具特殊體質，刻意被邢彪派去挖掘密道深處，其一人名曰項烑，另一人則稱之為揚銳！

余伯廉接續指出，後因密道發生崩塌，經逃出洞外之洪堯描述，先見叢總召架著邢彪逃出密洞，不久後即聞洞內傳出陣陣爆響，隨後即見一耄耋老人迅速奔逃而出，並不見拯救礫奴的項、揚二人逃離。由此敘述可推見，邢彪確實已掌握了六稜赤晶之位置，遂動用特殊人才前往。而摩蘇里奧亦藉晶石之力，恢復了下肢運動。又說：「吾以為，法王確實已藉此一行動，獲得了變異，甚而藉由叢總召，間接控制了火連教，此一棋局可謂雙贏局面，其已如薩孤齊藉由沁茗方丈，控制了菩巖寶剎一般，卻不須薩孤齊那般大費周章。嗯……翊先，倘若咱們一個不小心，亦可能是他人手上之棋子兒，為人抬轎而不自知！」

此刻，匿於林上之龐鳶，煞是詫異，「什麼……揚銳？沒逃出來！真是那揚銳嗎？」

余翊先思考片刻後，道：「爹，依孩兒所見，眼下咱們最迫切之手段，即是先下手為強。當年翊先能藉狼行山之力，除掉那邸欽副總管，這回仍得想個計策，伺機除掉曹崴總管才是！只要翊先能任上軍機總管，青龍洞窟即歸咱們余氏所掌，屆時，連摩蘇里奧之雙腿都能健步如飛，爹還須擔心您的肩臂滑脫不能癒嗎？只是……曹崴之武藝了得，能藉何人之手，將其撂倒？」甫一話完，余氏父子紛於涼亭內來回踱步，瞬間陷於一陣沈思之中。半晌之後，見余翊先笑了出來。

「嘻嘻嘻……呵呵呵……爹，翊先突然想到了一計策！」話後，父子倆俄而分坐石案兩旁，聞翊先說道：「來月上旬，依中、東二王於濮陽城之協議，薩孤齊將以中州國師身份，為嚴東主送來《五行真經》。耳聞薩孤齊已提出參訪青龍洞窟之要求，唯該洞窟須經曹崴批准，洞窟守將蘇毅，始得放行入洞，屆時身況不佳之嚴東主，必令曹崴總管親自接待。然此前夕，爹可藉由韜隱五霸之合作關係，先與薩孤齊聯繫，一旦進了洞窟內，翊先將與薩孤齊聯手撂倒曹總管，而後咱們依樣畫葫蘆，直指曹崴受晶石能量所傷，一如已有實例之邢彪教主一般。」

余伯廉點頭笑道：「哈哈，妙……果然是一妙計！不過……或許真有能量損人之情況，以致十餘載來，中土五王皆敬鬼神而遠之。切記！入洞後儘量貼近薩孤齊，惟因那佛珠串乃覡魘杉所製，能吸掉晶石輻散之能量。」

「呵呵，若此計畫順利達成，不僅幫爹除去曹崴這多年的眼中釘，待我余翊先攬了東州兵權，又有了晶石能量為後盾，將不計一切，拔除吾之肉中刺，亦即現今之濮陽城主……狼行山！」

蔓晶仙聞訊當下，煞是錯愕，心想，「曾於濮陽情人廟前，叮嚀過狼行山要小心，不知他聽進了多少？嗯……只要狼行山不來東州，相信余翊先動不了他才是。不過……以余翊先之口

吻，似乎非除掉狼行山不可。唉……我該怎麼幫他才好？」

余伯廉又叮囑了余翊先，未除去曹崴之前，切莫逆向於薩孤齊。而唐文沖底下之運工洪堯，是個關鍵人物，或可藉其取得相關線索。待余氏父子協調了相關行動計畫後，二人隨即跨步上馬，分朝南北向離開了涼亭。

龐、蔓二人躍下了樹林，立聞龐鳶不屑道：「此類唯恐天下不亂之輩，盡搞些登不上台面之齷齪事兒！只是……甫聞余氏父子所述，不知那未逃離密道之掘工，是否即是吾之師弟……揚銳？」

「同名者吧！揚兄弟怎會被抓去當奴隸？鵲兒，方才所聞，事關重大，咱們先回清善庵從長計議；畢竟，痼疾纏身之嚴東主，其心一邊兒放在撈黃金，一邊兒則想著《五行真經》能否續其命？壓根兒不知東州已漸遭蛀蟲啃噬！」

龐鳶應道：「好，就這麼辦！走……」

待蔓、龐二人回到了清善庵，驚見一官府馬車偕七八官兵前來，一衣著莊重者下了車，清善庵之慈莘師太隨即上前應對，才知來訪者乃木雰城主……黎政！

黎城主恭敬地向師太表明，近來聞得清善庵有外來女醫義診，造福鄉里，此等為善不欲人知之舉，黎政極為讚賞，故此行特來邀此女醫，前往東震大殿，以為嚴東主診疾。

甄芳子與蔓晶仙聞訊後，頻頻點頭，輕聲道：「鵲兒，能藉此途徑，直抵東震殿，正是提點嚴東主之絕佳時機啊！」

待慈莘師太介紹了女醫龐鳶後，黎城主頗為驚訝，道：「如此清秀女子，竟是鄉民口中之神醫，失敬失敬！」

龐鳶親切回禮後，隨即反問：「東震王得由諸御醫伺候，黎大人何以捨近求遠？」

「哈哈，或許是……黔驢技窮吧！」黎接著又說：「龐姑娘之問診，有口皆碑；眼下有利於主公癒病之機會，黎某願舉荐一試。」

一陣聊話後，龐鳶感到了黎城主之誠意，遂收拾了行囊，並向甄芳子與蔓姐話別。

蔓說道：「蔓姐相信鵲兒之智慧，務必小心殿內其他矯情飾詐之輩！」

芳子接話道：「稍有不對，立藉爾之袖羽飛針以行自身護衛！」

待龐鳶隨黎城主上了馬車後，黎政瞬發渾厚之令聲，馬車與官兵隨即上路，隨後拖曳著黃土塵灰，離開了清善庵。

文高綠樹修飾，一如蜿蜒迷宮，環繞東震大殿，猶可為護殿之禦牆。龐鳶步入殿堂，隨即由御醫皇甫哲，引領至殿後東龍閣，立聞一敞袖盤座之長者，低聲說道：……

「眼前可是黎城主引薦之女醫龐鳶？年紀尚輕，頻獲口碑，本王期待龐姑娘前來，一探體內臟腑之究竟！」

黎城主於回應主公後，龐鳶緩緩上前，三指即出，藉以追索東震王雙腕**寸關尺**之脈動。隨

後注視嚴東主之面貌與耳窩凹溝，半晌之後，正經說道……

「晚輩龐鳶，靜觀嚴東主之鼻樑正中高骨處泛紅，耳道口上方之凹溝處暗紅，兩頰顴骨周圍呈出赭斑，眼角隱約呈出目淚凝塊，而左手關脈按之如弦，端直以長，既數且滑，想必東震王之眼球正後，亦感熱盛腫脹才是。依此望診、切脈而論，無不為肝疾之象！」

嚴震洲於一長嘆後，點頭以對，並說：「本王之疾，龐鳶可解乎？」

龐鳶不疾不徐，微笑應道：「東震王之疾，昨日之前者，尚可治；今日之後者，不可曉！」

佇於一旁之皇甫晢，不禁笑道：「呵呵，龐姑娘此言輕浮了，病患之沉痾痼疾，皆屬昨日前之累積，醫者當補正祛邪，使病患得以面對未來，何以姑娘指出，可治昨日之前，卻不知今日之後呢？如此治症之說，實在令人啼笑皆非啊！」

「若依皇甫先生所言，既補正，又祛邪，何以嚴東主之疾……至今未瘥？」龐鳶又說：「吾等常見，年逾耳順之長者，清心寡欲，隨品清茶，以養其身。然小女子初臨東龍閣，即見門房之外，置放若干標記著『恆翠坊』之酒罈，待入此寧靜屋室後，桌几上不見沏壺茶杯，而是空口水杯。值龐鳶切脈時，幾可嗅到嚴東主呼出之氣味，實為甫過喉之酒氣。然酒品乃水之形，火之性也！肝有疾者，實應忌之。眼前嚴東主之證，已近肝風內動，此乃『昨日之前』所累而成。倘若王爺能就此抑住貪杯，龐鳶尚可治解肝疾。反之，『今日之後』若王爺放縱續飲，杯酒不離手，任龐鳶醫術再高，依舊枉然。皇甫先生治肝之疾，非不能也，實畏於力阻主公棄飲罷了。」

龐鳶如此一說，霎令黎政與皇甫晢冷汗直冒，鉗口結舌。

「呵呵，妙……妙啊！好一個『昨日之前者，尚可治；今日之後者，不可曉』，無怪乎本王服了諸多藥方，均不見效。」嚴東主讚後，問道：「龐姑娘直言勸誡，令吾恍然大悟，本王倒想聽聽，何謂……病證已近……肝風內動？」

龐鳶微笑表示，血氣者，人之神，不可不謹養。氣血沖和，萬病不生，一有怫鬱，諸病生焉。肝藏血，主氣機疏泄，氣機不暢則生鬱，肝木之所以鬱，一為土虛而不能升木也，一為血少而不能養肝也；蓋肝為木氣，倚土以滋培，賴水以灌溉。若中土虛，則木不升而鬱；陰血少，則肝木不滋而枯，故益榮血以養肝也。然肝氣久鬱可化火，積火過剩則成肝火上炎之證，可見得頭疼目赤，煩躁易怒，難眠多夢。治症可用龍膽草、梔子、柴胡、黃芩、生地、澤瀉、當歸、車前子、通草、甘草，十味藥草合用之龍膽瀉肝湯，藉以瀉肝膽實火，清下焦濕熱。

龐鳶接續指出，肝氣久鬱化火，將耗損肝陰，肝之陰不睦陽，則導致肝陽不潛或升發太過，而使陽氣浮動於上，進而生頭痛暈眩，面赤耳鳴，口乾舌燥，目赤乾澀，失眠多夢，五心煩熱之肝陽上亢證，此乃醫經所云「有因於火者，肝陽上升，頭痛如劈，筋脈掣起，痛連目珠，當壯水以柔肝」。治症可藉天麻、鉤藤、石決明，合以平肝潛陽，除熱明目；梔子、黃芩以清肝臟之熱，瀉肝經之火，使其不致偏亢；杜仲、桑寄生補肝益腎以和陰陽，茯神、夜交藤鎮靜以安神，益母草活血利水，牛膝引血下行。然此諸藥合用，即可得平肝息風，補益肝腎，清熱活血之效的傳世名方……天麻鉤藤飲！

再則，諸風掉眩，皆屬於肝；厥陰司天，其化以風，客勝則耳鳴掉眩。可見視物顛轉，心煩熱，腦熱痛，四肢麻木震顫，牙關緊閉，甚而口眼歪斜，半身不遂，脈顯弦長有力者，此乃肝陽上亢演進之肝陽化風證。解證須藉苦寒之代赭石，清肝之熱，龍骨、牡蠣得以收斂固澀腎精，合以藥行任脈之龜板，益血滋陰，玄參、天冬以滋肺腎之陰，白芍、川楝子滋肝陰，以協

茵陳入肝袪邪，牛膝益血潤筋，後以麥芽、甘草滋補和中，一方十二藥，此即用以鎮肝息風，滋陰潛陽之傳世名方……鎮肝息風湯！

當然，肝若已化風，肝陽則隨風上擾，亦可肝風挾痰上衝，致使氣血相衝於上；抑或肝血虛極而生風生燥，導致清竅閉塞，肢體協調失衡，以致常見暈眩，頭痛，抽搐，偏癱，甚而昏仆不語，不知人事。統合而說，肝陽上亢治以平肝潛陽；肝風內動則須息風止痙。蓋東震王乃一州之君，王室鞅掌，案牘勞形，怎可輕忽病證之演進，以致罹肝風內動之不堪！

「啪……啪……啪……」曹崴甫進閣室，拍掌叫道：「好，說得好！不諳醫理之軍機總管，就是提不出有效勸諫之詞語。而皇甫先生更是怯於直言，以致主公痼疾難癒。多虧黎城主之探詢引薦，邀得龐姑娘前來為主公診治。」

「哈哈哈，龐姑娘精要了醫經古文與醫理要點，將肝氣不暢則生鬱，一路為本王解之。由此推來，嚴某之疾，尚未病入膏肓，否則久病生厭，已漸對摩蘇里奧所贈予之治肝丸藥兒，起了好奇之心！」嚴東主話道。

「主公，萬萬不可啊！」曹崴又說：「法王之治症藥丸兒，雖說能鎮痛，能安眠，終是以麻醉為本。然所強調之速效，雖易獲得市場認同，但依常真人究得法王之醫理，毫無經脈循行之架構，藥性亦無傳統之性、味、歸經，與溫熱寒涼之區別，故不足採信。倘若真那麼神效，為何過往西兌王久服之身子，每況愈下，拜讀了《五行真經》之後，神色體態，已較以往健朗許多。主公，既有了龐姑娘相助，法王籠絡人心之說，棄之如鄙屣吧！」

「呵呵，提及《五行真經》，最吸引我嚴某人之處，莫過於深處五藏殿之黃垚五仙！眾人見得五天師皆已年逾於百，吾今年六十有六，倘若能悟得該真經之大法，尚有卅寒暑可令吾逍遙啊！再說，來月上旬，中鼎王得依既有協定，為本王送來《五行真經》！針對此事，曹總管可有何細節可呈？」

「回主公，中州國師薩孤齊已差人告知，《五行真經》正值封裝，為免消息走漏，使江湖宵小有可趁之機，或將採取不定時交接；換言之，未來兩週內任一日，薩孤齊均可能親送《五行真經》於我東震大殿，惟對方傳出請求，待交付真經之後，望能參訪我翠森山之青龍洞窟！」

「哈哈哈，能如本王心願，取得《五行真經》，此乃絕對重點，不容差錯。屆時，本王尚得藉助皇甫先生與諳於醫經之龐姑娘，偕同多年鑑識古畫冊笈經驗之顧還軍師，當面檢閱《五行真經》，一切無誤，始得放心。然而，頻聞青龍洞窟存有不祥之說，恐觸本王承接經書之霉頭，故參訪一事兒，本王責成曹崴總管，全權處理。」

自此數日，東震王欣喜將獲《五行真經》，情志大好。龐鳶見嚴東主**肝陽化風**已退，遂捨**鎮肝息風湯**，而更以**天麻鉤藤飲**，外加可清泄肝火，消散鬱結之**夏枯草**，以降目赤腫痛，頭痛暈眩。連日以來，嚴東主針對其所重視之事，斂色屏氣，敕始毖終，逢人必言《五行真經》，毫無多餘心思察覺東州潛在之逆勢力，恐有河出伏流之虞！

一日，忽於東龍閣外廊，一人刻意現身龐鳶身前，客氣表明了軍機處副總管之身分，道：「聞曹崴總管對龐姑娘之辨證論治，讚譽有加，此乃我東震王之福啊！」

「余副總管過獎，小女子僅勸諫嚴東主遠離酒品，即是一治症良方，其餘用藥之理，御醫皇甫先生亦可勝任，惟近日來嚴東主心情大好，故能見藥知效，實乃龐鳶幸運之至。」

「呵呵，幸運之神，果真眷顧龐鳶姑娘啊！東震王竟會任用一名初訪東震大殿之年輕醫者，藉以鑑識《五行真經》，真是出人意料！不過，余某倒是提醒龐姑娘，中州薩孤齊國師乃一極重視排場與禮數之人，余某擔心，薩孤齊見東州派遣浮花浪蕊之輩以鑑識《五行真經》，如此不對等之身分應對，恐將引來薩孤齊之不悅！不過，主公既已決定，余某無話可說。」

「余副總管認為，龐鳶該如何是好呢？」

「呵呵，龐姑娘果然是個聰明人！為了不壞真經交接時之氣氛，希望龐姑娘順水推舟，知所進退，謹言慎行，以不節外生枝為原則。為此，余某亦已知會了皇甫先生，一旦薩孤齊有何動作，余某會因應以對，爾等僅須退於一旁即可。」

這時，曹崴自步廊另一頭走來，道出：「呵呵，余副總管見過了龐鳶姑娘，瞧！有了她，主公情狀已改善許多。歐……對了，吾已下令崴星城進入戒備狀態，余副總管隨時可配合巡城監督。」此話一出，余翊先隨即告退離開，惟不時回頭，觀察著曹崴與龐鳶之互動。

隨後，曹崴表明了一事兒，有勞龐姑娘幫忙；龐鳶聽聞後，旋即隨曹崴走向了馬車。然此一幕，瞬令遠觀之余翊先甚感不安，「這個龐鳶，該不會將方才之對話，告知曹總管吧！唉……算了，僅是一手無縛雞之力的弱女子，何須如此憂心嘞？嗯……還是先循父親之建議，留意一下薩孤齊之舉動為要！」

然而隨著曹崴總管之座駕直抵曹府，龐鳶一進門即受曹夫人親切接待。

曹崴立道：「內子一向深居簡出，性向保守，故不善出入諸場合。惟其近半年來，頗受一婦科情狀所困，放眼御醫皆為男性，內人遂隱忍不語，或藉聞他人類似之證而抓藥，抑或飲參湯以安心。只因……只因該異樣情況，不減反增，遂心生恐懼；幸得龐姑娘到訪歲星城，內人一聞有女醫者能為嚴東主診治，遂勞動龐姑娘前來一診。」

「為老弱婦孺解證，實為小女子之職責，若夫人有難言之隱，咱們不妨入內辨證為先，隨後再言論治之道！」話後，龐鳶即隨夫人入內，三刻鐘後，二人回到廳堂，惟聞龐鳶娓娓道出：「多數女子僅知月信，其色之赤，或淡或深，其量或多或少。然而女子亦有帶下之證，其色或白或赤。殊不知，遇及赤帶發生，諸多婦女不解來由，竟向醫者表出自體月水或崩或漏而不止，以致方藥不得法，致使情狀延宕，日久則心虛恐慌。」

「夫帶下俱是濕症，此乃因帶脈不能約束而有此病，故以名之。蓋帶脈通於任、督，任、督病而帶脈始病。然奇經八脈之帶脈，所以約束胞胎之系也。帶下女子生而即有，津津常潤，本非病也。當濕熱盛於下焦，即生赤色之帶，其量不大，色紅或如棕木，似血非血，混雜黏液，質稀或稠。其內因來自脾虛、腎虛、氣鬱、血虛，以致影響衝、任、督、帶四脈之氣血運行；其外因出於濕熱、濕毒之邪客於胞宮、胞脈，或衝、任、督、帶諸脈，血氣相搏，腠理壅閉不泄而致。」

龐鳶又說：「夫人無須再服舊有治崩漏之湯劑，僅須以清肺胃實熱之知母，藉黃柏以祛下焦濕熱，茯苓行利水滲濕，再合健脾利濕之薏苡仁，四味合用，即可得一劑知，二劑已之效。」

曹總管得聞後，再次發予讚嘆之聲，「世間醫者如龐鳶之細微，鮮矣！」

龐鳶則藉機對曹大人表示，世間諸事，一如人之病證，或牽涉陰陽表裡，或分為虛實寒熱；倘若針對陰陽而不分表裡，只顧寒熱而不辨虛實，病邪無以出路，終至不可收拾之地步！

「龐姑娘所言甚是。論醫理救人，曹某乃門外漢也，但說一國軍政，曹某謹記先人所言：『文官不貪財，武官不怕死，則天下太平矣！』曹某勝任東州軍機首長，唯有體強，心存無懼，孰能動我疆域？」

龐鳶回應道：「體強者猶有外感六淫之可能，無懼者亦有受人蒙蔽之機會。然於醫者眼裡，或見形體強者，不敵無形病邪之竄行；或有一味補正之醫者，遭刁鑽病邪而誤治，故日慎一日，敬小慎微，實乃龐鳶堅持之道。」

曹崴突然覺到，「明知嚴東主酗酒不當，旁人卻無一敢言，惟龐鳶直言勸諫，主公痼疾始而得痊；回觀我曹某人亦是一聲令下，諸兵將領，噤若寒蟬。甫聞龐鳶直對吾謂之體強與無懼，道出了如履如臨之說，甚而提出了日慎一日，敬小慎微，莫非……她想提點個什麼？」

曹大人接著道：「龐姑娘因選擇習醫之道，故能替病患解證。倘若當年將醫冊更為兵書，龐姑娘應是位能替朝廷解證之軍師啊！哈哈。」曹總管瞧了下夫人後，又說：「難得見夫人如此開懷，龐姑娘不妨留此作客，若遇東震王召喚，我曹府馬車隨時待命。」

龐鳶見夫人頻頻點頭，微笑回道：「曹大人如此盛情，小女子恭敬不如從命。」

入夜之後，曹夫人與龐鳶於大廳閒話家常，曹大人則獨自於庭院，清風拂面，反覆想著，「遵從嚴刑峻法之東州，果真有龐鳶所引申之疏漏？」

突然！一快馬疾奔曹府，火速來報中州國師薩孤齊將於明日巳時到訪！東震王即刻下令列席者，務必於明日辰時，齊集於東震大殿！

翌日，一夜竊喜而無以成眠之嚴震洲，早於大殿內等候薩孤齊之來到。惟曹總管恐於庭院受到風邪之襲，稍顯身熱喉疼之狀，遂囑咐余副總管，為不礙真經之交接，其將暫採噤口以對。值巳時甫至，果見薩孤齊所乘馬車前來殿前；待其莊重步入大廳，隨即將已封裝之《五行真經》，置於大廳正中案上。東震王訝異指出，何等珍貴之《五行真經》，中鼎王竟由薩孤齊國師隻身送達，難道不擔心運送中途……萌生差錯？

薩孤齊向嚴東主行禮後，回應道：「中鼎王依既定協議，令薩孤齊將《五行真經》送抵東震大殿。此回之運送路程，由惠陽以至濮陽途中，變數頗大，遂安排了赫連、尉遲之左右雙衛，全程護送。惟由濮陽前來東州，貧僧則採隨機形式，包下運船以渡江，而後直抵東震大殿。然於真經開封前，貧僧仍不免將正事兒，敘述在先。」

「有勞國師舟車勞頓！然移交《五行真經》乃今日主題，何等正事兒？須國師嚴謹上呈？」東震王問道。

薩孤齊嚴肅指出，中、東二王於打撈協議中提到，中州願提供計畫所需人力，而東州則供應計畫所需材源。然因打撈施行至今，惟因摩蘇里奧設計之探測船，耗去龐大材料，故影響了往後施作所需。中鼎王遂藉此機會，託薩孤齊轉告，此計畫恐將超出原先估計，須得東震王同意配合，方可拆封《五行真經》！

顧還軍師率先回應道：「針對國師所提，我東州乃依據原計劃所需木料，經我翃廣太子親自監督，已全數運抵靈沁江之指定地；另探測船之建造，乃由摩蘇里奧所提，理當由法王負擔才是。而今中州寅食卯糧，主導此計劃之之中州，亦當負起絕對責任，惟眼下所提不符當初協議，我方不以為然！」

嚴東主問道：「若須追加，所需數量為何？」此話一出，霎令廳內諸臣詫異以對！

薩孤齊直言表示，須追加原先所估之雙倍數量！

東州林務總管陸洺煊，驚訝道：「荒唐！猶如獅子開口！主公，若依此數量，我原本供應他州之林木，恐將陷於吃緊，且這般龐大支出，亦將影響東州之財政，還望主公三思啊！」

顧遷又說：「如此追加計畫，無關《五行真經》之交接。國師刻意藉交接前提及此事兒，恐有威脅之嫌！」

「呵呵，顧軍師言重啦！貧僧僅一人到訪，面對殿內眾多文武，東州何以能受貧僧威脅？貧僧以為，《五行真經》乃東震王同意合作計畫後之附屬條件，而今中鼎王或可先修正合作條件，再安排送出真經。惟我中鼎王誠意十足，依舊將真經送出，如此拋磚引玉，但求雙方能圓滿達成打撈計畫。難道……嚴東主不能釋出誠意？」

余翊先上前一步，道：「敢問國師，倘若此行達不成追加，難道真經亦不留於東州？」

「當然！倘若中、東二州之合作計畫受阻，無以延續，貧僧自當將此真經，原封送回惠陽雷王府。」

「知悉國師武藝高強，然我東州域內，放眼重兵把關，何以說來就來，說走即走！」余翊先再次嗆道。

「呵呵，貧僧處事，安不忘危，縱然不能將真經送回，但見真經之封裝外表，實已覆上薄層燃劑，一旦無以完成使命，貧僧將不惜擁抱真經，引火自焚！」薩孤齊強硬回道。

「喂喂喂，稍安勿躁！」嚴東主又道：「《五行真經》可是續命寶典啊！怎可說焚即焚。條件或可續談，但總得先瞧瞧此真經之真偽吧？」

「呵呵，小心駛得萬年船，貧僧佩服嚴東主行事之嚴謹！貧僧現可拆封，然為安全起見，貧僧堅持非武將或非持械之鑑者，上前驗查一番。」

一旁曹崴想著，「哼！真是老狐狸，竟擔心著拆封時遭武將暗算。倒是主公知悉了對方以燃油為外覆，遂退去了親自上前鑑識之欲。」

然此時刻，薩孤齊訝異見著上前三鑑識者中，除了顧遷與皇甫先生外，尚有一清秀女子，不禁問此姑娘之來歷。嚴震洲立解釋，眼前女子諳於醫經，可協助皇甫先生分析。薩孤齊聽聞後，稍顯出睥睨之貌，而後面朝眾人，以防突發狀況。

余翊先則道：「薩孤國師乃家族之光，令尊曾為東震王之御駕官，令堂亦曾服侍嚴氏二位太子，妹婿更是我前軍機副總管……邸欽！孰料榮根法師現已成中州國師，更勝任中、東二王之溝通要角，足為吾等後生晚輩之楷模！」

經余翊先這麼一提，嚴震洲才想起，原來當年的薩孤仲、琵夷，即是薩孤齊父母，而薩孤蓁更是邸欽之元配。惟因三人皆死於非命，瞬令東震王心生內疚與憐憫，再瞧著真經前之顧遷與皇甫先生，頻頻點頭，遂說道：「薩孤國師出身東州，昔日雖遇乖舛逆境，卻能成就於異鄉，光宗耀祖，實為我東州之光。然今日國師為主公捨命奔波，只為維繫與續展中、東二州之合作關係，嚴某極為佩服，一旦《五行真經》鑒別無誤，本王就此承諾中鼎王所提之追加條件。」

「嘩……」嚴震洲如此一說，霎時引來殿內眾臣一片譁然。曹崴亦搖頭唸道：「連我這沙場老將亦覺此一追加條件，荒謬至極，沒想到主公他……」

龐鳶見聞後覺到，「昨晚藉由曹夫人，打探了下薩孤齊，而今一見，果真是厲害角色！此人一言一行，無不針對嚴東主之心理而出招。再看那余翊先，適時地搬出與嚴氏相關之過往，藉以打動嚴東主對薩孤家之虧欠與內疚，二人一搭一唱，遂激起嚴東主當眾承諾荒謬條件，亦可免去諸官眾臣之商討過程。東震王啊東震王，就為了一本歸納天地五行五臟之經書，甘願債臺高築，捨棄百姓福祉，唉……東州危矣！」

待鑑驗無誤後，顧遷將《五行真經》交予東震王，嚴震洲頓時難掩雀躍，喜眉笑眼，隨後轉身向曹總管點了點頭。此刻，余翊先上前關切曹總管之身體狀況，並進一步請示，「軍機處是否就此接手中州國師參訪行程？」曹總管點頭後，有些聲啞地對龐鳶說道：「今晨醒來，猶感身熱與咽喉不暢，能否勞動龐姑娘隨吾參與接待行程？」待龐鳶點頭後，曹崴立令余翊先備妥出訪之車隊行伍，隨即引領貴賓，朝青龍洞窟出發。

值曹崴總管率隊前進時，余翊先發覺曹崴始終單手持著馭馬韁，而龐鳶則駕於其旁，好奇之下，上前探問，始知曹總管正受著針灸之術，惟聞龐鳶解釋指出……

「甫診曹大人之肺脈，既洪且數，邪熱蘊肺，使之清肅宣降失司，有風熱邪毒犯肺之象。然遇邪氣逆衝咽喉，以致腫痛，甚而發聲不利，對此肺熱所致之咽痛，可針下**手太陰肺經**之**滎穴魚際**，以退熱斂汗，清瀉肺邪壅於肺經之咽腫。另一針則下於**手少陽三焦經**之**滎穴液門**，所謂**滎主身熱**，此穴能治**三焦**之熱證，甚對**上、中焦**壅熱上衝所致之五官咽喉病證有奇效。倘若再遇上**少陰**咽痛之證，則須服以**甘草**與**桔梗**合用之**甘桔湯**，能得立竿見影之效。」

接著，余翊先移至薩孤齊車旁，薩孤齊立對余於大殿抬轎之說，伸出拇指以對。然余翊先心理仍盤算著，「眼前身著金袈裟之禿驢，其手法似乎是為著架空東州，一旦東州財務因撈金船而陷於窘困之境，可再藉中州之力，來個一箭雙鵰。倘若東州真被中州併了，其欲西進、南侵或北攻，即無後顧之憂。不過……他真以為單憑一己之力，即能達其心之所欲？嗯……不行，摩蘇里奧與薩孤齊皆屬奸同鬼蜮、行若狐鼠之輩，與其合作，定會吃悶虧的。看來……吾得見機行事了！」

歷經長途跋涉，曹嵗率隊穿過了一茂密森林後，忽見水簾高掛，一數十尺寬之翠森山泉，仰望白水如棉，如鷹般飛沖直下，近聞水珠飛濺，如獅般狂吼震天。瀑布一旁即是青龍洞窟，當下之堅守衛將蘇毅，見軍機首長來到，隨即上前迎接，余則順勢觀察了洞外周遭狀況。

這時，龐鳶忽見遠處一洞窟衛兵，不慎滑手，手中長槍隨即落地，剎那驚見該槍鏑頭竟震離了槍桿兒，不禁令龐鳶嘀咕道：「怎有如此脆弱之兵器？此乃單一瑕疵之物，還是……」

曹嵗突對著龐鳶道：「自從龐姑娘出現，曹某之窘境均能得解，透過針術，亦解去了先前之咽痛症狀。然洞窟之內，陰暗濕滑，遂由蘇將軍領前，吾與余副總管陪國師入洞，龐姑娘暫且於洞窟外等候即可。」

「糟了！曹大人將偕余翊先入洞，這該如何是好？」龐鳶想著想著，突然對曹大人道：「曹大人，此洞窟外頭，盡佇著男衛兵，而我一女子置身在這兒，恐怕……」

「嗯……既然龐姑娘有所顧忌，不妨隨後跟上，小心別跌著了！」曹嵗回應道。

待大夥兒入洞後，余翊先即說：「當年聞得中州與南州之晶洞崩塌下陷，直指建殿之舉惹惱了地祇，遂紛紛擱下原宮殿之興建。眼前咱們這青龍洞窟，除了曾遇泉水倒灌，濕濡了點兒外，崩坍程度尚於容忍範圍之內啊！」

薩孤齊接話道：「中州之麒麟洞窟，確實發生了塌陷。不久前，雷世勛重回中州時，偕雷夫人再探了一次麒麟洞，怎料又遇岩洞坍方，雷大少險遭活埋！不過，眼前所見，東州於洞窟內架設之木造工程，著實令人讚嘆！」

蘇毅將軍持續點燃火炬，領著大夥兒來到洞窟最深處，果然……若干青色晶石呈現眾人眼前。霎時，余翊先與薩孤齊一語不發，兩人急於搜尋六稜晶鎮之所在。接著，蘇將軍手指著一繫上赤色繩索處，正經表示，據先前掘工們一致認同，越過繩索者約莫一二時辰，即生不適之感。而該繩索後不遠處，可見一較大晶塊，掘工們本欲將最大之綠晶石搬出，孰料該晶石附著於一基座岩石，二者似乎有著強大吸附力，遂無法將其搬離。

「欸……怎麼吾之**衝、任二脈**，有著不明脈氣翻衝現象？難道……跟這洞窟有關？」龐鳶自疑道。

「好了，就以警戒繩索為止步，為免發生不適症狀，一刻鐘後，大夥兒即陸續朝洞外撤出。」曹崴發令道。

忽然！薩孤齊持起頸上佛珠串，擱於手掌虎口，立朝著大晶石方向，做出了迴旋畫圈動作，隨後嘴裡唸唸有詞。

曹崴見薩孤齊舉止突然，猶有施展法術之虞，隨即喝道：「閣下此行乃以參訪岩洞為名義，還請參訪者自重，切勿挑釁我東州所立規定！」此話一出，仍不見薩孤齊停止動作，曹遂蹬躍咄嗟，出掌欲抑住薩孤齊之雙肩，孰料一人突然出手，擋下了曹崴，隨後即見薩孤齊俄而翻躍，眨眼躍入了繩索之內。

「曹大人，三思啊！」擋下曹崴的余翊先，又說道：「大人若於此時與薩孤齊起衝突，恐波及中、東二州之關係！再則，先前火連教邢教主，因掘密道以探南州赤晶石，深受重創，幾成廢人。既然薩孤齊欲飛蛾撲火，咱們不妨靜觀其變。」

忽然！大夥兒見到繩索內之深處，泛出了綠光。曹崴見狀，欲做出擒拿手勢，又遭余及時壓下，且聞其不斷提醒，若薩孤齊在東州出了事兒，恐有引發中、東二州戰事之虞！

適值曹崴一陣躊躇之際，見著薩孤齊自洞窟深處走了出來，蘇毅將軍欲上前扶國師一把，孰料瞬遭薩孤齊一掌擊飛，且於落地後昏了過去。曹崴一見薩孤齊動手，毫不猶豫地出掌還擊，兩人隨即於洞窟內大打出手，一旁觀戰之余翊先立覺到，「雖然曹總管出招依舊犀利，惟力道稍嫌不足；而薩孤齊於綠光出現後，其掌風猶勝以往，且具愈戰愈強之勢，難道……薩孤齊真已得了晶能挹注？啊……那是……曹總管使出了〈劈手鎮椿〉啦！」

然薩孤齊之出招應對，並未全力盡出，一味地待勢乘時，為的即待對方使出這一記〈劈手鎮椿〉！霎時，曹崴以左手做出扣式，右手做出劈式，怎料薩孤齊先倒轉手腕，倏地使出撥指、旋腕、直戳之〈伏虎擒狼手〉，瞬間破了敵對之扣式。曹崴瞬因左扣失手，頓時失了衡，惟聞一聲「咔拉」之骨折聲響，瞬見曹崴左肩遭薩孤齊劈中，眨眼翻落，重摔於地。

薩孤齊冷笑道：「呵呵，曹總管啊！余伯廉曾是您〈劈手鎮椿〉之手下敗將！為此，余伯廉已不下數回找貧僧對招，為的即是破這絕招啊！只是……貧僧之勁道似乎大了點兒，以致曹大人之左肩……恐將就此廢了！」

曹崴直瞪著余翊先，撫傷說道：「難怪你數度阻止我，原來……爾倆早套好了！當年聞得罕井紘轉述，爾將邸欽之遇害，嫁禍予狼行山，惟因爾甫晉升副總管一職，曹某遂冷處理待之。怎料翊先早已勾結不法，一錯再錯，怙惡不悛！」

余翊先冷笑應道：「曹大人啊，您擋了益東派多少財路，自個兒心理有數兒，惟因曹總管武藝高強，翊先尚無取勝之把握，只好假藉他人之手囉！據聞當年清森方丈之手撰經文，得以轉解晶石之能以治病，這般看來，榮根法師今日之嘗試，相當成功啊！哈哈。」

「呵呵，成不成功？端視接下來這一掌啦！」薩孤齊完話後，立馬運起內力，適值出擊就緒，忽聞一女子發聲道：「爾倆狼狽為奸，揣奸把猾，恣意妄行，令人髮指！喝……」龐鳶蹬躍一霎，余翊先躍步迎上，喊道：「嘿嘿，有意思！已事先要妳乖乖地於一旁看戲兒，沒料到，這位能治症之小姑娘……亦諳武藝呀！見得龐姑娘上馬與馭馬之姿，即知爾非一般女子。哼！余某不妨即與教教妳，強出頭之後果！喝啊……」

余翊先甫一起身，立見身輕如燕之龐鳶，其所躍高度，勝已甚多！龐鳶俄而凌空飛踢，甫見兩旋翻，余之臉頰已被踢中兩回，旋即翻落而下。然此時刻，一旁已運足內力之薩孤齊，雙掌顯出青色光氣，眨眼躍上，空中單掌擊出，惟見一翠青光團自掌中飛出，直朝著曹總管衝去，結果……

「轟……」之一聲傳出，洞窟瞬間塵煙瀰漫，待塵土散去，驚見龐鳶倒臥於洞窟一隅！原來，龐鳶見青光即起，翻躍咄嗟，飛身替曹崴擋下了薩孤齊這一擊。曹崴見狀，咬牙撐起身子，欲上前扶起龐鴦，忽由醒來的蘇毅將軍，自身後攙起，叫道：「大人，快！咱們快撤出洞穴，其餘暫交予駐防軍兵圍剿！」接著，蘇毅以肩扛著曹總管，迅速來到洞窟外，半晌之後，薩孤齊即偕余翊先，緩緩走出了青龍洞窟。

蘇將軍立洪聲斥道：「余翊先，爾身為軍機副總管，竟勾結外人謀害曹大人，該當死罪啊！眾衛兵聽令，即刻拿下眼前兩逆賊！」

「哈哈哈，外人？榮根法師可是我東震王口中的東州之光啊！至於死罪，哼！就憑你？喝啊……」余翊先持起坐騎旁之長槍，倏朝三五衛兵出擊，一連使出旋戳、正刺、上撩，「鏗鏗……咔咔……」大夥兒接連聞得鏗咔幾聲響後，驚見揮槍衛兵之長槍鏑頭，竟於交擊剎那，應聲脫落於地！

余翊先得意道：「就為著中州國師來訪，余某已於數日前，為守衛軍更換了全新兵槍。此刻，余副總管再予駐防守軍最後機會，支持余某一方的就站過來，所謂順我者生，逆我者亡，沒靠過來的，吾將就地宣判其死罪啦！」

「呵呵，余副總管面面俱到，能事先動了守衛兵器，果然高招！一旦曹大人下了台，貧僧勢將稱爾一聲余總管囉！喂，識相的，快選邊兒站吧！」薩孤齊喊道。

果然，眾衛兵一陣喧嘩後，陸續移向了余翊先身後，而另一頭則僅剩曹總管與蘇將軍。曹歲撫著左肩，起身喊道：「東州乃嚴刑峻法之域，其內之軍訓將官，無不以忠肝義膽，捨身衛國為使命。眼下一賣國內賊恫嚇之語，竟讓諸戰士棄械從敵？爾等行徑，何談榮譽與衛國？曹歲就算僅剩一臂，絕對力抗叛賊到底！」

「擒賊殺敵，算我一份！」撫著腹傷，攙著曹大人的蘇毅將軍喊道。

值曹總管喊話之後，七八衛兵折下長槍鏑頭，一一走回曹崴身後，喊道：「就算僅持棍桿，屬下定追隨曹大人圍剿逆賊！」

余翊先為嚇阻衛兵回流，斯須提槍，立馬刺穿了一回流衛兵之胸膛。蘇毅倏抽腰際佩劍，俄頃迎上余翊先。衝突即起剎那，薩孤齊再次衝向曹崴，畢竟此行之目的，除了試探六稜青晶鎮，即是除掉曹崴！當下，曹總管雖負肩臂之傷，仍藉單手與雙腿移位，抵擋敵對攻勢。

「呃……噗……」撫傷上陣之蘇將軍，不禁內傷過甚而口溢血水，不及對手快槍攻勢，逐漸敗退於飛瀑泉流一旁。曹總管亦不敵對手之拳腳連環出擊，突遭薩孤齊一記〈探叢飛踢〉踹著，朝後退滑了數十尺，且落到了蘇將軍一旁；而先前投靠余翊先之叛軍，亦隨余翊先之追擊下，漸朝泉流旁逼近。余擔心夜長夢多，遂高舉長槍，隨即喊出……格殺勿論！

「唰……唰……唰……嘯……嘯……嘯……」一雪白身影，疾速自青龍洞口飛躍而出，更見三道細白雪光，瞬朝瀑泉而來。

「有異狀，小心！」薩孤齊喊出後，立馬躍向突擊者，雙掌發功於指顱。

曹崴抬頭一望，「是……是龐鳶！她……竟撐住了薩孤齊之青光神掌！多驚人之飛躍移位！欸……龐鳶衣袖中，竟隱著一對兒銀製環套？」

疾聞「唰嚓……」之響，余之左外臂腕橫紋後三寸處，即見插著一羽毛尖鏢；此處乃**手少陽經脈之支溝穴**，瞬令余之手臂一陣酸軟。薩孤齊見狀，火速出招，拿手迴旋飛擊即出，驚見敵對環腰呈出橙色光氣，旋即後仰倒鉤，接著轉腰旋膀，凌空之中，食指中指合併，瞬將右臂一振，一道橙熾光氣瞬由雙指尖釋出，薩孤齊迴避不及，立以袈裟寬袖禦擋，順勢後仰翻轉落地，驚訝唸出：「龍玄桓之『經脈武學』？爾擁經脈武藝？」

龐鳶一語不發，手握袖羽飛針，逼退反叛衛兵，並對蘇毅喊道：「有勞蘇將軍將曹大人攙離泉流邊，並令歸隊衛兵們，倏將卸下之槍鏑頭拋入泉流裡，隨後即交龐鳶處理！」

薩孤齊不甘已掌控之局勢，毀於一小姑娘手上，但見眼前對手身擁經脈武藝，遂決定再使上青晶石挹注之內力。一會兒後，見其雙掌朝下，隱隱擾動飛瀑旁之泉流，猶有吸取泉水之勢。

龐鳶見狀，出人意料地緩緩走入泉流之中，隨步覺到，「過往藉由診治婦病，雖強化了吾之**衝**、**任二脈**，惟每輒運動內力，總覺後繼無力，使得**厥陰肝血**無以濟助**衝**、**任**所需。原來，吾之**奇經八脈**中的環腰**帶脈**，隱有著氣滯逆衝現象！方才為曹大人承受了薩孤齊一記青光之掌，一股強大真氣湧上，自**足少陰經脈**於內踝處之**然谷穴**，起而上行，至肋尖**章門**下約二寸處之**帶脈穴**，行經**五樞**而至**維道穴**，並於腰部與**足少陽膽經**交疊，且二經之氣可通於**足少陽之臨泣穴**，力道之大，瞬將**帶脈**滯氣衝開。然**帶脈**能約束**足三陽**、**足三陰**，以及**陰**、**陽二蹻脈**，藉以作為諸經脈橫向之維繫；經此一衝擊，竟使吾之旋腰內力，增益了數倍。嗯……不妨藉此機會，試試於**帶脈**相助之下，究竟這**衝**、**任二脈**……能有多大爆發力！」

「喝……」大夥兒見薩孤齊雙臂一展，喝聲即出，立將飛瀑下之泉流，推激成一浪潮，猛然向敵對撲去。龐鳶則於蓄滿**衝**、**任二脈**之內力後，倏將雙手交捧雙肘，定點旋轉，而後一如麻花般地螺旋直上，此股能量之巨，竟將泉流整個兒拉起，形成了丈高之水龍捲。薩孤齊見狀，頓感不妙，立對余翊先使了個眼色，余遂於拔起中招之羽鏢後，令叛兵一擁而上；而薩孤齊則偕余翊先蹬躍而起，欲躍於水龍捲之上，對龐鳶施以前後夾擊攻勢。

孰料，龐鳶自旋至一定高度後，趁著敵對水浪襲來，瞬將雙手向外一攤，且雙掌十指同時向外揮開，旋即爆出以其軀體為軸之水平輻射能量，而後隨著龐鳶陷入龍捲之中，由上而下，立見一圈圈橙環光氣，接連向外輻散而出。敵對二人始料未及，縱然抵住一環，隨即又有一環發出，二人瞬遭橙環光氣接連衝擊，倏自高處翻落而下，其餘叛兵就近瞧見水龍捲之底處，盡是佈滿槍鏑頭而迴旋其中，深懼鏑頭爆飛四散，立轉身拔腿竄逃，直喊著：「快撤啊！水龍捲內有鏑頭啊！」

接著，龐鳶再次快旋，欲以水龍捲擋下浪潮，以免衝淹衛兵，增加無謂傷亡。

待薩孤齊與余翊先中招翻落後，雙雙撫胸起身，並朝曹崴方向看去；相互點頭後，二人以極快之速，各拾起一脫落槍鏑頭，趁著龐鳶擋下浪潮之際，以疾霆不暇掩目之勢，雙雙將手中鏑頭射向曹總管，惟見兩道銀光俄頃飛出，居高之龐鳶僅能急喊：「快……閃開……啊！」結果……

「唰……」一道亮光瞬自曹崴身旁竄飛而出，隨後即聞「鏗……鏗……」兩金屬擊響，逆襲曹總管之兩鏑頭應聲遭到攔擊，且見一堅挺槍戟，結實地橫插於曹崴身旁山壁上。而後，見一矯健身影，倏自快馬上翻飛而下，隨即取回了該八尺方天戟，並發聲道：「衛蟄沖來遲，曹大人受驚了！」隨後又盯著余說：「看來，余副總管之死罪難逃了！」

「哼！衛蟄沖，爾自有鎮守之崗位，何以能隻身前來攪局？」余翊先疑問道。

「余副總管，明人不做暗事兒啊！」衛蟄沖隨即表示，日前余副總管為迎接外賓來訪，突以亮麗軍容為由，運了批新製長槍到青龍洞窟。惟此等禮儀乃對待五州霸主之舉，此回中州僅派國師送真經前來，而參訪行程亦僅傳聞於數日前，根本無須費時地更換駐守軍兵之兵器。蘇毅將軍直覺不符常理，遂差人通報。東震王聞訊後，為顧及軍衛安全，特令衛蟄沖前來，果真見著內賊露出了狐狸尾巴！

「什……什麼？東……震王也知道了這事兒！那……那我……我怎麼辦？國……國師啊！薩孤大哥、榮根法師啊！我該怎麼辦啊！」余翊先一臉錯愕道。

「一不做，二不休。看來只好這麼做了。」薩孤齊一說完，隨即抓了兩衛兵，與余翊先各挾持一人。孰料凌空而下之龐鳶，眨眼射出二袖羽飛針，薩孤齊揮袖閃避，余翊先則於右胳臂再中一鏢。衛蟄沖一見二人鬆手，旋即揮出方天戟，直衝薩孤齊！

適值薩孤齊拾起斷了鏑頭之槍桿，欲抵禦衛蟄沖之攻勢時，突於叢林間殺出兩蒙面持刀黑衣人！衛蟄沖倏忽反身疾掃，藉堅實步伐，擰襠、轉腰、旋脊、轉背，以一敵二，游刃有餘，未及十招，接連破解黑衣人之聯刀攻勢。黑衣人見勢不利，雙雙後仰翻飛，情急之下，薩孤齊拋出了煙霧氣彈，霎時一片煙霧迷濛，在場無不遮掩口鼻；待煙霧散去，薩孤齊、余翊先與兩黑衣人均已不見蹤影，現場廿七八反叛衛兵立馬跪地求饒，衛蟄沖則轉身上前攙起曹總管。

曹大人立身後，撫著肩臂向著龐鳶道出：「龐鳶女俠藉吾提及『唯有體強，心存無懼，孰能動我疆域？』，立以醫者之觀點作為回應。眼下余翊先之所犯，幾乎應證了龐女俠回應之說。自此事件後，余氏勢力將因余翊先之莽撞而生變，而東州軍機處亦因余翊先之作亂，亟待好好整飭一番。只是……曹某好奇，龐女俠身擁驚人之經脈武藝，可有其來源？」

「曹大人過獎了，女俠之稱謂，實在不敢當。小女子自幼來自一羽化畸胎，後經師公能玄桓啟蒙，發覺了龐鳶身擁過人之衝、任二脈真氣，遂逐漸演轉至今。今日亦因曹大人讓晚輩入了青龍洞窟，經由薩孤齊那般青光掌力，助龐鳶衝開了奇經八脈中之環腰帶脈，致使自體旋轉功力，更勝於過往，遂能自信地使出〈引水龍捲〉。龐鳶以為，凡事皆來自因果，一切際遇，晚輩盡歸於機緣之說吧！」龐鳶接著問：「歐……對了，曹大人之傷勢？」

「呵呵，左肩骨斷裂了，暫先固之即可，或許這輩子使不上〈劈手鎮樁〉了！此類筋骨損傷，沙場隨處得見，皇甫先生對這般傷勢，頗具經驗，龐姑娘不必為吾擔心。只是，突然殺出之蒙面黑衣人，何方神聖？倘若持續潛伏東州，曹某將得費神思考了！」曹崴憂慮道。

衛蟄沖順勢對著龐鳶道：「多謝龐女俠相助！女俠神功，衛蟄沖佩服，惟女俠是否隨衛林軍衛，回往東震大殿？」

「龐鳶本隨木雰城主黎政，北上崴星城為東震王察診，而今又隨曹大人南下至此。小女子以為，若就此道別，即可西向橫越叢林，直抵木雰城；來日曹大人若需要龐鳶，龐鳶定會出現曹大人面前的。只是……龐鳶能藉醫救人，抵禦逆襲，卻對軍政謀劃，一竅不通！」

曹總管微笑以應後，衛蟄沖順手牽來其坐騎，道：「這兒仍屬山林野外，龐姑娘不妨以吾之堅蹄戰駒代步，待返回木雰城，龐姑娘可於馬頸側拍三下，喊出衛某名字中之『沖』音，此戰駒即會一路奔回崴星城的。」

龐鳶點了點頭，順勢向諸將領打躬作揖後，隨即雙腿一蹬，躍上了馬背，韁繩一扯，俄頃轉向，瞬感馬兒充沛之奔勁兒湧上，合以律動甚優之馬蹄聲響，立覺座下乃世間罕見之千里駿驥，倘若天公作美，或可於兔起烏沉之前，回抵木雰城。

翠森峰西麓之青龍洞窟，甫熄了風波，孰料該峰北麓之菩巖寶剎，正燃起了惱人之火！二僧偕二訪客，齊聚方丈禪室，惟聞一高冠敞袖，年逾花甲之中年人，使勁拍案，洪聲喝道……

「荒謬，真是荒謬！爾倆一個老練，一個精幹，竟壓制不了一個不及花信之年的龐鳶！要是余某與沁茗方丈不及時出手，恐怕……唉……真是……老天要滅我余氏啦！」余伯廉怒道。

「爹，您先緩些吧！原本青龍洞窟之行，盡在孩兒估算之中，先不論那半途加入的龐鳶阻撓，翊先確已依循計劃，將薩孤國師送進洞窟中，本以為其取得青晶石之能，即能除去曹崴，怎知……」

「薩孤兄啊，這是怎回事兒？難道不見六稜晶鎮乎？」余伯廉不解問道。

「阿彌陀佛……難道是清森方丈之手撰經文有誤？」沁茗方丈接續疑問道。

「咳……咳……」遭龐鳶逆岔氣道之薩孤齊，撫胸說道：「貧僧……貧僧確實見到了六稜青晶鎮，只是……貧僧依當年清森方丈藉由沐野贈予之青晶石，化去其腫瘤之經文，反覆於洞窟中默唸，結果……頸項上之佛珠串，確實引來了青晶石之能量，但美中不足的是，僅吸引到晶鎮旁之三稜晶石，惟因時間有限，所以……」

余翊先驚訝道：「這麼說來，國師於對峙曹崴一干人時，所施展之內力，僅是三稜晶石之力？三稜晶石即能使泉流產聲浪朝，那六稜晶鎮之力不就……」

薩孤齊嚴肅說道：「運送《五行真經》離開惠陽城之前，貧僧曾南向靈沁江岸，會晤了摩蘇里奧。法王當下提到，其所持之水晶，僅能吸取三稜晶石之能，卻無法順利轉移六稜晶鎮之能量！惟該水晶球不幸遭一名曰揚銳之小子，以經脈神功所毀。不過，據聞揚銳已被埋於密洞塌陷之中，遂當貧僧遇上施展經脈武藝之龐鳶時，霎時一陣錯愕，怎料如同法王一般，僅取得三稜晶石之能，卻受阻於經脈武學之傳人。然以貧僧現今內力，確實較以往強盛許多；看來，余氏若想再於東州翻身，恐得倚仗六稜晶鎮之巨能不可了！」

「唉……青龍洞窟之事件已發，薩孤齊尚有中鼎王可倚恃，唯翊先不僅晉升軍機總管無望，甚得亡命天涯，何來機會再親近那青龍洞窟？取得那六稜晶鎮之能？」余伯廉沮喪道。

「阿彌陀佛……余公子暫可留於寶剎之中！時至今日，余城主之台下身分仍未曝光，依舊能進出東震大殿；惟應對之手段，可仿東震王對待嚴翃寬一般，完全切割！完全否定余翊先之作法！只要余翊先不出寶剎，暫無受東州法紀審判之疑慮才是！阿彌陀佛……」

「嗯……有了沁茗方丈掩護，翊先或可暫時解去藏匿之慮。」余伯廉又說：「眼下薩孤兄可有應對未來之計劃？何以再得六稜晶鎮之能呢？」

薩孤齊冥想了一會兒後，皺眉表示，法王所提之透淨水晶球，實取自於克威斯基境內，一種可吸能之礦石，其原始晶種越大，可發揮之效能越大。然法王一生所遇該水晶之最巨者，即為當年所持三犄法杖上之透淨水晶，怎料該法杖竟於十多年前之臨宣戰役中遺失。為此，法王已透過各路人馬，找尋該法杖之下落。然而，法王曾提及另一取能方法，亦即藉由身擁吸放內力之特異人士為媒介，即可一手吸能，一手釋能，進而將晶石能量，循序轉換。

「阿彌陀佛……世間武藝，甚是『經脈武學』，陽功均以放能為多，惟論及陰功，始見得吸人內力，攝人魂魄。若要覓得身擁吸放功力之人，貧僧認為，難矣！阿彌陀佛……」

余翊先忽見薩孤齊嘴角一揚，好奇問道：「國師是否已有身擁這般吸放內力之人選？」

薩孤齊微笑應道：「身擁吸收且釋放自如之神功者，貧僧不做第二人想，此人即是擁有〈隱狼溯水〉神功之濮陽城主……狼 行 山！」

「對呀！吾怎沒想到！」余翊先訝異後，又道：「昔日於墨頂台，翊先見過能吸水亦能釋水之狼行山，確實可利用其特異神功以轉巨能。惟眼下狀況，咱們不便前去中州麒麟洞窟，勢必要引狼行山前來青龍洞窟才成。」

「呵呵，提到墨頂台，貧僧倒有一計可施！」薩孤齊接著說道：「東州墨頂台遐邇聞名者，莫過於水墨繪桃大師……姚逢琳！貧僧曾聞狼行山提過，將撥冗參與姚大師之六十大壽，屆時狼行山置身東州，端看余氏父子倆之智謀，何以將狼行山誘往青龍洞窟了！」

余翊先得意道：「在下與狼行山之結識，即因姚逢琳之對句比試而來。惟因翊先現況特殊，不便當面向姚大師祝壽，但壽宴之後，翊先何不伺機再與狼行山寒暄敘舊？可能的話，國師或可通知樊曳騫將軍前來，那就熱鬧啦！只是……就算逮著了狼行山，如何領其前往青龍洞窟？」

「阿彌陀佛……昔日我清森祖師曾於一回船行，經船夫叮囑再三，該河流某一支流之盡頭即是一瀑布。憶得清森祖師曾提及，飛瀑頂上有一濕濡軟泥陡坡，若不慎失足，恐將滑落山谷之下。然清森祖師萬萬沒想到，而後發生的一次中土地牛大翻身，此飛瀑下方即是青晶石出土之青龍洞窟！阿彌陀佛……如此一提，或許可經由濕濡陡坡，續延探掘，依方位看來，循坡道而下，應可鑿洞通往青龍洞窟才是。阿彌陀佛……」

「那好，差一班人前去秘密探掘，沒準兒可藉此一密道，令咱們能自行進出洞窟，不再受制於曹崴放行與否？」余伯廉接續又說：「眼下薩孤兄已傷了曹崴與蘇毅，近期內應無法隨意進出東州大門，待回中州後可有應對之策？」

「青龍洞窟事件已生，貧僧應儘快回往惠陽城向中鼎王解釋。若讓東震王毀謗貧僧之言，傳回了瑞辰大殿，又無人澄清，貧僧無疑成了畏罪潛逃之嫌犯。既然這棋局咱們已走到了這兒，該得到的，絕不能少，尤其六稜晶鎮之力，乃助余氏拿下東州，推我薩孤齊執掌中州之關鍵所在！」

數日後，薩孤齊經余伯廉之助，回到了濮陽城，隨即遇上其座駕馭手……張冀。張冀一見國師，立馬上前表示，自國師前往東州後，張冀於城西遇上了偕友人返回濮陽之狼夫人。夫人辭了友人後，偕丫鬟上了張冀之駕車，以便回到城東逸和苑。孰料經過嵩安客棧時，夫人見著狼城主與一貌美女子，於客棧窗樓上有說有笑，並見該女子當面為狼爺吹奏橫笛。夫人一氣之下，隨即奪門而出，火速上了窗樓，衝突隨即而起。夫人不僅向狼爺直潑水酒，甚而出手欲襲該女子，丫鬟隨即衝上勸阻，拉扯之中，那橫笛竟被拋出了窗外，惟張冀未料那姑娘諳武藝，連擋了夫人幾招後，瞬由窗樓上一躍而下，倏朝巷弄內離去。當時惟聞狼爺對著躍出窗樓之女子喊了兩聲「蔓姑娘」後，立由窗樓躍下，並向那姑娘追去。夫人當下雷霆大發，想當然爾，那嵩安客棧絕對是遭了大殃！而後，張冀立載夫人回往逸和苑。張冀又說：「自此之後，耳聞夫妻倆天天爭吵，狼爺受不了這般轟吵日子，現已搬出逸和苑，暫住於船運商胡滔之宅院。後來，小的還打聽到那姑娘叫蔓晶仙，挪……國師您瞧，小的已拾得被拋出窗樓之小橫笛。」

薩孤齊拿了小橫笛後，冷笑唸道：「蔓晶仙？呵呵，原來狼行山與當年端陽大會上之奏琴女子，尚有聯繫啊！呵呵，太好了！」

冷靜數日後，狼行山回到了逸和苑，卻不見丫鬟卓妡，追問僕人後方知，雷婕兒甫帶著丫鬟，偕同國師登車，再次奔回了惠陽城。

「什麼！那禿驢已回到濮陽！」狼行山一陣驚愕，「耳聞薩孤齊於東州闖了禍，何來管道助其逃離東州？欸……不對！他一聲不響地偕婕兒回惠陽，該不會……以她當擋箭牌？還是……拿婕兒當人質？」

狼行山猶豫了一陣後，「不行，那老禿驢豺狐之心，目語頷瞬，光憑那三寸不爛之舌，中鼎王肯定會吃虧的！」

躊躇當下，狼行山雖對蔓晶仙之叮囑，言猶在耳，卻因薩孤齊突來之舉，坐立難安。一陣熟思審處，於公於私，絕無迴避之理由，終而板上釘釘，俄而備上快馬，無奈於愁緒如麻下，風馳電赴惠陽京城！

待續……

國家圖書館出版品預行編目資料

五行　經脈　命門關（三）/ 謝文慶作
-- 初版 . -- 臺北市：博客思，2019. 06
面；　公分
ISBN　978-957-9267-20-5(平裝)

863.57　　　　　　　　108007626

現代文學 52

五行　經脈　命門關（三）

作　　者：謝文慶
編　　輯：楊容容
美　　編：楊容容
校　　對：沈彥伶 · 古佳雯 · 陳嬿竹
封面設計：塗宇樵
出 版 者：博客思出版事業網
發　　行：博客思出版事業網
地　　址：台北市中正區重慶南路 1 段 121 號 8 樓之 14
電　　話：(02)2331-1675 或 (02)2331-1691
傳　　真：(02)2382-6225
E—MAIL：books5w@gmail.com 或 books5w@yahoo.com.tw
網路書店：http://bookstv.com.tw/
https://www.pcstore.com.tw/yesbooks/
博客來網路書店、博客思網路書店
三民書局、金石堂書店
總 經 銷：聯合發行股份有限公司
電　　話：(02) 2917-8022　　傳 真：(02) 2915-7212
劃撥戶名：蘭臺出版社　帳號：18995335
香港代理：香港聯合零售有限公司
地　　址：香港新界大蒲汀麗路 36 號中華商務印刷大樓
C&C Building, 36,Ting, Lai, Road, Tai,Po, New,Territories
電　　話：(852)2150-2100　　傳真：(852)2356-0735
出版日期：2019 年 6 月 初版
定　　價：新臺幣 300 元整（平裝）
ISBN：978-957-9267-20-5